El invierno de los leones

STEFANIA AUCI

El invierno de los leones

La saga de los Florio, los reyes sin corona de Sicilia

Traducción de
César Palma

Grijalbo

Papel certificado por el Forest Stewardship Council®

MIXTO
Papel procedente de
fuentes responsables
FSC® C117695

Penguin
Random House
Grupo Editorial

Título original: *L'inverno dei leoni. La saga dei Florio II*

Primera edición: junio de 2022

© 2019, Stefania Auci
Publicado mediante acuerdo con Donzelli Fietta Agency s.r.l.s
© 2022, Penguin Random House Grupo Editorial, S. A. U.
Travessera de Gràcia, 47-49. 08021 Barcelona
© 2022, César Palma Hunt, por la traducción

Printed in Spain – Impreso en España

ISBN: 978-84-253-5858-6
Depósito legal: B-7.580-2022

Compuesto en La Letra, S. L.

Impreso en Black Print CPI Ibérica S. L.
Sant Andreu de la Barca (Barcelona)

GR 5 8 5 8 6

A Eleonora y Federico,
por toda la ternura y por el afecto.
Estoy muy orgullosa de vosotros

Ya he vivido más de lo suficiente:
el sendero de mi vida declina hacia
su atardecer, hoja que amarillea.
Y todo lo que debería acompañar a
la vejez, como honor, obediencia,
amor y multitud de amigos, no debo
pretenderlo; en su lugar maldiciones
ahogadas pero muy profundas, servil
adulación, palabras que el pobre
corazón quiere negar sin atreverse...

WILLIAM SHAKESPEARE,
Macbeth*

Alrededor, el cielo está azul y despejado, raras
veces he visto un cielo tan azul y despejado. ¡Abre
bien los ojos, capitán! Dime tú mismo, ¿ves acaso una sola nubecilla en el horizonte, por ínfima
que sea?

JOSEPH ROTH,
La noche mil dos**

   * William Shakespeare, *Macbeth*, acto V, escena III, traducción de Manuel Ángel Conejero y Jenaro Talens, Madrid, Cátedra, 1996.
   ** Joseph Roth, *La noche mil dos*, traducción de Juan J. del Solar, Barcelona, Anagrama, 1986.

Los Florio

1799 – 1868

Originarios de Bagnara Calabra, los hermanos Paolo e Ignazio Florio desembarcan en Palermo en 1799, decididos a hacer fortuna. Son comerciantes de especias, y la competencia es despiadada, pero su ascenso parece enseguida imparable y muy pronto sus actividades se expanden: ponen en marcha el comercio del azufre, adquieren casas y terrenos de los arruinados nobles palermitanos, crean una compañía de navegación... Y ese impulso —fortalecido por una tozuda firmeza— no se detiene ni siquiera cuando Vincenzo, hijo de Paolo, toma las riendas de la Casa Florio: en las bodegas de la familia, un vino de pobres —el marsala— se convierte en un néctar digno de la mesa de un rey; en Favignana, un método revolucionario para conservar el atún —en aceite y en lata— relanza su consumo... En todo ello, Palermo observa el éxito de los Florio con una mezcla de admiración, envidia y desprecio: aquellos hombres siguen siendo de todos modos «extranjeros», «mozos de cuerda» cuya sangre «apesta a sudor». Y es precisamente un ardiente deseo de revancha social lo que anima la ambición de los Florio y determina, para bien y para mal, su vida pública y privada. Porque los hombres de la familia son individuos excepcionales pero también frágiles y —aunque no puedan admitirlo— necesitan tener a su lado a mujeres igualmente excepcionales: como Giuseppina, la esposa de Paolo, que lo sacrifica todo —incluso el amor— por la estabilidad de la familia, o Giulia, la joven milanesa que entra como un torbellino en la vida de Vincenzo y se convierte en el puerto seguro, en la roca inatacable.

Vincenzo muere en 1868, con menos de setenta años, dejando el destino de la Casa Florio en manos de su único hijo varón, Ignazio, de treinta años, que dos años antes se había casado con la baronesa Giovanna d'Ondes Trigona, aportando por fin «sangre noble» a la familia. Ignazio ha crecido en el culto al trabajo, con la creencia de que los Florio han de mirar siempre más allá del horizonte. Y se dispone a escribir un nuevo capítulo de la historia de su familia...

Mar

septiembre de 1868 – junio de 1874

Aceddu 'nta l'aggia 'un canta p'amuri,
ma pi' raggia.

El pájaro enjaulado no canta por amor,
sino por rabia.

Proverbio siciliano

Han pasado siete años desde que —el 17 de marzo de 1861— el Parlamento proclamara el nacimiento del Reino de Italia, con Víctor Manuel II como soberano. Las elecciones del primer Parlamento unitario se celebran en enero (de más de 22 millones de habitantes, apenas 400.000 tienen derecho al voto) y asisten al triunfo de la Derecha Histórica, compuesta primordialmente por terratenientes y empresarios y orientada a una fuerte presión fiscal, considerada necesaria para pagar las deudas contraídas por el país a causa del proceso de unificación. Especial resquemor suscita el llamado «impuesto sobre la molienda», es decir, sobre el pan y los cereales, que afecta de forma directa a los pobres y desencadena protestas, algunas muy violentas. Aunque considerado por ciertos políticos un «arancel medieval, un impuesto de tiempos borbónicos y feudales», continuará en vigor hasta 1884. Y, en 1870, el ministro de Economía, Quintino Sella, presenta otra serie de duras medidas, decidido a exigir que se «ahorre hasta los huesos».

El final del Segundo Imperio (1852-1870) y el principio de la Tercera República francesa (1870-1940) tienen una importante consecuencia también para la historia italiana: privado del respaldo de Francia, el Estado Pontificio cae el 20 de septiembre de 1870. Tras un breve cañoneo, al grito de «¡Saboya!», las tropas italianas entran en Roma a través de una brecha en Puerta Pía. El 3 de febrero de 1871, Roma se convierte oficialmente en la capital de Italia. En 1874, la Santa Sede decreta el llamado non expedit, esto es, la prohibición a los católicos de intervenir en la política italiana, prohibición que será sorteada con frecuencia hasta su abrogación en 1919.

La progresiva reducción del déficit, la terminación de grandes obras y la afluencia de capitales extranjeros, hacen que el periodo 1871-1873 sea el «trienio febril», decisivo para el nacimiento de la industria italiana. Un impulso que sin embargo se interrumpe en 1873, como consecuencia de la crisis financiera que sufren Europa y Estados Unidos; la «gran depresión», debida a una serie de especulaciones e inversiones imprudentes, continuará, con altibajos, hasta 1896, y desde luego no ayudará a cubrir el profundo abismo entre el norte y el sur de Italia, que además se ve perjudicado por el hecho de que el gobierno no hace importantes inversiones en la red ferroviaria, como en el norte del país, sino que concentra sus esfuerzos en el desarrollo de la marinería.

El mar no tiene ni iglesias ni tabernas, dicen los pescadores viejos. En el mar no hay lugares donde uno pueda refugiarse, porque, de toda la creación, es el elemento más majestuoso y evasivo. El ser humano no puede más que inclinarse ante él.

Los sicilianos han sabido siempre algo: el mar respeta solo a quien lo respeta. Es generoso: da pescado y sal para el sustento, da viento para las velas de las barcas, da coral para las joyas de santos y de reyes. Pero también es imprevisible y, en todo momento, puede reapropiarse con violencia de lo mismo que da. Por eso los sicilianos lo respetan, por eso dejan que defina su vida: que forje su carácter, que marque su piel, que los mantenga, que les dé de comer, que los proteja.

El mar es frontera abierta, en continuo movimiento. De ahí que el siciliano sea inquieto y busque siempre la tierra de más allá del horizonte y quiera huir, encontrar en otro lugar lo que a menudo, al final de su vida, descubre que siempre ha tenido al lado.

Para los sicilianos, el mar es padre. De lo que se dan cuenta cuando están lejos, cuando ya no pueden percibir ese fuerte olor a algas y sal que los envuelve en el momento en que el viento se levanta y lo lleva hasta los callejones de la ciudad.

Para los sicilianos, el mar es madre. Amado y celoso. Imprescindible. A veces, cruel.

Para los sicilianos, el mar es forma y frontera de su alma.

Cadena y libertad.

* Las expresiones en siciliano que figuran en el texto original se han traducido directamente y aparecen en cursiva a lo largo del libro. *(N. de la E.)*

Al principio es un susurro, un murmullo llevado por un soplo de viento. Nace en el corazón de la Olivuzza, al amparo de cortinas corridas, en habitaciones sumidas en penumbra. El viento atrapa la voz y esta aumenta su intensidad, se mezcla con el llanto y los sollozos de una anciana que estrecha una mano fría.

—*Ha muerto*... —dice la voz, y tiembla, asombrada. La palabra crea la realidad, sella lo que ha ocurrido, declara lo irreversible. El susurro llega a los oídos de los criados, de ahí pasa a sus labios, sale, luego vuelve al viento, que, por el jardín, lo conduce a la ciudad. Va de boca en boca, se reviste de sorpresa, llanto, temor, miedo, hastío.

—*¡Ha muerto!* —repiten los palermitanos, mirando la Olivuzza. No pueden creer que un hombre como Vincenzo Florio haya muerto. Era desde luego mayor, estaba enfermo desde hacía tiempo, le había confiado la dirección de la casa comercial a su hijo, y, sin embargo... Para la ciudad, Vincenzo Florio era un titán, un hombre tan poderoso que nada ni nadie era capaz de detener. Pero resulta que se ha ido por un ataque de apoplejía.

Algunos se alegran. Había almas que, desde hacía años, le tenían envidia y celos, y querían vengarse. Pero es una satisfacción vana. Vincenzo Florio ha muerto en paz, en su cama, consolado por el amor de su esposa y de sus hijos. Y ha muerto rico, rodeado de todo lo que, por voluntad y suerte, ha logrado conseguir. Es más: esa muerte parece haberle concedido a Vincenzo una piedad que él muchas veces no ha concedido a otros.

—*¡Ha muerto!*

Ahora la voz —transida de estupor, dolor, ira— penetra en el corazón de Palermo, sobrevuela la Cala y cae en picado en medio de las callejas que rodean el puerto. Llega a la via dei Materassai llevada por un criado jadeante. Una carrera inútil, porque ese grito, ese «*¡Ha muerto!*» ya ha entrado por las puertas y las ventanas y ha rodado por las baldosas del suelo, hasta el interior de la alcoba de Ignazio, donde está la esposa del nuevo dueño de la Casa Florio.

Cuando oye los gritos y los estallidos de llanto por la calle, Giovanna d'Ondes Trigona levanta la cabeza de golpe, meciendo la larga trenza negra, se agarra a los brazos del sillón y mira con gesto interrogante a doña Ciccia, que ha sido su gobernanta y ahora es su dama de compañía.

Llaman a la puerta con fuerza. Instintivamente, doña Ciccia

protege la cabeza del bebé que tiene en brazos —Ignazziddu, el segundo hijo de Giovanna— y se acerca a abrir. Detiene al criado en el umbral, pregunta secamente:

—¿*Quién es?*

—*¡Ha muerto!* Don Vincenzo *acaba de morir.* —Sin dejar de jadear, el criado mira fijamente a Giovanna—. Su marido, señora, se lo comunica y le pide que se prepare y que organice la casa para las visitas de los parientes.

—¿Ha muerto...? —pregunta ella, más asombrada que triste. No puede sentir pena por la desaparición de ese hombre al que nunca ha querido y que siempre la había hecho sentirse tan profundamente incómoda que apenas se atrevía a hablar delante de él. Su salud empezó a declinar hacía unos días, por eso no celebraron el nacimiento de Ignazziddu, pero ella no se esperaba un final tan rápido. Se levanta con dificultad. El parto ha sido doloroso; incluso estar de pie la cansa—. ¿Mi marido está ahí?

El criado asiente.

—Sí, doña Giovanna.

Doña Ciccia se ruboriza, se coloca un mechón de pelo negro que se ha soltado de la cofia y se vuelve para mirarla. Giovanna abre la boca para decir algo, pero no lo consigue. Entonces estira los brazos, agarra al bebé y lo abraza.

Doña Giovanna Florio. Así van a llamarla a partir de ahora. Ya no la «señora baronesa», conforme al título que le corresponde por su nacimiento, ese título que tanta importancia había tenido para que la admitieran en esa casa de ricos mercaderes. Ahora ya no es importante que sea una Trigona, que pertenezca a una de las familias más antiguas de Palermo. Lo único importante es que sea «el ama».

Doña Ciccia se le acerca, le quita al niño de los brazos.

—Tiene que vestirse de luto —le murmura—. Dentro de poco llegarán los primeros invitados para presentar sus condolencias. —En la voz, una nueva deferencia, un tono que Giovanna nunca ha oído. La señal de un cambio irreversible.

Ahora tiene un papel concreto. Y deberá demostrar que está a la altura.

Nota que la respiración se esconde en la caja torácica, que la sangre le fluye por el rostro. Agarra los bordes del albornoz, los aprieta.

—Ordene que se cubran los espejos y que se abra medio portón —dice luego, con voz firme—. Después venga a ayudarme.

Giovanna va hacia el vestidor, que está detrás del dosel de la cama. Las manos le tiemblan, tiene frío. En la cabeza, un solo pensamiento.

«Soy doña Giovanna Florio».

La casa está vacía.

No hay más que sombras.

Sombras que se alargan por entre los muebles de nogal y de caoba, más allá de las puertas entornadas, por entre los pliegues de los pesados cortinajes.

Hay silencio. No tranquilidad. Es ausencia de ruidos, una inmovilidad asfixiante, que no deja respirar, que impide hacer gestos.

Los moradores de la casa duermen. Todos salvo uno: Ignazio, en zapatillas y con bata, deambula por las habitaciones de la via dei Materassai, a oscuras. Sufre de nuevo el insomnio que lo torturó de joven.

No duerme desde hace tres noches. Desde que murió su padre.

Nota que los ojos se le humedecen, se los frota con fuerza. Pero no puede llorar, no debe hacerlo; las lágrimas son cosa de mujeres. Sin embargo, lo oprime una espantosa sensación de ajenidad, de abandono y de soledad. Nota en la boca el sufrimiento, lo soporta, se lo guarda. Camina, recorre las habitaciones. Se detiene delante de una ventana, mira la calle. La via dei Materassai está sumida en una oscuridad que rompen los escasos fragmentos de luz de las farolas. Las ventanas de las otras casas son ojos vacíos.

Cada respiración tiene un peso, una forma, un sabor, y es amargo. Es muy amargo.

Ignazio tiene treinta años. Hace tiempo su padre le confió la dirección de la bodega de Marsala, y hace poco le otorgó además un poder general para los negocios. Desde hace dos años está casado con Giovanna, que le ha dado a Vincenzo y a Ignazio, los hijos varones que aseguran el futuro de la Casa Florio. Es rico, apreciado, poderoso.

Pero nada puede borrar la soledad del luto.

El vacío.

Las paredes, los objetos, los adornos son mudos testigos de días en los que su familia estaba entera, intacta. En los que el orden del mundo era sólido y el tiempo lo pautaba el trabajo compartido. Un equilibro que ha estallado en mil pedazos, dejando un cráter en cuyo centro se encuentra él, Ignazio. Alrededor, solo escombros y desolación.

Sigue andando, recorre el pasillo, sobrepasa el despacho de su padre. Durante un instante piensa entrar, pero se da cuenta de que no va a ser capaz, no esa noche, en la que los recuerdos son tan consistentes que parecen de carne. Así que sigue andando, sube las escaleras y llega a la habitación en la que su padre recibía a los socios para las reuniones informales, o bien se aislaba para reflexionar. Es un espacio pequeño, forrado de madera y de cuadros. Permanece parado en la puerta, con la mirada baja. Desde las ventanas abiertas llega un chorro de luz blanca que ilumina el sillón capitoné de piel y la mesilla sobre la que hay un periódico, el que estaba leyendo la noche previa al ataque de apoplejía que lo había inmovilizado. Nadie se ha atrevido a tirarlo, pese a que han pasado varios meses. En una esquina de la mesilla, sus quevedos y la caja de rapé. Todo está ahí, como si fuera a volver en cualquier momento.

Le parece notar su perfume, un agua de colonia con aroma a salvia, limón y aire de mar, y luego la respiración, una especie de lento bufido, y su paso pesado. Vuelve a verlo leyendo cartas y documentos con una sombra de sonrisa que le coloreaba el rostro de ironía, y luego levantando la cabeza, y refunfuñando un comentario, una observación.

El sufrimiento lo devora. ¿Cómo va a continuar sin él? Ha tenido tiempo para pensar en eso, para prepararse, pero ahora no sabe cómo hacerlo. Tiene la sensación de que está a punto de ahogarse, igual que aquella vez en la Arenella, cuando, de niño, casi se ahogó. Entonces fue precisamente su padre quien se lanzó para rescatarlo. Recuerda la sensación de falta de aire, del agua salada abrasándole la tráquea... como ahora le abrasan las lágrimas que trata de reprimir. Pero debe resistir. Porque ahora él es el cabeza de familia y debe hacerse cargo de la Casa Florio. Pero también de su madre, que se ha quedado sola. Y, por supuesto, también de Giovanna, de Vincenzo, de Ignazziddu...

Respira hondo y se enjuga los ojos. Teme olvidarse de cómo era, de ya no ser capaz de recordar sus manos o su olor. Pero nadie debe saberlo. Nadie debe notar el sufrimiento en sus ojos. Él no es un hijo que ha perdido a su padre. Es el nuevo dueño de una casa comercial afortunada, en plena expansión.

En ese momento de dolorosa soledad, sin embargo, lo admite.

Quisiera alargar la mano y encontrar la mano de su padre, pedirle consejo, trabajar a su lado, en silencio, como hicieron tantas veces.

Él, que ahora es padre, querría volver a ser solamente hijo.

—¡Ignazio!

Ha sido su madre, Giulia, quien lo ha llamado con un susurro. Ha visto su sombra cruzar la lámina de luz en el vano de la puerta de la habitación donde duermen Vincenzo e Ignazziddu. Está sentada en un sillón y sostiene en sus brazos al bebé, llegado al mundo mientras el abuelo estaba a punto de abandonarlo.

Giulia viste un albornoz de terciopelo negro y tiene el pelo blanco recogido en una trenza. A la luz de la vela, Ignazio nota las manos agarrotadas por la artrosis y la espalda encorvada. Los dolores en los huesos la persiguen desde hace años, pero siempre se mantuvo erguida. Ahora, en cambio, parece enroscada sobre sí misma. Aparenta mucho más de los cincuenta y nueve años que tiene, como si de golpe se hubiese hecho cargo de toda la fatiga del mundo. También porque sus ojos —muy serenos y a la vez llenos de curiosidad— se han vuelto opacos, apagados.

—¿*Madre...*, qué hace aquí? ¿Por qué no ha llamado a la nodriza?

Giulia lo mira en silencio. Vuelve a arrullar al bebé y, entre sus pestañas, brota una lágrima.

—A él le habría encantado esta criatura, porque, además, ya has tenido dos varones. Tu esposa lo ha hecho muy bien: a los veinticinco años ya te ha dado dos herederos.

Ignazio nota en el corazón una nueva grieta. Se sienta delante de su madre, en el sillón que está junto a la cuna.

—Lo sé. —Le estrecha la mano—. Lo que más me duele es que él no lo vea crecer.

Giulia traga saliva.

—Podría haber vivido mucho tiempo. Pero no se cuidó nunca, nunca. Nunca se tomó un día de descanso, trabajaba hasta en los festivos... aquí —dice, tocándose la sien—. No podía parar. Al final, eso es lo que se me lo llevó. —Suspira, luego coge la mano de su hijo—. Júramelo. Júrame que nunca antepondrás el trabajo a tu familia.

Giulia le aprieta la mano con fuerza, una fuerza desesperada que brota de la conciencia de que el tiempo arrasa con todo, de que no devuelve nada; peor aún, de que quema y hace cenizas los recuerdos. Ignazio cubre con su mano la de ella, nota los huesos debajo de la fina piel. La grieta en el corazón se ensancha.

—Descuida.

Giulia menea la cabeza; no acepta esa respuesta automática. Ignazziddu hace pucheros entre sus brazos.

—No, tienes que pensar en tu mujer y en *esta criatura.* —Con un gesto muy siciliano (ella, milanesa, llegada a la isla cuando tenía poco más de veinte años), levanta el mentón hacia la cuna del fondo, donde duerme Vincenzino, que tiene un año—. Tú no lo sabes, ni puedes recordarlo, pero tu padre realmente no «vio» crecer a tus hermanas, Angelina y Peppina. A ti apenas te atendió, y solo porque eras el hijo *varón* que quería. —Baja el tono de voz, le vibra con lágrimas ocultas—. No cometas el mismo error. Entre las cosas que se pierden, la infancia de nuestros hijos es una de las más dolorosas.

Ignazio asiente, se cubre el rostro con las manos. Años de miradas severas resurgen de la memoria. Solo de adulto aprendió a descifrar el orgullo y el afecto en los ojos oscuros de su padre. Vincenzo Florio no fue hombre de palabras, sino de miradas, para lo bueno y para lo malo. Y tampoco fue hombre capaz de demostrar afecto. No recuerda abrazos. A lo mejor, alguna caricia. Y, sin embargo, Ignazio lo quiso.

—Y a tu esposa Giovanna... no la descuides. Te quiere, pobre estrella, y siempre busca tu atención. —Giulia lo observa con una mezcla de reproche y pena. Suspira—. Por algo te habrás casado con ella.

Ignazio mueve la mano, como para espantar una idea molesta.

—Sí —murmura. Pero no añade nada más y baja los ojos para eludir la mirada de su madre, que siempre ha sabido penetrar en su alma.

Ese dolor le pertenece solo a él.

Giulia se levanta y, a pasos lentos, devuelve a Ignazziddu a la cuna. El bebé mueve la cabecita con un suspiro satisfecho y se entrega al sueño.

Ignazio la espera en la puerta. Le pone una mano en el hombro y la acompaña a su habitación.

—Me alegra que haya decidido venir aquí, al menos para pasar los primeros días. No podía imaginármela a usted sola.

Ella asiente.

—La casa de la Olivuzza es demasiado grande sin él.

Vacía. Para siempre.

Ignazio siente que la respiración se le solidifica.

Giulia entra en la habitación que su hijo y su nuera han mandado que le preparen, la misma donde, años atrás, vivió su suegra, Giuseppina Saffiotti Florio. Una mujer severa, que perdió a su marido siendo aún joven y crió a Vincenzo con Ignazio, su cuñado, y que durante mucho tiempo luchó para que la aceptaran en la familia, que la consideraba poco recomendable y arribista. Ahora ella también es viuda. Se queda en el centro de la habitación mientras su hijo cierra la puerta, luego posa la mirada en la cama de matrimonio.

Ignazio no oye sus palabras. Y tampoco podría comprender el dolor de Giulia, que es diferente del suyo: más visceral, más agudo, sin esperanza.

Porque ella y Vincenzo escogieron estar juntos, se quisieron y amaron, a despecho de todo y de todos.

—¿Cómo voy a poder vivir sin ti, amor mío?

La puerta rasca levemente el suelo, se cierra sin hacer ruido. El colchón que está a su lado se pliega, el cuerpo de Ignazio vuelve a invadir el espacio, a emanar un calor tibio que se mezcla con el de ella.

Giovanna respira más despacio, simula un sueño que la ha dejado en el instante en que su marido se ha levantado. Sabe bien que Ignazio sufre de insomnio, y ella, que tiene el sueño ligero, permanece muchas veces despierta sin moverse. Además, cree que la muerte del padre ha afectado a Ignazio más de lo que él quiere reconocer.

Tiene los ojos muy abiertos en la oscuridad. Recuerda bien la primera vez que vio a Vincenzo Florio: un hombre recio, de gesto torvo y de respiración profunda. La miró como se mira a un animal en el mercado.

Ella, desconcertada, no pudo hacer más que bajar la mirada al suelo del salón de la villa delle Terre Rosse, al otro lado de la muralla de Palermo.

Entonces él se dirigió a su esposa con el que debía ser un susurro, pero que rebotó en el salón de los d'Ondes:

—¿No es demasiado flaca?

Giovanna levantó de golpe la cabeza. ¿Es que había que reprocharle que toda su vida hubiera procurado no volverse como su madre, tan gorda que era casi deforme? ¿Es que eso quería decir que ella no podía ser una buena esposa? Herida por aquella acusación de impropiedad, miró a Ignazio, esperando que dijese algo en su defensa.

Pero Ignazio permaneció callado, con una leve sonrisa distante en los labios.

Fue su padre, Gioacchino d'Ondes, conde de Gallitano, quien tranquilizó a Vincenzo.

—*Es una mujer sana* —dijo con orgullo—. Y dará hijos sanos a su casa.

Sí, porque su capacidad de tener hijos era lo único que realmente le interesaba a don Vincenzo: no el hecho de que estuviese gorda o flaca, o de que Ignazio estuviese enamorado de ella.

Y, a pesar de todo, entró en la casa Florio con el corazón lleno de amor por ese marido tan contenido y pagado de sí mismo.

Estaba encantada, porque enseguida se enamoró de él —desde el instante en que lo vio en el Casino de las Damas y los Caballeros, cuando aún no había cumplido diecisiete años—, y luego fue conquistada por la calma que él sabía infundirle, por su fuerza, que parecía brotar directamente de una inexpugnable convicción de superioridad. Por la serenidad de sus palabras.

El deseo apareció después, cuando compartieron la intimidad. Pero fue precisamente el deseo lo que la engañó, lo que le hizo creer que su matrimonio era diferente de aquellos que los demás le habían descrito, lo que le hizo pensar que podía haber afecto o, por lo menos, respeto. Todos la pusieron en guardia, empezando por su madre, con sus oscuras alusiones al hecho de que tendría que hacer «sacrificios» y «soportar» a su marido, terminando por el padre Berto, que, el día de la boda, le advirtió: «La paciencia es la principal dote de una esposa».

«Sobre todo si te casas con un Florio», añadió su mirada.

Y ella fue paciente, obedeció, buscando sin descanso un gesto de aprobación, o, al menos, de reconocimiento. Durante dos años vivió entre la comedida amabilidad de doña Giulia y las miradas puntuales de don Vincenzo, sintiéndose en falta por su dote —no especialmente generosa— y su instrucción, muy inferior a la de sus cuñadas, perdida en una casa y una familia que le resultaron ajenas. Recurrió a su orgullo nobiliario, a la sangre de los Trigona. Pero, sobre todo, a lo que sentía, porque en esa casa y en esa familia estaba Ignazio.

Con tenacidad, con firmeza, esperó a que él reparase en ella. Que la mirase de verdad.

Pero obtuvo solamente una afectuosa amabilidad, una calidez tibia y pasajera.

Oye los leves ronquidos del hombre detrás de ella. Se vuelve, observa su perfil en la oscuridad. Le ha dado dos hijos. Lo ama, aunque sea de forma ciega y tonta, lo sabe.

Pero también sabe que eso no es suficiente.

«La verdad», reflexiona Giovanna, «es que te acostumbras a todo». Y ella durante mucho tiempo se ha acostumbrado a conformarse con migajas. Pero ahora quiere más. Ahora quiere ser realmente su esposa.

La mañana del 21 de septiembre de 1868, el notario Giuseppe Quattrocchi da lectura a las últimas voluntades de Vincenzo Florio, comerciante. En traje oscuro de confección inglesa y con corbata de crespón de lana negro, Ignazio escucha los capítulos del testamento, divididos conforme a los sectores de interés de la Casa Florio. Encima de la mesa, varios legajos, colocados en pilas ordenadas. El secretario del notario los coge, comprueba la lista de los bienes. Una sarta de lugares, nombres, cifras.

Ignazio permanece impasible. Nadie puede ver las manos temblorosas que tiene cruzadas debajo de la mesa.

Siempre ha sabido que la red de sus negocios era muy extensa, pero es como si solo en ese momento se diese realmente cuenta de lo compleja y articulada que es. Hasta hace pocos días, él se ocupaba solo de algunos sectores, y especialmente de la bodega de Marsala. Le encantaba pasar los días de la vendimia en el establecimiento, y esperar el ocaso para ver el sol desaparecer detrás del perfil de las Egades, más allá de la laguna del Stagnone.

Ahora, en cambio, delante de él se eleva una montaña de papeles, dinero, contratos y citas. Tendrá que escalarla, llegar a la cumbre, y eso aún no será suficiente: tendrá que someterla a su voluntad. Los Florio siempre tienen que mirar más allá. Eso hicieron su abuelo Paolo y su tío Ignazio cuando se fueron de Bagnara a Palermo. Eso hizo su padre cuando creó la bodega de Marsala, cuando se quedó con la dirección de la almadraba de Favignana, o cuando se obstinó —contra la opinión de todos— en querer la Fonderia Oretea, que ahora da pan y trabajo a docenas de hombres. Y nunca ha habido dudas sobre el hecho de que a él le corresponderá seguir ese camino. Es el varón de la casa, el heredero, quien tendrá que sacar adelante el nombre de la familia y consolidar el poder y la riqueza.

Con un solo gesto, Ignazio levanta las manos entrelazadas, que por fin han dejado de temblar, y las posa sobre la mesa. Luego observa el anular; ahí, debajo de la alianza, está el anillo de oro forjado que su padre le dio el día de su boda con Giovanna, hace dos años: pertenecía al tío que se llamaba como él, y, antes, a su bisabuela, Rosa Bellantoni. Nunca le ha parecido tan pesado.

El notario prosigue la lectura: ya ha llegado a las disposiciones que atañen a la madre y a las hermanas, para lo que se han nombrado representantes. Ignazio escucha, asiente, luego firma para la aceptación de la herencia.

Al final se levanta, mira de un lado a otro. Sabe que todos esperan que diga algo. No quiere ni debe decepcionarlos.

—Les agradezco que hayan venido. Mi padre era un hombre extraordinario: no tenía un carácter fácil, pero siempre fue leal con todos y valiente en sus empresas. —Hace una pausa, elige las palabras. Está erguido, su voz es firme—. Confío en que trabajen para la Casa Florio con el mismo compromiso que le demostraron a él. Yo tengo el propósito de continuar con su labor, haciendo que nuestras empresas sean más sólidas, más fuertes. Pero no me olvido de que, ante todo, la Casa Florio es una fuente de ingresos para muchas personas a las que les da pan, trabajo y dignidad. Les prometo que me ocuparé especialmente de ellas... de ustedes. Todos juntos haremos que esta Casa sea el corazón de Palermo y de Sicilia entera. —Señala los legajos que tiene delante, apoya las manos encima de ellos.

Algunos asienten. Las arrugas de preocupación se relajan, las miradas dejan de ser tensas.

«Al menos de momento no necesitan más garantías», piensa Ignazio, y nota que la tensión abandona los hombros. «Pero mañana mismo será distinto».

Los presentes se levantan, se acercan: le dan el pésame, alguno incluso pide una entrevista. Ignazio da las gracias y con un gesto le pide a su secretario que se encargue de fijar los encuentros.

Vincenzo Giachery es el último que se le acerca, junto con Giuseppe Orlando. Son amigos de la familia, antes que colaboradores y consejeros de la Casa Florio. Vincenzo es hermano de Carlo Giachery, el brazo derecho de su padre, así como arquitecto de la Villa dei Quattro Pizzi, fallecido tres años antes. Otro de esos lutos que Vincenzo afrontó con frialdad, encerrándose en sí mismo. Giuseppe, por su parte, es un hábil ingeniero mecánico, experto en marina mercante, con un pasado de garibaldino y un presente de tranquilo empleado y de buen padre de familia.

—Tenemos que hablar, don Ignazio —empieza Giachery, sin preámbulos—. El asunto de los piróscafos.

—Lo sé.

«No, mañana no: hoy», dice Ignazio para sus adentros. «No hay tiempo, no lo he tenido, nunca volveré a tenerlo».

Mira a los dos hombres y respira hondo. Los acompaña fuera del salón, donde los criados están entregando guantes y sombreros a los parientes que han ido al funeral y a la lectura del testamento. Saluda a su hermana Angelina y a su marido, Luigi De Pace; le estrecha la mano a Auguste Merle, el suegro de su hermana Giuseppina, que vive en Marsella desde hace años.

Los tres hombres se dirigen hacia el despacho de Vincenzo. En la puerta, Ignazio vacila, igual que la noche previa, como si estuviese delante de una pared. Ha entrado innumerables veces en esa habitación, pero solo cuando su padre estaba vivo, cuando era él quien mandaba en la Casa Florio.

¿Y ahora con qué derecho va a entrar? ¿Quién es él sin su padre? Todos dicen que es el heredero, pero ¿no será más bien un impostor?

Cierra los ojos y, durante un larguísimo instante, se imagina abriendo la puerta y viéndolo ahí, en su sillón de piel. Ve la cabeza levantada, el pelo gris despeinado, la frente arrugada, la mirada escrutadora, la mano apretando una hoja...

Pero es la mano de Vincenzo Giachery la que se posa en su hombro.

—Ánimo —le dice en voz baja.

«No, hoy no: ahora», piensa Ignazio, tratando de espantar el temor que lo oprime. La muerte, a él, lo ha dejado sin su padre; a ellos, los ha privado de un guía. «Ahora, y no después», porque ha llegado el momento de demostrar que va a ser el digno sucesor de su padre. Que su vida —consagrada a la Casa Florio desde el instante en el que llegó al mundo— no es inútil. Que la fragilidad del dolor no le pertenece y, aunque la nota, debe ocultarla. Él es quien debe tranquilizarlos. El tiempo de las confirmaciones y del consuelo ya ha terminado para él. Es más, le parece que nunca ha llegado siquiera a empezar.

Y entonces atraviesa esa pared. Entra en la habitación, ocupa el espacio. El despacho vuelve a ser lo que es: un lugar de trabajo, revestido de una *boiserie* de madera oscura, con muebles recios, dos sillones de cuero y un escritorio grande de caoba repleto de documentos, papeles e informes contables.

Se sienta a ese escritorio, en ese sillón. Durante un instante, la mirada se detiene en el tintero y en la bandeja donde hay un abrecartas, unos timbres, una regla, unas hojas de papel secante. En una de ellas está la marca de la yema de un dedo.

—Bien —respira hondo. En el vade ve las tarjetas de pésame. Encima está la de Francesco Crispi. «Tendré que escribirle ahora mismo también a él», piensa. Crispi y su padre se conocieron en el momento de la llegada de los garibaldinos a Palermo, y enseguida surgió entre ambos una amistad franca y de recíproca confianza, que se consolidaría con los años. Fue abogado de los Florio y ahora parecía encaminado a una luminosa carrera política: hacía poco había sido elegido en el colegio de Maglie y en el de Castelvetrano—. Antes tenemos que tranquilizarlos a todos. Deben seguir confiando en nosotros tal y como han confiado hasta ahora.

—Y el asunto de las ayudas estatales, ¿cómo lo ve? Corre el rumor de que el gobierno es reacio a renovar las subvenciones, y para la Casa Florio sería peligroso no contar con ese aporte. El Mediterráneo está lleno de compañías que harían cualquier cosa por conseguir una ruta más.

«Enseguida en primera línea», reflexiona Ignazio. El tema más espinoso, aquí está.

—Lo sé perfectamente, y no estoy dispuesto a que nadie se me adelante. Tengo la intención de acudir al director general de Correos, Barbavara: creo que es conveniente confirmarle que tenemos ideas concretas sobre la fusión de nuestra empresa de Piróscafos Postales con la Accossato y Peirano de Génova, que, como saben, junto con la Rubattino, posee más de la mitad del tonelaje a vapor nacional. Una maniobra que daría lugar a una indiscutible mejora de las líneas de transporte, en general, y a una potenciación de nuestra flota en particular. Pero, sobre todo, le manifestaré mis quejas por la supresión de la ruta a Livorno: para nosotros supone un enorme perjuicio, porque suprime una conexión directa entre Sicilia y el Centro de Italia. Le pediré que le entregue la carta a nuestro intermediario en el ministerio, el caballero Scibona, que se ocupará de abogar por nuestros intereses.

Orlando se frota los muslos, resopla.

—Scibona es un *pícaro*, y la única ventaja que tiene es la de que ya está en el ministerio. Pero no es más que un subalterno, y no sé cuándo conseguirá audiencia. Necesitamos a alguien mejor situado.

Ignazio asiente lentamente. Enarca las cejas.

—Por eso quiero como interlocutor al director de Correos en persona —dice despacio—. Él podrá presionar cuando haga falta... Aunque... —Agarra un abrecartas, le da vueltas en el hueco de la mano—. El problema radica en la causa: el gobierno ha decidido recortar los gastos. En el norte están construyendo carreteras y ferrocarriles, y les interesa poco el comercio con Sicilia. Somos nosotros quienes debemos darle un motivo para justificar las subvenciones a los transportes, de manera que las rutas resulten ventajosas.

Giachery se acoda en el escritorio e Ignazio lo mira: bajo esa luz tenue, por los pómulos hundidos y el pelo negro con manchas grises, el parecido con su hermano resulta casi inquietante. «Es como si estuviese en una reunión de fantasmas y yo fuese el único vivo. De fantasmas que no quieren irse», piensa Ignazio.

—¿Usted qué opina, don Vincenzo? —pregunta luego—. ¿Por qué no dice nada?

Giachery se encoge de hombros y lo mira de reojo.

—Porque usted ya ha decidido y nada va a hacerlo cambiar de parecer.

Esa frase le arranca una carcajada, la primera desde hace muchos días. Es una apertura de crédito.

—Exacto. *Se trata de disfrazar al muñeco.* Hay que conseguir que Barbavara comprenda que le conviene estar de acuerdo con la Casa Florio y con nuestros intereses.

Giachery abre los brazos. Esboza una leve sonrisa.

—*Eso es.*

Ignazio se apoya en el respaldo del sillón, mira a lo lejos. En su mente ya se está formando la carta que va a escribir. No, no es algo que pueda confiarse a un secretario. Se encargará él personalmente.

—Y, de todos modos, hemos de ser precavidos con la competencia que tenemos en nuestra propia casa —dice Giuseppe Orlando—. Me ha llegado el rumor de que Pietro Tagliavia, el armador, pretende construir una flota únicamente de vapores para comerciar en el Mediterráneo Oriental. —Se lleva un puño a la boca para contener un bostezo. Han sido días duros para todos y se nota el cansancio—. Cuando se abra el canal de los franceses, en Suez, ir a las Indias resultará mucho más sencillo y rápido...

Ignazio lo interrumpe:

—Tenemos que hablar también de eso. El comercio de especias dio mucho dinero a mi padre, pero ya no tiene la importancia de antes. Ahora hay que concentrarse en el hecho de que la gente desea desplazarse con rapidez, y sin renunciar a la comodidad. Quiere sentirse moderna, en una palabra. Eso es lo que nosotros tenemos que garantizar, cubriendo las rutas del Mediterráneo con piróscafos más veloces que los de nuestros competidores.

Giachery y Orlando se miran, alarmados. ¿Renunciar al comercio de especias, a una de las principales actividades de la casa comercial? Ellos ya tienen una edad y han visto muchas cosas. Saben que un cambio de estrategia tan brusco puede conllevar consecuencias catastróficas. Ignazio se incorpora, se acerca a la pared de la que pende un mapamundi muy grande. Estira la mano hacia el Mediterráneo.

—Conseguiremos nuestra riqueza de los piróscafos. De los piróscafos y de la bodega. Nuestro objetivo principal será proteger y potenciar esas dos actividades. Si no recibimos ayudas del gobierno, tendremos que buscarlas nosotros, peleando con uñas y dientes. Habrá que saber quiénes son los amigos, pero, sobre todo, conocer bien a los enemigos, saber cómo combatirlos, manteniendo siempre los ojos abiertos, pues nadie nos perdonará los errores. —Los mira. Habla con calma, con firmeza—. Tenemos que ampliar la red de transportes. Por eso necesitamos que hombres poderosos como Barbavara estén de nuestro lado.

Los dos hombres se cruzan otra mirada tensa, pero no se atreven a hablar. Ignazio lo nota, da un paso hacia ellos.

—Fíense de mí —murmura—. Mi padre miró siempre hacia delante, más allá del horizonte. Y yo quiero hacer lo mismo.

Unos segundos después, Giachery asiente. Se levanta, le tiende la mano.

—Usted es don Ignazio Florio. Sabe qué se debe hacer —dice, y en esa frase está todo cuanto Ignazio puede esperar, al menos, de momento. Reconocimiento, confianza, apoyo.

También Orlando se levanta y va a la puerta.

—¿Pasará mañana por el banco? —pregunta.

—Confío en poder hacerlo ahora mismo. —Ignazio señala una carpeta que hay en el escritorio—. Debemos cerrar la gestión de mi padre y abrir la mía.

El otro se limita a asentir.

La puerta se cierra detrás de los dos hombres.

Ignazio apoya la frente en el marco. «El primer obstáculo lo has superado», piensa. «Ahora vendrán los siguientes, de uno en uno».

Los papeles que hay en el escritorio lo miran, lo aguijonean. Se sienta de nuevo, ignora los papeles. «Esperad todavía un momento», implora, mientras se pasa una mano por la cara. Luego coge las tarjetas y los telegramas de pésame. Proceden de toda Europa: reconoce las firmas y se enorgullece pensando cuánta gente importante conocía y apreciaba a su padre. Hay incluso un telegrama de la corte del zar, señal de un aprecio construido a lo largo de los años.

Entonces, entre los últimos mensajes encuentra un sobre con un sello francés. Procede de Marsella.

Conoce esa caligrafía. Abre el sobre despacio, casi como si le diese miedo.

He sabido lo de tu pérdida.
Estoy sinceramente apenada por ti. Me imagino cuánto estarás sufriendo.
Te abrazo.

Ninguna firma. No hace falta.

Gira la cartulina: en el reverso hay dos nombres. Uno está totalmente tachado.

El rostro se le ensombrece de una amargura que no tiene nada que ver con el dolor por la muerte de su padre. Una pena se suma a otra. Un recuerdo que tiene el sabor de la nostalgia, de la añoranza de una vida nunca vivida, sino solamente soñada. Uno de esos deseos que uno lleva dentro toda la vida incluso a sabiendas de que nunca lo podrá satisfacer.

Nunca.

Amontona las tarjetas en una esquina. Ya las verá después.

Pero esa que no tiene firma la guarda en un bolsillo de la chaqueta, junto al corazón.

Giovanna, en albornoz y zapatillas, se asoma ligeramente por la ventana. El tiempo de Palermo es guasón, con una humedad fría que parte los huesos por la mañana y un calor todavía veraniego en las horas centrales del día.

Ve marcharse los carruajes, oye las despedidas en la puerta. Con esfuerzo, entra y se sienta en el sillón con una mueca de dolor. Mira alrededor. La puerta que comunica con la alcoba de Ignazio está semioculta por una pesada cortina de brocado verde; el dosel tallado y dorado, con una cabecera de carey y nácar que representa un Cristo crucificado. Sobre la cómoda de pluma de caoba, taraceada de latón, está uno de los regalos de la suegra: un servicio de tocador de plata con perfiles y motivos florales, de manufactura inglesa.

Todo es refinado. Lujoso.

Pero, al otro lado de las paredes, se encuentra el distrito de Castellammare, la antigua Galería de los mercaderes, llena de almacenes, tiendas y casitas de trabajadores. Un mundo ya inadecuado para el rango de los Florio. Varias veces intentó decírselo a Ignazio, pero él no le hizo caso.

—Aquí estaremos bien —le dijo—. Dejemos la Olivuzza a mis padres, que están mayores y necesitan respirar bien y tener tranquilidad. Además, ¿qué no te gusta de esto? Mi madre nos ha dado esta casa, que para nosotros es más cómoda, queda más cerca de la plaza Marina y de las oficinas de la Casa. Tiene incluso iluminación de gas, que mandé instalar hace poco. ¿Qué te falta?

Giovanna frunce la pequeña boca, y resopla, irritada. No comprende por qué Ignazio se empeña en vivir ahí, mientras la Olivuzza, que a él también le gustaba, debe permanecer en manos de su suegra, sobre todo ahora que se ha quedado sola. Detesta la promiscuidad de esas calles populares. No bien descorre las cortinas, su vecina de enfrente se asoma al balcón y casi da la sensación de que quiere meterse en su habitación. Alguna vez incluso la ha oído comentar en voz alta qué veía, para que se enterara todo el vecindario.

Le falta el aire libre de las Terre Rosse, la amplia zona de campo cercana a la iglesia de San Francisco de Paula, donde sus padres tienen su pequeña villa, un edificio con alguna pretensión de elegancia y con un pequeño jardín. Giovanna se crio ahí. En la via dei Materassai, con las casas amontonadas y esos olores intensos a jabón y a comida, que absorben los callejones, le cuesta respirar. No hay intimidad ni discreción.

Le da igual que las escaleras sean de mármol, que los techos estén pintados con frescos y que los muebles procedan de los cuatro rincones de la Tierra. No quiere vivir ahí, en una casa de nuevos ricos comerciantes. Eso podía valerle a su suegro, pero, al casarse con ella, Ignazio ha entrado a formar parte de la nobleza palermitana y necesita una vivienda que se corresponda con su nuevo rango.

«¿En realidad no es por eso por lo que se ha casado conmigo?», se pregunta, cerrando con ira los limbos del albornoz. «¡Por la sangre noble que le he aportado en dote, por quitarse el polvo de los zapatos y el epíteto de "mozo de cuadra" del que mi suegro nunca consiguió librarse! Quería tener a su lado a la baronesita Giovanna d'Ondes Trigona. Y lo ha conseguido».

Un pensamiento amargo, seguido de una observación todavía más amarga.

Pero, entonces, ¿por qué todo esto no le basta?

En ese momento, la puerta se abre. Ignazio entra y se le acerca.

—Ah, estás despierta. Buenos días.

—Acabo de levantarme de la cama, espero a doña Ciccia para que me ayude a prepararme. —Le coge la mano, se la besa—. ¿Cómo ha ido?

Ignazio se sienta en el brazo del sillón, le pone una mano en el hombro.

—Irritante. —No puede decirle más: es inútil, ella no entendería. Tampoco puede imaginarse qué supone cargar con toda la responsabilidad de la Casa Florio. Le roza el rostro con una caricia—. Estás pálida...

Ella asiente.

Aquí me falta el aire. Quisiera ir al campo.

Pero Ignazio ya no la escucha. Se ha puesto de pie, se dirige hacia el vestidor.

—He subido para cambiarme de chaqueta. Ha vuelto el calor. Tengo que ir a la oficina del banco para revisar la lista de los acreedores y de las letras de cambio después de la aceptación de la herencia. Además...

—Necesitarías un valet —lo interrumpe ella.

Él se detiene, con las manos en el aire.

—¿Cómo?

—Un *criado que te atienda y te vista.* —Giovanna hace un gesto amplio, señala la ciudad al otro lado de la ventana—. Mis parientes tienen *un valet y una criada para la mujer.*

Ignazio aprieta ligeramente los labios. Pero Giovanna comprende enseguida que está muy contrariado. Baja los ojos y se muerde un labio, esperando el reproche.

—Ya sabes que preferiría que hablases en italiano —rebate

Ignazio con sequedad, en efecto—. Vale alguna palabra de vez en cuando, pero nunca delante de otros. No es decoroso. Recuerda siempre quién eres... —Se pone una chaqueta ligera, saca una tarjeta de la otra chaqueta, la guarda en un cajón del armario y lo cierra con llave.

No es la primera vez que tienen esa discusión. En cuanto se casaron, él le puso una especie de preceptor para que le enseñase algo de francés y alemán, de manera que pudiese entablar una mínima conversación con sus invitados extranjeros y sus socios de negocios. Si viajaban juntos, tenía que ser capaz de comprender y de hacerse comprender, le explicó. Y ella obedeció, como le correspondía a una buena esposa.

Siempre ha obedecido, hasta ahora.

La humillación de Giovanna se convierte en enfado. Ignazio ni siquiera se da cuenta: le roza la frente con un beso distraído y sale.

Giovanna se pone de pie y, haciendo caso omiso de la jaqueca que tiene, se dirige al vestidor. Se pasa la mano por el vientre todavía hinchado y deformado por el embarazo. Las pérdidas se han reducido poco a poco después del parto y eso, según la comadrona, se debe a su delgadez. Tendría que comer más, le ha reprochado: carne roja, platos de pasta, caldo de carne... Incluso la han amenazado con obligarla a beber la sangre de los animales recién sacrificados si no consigue recuperar las fuerzas. Bien es verdad que no tiene que amamantar, pues enseguida se lo encargó a una campesina llegada expresamente de la Olivuzza para *alimentar al bebé*. Pero alimentarse bien es un deber para una puérpera.

Solo con pensar en ello, Giovanna siente náuseas. La comida le da asco. Lo único que consigue tragar son gajos de naranja o de mandarina.

—¿*Todavía sigue aquí*? —Precisamente con un platito de fruta entra doña Ciccia, y la mira con gesto de reproche—. *Es hora de prepararse* —dice, y da una palmada en la jofaina llena de agua—. *El señor la espera*.

Al otro lado del portón, quien espera a Ignazio no es solo el inusual calor de ese día de final de verano, sino también un hombre, que se le acerca y le besa la mano.

—Que Dios lo bendiga, don Ignazio —murmura—. Ha de perdonarme. Soy Saro Motisi, quería hablar con usted. Porque usted iba al banco.

—Voy para allá —replica Ignazio con una sonrisa, tratando de ocultar su irritación. El trayecto de la via dei Materassai al Banco Florio es breve, y él había confiado en hacerlo en soledad, reflexionando. En cambio, ese pequeño comerciante de vinos del distrito de los Tribunales se le pega, decidido a seguirlo.

—Ha de perdonarme —repite, y se esfuerza por hablarle en italiano—. Tengo dinero retenido, letras de cambio que me caducan la semana que viene, pero he tenido problemas y me seguirán llegando letras de cambio, *pero hete aquí que todo el mundo quiere dinero...*

Ignazio le pone una mano en el brazo.

—Veremos qué se puede hacer, señor Motisi —le dice—. Vaya al banco; llegaré ahí dentro de poco. Si tiene garantías que ofrecer, estoy seguro de que podremos pensar en un aplazamiento del pago.

Motisi se detiene, se inclina casi hasta el suelo.

—*Claro, claro, sepa usted que nosotros somos cumplidores... Se trata además de una miseria...*

Pero Ignazio ya no lo escucha. Camina más despacio, deja que Motisi se aleje y luego se detiene a mirar la calle San Giacomo, llena de una luz que da al empedrado una blancura casi cegadora. En apariencia, el tiempo no ha cambiado en la plaza, que él cruzó con su padre innumerables veces. Pero muchas pequeñas cosas sí han cambiado con los años: el adoquinado, antes siempre lleno de charcos de fango, ahora está limpio; ya no está el grupo de mendigos delante de la iglesia de Santa Maria La Nova; ahí donde había un verdulero, ahora hay un pequeño taller y, más adelante, alguien ha abierto una tienda de lozas. Y, sin embargo, el alma de ese lugar es la misma: caótica, alegre, toda ella gritos y mil acentos. Es su calle, y aquella es su gente. Una gente que ahora se le acerca, le besa la mano y le da el pésame mirando al suelo.

«¿Cómo es posible que a Giovanna no le guste este barrio?», se pregunta. Está tan lleno de vida, es uno de los corazones palpitantes de Palermo. Ignazio lo siente suyo; es como si fuesen suyos cada piedra, cada portón, cada hilo de sol y cada charco de sombra. Ha recorrido centenares de veces el trayecto de su casa al banco y conoce a cada una de las personas que ahora se asoman a la puerta para saludarlo.

Las conoce, sí, pero también hay en ellas algo diferente: porque ahora él es *el dueño*.

Durante un instante, saborea la melancolía de la soledad. Es consciente de que, a partir de este momento, no tendrá descanso, no tendrá salvación. Y no es solo la responsabilidad de la familia lo que recae sobre sus hombros; del destino del Banco Florio depende la vida de muchas personas que se fían de él, de sus capacidades, de su poder económico.

«Responsabilidad», piensa. Una palabra que su padre usaba con frecuencia. Se la ha instilado en el alma, se la ha plantado como una semilla, dejándola germinar en la oscuridad de la conciencia. Ahora está creciendo, se está convirtiendo en un árbol poderoso. E Ignazio sabe que las raíces de ese árbol acabarán asfixiando sus deseos y sus sueños, en nombre de algo más grande. Su familia. El apellido Florio.

Lo sabe y confía en no sufrir demasiado. En no sufrir más.

—Doña Giovanna, buenos días.

La nodriza la saluda inclinando la cabeza. Está dando de mamar al recién nacido. Giovanna observa a su hijo, que chupa ávidamente de ese pecho blanco, hinchado, lujurioso.

Lo compara con el suyo, aplastado por el corsé que lleva encima de la blusa, y cuyos lazos le insistió a la criada que apretase casi hasta que le cortó la respiración. Piensa que no querría jamás tener un pecho semejante. Lo encuentra repugnante.

—Giovannina, ven. —Giulia está sentada en el sillón y tiene en brazos a Vincenzino. Le señala el sillón donde la noche anterior se había sentado Ignazio.

—¿*Cómo se siente*, doña Giulia? —No teme usar el dialecto cuando le habla. Con ella, Giulia siempre ha sido amable. Desde luego, es una mujer reservada, pero nunca la ha regañado e incluso ha tenido algún gesto amable con ella. Sin embargo, Giovanna nunca ha terminado de comprender si esa amabilidad es sincera o fruto de una compasión rara y profunda. ¿Se nota tanto que Ignazio realmente no la quiere, que siente por ella solo un tibio afecto?

La otra no responde enseguida.

—Me siento como si me hubiesen amputado un brazo —dice entonces. Acaricia la cabeza del nieto y le da un beso en los cabellos rubios.

Giovanna no sabe qué hacer. Tendría que estrecharle la mano, consolarla, porque es lo que se hace con un pariente. Pero no le sale, y no porque Giulia no le dé pena.

Advierte en ella un dolor enorme. La intensidad de aquella pérdida la espanta. Jamás se habría imaginado que un hombre duro como Vincenzo Florio podía suscitar semejante apego en una mujer, sobre todo, en una mujer apacible y paciente como Giulia.

—*Él no podía seguir así* —murmura. Y es una dolorosa verdad.

Giulia traga unas cuantas lágrimas.

—Lo sé. Lo veía. Sabes, los últimos días, mientras tú estabas a punto de tener a Ignazziddu y él se iba... —Se le quiebra la voz—. Cuando vi que ya no era capaz de hablar, que ya no me miraba, le rogué a Dios que se lo llevara. Prefería saberlo muerto a seguir viéndolo sufrir.

Giovanna se persigna para ocultar su turbación. Luego murmura:

—*Ahora está con el Señor, piense eso. Hizo muchas cosas buenas...*

Giulia sonríe, amarga.

—Ojalá fuese verdad... Hizo muchas cosas, no todas buenas. A mí, sobre todo. —Levanta la mirada. Giovanna se sorprende de la energía que ve en sus ojos. Casi fuego—. Sabrás que durante largo tiempo él y yo vivimos en... pecado. Que nuestros hijos nacieron fuera del matrimonio.

Con cierto empacho, Giovanna asiente. Cuando llegó la propuesta de Ignazio, la madre de ella lo miró con desprecio precisamente por eso: a pesar de todo su dinero, ese hombre nació bastardo. Giulia y Vincenzo se casaron cuando Ignazio ya había nacido.

—Me acuerdo de una vez... —Su voz se suaviza, el rostro parece relajarse—. Al principio, cuando él ya había decidido que yo fuese suya y yo... no sabía cómo resistirme a él, en fin, resulta que un día pasé por la tienda de especias que está aquí abajo. Tenía que comprar unas especias y él, que estaba en el despacho, oyó mi voz y salió para atenderme en el mostrador. Algo muy raro, ya que no atendía a nadie desde hacía años. Quería regalarme unos pistilos de azafrán, que significaban deseos de buena suerte y felicidad: yo los rechacé, pero él me los puso en la mano, forzándome a aceptarlos. La gente que había en la *tienda* lo observaba, pasmada, porque

38

Vincenzo Florio nunca regalaba nada... —Un suspiro—. Pero yo no era como los demás. Él me quería a mí, a mí y a ninguna otra. Y cuando me consiguió, se quedó con toda mi vida. Y yo se la di encantada, y jamás me importó lo que los demás pensaban de mí, que los demás me considerasen una mujer poco recomendable. Porque para mí él lo era todo. —Abraza al niño, que forcejea—. ¿Y ahora pensáis que puedo prescindir del hombre que he querido más que a mí misma solo porque Dios se lo ha llevado?

Vincenzino empieza a lloriquear y se estira hacia los juguetes que hay repartidos por la habitación, luego se pone a toser. Giulia lo suelta.

—Te he dicho todo esto porque a mí Ignazio ya no me escucha. Hubo un tiempo en que yo lo era todo para él, hasta que su padre se le acercó... y se apropió de Ignazio. —Suspiró de nuevo—. Y yo, ahora, sin Vincenzo, ya no pinto nada. —Giovanna hace ademán de protestar, pero Giulia la detiene con la mano, baja la voz—. Desde luego, soy su madre y me quiere, sin embargo... Ahora estás tú, su esposa, y tú eres la señora de todo. Tú puedes ayudarme. Tienes que hablar con él, tienes que decirle que me quiero ir a vivir a los Quattro Pizzi. Ya sé que él no quiere, que cree que me conviene estar aquí, pero yo... no quiero. Aquella era nuestra casa, y allí quiero estar, junto a él y con nuestros recuerdos. ¿Lo harás?

Giovanna querría replicar que Ignazio rara vez la escucha, pero la sorpresa por esa petición la enmudece. Si la suegra dejase la casa de la via dei Materassai, entonces a lo mejor podría convencer a Ignazio de que se trasladen a la Olivuzza. Podría arreglar el jardín y la casa y mejorar la decoración de estilo francés con otros muebles, más de su gusto.

Es un regalo inesperado, el que doña Giulia le está haciendo. Y no es el único. También le está confiando su casa.

Giovanna se limita a asentir. Estrecha la mano de su suegra.

—Hablaré con él —le dice, y ya sabe qué hacer. Porque, si bien es cierto que su marido no le hace caso, hay algo a lo que es incapaz de resistirse: al prestigio vinculado al nombre de su familia. En eso, Ignazio es idéntico a su padre, presa de una ambición que lo consume por dentro.

Y nada puede ser más prestigioso que aquello en lo que ella está pensando para la Olivuzza.

Hombres armados, silenciosos e invisibles, vigilan la seguridad del inmenso parque, de la villa y de sus habitantes. Ser un Florio significa también cuidarse las espaldas: ya lo había comprendido Vincenzo, pero a él, para protegerse, le había bastado recurrir a la amistad y a una serie de favores hechos y devueltos. En cambio, cuando Ignazio se trasladó a la Olivuzza, en otoño de 1869, alguien le hizo notar —somera y discretamente— que hacía falta algo más para dar tranquilidad a la familia. Porque Palermo es una ciudad viva, donde el comercio —especialmente el de cítricos— promete riqueza, y por tanto se rodeó —en las barriadas— de obreros, carreteros, campesinos y jóvenes que sueñan con una vida lejos de la esclavitud de la tierra, pero también de contrabandistas y ladrones, de bandidos ocasionales y de profesión. Y esos hombres han dado vida a unas relaciones particulares cuyas redes se han vuelto cada vez más estrechas, hasta hacerse impenetrables para las fuerzas del orden. Por otro lado, tampoco hay que implicar a la policía piamontesa cuando las cosas pueden solucionarse bien. ¿Un agravio? Se enmienda malogrando un suministro de limones listo para ser embarcado hacia América. ¿Una ofensa? Se repara provocando un incendio en esa casa. ¿Una discusión? Se le pega un tiro en la espalda al que no ha demostrado respeto.

Nada más obvio, pues, de lo que se precisaba para tener protección: solo había que recurrir a ciertos caballeros, que con mucho gusto dan protección a cambio de adecuados favores o del pago de una suma simbólica. Era una praxis aceptada, que todos —tanto los aristócratas como los que no lo eran— seguían.

Y precisamente a la vista de esos caballeros, un carruaje de líneas ligeras y modernas llega a la parte más antigua del conjunto de edificios que conforma la gran villa de la Olivuzza. Nadie lo ha detenido ni registrado, porque don Ignazio ha dicho que los invitados son sagrados y no deben ser molestados. Y ese es un invitado muy importante.

Del carruaje se apea un hombre de ojos penetrantes y frente amplia, sobre la que caen mechones de pelo rizado. Se mueve con gracia, pero no consigue ocultar cierto malestar.

Ignazio está de pie en la entrada del edificio, esperándolo. Le estrecha la mano y dice, sencillamente:

—Pase.

El hombre lo sigue. Cruzan el vestíbulo, luego una serie de habitaciones y salones decorados con gusto. La mano de Giovanna se reconoce en la combinación de los colores de la tapicería, en los muebles comprados en París y en Inglaterra, en los sofás adamascados, en las grandes alfombras persas. Ella ha reformado los interiores de la villa, eligiendo cada pieza, cada adorno.

Llegan al despacho. El hombre se detiene en el umbral de la puerta, observa el entorno, repara en un gran cuadro al óleo que representa la bodega de Marsala de los Florio, con sus altas paredes blancas, sumida en una luz tenue. Quienquiera que sea el autor, ha logrado captar en el lienzo tanto la claridad como el verde profundo de las aguas frente a la costa.

—Fascinante —murmura—. ¿De quién es?

—De Antonino Leto —Ignazio se acerca—. ¿Le gusta? Representa mi factoría de Marsala. Leto me entregó el cuadro hace pocas semanas. Ha tardado, pero el resultado es magnífico, me inspira serenidad. Sobre todo, el mar está logrado de manera maravillosa. Todavía no sé si dejarlo aquí, en mi despacho, o colocarlo en otro lugar. Pero póngase cómodo.

Ignazio señala los sillones y se sienta en uno de ellos. Mira al hombre unos segundos antes de hablar. Esboza una sonrisa que le oculta ligeramente la tupida barba negra.

El otro está incómodo.

—¿Qué ocurre, don Ignazio? ¿Hay algún problema? El mausoleo de su padre en Santa Maria di Gesù progresa conforme los términos establecidos. Nos ha costado cavar la cripta en la roca, pero ahora estamos avanzando con rapidez, y sé que De Lisi ha terminado el boceto de la escultura...

—No lo he hecho venir por eso. —Ignazio junta las manos en pirámide delante de la cara—. Quiero hacerle una propuesta.

Giuseppe Damiani Almeyda, profesor de dibujo ornamental y de arquitectura elemental en la Regia Universidad de Palermo, se apoya en el respaldo del sillón. Está perplejo. Abre las manos, luego las junta en el regazo.

—¿Una propuesta? Dígame cómo puedo serle útil. —El acento napolitano lo encubre una inflexión levemente extranjera, heredada de la madre portuguesa, la hermosa Maria Carolina Almeyda, ahijada de la reina María Carolina de Borbón, una noble de la que se enamoró locamente el palermitano Felice Damiani, coronel del ejército borbónico.

—Usted es además ingeniero del Ayuntamiento de Palermo, no solo un arquitecto por el que siento gran aprecio. Y es un hombre culto: conoce y valora el pasado, pero no lo asusta el futuro. Antes al contrario.

Damiani Almeyda se pone un puño delante del bigote. Quiere ser prudente. Los cumplidos siempre lo inquietan. Hace mucho que no trata a ese joven de aspecto pacífico, pero sabe bien que es poderoso, y no solo porque es rico. También es inteligente, muy inteligente, pero posee esa inteligencia de la que más vale protegerse.

—¿Qué quiere pedirme, don Ignazio?

—Un proyecto.

—¿Para qué?

—Para la fundición.

Damiani abre mucho los ojos. La imagen de una nave de sillares de toba manchados de hollín y repleta de obreros se le aparece delante.

—¿La Oretea?

Ignazio se ríe.

—Al menos de momento, no tengo más.

Una pausa. Los dos se observan, se estudian. Damiani Almeyda se inclina, las manos cruzadas sobre las rodillas.

—Dígame una cosa: ¿qué necesita exactamente?

Ignazio se levanta y da unos pasos por la alfombra que cubre casi todo el suelo. Es una Qazvin, que eligió menos por su enorme elegancia que por la excepcional atención que en esa región de Persia prestan al anudado, a la calidad de la lana y a la coloración natural.

—Usted sabe que mi padre quiso la fundición con un empeño excepcional incluso tratándose de él, que jamás careció de voluntad. Todo el mundo le decía que sería un proyecto deficitario, pero él insistió, incluso en contra del parecer de amigos como Benjamin Ingham, que en paz descanse.

Se detiene delante de la vidriera. Recuerda el funeral de Ingham, y a su padre, el rostro petrificado, acariciando el ataúd. Ben Ingham fue para su padre amigo y rival, mentor y adversario. Los unió una amistad tan anómala como intensa, un sentimiento que él, lamentablemente, no conoce.

Se despabila, choca los nudillos de una mano contra la palma de la otra.

—La situación ha cambiado. Hoy, la fundición tiene que enfrentarse a las empresas del norte, mucho más competitivas. Ha sido uno de los... regalos que nos ha hecho el Reino de Italia: empresas que producen lo mismo que nosotros. No puedo negarles la razón: Sicilia no es una prioridad del Reino y no hace nada por serlo. Aquí, para conseguir algo, hay que intrigar o

42

amenazar o ir por caminos laterales o pedir ayuda a los santos del cielo. Y a veces ni esos sirven. Gana el que tiene la carta más alta, como en una partida, y lo poco que hay desaparece *penosamente*. Eso es lo que me desespera: en Palermo hay capitales y tienen que ser invertidos de forma inteligente, de lo contrario, todos acabaremos aplastados por la competencia. En el norte, las fábricas crecerán y se enriquecerán, mientras que aquí se seguirá cultivando grano, moliendo zumaque y extrayendo azufre. Es inútil seguir dándole más vueltas: ahora no podemos competir. Eso es lo que tenemos que remediar. Cueste lo que cueste.

Se vuelve. Damiani Almeyda respira hondo. Ese joven de aspecto apacible y modales corteses es ahora un hombre de negocios de una dureza sorprendente.

—¿Cómo puedo ayudarlo, pues? —pregunta. Casi se siente obligado a decirlo.

—Usted, ingeniero, si lo desea, me ayudará a cambiar la situación. Mientras tanto, le pregunto si está dispuesto a traer la fundición a esta época, a convertirla en una estructura moderna. Podría empezar por la fachada. —Ignazio empieza de nuevo a caminar de un lado a otro, y Damiani lo sigue con la mirada—. Conoce la Oretea, ¿verdad? Es poco más que una nave, un *almacén*, con dos vigas por techo. Tiene que convertirse en una instalación moderna, empezando por el exterior, como he visto en Marsella, donde los talleres mecánicos para las reparaciones de los barcos están cerca de los diques y el puerto. La fundición trabaja sobre todo con los piróscafos en reparación, y eso tenemos que tenerlo en cuenta.

—¿Usted querría entonces un proyecto para...?

—Para la fachada, ante todo, y también para la remodelación del interior—. No añade nada más: aún no es el momento de hablarle de su idea de construir viviendas para los obreros o de pensar en los espacios para los talleres de fundición, como es normal en Inglaterra o en Francia. Él es un empresario, un buen empresario, y ya se ocupará del bienestar de su gente, de los obreros y de sus familias. Pero antes hay mucho que hacer.

Hablan largo rato, a la luz otoñal que dora la habitación. Sobre lo que Ignazio querría para su fábrica y sobre cómo Damiani Almeyda se la imagina: luminosa, con amplios espacios para los trabajadores y con un techo sobrealzado que expanda el calor... Se prestan atención, se reconocen, se comprenden. Tienen la misma visión, quieren el mismo futuro para Palermo.

A partir de ese momento, el destino de Giuseppe Damiani Almeyda —que será el autor de los diseños del Teatro Politeama, de la reforma del Palacio Pretorio y de la construcción del Archivo Histórico de la ciudad de Palermo— estará indisolublemente ligado al de los Florio.

Y, para los Florio, realizará en Favignana su obra maestra.

Es de noche. En la chimenea arde un gigantesco ceporro y el aroma a resina flota alrededor. Absorta, Giulia esboza una débil sonrisa. Qué raro es estar de nuevo en esa habitación, piensa, donde murió Vincenzo hace ya un año y medio.

Es la Nochebuena de 1869. Ignazio y Giovanna le han pedido que celebre con ellos la fiesta en la Olivuzza, porque además, como ha dicho Ignazio, en los Quattro Pizzi hay muchas escaleras y hace demasiado frío. Sin embargo, a mitad de la cena, Giulia ha mirado a Giovanna y esta ha comprendido, como sabe comprender una mujer que reconoce en otra el cansancio de vivir presa de arrugas profundas y de párpados pesados. Giovanna ha asentido, luego ha hecho un gesto a la gobernanta para que ayude a Giulia a levantarse de la silla y a ir a su habitación.

Ignazio la ha seguido con una mirada que duda entre la preocupación y la tristeza.

«Habrá pensado que, para mí, había demasiadas risas, demasiada bulla, demasiada comida», piensa ahora Giulia. «La verdad es que ya no me importa nada. Solo quiero estar aquí, donde estuvo él».

Levanta los ojos hacia la ventana, hacia la oscuridad que envuelve el jardín de la Olivuzza.

No se siente del todo a gusto en aquella villa. Recuerda que originalmente era de los Butera, una de las más antiguas familias nobles palermitanas, y que fue una noble rusa, la princesa Varvara Petrovna Sachovskaja, segunda esposa del príncipe de Butera-Radalì, quien la amplió y mejoró. La mismísima zarina Alejandra, esposa del zar Nicolás I, se había hospedado ahí todo un mes. Obsesionado por la necesidad de demostrar la riqueza de la familia, Vincenzo no escatimó dinero ni esfuerzo para hacerse con esa propiedad. Y ahora les correspondía a Ignazio y a su esposa agrandarla y embellecerla. Hacía poco había comprado unos edificios situados cerca, de manera que el conjunto resultara todavía más imponente.

«Ya es su casa».

Palermo —su Palermo, la de las calles de piedra y callejones oscuros— está lejos, más allá de una calle polvorienta que discurre entre las fincas nobles y los huertos. Es hacia las montañas donde la ciudad busca espacio, después de que la muralla haya sido derribada tras la unificación. Las nuevas casas devoran los campos, los jardines de estilo italiano reemplazan los huertos y los naranjales; edificios iguales de dos o tres plantas, con arquitrabes cuadrados y persianas de madera marrón, surgen a lo largo de las nuevas calles que conducen al campo. Via dei Materassai, Castellammare, la Kalsa pertenecen a otro mundo, a otra vida. La ciudad está cambiando y es probable que ni siquiera se dé cuenta.

Suspira de nuevo. El aire se le bloquea en el tórax. Le duele el pecho. Vincenzo no habría aprobado ciertas rarezas. Pero Vincenzo está muerto.

Y ella siente que la vida se le va, y no hace nada por retenerla.

Los criados han empezado a quitar la mesa. Manos eficientes recogen los cubiertos de plata y los colocan en los cestos que llevan a las cocinas. Tapan las bandejas de dulces y *cassatinas* con paños de lino. Vacían y guardan en los aparadores las copas de cristal y los samovares de plata para el té, una vez que los han secado y sacado brillo. Bajan las luces y las apagan. En el ambiente queda el aroma del laurel y del viburno que se marchitan en los *cachepot* chinos de porcelana, junto con el más persistente de la colonia masculina y de los polvos de tocador.

—¡*Giuvannina*! ¡*Giuvannina*!

Giovanna está ordenando que se sirva marsala en el salón que da al jardín —que todos llaman salón verde por el color de la tapicería—, cuando la voz arrogante de su madre la fuerza a volverse. Ignazio ha insistido en que en la comida de San Esteban estén ella y su padre con Angelina y Luigi De Pace, la hermana y el cuñado de Ignazio. Esa mañana han llegado también Auguste y François Merle, el suegro y el marido de su hermana Giuseppina, que se ha quedado en Marsella: su niño, Louis Auguste, tiene una salud al menos tan débil como la de su primito Vincenzo, y ella no se ha atrevido a meterlo en un piróscafo para afrontar una travesía en invierno. Pero a Ignazio le interesaba demostrar al mundo que los Florio eran una familia unida, y, en cualquier caso, el objetivo había sido logrado.

Giovanna ve que su madre se le está acercando, apoyada en los dos bastones que usa para caminar. Lleva los cabellos grises sujetos en un *moño* alto que resalta la redondez del rostro. En ella, todo es redondo: de los dedos en los que los anillos parecen hundirse, al pecho que el traje contiene a duras penas, a las enaguas que en realidad casi no necesita porque hay mucha, demasiada carne para sujetarlas.

Eleonora d'Ondes Trigona, hermana de Romualdo Trigona, príncipe de Sant'Elia, es una mujer de mediana edad que está envejeciendo mal porque tiene muchos achaques y no se cuida como debería. Tiene la cara roja, jadea y suda incluso tras dar esos pocos pasos.

Su hija permanece inmóvil. Espera que sea su madre quien le dé alcance, entonces se adentran por las veredas del jardín.

—*Virgen santa, estoy cansada. Ven aquí, sentémonos* —dice de repente Eleonora.

Giovanna la precede unos pasos, espera que se siente en el banco de piedra situado delante de la pajarera y se coloca a su lado, en la esquina, mientras los pequeños, junto con las niñeras, se mueven por el jardín y molestan a los loros en la jaula, haciéndolos aletear. A poca distancia, los hombres de la casa fuman puros y discuten en voz baja.

En el borde del traje de la madre, manchas de grasa. «Estoy segura de que ha comido antes de venir al almuerzo», piensa Giovanna, con una mezcla de pesadumbre y enfado. «¿Cómo ha podido, toda una princesa como ella, abandonarse así?».

—*¿Por qué no me has dicho que estás embarazada? ¿Por qué he tenido que saberlo por doña Ciccia? Tu suegra también me lo dijo, y yo me quedé de piedra.*

Giovanna no responde. Se mira los dedos finos y repara en que la alianza le queda un poco grande. Luego observa el brillante y la esmeralda que Ignazio le ha regalado en esos cuatro años de matrimonio. Por Navidad, le ha regalado una pulsera de oro rígido con unas exquisitas piedras preciosas, hecha expresamente para ella.

—Quería estar segura. *Además, madre, ya sabe.* Da mala suerte hablar demasiado pronto.

Eleonora le agarra la mano y le toca la barriga.

—*¿Cuándo nace?*

Giovanna se aparta, aparta la mano de la madre y menea la cabeza.

—*¿Quién sabe?* Mayo, junio... —Se acaricia el vestido. Ha

tenido que aflojarse el corsé, que le aplastaba el vientre de forma molesta. El vientre está creciendo más rápido que en el embarazo anterior, y doña Ciccia —¡también ella, ya podría haberse estado calladita!— dice que puede ser porque está esperando una niña.

—*Ahora tienes que cuidarte, que tu marido no tenga motivos para buscar otras mujeres. Porque después de dos niños, una ya no está como una rosa... Vigílalo bien.*

—*Ya. Pero mi marido no anda detrás de ninguna falda.* —Giovanna responde con brusquedad. Porque Ignazio es serio, nunca la traicionaría con otra mujer, menos ahora que está encinta. Y, aunque ocurriera, ella no querría saberlo.

«Habla por ti», reflexiona, llena de rencor. «¿Cuánto tiempo hace que tu marido no es capaz ni de mirarte?».

Desde hace unos días, todo la irrita. Y, desde luego, su madre no es una excepción.

Eleonora parece darse cuenta. Un destello de lástima brilla en sus ojos.

—*¿Comes?*

—Sí.

—*Si uno come, lo entiende todo. Además, la carne hace bonita a la gata.*

—La carne hace bonita a la gata. —¡Como si ella fuese un animal de compañía!—. *¡Ya te he dicho que como!*

Giovanna repara en que ha levantado la voz porque las nodrizas se vuelven hacia ella. Se ruboriza. Está a punto de romper a llorar con lágrimas airadas.

—*¿Ves por qué no te puedo contar nada? Porque después te pones a gritar como una lavandera.*

La voz le tiembla, y por eso Giovanna se odia: porque todo en ella —la garganta, las entrañas, el cuerpo entero— le recuerda qué ha significado ser hija de esa mujer. La hermana de un príncipe que hablaba siempre en voz demasiado alta, que tenía las manos siempre llenas de comida y la boca siempre abierta porque no podía respirar. Recuerda las miradas que los parientes les dirigían a ella y a su padre: eran miradas de mofa o empacho al ver a una princesa en esas condiciones. Si al menos hubiese tenido un hermano con el que desfogarse, al que pedirle consuelo, con quien compartir la aflicción. Pero no: toda la vergüenza que daba esa madre le había tocado a ella.

Se le escapa un sollozo. Se incorpora, mientras la madre trata de retenerla y la llama, le grita que vuelva, le pide perdón.

Sus pasos la conducen a la espesura del parque. Se agarra a un peral, solloza ruidosamente, y un puñado de hojas secas le cae en el pelo. Astillas de madera se le meten debajo de las uñas.

Una parte de ella sabe que el niño es quien la vuelve tan frágil y nerviosa, quien la desquicia. Pero la otra parte, más profunda, la que se esconde en las vísceras, bulle y trata de sacar recuerdos y humillaciones.

Se inclina, se mete dos dedos en la garganta para vomitar. Una arcada, otra. La comida saca la ira de su cuerpo, la purifica, la libera, y poco importa que tenga un sabor ácido en la boca, que las mucosas de la garganta le ardan. Instintivamente, echa hacia atrás el traje para no ensuciarlo. Aprendió a hacerlo cuando era más joven y observaba a su madre atracarse de comida y engordar cada vez más, mientras ella comía cada vez menos, como si quisiese desaparecer para el mundo.

En un momento dado empezaron los desmayos. Desconcertada, la madre la obligó a guardar cama, adonde le llevaba pasta, carne, pasteles y dulces, y la forzó a comer, a tragar a la fuerza. Giovanna obedecía y después lo devolvía todo. El médico dictaminó que su estómago ya era apenas más grande que una tacita, y que nunca podría volver a comer con normalidad. Giovanna se aferró a ese diagnóstico con todas sus fuerzas, que evocaba —con una leve sonrisa de disculpas— cada vez que alguien reparaba en su escaso apetito.

Hasta que Ignazio la cuestionó: después de los primeros meses de matrimonio, se cansó de tener que insistirle a su mujer que comiese un poco más y la llevó a Roma, a la consulta de un médico célebre. Tras una larga charla y otra visita aún más larga, el experto declaró sin medias tintas que Giovanna debía «dejarse de tonterías de niña mimada» y que un hijo haría que su cuerpo volviese a funcionar «conforme a la naturaleza».

Ella se limitó a sonreír e Ignazio, tranquilizado, sonrió pensando en ese hijo que lo arreglaría todo. Y, en el fondo, el médico tuvo razón, al menos en parte: durante el embarazo, la situación mejoró, también porque ella estaba obligada a no vomitar por amor a la criatura que esperaba.

Pero hoy la tristeza le nubla los pensamientos, le oscurece el alma.

Tose de nuevo. Nota que la bilis le está subiendo por la garganta: ya no le queda nada que devolver. Se siente mejor: libre, ligera. Demasiado. Se tambalea.

En ese instante, una mano le toca el hombro. Es un gesto fuerte y amable, que se transforma en un abrazo.

—¿Y el niño? ¿Has vomitado?

Ignazio la sostiene, hombro contra pecho. Es un hombre fuerte, tiene un cuerpo robusto. Entre sus brazos, Giovanna parece desaparecer.

Ella se abandona a ese abrazo, acoge la tibieza, el bienestar que procede de su contacto.

—Náuseas —minimiza, y respira con la boca abierta—. *He comido mucho.*

Él saca un pañuelo del bolsillo. Le seca la frente sudada y le limpia los labios sin añadir nada. No va a decirle que ha escuchado la discusión con la madre y que la ha seguido por eso, ni que la ha visto meterse los dedos en la garganta. Ni tampoco que no es la primera vez que la ve hacer eso. No lo comprende, pero no pregunta, no puede preguntar: son cosas de *mujeres.* Y además el médico de Roma ha sido claro: ha sido culpa de algunos malos hábitos y la natural histeria femenina había hecho el resto.

La abraza, la tranquiliza.

Hacía tiempo que se había dado cuenta de lo frágil que era Giovanna y del enorme miedo que le daba no estar a la altura de su apellido. Pero también ha aprendido a reconocer su tenacidad, su capacidad de reaccionar. Si no tuviera esa valentía ferina, ese carácter tan áspero, tan duro, no podría estar con él ni aceptaría no ocupar el centro de sus pensamientos. Porque él pertenece a la Casa Florio y a nadie más, exactamente como su padre. Y nunca se lo había ocultado.

—Ven —le dice.

Giovanna se aleja.

—Estoy bien —declara, pero la palidez la delata.

—No es verdad —replica él en voz muy baja. Le acaricia el rostro, luego le agarra una mano y besa la punta de los dedos—. Recuerda quién eres.

«¿Insegura? ¿Histérica?», piensa Giovanna, y querría preguntárselo a él, pero Ignazio le pone un dedo en los labios y se inclina. Durante un instante, ella ve que una sombra le atraviesa la mirada. Una intuición de comprensión. De nostalgia.

—Eres mi esposa —le dice por fin. Y le roza la boca con un beso.

Entonces Giovanna agarra las solapas de su chaqueta y lo acerca hacia ella. Lo que él, al menos por ahora, puede darle es esto, y con esto debe conformarse.

Cuando regresan al interior de la casa, Giovanna e Ignazio ven que sus invitados se disponen a marcharse. El ambiente parece de nuevo sereno. Mientras Ignazio se despide de Auguste Merle y de los De Pace, Eleonora se acerca a Giovanna y, aunque con esfuerzo, la abraza, seguida de su marido que, a despecho de sus maneras formales y habitualmente distantes, coge la mano de su hija, la besa con ternura y luego le susurra un: «Cuídate».

Al final, Giovanna e Ignazio se quedan solos en la entrada. Ignazio acaricia la espalda de su esposa, detiene la mano en la cadera.

—¿Quieres ir a descansar un poco? —pregunta.

—Sí, me gustaría.

Él saca el reloj del bolsillo, lo mira.

—Me voy al despacho a trabajar. Estaré contigo para cenar, si quieres tomar algo. —Y, tras darle un beso en la frente, se aleja.

Giovanna coge del brazo a Giulia y la ayuda a subir las escaleras hacia la parte más antigua de la Olivuzza. Entran en una de las habitaciones de los niños. Vincenzo tenía un poco de fiebre y Giovanna se lo ha confiado a la niñera, pidiéndole que lo acueste. Y, en efecto, ahora está bajo las mantas, medio dormido. Ignazziddu está sentado en el suelo, descalzo, y juega con unos soldaditos.

—Me quedo aquí. Vete a descansar —le dice Giulia a Giovanna. Vacila, luego añade—: Me di cuenta demasiado tarde de que tu madre no sabía que estabas embarazada...

Giovanna frunce la boca.

—No se lo había dicho aún, en efecto.

—Te pido perdón. —Giulia le pone una mano en el rostro y observa a su nuera con gesto melancólico—. Con mi madre también era así: siempre tenía que decirme algo, que reprocharme algo... —dice por fin—. Y yo nunca me sinceré con ella. —Le levanta el mentón a Giovanna, la obliga a mirarla a los ojos—. Las madres son criaturas imperfectas y a veces parecen nuestras peores enemigas, pero no lo son. La verdad es que a menudo no saben cómo querernos. Se convencen de que pueden mejorarnos y tratan de evitarnos sus sufrimientos... sin darse cuenta de que cada mujer ya se exige mucho a sí misma y de que necesita conocer su propio dolor.

Ha hablado en voz muy baja, con un tono de aflicción que ha hecho que los ojos de Giovanna se llenen de lágrimas. Es verdad, ella y su madre se quieren, pero son irremediablemente distintas: Eleonora es desmesurada, impetuosa; ella es discreta, sencilla.

Siempre se habían enfrentado porque su madre quería tenerla de su lado, volverla igual que ella. Y, por consiguiente, Giovanna creció con la constante sensación de estar... equivocada. Un pensamiento que nunca la ha abandonado del todo.

Con la cabeza gacha, llega a su habitación. Doña Ciccia está ahí esperándola, mientras borda un faldón de bebé. «*Va a ser niña*», le dice con firmeza; está segura de ello porque ha contado los días de la luna y porque hay cosas que ella nota bajo los dedos, le pasan a través de la piel.

Por esa mujer de rasgos toscos y severos, Giovanna siente tanto temor como afecto. No le gusta que haga esas cosas porque la ponen nerviosa, y además le dan la sensación de perder el poco dominio sobre su vida que todavía cree tener. Por no mentar que el padre confesor le ha dicho y repetido que hay que mantenerse al margen de las supersticiones, pues el futuro está escrito en libros que solo Dios sabe leer. A la vez, sin embargo, Giovanna siempre ha podido contar con doña Ciccia. De niña, si se hacía daño, ella la consolaba; de adolescente, cuando se negaba a probar bocado, ella le daba de comer con silenciosa paciencia. Fue ella quien le explicó la aparición de la sangre menstrual y quien le dijo qué pasaba entre un hombre y una mujer. La atendió en el parto de sus hijos. La abrazó cuando Giovanna le confesó, entre lágrimas, que temía haber perdido el afecto de Ignazio. Más que su verdadera madre, más que una pariente de sangre, doña Ciccia siempre le había dado aquello que realmente necesitaba. Y también le debía su pasión por el bordado. Empezó de niña, creando cuadritos de punto de cruz, y ahora, junto con su vieja nodriza, hace manteles y sábanas, y también algún tapiz.

Con el tiempo, doña Ciccia ha logrado incluso el milagro de hacerla comer un poco más; durante las comidas, la observa con una mezcla de dureza y afecto hasta que Giovanna ha tragado unos bocados. Luego, cuando bordan juntas, una frente a otra, sumidas en un silencio cómodo, hecho de complicidad y de costumbre, hace que encuentre al lado de la silla una bandeja con un platito con gajos de naranja o de limón y un pequeño azucarero. Así, de rato en rato, Giovanna sumerge un gajo en el azucarero y se lo come.

Mientras la ayuda a cambiarse, le habla, directa como siempre.

—Está pálida... He visto que ha comido más o menos lo mismo que come Vincenzino cuando está enfermo. Tiene que tener cuidado, si no, el *niño* no crece y puede que usted *también se enferme*.

—Soy incapaz de sentarme y de comer un plato entero. Es más, diga que esta noche no tengo intención de comer. *No puedo, estoy demasiado cansada.*

—El cristiano tiene que comer como es debido, doña Giovanna —suspira la otra. Le agarra las muñecas, se las aprieta, la obliga a mirarla—. No puede seguir con esas manías de niña, *porque ahora es una mujer casada.* Su marido la respeta, y no hay muchas mujeres que puedan decir lo mismo. *Tiene dos niños como dos soles.* Ya se lo he dicho muchas veces. *Si se niega a comer, puede enfadarse el Señor.*

Giovanna asiente, pero no la mira. Sabe que tiene razón, que no debería enfadar al Señor, pero realmente es superior a sus fuerzas.

—Él no comprende cómo me encuentro —dice en voz tan baja que doña Ciccia, que la está ayudando a quitarse la falda, tiene que acercar la cabeza para oírla—. Mi marido es *el mejor del mundo.* Pero... —Se interrumpe, porque detrás de ese «pero» hay un dolor que nunca la abandona, una sombra en la que se mueven fantasmas a los que no consigue dar un nombre. Una soledad fría como una losa de cristal. Doña Ciccia eleva los ojos al cielo, empieza a doblar el traje.

—Usted lo tiene todo y no sabe conformarse, ya se lo he dicho. *Es marido, y hombre: las cosas de las mujeres* no las comprende y *tampoco le interesan.* Debe usted ocuparse de lo suyo: ser esposa y pensar en sus hijos. Está casada con un hombre importante: *piense que lo tiene cerca.*

—*Tiene razón* —suspira Giovanna.

Doña Ciccia la mira, poco convencida pero resignada.

—¿Llamo a la criada para que la ayude a lavarse y a prepararse para la noche?

—No, gracias, doña Ciccia, lo haré sola.

La otra contesta con un:

—*Como usted diga* —rezongando, y sale para avisar en la cocina que el ama no va a cenar.

Giovanna se apoya en la puerta, exhausta. La imagen que el espejo dorado le devuelve es la de una mujer frágil, que casi desaparece en las enaguas. Ese día se había puesto un traje confeccionado para ella en París, de seda color crema con volantes de encaje de Valenciennes en el escote y en las muñecas. Y también el collar y los pendientes con forma de flor de perlas rodeadas de diamantes. Un regalo de bodas de Ignazio.

Toda la familia la alabó. Ignazio se limitó a mirarla y a asentir en señal de aprobación; luego siguió hablando con Auguste.

Como si ella simplemente hubiese cumplido con su deber.

Esa palabra —deber— la perseguía. Ella tiene el «deber» de comer, porque debe ser fuerte y tener hijos. Ella tiene el «deber» de ser impecable, porque debe estar a la altura de la familia que la ha acogido. Ella tiene el «deber» de hablar un buen italiano y saber idiomas.

Y, en la intimidad, ella tiene el «deber» de quedarse en la sombra y aguantar lo que sea, porque así es como se comporta una buena esposa, porque eso significa el matrimonio: complacer al marido y obedecerlo en silencio. Lo hizo enseguida, a partir de su primera noche. Fue dócil, sumisa, siguiendo las bochornosas sugerencias de su madre: mantener los ojos cerrados y apretar los dientes, por si sentía dolor. Rezar, por si tenía miedo.

Pero él fue apasionado y atento de un modo que todavía, cuando lo recuerda, la ruboriza. El camisón y las oraciones terminaron en un rincón de la cama, mientras él se apoderaba de su cuerpo y le brindaba sensaciones que ella jamás se había imaginado que podría conocer.

Y así siguió durante los primeros tiempos, pero después del nacimiento de Vincenzino, Ignazio la buscó cada vez menos, y sin pasión. Como si «ella» se hubiese convertido en un «deber», en algo que había que solventar rápido y no la compañía con quien compartir cama, cuerpo y alma.

Durante un tiempo, pensó primero que había otra mujer. Pero, después del nacimiento de Ignazziddu, comprendió que el desinterés de Ignazio hacia ella era igual y opuesto a su implicación en los negocios de la familia. Había una rival, pero se llamaba Casa Florio.

Sin contar con que ya le había dado dos varones, con lo que la descendencia estaba asegurada, de manera que ella...

Cuando quiso hablarlo con doña Ciccia, esta se encogió de hombros.

—*El trabajo es mejor que una mujer.* Además, su *suegra también era así y la pobre fue muy paciente.* Primero la Casa Florio y después *ella y sus hijos.*

Solo que ella no es Giulia. Ella querría tener a su marido.

Tampoco Ignazio cena. Pide que le lleven un té negro, y sigue revisando los legajos sobre la marcha de la tienda de especias de la via dei Materassai. Ya no da tanto dinero como antes y en varios momentos incluso ha pensado en desprenderse de ella, pero, al final, la tradición y el apego a sus orígenes se han impuesto. Además, hay algo de superstición: la tienda fue de su padre y, antes, del abuelo y el tío que él nunca conoció. Las pocas luces que quedan son charcos de blanco en el negro. Es un trozo de su historia, como el anillo que lleva en el dedo, debajo de la alianza.

Apaga las luces, sale del despacho. Bosteza. A lo mejor consigue dormir.

Los criados cruzan silenciosamente las habitaciones, apagan las lámparas y colocan los salvachispas en las chimeneas, al tiempo que los ceporros terminan de consumirse y caen silenciosamente en la ceniza. Las puertas se cierran.

La ronda nocturna vigila la casa. Ignazio no puede verla, pero es como si se oyesen los pasos de los hombres que caminan de un lado a otro por el jardín. Nunca se acostumbrará a esa necesaria vigilancia: de pequeño correteaba con absoluta tranquilidad por toda Palermo, de via dei Materassai a la Arenella. Ahora, en cambio, todo ha cambiado.

La riqueza atrae problemas.

Mientras sube las escaleras, se quita la chaqueta y se afloja la corbata. Pasa por delante de la habitación de su madre, pero no se detiene; seguramente está durmiendo. La ve cada vez más cansada y frágil. Tratará de convencerla de que se quede en la Olivuzza.

Llega a las habitaciones de los niños. Entra en la de Ignazziddu y se acerca a la cama. Su hijo está durmiendo con una mano cerca de los labios. Tiene los rasgos delicados de Giovanna, sus colores vivos, y es alegre, le gusta hacerse notar. Después va a la de Vincenzino que, en cambio, duerme con la boca abierta y los brazos levantados. Tiene el pelo de su padre, muy ondulado, y un cuerpo muy delgado que casi parece desaparecer debajo de las mantas. Ignazio lo acaricia y se marcha de la habitación. ¿Qué será el nuevo niño, chico o chica? «Me gustaría que fuese chica», piensa con una sonrisa.

Por último, vuelve sobre sus pasos y llega a su alcoba, donde está Leonardo, llamado Nanai, el valet que Giovanna le ha convencido que contrate, adormilado en una banqueta. Lo zarandea.

—Nanai...

El hombre, pequeño y robusto, con una tupida cabellera muy negra, se incorpora de un salto y cierra la boca abierta.

—Don Ignazio, yo...

Él lo detiene.

—*Vete a dormir. Todavía sé acostarme solo* —dice, y lo anima con una sonrisa de complicidad. Con los criados usa el dialecto, para que no se sientan incómodos. Una pequeña atención.

El otro se inclina.

—*Lo siento, señor. Lo estaba esperando y...*

—*Está bien. Ahora ve a acostarte, que mañana tenemos que levantarnos a las cinco de la madrugada.*

El criado arrastra los pies y desaparece detrás de la puerta, sin dejar de mascullar excusas.

Ignazio estira los brazos por encima de la cabeza, bosteza de nuevo. Corre las cortinas de damasco de las ventanas, deja la chaqueta en el sillón. Se descalza, se quita el chaleco, se tumba en la cama y cierra los ojos.

A causa del cansancio, resurge un recuerdo. Es tan intenso que lo sustrae del presente, que borra cuanto lo rodea. Casi le parece que está en el cuerpo de sus veinte años, que no siente el esfuerzo ni el peso de las responsabilidades.

Marsella.

Una acacia y una manta extendida en el suelo. El olor del heno recién segado, el canto de las cigarras, la tibieza del sol. La luz del final del verano filtrándose por las hojas, el viento silbando entre las ramas. Su cabeza apoyada en un cuerpo femenino. Una mano acariciándole el pelo.

Él está leyendo un libro, luego agarra la mano que lo roza y se la lleva a los labios. La besa.

Alguien llama a la puerta.

Ignazio abre mucho los ojos. El sol, la tibieza, las cigarras desaparecen de golpe. Está de nuevo en la Olivuzza, en su alcoba, al final de un día de fiesta que lo ha cansado más que un día de trabajo.

Se endereza.

—Adelante.

Giovanna.

Envuelta en una bata de encaje, el pelo recogido en una trenza, aparenta menos de los veintiún años que tiene. A pesar de su aparente fragilidad, es una mujer fuerte, que lo honra con su entrega y le ha aportado sangre nueva y noble.

Giovanna es la certidumbre de haber elegido bien, una vida sin rebeliones, adecuada a lo que los Florio representan: una nueva aristocracia que se basa en el dinero. En el poder. En el prestigio social.

Y es la madre de sus hijos.

«En eso debes pensar», se reprocha. «No en lo que ya no puedes tener. Que nunca habrías podido tener».

Ella se detiene en el centro de la habitación.

—¿Estás contento? Ha salido todo bien, ¿verdad?

Él asiente. Está distante, todavía preso de ese recuerdo, y no consigue ocultarlo.

Giovanna se acerca, le coge la cabeza entre las manos.

—Pero ¿qué te pasa? —El tono es triste—. Había venido para hablarte de tu madre, para decirte que me inquieta, que come cada vez menos y que le cuesta andar, y que eso no es bueno. ¿Estás así por eso?

Ignazio niega con la cabeza. Le pone una mano en la nuca, la atrae hacia sí para besarla en la frente. Un gesto de ternura.

—Preocupaciones.

—¿Cosas de trabajo? —insiste Giovanna, apartándose para mirarlo.

Ignazio está sereno como siempre.

—Pues sí.

No quiere ni puede añadir nada más, porque el sentimiento de culpa lo devora. Esa mujer lo ama con todas sus fuerzas y —desesperadamente— querría ser correspondida. Y, en cambio, una parte de él sigue —y seguirá— atada a ese recuerdo. Un recuerdo que le corre por la sangre. El latido de un corazón de piedra que resuena junto al de la carne.

Le pone una mano en el pecho, busca sus labios. El beso sigue tibio, pero ese calor lo inflama, se transforma en deseo.

—Giovanna... —murmura. Ella lo acoge, lo estrecha, lo llama por su nombre.

Sin embargo, Ignazio se sobresalta.

—Pero ¿todavía podemos? No lo sé, con el niño...

Ella sonríe, le quita la camisa.

Hacen el amor deprisa, buscándose debajo de la piel, persiguiéndose mutuamente.

Después, para Ignazio llega un sueño sombrío, sin sueños.

Después, para Giovanna llega la tristeza de un amor que ha durado pocos instantes. Y, a la vez, la sensación de que ella nunca conseguirá alcanzar a Ignazio en su mundo de sombras.

Para la fiesta de la Epifanía, la familia se reúne de nuevo en el comedor de la Olivuzza, suenan las voces de los adultos que se desean felicidades y los gritos de los niños que reciben los regalos. En la mesa, después de la comida, queda fruta confitada y frutos secos, así como algún licor.

«Demasiada bulla», piensa Ignazio. Quiere hablar de negocios con François, su cuñado, y naturalmente ahí es imposible. Le pide con un gesto que lo acompañe a su despacho y, no bien la puerta se cierra detrás de ellos, el silencio les arranca un suspiro de alivio a ambos.

—*Les repas* familiares *peuvent etre tres bruyants!* —observa François, que habla deprisa, mezclando italiano, francés y siciliano. Es un hombre guapo, con mostacho y ojos claros y agradables. Ignazio le tiene afecto porque sabe que quiere sinceramente a Giuseppina.

—Como sabes, he venido también por negocios. Tenía que traer un cargamento a Palermo para la tienda de mi padre, y tenía que cobrar unos créditos que... A propósito: ¿puedo dejar en custodia unas letras en vuestro banco?

—Por supuesto. —Ignazio le sirve una copa de marsala y llena la suya—. Quería preguntarte si hay novedades sobre el alquiler de esos almacenes en el puerto de Marsella.

François abre las manos y una gota de licor le cae en un dedo.

—He localizado dos. Ambos adecuados, si bien el más grande está *un peu plus loin.*

Ignazio asiente. Disponer de un almacén cerca del puerto supondría un notable ahorro de tiempo y dinero.

—En cuanto regrese a Marsella, pasaré todos los datos a tus apoderados. —Suspira—. Tengo la intención de marcharme lo antes posible, porque estoy un poco preocupado por *mon petit*, por Louis. Me gustaría que lo viera un buen médico. ¿Aquí tenéis buenos médicos? Vincenzino me ha parecido un poco frágil...

—Así es, por desgracia. Padece fiebres que lo debilitan. Y ahora está saliendo de un resfriado que le ha dejado una respiración cavernosa...

—¡Ay, caramba, *él también*! Por suerte, Josephine, *ta soeur,* no está sola con Louis. Es huésped de Camille Martin Clermont.

Ignazio no levanta la mirada de la copa.

—Habrás sabido que ya no se llama Darbon, sino Clermont, ¿verdad? Se ha vuelto a casar con un almirante, un buen hombre.

De repente, Ignazio tiene la sensación de que la voz de François llega de muy lejos.

—Sí —murmura—. Me parece que fue a principios de 1868.

—Sí. Se quedó viuda con poco más de veinte años. No ha tenido hijos y parece que ahora no pueden tenerlos. Ha sufrido mucho, pero a lo mejor se ha resignado... —Se encoge de hombros, termina el marsala—. La vida sabe ser muy injusta. Pero la felicidad no es cosa de este mundo —concluye de golpe. Hay un deje de tristeza en su voz. ¿O será un reproche indirecto a su cuñado?

Los dedos de Ignazio aprietan la copa de cristal tallado. Se obliga a levantar la cabeza, a poner una mirada distante. Consigue incluso asentir.

Es en ese instante cuando François lo sorprende. El rostro se le relaja, la tristeza —¿o el reproche?— se diluye.

—Cuando le dije que iba a venir a Palermo, me pidió que te saludara de su parte.

Ignazio respira hondo.

—Comprendo —murmura.

Pero, en realidad, no querría comprender, ni saber, ni recordar.

Se pasa la mano por la nuca, se frota el cuello tenso. Agacha la cabeza. Trata de respirar hondo, los recuerdos se niegan a marcharse.

Él, dueño de casi cincuenta barcos, de una fundición, de una bodega, de un banco, de docenas de inmuebles, él no quiere que lo miren. No en ese momento.

Por fin levanta el rostro y mira a François.

—Salúdala también de mi parte.

No tiene derecho a preguntar nada. Solo tiene derecho a vivir el presente.

Febrero de 1872 ha traído un poco de frío a un invierno suave. Ignazio se da cuenta casi por casualidad, cuando se apea del carruaje que se ha detenido delante del cementerio de Santa Maria di Gesù, a los pies del monte Grifote. El aliento se condensa en una pequeña nube de vaho.

Lejos, Palermo. A su alrededor, verdor y silencio. La luz del día, gris, se filtra a través de las nubes. El rumor de la lluvia atrapada entre las ramas de los cipreses plantados hace poco, y las gotas que caen de las hojas de los naranjos que rodean el cementerio lo distraen unos instantes de los pensamientos sombríos que lo han acompañado a lo largo del trayecto.

Con los años, el vacío que había dejado la muerte de su padre se fue cerrando, como una herida que tarda mucho tiempo en cicatrizarse y que deja en herencia un dolor profundo. Ignazio creía que había aprendido a convivir con ella, que había encontrado la paz en la resignación y en el trabajo. Seguía hablando con su padre en su cabeza, perpetuando los pequeños rituales que hacían juntos, como la lectura del *Giornale di Sicilia* después de la comida. Y había mantenido algunos de sus hábitos, como tomar el café por la mañana en su despacho, en absoluta soledad.

Y sin embargo.

Una noche de noviembre del año anterior, su madre se fue a acostar y él le dio las buenas noches distraídamente con un beso en la frente.

A la mañana siguiente, Giulia no se despertó.

Había muerto mientras dormía. Su gran corazón había dejado de latir. Se había ido en silencio, como había vivido.

Bajo la máscara de dolor, Ignazio estaba furioso. No conseguía perdonarla: había sido injusta, le había negado la posibilidad de despedirse de ella, de prepararse para dejar que se fuera. Ya no podía darle las gracias por todo lo que había hecho por él: por la amabilidad que le había enseñado, por la calma que le había transmitido, por el respeto hacia los demás que siempre había demostrado. La entrega al trabajo, el espíritu de sacrificio, la firmeza procedían de su padre. Todo lo demás, empezando por la capacidad de aguantar las tempestades de la vida —todo aquello que lo convertía realmente en hombre—, había sido un regalo de Giulia. Y —se dio cuenta solo en ese momento— también había sido un regalo incluso el amor exclusivo, silencioso, inquebrantable que ella le había profesado a su padre.

Después, con el paso de los días, comprendió. Su madre había fallecido el mismo día que su Vincenzo había muerto. De ella no quedó más que un fantasma esperando disolverse a la luz del día. Una cáscara vacía. Hasta que, por fin, esa luz llegó. Y, con ella, llegó la paz.

Pues, si su padre era el mar, ella era la escollera. Y no hay escollera sin mar.

Ahora se los imagina en un lugar que no existe y que, sin embargo, se parece mucho a la Villa dei Quattro Pizzi. Su padre mira el mar y su madre está apoyada en el brazo de él. Ella levanta la cabeza, con su típica sonrisa leve en los labios; su padre la mira y apoya su frente en la cabeza de ella. No hablan. Están juntos, y punto.

Siente un nudo en la garganta. Ni siquiera sabe si es un recuerdo de infancia el que su mente le ha ofrecido como consuelo. No quiere saberlo, piensa, mientras recorre los últimos metros que lo conducen hasta la tumba que ha edificado para sus padres. «No importa: estén donde estén, están juntos, en paz».

Ahí está la capilla. Un edificio imponente, rodeado de otras sepulturas monumentales, propiedad de las familias nobles más antiguas de Palermo. En Santa Maria di Gesù, la ciudad de los muertos es un espejo de la ciudad de los vivos.

Delante del portal encuentra a Giuseppe Damiani Almeyda y a Vincenzo Giachery. Los dos están hablando y, en el silencio, sus palabras resuenan entre el trino de los pájaros que habitan los cipreses. No se dan cuenta enseguida de su presencia.

—Todas las últimas casas que ha comprado las ha puesto a nombre de la Piroscafi Postali. ¿Sabe usted qué se propone hacer? —Damiani Almeyda se levanta el cuello del abrigo para protegerse de la humedad.

—Ahora ya ni atiende las especias. Se lo dije en cuanto murió su padre, pero...

Ignazio eleva ligeramente la voz.

—Y yo le expliqué el motivo: los tiempos han cambiado.

Los dos hombres se vuelven de golpe, sorprendidos.

Ignazio piensa en las bodegas de Marsala, en el vino licoroso que produce y que llega a toda Europa. En sus piróscafos, que transportan mercancías y personas por el Mediterráneo y más allá, a Asia y América.

—Hay quien es rico y quiere sentirse rico —añade.

Damiani Almeyda se encoge de hombros.

—En eso tiene usted razón. La gente, hoy en día, aspira a sentirse rica aun sin serlo.

—*Siempre ha sido así.* A la gente le gusta creerse Grande de España. —Giachery se apoya en el bastón que usa desde hace un tiempo debido a un molesto dolor en la cadera—. Antes eran los nobles los que *querían aparentar que todavía tenían dinero, aunque hubieran vendido hasta los clavos de las paredes. Ahora son los pobres los que van de listos.* Mira alrededor: lápidas con nombres ampulosos se alternan con losas mudas, que esperan. Familias burguesas se mezclan con las de antiguo abolengo, tumbas suntuosas se levantan junto a sepulturas sobrias no por elección, sino por escasez de moneda. La muerte ha quitado la veleidad de la riqueza a quien había tenido que vender incluso los clavos de las paredes para sobrevivir, como ha dicho Giachery, mientras las nuevas tumbas de las familias burguesas consagran la riqueza obtenida con el trabajo, ahí en Santa Maria di Gesù como en los otros cementerios urbanos, empezando por el más extenso, el de Santa Maria dei Rotoli.

—Y, cuanto más avancemos, más evidente será ese cambio. Ya lo es en otras partes de Europa. Es como si cierta gente quisiese demostrar que es dueña del mundo, cuando ni siquiera es dueña de un *agujero*. —Damiani Almeyda baja los escalones que separan la capilla de la cripta, donde poco tiempo antes fue enterrada Giulia, saca del bolsillo un manojo de llaves. Las sopesa con las manos, luego se las da a Ignazio.

—Aquí las tiene. Son suyas.

Él las coge, las aprieta. Son grandes, de hierro, pesadas. Como la herencia de su padre.

Ahora está delante de la puerta de la cripta. La llave gira en la cerradura. En el suelo, restos de pintura y huellas de zapatos.

Más allá del corto pasillo, hay un gran sarcófago blanco, de mármol labrado. En los paneles, Vincenzo Florio —su padre— figura como un semidiós, con una especie de toga sobre el traje. Su madre está en un nicho, detrás del sarcófago. Discreta en la muerte y en la vida.

Los otros dos hombres se han quedado atrás. Ignazio coloca la mano enguantada sobre el sarcófago, lo acaricia. La piedra fría está muda, y sin embargo, en el fondo de su corazón, siente la presencia de su padre, de sus padres. Un suave calor le invade el pecho.

Está haciendo todo lo que puede. Se esfuerza. Pero le faltan sus miradas, incluso pasado el tiempo. Jamás se deja de ser del todo hijo, como es imposible no ser padre una vez que has traído un hijo al mundo.

Cierra los ojos y se sume en sus recuerdos, de la Villa dei Quattro Pizzi al naranjal de la villa en las colinas de San Lorenzo, donde él perseguía a sus hermanas; de los corros alrededor del drago que está delante del porche a las clases de baile con su madre, tan torpe que no paraba de pisarlo, pero encantada de tener ese contacto con él; se reía siempre, con la cabeza echada hacia atrás, mientras el maestro de baile jadeaba y Angelina y Giuseppina elevaban los ojos al cielo, molestas por aquella complicidad entre madre e hijo. Y también: de su padre poniéndole una mano en el hombro y hablándole en voz baja, explicándole cómo moverse entre los tiburones de la política...

Entonces, de repente, se le aparece un rostro, enmarcado en una mata de rizos rubios.

De ella, Ignazio nunca ha podido hablar con nadie. Solo su hermana Giuseppina sabe. Y probablemente —por cómo se ha comportado, por lo que ha dicho— también François está al corriente de algo.

«No», se corrige. «Otra persona lo sabía».

Su madre. Le preguntó si realmente quería casarse con Giovanna, y él le respondió que sí, que no podía hacer otra cosa.

«No solo sabías, sino que habías comprendido todo mi dolor, madre».

Es una herida que nunca dejará de hacer daño, porque ha sido la renuncia más difícil, el precio impuesto para que su padre lo considerase un auténtico Florio. Un precio impuesto en silencio, sin que en ningún momento se dijese ni una sola palabra al respecto.

Solo en ese instante se da cuenta del otro hilo que lo une a su madre. Ambos habían renunciado a una parte importante de sí mismos para que la Casa Florio no solo continuase su rumbo, sino sobre todo para que prosperase. Su madre había sacrificado su amor y su propia dignidad para que Vincenzo pudiese dedicarse en cuerpo y alma al trabajo. Y él —Ignazio— había llegado más lejos, renunciando a la mujer que amaba para que los Florio pudiesen ampliar sus actividades comerciales hasta donde su padre no había podido llegar: primero en los salones de la nobleza palermitana y luego más lejos, en la corte de los Saboya. Porque los nobles de Sicilia, con su sangre árabe, normanda y francesa, estaban convencidos de que descendían de los dioses del Olimpo, y ellos, los Florio, a ese Olimpo tenían que llegar. Y habían llegado.

«Y sin embargo hay días —y noches— en los que todo eso no es suficiente», piensa.

Y es entonces cuando resurgen los recuerdos de Marsella, de la que había sido la época más feliz de su vida: se ve con veinte años, evoca los sonidos y los colores de una casita de campo, el aroma de las rosas, de un jabón frotado en un cuerpo femenino, desnudo junto al suyo, en la misma bañera.

«La verdadera maldición de la felicidad es no ser consciente del momento en que eres feliz. Cuando reparas que has sido feliz, no te queda más que su eco».

Mira la lápida de su madre, Giulia Rachele Portalupi de Florio. Una mujer que lo sabía todo, que mediaba sin que se notase, que amaba sin pedir nada a cambio, que se quedaba siempre un paso atrás.

Su hija, nacida en junio de 1870, se llama como ella. Giulia Florio. Su *niñita* tiene ahora un año y medio.

Pasos a su espalda. Se vuelve.

Giachery tiene una sonrisa cordial, en las que hay palabras de consuelo que, sin embargo, no verbaliza.

Enseguida Ignazio oculta tras una apariencia de calma sus preocupaciones. Nadie se puede enterar.

—El trabajo está bien hecho —murmura—. Claro que los obreros podrían haber limpiado mejor los escalones... —Toca la lápida de Giulia, le da un beso con la punta de los dedos, luego se persigna. Giachery lo imita.

Damiani los ha esperado en la puerta, las manos enlazadas en la espalda. Se encaminan hacia la salida y suben al carruaje.

Ignazio rompe el silencio que se había hecho entre ellos.

—Espero que me perdonen por haberlos hecho venir hasta aquí, pero quería ver la capilla después del sepelio de mi madre.

—¿Está usted satisfecho?

—Mucho, ingeniero. —Junta las manos sobre las piernas cruzadas, mira por la ventanilla. El cielo se está despejando y muestra franjas de azul detrás de nubes deshilachadas—. Pero quería hablarles también de otra cosa. Estoy valorando retomar una de las actividades de mi padre.

Giachery arruga la frente.

—Dígame cuál. Porque su padre era un experimentador y resultaba difícil seguirlo en todas sus ideas.

—*Tiene razón.* Me refiero a la industria textil, la que quería montar en Marsala, junto a la bodega. Después no se hizo nada, sin embargo... —Ignazio lo mira con atención—. He oído decir que el abogado Morvillo busca socios para su pequeña fábrica de algodón, aquí, en Palermo. Es el antiguo concejal de Educación Pública y es un hombre inteligente. Me gusta además por ciertas ideas progresistas que tiene sobre los obreros... Procuren averiguar cuáles son sus intenciones, pero sin que se les note demasiado, como ustedes saben hacer.

Giachery asiente.

—*Usted* quiere hacer el algodón que se produce aquí, pero *me explica para qué.* La competencia napolitana es demasiado fuerte.

—Claro, es una *locura* que el algodón que se produce en Sicilia se mande a Nápoles o incluso a Venecia para hilarlo, y que luego vuelva aquí para venderlo. El precio aumenta demasiado, conviene *comprar* telas inglesas o americanas. Y, si cabe, invertir la situación, ¿por qué no hacerlo?

—De acuerdo. Lo haré.

Damiani Almeyda observa a Ignazio y no hace ningún comentario. De nuevo se pregunta quién es ese hombre que tanto lo despista y fascina. Sin duda, no tiene nada que envidiarle al padre, y, sin embargo, no podría ser más diferente. Posee una fuerza interior y profunda, y una firmeza despiadada, oculta bajo modales afables. De algo, sin embargo, Damiani Almeyda está seguro: de la amabilidad, a veces, hay que temer más que de la crueldad.

—Verduras estofadas con mantequilla y poca pimienta, y conejo a la provenzal —dicta Giovanna. Doña Ciccia escribe, con la lengua entre los labios—. En cuanto al vino... un tinto estará bien —concluye. Le gusta que, cuando Ignazio vuelve a casa, encuentre un ambiente sereno y con todo cuidado hasta en el más mínimo detalle.

Doña Ciccia dobla la hoja, se la entrega a la criada para que esta la lleve a la cocina, luego dirige su atención a Giovanna y asiente, satisfecha, delante del traje negro con ribetes malvas. Han pasado solo tres meses desde la muerte de Giulia y el luto todavía es muy riguroso.

—*Está usted guapísima.*

Giovanna esboza una sonrisa. Sabe que no es verdad, que no está nada guapa, pero esa inocente mentira la reconforta. Doña Ciccia le aprieta un hombro.

—Y pensar que antes todo le daba miedo. Mientras que ahora se ha convertido usted en una estupenda ama de casa. Sabe incluso combinar los vinos.

—Ma... mamamama...

Es Giulia, su niña pequeña. La niñera se la tiende, Giovanna le sonríe, la besa en las mejillas. La niña le agarra un dedo y se lo lleva a la boca.

—*Bonita mía, corazón* —le dice, frotando la nariz en la de la pequeña, que trata de agarrarle un mechón de pelo—. *Eres mi vida.*

Doña Ciccia mira esa escena y se libera del peso que la abruma. Durante mucho tiempo ha rogado a Dios —y no solo a Dios— que su *niña* se serenase. Sí, su *niña*, y no su «ama», porque ella le ha hecho de madre, la ha criado, ha estado siempre a su lado. «Cómo ha cambiado desde los primeros tiempos del matrimonio», piensa, mientras dobla las enaguas que están a los pies de la cama. Estaba siempre tan nerviosa e insegura, y se refugiaba en el ayuno, como si quisiera desaparecer del mundo. Como si no quisiera permitirse vivir. Ahora, en cambio, se encuentra a gusto en el papel de madre y esposa. Ha ganado unos kilos, lo que le ha hecho ganar también en feminidad. Doña Ciccia no sabría decir si su *niña* ha encontrado realmente la paz o si se ha resignado. Desde luego, la relación entre ella e Ignazio no es comparable con la de la otra pareja que doña Ciccia ha conocido a fondo —los padres de Giovanna—, y que nunca ha pasado de la indiferencia recíproca. Sin embargo, la distancia entre la calma de Ignazio y el entusiasmo de Giovanna podía, a la larga, resultar insalvable. Lo había comprendido enseguida, pero solo podía esperar que eso no pasase. Así, ha vigilado en silencio, ha escuchado a Giovanna, la ha consolado, ha enjugado sus lágrimas, como lo haría una madre.

Giovanna da un último beso a Giulia y se la entrega a la nodriza.

—Dígales a Vincenzino y a Ignazziddu que se pongan a estudiar, porque está a punto de llegar el profesor de música. Iré a verlos dentro de poco.

La mujer desaparece detrás de la puerta. Doña Ciccia se vuelve y empieza a ordenar los corpiños, tratando de disimular una mueca. Los dos varones de la Casa Florio son vivarachos, como deben ser los niños, sin embargo, mientras Vincenzino escucha las reprimendas y siempre pide perdón, Ignazziddu parece indiferente incluso a las bofetadas.

—*Agua de mal tiempo* —se le escapa en un susurro.

—¿Qué ha dicho? —pregunta Giovanna.

—Pensaba en el señorito Ignazziddu. *Es fuego vivo.*

—Mi marido dice que es así porque todavía es *joven.*

—*La madera se endereza cuando está verde* —le advierte la mujer.

—Cuando crezca se corregirá, ya verá —replica Giovanna, abriendo el joyero para elegir los pendientes. Algunas joyas —topacios, perlas, esmeraldas— pertenecen a Giulia, pero la mayoría ha pasado a las cuñadas. Por lo demás, a ella no le gustan especialmente: las encuentra anticuadas en el corte y con engarces pesados. Y, en cualquier caso, no son apropiadas para el luto. Al final, elige dos pendientes de ónice y perlas.

—A saber qué habría dicho mi suegra. Por lo que sé, de pequeñas, Giuseppina y Angelina eran mucho más revoltosas que Ignazio. —Suspira—. En los últimos tiempos, sin embargo, era tan difícil hablar con ella. Siempre estaba asomada a la ventana y miraba la calle como si esperase algo.

—*La llamaba él.* —Doña Ciccia lo dice con un estremecimiento y se persigna—. Una de las últimas noches, me pidió que dejara la luz encendida, porque iba a llegar su marido. *Yo creía que faltaba alguna carta de la baraja... Pero, cuando la encontramos muerta, me asusté un poco.*

Giovanna frunce los labios. No le gusta hablar de esas cosas.

Se sienta a una mesita y coge las cartas que doña Ciccia ha dejado ahí para ella. Casi todas son invitaciones para cenar o para alguna fiesta —invitaciones puramente formales, dado el riguroso luto—, pero tampoco faltan las tarjetas de pésame.

—Siguen llegando... —observa, agitando una carta, al tiempo que doña Ciccia coloca el costurero para el bordado del tapiz que están terminando.

Un socio de negocios de Vincenzo, que estaba de viaje y ha sabido la noticia hace poco; un primo que vive en Calabria y cuyo nombre ella apenas recuerda; un proveedor que se prodiga en excusas por el retraso, pero ha estado muy enfermo y no...

Y además.

Una tarjeta en papel de Amalfi, franqueada en Francia, dirigida a Ignazio. «¿Cómo habrá acabado aquí?», se pregunta Giovanna dándole vueltas. Repara sobre todo en la caligrafía delicada, diferente —angulosa y pesada— de los otros mensajes de pésame.

Está a punto de apartarla, pero entonces la mira de nuevo.

Vacila un momento. Y enseguida arrumba los otros sobres, agarra uno de los agujones con los que se sujeta el cabello y lo usa a modo de abrecartas. «Ignazio no va a enfadarse si...».

> También tu madre te ha dejado: sé lo muy unido que estabas a ella y me imagino lo difícil que debe ser para ti no poder llorarla como querrías. Mi corazón llora por ti.
> Tu dolor es el mío, y lo sabes.
> C.

Giovanna siente que su respiración se transforma en astillas de cristal.

Ningún comerciante, ningún pariente, ningún amigo escribiría una frase así. «Ningún hombre», se corrige. No con ese tono. No con esa escritura elegante. No en ese papel tan refinado.

«Tu dolor es el mío, y lo sabes».

Solo una mujer escribiría una frase así.

Y solo a un hombre al que conoce bien.

Solo a un hombre al que quiere.

Menea la cabeza con fuerza. Frases, miradas, gestos. Silencios, muchos.

Se acumulan recuerdos en la mente. Palabras que de repente cobran otro significado.

No.

Levanta la cabeza de golpe y casi se sobresalta viendo su propia imagen reflejada en el espejo. Sus ojos están enormes, vacíos y oscuros, como si sobre ellos hubiese caído la noche.

Mira a doña Ciccia, que sigue atareada con hilos y telas de lino. No se ha dado cuenta de nada.

Vuelve entonces a mirar el sobre. Quiere saber, tiene que saber.

El matasellos es casi ilegible. Inclina el papel hacia la luz de la ventana. «Marsella». Ese mensaje procede de Marsella. ¿Es posible entonces que se trate de una mujer que Giuseppina y François conocen? Considera por un momento la idea de escribirle a Giuseppina, pero enseguida la descarta.

«¿Para preguntar qué?»

«Solo resultarías ridícula», puntualiza una voz maligna en su interior, con un tono que se parece levemente al de su madre.

Mira de nuevo la tarjeta, la huele. La parece que tiene incluso un leve aroma a flores. A clavel, quizá. O quizá es su imaginación. No lo sabe.

Las manos le hormiguean, el estómago se rebela y se contrae como si estuviese dotado de vida propia, y vuelve la sensación que durante tanto tiempo ha marcado su vida. Fuera la comida, fuera las emociones.

Cierra los ojos hasta que la arcada cesa.

Los miedos, esos miedos sin nombre, resucitan, la agreden.

Deja caer la tarjeta sobre el regazo, una mancha marfil sobre el negro de la falda. Casi le parece que libera una energía maléfica.

«Mi corazón llora por ti».

—Vaya usted donde los niños, doña Ciccia —dice con voz firme—. Yo tengo que responder a estas tarjetas. Iré después. —Se levanta, esconde en la palma la tarjeta y, casi sin darse cuenta, hace una bola con ella.

No escucha la respuesta de la mujer; atraviesa la puerta y llega a la habitación de su marido.

Mira a un lado y a otro, frenética, con la sangre retumbándole en los oídos. De repente, se acuerda de otra mañana, de otro luto. Abre el armario.

Atraído por el ruido de los pasos, Nanai, el valet, se asoma a la puerta.

—¿*Quién es?* —pregunta tímidamente, desconcertado cuando ve al ama hurgando entre la ropa del marido.

Ella se vuelve, lo deja helado con un grito.

—¡*Vete!*

Evidentemente asustado, Nanai se aparta de la puerta.

Es como si Giovanna estuviese poseída por un demonio. Mete las manos entre las camisas, aparta los albornoces, palpa los pantalones...

Entonces, de golpe, se detiene, presa de un vahído. Se lleva las manos a las sienes.

Esa manera de comportarse no es digna de ella. Pero ¿cómo consigue una resistirse y contenerse si el hombre por el que ha cambiado su modo de ser, que le ha enseñado el amor, por el que ha aprendido a comer..., sí, si ese hombre lleva en el corazón a otra persona?

Cierra los ojos, trata de reflexionar. No, el mundo de su marido no está ahí, entre esos objetos. «A esta habitación él solo viene para cambiarse y para dormir. Gran parte de su tiempo lo pasa en el despacho. Ahí es donde tiene las cosas realmente importantes».

Y entonces Giovanna corre, corre como nunca lo ha hecho en su vida. Baja las escaleras, va al despacho. Atraídos por el ruido, sus hijos se asoman a la puerta de su cuartito y la ven pasar, extrañados: su madre nunca ha tenido esa expresión desesperada. Vincenzo tose y mira a Ignazziddu con gesto interrogante, pero este se encoge de hombros.

Giovanna abre la puerta del despacho. Es la primera vez que entra: ese es un lugar de negocios, de palabras sobrias, de paredes de piel, de humo de puro. Durante un instante, observa surgir de la penumbra los recios muebles de madera, la estantería baja detrás del escritorio, la lámpara oriental sobre el bargueño. Después va al escritorio, abre los cajones con rabia. Encuentra lápices, plumas, plumillas, registros llenos de cifras. Los hojea, pero sin resultado. Luego se inclina, abre el último cajón. Hay un doble compartimiento.

Y es ahí donde la encuentra. La caja de palo de rosa y ébano con mango de metal. Ignazio la guardaba en su armario de la via dei Materassai. Una vez le preguntó qué contenía y él, lacónicamente, le respondió que eran recuerdos.

Las manos le tiemblan. La caja es lisa, pesada, cálida al tacto. La pone sobre el escritorio y le cae un rayo de sol, iluminando las vetas de madera.

La abre.

Advierte enseguida un aroma muy semejante al que le ha parecido notar en la tarjeta de pésame. Después, debajo de un libro ajado de la *Princesse de Clèves* de madame de La Fayette, encuentra un montón de sobres. Los vuelca todos sobre el vade de piel y, con una mezcla de curiosidad y de enfado, hunde dentro las manos. El papel es pesado, refinado, y la caligrafía es femenina. Muchos no están ni abiertos; otros, en cambio, están casi hechos trizas. Todos tienen el matasellos de Marsella y parecen ser de hace unos años. En eso, aparece también una cinta de raso azul, desteñida por el tiempo.

En el fondo de la caja ha quedado una tarjeta parecida a la que ha desencadenado la tempestad y que ahora ha terminado en el escritorio, sobre el montón de sobres. Mira la fecha, la lee. Un mensaje por la muerte del suegro.

Un nuevo arrebato se apodera de ella.

—¿Quién es esta mujer? —grita, sin siquiera darse cuenta. Agarra un sobre, trata de abrirlo.

—¿Qué estás haciendo?

La voz de Ignazio es agua gélida en pleno rostro. Giovanna levanta la cabeza, lo ve en la puerta con el gabán entre las manos. Instintivamente, suelta el sobre.

Ignazio desplaza la mirada de la cara de su mujer a la caja abierta, y enseguida a los papeles esparcidos por el escritorio.

—Te he preguntado qué estás haciendo —repite, lívido, con voz ronca, casi metálica.

Luego cierra la puerta, deja el gabán sobre una silla y se coloca delante del escritorio. Estira lentamente una mano y coge la tarjeta hecha una bola. La alisa con un gesto casi cariñoso. Pero su rostro permanece indiferente, inexpresivo.

Eso enfurece a Giovanna.

—¿Qué es... esto? —balbucea, agitando el sobre que aprieta entre las manos.

—Dámelo —dice Ignazio, con los ojos todavía fijos en la tarjeta.

Es un susurro con alma de orden. Giovanna niega con la cabeza, se lo aprieta al pecho. El rostro pálido se llena de manchas rojas que forman un raro contraste con el traje oscuro.

—¿Qué son? —repite, ahora en tono dolido.

—Cosas que no te incumben.

—Son cartas de una mujer. ¿Quién es?

Ignazio eleva la mirada hacia ella y el corazón de Giovanna se acelera.

Ignazio —su Ignazio— nunca ha perdido los nervios. Siempre ha resuelto cualquier contrariedad con un encogimiento de hombros o con una sonrisa distante. Ese hombre de rostro térreo, con las mandíbulas apretadas y los ojos entornados, coléricos, no es su marido. Es un extraño, un individuo presa de una furia tan gélida como incontenible.

Las preocupaciones de Giovanna se acumulan, crueles, aterradas, contradictorias. «¡Qué tonta he sido! ¿Por qué he querido saber? Porque soy su esposa, porque me lo debe. ¿No podía hacer pedazos esa tarjeta y olvidar? No, tendría que haberle mentido a él, a mi marido... ¡Pero todo habría seguido igual que antes! ¿Y qué voy a hacer ahora para aplacarlo? ¡Sin embargo, tengo derecho a saber, después de todos estos años en los que me he sacrificado por él! ¿Y si él ahora elige a esa otra mujer? No, eso es imposible, están Vincenzino e Ignazziddu...».

Menea la cabeza, como para acallar esas voces que la están lacerando.

—¿Por qué? —le pregunta por fin, de sopetón. Suelta el sobre y se apoya en el escritorio, inclinándose hacia él. Es la única pregunta que puede, qué quiere, hacerle—. ¿Por qué no me has dicho que había otra? —continúa, la voz ahora teñida de llanto—. ¿Por eso nunca me has querido de verdad? ¿Porque solo pensabas en esa francesa?

—Desde que me casé contigo, nunca ha habido otra.

Su voz es de nuevo firme, serena. También la expresión de la cara es la de siempre, de sosegada indiferencia. Solo frunce levemente los labios, mientras recoge los sobres, los ordena y los guarda en la caja.

Pero a Giovanna no se le escapa la ternura de esos gestos, el cuidado con que enrolla entre los dedos la cinta azul, con que agarra el libro. No se contiene.

—¿De verdad que es mucho mejor que yo?

—Es cosa del pasado. Tú no tienes nada que ver —replica Ignazio, sin mirarla. Entonces, del bolsillo de los pantalones, extrae un manojo de llaves. Con una de ellas (pequeña, oscura) cierra la caja. La levanta, va con ella hacia la puerta—. No es asunto tuyo. Y no vuelvas a poner el pie en mi despacho. Nunca más.

Arena y sal en las suelas de los zapatos. Sopla un viento cálido, la luz es blanca, tan cegadora que lo obliga a entornar los ojos. En el ambiente, olor a orégano mezclado con el del mar.

Ignazio se agacha, recoge un puñado de arena y humus y lo deja correr entre los dedos. Es toba desmigajada, en realidad: una piedra clara que contiene restos de conchas y animales marinos, y que constituye el auténtico corazón de Favignana.

De su isla.

«Realmente mía», piensa sonriendo, mientras reanuda el camino y llega al borde de la roca del Bue Marino, desde donde puede asomarse para ver el continente y el mar. Debajo de donde está, unos obreros cortan bloques de toba que luego serán arrastrados a la orilla y embarcados en buques con destino a Trapani. Un fino polvillo asciende y cae enseguida al suelo llevado por rachas de viento: es el residuo de la extracción de la toba de canteras que tienen docenas de metros de profundidad, una actividad que, junto con la pesca, es vital desde hace siglos para los habitantes de la isla, no solamente porque es una fuente de ingresos, sino también porque la toba sirve para construir casas.

Suya de verdad: hace pocos meses, compró las islas Egades a los marqueses Giuseppe Carlo y Francesco Rusconi y a la madre de estos, la marquesa Teresa Pallavicini: Favignana, Marettimo, Levanzo y Formica, esta última a medio camino entre Levanzo y Trapani. A todo el mundo, Ignazio dijo que esa inversión de dos millones setecientas mil liras* le garantizaba la posibilidad de dar un firme impulso a la industria del atún; que podía usar —como fuer-

* Aproximadamente diez millones de euros. (N. de la A.)

za de trabajo— a los presos encerrados en el fuerte de Santa Caterina y que, encima, podía vender toba. En una palabra, sometió a un examen minucioso todas las características de las islas, valorando sus potencialidades reales, y por fin tomó la decisión de comprar. E incluso aprovechó el hecho de que la previa administración estuviese en números rojos, y así logró que bajasen el precio.

Consigo mismo, sin embargo, no necesita encontrar justificaciones.

Como le ocurriera casi setenta años antes al tío que se llamaba como él, que deseó enseguida la almadraba de la Arenella, Ignazio se ha enamorado de Favignana: la desea más que los negocios, que el prestigio social, que muchas cosas que le llenan la vida. Las tensiones por el trabajo —las dificultadas por la extracción del azufre, el aumento de los aranceles aduaneros— quedan lejos; su familia, también. Los ojos de Giovanna, tan serios y tristes, no son sino un recuerdo descolorido.

Ahí es donde quiere construirse una casa, como hizo su padre en la Arenella. Pero todavía no es el momento: la almadraba tiene un arrendatario, Vincenzo Drago. Ha de esperar tres años más, hasta 1877, cuando vence el contrato, para ser totalmente dueño de la instalación y la isla.

Debajo de él, el mar brama y truena y ruge. El viento, un céfiro caprichoso, está cambiando, lo nota, y entonces también ese tramo de mar, de repente, hallará la paz. Logrará aplacarse, tal y como le ha ocurrido a él en el preciso instante en que ha pisado la isla.

Cierra los ojos, deja que la luz se filtre a través de los párpados.

Recuerda cuando llegó ahí por primera vez: tenía solo catorce años y fue su padre —que entonces administraba la almadraba— quien le pidió que lo acompañara. Mientras el olor de los atunes en descomposición llenaba el aire y el sol se reflejaba en los muros de las casas, Vincenzo se remangó la camisa, se sentó en una piedra enorme y se puso a hablar con los pescadores en dialecto sobre el sitio desde donde había que soltar las redes o de la dirección por donde iba a soplar el viento durante la matanza. Ignazio no es como su padre: es cordial y a la vez distante. Lo que sí le notan los hombres de Favignana es una fuerza interior que, lejos de manifestarse en una actitud arrogante o engreída, lo rodea de un aura de tranquila seguridad. Se la notan esa misma mañana, cuando Ignazio se presenta en la almadraba sin avisar. La matanza terminó hace unas semanas, el verano ha estallado y, mientras en los almacenes se trabaja para concluir las operaciones de enlatado, los almadraberos preparan las barcas y las redes.

Ignazio ha hablado largamente con ellos; sin interrumpirlos en ningún momento, ni siquiera cuando las charlas resultaban confusas y el dialecto lo comprendía mal. Pero, sobre todo, los ha mirado a los ojos, captando todo su malestar, su miedo por el futuro, atravesado de nubes de incertidumbre, ya por la competencia de las almadrabas españolas, ya por los impuestos exigidos por los piamonteses. Pese a que no les ha hecho promesas, su simple presencia los ha tranquilizado a todos.

—¿Está usted satisfecho?

La voz que lo distrae es de Gaetano Caruso, uno de sus colaboradores de más confianza, hijo de Ignazio, uno de los administradores que trabajó con su padre. Ellos también han hablado largamente, sobre todo de lo que Ignazio quiere hacer en Favignana, de sus ideas para modernizar la instalación, de los contratos que querría estipular.

—Sí, bastante. Los que trabajan aquí son gente buena y respetuosa —contesta, rascándose las palmas de las manos. Tiene la piel cubierta de una capa de toba.

—Porque usted sabe tratarlos. Les da seguridad porque los respeta y eso ellos lo notan. Usted no se limita a mandar, como hacen otros.

Caruso se le acerca. Tiene un rostro delgado, de facciones angulosas y una perilla que se toquetea con frecuencia. Pero ahora está con los faldones de la chaqueta cerrados, los brazos cruzados en el pecho, a diferencia de Ignazio, que observa el mar con las manos en los bolsillos, dejando que el viento le abofetee la cara.

—Hace mucho tiempo, cuando era *niño*, mi preceptor me hizo traducir el pasaje de Tito Livio en el que se habla de la fábula de Menenio Agripa. ¿La conoces?

—No, don Ignazio —responde Caruso.

—Ha de saber que, en aquella época, los plebeyos querían los mismos derechos que los patricios y entonces, como protesta, se alejaron de Roma. Y Menenio Agripa los hizo volver contándoles una fábula, en la que se imaginaba que los miembros del cuerpo de repente dejaban de funcionar, envidiosos de que el estómago estuviese sin hacer nada, esperando que le llegase la comida. Pero de esa manera todo el cuerpo terminó debilitándose y, por consiguiente, los miembros del cuerpo tuvieron que hacer las paces con la barriga. —Curva ligeramente los labios, esbozando una sonrisa—. Nuestros obreros deben sentirse parte de algo. Me lo decía también mi padre. El salario no puede ser su único deseo. Lo primero que debo demostrar es que todos son importantes y eso solo puedo conseguirlo si miro a cada uno de ellos directamente a la cara.

Caruso asiente.

—No siempre es fácil.

—Aquí sí. Estos son pescadores, gente sencilla que comprende el valor del trabajo... En la ciudad, en cambio, los obreros tienen exigencias, buscan motivos para no trabajar, o para trabajar menos, y reclaman, reclaman... para luego criticar lo que se les da. Es una batalla continua. —Se aflige, pensando en los obreros de la Oretea y en los de la tejeduría que ha puesto en marcha con el abogado Morvillo y que no consigue ser productiva.

Da la espalda al Mediterráneo. La calesa lo espera a poca distancia.

Caruso observa a Ignazio subir al carruaje, cubierto también de una capa de polvo de toba, como todo en la isla, y luego, tratando de arrancarle una sonrisa, dice:

—¿Sabe que aquí la gente ya lo considera un príncipe? Y no me sorprendería que el rey...

—Soy empresario, señor Caruso —lo interrumpe Ignazio—. Mi título es el capital. Y es un título que genera más poder y respeto que cualquier otro.

Mientras la calesa lo saca del Bue Marino, una parte de su alma canta con la misma voz del viento. No, no tiene el menor deseo de ser nombrado príncipe ni conde ni marqués de las Egades. Es el hecho de ser su dueño lo que hace que se sienta, sencillamente, feliz.

Almadraba

junio de 1877 – septiembre de 1881

Fa' beni e scordatillo; fa' mali e pensaci.

Haz el bien y olvídalo; haz daño y recuérdalo.

Proverbio siciliano

El 18 de marzo de 1876 alcanza el poder la Izquierda Histórica —Agostino Depretis se convierte en primer ministro el 25 de marzo de 1876—, formada por hombres de clase media, que persigue una menor presión fiscal con respecto a la derecha y se propone dar a Italia un fuerte impulso hacia la modernización. Dirigirá de forma ininterrumpida el país durante veinte años.

La Izquierda Histórica se impone también en numerosas circunscripciones sicilianas, pero, no obstante las promesas electorales, la difícil situación del sur se mantiene sustancialmente igual. El 3 de julio de 1876, el diputado Romualdo Bonfaldini presenta al gobierno un informe sobre las condiciones de Sicilia, donde se afronta también el tema de la mafia «[que] es [...] el desarrollo y el perfeccionamiento del abuso encauzado hacia el daño; es la solidaridad instintiva, brutal, interesada, que une en detrimento del Estado, las leyes y los organismos regulares, a todos aquellos individuos y a aquellos estratos sociales que quieren conseguir el sustento y las comodidades no con su trabajo, sino con la violencia, el engaño y la intimidación». Pero el informe no se divulgó completo; serán dos jóvenes exponentes de la Derecha Histórica, Leopoldo Franchetti y Sidney Sonnino, quienes, en 1877, publicarán un informe independiente, hecho «sobre el terreno», titulado Sicilia en 1876, que hará emerger con toda su gravedad los problemas que afligen al sur, entre ellos, la corrupción, el clientelismo, la falta de una eficaz reforma agraria y, sobre todo, la ausencia del «sentimiento de la ley superior para todos». En 1877 se pone también en marcha una investigación sobre las condiciones de la clase agrícola que pone en evidencia la preocupante situación de la agricultura italiana, su absoluto retraso y las miserables condiciones de vida de los campesinos. Pero sus resultados son, en términos generales, ignorados por el gobierno.

Víctor Manuel II muere el 9 de enero de 1878. Lo sucede su hijo, Humberto I, que, en 1868, se había casado con su prima Margarita de Saboya. De espíritu profundamente conservador (que comparte con su esposa), busca sin embargo conquistar enseguida el favor popular.

El 7 de febrero de 1878 muere Pío IX. Si bien el nuevo papa —León XIII— se muestra más abierto al diálogo, la fractura con el Estado italiano seguirá marcando largo tiempo la vida del país.

Chiurma, sarpatu, chiummo, càmmara, coppu, bastardedda, panaticu, rimiggiu.

Son palabras de un dialecto que algunos hablan en la isla con forma de mariposa, Favignana, y que tienen el sonido del tiempo y el cansancio.

En invierno, los barcos negros se calafatean, y las redes se remiendan y refuerzan. La almadraba se *cruza* y se *cala* después de la fiesta de la Santa Cruz en mayo; se levan las anclas de acuerdo con las coordenadas que fija el jefe de los almadraberos, el *rais*, que las identifica en función del sonido del viento y las corrientes marinas; los hombres invocan el *Santísimo Crucifijo*, la Virgen del Rosario, el Sagrado Corazón y los *Santos Padres*, san Francisco de Paula, patrono de los navegantes y los pescadores. Los *almadraberos* faenan en los barcos desde que son adolescentes y no los abandonan sino cuando la vejez, la muerte o el mar los reclaman.

El *rais* interpreta el viento y las aguas, manda que se *retire la almadraba*.

Junto con las anclas, colocan en el fondo una cadena y unas piedras de toba de las canteras de Favignana, para que el cuerpo de la almadraba quede firme: en efecto, cuando los atunes entren y luchen por sobrevivir con todas sus fuerzas, desgarrarán las redes y arrastrarán los cables.

La *isla* está dividida en estancias: los atunes son conducidos hacia la entrada por medio de una red larga y alta que les cierra el paso. Tiene puertas formadas por redes que levantan a pulso; hay una *habitación de poniente* y una *habitación de levante* que se comunican con la *habitación grande* y con *la común*. No hay red al fondo. La única habitación que tiene redes por los cinco lados es *la habitación de la muerte*. Una vez que cruzan la *habitación de poniente*, los atunes entran en la *bastardedda*, la antesala del *fondo*. Cuando por fin suben la puerta —formada también por redes de pesca—, los atunes, enloquecidos por las mallas cada vez más tupidas, se lanzan a la habitación de la muerte buscando una salida.

Un día antes los almadraberos rezan, invocan *el nombre de Jesús* y ruegan que la pesca sea abundante, que el *salario* les permita mantener a la familia, que haya *migghiurato*, una especie de premio a la producción.

El día de la *pesca*, los *barcos largos* se colocan de dos en dos a los lados del *cuadrado*, la parte emergida de la habitación de la muerte; junto con los *barcos pequeños* y los *barcos de casco negro*, largos e imponentes, cierran el *cuadrado*. Van siempre emparejados, uno a barlovento y otro a sotavento.

Antes de la matanza se reza de nuevo. Se entonan cánticos que mezclan a san Pedro con maldiciones contra un mar avaro y enemigo.

Entonces se empieza a tirar del *fondo* de la habitación de la muerte. Todo a pulso, mientras los chorros de agua se mezclan con el sudor y los atunes forcejean porque les falta espacio, aire, agua. Las redes —pesadas, impregnadas de agua, tironeadas por los pescados— se fijan dentro de los barcos. De los botes se asoman los componentes del *rimiggiu*, grupos de pescadores de cuerpo recio y musculoso cuya tarea consiste en arponear a los atunes y subirlos a bordo con la *spetta*, un garfio largo y mortal.

Llega la señal. Aparecen palos y arpones hechos por los almadraberos. Atizan a los atunes que ya se encuentran en la superficie, estos se estrellan contra los barcos con impulsos poderosos y chocan unos con otros. El mar se tiñe de rojo, el agua se convierte en sangre. Los animales mugen y sus gemidos encubren los gritos de los almadraberos que se dan ánimos y se lanzan gritos. Los animales tratan de salir, forcejean, pero los pescadores los pinchan, los suben a los *barcos* a pulso, los agarran por las aletas a la vez que los arpones les desgarran la carne, los ojos, la boca. Están todavía vivos cuando tocan el fondo de los barcos, estarán muertos cuando lleguen a puerto y los hayan desangrando con cubos de agua de mar.

En la matanza se respeta al atún, pero no se le tiene ninguna piedad.

Cuando el carruaje se detiene cerca de la Fonderia Oretea, a las cinco y media de una plomiza mañana de junio de 1877, acaban de abrirse las verjas. Bajo las bóvedas de metal diseñadas por Damiani Almeyda resuenan gritos agudos e improperios. Las voces llegan al tejado a dos aguas de metal, decorado con pequeñas volutas, y entran por los gruesos cristales de las ventanas. El arquitecto ha refinado las líneas sólidas y toscas de la fundición original, mejorando la funcionalidad.

Sentados en el suelo o apoyados en los muros, grupos de hombres y de muchachos en traje de faena charlan o discuten. Algunos comen un trozo de carne.

«No tienen la menor intención de entrar», reflexiona Ignazio.

De repente, delante de la verja, se planta un hombre robusto, con la nariz torcida y el pelo gris y estropajoso. Abre los brazos y grita.

—*¿Qué pasa? ¿Seguís pensando trabajar para un hombre que se queda con nuestro dinero y nos chupa la sangre?*

Su voz resuena en el fondo de la calle y hace que todos se callen.

Ignazio lo conoce. Es un soldador, uno de los que —hasta dos días antes— trabajaba reparando barcos y que desde ayer se niega a entrar en la fundición porque va a dejar de cobrar una pequeña cantidad —el llamado «cuarto de temporada»— en concepto de indemnización. Los obreros protestaron contra el atropello, la ira se extendió enseguida. En un momento dado, intervino incluso la fuerza pública. La noche del segundo día, los responsables de la fundición decidieron que solamente la presencia de Ignazio podría cambiar la situación y le imploraron que fuera a la fundición a la mañana siguiente, cuando se abren las verjas.

—*Ellos no miran directamente a la cara* —estalla el soldador—. *Saben que somos indispensables, también saben que nos atrevemos con todo..., que aquí estamos, siempre, que nunca protestamos, pero ahora...*

La multitud grita «*¡Es verdad!*», y su grito se sobrepone a la voz del hombre. Unos cuantos se arrojan contra las verjas, que están cerradas, golpean con fuerza los muros de la fundición. En pocos segundos, en la calle todo son alaridos y gritos feroces, y hay una tensión que apesta a sudor y hierro. Docenas y docenas de obreros aporrean el muro, gritan que no piensan permitir que les roben, que ese trabajo supone la vida para sus familias, porque ellos «se atreven con todo» para hacer su trabajo y no protestan nunca, pero que ahora...

Es entonces cuando Ignazio decide apearse del carruaje.

Lo hace con calma, con la cabeza erguida y con el sombrero en la mano. Impasible, se dirige hacia la entrada.

Un niño repara en su llegada. Tira de la manga a su padre.

—*¡Papá, papá! ¡El dueño! ¡Ahí está Don Ignazio!*

El hombre se vuelve, pone los ojos como platos y se quita la gorra, que enseguida aprieta contra el pecho.

—*Don Ignazio, que Dios lo bendiga* —lo saluda, con las mejillas coloradas.

De repente, tal como había empezado, el clamor se apaga.

La multitud se abre en dos para dejarlo pasar, el soldador baja los brazos y se aparta a un lado, como si hubiese perdido toda su vehemencia. Las verjas se abren, aunque poco. Algunos obreros se quitan la gorra y lo miran con una mezcla de respeto y temor. Otros retroceden, unos incluso miran el suelo.

Ignazio corresponde a los saludos con un movimiento de la cabeza, pero no dice una sola palabra.

Hay miradas, sin embargo, nada asustadas. Están detrás de él, advierte el hartazgo, percibe la rabia. Tienen un olor áspero, semejante al de la pólvora. Los ojos hambrientos lo siguen hasta la entrada de la administración, donde lo espera un hombre con perilla entrecana y enormes entradas: es el ingeniero Wilhelm Theis, el director de la fundición. Es un hombrecillo enjuto que, al lado de Ignazio, tan recio, parece todavía más alfeñique.

Cierra la puerta cuando pasan con doble vuelta de llave. En silencio, recorren un pasillo angosto, todavía impregnado de oscuridad, suben las escaleras y llegan a las oficinas, donde una docena de empleados con chaqueta y corbata negra, camisa con cuello almidonado y manguitos de percalina se dispone a comenzar el trabajo. Cuando pasa delante de la fila de escritorios ordenados, Ignazio los saluda, les pregunta por sus familias.

Entretanto, sigue observando por la cristalera que da al interior de la fundición. Desde ahí se domina todo el complejo. Los obreros van entrando lentamente: distingue los rostros cansados y advierte que muchas manos se agitan apuntando hacia las oficinas.

No se esconde. «Que me vean», piensa. «Que todos sepan que estoy aquí».

Detrás de él, un golpe de tos.

—En fin, ingeniero Theis. Creo entender que los hombres no han aceptado de buen grado las nuevas condiciones para el trabajo en los barcos.

El hombre enjuto se acerca al escritorio. Es el puesto que él, el director, ocupa habitualmente en ausencia de Ignazio. Pero hoy no. Hoy está *el dueño*.

—Don Ignazio, la supresión de la indemnización del cuarto de temporada por la actividad en los piróscafos ha causado un malestar que ninguno de nosotros se esperaba; al menos, no tan violento. Gritan, protestan sin parar, y además están involucrando a esa gaceta suya, ese periodicucho...

—¿*Il Povero*? ¿Y le sorprende? Media redacción está compuesta por empleados de la fundición. Contaba con sus protestas.

—Pero están exagerando. Los obreros, sobre todo los soldadores y los mecánicos, se quejan de que el trabajo en los barcos se haya vuelto demasiado duro y peligroso y de que, sin ese dinero, no merece la pena. Hemos aguantado dos días, repeliendo las protestas también merced a la fuerza pública, pero ahora...

Ignazio escucha sin volverse. Se acaricia la barba oscura y reflexiona. Ha habido algunos arrestos, y lo sabe: él mismo le ha pedido al prefecto —de manera confidencial, obviamente— que se mantenga el orden alrededor de la fundición. Como también sabe que ahora le corresponde a él recuperar la tranquilidad y la armonía.

La tensión que percibe en el ambiente tiene la densidad del vapor. Están tensos los obreros, pero también los empleados. Impregna las paredes blancas de las oficinas, las manchas de hollín de la instalación, apenas se puede respirar.

Los vigilantes uniformados empujan a los obreros hacia los puestos de trabajo. Se oye alguna palabra de más, empujan a un chico, que reacciona. Un vigilante levanta las manos, otros intervienen para evitar la pelea.

El ruido del agua bombeada en las tuberías para enfriar las prensas anuncia que la fundición está de nuevo a punto de ponerse en marcha.

La puerta del despacho se abre con un tintineo de cristal, seguido del ruido de un bastón. Luego se oyen los mazazos de la forja del metal.

—Perdone el retraso —dice Vincenzo Giachery, que es el director administrativo de la fundición—. Esta mañana mi pierna se negaba a moverse como es debido.

Ignazio sale a su encuentro, le ofrece la silla.

—Es mi culpa, don Vincenzo.

—No, no. —En el rostro marcado por los años, los ojos se iluminan y aparece una sonrisa—. *Usted tiene la manía de su pa-*

dre, la de que los demás tienen que hacer enseguida las cosas que manda —suspira Giachery, sentándose.

Ignazio le sonríe. Acaricia la superficie pulida del escritorio, el que su padre usó durante años en la tienda de via dei Materassai. No ha querido separarse de él. Se sienta, las manos abiertas sobre el tablero.

—Mi padre y su hermano Carlo, *requiescant in pace*, se parecían. *Eran uña y carne.*

Giachery asiente. Cruza las manos sobre la empuñadura del bastón. Indica las instalaciones de detrás del ventanal con el mentón.

—*¿Qué hacemos?*

Delante de él, Theis abre los brazos con gesto enfadado.

—Son unos palurdos. Unos vagos que no saben ni hablar y a los que no podemos ni llamar obreros... Tenemos que darles una buena lección. ¡Que comprendan que no estamos para servirles!

Ignazio cruza las manos y apoya en ellas la barbilla.

—Son nuestros obreros, ingeniero Theis. Puede que sean palurdos, pero sacan adelante el trabajo, aquí, en la fundición, y en los barcos. Los necesitamos. Sobre todo, a los mecánicos genoveses y...

—Están bien pagados, don Ignazio —lo interrumpe Theis, revolviéndose en la silla—. Si pensamos en el trabajo que son capaces de hacer, sin embargo...

Giachery se aclara la voz, quiere que lo escuchen. Habla con cautela, mirando al suelo, para no irritar a ese ingeniero de carácter sombrío.

—Verá: en esta fábrica se hace un poco de todo, desde cubiertos hasta calderas. Usted lo sabe mejor que nadie, ingeniero Theis. Yo trabajo con esta gente, le hago caso. Es injusto que los llame usted palurdos: son gente humilde, se desloma y recibe un salario mucho más bajo que el de un obrero francés, por no hablar de un alemán. Es cierto, son ignorantes y tienen pocas ganas de aprender cosas nuevas, pero quieren llevar el pan a casa. —Solo entonces levanta la cabeza y mira a Ignazio: ahora se dirige a él—. Saben que el trabajo en los barcos es peligroso y tienen miedo, pero saben también que, si renuncian, hay otros dispuestos a reemplazarlos. Estamos en Palermo, señores, donde un salario de dos liras en la Fonderia Oretea te hace rico. Hay quien haría documentos falsos con tal de trabajar aquí. Pero a nosotros eso no nos conviene, porque serían obreros sin ninguna preparación. Además, ya saben lo difícil que es convencer a un livornés o incluso a un alemán de que venga aquí para enseñar el oficio a otros. Piensen solo en cuánto tendríamos que pagarle.

Ignazio da vueltas en el dedo a la alianza, luego roza el anillo del tío Ignazio.

—¿Entonces, si he comprendido bien, usted, don Vincenzo, recomienda cautela?

El otro mueve una mano.

—Cautela, por supuesto. Y, todavía mejor, el palo y la zanahoria. —Se inclina hacia delante, le habla con familiaridad—. *Lo conozco desde que llevaba usted pantalones cortos: a usted los obreros lo escuchan, ellos y los almadraberos de Favignana.* Hábleles.

Un suspiro. Ignazio tamborilea con los dedos el tablero de la mesa, parece vacilar, pero sabe que Giachery tiene razón. Demasiado tiempo había juzgado a los obreros carentes de humildad, de ganas de mejorar, de reconocimiento. Su vida era demasiado diferente de la de los almadraberos, pero eran iguales el orgullo y la necesidad de ser tratados con respeto. Y ahora le corresponde a él encontrar un equilibrio entre esas exigencias y el imperativo de seguir siendo competitivos. Aunque eso no podrá conseguirlo en poco tiempo.

—Reducir los costes es fundamental —dice, como si estuviese reflexionando en voz alta—. Es cierto que la fundición marcha bien, pero hemos tenido encargos fuertes y tenemos que contratar más personal. Y aquí hay más de setecientos obreros. —Habla en voz baja, con tono firme—. No podemos permitirnos pagar la indemnización del cuarto de temporada. Además, dar marcha atrás en nuestra decisión sentaría un precedente peligroso.

Tras esa última palabra, suenan los golpes de los martillos que están doblando los enormes paneles de la cúpula para el nuevo teatro, el Politeama.

La fundición es una de las piedras angulares de la Casa Florio, pero no va a poder competir mucho tiempo con las fábricas del norte de Italia, o con las alemanas. No es casual que el único pedido que tienen del gobierno sea el del puerto de Mesina, mientras que las acererías del norte tienen licitaciones para la construcción de ferrocarriles y para los careneros. Son demasiado elevados los costes de producción, e incómodos los transportes de las mercancías y las materias primas. Para poder seguir trabajando hay que mantener los salarios bajos, y contar cada lira.

A lo mejor, dentro de un tiempo, podrán introducir modificaciones en el ciclo de producción y pensar en incrementos salariales. Pero ahora, no. Innovar significa invertir y formar a nuevos obreros. No, en este momento lo único importante es ir al mismo ritmo que los empresarios del norte, que llevan ya décadas trabajando con el metal.

Durante un instante, en el despacho resuenan los ruidos ensordecedores del metal contra el metal.

Luego, de golpe, la campana. Tres golpes repetidos. Una alarma. Theis se sobresalta, se vuelve hacia la ventana, se acerca a ella. Con esfuerzo, Giachery lo imita.

Los obreros se están reuniendo en los patios. Han abandonado los martillos y las tenazas, bloqueado las prensas; unos pocos se han quedado vigilando las máquinas a presión o purgándolas. Todos están alterados y no hay nadie que consiga calmarlos, ni siquiera un vigilante armado con un palo. Es más: los más jóvenes se le acercan, lo rodean y le arrancan de las manos el palo; otros dos lo agarran de los brazos y lo empujan.

Un golpe, luego otro. Es una paliza.

Del fondo del almacén llega corriendo otro vigilante, seguido enseguida de más. El sonido de su silbato atraviesa el vocerío, se sobrepone a los gritos.

El vigilante herido está en el suelo. Gime, le sale sangre de la boca. Los obreros se vuelven hacia los otros guardianes, que ya están delante de ellos, con los palos alzados. Pero son pocos, muy pocos, y la marea humana parece devorarlos, ahogarlos, asfixiarlos.

—¿Qué ocurre? —grita Theis—. ¿Llamamos a la fuerza pública?

—¡Se están matando! —Ignazio sale corriendo del despacho, baja las escaleras, cruza la puerta que separa las oficinas de la fábrica. Está asustado y sabe perfectamente que, si no hace algo, habrá una catástrofe.

No bien sale al patio, grita:

—¡Parad! ¡Parad ahora mismo! —Luego se abalanza contra un obrero que está pateando a un vigilante. Lo agarra de los hombros y el hombre impreca, se retuerce y se suelta, listo para dar un puñetazo.

En ese instante lo reconoce. Deja caer los brazos y retrocede, trastabillando, con los ojos muy abiertos.

—¡Don Ignazio!

Ese nombre va pasando de una boca a otra; es un murmullo semejante a un rezo. Las manos se abren, los brazos bajan. Porras y palos caen al suelo. Los vigilantes retroceden unos pasos, llevándose al hombre herido.

—¿Qué pasa aquí? —dice Ignazio. Luego mira alrededor. Mira directamente a los hombres que tiene delante, uno a uno. Espera. Un mecánico da un paso al frente. Puede que tenga solo unos años más que él. Es un tipo fornido, tiene los brazos repletos de arañazos y quemaduras y el rostro manchado de tizne.

—*El señor debe perdonarnos* —dice—. *Pero ya no podemos seguir trabajando así. Nos matan a palos.*

No ha hablado alto, pero sus palabras parecen retumbar.

—*¿Qué ha pasado?* —pregunta de nuevo Ignazio, en el mismo tono tranquilo. Luego observa con más atención al hombre, se le acerca. Tienen la misma estatura y los mismos ojos oscuros. En el silencio que se ha hecho a su alrededor, Ignazio murmura:

—Eres Alfio Filippello, ¿verdad? El jefe mecánico.

El otro asiente, animado.

—*Sí, señor.* —Y casi se le escapa una sonrisa. Esta es la Fonderia Oretea: un sitio cuyo dueño sabe quiénes son sus obreros. Los conoce. Es como un padre para todos ellos.

—*Cuéntame* —le pide. Usa el dialecto para que lo entiendan y para que se fíen de él.

Alfio busca el respaldo de sus compañeros, que le hacen tímidos gestos para que continúe.

—*Usted sabe que somos padres de familia. Necesitamos el salario, y también el dinero que nos paga cuando trabajamos en los pироscafos. Pero así... así no vamos a ninguna parte. No tenemos nada que llevar a nuestras familias, lo que se nos paga no es ni un jornal... Esta mañana, un niño que llevaba las herramientas se partió un hombro. Y nos pegan si no trabajamos, nos revisan por si nos llevamos algo a la salida.* —Menea la cabeza—. *Jefe, así no vamos a ninguna parte.*

Ignazio cruza los brazos sobre el pecho, reflexiona sobre lo que acaba de escuchar. Pobre gente que realmente necesita incluso esa miseria que cobra trabajando en los piróscafos. Un chico herido en un hombro, registros ofensivos, violencias y atropellos por parte de los vigilantes, dificultades para sobrevivir...

—*¿Y cómo supisteis que este chico se había hecho daño?*

De detrás de Alfio sale un chiquillo andrajoso y manchado de carbón. No tiene más de diez años.

—*Yo lo vi, don Ignazio* —dice. La voz le tiembla, pero tiene una mirada sincera y ya curtida por la dureza del trabajo—. *Yo llevo las cajas de clavos y tornillos: se cayó porque iba demasiado cargado de cosas.* Se llama Mimmo Giacalone.

Así que se cayó del andamio porque iba demasiado cargado de herramientas, piensa Ignazio, y comienza a entender por qué hay tanta animadversión.

—*¿Y dónde está ahora?* —pregunta.

—En casa.

—¿Y ahora qué queréis hacer?

El soldador menea la cabeza.

—*No podemos trabajar así. Porque nos maltratan, y no solo estos desgraciados, dicho con todo respeto* —protesta, señalando a los vigilantes que flanquean a Ignazio—. *Porque hay gente de la oficina que nos trata como si fuésemos basura.*

Ignazio levanta la cabeza y se calla la imprecación que está a punto de decir. Ese es el problema: esos hombres pueden aguantar mucho, pero no que los priven de su dignidad. Eso es lo que explica su ira y todo su rencor.

Encima de él, los contables y los empleados de la fundición observan la escena con una mezcla de terror y desprecio. Theis está agarrado a la barandilla de la ventana, mirando con gesto descompuesto. Se diría que está temblando.

—Hablaré con los vigilantes, les diré que os respeten —declara Ignazio en voz alta, de manera que todos puedan oírlo. Da un paso hacia los hombres, los abarca con la mirada, asiente. Quiere que estén seguros de sus palabras, que confíen en él—. Pero todos tenéis que regresar al trabajo.

Los obreros se cruzan miradas perplejas y aterradas. Alfio echa la cabeza hacia atrás, escucha el murmullo de sus compañeros. Una gota de sudor traza una raya nítida en la frente manchada de hollín.

—No podemos, don Ignazio —responde al cabo. Lo hace en tono casi de justificación, pero con una firmeza que no permite réplica—. *Nosotros no hemos prendido la mecha, sino ellos* —añade, y señala a los vigilantes—. *Ellos son los que tienen que irse. ¡Nosotros no somos animales, sino personas!* —La voz se altera, se impregna de rabia—. *¡Trabajamos todo el día, y luego estos... estos malditos nos insultan, nos cierran la puerta en la cara si llegamos tarde y no nos permiten entrar, nos dejan sin jornal! ¡Nos parten los huesos a palos!*

Theis le había dicho que los obreros se quejaban, pero se había cuidado bien de aclarar cómo los trataban los vigilantes y qué ocurría si llegaban tarde: no los dejaban pasar, los multaban y les pegaban.

Como arrastrados por esas palabras, los otros obreros se acercan a Alfio, lo rodean. Sus voces se sobreponen a la suya, los brazos se levantan en un bosque de puños.

Los vigilantes se escabullen y buscan refugio por las escaleras. Ignazio observa a los hombres, pero no se mueve. Deja que el murmullo se aplaque un poco, luego mira fijamente a Alfio y dice en voz baja:

—Vosotros sois mi gente. —Da unos pasos hacia la multitud, que de nuevo está callada—. ¡Vosotros sois mi gente! —repite, en voz más alta. Entonces se vuelve, agarra los puños de Alfio, tiznados de polvo negro, y eleva las manos sucias hacia los obreros—. La fundición es vuestra casa. Si alguien os ha hecho daño, os aseguro que lo pagará. Pero ¿queréis en serio hacer huelga? ¿Queréis en serio que vuestra casa pare para que no haya pan ni trabajo? —Abre los brazos, señala la nave—. ¿Acaso no me he ocupado de vosotros? ¿Es que no me ocupo de que vuestros hijos aprendan a leer y escribir? Mimmo Giacalone... el chico que está herido. De él se hará cargo la sociedad de beneficencia que he creado para vosotros... —Retrocede y mira de un lado a otro—. ¡Que he creado yo! ¡Para vosotros! Y, si Mimmo no está inscrito en la sociedad, yo mismo me encargaré de que lo curen. Formamos parte de esta fábrica, todos nosotros. Yo estoy aquí con vosotros... De ser preciso, me quitaría esta chaqueta y me pondría a trabajar aquí, hombro con hombro, con tal de continuar. La Oretea no es solo los Florio: ¡también es su gente! ¡Sois vosotros!

Es casi de noche cuando Ignazio se marcha de la fundición. Esperó que los obreros salieran, se despidió de ellos en las verjas, y asistió a los controles que, esta vez, fueron menos ofensivos. Para todos tuvo un gesto, una palabra, un apretón de manos.

Lo despidieron con un «¡Viva Florio!» que llegó a oírse en el puerto.

Después de sus palabras, los obreros volvieron al trabajo. Los gruñidos y las protestas no terminaron, pero al menos se atenuaron por la idea de que las razones de los trabajadores iban a ser atendidas, pues *el dueño* en persona lo había prometido. Y ellos, de Ignazio Florio, se fían.

Y él no se quedó de brazos cruzados. Visitó todas las secciones, escuchó todas las quejas y prometió que habría más equidad.

Buscó los consejos de Giachery, y preguntó por la salud del obrero accidentado. El viejo amigo de su padre se despidió de él dándole una palmada en un hombro.

—Todo es siempre cuestión de saber cómo burlarse de la gente, y nadie sabe hacerlo mejor que usted —le dijo cuando subía al carruaje.

Dejó para el final a Theis y los vigilantes.

Los reunió en su despacho y se sentó al escritorio. Nadie se atrevía a hablar. Theis lanzaba ojeadas nerviosas alrededor, eludiendo la mirada indagadora de Ignazio, inflamado de una cólera fría.

—¿Qué necesidad hay de crispar la situación? —preguntó. El tono distante hizo que más de una cabeza se inclinara—. Se pueden hacer controles sin ofender. No hay necesidad de pegar a los obreros, como se puede tener un mínimo de tolerancia con los retrasos, la misma que tenéis entre vosotros.

Theis rompió el silencio glacial que se había hecho en la habitación con un arrebato exasperado:

—Don Ignazio, con todo mi respeto, usted no comprende —protestó—. Primero serán cinco minutos, luego, diez... después pretenderán llevarse las herramientas a casa para hacer a saber qué con ellas. Verá, ahora, todas las exigencias que tienen por la reducción del cuarto de temporada...

—Que las hagan, de todos modos, no van a conseguir nada. No estoy dispuesto a negociar sobre salarios. Pero lo que pueda hacerse sin que suponga ningún desembolso de dinero, y que permita calmarlos, hay que hacerlo sin demora.

—Hace falta severidad.

—La severidad es una cosa, y otra, el abuso. —Cruzó las manos en pirámide delante de la cara. Los ojos eran apenas dos fisuras—. Ha oído lo que yo he dicho, y lo que ellos me han dicho: el problema no es solo el dinero de la indemnización. Es sobre todo la manera en que se les trata: *como perros vagabundos*. Y yo he prometido que esto no volverá a pasar. Así que ahora vamos a disminuir los controles y a ser más tolerantes con los obreros por sus retrasos, al menos durante las próximas semanas, para que se calmen los ánimos. No pondremos multas por los desórdenes y recomendará a los vigilantes que no tengan la mano tan larga, pues no tratan con un rebaño de ovejas. Después de lo ocurrido hoy, basta solo esto —apretó el índice contra el pulgar— para que estalle una huelga, y Dios sabe qué consecuencias podría tener.

Los Florio somos hombres de palabra: nadie, nunca, debe humillar a los obreros. Ellos son la espina dorsal de la fundición.

Nadie se atrevió a rebatir.

Ignazio se dirigió a Theis.

—Ingeniero, confío en usted para que estos hechos no vuelvan a repetirse.

Un carraspeo. Theis se aclaró la voz. Se podía imaginar perfectamente qué consecuencias tendría incumplir esa orden.

—Se hará como usted dice.

Solo ahora, en el carruaje que lo conduce de nuevo a la Olivuzza, Ignazio puede relajarse. La lluvia vespertina y el viento de tramontana han limpiado el cielo, que ahora está transparente como el cristal. Al otro lado de la ventanilla, Palermo está sumida en la belleza evanescente de un ocaso todavía fragante de sol.

La muralla de la ciudad está desapareciendo, derribada para dejar sitio a nuevos barrios, señal de un tiempo nuevo, destinado a reemplazar un pasado que seguramente no a todo el mundo le gusta recordar. La gente se traslada, abandona las viejas casas del centro y busca pisos más grandes y cómodos. Calles amplias y arboladas se adentran en los campos, ahí donde antes solo había senderos entre los naranjales. El carruaje pasa delante del Palacio Steri, un lugar que su padre conocía bien, porque era la sede de las oficinas de la aduana, y que Damiani Almeyda ha reformado. Ahora están limpiando la plaza y haciendo un jardín. Cerca, a pocos pasos de la gran mansión de los Lanza di Trabia, está la mansión de los De Pace, que da al mar. Ahí es donde vive su hermana.

Del impresionante Castello a Mare no quedan sino trozos de piedra cubiertos de hierbajos: por orden de Garibaldi, el fuerte fue bombardeado, dado que el punto donde se hallaba era estratégico para el acceso a la ciudad. Era mejor arrasarlo, para evitar riesgos inútiles, decidió el general. Los piamonteses hicieron el resto. Y por esas ruinas, hoy, ascienden los últimos rayos de sol que se infiltran entre los velajes y los mambrúes de los barcos anclados en la Cala. Por otro lado, el amarillo de la toba de las iglesias y de los edificios parece emitir calor, atenuando la oscuridad con una luminosidad pastosa que huele a verano.

Ignazio retrocede hasta sus veinte años. Cada uno de esos lugares, para él, está unido a una imagen, a una sensación. La Cala le recuerda también las veces que esperó la llegada de los piróscafos con su padre. Pasada la puerta Felice, ve el Casino de las Damas y los Caballeros, donde conoció a Giovanna...

Pero también Palermo parece querer desprenderse de golpe de su pasado y, en cierto modo, también del pasado de Ignazio: para hacer sitio al teatro que surgirá sobre las ruinas del bastión de San Vito y la puerta Maqueda, se han derribado las iglesias de San Giuliano, San Francesco delle Stimmate y Sant'Agata, y un barrio entero ha sido demolido. Todo cambia, como tiene que ser.

Se frota la base de la nariz. De junio le gusta esa sensación de calor todavía no asfixiante, la explosión de la naturaleza en el jardín de la Olivuzza, el aroma de las yucas en flor, de las rosas, de las plumerias y de los jazmines. A lo mejor le da tiempo de dar un paseo por los bulevares antes de la hora de la cena. Si hay algo que le encanta de la villa es justo ese jardín. Y no es lo único: ya prefiere la Olivuzza a la Villa dei Quattro Pizzi, la casa de su infancia, dominada hasta tal punto por el aroma del mar que terminaba mareándolo; e incluso a la casa de la via dei Materassai, donde nacieron Vincenzo e Ignazio.

Ya, Vincenzino. Estaba otra vez con fiebre y Giovanna había pasado la noche a su lado. No ha tenido noticias de él en todo el día.

«Ninguna noticia es buena noticia», piensa. «Sí, seguramente».

La noche ya ha extendido un manto sobre los árboles de la Olivuzza cuando el coche de Ignazio para delante del enorme olivo, junto a la puerta de entrada de los carruajes. Como espectros, los vigilantes de la casa se mueven por detrás de los setos, y se aproximan para cerciorarse de que no hay peligros. Ignazio los ve, con un gesto les dice que se alejen.

Todo está tranquilo en casa. Desde el ventanal que da al jardín, surgen luces y risas.

—¡Papá!

No ha pisado todavía el suelo, cuando dos bracitos le rodean las piernas.

Giulia. Su hija.

—¡Estrellita!

La niña ríe, le coge la mano y se la besa, mirándolo de arriba abajo. Tiene las mejillas coloradas y rebosa energía: es la imagen de la salud. Juntos entran en la casa: Giulia habla de lo que ha hecho durante el día, de los deberes que ha hecho con la institutriz y de las carreras con Pegaso, el caniche que le han regalado hace unos días, por su séptimo cumpleaños.

Él la escucha, y mira esos cabellos oscuros y brillantes como los de Giovanna. Giulia tiene ojos dulces y delicados; pero sus gestos son seguros, el paso no tiene incertidumbres. Es una Florio.

Cruzan juntos las habitaciones, llegan al salón verde. Ahí, en un sillón, está Vincenzino, concentrado en la lectura de un libro; a su lado, la gobernanta. Giulia se sienta en el sofá, donde hay una muñeca de porcelana medio vestida.

Ignazio se acerca a su hijo.

—¿Cómo estás?

—Bien, gracias. —El niño lo mira desde abajo. Los ojos brillan, pero no parece que tenga fiebre. Se aparta de la frente un mechón de pelo, cierra el libro.

—He tomado el caldo de carne como ha dicho el médico, después he estudiado. *Maman* me ha dicho que pronto iremos a Nápoles. ¿Es verdad?

—A Nápoles o a Francia. Ya veremos. —Ignazio le observa la cara. Tiene rasgos elegantes y una inteligencia despierta oculta bajo un temperamento tranquilo; a sus diez años, ya es muy maduro. Se parece mucho a él. Se vuelve hacia la gobernanta, de pie al lado del niño—. ¿Mi esposa?

En el rostro de la mujer hay contrariedad.

—Doña Giovanna está arriba con el señorito Ignazziddu. —Por los labios apretados de ella, Ignazio intuye que su hijo debe de haber hecho una nueva travesura.

—¿Qué ha hecho tu hermano? —le pregunta entonces al hijo mayor.

Vincenzo se encoge de hombros.

—Ha enfadado al preceptor porque ya no quería seguir estudiando. Cuando nos quedamos solos en el cuarto, cogió los libros y los arrojó por la ventana. —Se muerde el labio. En el rostro, el remordimiento por contar algo que a sus ojos es una traición.

Ignazio asiente. Todo lo que Vincenzino tiene de responsable, Ignazziddu lo tiene de insensato. Y pensar que su segundo hijo es solo un año menor que su hermano. Tendría que ser juicioso, y, en cambio...

Sale de la habitación y sube las escaleras, que alumbran dos arañas de metal que hay en las paredes, forjadas en la Oretea, como la lámpara que alumbra el rellano. Se cruza con Nanai.

—Vendré para la cena dentro de poco —le anuncia. Después, con lentitud, recorre el pasillo y llega a la puerta de la habitación de Ignazziddu.

Oye la voz de Giovanna. Severa, dura.

—¡*Ahora, en cuanto llegue tu padre, le contaré lo que has hecho! ¿Por qué tienes que tirar los libros, es que no quieres estudiar?*

Quieto delante de la puerta, Ignazio resopla. ¿Conseguirá que Giovanna entienda que no debe hablar en dialecto, sobre todo con sus hijos?

Entra y, sin siquiera saludar, se dirige enseguida a Ignazziddu.

—Según parece, hoy te has portado muy mal. ¿Dónde están los libros?

Giovanna está en un rincón. Lo mira, se retrae.

El niño está sentado en la cama, con una almohada en el pecho haciéndole de escudo contra el mundo. Está enfurruñado, con los rizos revueltos, los ojos lanzando rayos iracundos y los dedos hundidos en la colcha.

—Solo pedí permiso para jugar un poco y descansar, pero el otro, nada, no quiso, siguió hablando sin parar. Y yo me harté de escucharlo.

—¿Y lo único que se te ocurrió fue arrojar los libros por la ventana? Mal, muy mal. Hay un momento para el juego y otro para el trabajo. Más vale que te acostumbres.

—¡No! ¡Si digo que estoy cansado, es que lo estoy! —Da golpes contra la cama con la mano abierta, varias veces—. ¡He estudiado toda la mañana, incluso he tenido que ayudar a Vincenzo porque no había comprendido unas cosas de francés! —chilla—. Y, además, él está aquí por mí. ¡Si le digo que quiero parar, me tiene que obedecer!

Ignazio se le acerca. Instintivamente, Ignazziddu retrocede en la cama, aprieta contra el pecho la almohada. La ira se convierte en temor y enseguida en miedo.

El padre le arrebata la almohada.

—No te vuelvas a atrever a hablarme así. —Acerca la cara a la de Ignazziddu. El tono de voz es bajo, un latigazo—. Y no volverás a hablarles así a las personas que trabajan para nosotros. ¿Has comprendido?

El niño casi jadea y, en sus ojos, se mezclan la rabia y el miedo. El padre nunca le ha pegado, es cierto, pero sabe castigarlo de maneras quizá peores.

Asiente, da a entender que ha comprendido, pero sus labios no consiguen formular la respuesta e Ignazio se da cuenta.

—Mañana les pedirás perdón a tu preceptor y a tu hermano. A ambos les has faltado al respeto—. Se endereza, mira a su esposa. Giovanna se ha quedado inmóvil, con los brazos cruzados. Le tiende la mano y ella se le acerca.

—Salgamos —le dice. Luego señala a Ignazziddu—. Hoy no cenará. Puede que el estómago vacío lo ayude a comprender cómo debe comportarse.

Apaga las luces, mientras Giovanna lo espera al otro lado de la puerta. Lo último que ve, ya con el pomo en la mano para cerrar, es la mirada feroz e impotente de su hijo.

Ignazio y Giovanna bajan las escaleras juntos, sin tocarse. De repente, Giovanna le coge el brazo.

—Pero... ¿sin cenar? —pregunta, en tono débil.

—Sí.

—*Pero si es un niño...*

—No, Giovanna. ¡No! *Tiene que comprender que no puede hacer siempre lo que se le antoje. Tiene que trabajar, y el dinero no se encuentra debajo de las piedras.*

Ignazio está realmente enfadado si ha empleado ese tono y hablado en dialecto. Quiere que su hijo comprenda enseguida que el dinero no se encuentra debajo de las piedras, que se consigue con trabajo y esfuerzo, y sacrificios, y renuncias. Giovanna se retrae y baja la cabeza, derrotada.

Él para, se frota las sienes con los dedos.

—Perdóname —murmura—. No quería ser grosero contigo.

—¿Qué ha pasado?

—Desórdenes en la fábrica. Pero nada de lo que debas preocuparte. —La agarra del brazo y, por primera vez en el día, la mira con cariño—. Vamos a cenar, que luego tengo que revisar unos papeles.

Terminada la cena, que transcurrió en un pesado silencio, Ignazio se levantó y se inclinó hacia Giovanna, para despedirse de ella con un beso en la frente. Pero ella lo miró a los ojos, le agarró la mano y le dijo, simplemente:

—Ven.

A lo mejor fue por el perfume de Giovanna, con sus notas frutales, el mismo de la época en que la conoció en el Casino de las Damas y los Caballeros; o a lo mejor su mirada, en la que se mezclaban afecto, aprensión y soledad. O a lo mejor el remordimiento por haber tratado tan duramente tanto a su hijo como a ella, poco antes... lo que impidió a Ignazio rechazar esa invitación.

Así, guiados solo por la luz de la luna, llegan al mirador en el que hay un templete de estilo neoclásico. Agarrados de la mano, se vuelven hacia la villa y los edificios que la rodean, comprados y reformados a lo largo de los años. El profundo silencio lo rompe solo el viento que acaricia las copas de los árboles.

Y ahora están sentados en un banco, respirando el aire de la noche.

Giovanna tiene los ojos cerrados y ha apoyado las manos en el regazo. Ignazio la mira: ella es la parte de su vida que no tiene sorpresas, su compañera de viaje, la madre de sus hijos. No es poco, pero está muy lejos de la felicidad. Su única y auténtica pelea la tuvieron hace ya cinco años. No han vuelto a hablar del tema, pero Ignazio ha intuido las consecuencias: es como si Giovanna hubiese renunciado a toda ilusión romántica y el amor que siente por él se hubiese convertido en piedra, visible y tangible, pero inerte. El tormento no ha dejado nunca de consumirla, de eso está seguro: lo ha captado en ciertas miradas rencorosas, en algunas respuestas demasiado cortantes, en la falta de gestos de afecto, en una dureza que solo desaparece en presencia de los hijos. Pero no puede reprocharle nada: es atenta y solícita, como esposa y como madre. Y tampoco tiene derecho a pedirle nada; sin embargo, en ese momento, siente una aguda nostalgia de la joven con la que se casó y que ya no existe: de su dulzura, de la inquebrantable confianza que le había demostrado. De su paciencia.

Y entonces trata de conseguir lo que aún queda, y lo hace a su manera. Porque su sentimiento de culpa con ella es la medida de la nostalgia que siente por lo que ha perdido.

Y ella, tras un instante de estupor, responde a ese beso. Lo hace con abandono, con una dulzura que lo conmueve.

—¿Quieres quedarte en mi dormitorio, esta noche? —le pregunta rápidamente.

Ella asiente. Lo abraza y, después de mucho tiempo, sonríe.

Días de espera, de voces susurradas, de confirmaciones veladas, de cartas enviadas a Roma. Ignazio se ha vuelto aún más taciturno, pasa cada vez menos tiempo en casa. Giovanna lo observa, se preocupa, pero no pregunta nada.

Llega un amanecer fresco y dorado. El mar que lame las rocas del Foro Italico, el paseo preferido de los palermitanos, suena como una caricia. Cuando llega a la sede de la Piroscafi Postali, en la plaza Marina, a poca distancia del Palacio Steri, Ignazio ya ha respirado toda la belleza de la ciudad, adueñándose con la mirada de esas calles vacías, que recorren solo unos pocos obreros o carreteros, o bien algunas criadas con cestos de fruta y verdura de camino hacia el mercado de la Vucciria para comprar carne para sus amos.

El despacho de Ignazio está en la primera planta y da al Cassaro, casi enfrente de la Vicaría. Cerca, los muros blancos y cuadrados de Santa Maria dell'Ammiraglio y lo que queda de la puerta Calcina. Detrás del edificio, la monumental puerta Felice, con sus volutas barrocas, se entreabre como un bastidor para enseñar el mar.

Llega a su despacho. En la habitación, olor a puro y a tinta. Ignazio observa los mapas navales colgados en las paredes, junto a las imágenes de sus piróscafos. Mira, pero no ve. Espera.

Alguien llama a la puerta. Es un recadero, un joven enjuto y ya calvo. Se inclina, le tiende una carpeta con documentos.

—De parte del notario, don Ignazio. Acaban de llegar: el señor Quattrocchi los tenía en su despacho porque anoche acabaron tarde con los liquidadores y quería estar seguro de que usted lo recibiera todo sin intermediarios.

Ignazio da las gracias al recadero, le da una moneda y el muchacho se marcha. Se sienta al escritorio, acaricia el lomo de la carpeta. Es gruesa, y tiene el sello del notario Giuseppe Quattrocchi, que ya formaliza todas las escrituras de los Florio. En el sobre anexo hay una tarjeta con una sola palabra: «Enhorabuena».

Y en la cubierta se lee, sencillamente:

TRINACRIA, JUNIO DE 1877

Al instante, cualquier otro pensamiento se borra.

Abre la carpeta, repasa los nombres, una letanía que tiene el sabor de los lugares y los tiempos lejanos: «Peloro, Ortigia, Enna, Solunto, Someto, Himera, Segesta, Pachino, Selinunte, Taormina, Lilibeo, Drepano, Panormus...».

Se apoya en el respaldo del sillón. Ahí tiene su obra maestra, la que permitirá a la flota de los Florio dar un decisivo salto hacia delante. Trece piróscafos de vapor, algunos de ellos hechos en Livorno, todos de reciente construcción. Coge el acta notarial de la venta privada, la lee. Por la Piroscafi Postali estaba presente Giuseppe Orlando, el director de la compañía, con quien ha acordado la línea de actuación. La satisfacción que siente es casi física, y aumenta con cada página.

Trece piróscafos. Suyos.

Llevaba dos años persiguiendo a Pietro Tagliavia y a su compañía de navegación, la Trinacria. Había nacido con muchas esperanzas, grandes ambiciones y una base económica que resultó ser blanda como la arcilla.

Tras nada menos que seis años de gestión, Tagliavia se encontró con el agua al cuello y los bancos con los que se había endeudado no habían podido —ni querido— salvarlo.

Ignazio recordaba bien el día en que ese hombre de porte distinguido, pero con el rostro marcado por la tensión, les pidió una cita «reservada y personal» a él y Orlando. Recordaba la tranquila dignidad y el orgullo con que el armador habló de su empresa.

—No una venta, don Ignazio, sino una fusión —declaró—. Una solución que me permita resolver los problemas que me han creado los bancos, que no quieren concederme más créditos, sin comprender que es la crisis del carbón la que nos está comiendo vivos.

Ignazio asintió.

—Es cierto. El aumento de los precios del carbón y el hierro nos está causando muchos problemas. También Raffaele Rubattino, en Génova, lo está pasando mal.

—Solo que él está en el norte y el dinero se lo da el Estado. —Tagliavia le dirigió una mirada elocuente—. Usted tiene el dinero de las concesiones postales, mucho más que yo, porque tiene más rutas. El ministerio ha tenido debidamente en cuenta sus recursos y lo ha favorecido, dejando a otros, como yo, solamente las migajas. Yo tengo los convenios postales hacia el Este, pero son poca cosa. A armadores como Rubattino los salvan de la intervención de los bancos. Solamente ustedes son sólidos... y, además, tienen amigos importantes. Aquí, el que está con una mano delante y otra detrás, dicho con todo respeto, soy yo: el Banco di Sicilia me pisa los talones y me amenaza con suspenderme el crédito.

A Ignazio esa idea le gustó enseguida, y no solo porque así habría eliminado a un competidor. Conocía la cuantía de las deudas de la Trinacria y sabía que podría afrontarlas tranquilamente. Por otro lado, los vapores de la Trinacria eran nuevos, eficientes y no precisaban las continuas reparaciones a las que, en cambio, debían ser sometidos los buques de la compañía, como el Elettrico o el Archimede, trastos viejos de los que no quería desprenderse porque valían para las rutas locales.

Pidió que le enseñaran los registros de las cuentas, quería conocer el monto de la deuda con los astilleros de Livorno que estaban construyendo el último vapor, el Ortigia. Y entonces, Tagliavia y los administradores de la Trinacria desaparecieron. No los buscó, ni pidió más encuentros, porque, además, el gobierno había decidido ayudar a la empresa para salvarla de la quiebra.

Los Florio no eran los que tenían problemas ni los que sufrían amenazas de los bancos. Los Florio no pedían limosna con el sombrero en la mano.

Después, en febrero del año anterior, el desastre. El Tribunal del Comercio de Palermo declaró la quiebra de la Trinacria y el consiguiente despido de los empleados. La ciudad se sumió en el caos, con revueltas en las plazas e intervenciones de la fuerza pública.

Ese fue el momento en el que Ignazio decidió actuar.

Uno de los administradores delegados para la gestión de los expedientes de la quiebra era Giovanni Laganà, que había hecho más de un favor a la empresa de navegación de los Florio como consejero del Banco de Transportes Marítimos. Un hombre que sabía reconocer quién imponía las reglas de juego y actuar en consecuencia y, por ello, tan valioso como peligroso.

Bastaron pocas palabras para que los liquidadores se dieran cuenta de que nadie más podría comprar esos vapores. Y, encima, en plazos tan breves.

Fue así como se llegó a la negociación privada.

En la mirada sosegada brilla el orgullo. No solamente ha comprado buques que están en mejores condiciones que los suyos, sino que además se ha quedado con los convenios de transporte de correo que la Trinacria ha estipulado con el Reino de Italia. Es más, con todos los convenios para el transporte del correo. Y eso significa recibir dinero de Roma. Mucho dinero.

Llaman a la puerta.

—Adelante —dice. Cierra la carpeta con cierto pesar. Le gustan esos momentos de soledad que consigue robarle a la mañana, instantes preciosos para ordenar ideas y disfrutar de los logros alcanzados.

—Sabía que lo encontraría aquí y con esa carpeta en la mano.

—Giuseppe Orlando da unos pasos y se sienta delante de él. En la habitación revestida de madera, su figura imponente, con traje de lino claro, parece dar luz.

—Trece piróscafos prácticamente nuevos. —Ignazio da una palmada en la carpeta—. *Mejor que esto...*

—*Es cierto.* Y el carburante y el equipamiento de tierra, a un precio que no habría conseguido nunca en el mercado. Un material en mejor estado que el nuestro.

Ignazio abre los brazos. Luego lo mira de reojo.

—Y, naturalmente, gracias a Barbavara, que le echó a usted una buena mano en el Ministerio de Correos.

—Naturalmente. —Orlando cruza las manos sobre las rodillas—. Tagliavia, *pobrecillo*, me ha dado pena. Él lo ha intentado hasta el final... —Baja los ojos, quizá por pudor—. Había demasiada gente metida en la Trinacria, empezando por sus parientes. Esta quiebra los ha puesto a todos de hinojos.

—Ha hecho usted un buen trabajo. Bueno para nosotros y excelente para él. —Ignazio se levanta, le pone una mano en el hombro. Él no tiene esos remordimientos—. Otros lo habrían hecho picadillo.

—Oh, eso lo sé, y tendremos que estarles siempre agradecidos a los comisarios liquidadores, que se han mostrado muy... bien dispuestos para con su empresa.

Ignazio frunce los labios; la barba tiembla, velando una sonrisa.

—A ellos les demostraré mi reconocimiento en su debido momento. Mientras, hemos de pensar en aumentar el capital social. Ya no somos una empresa con cuatro cascarones de nuez y precisamos un capital adecuado para lo que tengo pensado.

Orlando entorna los párpados.

—¿En qué está pensando?

Ignazio abre la carpeta del notario, señala los nombres de los buques.

—A los franceses se enfrenta Rubattino, que, sin embargo, ha recibido una subvención de medio millón para la ruta de transporte a Túnez. No, nosotros nos ocuparemos de la Línea Adriática: no se atreverán a eliminar la ruta a Bari, no después de haber presionado al gobierno e insistir en la idea de que es un puerto fundamental para todo el Mediterráneo oriental. Pero no podemos detenernos en el Adriático: quiero llevar nuestros buques hasta Constantinopla, hasta Odessa y después...

Ignazio sabe que es el momento de mirar lejos, más allá del Mediterráneo, y piensa en los barcos genoveses y franceses que embarcan a docenas, a cientos de hombres y mujeres, con un hatillo al hombro y una desesperada esperanza en el corazón: la de dejar atrás la miseria.

El verano se ha apoderado de la ciudad. Lo ha hecho con prepotencia, con un sol despiadado y un bochorno espantoso que huele a hierba seca que llega hasta el interior de las habitaciones, que apenas protegen las persianas. Entre las ramas de los árboles de la Olivuzza cantan las cigarras. El aire está inmóvil: solo una ráfaga de viento agita de vez en cuando las matas de pitósporo y los setos de jazmín.

Ignazio ha salido temprano, cuando aún todos dormían. Giovanna ha oído el ruido de sus pasos en la habitación, de los cajones que ha abierto y luego cerrado, el murmullo del valet. Como ocurre a menudo, ha dejado que se marche hacia un día repleto de papeles, de cuentas y de negocios sin siquiera despedirse. Al principio de su matrimonio, ella contaba con que la hiciese partícipe de ese aspecto de su vida. Ya no tiene sentido preguntar nada. Las tareas de ella son otras.

Y, en efecto, ahora, después del desayuno, mientras sus hijos juegan en el parque antes de que lleguen los preceptores, Giovanna se sienta al lado de doña Ciccia y se coloca en las rodillas un pequeño escritorio portátil.

—Así que está confirmado. Esta noche habrá cincuenta y dos personas. —Frunce una ceja, repasa la lista. Formalmente se trata de una cena como muchas otras. En realidad, es el sello social de la fusión entre la Trinacria y la Piroscafi Postali de los Florio y, en efecto, estará toda la gente importante de Palermo—. Nadie ha declinado la invitación. Serviremos también *gelo di mellone* hecho con las mejores sandías de Siracusa. El *monsú* lo está preparando en cuencos de porcelana francesa, y lo va a decorar con jazmín.

Doña Ciccia hace una mueca.

—Puede que sea un buen cocinero, pero, conociéndolo, habrá desnudado una espaldera entera de jazmín para sacar cuatro pétalos.

Se ríen las dos.

Hace tiempo que Giovanna aprendió a encontrar satisfacción en la vida social: cenas, recepciones, meriendas e incluso tertulias que se celebran en sus salones al menos dos veces a la semana le permiten ser la señora de esa casa, por consiguiente, la esposa perfecta para Ignazio. Gracias a ella, Ignazio supo comprender que la riqueza de los Florio no estaba hecha solo de números, barcos, vino y azufre: para ser aceptados, debían cambiar su estilo de vida, abriendo su mansión, recibiendo a amigos y conocidos, hospedando a pintores y escritores. Los aristócratas tenían que dejar de mirarlos como *nuevos ricos* y, para que eso ocurriese, había que trascender el dinero, trascender el poder que los Florio tenían en Palermo.

Vincenzo primero e Ignazio después pensaron que bastaría el matrimonio con una d'Ondes Trigona para limpiar su sangre. Y, durante un tiempo, ella también esperó que todo fuese así de simple. Hasta que se dio cuenta de que su noble abolengo era su mejor recurso para llevar a cabo el cambio de la mejor manera posible. Entonces, con paciencia y decisión, se puso manos a la obra: si por un lado leyó, estudió, aprendió idiomas como le pidió Ignazio, por otro, mejoró su casa, decorándola con los muebles de Gabriele Capello y de los hermanos Levera, proveedores de mobiliario para el rey. Compró porcelanas de Limoges y de Sèvres, alfombras de Isfahan, un cuadro de un artista del siglo XVII, Pietro Novelli, pero también cuadros de pintores contemporáneos como Francesco Lojacono y Antonino Leto, uno de sus preferidos. Organizó comidas, cenas y fiestas, entabló o afianzó amistades, guardó secretos, escuchó quejas y chismes. Hizo que una invitación a la Casa Florio se considerase un privilegio.

«Al palermitano le gusta sentirse un palmo por encima de los demás, sobre todo de sus iguales, y procura que nadie lo olvide, nunca. Es un juego de espejos», piensa, repasando la lista. Y esa era precisamente la diferencia entre los nobles palermitanos y los Florio: por un lado, la convicción —clara, remarcada, ratificada— de ser superiores a los demás por abolengo, educación, elegancia; por otro, los hechos, en toda su indiscutible concreción: de las fiestas a las obras de beneficencia, de la compra de un adorno fino a la de las Egades, los Florio demostraban que eran superiores. Ella había asumido la tarea de levantar un puente entre esos dos mundos tan distintos y, con elegancia y tenacidad, lo había conseguido. La prueba estaba ahí, delante de ella, en esa lista en la que figuraba lo más granado de la aristocracia palermitana.

Si eso le había permitido, además, no morir de soledad y desesperación, era algo en lo que prefería no pensar mucho.

Giovanna repasa las otras notas: el domingo siguiente iba a celebrarse en su casa un té a la inglesa, con una orquestina que tocaría bajo el templete del mirador y con mesas puestas en el parque para que los invitados pudieran disfrutar del frescor del jardín. Iba a haber fruta confitada, pastelillos, distintas mezclas de té procedentes de la India y Japón, y coñac para los hombres. Contaba con recibir a unas ochenta personas, entre adultos y niños.

«Será hermoso», piensa, y ya se imagina la colocación de las mesas al pie de los árboles, las carcajadas de los pequeños y las charlas de los mayores.

Doña Ciccia saca de la canastilla un bordado de punto de cruz. Giovanna la mira, querría imitarla, pero otras tareas, menos gratas, la están esperando en una carpeta de piel. La coge, saca unas hojas y arruga la frente. Porque ahí, en ese papel, la ciudad de los nobles y de las fiestas desaparece, tachada por la ciudad pobre, muy pobre, que tiene que encomendarse a la caridad de los poderosos para sobrevivir. Le toca a ella escucharla, averiguar quiénes tienen más necesidad y hacer todo lo posible por ellos.

Examina las peticiones de subsidios. Hay una carta de la Congregación de las Damas del Giardinello, que le piden la dote para una de sus jóvenes protegidas «muy indigente» y el ajuar de los bebés de algunas familias necesitadas; otra petición procede de las esposas de unos marineros de los piróscafos de los Florio: quieren un maestro que enseñe a sus hijos, para que «por lo menos aprendan a leer y a firmar», concluyen.

«Solo existen los hijos varones», piensa, con cierta amargura. A la gente de Palermo no le interesa que sus hijas sepan escribir y hacer cuentas. Quieren tenerlas en casa, *metidas en los mandiles*. Ya es mucho que pidan que los hijos varones tengan un mínimo de instrucción.

Mira a Giulia, que, sentada en el prado, juega con una muñeca. Tiene siete años, y es muy inteligente. Hace poco empezó a estudiar con sus hermanos, y su marido ha mandado que aprenda francés y alemán, como le corresponde a una hija de aristócratas. Sus hermanos, en cambio, ya estudian geografía y matemáticas y han empezado a recibir clases de violín, porque han de estar educados en la belleza, como ocurre en todas las familias nobles europeas. Familias que ellos han conocido en sus estancias veraniegas durante sus viajes por Italia, como el que tienen previsto hacer dentro de poco a Recoaro, en el Véneto. Los Florio empezaron a ir a esa estación termal después de descubrir que encantaba a varios exponentes de la nobleza palermitana, pero también a bastantes empresarios y políticos del norte. Ignazio ha entablado ahí valiosas alianzas, que se han sellado no con champán, sino con un vaso del agua cristalina que mana de la fuente Lelia.

Mira de nuevo los papeles, observa las hojas con las cuentas. Aunque parezca mentira, fue su suegro, años atrás, quien empezó la tradición de las donaciones para los pobres de Palermo. Entonces él declaró que lo hacía porque, nacido en una familia del pueblo, sabía qué significaba trabajar para ganarse un miserable mendrugo de pan. Las nobles malas lenguas, sin embargo, afirmaban que lo hizo para borrar con dinero sus orígenes y para que le perdonaran que se hubiera casado con su amante. Una manera como otra de comprarse una respetabilidad social, en una palabra.

Giovanna observa esa larga serie de peticiones y vuelve a pensar en una idea a la que le está dando vueltas desde hace un tiempo: montar una cocina popular para los pobres del barrio, *gente que no tiene ningún recurso, mujeres cuyos maridos las dejan cada dos por tres embarazadas* y que luego ven morir a sus hijos de hambre, porque tienen poca leche. Habría que valorar cuándo y dónde, estudiar su coste...

Es en ese momento cuando Vincenzino se siente mal.

Estaba jugando con Ignazziddu, pero había perdido el balón. Su hermano lo había azuzado y dicho a gritos que cogiera el balón antes de que acabara en el laguito. Y él se había ido corriendo y había agarrado la esfera de cuero un instante antes de que se cayese en el agua.

Entonces, un pinchazo en el pecho le había llegado hasta el cuello, y le costaba respirar. Vincenzo se había doblado en dos, jadeando. Ahora tose, son pequeños golpes de tos que enseguida se vuelven convulsos. La pelota se le cae de las manos.

La niñera se acerca, le da golpes en los hombros, pero inútilmente. El rostro del niño se pone primero rojo, luego morado. Ignazziddu, que lo ha seguido y ha recogido el balón, se detiene cerca de él. Retrocede un paso.

—¿Qué te pasa, Vice?

Ve que su hermano se agarra al mandil de la niñera y lo retuerce, oye el pitido del aire entrando en la tráquea, un aire que no es suficiente, que parece que huye de él. Lo ve caer de rodillas, le nota en la cara el terror de morir ahogado.

—*Maman!* —llama entonces Ignazziddu—. ¡Mamá!

Giovanna levanta de golpe la cabeza, advierte el pánico en la voz de su hijo. Enseguida ve a Vincenzo tirado en el suelo, mientras la niñera trata de sujetarlo y lo zarandea.

—¡Doña Ciccia! —grita—. ¡Socorro! ¡Llame a alguien! ¡Un médico! ¡Socorro!

Se pone de pie, corre hacia él. Las hojas que tenía sobre el regazo salen volando.

—*¡El cuello! ¡Desabrochadle el cuello!* —grita, pero ella misma se lo desabrocha. Lo hace con tanto ímpetu que le araña la piel, mientras el cuerpo de Vincenzino se arquea, buscando aire.

Doña Ciccia llega corriendo, seguida de Nanai, que coge al niño en brazos y lo lleva a la salita.

—¡Dentro, dentro! ¡He mandado llamar *al médico*! —grita. Después agarra a Giovanna de un codo, la obliga a incorporarse, mientras la niñera saca a Giulia, que se ha puesto a llorar.

Ignazziddu se queda solo, fuera, con el balón en la mano.

Con breves pasos inseguros, sigue a su madre y a los criados, pero permanece fuera, delante de la puerta acristalada, y los mira. No es la primera vez que pasa: de cuando en cuando, parece que el aire se niega a llegar a la garganta de Vincenzo, y que sigue, inútil, dentro de los pulmones.

Lo observa con una mezcla de temor y remordimiento. Él lo ha hecho correr, es verdad... «Pero no», piensa. «Vincenzo lleva toda la vida enfermo. No es mi culpa, no es mi culpa», con la naricilla aplastada contra el cristal y angustiado. A su alrededor, una luz deslumbrante y el canto de las cigarras.

El rostro del hermano ya está recuperando el color. La madre le moja la frente con un pañuelo, le pone una mano en el pecho para calmarlo. Lo consuela, le besa los ojos asustados.

Vincenzo rompe a llorar. Giovanna lo abraza, y llora con él. Doña Ciccia los consuela a ambos, luego se levanta, sale por la puerta de la salita y regresa poco después, acompañada del médico.

A través del cristal, Ignazziddu oye las voces, observa los gestos. Querría entrar, pedirle perdón a su hermano porque una parte de él lo sigue acusando, diciéndole que por su culpa ha corrido el riesgo de asfixiarse. Querría abrazarlo, prometerle que ya no volverá a proponerle juegos que lo hagan correr, que tendrá cuidado.

Todo con tal de no sentir lo que siente en ese momento.

No puede saber, no puede imaginarse que un día volverá a pasar ese miedo.

El invierno entre 1878 y 1879 fue uno de los más rigurosos que se recordaban. Giovanna ordenó a los criados de la Olivuzza que las chimeneas estuvieran siempre encendidas para que Vincenzino no pasara frío. La salud del primogénito de la Casa Florio seguía siendo dudosa. Ignazziddu piafaba como un potro. Giulia estaba en constante movimiento. Vincenzo, en cambio, estaba siempre quieto y silencioso.

Presa del temor, Giovanna estuvo en todo momento con su hijo, acudiendo al mínimo golpe de tos y comiendo con él para cerciorarse de que no le pasaba nada. Y rezó, mucho. A diario, varias veces al día, rosarios, oraciones y súplicas para que Dios protegiese a su niño y le proporcionase esa salud que parecía escapársele.

También ahora que ha llegado la primavera, el sol tiene una luz de miel, pero no calienta; e incluso el viento, por norma impregnado de calor, es una brisa que arranca escalofríos, sin aroma a flores o a hierba nueva. «Esperaremos a que el aire se temple», piensa. Solamente entonces pasará más tiempo al aire libre con sus hijos. Vincenzo podrá ir hasta la pajarera que hay en el centro del parque, o jugar con el aro... Y a lo mejor ella lo lleva en carruaje al monte Pellegrino, como le ha prometido muchas veces. Pero, sobre todo, podrán viajar: pasar las vacaciones en Nápoles, por ejemplo, como le ha sugerido Ignazio. En verano, Nápoles es más fresco que Palermo y el aire en las villas de los alrededores de la ciudad es más sano. También podrían regresar a Recoaro...

Pero aún no es el momento de pensar en el verano. Mayo acaba de empezar.

Giovanna cruza habitaciones y salas, mientras su traje resbala, crujiendo por las alfombras orientales que cubren el suelo. Llama a los criados para que cierren los baúles y recojan los juguetes de sus hijos. Están a punto de irse, y ella siente una extraña emoción en el corazón, una sensación de impaciencia, efervescente como el champán.

Por fin va a ver la casa de la que tanto ha oído hablar, en esa isla de la que su marido está locamente enamorado.

Una mansión de príncipes, pensada para una familia que no tiene una nobleza antigua, pero que es más rica que cualquier otra. Y no solo en Palermo. En toda Italia.

Cuando llegan a Favignana, la tarde ya se desvanece en un ocaso que inunda el mar con una luz de cobre fundido, iluminando las casitas de toba. Ahí el aire parece más cálido y el viento no tiene esos tonos fríos que, en cambio, porfían en Palermo.

Mientras esperan desembarcar, Giovanna habla con Vincenzino y le pide que se ponga una chaqueta gruesa; detrás de él van Giulia y la niñera. Ignazziddu ha bajado corriendo la pasarela, tratando de llamar la atención de su padre. Ya tiene casi once años, pero le cuesta abandonar ciertas actitudes infantiles. Ignazio lo regaña solo con una mirada, luego con un gesto le dice que camine a su lado, pero callado.

Esperándolos, en el muelle que hay al pie de la pasarela, está Gaetano Caruso, el administrador de las almadrabas de Favignana y Formica.

Ignazio se queda un momento observando el edificio que se eleva en las afueras del pueblo, a los pies de la montaña, antes de bajar. Naves cuadradas de toba dorada, tan clara que parece blanca. Grandes espacios que dan al mar, cerrados con verjas de hierro con una F en lo alto, como Favignana o como favonio, el viento del oeste que sacude las velas de las barcas de los pescadores y agita el mar próximo a la costa.

F como Florio.

Debajo de él, el mar busca la superficie del muelle, lo acaricia, toca la pátina resbalosa de algas que cubre los bordes.

Ignazio baja, avanza unos pasos, seguido por su hijo; observa el verde profundo del agua y los peces que se mueven entre los bancos de posidonia, levanta la cabeza, observa las casas, y, por último, eleva la vista hacia la montaña y el fuerte de Santa Caterina, donde, hace ya muchos años, estuvieron encarcelados muchos patriotas y que ahora es una de las prisiones más duras del Reino.

—Por fin... —murmura. Respira profundamente. Ahí, el olor del mar es diferente al de cualquier otro lugar del Mediterráneo: mezcla de orégano y arena, pez salado y rastrojos.

—Don Ignazio... —Gaetano Caruso lo ha seguido, un poco perplejo de su silencio.

Ignazio se vuelve de golpe, observa a ese hombre de frente alta, con grandes mostachos y perilla.

—Gracias por recibirnos.

—Encantado. —Caruso inclina ligeramente la cabeza—. He preparado la casa para recibirlos de la mejor manera posible. Encontrarán la cena lista y las habitaciones ordenadas para la noche. También están preparadas las habitaciones de invitados, pues se me informó que vendrían.

—Se lo agradezco. De verdad, no hacía falta que se prodigara tanto: usted es un administrador, no un mayordomo.

Es una frase cortés. Es obvio que Caruso, aunque se ocupa principalmente de la instalación de la almadraba, tiene también la tarea de organizar la estancia en la isla de su jefe.

Caruso indica el camino, Ignazio se coloca a su lado. Detrás de ellos, Giovanna y los niños con doña Ciccia y la niñera, junto con un montón de criados y de carretas llenas de baúles y maletas. Giovanna había bajado del barco con cautela, llevando de la mano a su hijo. Solo al final, cuando pisó tierra, se fijó en la famosa almadraba, aquella por la que su marido había invertido una parte importante de los capitales de la familia, con una firmeza rabiosa que a ella le había recordado la de su suegro. Una vez convertido en dueño de la almadraba, Ignazio encargó su reestructuración al leal Giuseppe Damiani Almeyda. Suyo es también el nuevo edificio familiar, construido tras demoler el antiguo fuerte de San Leonardo, que se elevaba en la proximidad del puerto.

Y no solo eso.

Giovanna anima a su hijo a avanzar, luego mira alrededor, buscando a doña Ciccia y a Giulia. Con la cabeza gacha, camina por el muelle, con cierta dificultad por la breve cuesta, sujetando el borde del traje para evitar que se ensucie. Aminora el paso casi hasta detenerse y, al final de la calleja, ve unas construcciones bajas y estrechas. Son los llamados Pretti, donde están los espacios de uso común, las cuadras y los almacenes.

La servidumbre, contratada en la isla, está esperando al final de la cuesta. Caras bronceadas por el sol, uniformes disparejos y guantes mal puestos. «Habrá que esmerarse para convertirlos en verdaderos criados», piensa ella, ocultando su irritación. Por suerte, su criada personal, el *monsú* y algún sirviente los han precedido y se han encargado de instruirlos. «Al menos hasta donde se puede», reflexiona Giovanna, observándolos desde más cerca. Pronto se les unirán unos amigos, de Damiani Almeyda a Antonino Leto. Después llegarán sus padres y puede que incluso sus primas Trigona, y preferiría no verse en apuros. *¿Y si tengo que traer a los criados de Palermo?*

Se vuelve para pedirle consejo a doña Ciccia y...

Se queda casi sin aliento...

La mansión Florio está ahí, delante de ella. Había visto los proyectos y los planos de Almeyda, pero la precaria salud de Vincenzino y los compromisos familiares le habían impedido ir a Favignana para seguir la edificación. Se la había imaginado a través de las palabras de su marido, que varias veces había tratado de describírsela. Pero ahora le sorprende lo hermosa que es. Elegante. Fuerte. Parece casi un castillo.

Es un paralelepípedo sólido, de toba y ladrillo. Las ventanas están circundadas de arcos ojivales; en el lado derecho, una pequeña torre con un tejado a dos aguas. En los balcones, unas espirales se alternan con el símbolo del infinito, en una continua sucesión de líneas, de espacios llenos y vacíos. En el tejado, una cornisa con almenas. La verja de hierro se ha fabricado en la Oretea y, en los frontones, está el símbolo de los Florio: un león abrevándose en un torrente donde se hunden las raíces de un árbol de quina.

Es magnífica, severa y poderosa.

La mujer mira el edificio, luego a su marido, de espaldas, que sigue hablando con Gaetano Caruso. Ese edificio se parece a Ignazio. «No», se corrige enseguida: ese edificio es Ignazio. Un monolito en el que conviven líneas amables y aristas vivas, la ligereza del hierro y la pesadez de la toba. Fuerza y elegancia.

Le gustaría acercársele, avanza un paso, suelta la mano de su hijo, pero no puede, no debe. Esa no ha sido nunca su manera de comunicarse.

Ignazio deja que su mujer y los criados se encarguen del orden de la casa. Se quedarán unas semanas, hasta que termine la matanza y los atunes —ya destripados, troceados y hervidos— estén listos para ser elaborados y enlatados.

No entra en la casa. Manda a su hijo con la madre con una caricia que es más un pescozón, se adentra en el jardín, donde a los setos y a las matas de pitósporo les cuesta enraizar en una tierra muy salina.

Caruso lo sigue, con las manos enlazadas a la espalda.

—La almadraba ha sido bajada con éxito —explica—. Entre pasado mañana y el fin de semana, contamos con hacer la primera matanza.

Ignazio escucha, asiente.

—¿El *rais* ha calculado la cantidad que se puede pescar?

—Aún no se ha pronunciado. Pero asegura que el banco que está llegando es grande y espera otro igualmente numeroso para la semana que viene. Y siempre acaba diciendo *Ojalá que el Crucificado y la Virgen santa nos den un buen año.*

Ríen los dos. Pero enseguida Ignazio frunce el ceño.

—¿Sabe que no sé si deseo que la pesca sea abundante?

Llegan a la parte trasera de la casa, donde Almeyda ha hecho una gran galería que da al jardín, con una marquesina de hierro forjado. Da a las plantas de arriba, que tienen ventanales con arcos neogóticos. Esos son los apartamentos de la familia. En cambio, en la última planta están las habitaciones de los invitados. Será bonito quedarse ahí mirando el mar mientras los barcos, cargados de pescados, regresan al puerto.

Caruso arruga la frente.

—Sí —reconoce, desconsolado—. En el último año, la competencia española se ha vuelto feroz.

—Españoles, portugueses... Ellos son dueños nominales, pero, de hecho, los que administran las instalaciones son los genoveses; si ellos venden más, ganan más, y sin pagar los impuestos que, en cambio, estamos obligados a pagar nosotros, que nos hemos quedado en Italia. —Ignazio eleva el rostro hacia el cielo—. *En vez de pensar en nosotros, en Roma solo miran su bolsillo. Quieren los impuestos... Les da igual que aquí haya gente que mantiene a sus familias con esto* —dice luego, mirando el mar, en un tono que es como un filo de navaja y que no oculta su ira.

—*¿Qué podemos hacer?* —pregunta Caruso, inquieto. No está acostumbrado a oírlo hablar así.

Ignazio endereza los hombros, mira hacia la almadraba.

—Aquí, poco o nada. Pero allá... —Y señala hacia el norte—. Allá nos tenemos que mover.

Caruso comprende.

—¿Roma?

—No enseguida ni de manera directa. En los ministerios *han de cambiar la sangre muerta que tienen metida en vino.* Tienen que ver las cosas desde varios puntos de vista. Y nosotros debemos llevarlos adonde queremos, pero sin que se den cuenta de que los estamos... dirigiendo.

Caruso arruga la frente.

—Sí, pero para llegar a la gente de Roma... —murmura Caruso, pero enseguida calla, porque sabe que no sería la primera vez que Ignazio encuentra interlocutores adecuados para sus exigencias. Se trata de demostrar que hay senderos que pueden recorrerse de manera distinta. O que pueden abrirse otros caminos.

—Como le decía, no somos los únicos interesados en la pesca del atún. Hay muchas almadrabas. Piense en las más cercanas: Bonagia, San Vito, Scopello... Y todas tienen el mismo problema: un sistema de tasación que penaliza a quien tiene la titularidad de las instalaciones de pesca en Italia. En una palabra, no somos los únicos perjudicados por esta situación. Pero mi nombre no puede aparecer. Comprende por qué, ¿verdad?

Claro que comprende, Gaetano Caruso. Trabaja con los Florio desde hace tiempo y sabe que su poder depende de su riqueza. Pero el poder crea enemigos. Y ciertos enemigos son como gusanos. Basta una grieta, un hundimiento, para que las larvas arraiguen y transformen un cuerpo sano en carne podrida.

—Lo primero que haré es verme con gente en Trapani y Palermo: con periodistas, sobre todo... —continúa Ignazio, acercando la cabeza a la de Caruso—. Como decía, nosotros no tenemos por qué mostrar los fallos de este estado de cosas, sino otros. ¿Quién mejor para ello que los periodistas del comercio y la marina? Nos ayudarán a que se hable de esta situación porque, al final, lo importante es que se hable del tema, y que el gobierno esté con el agua al cuello. En Roma saben que aquí consiguen muchos votos, y descontentar a los propietarios de las instalaciones de sal y de conservación de pescado sería un paso en falso. —Hace una pausa, mira el mar—. Sí, los periódicos serán los primeros en hablar. A ellos no los podrán acusar de actuar por interés o por envidia personal... Si un periódico dice ciertas cosas, significa que hay quejas generalizadas que los ministerios tendrán que tener en cuenta.

Caruso se dispone a replicar, pero una voz detrás de ellos los interrumpe.

—Perdonen. La señora pregunta cuándo quieren cenar. —Un criado en librea, uno de los que ha llegado con ellos de Palermo, se ha detenido a pocos pasos y espera una respuesta.

Ignazio eleva los ojos al cielo, contiene un improperio.

—En el horario de la casa de Palermo, claro está. Dile que iré a cambiarme dentro de poco. —Se dirige a Caruso—. Cenará usted con nosotros, ¿verdad?

—Me sentiré muy honrado.

—Bien —se adentra en el jardín—. Con su permiso. Nos veremos en un rato.

Una vez solo, Ignazio cruza el pueblo, rumbo a la almadraba. No quiere ir a la casa, no enseguida.

Camina con las manos en los bolsillos. Lo acompaña tan solo el rumor de las olas que penetra en las callejas, lo sigue, lo envuelve. Pasa por delante de la capilla privada, todavía en construcción, bordea el mar. Hay rocas y arena y posidonia seca.

A su izquierda, unas casas de pescadores. Los niños juegan, corren descalzos. Hay unas mujeres en la puerta, otras están en el interior, preparando la cena: distingue sus perfiles por entre las raídas cortinas de tela que separan las casas de la calle. Nota olor a comida, oye movimiento de sillas y banquetas.

—*Muy buenas*, don Ignazio —lo saluda un viejo pescador, sentado cerca de la entrada de la almadraba. Está remendando redes. Pasa hebras de hilo entre las mallas, las levanta para ver si hay más agujeros. Tiene ojos pequeños entre arrugas que parecen pedazos de cuero. Ignazio lo reconoce. Es un antiguo almadrabero, ya demasiado mayor para trabajar en los barcos. Han ocupado su puesto el hijo y el yerno.

—*Muy buenas*, maestro Filippo.

Sigue camino, llega a la instalación.

Las líneas limpias del edificio son las que él le había pedido a Damiani Almeyda. Ese arquitecto medio napolitano y medio portugués ha dado a la almadraba una apariencia nueva, que, sin embargo, recuerda la rigurosa solemnidad de un templo griego.

«Un templo en el mar», piensa Ignazio. Continúa por la tapia, entra en la calle que conduce al fuerte de Santa Caterina; como había previsto, los presos han resultado muy útiles para los trabajos duros en la instalación. La subida es empinada, pero se detiene a mitad de camino para observar el puerto y la isla, luego se mira los zapatos, cubiertos del polvillo de la toba, y se le escapa una sonrisa.

Cuando tenía catorce años, la luminosidad pastosa de ese material, que parecía querer atrapar el sol, lo conquistó. Ahora, a los cuarenta, sabe que ha actuado impulsado no por una emoción, sino por concretos cálculos de conveniencia. Para afirmar el poder de los Florio.

Pero ahora, ahí, por fin solo, puede dejar caer también la última barrera.

Y entonces Ignazio grita.

Un grito de liberación, que es sonido que se lleva el viento.

Un grito de posesión, como si la isla entera le hubiese entrado dentro, convirtiéndose en su carne, como si el mar fuese su sangre. Como si, ante sus ojos, se cerrase el círculo de la vida, un uróboro que solo él puede ver y que le revela el verdadero sentido de su presencia en esta Tierra.

Un grito que elimina la nostalgia del pasado y la incertidumbre del futuro, y le brinda la felicidad de un eterno presente.

Al día siguiente, cuando se levante, verá al sol unirse con la piedra en las canteras, oirá al viento salobre entrar por las cortinas, observará el verde pálido de los arbustos en la montaña.

Y por eso ahora permanece inmóvil, en compañía del viento y el mar, y le da igual que lo estén observando o llegar tarde a cenar. Esta isla que trasuda sal y arena, ahora lo sabe, es su verdadera casa.

Terminada la cena, Giovanna es la primera en retirarse al dormitorio del primer piso. Está decorado con muebles procedentes de Palermo, hechos expresamente para la mansión, de estilo neogótico.

Perdido en sus pensamientos, insomne como siempre, Ignazio le da las buenas noches y después se va a su despacho, que está detrás del vestidor, frente a la instalación situada al otro lado del puerto.

Giovanna espera que ahí, en esa isla, su marido pueda hallar un poco de descanso.

Es cierto, Favignana es trabajo. «También» es trabajo, se corrige enseguida con una sonrisa, mirándose al espejo mientras se recoge el cabello en una trenza. Ya tendrán tiempo de estar juntos y de hablar. De intentar ser una pareja, al menos durante unos días.

Apaga la lámpara. Por la ventana entornada entra el ruido que hacen las olas al chocar contra el muelle y el chiflido del viento entre los callejones del pueblo. Giovanna se duerme plácidamente, pero se despierta de repente cuando Ignazio entra en la habitación. Tiene el chaleco desabotonado y la corbata aflojada. Sin embargo, no hay cansancio en su rostro; hay, más bien, una especie de alegría, algo que ella no está acostumbrada a ver y que le brinda un cálido placer.

Él se quita la chaqueta.

—¿Te gusta la casa?

Ella asiente.

—*Es bonita. ¿Has dejado a Nanai en Palermo?* —dice, señalando la ropa con el mentón.

Ignazio se encoge de hombros, canturrea una canción con la boca cerrada.

—No necesito a Leonardo —dice luego—. Aquí hay menos formalidades —añade, sentándose en la cama para descalzarse.

Giovanna solo necesita esa frase para comprender que Ignazio es feliz. Que ahí se siente libre. A lo mejor, diferente.

Se le acerca, apoya la cabeza en su robusta espalda, lo abraza por detrás.

Ignazio se sorprende. Acaricia los brazos de su esposa, incómodo. Son como dos gatos silvestres, celosos de su espacio vital, que rara vez se permiten tocarse.

—Mañana te llevaré de paseo por la isla en un carrito. Quiero mostrarte su belleza. —Ignazio se vuelve, le sonríe con los ojos y le acaricia una mejilla.

La mira a ella, no a un fantasma, ni el trabajo, o a saber qué otra cosa.

A ella. A Giovanna.

Ella siente una angustia que la oprime por dentro, pasa por la barriga, llega al tórax y le dilata las costillas, obligándola a respirar hondo. Nota que se sonroja, como si por primera vez después de mucho tiempo se diese cuenta de que está viva.

Ha esperado toda su vida un momento así —frágil, intenso, precioso— y ahora teme no estar lista. Se le humedecen los ojos.

—¿Qué ocurre? —Ignazio está confundido—. ¿No te encuentras bien?

—No, sí... no es nada —responde ella, con labios temblorosos.

—¿No quieres dar un paseo conmigo?

Ella asiente. No es capaz de hablar. Se pasa una mano por el pelo, como para deshacerse la trenza. Luego se le acerca, agarra la mano que Ignazio tiene en la manta, se la lleva al pecho y se acurruca a su lado.

Cuando uno es feliz, no hace falta hablar.

Por la mañana, al sol lo cubren solo unas nubes bajas. Más allá del mar se distinguen la costa de Trapani y el compacto perfil de Erice. Cerca de la costa, el agua brilla de manera anómala: su blancura es tan deslumbrante que hay que apartar la mirada.

—Son las salinas —le explica Ignazio a Giovanna, que está sentada a su lado, cuando la ve entrecerrar los ojos—. Depósitos de agua salada que se evapora y deja una capa de sal. La capa se recoge, se deja secar y se vende. La salmuera que usamos para el atún la hacemos justo gracias a estas salinas. —Levanta un brazo, señala un punto indefinido del otro lado de la aldea—. Allá hay una ensenada donde tuvo lugar el combate naval en el que los romanos derrotaron a los cartagineses: el combate de las islas Egades fue importante porque supuso el final de la primera guerra púnica. Todavía hoy, de vez en cuando, los pescadores vuelven a casa con el fragmento de un ánfora... —Le brillan los ojos, parece un niño feliz.

Protegida por su parasol, Giovanna observa el paisaje: áspero, seco y polvoriento, tan diferente al del continente que le causa una especie de incomodidad. Sin embargo, de golpe, todo le resulta más claro. Es como si la isla le estuviese por fin entregando la llave para abrir el corazón de su marido. Ve la belleza secreta, percibe el silencio.

—Querías realmente mucho a esta isla —murmura.

—Sí —contesta Ignazio—. No puedes imaginarte cuánto.

Permanecen en silencio un rato. El único ruido que llena el aire limpio es el de las ruedas del pequeño grupo que avanza por los caminos de tierra: unas calesas, algunos caballos y hasta un asno para doña Ciccia, que de vez en cuando lanza gritos de miedo.

Ignazio mira a su esposa: pese a que el sombrero le cubre parte de la cara, él le nota unas arrugas, sobre todo en la base de la nariz y en la frente. Signos de cansancio, quizá, o de tensión. No importa.

«Bueno, yo también habré envejecido», piensa. Es algo que nunca le ha preocupado, ni cuando, por la mañana, se encuentra una nueva cana en el pelo o en la barba.

Ya iba a encogerse de hombros pensando en eso.

«Cómo estará ella».

Es una frase que atraviesa su mente, un pensamiento que le cae encima con la fuerza de un rayo.

«Ella».

Se imagina las arrugas en ese rostro que se ha quedado congelado en sus recuerdos, el pelo rubio cobrizo que se vuelve gris; los ojos azules, antes luminosos, oscurecidos por las ojeras, los párpados pesados.

«Cómo habríamos envejecido juntos».

¿De dónde proceden esos pensamientos, esas preguntas? ¿Qué parte de su espíritu ha bajado tanto sus defensas como para que esa idea ocupe su mente? La expulsa con rabia, porque no quiere que se apodere de él la tristeza.

Baja la mirada, casi temiendo que Giovanna adivine sus pensamientos, pero la imagen de ella no deja de perseguirlo, lo acosa, lo aguijonea con las agujas afiladas de la añoranza.

Aprieta los dientes. «No debes pensar en ella», se ordena. Y, para distraerse, llama a Caruso, que cabalga a poca distancia de ellos.

—Dígame, ¿han llegado cartas de Palermo?

—¿Esperaba una misiva en concreto? —pregunta Caruso—. No. El correo llega mañana.

—Solo unos informes —murmura Ignazio—. Y los datos de cierre de la tesorería.

Caruso resopla.

—Ha arrojado perlas a los cerdos, don Ignazio. Les ha dado casas, educación, incluso el horno, y ellos se lo han echado todo a la espalda.

—Sí. —Suelta las riendas de la calesa, afloja la marcha. A su lado, Giovanna inclina la cabeza para escuchar mejor—. No ha sido una buena experiencia —reconoce de mala gana. No quiere pronunciar la palabra «fracaso». Pero es eso, un fracaso.

Se vuelve hacia su esposa. Ello lo mira, y espera.

—El abogado Morvillo y yo hicimos un taller junto a las casas de los obreros, tiendas, un horno y una escuela. Pensamos incluso en niñeras que se ocupasen de los bebés para que las madres pudiesen ir a trabajar...

Giovanna lo escucha, arrugando las cejas y procurando disimular su asombro. Nunca Ignazio ha sido tan locuaz con ella sobre sus negocios. ¿Favignana estaba haciendo otro milagro?

—¡Y, sin embargo, nada, nada! —continúa Ignazio, rabioso—. Los hombres decidieron que no merecía la pena esmerarse para conseguir algo más, que les bastaba con lo que tenían, aunque apenas podían mantenerse. Y las mujeres se encabezonaron: no querían dejar a sus hijos a las nodrizas, y a la escuela solo había que mandar a los niños. Porque las niñas tenían que estar metidas en casa, en la ignorancia más absoluta, eso quedaba fuera de toda discusión. Siempre había sido así, y así tenía que ser. —Resopla—. Fijamos el precio del pan en diez céntimos menos que en la ciudad, pero nadie quería pagar, así que tuvimos que cerrar el horno... Pero lo peor fue la manera en que los obreros se comportaron con los telares y las maquinarias. En vez de aprender a usarlos, los estropearon y después los abandonaron, como si pudieran repararse solos. Solo querían aprovecharse. Algunos incluso robaron telas para revenderlas... ¡Gente rastrera, eso es lo que son!

La mano de Giovanna roza la de él, se detiene en la rodilla. Es un acicate, una palabra de afecto no dicha.

—¡Ánimo! Aquí en Favignana será diferente, don Ignazio. —Caruso está optimista, incluso alegre—. Basta no pretender de esta gente cosas que no puede dar. Están acostumbrados a trabajar duro en las barcas, a estar con la espalda doblada bajo el sol, como han hecho sus padres y como harán sus hijos. Y además, merced al porcentaje de dinero del *incremento*, les interesa ser más productivos.

—Pero, de hecho, no me espero otra cosa de ellos. Honradez y dedicación, que serán recompensadas con un poco más de dinero.

La pequeña fila de carruajes y caballos avanza por la llanura del nordeste de la isla. Giovanna espera a que Caruso se aleje, agarra entonces la mano de Ignazio.

Él la cubre con la suya, sin mirarla.

—Has hecho una cosa buena. Son esos *perros* los que no la han comprendido —dice, azorada.

Pero él hace un mohín, y no oculta su irritación.

—Me imaginaba una fábrica moderna, como las inglesas, donde los obreros tienen la posibilidad de mejorar sus condiciones. Sin duda, fui demasiado optimista. Me cuidaré mucho de volver a dar un paso así.

Giovanna se apoya en su hombro, y él no la aparta.

De la calesa que está detrás de la de ellos llegan las voces de sus hijos. Hasta Vincenzino, habitualmente tranquilo, chilla impaciente.

—¿Falta mucho? —pregunta ella.

—Muy pocos minutos. Esta cala es realmente extraordinaria: hay un agujero en las rocas, como un pozo que se abre al mar. Quería que la vierais.

En realidad, ya les ha dado una vuelta por toda la isla, piensa Giovanna, con una sonrisa que le ablanda el rostro ceñudo bajo el parasol. Le ha enseñado la radiante belleza de la Cala Rossa, y le ha prometido mostrarle la luz del ocaso en la bahía de Marasolo, al pie de la montaña, cerca de las casas de los pescadores.

Se ha dado cuenta de que Ignazio querría quedarse siempre en Favignana. Ese lugar lo serena, lo aplaca. Lo demuestran su rostro relajado, su paciencia con los hijos, ese contacto prolongado con ella. Pero quedarse ahí es imposible. Y entonces Giovanna retiene esas sensaciones, las oculta en un rincón del pecho para sacarlas cuando lleguen los días oscuros, cuando el recuerdo de aquellas cartas malditas vuelva a atormentarle la carne, cuando se pregunte por enésima vez quién era esa mujer. Cuando Ignazio y ella estén distantes, aunque duerman en la misma cama.

In nomine Patris, et Filii, et Spiritus Sancti.

La madera chirría contra la pintura rústica. El aroma de los lirios blancos no encubre el olor del polvo y el cemento.

Giovanna e Ignazio están muy juntos. En los labios pálidos de Giovanna cae una gota. Una lágrima, a la que enseguida sigue otra. No las seca.

Ignazio es de piedra. Casi parece que no respire, y realmente no querría respirar. Lo que sea, con tal de no sentir el desgarro. No notaría tanto dolor ni aunque le arrancaran trozos de carne. La respiración le araña la tráquea, presiona para salir, y entonces entorna la boca, lo suficiente para que pase el poco de aire que —¡maldición!— lo mantendrá con vida.

Giovanna se tambalea y él la sostiene un instante antes de que se caiga al suelo. Ella forcejea, tiende una mano, rompe en sollozos.

—¡No, no, esperad! —grita. Su grito es animal—. ¡No os lo llevéis! Hace frío, está solo, *hijo de mi corazón, alma mía...* —Se desprende de los brazos de su marido, aparta a los hombres que se disponen a cerrar el nicho. Se aferra al ataúd, le da puñetazos, lo araña—. ¡Vincenzo! ¡Vincenzo mío, vida mía! *¡Despiértate, corazón mío!* ¡Vincenzino!

Doña Ciccia, detrás de ella, llora a lágrima viva, y también Ignazziddu y Giulia, a la que tiene agarrada de la mano la nodriza, que enseguida, con los ojos brillantes, saca a la pequeña de la capilla funeraria.

Ignazio se acerca a Giovanna, la aparta del ataúd y la obliga a levantarse.

—¡Para, por lo que más quieras! —dice Ignazio.

Pero ella parece desquiciada: sigue con los brazos tendidos hacia el cajón, rodeado de coronas de flores de tela blanca, trata de soltarse, lo consigue. Agarra el ataúd con tanta fuerza que araña la madera.

—¡Para, Giovanna! —Ignazio la coge de los brazos, la sacude con violencia. Está al límite del dolor; no puede afrontar también la desesperación de su esposa. Un solo gramo más y acabaría destrozado.

—*Está muerto, ¿comprendes?* ¡Muerto! —le grita a la cara.

Pero ella grita más fuerte.

—¡Todos estáis confundidos! Sí, se encuentra mal, pero no está muerto... ¡No puede estar muerto! *¡Miradlo, puede que esté respirando!* —Y repite esta última frase mirando de un lado a otro, como pidiendo confirmación en los ojos de los presentes.

Entonces Ignazio la abraza con tanta fuerza que incluso impide que los sollozos la estremezcan. El sombrero con el velete negro se cae al suelo.

—Tuvo fiebre, Giovanna —susurra luego—. Tuvo tanta fiebre que se apagó como una vela. Tú lo abrazaste y lo cuidaste hasta el final, pero después Dios se lo llevó. Era el destino.

Ella no lo escucha. Ahora simplemente llora, extenuada. A una madre que ha perdido un hijo no le quedan más que las lágrimas y las ganas de morir.

Doña Ciccia se le acerca, la coge del brazo.

—Venga conmigo —le dice, apartándola suavemente de Ignazio. Luego le hace un gesto a la nodriza de Giulia, que ha regresado para llevarse a Ignazziddu—. Vamos a tomar un poco de aire, venga —murmura, y las dos mujeres la sacan, entre los cipreses que rodean la capilla de los Florio en el cementerio de Santa Maria di Gesù. Es un septiembre templado, tranquilo, en contraste con toda esa desesperación.

Ignazio se muerde un labio, mira hacia el portón de la capilla. No puede creerse que fuera siga habiendo tanta vida mientras que su hijo —¡era solo un niño!— ha muerto.

Se vuelve entonces hacia los hombres que están esperando. Contiene la respiración, luego, de golpe, ordena:

—Cerrad.

Detrás de él, un leve ruido de pasos.

Ignazziddu está en la puerta. Tiene en la mano una herradura: la habían encontrado juntos, Vincenzo y él, durante una excursión al monte Pellegrino, con motivo de una visita al santuario de Santa Rosalia, la *Santita*. Su hermano le había dicho que les daría suerte.

«Vincenzo se la tendría que haber quedado», piensa ahora.

Observa a su padre con ojos brillantes de llanto, los puños de niño de once años hundidos en los bolsillos. Tiene una sensación de vacío, mezclada con otra, más profunda, desconocida.

Es el sentimiento de culpa que tienen los vivos con los muertos. Es algo propio de los adultos, y, sin embargo, Ignazziddu lo tiene, agudo, demoledor.

Es gota de veneno. Él está vivo, mientras que su hermano está muerto, minado por una enfermedad que le destrozó los pulmones en pocos días.

Su padre le dice con un gesto que se le acerque y él obedece. Juntos miran a los albañiles trabajar.

Colocan los ladrillos en fila, uno encima de otro. Lentamente, el ataúd de Vincenzino desaparece de la vista, hasta que no queda más que un pequeño espacio vacío.

Solo entonces Ignazio pide con un gesto a los hombres que paren. Estira la mano, toca una esquina del ataúd. Cierra los ojos. Vincenzino tendrá siempre doce años. No crecerá. No viajará. No aprenderá nada más.

Ignazio no lo verá hacerse hombre. No lo llevará a la plaza Marina con él. No podrá alegrarse por su boda o por el nacimiento de un nieto.

De Vincenzino quedarán las partituras abandonadas en el atril, los cuadernos abiertos en el escritorio, la ropa colgada en el armario, incluido ese disfraz de mosquetero que le encantaba y que se puso justo en la última fiesta de disfraces, cuando Ignazio llevó a un fotógrafo para que inmortalizase a sus hijos vestidos de damas y de caballeros.

Su hijo tendrá doce años siempre y él, con todas sus empresas, con todo su poder, con toda su riqueza, no puede hacer nada.

Cuando regresan a la Olivuzza, doña Ciccia ayuda a Giovanna a apearse del carruaje. Giovanna se tambalea, pero luego corre hacia las escaleras. Está fuera de sí: cruza la puerta que un criado lloroso acaba de abrir y empieza a dar vueltas por las habitaciones, llamando a Vincenzino como si él se hubiese escondido y esperase solo la llegada de su madre para salir.

Pero los criados han actuado bien. Por orden de Ignazio, han hecho desaparecer los juguetes, el violín, los libros que había repartidos por la casa. Todo está confinado en su habitación, único lugar donde el dolor tendrá derecho a existir.

De golpe, Giovanna se agacha delante de la puerta de la habitación de su hijo. No se atreve a abrirla. Apoya la frente en la madera y estira la mano hacia el pomo, sin fuerzas para girarlo. Y es ahí donde la encuentra doña Ciccia. Con delicadeza, la levanta y la lleva a su alcoba.

Giovanna mira a un lado y a otro, aturdida. El dolor la ha dejado sin fuerzas para hablar y la ha hecho envejecer diez años.

Desde la puerta, Ignazio observa a doña Ciccia vertiendo en un vaso un preparado de agua de cerezas negras, jarabe de amapolas blancas y láudano. Luego levanta la cabeza de Giovanna y la ayuda a beber. Ella obedece. De los ojos brota un llanto silencioso.

Bastan pocos instantes. El calmante surte efecto y Giovanna se sume en un sueño misericordioso mientras sigue murmurando algo. Entonces doña Ciccia se sienta en el sillón que está al lado de la cama y cruza las manos, estrechando un rosario negro y mirando a Ignazio como diciendo: «Yo de aquí no me muevo». Y, por lo demás, ella sabe que el *alma* de Vincenzino sigue ahí, y no importa que sus juguetes hayan desaparecido o que el violín esté escondido. Doña Ciccia sabe que seguirá en esas habitaciones, retenido por los recuerdos de su madre, sombra entre las sombras, como sabe que ella lo notará moverse por los pasillos de la casa y que rezará para que su alma triste pueda hallar la paz.

Ignazio se acerca a la cama, se inclina hacia su esposa y le besa la frente, conteniendo la respiración. Después, tras una última mirada, sale de la alcoba y se encamina por el pasillo.

«Tengo que ir al despacho. Tengo que pensar en el trabajo. Tengo que pensar en la Casa Florio».

Pasa al lado del cuarto de Giulia. La oye sollozar mientras la niñera trata de consolarla.

Entonces, de repente, una voz detrás de él lo llama. Es Ignazziddu, parado en el centro del pasillo. Lo ha oído pasar y ha salido corriendo de su habitación.

—Papá... —murmura, llorando.

Ignazio aprieta los puños. No se acerca. Fija la mirada en un arabesco de la alfombra.

—Los hombres no lloran. Para.

El tono es una cuchilla de hielo.

—¿Qué voy a hacer sin él? —El niño se enjuga las lágrimas y los mocos con la manga de la blusa negra. Le tiende los brazos—. ¡No me lo puedo creer, papá!

—Pero es verdad. Está muerto, y tienes que hacerte a la idea. —Lo dice con dureza, con rabia.

—¿Por qué ha tenido que pasar?

Se mira las manos. Tiemblan.

El vacío que siente en ese momento se ensancha, renueva el dolor de otros lutos: su padre, su madre, incluso su abuela. Pero lo que lo destroza, lo que lo consume, es otra cosa: «Ningún padre debería sobrevivir a su hijo», piensa. «No está en el orden natural de las cosas».

Y, sin embargo, quizá, no todo está perdido. Mira al suelo y le habla a Ignazziddu con una voz ronca por el dolor:

—Él ya no está. Ahora estás tú, y tendrás que estar a la altura de tu apellido.

Ignora los brazos tendidos de su hijo y se aleja hacia el despacho.

El niño se queda solo, en el centro de la alfombra, mientras una lágrima le resbala por el pómulo. ¿Qué significa eso que le ha dicho su padre? ¿Qué ha querido decir? ¿Quién es él, ahora? ¿En qué se ha convertido?

En el pasillo, todo es silencio.

El tiempo no respeta el dolor. Se apropia de él, lo tritura, lo plasma a lo largo de los días, convirtiéndolo en un fantasma, más voluminoso que un cuerpo de carne y hueso. Lo clava en la respiración para que cada bocanada recuerde lo que duele vivir.

Eso es lo que cree Ignazio cuando se encierra en su despacho de la plaza Marina. Prefiere estar lejos de la Olivuzza y del rostro petrificado de su mujer y de la mirada triste y silenciosa de sus hijos. Junto con las tarjetas de pésame, lo espera un telegrama del ministro de Educación, Francesco Paolo Perez, un amigo palermitano, que está respaldando los intereses de la Piroscafi Postali ante el ministro de Obras Públicas, Alfredo Baccarini, y que lo pone al día sobre los últimos acontecimientos.

Sí, porque el Ministerio de Obras Públicas no ha decidido aún qué hacer con la línea de navegación jonio-adriática: primero se concedió a los Florio, pero después quedó suspendida, a la espera de una reorganización general de las rutas comerciales subvencionadas. Una reorganización que no había terminado de concretarse, y ahora Ignazio teme que otros, como el Lloyd austriaco, se adelanten y ofrezcan a los pasajeros y los comerciantes servicios muy ventajosos. Ni siquiera los franceses de la compañía marítima Valery o de la poderosa Transatlantique están de brazos cruzados. En el Mediterráneo ya no se combate con cañones, sino a punta de tarifas comerciales a la baja y de subvenciones a las compañías de transportes.

Ignazio redacta el borrador del telegrama de respuesta.

«Pese a tan inmenso dolor no me olvido de los grandes deberes...», añade, y tiene que esforzarse para continuar.

El trabajo, como el tiempo, no espera.

—¿Se puede? —Al otro lado de la puerta entornada, un mechón de pelo oscuro y unos tímidos pasos.

Ignazio no responde; puede que ni haya oído.

—Don Ignazio... —llama entonces el hombre.

Ignazio levanta los ojos.

La puerta se abre y un hombre elegante, con las patillas entrecanas, entra en el despacho.

—Don Giovanni... Tenga la bondad —exclama Ignazio, poniéndose de pie.

Giovanni Laganà es el antiguo liquidador de la Trinacria y el actual director de la Piroscafi Postali. Conoce y aprecia a Ignazio Florio desde hace muchos años. Ahora lo mira fijamente y no puede ocultar su sorpresa. El hombre que tiene delante está palidísimo, flaco, despeinado, pero sobre todo invadido de un cansancio que nada tiene que ver con el agotamiento físico. Se le acerca.

—He preferido no ir a verlo a su casa. No quería obligar a su esposa a soportar la enésima visita de pésame.

Ignazio lo abraza.

—Gracias —murmura—. Al menos tú *nos entiendes* —añade, pasando al tuteo reservado para las conversaciones íntimas.

Se sientan al escritorio, frente a frente. Giovanni Laganà tiene ojos pequeños y gestos seguros.

—¿Tú *cómo* estás?

Ignazio se encoge de hombros.

—Estoy.

Giovanni Laganà le aprieta el brazo.

—Al menos tienes *otro varón* —murmura—. No está todo perdido.

Ignazio baja los ojos al suelo.

—Hablemos de otra cosa, por favor.

Giovanni asiente, como diciendo que sí, que cada cual tiene derecho a elegir su manera de evadir el sufrimiento. Después, con un suspiro, extrae de la cartera que ha llevado consigo unos documentos. Se los entrega a Ignazio, que los repasa deprisa. El rostro apagado se aviva, las cejas se arrugan.

—Pero ¿son rumores o las negociaciones están tan avanzadas como parece?

Los labios finos de Laganà se estrechan más.

—¿Tú qué crees?

—Que los franceses de la Valery nos están quitando la silla, y que los austriacos del Lloyd quieren hacer lo mismo. —Deja los papeles en la mesa, se pone a caminar por la habitación—. ¿Dónde has conocido estas noticias?

—Me las ha enviado un agente que tenemos en Marsella. Su testigo de boda trabaja en la Transatlantique. Y, en Trieste, tenemos muchos amigos que confirman los rumores sobre Lloyd. —Hace una pausa, tamborilea con los dedos los papeles—. *No te lo quería contar ahora, con todo lo que ha pasado, pero...*

Ignazio mueve una mano, como para liberarse de esa queja.

—En Roma no se dan cuenta de todo lo que está ocurriendo aquí. Es más, en realidad, no solo en Palermo, sino también en Génova, en Nápoles, en Livorno... Todos los puertos tienen problemas. Si el gobierno se permite el lujo de no tomar iniciativas, mientras París y Viena actúan y conquistan las mejores rutas, entonces *no tenemos adónde ir.* —Se apoya en el marco de la puerta cerrada, con los brazos cruzados y la frente fruncida, y menea la cabeza, pensativo.

Laganà lo observa. A su pesar, advierte un gesto de alivio. «Ha vuelto», piensa. «El dolor no lo ha doblegado, no del todo».

—Desde hace meses espero una respuesta sobre la estipulación del convenio de las rutas a América —continúa Ignazio—. A la Piroscafi le cuesta mucho garantizar el servicio, y lo sabes mejor que yo: a duras penas cubrimos los gastos, y solo porque la Oretea se encarga de las reparaciones. Muy pronto nos veremos obligados a aumentar las tarifas de los fletes para cubrir los gastos y eso será una *débâcle,* porque los buques extranjeros que hacen la misma ruta tienen tarifas mucho más bajas y cuentan con más rutas. —Se frota el entrecejo—. Se llenan la boca con la historia de que el mercado ha de ser libre, mientras los franceses consiguen subvenciones mucho más altas que las italianas y se fusionan entre ellos. —Da una palmada contra la pared—. Pero ¿comprenden en Roma que así hacen más daño que otra cosa?

—Evidentemente, no quieren comprenderlo.

Ignazio ríe con amargura.

—Me subvencionan la línea de Ancona que ya no sirve y no me subvencionan las líneas de América. Y, encima, ¿qué me pide el gobierno? Un servicio subvencionado para las islas griegas, adonde no va nadie y donde solo podemos encontrar aceitunas y cabras. ¿Me explicas con qué propósito? —Se aparta de la pared, señala los documentos reservados que proceden de Marsella—. *Mientras ellos crean líneas nuevas para América, ¿Adónde vamos nosotros? ¿A Zara? ¿A Corfú?* —Vuelve a sentarse al escritorio, apoya el mentón en las manos cruzadas delante de Laganà. Respira despacio y tiene los ojos cerrados, señal de que está pensando—. La auténtica riqueza procede de las travesías transatlánticas, de la gente que, *pobres infelices,* se van a América *a trabajar.* Yo propuse dos viajes a la semana, pero ¿qué puedo hacer frente a la competencia de los ingleses, que ofrecen tres viajes a la semana? No, no voy a quedarme quieto esperando que me quiten todo lo que mi padre y yo hemos construido, mientras en Roma parlotean de comisiones y oportunidades que valorar... *¡Menudos burros!*

—El único consuelo es que Rubattino comparte tu opinión. Tú y él sois los más importantes armadores italianos. ¿Recuerdas lo que me dijo cuando fui a verlo a Génova? «Los franceses se están aprovechando todo lo que pueden de nosotros y en Roma nadie mueve un dedo». Se quejó de la comisión para la reordenación de las rutas comerciales, que le parecía una ocurrencia más para perder tiempo. Y concluyó que nosotros mismos debíamos tomar medidas, de lo contrario...

Ignazio abre mucho los ojos.

—Sí, bonitas palabras, sin embargo, entretanto él y yo seguimos aquí, *moviendo las marionetas.* No cabe más que crear una compañía fuerte, única, entre Génova y Palermo. Giovanni, tenemos que recurrir al ministro Baccarini. Yo puedo llegar hasta él; le pediré a Francesco Paolo Perez que hable con él, que *reaccione y no se duerma, mientras los otros siguen dando pasos.* Tenemos que apostar por América, y debemos hacernos lo bastante fuertes como para no permitir que los franceses y los austriacos se queden con rutas y mercancías de nuestros puertos. Algo ha de moverse, y, tan cierto como que soy un Florio, se moverá.

—¿Qué significa que han eliminado la línea Palermo-Mesina? Docenas de cartas, de solicitudes, de conversaciones para ampliar las rutas comerciales y para llegar a Nueva York... ¿y esta es la respuesta?

Giovanni Laganà retrocede un paso, sorprendido por la ira de Ignazio. Es el mes de diciembre de 1880, y llevan más de un año intentando salvar la Piroscafi Postali de la crisis de los transportes. La compañía acumula cada vez más deudas y va a la zaga de sus competidoras francesas y austriacas. Ignazio ha hecho de todo: ha recurrido a todo su poder, ha presionado a sus contactos políticos, ha prometido y amenazado. Pero, según parece, no ha hecho más que perder el tiempo. Que es una de las cosas que más lo encolerizan.

—¿Cómo? —murmura Laganà, acercándose al escritorio.

—Lee —mascula Ignazio, y le lanza el telegrama que acaba de llegar de Roma. No consigue decir nada más, tal es su cólera.

Laganà lo repasa deprisa.

—Según ellos, ya no hace falta la ruta porque ahora está el ferrocarril que une las dos ciudades, y el tren hará más viajes que los que nosotros garantizamos con los buques. —«Es razonable», piensa, pero no lo dice. Se limita a mirar de reojo a Ignazio.

—Lógico, también yo creo que tienen razón —dice Ignazio, como si le hubiese leído el pensamiento. Masculla un insulto—. Pero *así* nos arruinan. Los dividendos por repartir entre los socios son bajísimos... y ahora además tendré que explicar esto, por no mentar las noticias que sigue trayendo Giuseppe Orlando de Francia.

—¿La fusión entre la Valery y la Transatlantique? Los consejos de administración han dado una opinión favorable, lamentablemente.

—*No es solo cuestión de papeles*: la compañía Valery prácticamente ya no existe. Será oficial en pocos días. Orlando me lo ha adelantado en un telegrama. —Ignazio da un puñetazo en el escritorio. El retrato de Vincenzino, en un pesado marco de plata, tiembla y cae. Ignazio lo endereza, luego continúa, en tono más sereno: *Rubattino sigue moviendo fichas y nosotros, aquí, nos hundimos.* Uno busca ayuda donde se la deberían dar y le cierran la puerta en las narices. Y, entretanto, los franceses crean más líneas y reeemplazan las nuestras.

Laganà resopla despacio. Un largo y lento pitido que emite a través de los dientes.

—¿Estás seguro? Quiero decir, ¿ya es un hecho?

Ignazio se frota las sienes. La ira le oprime la cabeza, la cólera le inflama el vientre.

—Sí. Le he escrito personalmente a Roussier, nuestro representante francés. Me lo ha confirmado todo. El siguiente paso de la Transatlantique, después de la fusión, será crear una línea a Cagliari y luego a otros puertos italianos. *Y Rubattino, que tendría que moverse, ¿qué hace? Nada.* —Otro puñetazo en el escritorio, un golpe contra un montón de papeles, que salen volando—. Él es el mayor armador genovés, a él también lo fastidian los franceses. Debería alzar la voz, moverse, pedirle a Roma que proteja su posición, y, en cambio... ¡nada! ¡No hace nada! ¡Me indignan las pérdidas de tiempo y los líos!

Giovanni Laganà recoge del suelo unas hojas. Sonríe.

—Cuanto más tiempo pasa, más te pareces a tu padre.

Ignazio se detiene, levanta la cabeza. Entre los cabellos ya hay tonos grises, también la barba está empezando a encanecer. Parece más contrariado que perplejo por ese comentario. Lo interroga con la mirada.

—La voz, los gestos, no sabría decirlo. Lo conocí poco, y, sin embargo, me lo recuerdas. No tienes su ira, pero tienes la misma manera de indignarte... y de demostrarlo —explica Laganà.

—Mi padre ya habría ido a Roma a *abofetearlos* —farfulla Ignazio, molesto—. Pero ese no es mi estilo.

Endereza la espalda. Las paredes de su despacho están enchapadas de madera de nogal en las que cuelgan mapas y diplomas de la compañía. La luz que entra por las ventanas que dan a la plaza Marina parece atravesar las fibras brillantes de la madera que luego resbala por las estanterías empotradas a los lados de la puerta. Hay sillones de cuero y lámparas de cristal de Bohemia alrededor del monumental escritorio.

Es un despacho digno de una gran compañía de navegación. Y él es un armador, el más importante armador italiano, y como tal quiere que lo traten.

Se frota la base de la nariz, reflexiona. Laganà espera en silencio.

A pasos lentos, Ignazio se acerca a la ventana, mira fuera. «Cautela», piensa, respirando hondo. «Cautela y cuidado».

Es un día ventoso, como ocurre a menudo en invierno, en Palermo. Ignazio observa la plaza, los edificios con fachadas de toba y el trasiego de carros y viandantes. Se fija luego en la cárcel de la Vicaria, en la iglesia de San Giuseppe dei Napoletani y, hasta donde le alcanza la vista, en la calle Cassaro. Por fin, extrae del chaleco el reloj de oro, mira la hora.

—De acuerdo. Si no nos escuchan a nosotros, los augustos ministros escucharán otra música.

Ha hablado tan bajo que Laganà apenas ha podido oírlo.

—¿Cómo?

Ignazio inclina la cabeza.

—La asamblea general de la empresa está fijada para finales de enero. Poco antes, la familia real visitará Palermo y pretendo solicitar una audiencia con el rey. —Tiene el rostro a la sombra, tallado por la luz del sol que entra por la ventana—. Hablaré con él. Y, si eso no bastase... —Se pone a caminar por la habitación—. Hace tiempo, cuando tuvimos problemas con las almadrabas, porque el gobierno no protegía la producción nacional, hice una maniobra, que salió bien. Ahora hay que hacerla de nuevo, pero a una escala mayor.

Laganà se sienta, se coloca bien la chaqueta.

—Perdóname, Ignazio, pero no te sigo —confiesa.

—Pedí en aquellos días a algunos amigos que abordaran el tema en los periódicos. Era necesario dar relevancia al hecho de que la situación de las almadrabas era insostenible, que había que proteger la pesca también con una política fiscal... adecuada. Ellos escribieron eso y más, lo que logró dar trascendencia nacional a todo el asunto. En síntesis, esos artículos hicieron *ruido*, tal y como yo quería. Ahora puedo decir que fue algo así como un ensayo general.

El director de la Piroscafi Postali abre la boca, la cierra.

—Y entonces...

—Ya verás.

El 4 de enero de 1881 es cuando los Saboya llegan a Palermo. La ciudad se ha engalanado: Damiani Almeyda ha proyectado un «pabellón para el desembarco de los reyes», y un pequeño ejército de obreros ha barrido las calles, limpiado los parterres y arreglado las farolas que pandillas de golfillos rompen a pedradas. En los balcones del Cassaro, los adornos navideños han sido reemplazados por la bandera tricolor; los soldados desfilan entre la multitud y la gente aplaude, grita y agita estrellas de papel en las que están representados el rey Humberto I y la reina Margarita o pancartas que ensalzan a la pareja real.

Palermo brilla con luz propia, como una mujer que vuelve a verse hermosa tras una época de abandono, y elige el traje que va a ponerse en una recepción largo tiempo esperada.

No podría ser de otra manera.

La ciudad está creciendo, se extiende, se ensancha hacia la franja de llanura que conduce al mar. Una nueva generación de arquitectos planifica calles, jardines, villas, reelabora los espacios públicos, mira más allá de los límites de la isla, hacia el continente. Ha llegado la modernidad: destruye callejones y callejuelas, mete en los tugurios a los miserables, anima a los aristócratas más conservadores a modificar sus hábitos de vida para que adopten los del continente.

Cambian los olores. Ya no huele a pescado, a algas podridas o a basura. Ahora huele a plumeria, a magnolia y a jazmín. También el olor del mar se atenúa, encubierto por el del café o el chocolate que sale de los locales elegantes y modernos, situados en las calles de la ciudad nueva.

Palermo ya no se mira solo a sí misma: se compara con Londres, Viena, París. Quiere presumir de calles anchas, desprenderse de ciertas ampulosidades barrocas que saben a viejo. Incluso en las casas: los muebles adoptan líneas innovadoras y tienen un aspecto exótico, el brocado desaparece para dar paso a las sedas chinas e indias. Las mansiones nobles se llenan de porcelanas japonesas y de marfiles tallados y, a la vez, de objetos de la artesanía siciliana: pilas de plata y de coral, mesas de piedras duras y belenes de cera. Es una competición por poseer las piezas más hermosas, los objetos más preciados.

El alma de Palermo, hecha de mar y de piedras, impregnada de sal, está lenta e inexorablemente cambiando. Y, en esa extraña metamorfosis, muchas cosas llevan la marca de los Florio, o están unidas a ella, empezando por los edificios. Desde hace seis años, en efecto, la ciudad cuenta con un teatro muy elegante, el Politeama, proyectado por Damiani Almeyda. Dada su pasión por el clasicismo, Damiani ha concebido un edificio con doble columnata y pinturas de estilo pompeyano en la fachada. Sin embargo, en medio de tantas evocaciones del pasado, figura la modernidad: el tejado. Fabricado en la Oretea, es una cáscara de paneles de metal y bronce brillante, que brilla al sol. Y, poco más adelante, a lo largo del mismo eje vial, prosiguen las obras de otro teatro, el Massimo. Lo cierto es que prosiguen lentamente: la primera piedra se colocó en 1875, esto es, hace seis años, y aún no está nada claro cuándo se colocará la última. Giovan Battista Basile, el arquitecto que lo ha proyectado, ha pensado en un templo de la música tan imponente y elegante que podría rivalizar con la Ópera Garnier de París.

«Quizá demasiado para esta ciudad», cree Ignazio al lado de su esposa, en su carruaje. Suelta la cortina, mira hacia abajo, a sus dedos cruzados. «Palermo se está volviendo más hermosa, pero quizá lo que más necesita es un poco de pragmatismo».

El carruaje da tumbos en el empedrado. Aterida de frío, Giovanna se tapa el cuello con un borde de la manta, lanza un suspiro que es casi un resoplido. Ignazio se da cuenta, le aprieta la mano enguantada.

—Todo saldrá bien.

—Eso espero —replica ella, con voz insegura por la tensión.

—Ya lo vi en Roma, hace unos años. Es un hombre duro, pero se puede razonar con él. En cuanto a su esposa, es una princesa de sangre real, y como tal se comporta. —Le levanta la barbilla—. Tú estás a su altura —concluye, enarcando las cejas.

Giovanna hace un gesto de asentimiento, pero el ansia no deja de atormentarla. Mientras el marido vuelve a sumirse en sus pensamientos, ella se mira el traje en la penumbra del habitáculo, roza el corpiño. Es un modelo confeccionado en París, de seda gruesa, de color gris claro, a juego con la capa bordada de piel de zorro. Han pasado quince meses desde la muerte de su hijo, así que también ha terminado el tiempo del medio luto, pero ella se sigue vistiendo preferentemente de negro. También las joyas son discretas: pendientes de perlas, un anillo de ónix y un camafeo de nácar sobre el corazón, que reproduce los rasgos de Vincenzino.

Ignazio tampoco ha querido renunciar del todo a los símbolos externos del luto, y sigue llevando corbata negra.

—Era carne de su carne, y se llamaba como su padre —le había explicado doña Ciccia a Giovanna unos días antes—. Ya no hay un Vincenzo en la casa Florio. Por eso no es capaz de dejar que se vaya.

«Es verdad», reflexiona Giovanna. «Pero están Ignazziddu y Giulia, no puede olvidarse de ellos. Y, sin embargo, hay días en los que los ignora por completo...».

El carruaje se detiene de golpe en el patio del Palacio Real.

Por costumbre, Giovanna se lleva una mano a la barriga, aprieta. Desde hace años sabe contener el impulso de vomitar, pero en ese momento se siente frágil. Asustada.

Luego mira a Ignazio a los ojos. Es otro gesto impuesto por la costumbre: lo hace cuando quiere que la tranquilice, como si estuviese convencida de que, de esa manera, él pudiese transmitirle su calma.

Lo mira y casi no lo reconoce.

La expresión pensativa ha sido reemplazada por una mirada directa, segura. En los labios hay un esbozo de sonrisa, que, sin embargo, no llega a los ojos. Tiene la espalda recta, los gestos son lentos pero autoritarios.

Ignazio se apea del carruaje, enseguida le tiende una mano para ayudarla. Se la aprieta, casi le hace daño.

Es entonces cuando ella comprende.

Ignazio se ha preparado para una batalla.

La pareja se separa. Giovanna sigue a las damas de compañía de la reina, Ignazio es introducido en el despacho forrado de brocado rojo que han puesto a disposición del soberano para los encuentros privados. Lo observa de reojo: tiene los hombros levemente encorvados, el pelo ya canoso en las sienes y un bigote imponente que le cubre la boca. Humberto es un hombre de gestos vigorosos y manos grandes, y su mirada es de quien está acostumbrado a comprender lo que no puede expresarse con palabras.

—Tome asiento —le dice señalando un sillón.

Ignazio se sienta después de él.

El soberano coge un puro de la caja que un ordenanza le tiende, le ofrece uno a Ignazio, lo enciende y aspira una bocanada de humo. No aparta los ojos de Ignazio, como si quisiera hacer coincidir al hombre que tiene delante con la idea que, con los años, se ha formado de él.

—Y bien —exclama por fin—. Dígame.

Ignazio se mira las manos, como si buscase unas palabras que, en cambio, ya tiene muy claras en su cabeza.

—Ante todo, quiero agradecer a vuestra majestad el privilegio de esta audiencia. Sé que comprenderéis por qué mi esposa y yo no nos hemos unido a la ciudad de Palermo para celebrar vuestra llegada.

Humberto esboza una sonrisa sin alegría. Sus ojos se fijan en la corbata negra.

—Sé que han perdido un hijo. Cuenta con toda mi comprensión.

—Os lo agradezco, majestad.

Ignazio cruza las manos sobre las rodillas.

—Estoy aquí como ciudadano, como armador de una de las mayores compañías de navegación italianas y...

—¿De una? De la mayor y punto. No necesita hacerse el modesto conmigo —lo corrige el rey, ligeramente nervioso.

Ignazio no se altera. Sabe que el rey siempre es directo, cuando no brusco. Fruto de la educación militar que ha recibido desde su más tierna infancia.

—Os agradezco la consideración. —Apoya el puro en el cenicero—. Entonces, comprenderéis por qué soy yo quien viene a exponeros los motivos del malestar que aflige a la marinería italiana.

—Una comisión parlamentaria se está ocupando del asunto. Conozco bien los motivos.

—Perdonadme, majestad, pero quizá no los conozcáis realmente bien, dado que el gobierno no ha tenido una posición, ni ha tomado ninguna medida.

—Pues bajen los precios de sus fletes. —El rey, irritado, se retuerce en el sillón. La ceniza del puro cae al suelo—. De norte a sur, solo veo a gente que se queja de que el Estado se excede o hace las cosas mal. ¡Todo el mundo sabría hacer las cosas mejor! ¡Me gustaría verlos actuando!

Ignazio deja pasar unos segundos antes de replicar.

—Majestad, el problema no reside en quién hace qué, sino en cómo lo hace. —Habla con calma, en voz baja—. Hay docenas de pequeños armadores que apenas pueden sobrevivir. Si la marinería italiana es puesta en jaque por franceses y austriacos, no solo ya no tendremos ningún poder de contratación, sino que además seremos esclavos de un país extranjero en lo que se refiere a transportes y tarifas. —Se interrumpe, como para que el soberano pueda captar el alcance de lo que ha dicho—. Naturalmente, eso me afectaría a mí y a mi compañía, pero, además, toda Sicilia correría el riesgo de hundirse. Las empresas del norte pueden transportar sus mercancías en trenes, mientras que quien trabaja aquí, en Sicilia, no tiene más camino que el mar.

—Dudo que usted pudiera resolver la situación de Sicilia con sus barcos y sus almadrabas. —El marcado tono polémico con el que habla el rey molesta a Ignazio—. Sus tarifas son más altas de lo que dicta la decencia. Si muchos prefieren transportar sus mercancías en los trenes a hacerlo en los barcos, será por algo, ¿no? —Humberto apoya el puro, llama al ordenanza con la campanilla y le pide que sirvan un licor.

Ignazio levanta un dedo.

—Con vuestro permiso... Os he traído como presente unas botellas del mejor marsala que se produce en mis bodegas. Me complacería que vuestra majestad me hiciese el honor de catarlo.

El ordenanza mira al rey, que asiente...

Ignazio espera a estar de nuevo a solas con el soberano, luego continúa:

—El problema no atañe solo a los fletes y las tarifas. En muchos lugares de Europa se reclaman políticas de protección... Antes o después, se llegará a poner aranceles en nuestras mercancías, y entonces estaremos realmente de rodillas. Si me lo permitis, majestad, el problema es otro —declara con fuerza Ignazio, inclinándose hacia el rey—. Es necesario comprender que, en Italia, el norte y el sur tienen necesidades diferentes, y que precisamente por ello han de trabajar juntos. Pues bien: lo que mi empresa puede ofrecer sería útil para toda Italia. Y es por ello que yo en Palermo, y Rubattino en Génova, estamos pensando en adoptar una postura común: solo uniendo las fuerzas podremos hacer frente a nuestros adversarios.

—Se endereza, aspira hondo—. Si Italia quiere seguir teniendo poder en el Mediterráneo, ha de estar a la altura de la situación. Y solo podrá estarlo si el gobierno la ayuda.

El rey lo observa con desconfianza.

—Sé bien quién es su abogado, como conozco sus maquinaciones para adquirir la Rubattino. ¿Y de verdad cree que puedo desconocer las relaciones personales que tiene con varios ministros?

—El abogado Crispi es, ante todo, amigo de la familia. En cuanto a las... relaciones personales, son amistades fundadas en el aprecio mutuo. ¿Sabéis qué se dice aquí? *Para cualquier gran Estado un enemigo es mucho, y cien amigos son pocos.*

Entra el ordenanza con una bandeja de plata, sobre la que hay una botella de marsala y dos copas de cristal. El licor tiene un reflejo de ámbar y fuego.

Humberto bebe a pequeños sorbos, luego chasquea la lengua de manera poco aristocrática.

—Excelente. —Mira a Ignazio—. En concreto, ¿qué es lo que me pide, señor Florio?

—Que no se obstaculice el proyecto de fusión entre nosotros y Rubattino. Que se confirmen las tarifas reducidas y los convenios para el servicio postal. Que se otorgue preferencia a nuestra compañía para los transportes que hace el Estado.

—Pide usted mucho. Ustedes los del sur no hacen más que pedir.

—Puede que otros se comporten así, majestad. Pero no es mi caso ni el de mi familia. Mi padre y yo siempre hemos luchado por la Casa Florio. Y ahora solo pido lo justo para proteger mi empresa y a mi gente.

Ignazio espera a su esposa al pie de la escalinata de mármol del Palacio Real. Tiene una expresión tensa. Giovanna está bajando las escaleras con suma lentitud, apoyada en la balaustrada; ahora que la tensión ha pasado, se siente exhausta. Ignazio la apremia con un gesto brusco, la ayuda a subir al carruaje, él sube a continuación y da la orden de partir.

Giovanna se coloca la manta en las piernas, luego roza el camafeo con la imagen de Vincenzino.

—En lo primero en lo que la reina ha reparado ha sido en esto —dice—. Y me dijo: «No puedo ni imaginarme lo que ha podido usted sufrir». Me pareció realmente conmovida. —Busca la mirada de su marido, pero Ignazio se limita a asentir distraídamente y, cuando Giovanna trata de agarrarle la mano, él la aparta—. En cambio, las damas no hicieron más que fijarse en cómo iba vestida —continúa—. Imagínate, *miraban* la piel de la capa y una le preguntó a otra en voz baja cuánto podía costar. —Calla, suspira—. Pero *pobre* reina. Llevaba un precioso collar de perlas, ¿sabes qué se cuenta? Que el rey le regala un collar después de cada traición. Y, de hecho, ella tenía una expresión abatida que me dio una pena horrible.

Ignazio se vuelve de golpe y la mira, molesto.

—He pasado la última hora tratando de hacer entender al rey la situación desastrosa de la marinería y me he encontrado delante de una pared... ¿y tú me hablas de trajes y me cuentas chismes?

—Me ha dado mucha pena, eso es todo —replica Giovanna, dolida—. Y todo el mundo sabe que el rey...

—Los hombres no tienen nada que ver con eso —salta Ignazio—. No es más que culpa de la reina. —Aprieta los labios—. Fregona o soberana, una mujer debe saber conservar a un marido. Además, el suyo ha sido un matrimonio concertado: debía esperarse que él tuviera una amante, e incluso más de una. En casos así, a la esposa le toca callar y aguantar —concluye.

En el carruaje se hace el silencio.

Giovanna siente frío. Después, desde las entrañas, una vaharada de calor. No, no puede estarse callada. Ella sabe cómo se siente la reina. Desde hace años arrastra el recuerdo de las cartas que su marido ha hecho desaparecer... La ha negado, la ha metido en el rincón más oscuro de su conciencia, la ha escondido debajo de las tareas cotidianas e incluso debajo del dolor por la muerte de Vincenzino, pero la obsesión de saber quién es esa mujer nunca la ha abandonado. Los celos han sido unos compañeros de vida, amenazadores como gatos monteses de ojos amarillos y hambrientos, bestias siempre al acecho, listas para morder. Esa repentina conciencia la aterra.

—Así es para los *hombres*, ¿verdad? —dice—. Actuar a su antojo mientras sus *esposas* se quedan en casa, *calladas y mudas*.

Ignazio la mira, sorprendido.

—Pero ¿de que estás hablando? —le pregunta, seco, agitando una mano como para espantar esas palabras—. ¿Qué caprichos son estos?

—¿Caprichos? ¿Una pone el alma y la vida en un matrimonio y no tiene derecho a sentirse humillada si se le arroja a la cara una traición? Tiene que mantenerse en su sitio, callada, incluso contenta... *Pero ¿crees que una mujer no tiene dignidad? ¿Que no nos duele el alma?*

Ignazio la mira, estupefacto. Esa no es la Giovanna que conoce, siempre reservada, comedida, condescendiente. ¿Será que la ansiedad por el encuentro con la reina la ha puesto muy nerviosa?

Entonces la mira a los ojos, los tiene arrasados de lágrimas, y comprende.

No está hablando de la reina, sino de lo que ha ocurrido entre ellos.

Se pone las manos delante de la cara, en un gesto que es tanto de cansancio como de exasperación.

—Giovanna, déjalo...

—¿Por qué, es que no es así...? —replica ella. Agarra los bordes de la capa, los aprieta.

—Ciertas cosas ocurren y punto. Si una persona está hecha de cierta manera, tú no puedes cambiarla, y mucho menos puedes cambiar su pasado. —Se lo dice con calma, en voz baja, para aplacarla.

Pero ella baja la cabeza y susurra:

—No, no, no... —Aprieta los dientes, se traga las lágrimas, luego levanta la cabeza y mira a Ignazio directamente a la cara: A la luz incierta de las farolas, los ojos brillan tanto que parecen de ónix—. *Lo sé* —dice—. Pero no puedes pedirme que olvide. Me hace daño, ¿comprendes? Cada vez que pienso en esas cartas que has conservado, me cuesta respirar. Me hace daño saber que nunca me has pertenecido.

Ignazio se retrae de golpe, irritado.

—*Ya te he dicho que es cosa del pasado. ¿De hace cuántos años? ¿Nueve, diez? ¿Por qué sigues dándole vueltas a cosas que ya no se pueden cambiar?* —Para él no cabía un derroche más inútil de energías.

Giovanna se aparta y la oscuridad del carruaje parece tragársela.

—Tú nunca has comprendido qué significa estar como estoy yo. *Otra mujer se habría acostumbrado u olvidado,* porque es imposible vivir *así.* Pero yo no. *Yo te tengo aquí dentro.* —Y se golpea el pecho con los nudillos—. *Y de aquí no te puedes ir.*

La voz se debilita hasta convertirse solamente en un soplo en el habitáculo gélido. Giovanna apoya la barbilla en el pecho y cierra los ojos. Es como si se hubiese quitado un peso del corazón, pero solo para reemplazarlo por la carga mucho más pesada de la conciencia. Porque a partir de ahora ese amor no correspondido —un sentimiento dañino para el que da y sin valor para el que recibe— no podrá seguir escondiéndose bajo una capa de serenidad o resignación. Siempre estará ahí, entre ellos, con toda su despiadada realidad.

Quizá por primera vez en su vida, Ignazio no sabe qué decir. Está irritado consigo mismo por no haber comprendido el estado de ánimo de su esposa, precisamente él que, en los negocios, sabe captar cada matiz, cada intención, cada sobreentendido. Procura entonces convencerse de que solo se trata de un desahogo, de una de esas cosas de *mujeres* que llegan y se pasan como un temporal de verano. Y solo cuando el carruaje para delante de la entrada de la Olivuzza y Giovanna se apea, apoyándose en el cochero que ha abierto la portezuela, y lo deja solo, en la oscuridad, Ignazio comprende cuál es el verdadero sentimiento que está experimentando.

Observa alejarse a su esposa, con la cabeza hundida entre los hombros.

Y la vergüenza le atenaza la garganta.

El 9 de febrero de 1881, el *Giornale di Sicilia* publica la primera parte de una larga y detallada investigación sobre la marinería italiana en general y sobre la de Palermo en particular. Palabras fueguinas, lanzadas con precisión, que suscitan primero indignación, después ansiedad, por último, pánico. Destinatario final: el gobierno italiano.

En su despacho, Laganà cierra el periódico y sonríe con admiración. Ignazio lo ha hecho de maravilla. Claro que el *Giornale di Sicilia* está prácticamente en manos de la familia, pero los datos que los periodistas ofrecen son irrefutables.

Es el momento de presionar a Raffaele Rubattino. Le escribe una nota a Giuseppe Orlando, convertido en director de la sede de Nápoles de la Piroscafi Postali. Él conoce al genovés desde hace más tiempo, sabe cómo tratarlo.

«Fusión».

El enlace entre las dos empresas de navegación debe celebrarse cuanto antes, casi como si fuera una boda forzosa. Eso le escribe Laganà a Orlando. Añade que Rubattino debe dejar de escabullirse como un solterón que se niega a casarse, pues si no acepta lo inevitable, y deprisa, sus buques desaparecerán del Mediterráneo.

Y le recuerda además el desastre de enero del año pasado, cuando Rubattino había tratado de pactar una tarifa con los franceses. Ignazio tuvo que armarse de paciencia para no llenar de insultos al genovés y para explicarle de qué manera, con ese acuerdo, ambos —Rubattino y él— se habrían convertido en esclavos de la Transatlantique.

Lo que Laganà no cuenta es que también la Piroscafi Postali necesita esa fusión, no solo para conservar el predominio en el mar, sino también para proteger a quien trabaja para la compañía: la Fonderia Oretea, los obreros del carenero, los porteadores y los agentes de comercio repartidos por todo el Mediterráneo. Si la Piroscafi Postali perdiese esa oportunidad y el puerto de Palermo se transformase en una escala periférica, no sufriría solo la ciudad, sino toda la isla.

—Estúpido genovés. No veo la hora de estar delante del notario —murmulla Laganà, firmando la nota. Luego llama a un mozo para que la envíe enseguida.

Pero Ignazio y él tendrán que esperar hasta junio para que las cosas empiecen realmente a moverse: primero con la asamblea de los socios de la Piroscafi Postali, que aprueban la fusión. Y después —¡por fin!— con el acuerdo de la Rubattino, arrancado a punta de negociaciones extenuantes.

Solo falta que el gobierno, como un oficiante, dé su beneplácito.

Así, Ignazio va a Roma.

Lo recibe el primer ministro Agostino Depretis, junto con el responsable de Obras Públicas, Baccarini. Ambos se empeñan en explicarle lo que Ignazio sabe perfectamente desde hace tiempo; que, dada la importancia de las dos empresas, es necesario presentar ante la Cámara un proyecto de ley, porque no basta con la simple autorización ministerial; que es mucho el dinero público invertido, empezando por el que se ha desembolsado para las rutas de navegación subvencionadas, de las que son adjudicatarias las dos compañías marítimas, y, por tanto, hay que tener prudencia...

Ignazio asiente y levanta la barbilla como diciendo: «Claro, es obvio». Pero más tarde, de regreso en el hotel, repasa los diarios de la tarde y lo que lee le quita el hambre y el sueño.

De Génova y de Venecia se elevan protestas de los pequeños transbordadores y de los armadores de los buques de vela: claman contra el desastre, acusan al Ministerio de Obras Públicas de favorecer a los colosos y de no importarles la marinería. Dos armadores genoveses, Giovanni Battista Lavarello y Erasmo Piaggio, presentan incluso ante el Parlamento una petición en la que manifiestan «su legítimo temor debido a la formación de una sociedad anónima cuyos títulos, ahora en posesión de italianos, podrían con el tiempo ser en parte adquiridos también por extranjeros».

No, la fusión no iba a ser tan sencilla.

El 4 de julio de 1881 tiene lugar el debate en la Cámara de diputados. El proyecto de ley pasa el 5 de julio, se envía al Senado y se somete a votación ese mismo día. Hay prisa, una enorme prisa por quitarse de encima ese estorbo.

Ignazio está en una salita privada del Senado, esperando. Si está tenso, no lo demuestra. Pide un té, se lo llevan en un elegante servicio de porcelana. ¿Quién puede meterse con él, amigo personal de ministros y senadores? Y, sin embargo, sus manos tiemblan ligeramente debido a la tensión. Acepta un puro, disfruta del silencio que reina en las salas del poder.

El ministro Baccarini entra para informarle de lo que está ocurriendo en el hemiciclo. Entre el humo del puro y el aroma del café que les sirven, el ministro sonríe, inclina la cabeza y murmura:

—No se preocupe, señor Florio. La navegación de vela es cosa del pasado, aunque todavía algunos no quieren comprender que su tiempo ya terminó. El vapor es el futuro. El vapor y el hierro. Usted será el impulsor de esta nueva era, uno de los que llevará Italia al nuevo mundo.

Ignazio se sienta en un sillón forrado de cuero.

—Mi padre estaba seguro de eso, yo también lo estoy, y todavía más que usted. Han pasado doce años desde que se abrió el canal de Suez y, como era obvio, por ahí ya pasa el tráfico mercantil de más valor. Seguir navegando con vela es ridículo. Se necesitan piróscafos imponentes para surcar los océanos.

—Y usted los tiene. Por eso el gobierno lo apoyará.

Poco después, el recuento de votos. El proyecto de ley queda aprobado. Ignazio siente que la respiración se libera de la caja torácica y que la presión entre las costillas disminuye.

—Solo faltan su firma y la de Rubattino ante notario. —Orlando, que también está en la salita, le da una palmada en el hombro. Llega también Francesco Paolo Perez, seguido de un empleado con una botella de champán y unas copas.

—¡Por fin está hecho! —declara, y lo abraza.

Ignazio se permite una sonrisa complacida.

Pero el orgullo que siente es tan grande que parece que le circula por las venas en lugar de sangre. Ha salvado a la Piroscafi Postali de un destino de progresivo empobrecimiento, ha salvado a su gente, a los obreros de la Oretea y a los marineros, de un futuro de miseria, y ha garantizado al puerto de Palermo años de prosperidad. Y él, dueño de algo menos de cien buques entre piróscafos y trasatlánticos, va a convertirse, de hecho, en uno de los señores del Mediterráneo.

Y, sin embargo, no es solamente eso lo que lo hace sentirse orgulloso. Es también la conciencia de que, si se maneja bien, la política siempre podrá ayudarlo. Y da lo mismo que un rey no esté dispuesto a hacerlo.

La conciencia de que el poder económico de los Florio puede influir en el destino de Italia.

Algo que su padre, con toda su ambición, no podía ni siquiera imaginarse.

El calor que hace en Palermo a finales de agosto de 1881 se ha apoderado de la Olivuzza y se condensa en los dormitorios, volviendo el aire casi irrespirable. Por las ventanas que dan al jardín, la ciudad se ve como una forma envuelta en el polvillo que arrastra el siroco. Se entrevén las cúpulas de las iglesias y los tejados de las casas, pero borrosos, lejanos.

Doña Ciccia está en el salón verde. Está poniendo orden en la canastilla de la costura, recogiendo hilos para madejas de bordar.

Giovanna abre la puerta y se queda en el umbral. En su mirada, hartazgo e irritación. La frente es cielo de tempestad y las manos están eléctricas.

Doña Ciccia repara enseguida en su humor sombrío.

—¿Qué pasa? ¿Por qué está así?

Giovanna se encoge de hombros y se sienta en un sillón.

—¿Qué le ocurre? —insiste doña Ciccia, molesta por ese silencio.

—Mi marido se fue hace más de un mes y ahora me ha escrito diciéndome que tampoco va a volver este mes.

—¡Virgen santa! ¿Es eso? Me parece que tengo delante a una niña como Giulia, y no a una mujer casada —resopla doña Ciccia.

Giovanna mueve la mano, se la lleva a los labios como para contener las palabras. Luego habla deprisa.

—Me ha escrito que, desde Génova, quiere ir a Marsella. Donde su hermana. —Su voz es un susurro—. En estos años, en verano, siempre hemos viajado juntos y ahora *él* se va solo. Claro, primero fue por la empresa, es cierto, pero nunca ha estado fuera tanto tiempo, ¡nunca!

—*¡Ya me parecía a mí que era eso!* —Doña Ciccia eleva los ojos al cielo—. Don Ignazio no ve a su hermana desde hace años. Tendrá derecho a estar un poco con ella, ¿no?

—*Somos una familia* —estalla Giovanna, y pega un manotazo en el brazo del sillón—. *¿Por qué no se ha llevado a los niños para que conozcan a su tía?*

Doña Ciccia cruza los brazos sobre el pecho generoso.

—*¿Con tantos años como llevan casados todavía no conoce a su marido? Es un buen cristiano, no como ciertos maridos mujeriegos. Por favor, deje de pensar ciertas cosas y haga el mantel, venga.* —Agarra un mantel de lino con bordado siciliano, se levanta y se lo entrega. Giovanna lo aprieta, no ve que tiene una aguja y se pincha. Mientras se lleva el dedo a la boca, murmura.

—*Hay cosas que no deben ni pensarse...* —Y aparta la mirada, porque no quiere que su angustia se note.

Doña Ciccia la mira con gesto interrogativo, pero tampoco ella se atreve a preguntarle qué la angustia.

Ese matrimonio le parece frágil como el cristal y, si no se rompe, es porque el sentimiento de Giovanna, por un lado, y el respeto que Ignazio le tiene, por otro, forman una anómala coraza que los defiende de los asaltos de la vida. Pero Giovanna ha sufrido mucho y durante mucho tiempo —en cuerpo y alma—, y doña Ciccia ahora teme que baste una vibración para hundirla. Por el contrario, Ignazio nunca —¡nunca!— ha mostrado una actitud vacilante. Por eso, no puede ni concebir la idea de que no haya sido en todo momento fiel a Giovanna.

Esa idea, en cambio, volvió a apoderarse de Giovanna tras leer el destino del viaje de Ignazio: Marsella. Se ha despertado la obsesión, con sus ojos de hiel. Ella trata de espantarla, piensa que ahí están Giuseppina, François y el pequeño Louis Auguste. Pero puede que también esté «esa...». Menea la cabeza, tratando de espantar el recuerdo de la pelea que había tenido con Ignazio pocos meses antes, tras la audiencia con el rey. Como había ocurrido tras el descubrimiento de la carta, no habían vuelto a hablar de ello, dejando que las olas del mar de la costumbre limasen todas las asperezas. Aun así, Giovanna, como siempre, había seguido dándole vueltas.

A veces se convencía de que sus celos eran infundados y de que probablemente Ignazio tenía razón: ella se empeñaba en echar agua al mar. Pero bastaba un gesto un poco brusco, una mirada severa, para que la herida se abriese de nuevo. Y entonces volvía a odiar a aquella mujer que lo había tenido todo de Ignazio, incluso el regalo más valioso que se le puede hacer a un amor perdido, la nostalgia. A ella solo le había quedado el vacío de un afecto negado.

Y, sin embargo, aquella terrible noche le hizo comprender algo más. Se lo vio en sus ojos, en sus gestos, incluso en la dureza con la que la trató. Para Ignazio, no había nada más importante que la Casa Florio. «Más que yo. Incluso más que sus hijos». Frente a los negocios, ningún otro afecto importaba. Ni siquiera esa mujer podía ser más importante. Así, desde hacía un tiempo, cuando los celos amenazan con agredirla, ella se aferraba a esa certidumbre.

Agarra la canastilla de la costura. Los cabellos oscuros, atados en un *moño*, acompañan los movimientos de la cabeza.

—*Conozco bien a mi marido* —murmura, evitando mirar a doña Ciccia. Y empieza a bordar.

Marsella está más polvorienta de como la recordaba. Más sucia, más caótica. Pero la memoria, guardiana mentirosa de la felicidad, sabe cómo retener las imágenes de ciertos lugares en un eterno presente, en una realidad imposible y, sin embargo, justo por ello, aún más reales.

Eso piensa Ignazio, con un toque de amargura que le nubla los pensamientos y le deja un regusto ácido en el paladar.

Marsella tiene muchos recuerdos para él.

Ahora, a finales de septiembre de 1881, el aire está impregnado de humedad, y el viento que llega del mar ya huele a fresco y a otoño. Aquí el Mediterráneo tiene otros olores, y el agua parece más oscura, casi como si no fuese el mismo mar de Sicilia.

Las calles que rodean el puerto están repletas de carros y carretas. Grandes contenedores llevados por caballos de tiro transportan cargas de carbón hasta los piróscafos a la gira entre el puerto viejo, ya insuficiente, y los nuevos muelles. Ignazio los recuerda de cuando estaban en construcción, quince años antes.

Baja despacio del vapor. Ha viajado en un buque francés, de incógnito, como un pasajero común. Se ha recortado la barba, se ha puesto ropa de viaje, y su natural discreción ha hecho lo demás. Quería valorar la calidad del servicio que ofrece la competencia y el resultado lo ha dejado satisfecho: excelente en su conjunto, pero no mejor que el de su compañía, por lo menos en primera clase.

A poca distancia del muelle, un carruaje aguarda. De pie, al lado de los caballos, François Merle.

—¿Puedo abrazarte o debo inclinarme ante el hombre más poderoso del Mediterráneo?

—Te permito que te tomes esta confianza. Pero quería una alfombra roja delante del carruaje.

El cuñado se ríe, tiende los brazos. Ignazio recibe ese abrazo con gratitud.

—*¿Cómo estás?* —pregunta François en un siciliano con sabor francés, mientras abre la portezuela.

—Cansado. Pero, ya que estaba en Génova, no quería dejar de venir a veros. Hace años que no veo a mi hermana y ya he hecho todo lo que tenía que hacer.

—Y no habrá sido fácil.

—*Ahora te cuento.*

El interior del carruaje ha conocido tiempos mejores, pero Ignazio parece no darse cuenta. Le interesa la ciudad: observa sus cambios, los edificios construidos en el estilo que se ha difundido bajo el reinado de Napoleón III.

—¿Cuánto tiempo te quedas? —pregunta François.

—Unos días. Después regresaré directamente a Palermo. —Se vuelve y mira al cuñado—. Mañana iré a la place de la Bourse. No me esperan. —Se ríe—. Quiero ver en qué condiciones está mi agencia.

—La agencia de la Navigazione Generale Italiana, quieres decir. —François se frota los muslos, impaciente—. Venga, cuéntame cómo ha ido en Génova.

—Oh, si hemos de ser precisos, a eso hay que añadir Società Riunite Florio e Rubattino. Después del voto de Roma, se ha allanado el camino. Firmamos la escritura ante notario en la casa del senador Rossini, que también actuó como testigo. Conmigo estaba, además, el abogado Crispi.

El cuñado sonríe.

—*Te llevaste la caballería.*

—*Mejor decir que sé que decir si hubiese sabido.*

Se ríen.

—¿Estás satisfecho?

—Bastante. Eso sí, hemos tenido que incluir a los bancos en el asunto... —Arruga el entrecejo—. Pero no podía hacerse otra cosa. El Credito Mobiliare era el banco de Rubattino y él tenía un montón de deudas con ellos. Hemos tenido que incluirlo en la escritura en el último minuto.

—Si esperabas un poco más, te la podrías haber quedado sin decir esta boca es mía.

Ignazio menea la cabeza.

—Claro, pero me habría quedado con una empresa insolvente, y habría sido mucho más difícil conseguir la concesión de las líneas subvencionadas, eso suponiendo que estuviese arruinada: nadie tenía interés en que la Rubattino acabase mal. Trabajaba mucha gente.

El carruaje aminora la velocidad. Hay un atasco: una carreta está atravesada en la calle, la mercancía desparramada por el suelo. François baja la cortinilla, impreca en voz baja en francés.

Ignazio ahoga un bostezo. De repente, siente el peso de esos días convulsos. Extraña el leve balanceo del piróscafo y el suelo le da una sensación de debilidad.

—Ahora la empresa posee todo lo necesario: la Oretea, los piróscafos, los edificios... Pero es lo que quería, sí.

El coche reanuda la marcha.

—¿Y en Palermo cómo se lo han tomado? Quiero decir, es una ciudad particular...

Ignazio se encoge de hombros.

—¿Cómo se lo iban a tomar? Se enteraron y a todos les dio igual, empezando por mis obreros. Ni una sola línea, ni un solo comentario en la prensa... parece que el asunto no les atañe. Y eso que ahora los piróscafos son más de ochenta. —El tono no oculta cierta amargura, difuminada por el pragmatismo—. *A ellos solo les importa tener dinero en el bolsillo, lo demás les da lo mismo.*

François está a punto de responder, pero, justo en ese instante, el carruaje frena.

—*Oh, je crois que nous sommes arrivés!* —exclama, y se apea cuando el coche está aparcando. Ignazio levanta los ojos, asiente. Un palacete de dos plantas, elegante pero no llamativo, de líneas delicadas y con balcones de hierro forjado. Tal y como lo recordaba.

De una ventana llega un gritito.

—*¡Hermano!*

Ignazio acaba de apearse y ya tiene delante a Giuseppina. Ella lo abraza con tanta fuerza que Ignazio está a punto de tambalearse.

Es ella y, a la vez, una persona nueva. Un poco más entrada en carnes, con poco pelo en las sienes, igual que la abuela que se llamaba como ella. Pero sus ojos siguen siendo expresivos y bondadosos, y su abrazo envolvente no ha cambiado.

Se separa de él, lo mira, le acaricia el rostro.

—¡*Cariño*! ¿Cuánto tiempo ha pasado? —susurra. Le agarra el rostro entre las manos y se lo besa, dos, tres veces.

En ese momento, Ignazio nota una sensación de calor en la base del esternón. Ese abrazo sabe a regreso a casa. A paz. A trozos de vida que, dando vueltas, encuentran su lugar.

—Demasiado —la abraza con fuerza.

En la puerta de casa aparece un chiquillo de pelo rubio y lacio. Tiene un cuerpo que ya habla de la adolescencia, pero en el rostro hay todavía un gesto infantil. Es Louis Auguste, el hijo de François y Giuseppina. Su sobrino.

Recuerda enseguida a Vincenzino. Sería solo un poco menor, y tendría, quizá, el mismo aspecto desgarbado, el mismo aire intolerante.

«No pienses en eso», se dice a sí mismo.

—¡Ven, pasa! —Giuseppina lo tira de la manga, lo conduce por las escaleras hasta una salita empapelada de damasco azul, con sillones de terciopelo y unas mesitas bajas de caoba. No es un ambiente lujoso, pero sí cuidado, lleno de detalles exóticos, como las estatuillas de marfil en los rincones o el jarrón chino en la mesa cubierta con un paño oriental.

—Qué bonito es esto.

—Esto es lo que podemos tener —comenta François, abriendo los brazos.

—Te digo que es bonito y que me gusta... *¿Por qué tienes que polemizar siempre?* —pregunta Ignazio, riendo. Se hunde en el sillón, con un gesto le pide a su hermana que se acerque.

También Giuseppina se ríe y se sienta a su lado.

—Dime: ¿Cómo está Giovanna?

—Bien, bien. Pero, entre los papeles, los notarios, las mediaciones y los abogados, la he visto poco o nada. Está en Palermo ocupándose de la casa y de los *niños*. La última vez que recibí una carta suya estaba, digamos... —Hace una pausa, busca la palabra adecuada —... dolida.

Giuseppina inclina la cabeza.

—Tiene que haberle molestado mucho que hayas venido aquí sin ella.

Él juguetea con el anillo del tío, debajo de la alianza. Está incómodo.

—Precisamente en este caso, era lo único que podía hacer. No podía dejar el asunto en manos de otros. Laganà y Orlando han sido muy valiosos, pero en Roma querían verme a mí y hablar conmigo, y la firma de la escritura en Génova tenía que ser la mía. Y, además, estando en Génova, no me convenía regresar a casa para venir aquí de nuevo.

—*Tienes razón* —murmura la hermana.

François se sienta en un sillón delante de su cuñado. Louis Auguste permanece de pie, a poca distancia de la puerta.

—Tú, ven aquí —Ignazio lo llama con un gesto.

El chiquillo vacila, mira a su madre, luego se acerca de mala gana.

Habla italiano, pero poco —interviene Giuseppina, casi para disculparlo.

—Bueno, vive en Marsella —replica Ignazio, sonriendo y acariciando a Louis Auguste, que enseguida se va corriendo—. Tendríais que venir a vernos más a menudo.

—No es tan fácil, Ignazio —murmura François—. Yo puedo moverme, claro. Pero cerrar la casa, ir a Palermo... No es sencillo para tu hermana.

Lo dice con los ojos bajos, fijos en la alfombra, e Ignazio comprende cuál es el verdadero motivo. Las diferencias ya son demasiadas, y no se trata solo de tener una casa bien amueblada o de ser ricos. Su mundo y el de ellos son diferentes.

Se da una palmada en el muslo.

—En fin, yo os lo he dicho. Me encantaría que vinierais. Tenéis una casa y una familia esperándoos. —Luego se dirige a su cuñado—. ¿Cuándo entregarán el equipaje? He traído regalos y me gustaría dároslos.

—Oh —François se remueve en la silla—. Por la tarde, creo. Pero, si quieres, voy a presionar.

—No, no hace falta. —Se relaja en el respaldo del sillón.

Giuseppina le agarra la mano, se la besa.

—Me alegra que estés aquí. —Lo dice en voz baja, y en esas palabras queda algo de la confianza que durante años los había unido.

Con los ojos cerrados, él asiente, también le alegra estar ahí. Lo que no dice es que, después de tantas semanas de tensión, ahora por fin respira bien y ya no siente ese nerviosismo que le impedía dormir.

De momento puede dejar de ser don Ignazio Florio, para ser única y sencillamente Ignazio.

—¿Una fiesta?

Era la mañana siguiente de su llegada y, en el desayuno, Giuseppina le dijo que esa noche estaba prevista una recepción en Fort Ganteaume y que le encantaría que los acompañase.

—Bueno, es más bien un encuentro informal entre comerciantes y representantes de la marina y el ejército —le explicó, mirándolo por encima del borde de la taza de té que estaba paladeando—. Para pasar un rato entretenido y conocer algún chisme.

—En el fondo, ellos son los que protegen nuestras líneas comerciales y los emporios en el extranjero. Mantener relaciones distendidas nos viene bien a todos —añadió François, sirviéndose un café.

—Claro, comprendo. Solo que no querría que mi presencia se juzgase mal... Ya sabes: ahora soy el principal competidor de la marina francesa. La gente ve lo que quiere ver, y, a menudo, ve mal. No me gustaría que mi presencia os causara problemas.

—Venga, cuñado. Estás aquí de visita privada. Nadie dirá nada, y, desde luego, tú no eres un ingenuo.

Así, esa noche, se encontró en un carruaje con Giuseppina y François.

Su hermana viste un traje azul que, con un juego de drapeados, disimula el sobrepeso. Al cuello lleva el collar de perlas que Ignazio le ha traído de Génova. François reparó en ese regalo con estupor e incluso se puso rojo de vergüenza cuando vio el regalo que le había llevado a él: un reloj de pulsera de oro, con sus iniciales grabadas en el interior.

—*Tu es vraiment elegante, ma chère* —le dice Ignazio, mirándola con una sonrisa—. Francia te ha sentado bien.

—Sí, esta ya es mi casa —replica ella, estrechando la mano de François y lanzándole una mirada llena de afecto—. Pero tú eres un adulador y un mentiroso: estoy segura de que este vestido no aguantaría la comparación con cualquiera de las *toilettes* de Giovanna.

Ríen los tres, pero enseguida Ignazio se vuelve hacia la cortinilla del carruaje, la sube y finge interesarse en los edificios urbanos. Giuseppina no está equivocada: Giovanna se cuida mucho más, tiene ropa y joyas elegantes... pero no posee ni pizca de la serenidad de la hermana. Su mujer interpreta un papel. Giuseppina, no. Y para él lo más amargo es la conciencia de su propia responsabilidad en esa comedia de enredo. Porque ha sido él quien ha querido que su vida se convierta en una representación en la que los personajes terminan siendo idénticos a sus intérpretes.

El coche de los Merle se detiene. Delante de ellos, otros carruajes esperan. Giuseppina suspira, y François le estrecha la mano.

Por fin, un ordenanza en uniforme abre la portezuela y los ayuda a bajar. Ignazio mira con interés la imponente construcción de base cuadrada que da al mar, a poca distancia del viejo puerto de Marsella. Fort Ganteaume es un edificio que habla de uniformes brillantes y de rigor militar. Y sin embargo esa noche, con antorchas plantadas en el suelo y las notas de una orquestina afinando los instrumentos como fondo, parece haber perdido la consabida severidad para vestirse de frivolidad.

—Me recuerda el Castello a Mare de Palermo —le dice Ignazio a François.

—Fíjate que estaba a punto de acabar igual. Hasta que se dieron cuenta de que demolerlo habría sido una locura. Es demasiado importante para la defensa de la ciudad. —Le da una palmadita en la manga—. Ven. Te presentaré a unos oficiales. De momento, dejemos a los mercaderes, o te aburrirán con sus preguntas sobre los fletes comerciales...

El patio ha sido decorado con candelabros con pantallas y cestos con forma de cornucopias rebosantes de flores, formando cascadas de hojas y pétalos. Ordenanzas y camareros en librea conducen a los invitados hacia la sala, de donde llegan los últimos sonidos de la afinación.

Ignazio pasa unos minutos conversando en francés con un grupo de oficiales en uniforme de gala. Advierte que lo observan con curiosidad. A lo mejor les asombra que el nuevo dueño de la marinería italiana sea una persona tan afable y amable. Algunos, sin embargo, lo examinan con evidente hostilidad. Uno de ellos, un viejo almirante con enormes mostachos, lo observa con inquina.

—¿No se da cuenta de los daños que causará a Francia su fusión?

—Sí, ¿qué ha venido a hacer aquí? —apremia otro oficial, con una llamativa cicatriz en la mejilla.

—Ha venido a ver a su hermana y a su sobrino —interviene François, tranquilo pero firme—. ¿Saben? No solo de comercio vive el hombre. El señor Florio es mi invitado.

El almirante aprieta los labios.

—Cada cual tiene las desgracias que se merece —comenta, ácido.

François sonríe.

—Siempre puede hacerse mejor, pero no me quejo.

Mientras todos ríen, un camarero sirve champán. Las mujeres se desplazan bajo los arcos que rodean el patio y alguna señala la sala de armas, que ha sido habilitada como sala de baile. La orquesta ya ha empezado a tocar, y sus notas se sobreponen al vocerío de los invitados.

François se vuelve, ve a su esposa y se le acerca a pasos rápidos, seguido de Ignazio. Entran llevando a Giuseppina del brazo.

—¿Qué te pasa? —le pregunta ella a su hermano, reparando en su entrecejo arrugado.

—Bueno, no es que esperase que me subieran a hombros, pero esto...

La sonrisa de Giuseppina rebaja su contrariedad.

—*No te hagas el santo fuera de la iglesia* —le susurra en un dialecto trufado de francés, que le arranca una carcajada. Era una expresión típica de la abuela con la que quería decir que los repentinos cambios de humor no le gustaban.

En el salón han puesto enormes espejos que, alternados con drapeados, crean la ilusión de un espacio mayor. Írides, claveles, rosas y madreselvas, en floreros de bronce, decoran los rincones, y guirnaldas de flores envuelven los pilares sobre los que hay candiles que iluminan el ambiente.

Algunas parejas ya están cogiendo sitio en el centro del salón. François levanta la mano de su esposa y le hace una reverencia. Ella asiente, le aprieta la mano, luego suelta el brazo de su hermano.

—Nos perdonas, ¿verdad?

Las últimas palabras son casi un suspiro. Su marido la conduce al centro del salón, ríen juntos y empiezan a bailar una contradanza.

Ignazio siente envidia, porque lo que ve en los rostros de Giuseppina y François es el simple placer de estar juntos. La suya es una complicidad dichosa, tan lejana de la relación que él tiene con Giovanna. Una relación segura en la determinación de mantener una apariencia social impecable, pero sin alegría, sin abandono, sin ligereza. Sin embargo, en ese momento querría que estuviese a su lado, para llenar con una de sus sonrisas el vacío que siente en su interior. Para espantar —aunque solo sea por una noche— la tristeza que ensombrece cada uno de sus pensamientos.

Coge otra copa de champán y mira alrededor con gesto indiferente, consciente de ser objeto de la curiosidad de todos. Observa a los oficiales aprisionados en sus uniformes de gala, a los comerciantes que hablan en voz demasiado alta y a los armadores locales, que lo miran de reojo.

Todo le pasa por encima, nada lo toca.

Es entonces cuando ocurre.

Pelo rizado, de un rubio tendente al rojo. Cuello largo y blanco. Vestido color rosa pálido. Guantes blancos hasta el codo. Abanico de plumas.

De golpe, Ignazio tiene frío. Porque —y es un instante— se da cuenta de que el olvido bajo el que ha ocultado los recuerdos es fino como el papel y que enseguida se desgarra. Y, ahí debajo, yace su alma: desnuda, expuesta, frágil.

Ya no oye nada que no sea un sombrío y cavernoso ruido de fondo. Todo es confuso.

Lo único que ve es la cabeza de ella, ligeramente inclinada, y sus labios, que forman palabras inaudibles y que parecen a punto de sonreír, una sonrisa que, sin embargo, no llega.

Pero con él había reído.

«Y había llorado».

Su padre le dijo una vez que la regla de vida más útil era también la más sencilla: escucha a la cabeza, no al corazón. Hacer caso a las pasiones en contra de lo que decía la razón conducía inevitablemente a cometer errores. Su padre se refería a los negocios, pero Ignazio había aplicado esa regla no solamente a la gestión de la Casa Florio, sino también a la vida privada. Afectación e indiferencia habían sido siempre sus aliados más fieles, ya se tratase de cerrar una negociación o de educar a sus hijos.

Y, en cambio, ahora, quizá por primera vez, Ignazio atiende al corazón. Obedece al instinto de conservación. Se deja llevar por el miedo.

Tiene que irse. Enseguida.

Dirá que se sintió mal y que prefirió regresar a casa; su hermana no se enfadará. «No puede verme», piensa, porque no quiere, no puede coincidir, hablar con ella. Retrocede hacia el fondo del salón. «Y que todo acabe aquí».

Demasiado tarde.

Camille Martin Clermont, viuda de Darbon, se despide de la mujer con la que estaba hablando y se vuelve hacia otra invitada, una mujer mayor arrebujada en un traje burdeos.

Y lo ve.

El abanico se le resbala de la mano. Las plumas ondean un instante antes de posarse en el suelo.

Lo mira con la boca entornada; parece más asustada que asombrada. Luego enrojece con violencia, tanto es así que la mujer mayor se le acerca, la agarra del brazo, le pregunta si se encuentra bien. Ella reacciona, se agacha para recoger el abanico, lo aprieta entre las manos y enseguida sonríe como excusándose.

Con esa sonrisa en los ojos, Ignazio se vuelve y echa a andar a paso rápido hacia la entrada del salón.

«Idiota, idiota, idiota, idiota».

¿Cómo pudo no imaginárselo? Camille está casada con un almirante o algo así. Tenía que haberse acordado. Nunca debería haber ido ahí. Y, desde luego, al cabo de tantos años, Giuseppina no podía saber, sospechar que él...

Le falta poco para ponerse a correr. Volverá a casa en el carruaje y lo mandará de vuelta. «Sí», piensa, «haré eso».

Esquiva con la mayor amabilidad posible a un par de comerciantes que intentan abordarlo. Detiene a un camarero y le pide que le transmita un mensaje a los esposos Merle, para que no tengan prisa en volver a casa.

Llega al pórtico. Jadea como si hubiese corrido. Luego empieza a cruzar el patio.

Está huyendo. Él, Ignazio Florio, el hombre más poderoso del Mediterráneo. Él, que nunca ha temblado ante nadie. Y se dice, se repite, que está haciendo lo más lógico, lo más racional, porque la guerra con los recuerdos es una guerra de la que solo se puede salir derrotado. Porque permitir que ese fantasma tenga un cuerpo significa enfrentarse a la realidad que tanto le ha costado construir a su imagen y semejanza. Significa borrar todo a lo que él ha atribuido valor.

—¡Ignazio!

Para.

«No debo volverme».

Ruido de pasos.

«No debo verla».

Cierra los ojos. Su voz.

—Ignazio.

Un crujido de tela en el suelo de piedra.

Ahora está ahí, delante de él.

El rostro está más hundido. En el rabillo de los ojos azules hay pequeñas arrugas. La boca, antes ancha, da la impresión de haberse afinado y, entre los cabellos rubios, resaltan hilos plateados. Pero la expresión —vivaz, intensa, inteligente— sigue siendo la misma.

—Camille.

Ella abre la boca para decir algo, vuelve a cerrarla.

—No sabía que estuvieses aquí.

Ella no dice nada. Levanta la mano enguantada y permanece con los dedos tendidos en el vacío un instante, luego los baja y aprieta el abanico contra el pecho hasta que lo hace crujir.

—Te veo bien —murmura por fin.

—¿Bien? —Abre los brazos y sonríe, triste—. He envejecido y engordado. Tú, en cambio... Tú estás igual.

Ella inclina la cabeza hacia un lado, y en los labios aparece una media sonrisa que Ignazio recuerda perfectamente y que lo hiere.

—Mentiroso. Yo también he envejecido. —Pero lo dice con indulgencia, como si el paso del tiempo fuese un regalo que había que aceptar con gratitud. Avanza un paso. El borde del traje le roza la punta de los zapatos—. Te he seguido desde lejos, ¿sabes? He leído la prensa... Y, naturalmente, he hablado de ti con Giuseppina. —Hace una pausa—. He sabido lo de tu hijo. *Toutes mes condoléances.*

El recuerdo de Vincenzino es una bofetada.

Tiene una familia, una esposa. ¿Por qué está hablando con esa mujer, después de más de veinte años?

«Porque la he amado más que a nada en este mundo».

Ignazio retrocede un paso. Pero, en ese instante, percibe el perfume de Camille, ese aroma a clavel, fresco y persistente, que siempre lo ha asociado a ella.

Es un vértigo, una caída libre en el pasado.

—¿Camille? ¿Qué ocurre? —La mujer mayor del traje burdeos aparece bajo el porticado. Los mira a los dos, perpleja, enseguida se acerca a pasos titubeantes—. Temía que se hubiese sentido mal. No conseguía encontrarla en ningún sitio...

Camille menea la cabeza. Se ruboriza, mueve las manos rápido, y las plumas del abanico revolotean, nerviosas.

Él sabe que está buscando una disculpa. Es increíble que todavía sea capaz de reconocer sus gestos.

—Me he encontrado con este viejo amigo y nos hemos puesto a charlar —dice por fin Camille, esbozando una sonrisa—. Madame Brun, le presento a monsieur Florio, hermano de mi amiga Giuseppina Merle. Madame Brun es la esposa del almirante Brun, un conmilitón de mi marido.

Ignazio se inclina y le besa la mano a la mujer.

«Este viejo amigo».

—¿Y si entramos? —La mujer señala el salón de baile—. *Il fait tellement froid...*

Solo en ese momento, Ignazio se da cuenta de que Camille está temblando. Instintivamente, le tiende el brazo.

—Sí, entremos —afirma con seguridad.

Ahora es Camille quien vacila. Pero enseguida sus dedos caen en la manga de Ignazio, la envuelven. Como si hubiesen encontrada su sitio, su espacio natural.

Entran juntos en el salón de baile. Hace mucho calor y el aire está cargado por el olor a sudor mezclado con el aroma a flores y el agua de colonia de los invitados.

En ese instante, la orquestina ataca un vals.

Ignazio aprieta la muñeca de Camille. La mira.

Y, en el brillo de sus ojos, encuentra algo que había olvidado: la necesidad de sentirse vivo, junto con la tranquilidad de no tener que demostrarle nada a nadie.

—Ven.

—Pero...

—Ven. —El tono de Ignazio no admite réplica. Es la voz de un hombre acostumbrado a mandar.

Camille lo sigue, hechizada, confundida, con la mirada baja.

Ignazio actúa con seguridad. Se lleva una mano a la espalda y con la otra mano sostiene la de Camille. Sus cuerpos, a la distancia que imponen las convenciones.

Ella esboza una sonrisa.

—He de rectificar. Sí que has cambiado —murmura—. Hace años nunca te habrías atrevido a hacer esto.

—Era poco más que un chiquillo. —«Y era tonto», querría añadir.

—No tenías todas las responsabilidades que tienes ahora. Has tenido una vida plena. Muchas satisfacciones. Un buen matrimonio. —Hace una pausa. Él la hace piruetear, le rodea de nuevo la cintura con el brazo. Sus cuerpos se reconocen, se hablan.

Ella inclina los ojos.

—Pero también has pasado momentos realmente difíciles, *n'est-ce-pas?* Yo no... Lo único que podía hacer era escribirte. Sin embargo, no me atreví a hacerlo por... tu hijo.

Un pensamiento atraviesa la mente de Ignazio.

Giovanna. Su pelea.

La ira le contrae el diafragma, hace que casi se embarulle.

—Sí, recibí tus notas. Me fueron de gran consuelo.

Ignazio siente que las barreras son frágiles, que el pasado se está sobreponiendo al presente. Cada frase, cada instante, cada gota de sentimiento que ha compartido con esa mujer está resurgiendo con una violencia que puede destruirlo todo.

Otra pirueta. La recibe nuevamente entre sus brazos, pero esta vez la estrecha con más fuerza. Ahora sus cuerpos se tocan.

—Ignazio. —Camille trata de retroceder. Él se lo impide, cierra los párpados como si estuviese sufriendo, y quizá sea cierto y ella lo note, pues parece sentir la misma tensión, el mismo miedo.

Su aliento le roza la oreja.

—No hables.

Más allá de la barrera de la ropa, unas gotas de sudor se condensan entre los omoplatos, corren por la espalda.

Son los últimos compases del vals. Dan vueltas, cada vez más rápido, más juntos, y, al final, Camille echa la cabeza hacia atrás, mientras el traje va girando con las piernas. Tiene los ojos cerrados, y un abandono en el rostro propio de otros momentos, que él recuerda bien y que lo hace temblar.

Una lágrima, atrapada entre las pestañas, le resbala por la mejilla. Nadie puede verla. Nadie salvo él.

La música termina.

Están en medio de la multitud, muy juntos.

Luego, el murmullo del salón. La realidad.

Se sueltan de golpe, retroceden. La piel arde, las manos queman. Pero sus ojos, no, no consiguen separarse.

Ignazio es quien primero reacciona.

—Ven. Te llevo con madame Brun.

Se despide de las dos mujeres con un besamanos formal. Luego se aleja.

Camille no puede dejar de mirarlo.

«Qué diferente es Marsella de Palermo», piensa Ignazio. Se ha acostumbrado rápidamente al polvo y al caos y ahora valora la modernidad, la riqueza, el espíritu vital. Se mezclan razas, voces, idiomas, y esa mezcolanza se crea y se deshace, se despliega entre calles y callejones, transformando el puerto y las zonas aledañas en un crisol de rostros y olores.

—En todos estos años, la ciudad ha cambiado muchísimo —comenta.

François asiente.

—El dinero que llega de las colonias y las ganas de renovación han revolucionado el puerto. Se habla de ampliarlo más, incluso después de la construcción de los nuevos diques. —Suspira—. Esta ciudad tiene lo que le falta a Palermo.

—Las ganas y la fuerza de cambiar —asiente Ignazio.

La Bolsa de Marsella es imponente, con grandes columnas y una fachada que recuerda un templo griego, y está cerca de la Canebière, la arteria urbana más importante para el comercio.

En la sede de la compañía, todo está en orden. Alguien debe de haberlo visto en la fiesta de la noche anterior, porque los despachos resplandecen y no falta un solo empleado. Ignazio habla con ellos, ve al director, le explica brevemente cómo van a cambiar sus líneas, ahora que Florio y Rubattino se han unido.

Pero una parte de sus pensamientos está atrapada en el recuerdo de lo que ocurrió ayer.

Mientras habla de las rutas de las que tendrá que encargarse la oficina —habrá líneas que llegarán de Marsella a América— su cuñado se le acerca.

—He de irme: uno de mis empleados ha venido a buscarme para decirme que hay problemas en la aduana por unas facturas cuyo pago no les consta. —Resopla sonoramente.

—Son cosas que pasan en todas partes. La burocracia —Ignazio le aprieta el brazo—. Anda, ve.

François eleva los ojos al cielo.

—Menos mal que no tengo que ir muy lejos. Te dejo el carruaje; así, si quieres, puedes volver a casa.

—Te lo enviaré en cuanto haya terminado.

—Tranquilo. Hoy va a ser un día espantoso.

Ve alejarse a François a pasos nerviosos. Él se queda hablando con los empleados, les pregunta sus nombres. De una *pâtisserie* cercana manda que lleven pastas y licores. Sabe que, con comida delante, la gente habla más, y despreocupadamente. Y él escucha.

Es poco más de mediodía cuando se va de la oficina, acompañado por calurosas despedidas y grandes sonrisas.

No bien las puertas se cierran detrás de él, se da cuenta de que —por primera vez desde a saber cuánto tiempo— no tiene ninguna cita más en todo el día. Está desconcertado, se siente casi aturdido. A su alrededor, un ir y venir de bicicletas, caballos, carruajes, hombres con bombín negro, criadas con la cesta de la compra, mujeres elegantes con sombrilla. Todos parecen tener algo que hacer, un sitio adonde ir.

«¿Y yo?», se pregunta Ignazio. «¿Adónde puedo ir?». Recuerda que François le ha hablado con enorme entusiasmo del Café Turc, en la Canebière, con su gran fuente y los espejos donde se reflejan los clientes. Como alternativa, podría ir paseando hacia el puerto...

«O bien podría ir a la casa de ella».

—No —murmura, meneando la cabeza—. No hagamos tonterías. —Da unos pasos, se detiene, vuelve hacia atrás, se lleva una mano a la boca.

Un viandante le lanza una mirada perpleja.

«Basta», se dice a sí mismo.

Va al carruaje que lo está esperando, pide al cochero que lo lleve a casa, cruza las manos sobre las piernas y mira la ciudad sin verla. Nada de ideas extrañas: seguro que Giuseppina estará encantada de pasar una tarde con él.

Pero, en cuanto se apea del carruaje, se vuelve hacia el cochero y le pregunta si sabe dónde viven madame Louise Brun y madame Camille Clermont, luego pregunta si madame Merle tiene un florista de confianza, dando a entender que quiere enviar flores a las dos mujeres. El cochero —flaco, con un rostro marcado por profundas cicatrices— responde que sí, claro, sabe dónde viven las dos señoras, porque son amigas de madame Merle. Y, una vez que le ha dado las direcciones, explica que hay un florista ahí muy cerca, uno de los mejor surtidos de Marsella... ¿quiere acaso que lo lleve ahí?

Él hace un gesto negativo con la cabeza, irá a pie, y le da las gracias con una moneda.

El carruaje parte para ir a recoger a François. En la calle, durante unos cuantos segundos, resuenan las ruedas en el adoquinado.

Ignazio eleva la mirada al balcón de la casa de Giuseppina. Las contraventanas están cerradas, quizá para protegerse del sol. No hay nadie a las ventanas.

Pone la mano en el portón, la acerca al timbre.
La aparta.

No conoce bien la ciudad, pero sabe cómo volver hacia la Canebière. Ahí, sube a un carruaje y le da al cochero la dirección de
Camille.

La Casa Clermont se encuentra en una calleja tranquila, no
lejos de Fort Ganteaume, en un barrio de palacetes blancos de dos
o tres plantas, que parecen brillar al sol. Por el gran número de
hombres en uniforme y por las banderas que ondean en las ventanas, Ignazio deduce que se trata de una zona en la que viven militares con sus familias.

Baja del carruaje, que enseguida se aleja, rechinando.

Se acerca a la puerta. Una parte de él espera que Camille no
esté en casa. La otra pide a gritos justo lo contrario.

Es la segunda vez en dos días que transgrede la regla de su
padre, su regla: atiende a la cabeza, no al corazón.

Llama a la puerta, da un paso atrás, espera.

«Todavía puedo irme», piensa, pero en ese momento una criada entrada en años, en uniforme gris, abre el portón.

—¿Madame Clermont se encuentra en casa? —pregunta Ignazio, quitándose el sombrero.

Una voz femenina llega de la planta de arriba. Alegre, se la
oye reír. Pasos en la escalera.

—*Que se passe-t-il, Agnès?*

Camille aparece en los últimos escalones. Viste un traje florea-
do, de andar por casa, y el pelo lo lleva en parte suelto sobre los
hombros, señal de que estaba terminando de peinarse.

Cuando lo ve, la sonrisa se le congela en el rostro, y enseguida
se le apaga lentamente.

Él baja los ojos en el umbral, donde un perro grabado en el
mármol parece dispuesto a morderle los tobillos.

—*Pardonne-moi d'être venu sans te prévenir* —dice.

La voz es baja, casi tímida. Ella menea la cabeza, se pasa una
mano por los labios.

La criada los mira, confundida.

Ignazio retrocede un paso.

—Perdóname —farfulla, avergonzado—. Veo que estás ocupada. Que tengas un buen día. —Se da la vuelta, se pone el sombrero.

Pero Camille baja rápido los escalones, le corta el paso.

—¡Espera! —Le agarra el brazo, lo retiene—. Me has pillado por sorpresa... Pasa, anda.

La criada se aparta para dejarlo pasar. Camille le habla en voz baja, y la criada se aleja deprisa.

—Ven. Vamos al salón.

Es una habitación luminosa, amueblada con sofás de terciopelo oscuro, grabados y panoramas marinos. También hay objetos exóticos, evidentemente traídos por el dueño de casa de sus viajes: un colmillo de marfil, una estatuilla egipcia, cajas de madera y nácar, o de latón tallado, de factura árabe. Ignazio los está observando cuando la criada entra con una bandeja en la que hay dos tacitas de café y un plato de galletas, y la deja en una mesilla de caoba.

—*Merci, Agnès* —dice Camille—. Ahora puedes irte a la casa de tu hija. Te espero más tarde.

La mujer se despide con una reverencia. Camille se vuelve hacia Ignazio.

—Anoche su hija tuvo un niño, y ella tiene que atenderla —explica—. Parece que fue un parto difícil. —Una sombra le aparece en el rostro, un velo de tristeza y de amargura—. Pobre chica, está sola. Su marido ha embarcado y a saber cuándo volverá. —Una pausa—. Está con mi marido en el Algeciras...

Se sienta, sirve café en cada tacita y luego se echa una cucharada de azúcar en la suya. Levanta la cabeza.

—¿Dos, verdad?

Ignazio está de pie delante de la ventana. Asiente.

Por fin se sienta delante de ella. La observa. A la luz que se filtra por las ventanas, los cabellos de Camille se llenan de reflejos rojos.

Beben en silencio, sin mirarse.

Camille entonces apoya la tacita en el plato y eleva los ojos.

—¿Por qué has venido?

En ese tono hay una dureza que Ignazio no reconoce y que lo desconcierta. Una aspereza que lo inquieta. «Se está defendiendo», piensa. «¿De mí? ¿Del pasado?».

—Para hablarte —admite. Con ella era fácil ser sincero, porque había sido precisamente Camille quien le había enseñado a ser así. Y, antes, a él tampoco le habría costado interpretar su estado de ánimo, porque ella también era siempre clara y franca con él.

«Pero ¿ahora?».

Se habían dicho adiós después de que Ignazio le confesara que no tenía el valor de cambiar el rumbo de su vida, porque tenía que estar a la altura de las expectativas de su padre. Era el heredero de la Casa Florio y nada ni nadie podía cambiar su destino. Un matrimonio «socialmente adecuado» sería la sencilla e inevitable consecuencia de esa elección. «Atiende a la cabeza, no al corazón».

Durante mucho tiempo, tras aquel adiós, Ignazio se negó a abrir sus cartas o a preguntar por ella. Como cargas invisibles, el éxito en los negocios, el poder y la riqueza acabaron arrastrando al fondo de su alma su sufrimiento, su vergüenza por haber ilusionado a la mujer que amaba, su añoranza de una vida diferente. De vez en cuando, los recuerdos volvían a la superficie, y casi agradecía el dolor que le causaban, porque con el dolor experimentaba la dulzura de un sentimiento que nunca se había apagado del todo y el delicado placer de guardar un secreto: esos recuerdos —esa vida nunca vivida— le pertenecían solamente a él.

«Pero ¿Camille? ¿Qué le había pasado a ella?».

No sabía nada. Había elegido no saber nada. Ella había seguido adelante a pesar de todo, pero ¿había sido feliz? ¿Había vivido o se había dejado llevar? Él había tenido su trabajo —carga y bendición—, pero ¿ella?

—Sé perfectamente que no tendría que haber venido, que te expongo a los comentarios de la gente. Pero hoy...

—Hoy, ¿qué? —Ella deja la taza en la bandeja. Luego lo mira a los ojos—. ¿Qué quieres de mí, Ignazio?

La imagen de Camille llorando mientras él se aleja le borra esa mirada feroz, ese tono áspero. Las palabras se traban en la lengua. Detrás de la recriminación hay algo que inquieta al instinto de Ignazio. «Sí, rencor. Pero, ¿no habrá también deseo?» De repente, se da cuenta de que ya no consigue comprender sus reacciones, que la mujer que tiene delante es muy diferente de aquella que le había suplicado que no la dejara. Un cambio que no es solo consecuencia del transcurso del tiempo.

Hay errores que no tienen perdón. Son puertas cerradas, tapiadas al pasado.

A Ignazio le cuesta hablar. Porque solo en ese instante repara en el verdadero motivo por el que ha querido ir a verla.

—He venido hoy porque me gustaría... pedir perdón por lo que ocurrió por mi causa... hace años.

—Por tu culpa —lo corrige ella. Los ojos azules se ensombrecen—. La causa es ajena. La culpa es tuya.

Ignazio deja la taza en la bandeja, derramando una gota sobre el platillo.

—Culpa o causa, ¿qué diferencia hay? —susurra, herido en su amor propio—. Podría haber tomado otra decisión, cierto, pero tenía, y tengo, responsabilidades. Entonces, con mi padre. Hoy, con mi familia.

Camille se levanta, va hacia la ventana. Cruza las manos sobre el pecho.

—Verás, anoche comprendí algo —Habla rápido, las sílabas corren, se sobreponen—. Tú has querido el poder más que cualquier otra cosa, Ignazio. El poder, el reconocimiento social. Tú no has elegido entre la felicidad de tus padres y la nuestra: tú te has elegido a ti mismo. —La voz se quiebra. Camille se aparta un mechón de pelo de la frente—. Te estuve observando: la seguridad de tus gestos, la manera en que hablabas... Y entonces comprendí: el muchacho de entonces se corresponde exactamente con el hombre en el que te has convertido. Fui tonta por creer lo contrario. Por creer, en aquel momento, que me necesitabas, que necesitabas que te quisiera por ti mismo y no por lo que representabas. Tú nunca has necesitado nada que no sea la Casa Florio.

Debajo del esternón, Ignazio tiene una sensación dolorosa, el eco de una pérdida. «Ella no», piensa. «Ella no puede decirme estas cosas».

Menea la cabeza, primero despacio, luego con rabia.

—No es verdad, maldita sea. ¡No! —Se incorpora, le agarra un brazo. Querría zarandearla, pero se contiene porque ahora la ve asustada. La suelta, se pone a caminar por la habitación, mientras se pasa las manos por el pelo—. Tuve que hacer eso porque no me quedaba elección. No podía hacer otra cosa. ¿Sabes quién soy, qué represento en Sicilia, en Italia y para mi gente? ¿Sabes qué significa el apellido Florio? Mi padre creó nuestra Casa, pero yo la he hecho grande, yo.

Ella deja que se desahogue. Luego se pone delante de él, le levanta una mano, la posa sobre su mejilla. En el rostro, pena. Una aflicción tan profunda que aplaca enseguida la ira de Ignazio.

—Tú no quisiste elegir. Pero ¿a qué precio, *mon aimé*?

«A qué precio».

De golpe, como si se estuviese ahogando, ve su vida.

Cuando su padre lo lleva al despacho. Cuando los trabajadores de la Oretea le prestan atención. La primera vez que vio a Giovanna, ni guapa ni rica, pero inteligente, tenaz y, sobre todo, noble, tal y como su padre y él querían. Sus hijos, que se están criando en una mansión digna de un rey. Su influencia política, los ministros que presumen de ser sus amigos. Los pintores y los artistas que van a la Olivuzza.

Los barcos. El dinero. El poder.

Pero ahora está rodeado de oscuridad. Más allá de la luz de las arañas de cristal y de los objetos de plata, Ignazio no ve sino su reflejo y su imagen deformada, como si la soledad que lo envuelve se volcase fuera. Porque sabe que no posee más que dinero, cosas, personas.

«Poseer». Sin nada que sea realmente suyo, que le pertenezca. Aparte del recuerdo de ella.

Camille le agarra las manos, las entrelaza con las suyas.

—No hay nada más que decir, Ignazio. Me alegra que goces de buena salud y de que seas rico y poderoso como siempre quisiste. Pero ya no queda nada nuestro.

Ignazio mira sus manos unidas.

—No es cierto. Me queda tu recuerdo. —Su voz es ronca—. Si he podido prosperar ha sido también gracias a ti... a tu recuerdo. A nuestro recuerdo. —Levanta la cabeza, busca sus ojos. Ya no le quedan defensas—. Pensé que podía bastarme para toda una vida, pero no es cierto, y te pido perdón por haberte ocasionado tanto dolor. Tú, anoche, viste al hombre en el que me he convertido. Yo ahora veo a la mujer que eres y la que has sido siempre: fuerte, valiente. Capaz de perdonarme.

—No puedo perdonarte.

—¿Por qué?

Ella le arroja una mirada gélida.

—Sabes perfectamente que es imposible.

Ignazio la mira, incapaz de rebatir. Él los había condenado a ambos a la soledad. Él había envuelto la suya en oro y en prestigio. Pero ¿ella? De nuevo esa pregunta angustiosa, ese sentimiento de culpa que ya no tiene obligaciones o barreras.

—¿Cómo conseguiste salir adelante...?

Camille le agarra las manos, las entrelaza con las suyas, luego sonríe con amargura.

—Como una superviviente. Después de lo que pasó, después de los meses de convalecencia, ya no pude recuperarme bien. Cuando dos años después conocí a Maurice, mi marido, era una mujer demediada.

Ignazio retrocede un paso. «¿Convalecencia?»

Y se lo pregunta, en voz baja, las manos negándose a soltar las de ella. Tiembla en su interior porque no sabe ni comprende. Un estado de ánimo que no le es familiar.

Camille ladea la cabeza. En su rostro afloran todos los años transcurridos.

—Después de la pérdida del niño —dice de golpe.

—¿Del... niño? —Ignazio deja caer las manos. Siente como si le hubieran pegado una bofetada—. ¿Tú estabas...?

Camille vuelve a sentarse. Está pálida, se cubre el rostro con las manos.

—Te escribí, contándotelo todo. Tú nunca me respondiste. Primero creí que no querías hacerlo y luego pensé que alguien, quizá tu padre, había sustraído mis cartas...

«Las cartas».

Las cartas, maldición, aquellas que él no se atrevió a abrir porque no quería experimentar más dolor, porque no quiso conocer sus recriminaciones, porque mejor olvidar, habían terminado, ¿y qué sentido tenía arrepentirse de nada? Era como echar agua al mar, ¿no?

Le tiemblan las piernas. Tiene que sentarse. El recuerdo de ambos juntos, de sus cuerpos pegados, cerca, de su sonrisa enamorada, lo borra esa noticia. Él podría haber tenido un hijo de ella, podría haber...

—Supe que estaba encinta pocos días antes de perderlo. Casi ni pude darme cuenta de que ya todo se había acabado. No sé por qué pasó, quizá fue el disgusto, quizá el destino, quién sabe. Cuando la hemorragia empezó, estaba en Provenza, lejos de la ciudad, y no pude hacer nada para impedirlo. Al revés... —Habla despacio, no lo mira. Sonríe con amargura—. Ya es mucho que sobreviviera. —Se levanta, se detiene delante de él—. Después supe que otro embarazo me resultaría fatal. Eso hiciste, Ignazio.

Ignazio no tiene fuerzas para elevar los ojos. Es ella la que le levanta el rostro, con dos dedos bajo la barbilla, como hacía antes, cuando después se inclinaba para besarlo.

—Me lo has quitado todo.

—No sabía... no habría podido. Yo... —Ignazio busca aire, le cuesta respirar. Percibe confusamente el olor del café que se ha enfriado en las tazas y el aroma de ella. De golpe, le parecen nauseabundos—. Yo no quería pensar en lo que había habido entre nosotros, y nunca abrí tus cartas. Las guardé, sí, pero nunca las abrí. También para mí fue doloroso dejarte.

«Pero ahora es tan insignificante, tan minúsculo mi dolor. Tan inútiles son mis excusas...».

Ella menea la cabeza. Es como si un gesto de clemencia le suavizara los rasgos, pero enseguida Ignazio se da cuenta de que es amargura. Desilusión.

—Ahora ya no importa. Aunque hubieses sabido lo que había pasado, sospecho que no habrías vuelto sobre tus pasos. Tu confesión confirma lo que comprendí hace mucho tiempo. —Retrocede—. Eres un cobarde.

Ignazio está atónito. Se agarra la cabeza entre las manos.

Nada. No hay nada de lo que había conservado en su memoria. Su vida secreta, la imaginada, soñada, deseada es un montón de huesos quemados, de ruinas sobre las que se ha echado cal viva.

Impotente, derrotado, embargado por el sentimiento de culpa. Así se siente cuando levanta la cabeza y se pone de pie, con arcadas y dolor de pecho. La habitación parece haber perdido luz y color, y la propia Camille es como si hubiera envejecido de golpe.

Querría decirle que la había querido como pueden quererse los sueños imposibles. Querría poder rescatar algo de su ilusión.

—Perdóname. Yo no...

Ella lo detiene. Le pone un dedo en los labios, luego le acaricia el rostro con una dulzura que es tan íntima como feroz.

—Tú. Ya, siempre tú, solo tú. —Aparta la mano, se aleja, le señala la puerta—. Vete, Ignazio.

Ignazio no sabe cuánto rato lleva andando desde que salió de la casa de Camille. Solo sabe que, de repente, se encuentra ante un bosque de antenas y mambrúes, de velas recogidas y de carros cargados de mercancías.

Es el puerto viejo.

Mira de un lado a otro, como si se acabara de despertar.

Busca el anillo de oro forjado debajo de la alianza, piensa en todo lo que representa y en lo que significa para él. Siente el impulso de quitárselo, de arrojarlo al mar, lejos, de dejar de sentir ese peso en el anular. De renunciar a todo.

Pero permanece inmóvil. Esa es una parte de la historia de su familia. Como el anillo de boda, un símbolo de la vida que ha elegido.

Se dirige luego a la casa de François y Giuseppina. Ya es suficiente, tiene que marcharse, regresar a Palermo.

Él es Ignazio Florio, piensa, pero no puede alterar el pasado, o cambiar su destino. Ni los dioses tienen tanto poder. Se ha equivocado, lo han vencido, y ahora lo está pagando todo con intereses.

No piensa en Giovanna, sino en sus hijos.

Habría podido tener otro hijo, otra vida, otro destino.

Y con esos pensamientos llega a la casa de los Merle.

Sube los escalones de dos en dos, llama a la puerta. Giuseppina le abre, lo besa, luego arruga la frente.

—Regresas tarde. ¿Todo bien en la place de la Bourse?

Los sucesos de pocas horas antes le parecen lejanísimos.

—Sí, sí —responde, lacónico—. ¿François ha vuelto? Sé que ha tenido algún problema...

La hermana mueve las manos como diciendo «Nada importante», luego lo observa. Ignazio está profundamente alterado. Querría preguntarle por qué motivo, pero no lo hace. Le pide que la acompañe y espera que él hable, que cuente.

Ignazio la sigue a la salita. Giuseppina repasa la correspondencia que hay sobre la mesa, encuentra unas cartas. Se las tiende.

—Han llegado esta mañana de Palermo, junto con un telegrama de Laganà.

Ignazio las coge.

Entre ellas, dos: una de Giovanna, la otra de Giulia.

Se sienta en el sillón. Las abre.

Su esposa le escribe sobre la casa, sobre los hijos. Cuenta que Ignazziddu se está portando bien, que se ha vuelto más responsable y que han pasado unos días en la Villa ai Colli, donde el aire es más fresco, que ha estado con ellos Antonino Leto. También Almeyda y su esposa han ido a visitarlos. Son días tranquilos, pero sin él la casa parece vacía. «Espero que vuelvas pronto», concluye Giovanna. Muestra su consabido pudor, esa indiferencia que encubre sus sentimientos y que oculta el amor que le sigue ofreciendo sin esperar nada a cambio.

A Ignazio se le hace un nudo en la garganta.

Después, la carta de Giulia. Su *estrellita*.

Con una letra vacilante, tierna, su hija le cuenta que quería mostrarle lo bien que había aprendido a dibujar; en efecto, en el reverso de la hoja está el esbozo a lápiz de uno de los caniches de la Olivuzza. Añade que su mamá y doña Ciccia le están enseñando a bordar, pero sin grandes resultados. Ella prefiere observar a Antonino Leto y lo sigue cuando pinta en el parque. Concluye diciendo que su mamá lo echa de menos. «Y yo no veo la hora de que vuelvas».

Es la carta de una niña a un padre al que adora, y al que no ve desde hace semanas.

En su interior, un cataclismo silencioso.

Siente el peso de la mirada de su hermana.

—¿Buenas noticias de Palermo? —pregunta ella.

Él traga saliva. Asiente. Luego menea la cabeza, como si se despertase de un sueño.

—La próxima semana tomaré el piróscafo para volver a casa —anuncia—. He estado demasiado tiempo fuera. Mi familia me necesita.

Giuseppina suspira, con el ceño fruncido.

—Así debe ser.

Olivo

diciembre de 1883 – noviembre de 1891

Cu di cori ama, di luntano vidi.

Quien quiere de verdad, ve lejos.

Proverbio siciliano

El 18 de octubre de 1882, en un banquete que ofrecen los electores de su circunscripción de Stradella, el primer ministro Agostino Depretis pronuncia un discurso que relanza la política del Transformismo que él mismo había esbozado ocho años antes. Así, se desvanece la división entre derecha e izquierda en pro de lo que el historiador Arturo Colombo llama «absorción, tan prudente como hábil, de los hombres y las ideas que también pertenecían a la oposición». El éxito de esta postura se aprecia ya en las elecciones de «sufragio ampliado» (dos millones con derecho a voto de entre más de veintinueve millones de habitantes) que tienen lugar el 29 de octubre: la izquierda de Depretis triunfa y son elegidos a la Cámara ciento setenta y tres diputados «ministeriales», es decir, no formalmente vinculados a un partido. Comienza una etapa en la que la política italiana ya no se asienta en bases ideológicas, sino en buscar siempre pactos en función de las necesidades, los favores y las licencias.

Para superar el aislamiento en el terreno internacional y en respuesta a la llamada «bofetada de Túnez» (la ocupación francesa de Túnez, donde Italia tiene objetivos coloniales), el 20 de mayo de 1882 Italia firma un pacto de defensa con Alemania y Austria (Triple Alianza). El impulso expansionista se orienta entonces hacia Eritrea, primero con la adquisición de la bahía de Asab, y después con la ocupación de Massawa, pero se interrumpe bruscamente con la derrota de Dogali. Tras la muerte de Agostino Depretis, el nuevo jefe de gobierno, Francesco Crispi, no oculta sus intenciones imperialistas, y el ejército italiano reanuda su avance hacia Asmara. Eritrea es declarada «colonia italiana» el 1 de enero de 1890; sin embargo, en octubre de ese mismo año, Menelik impugna la interpretación del Tratado de Wuchale en una carta al rey Humberto I. Se produce un escándalo internacional y Crispi se ve obligado a dimitir.

La entrada en la Triple Alianza exacerba más las relaciones de Italia con Francia. El gobierno italiano abandona la política de libre comercio y, en 1887, eleva las tarifas aduaneras para los productos importados, con la intención de proteger la naciente industria (sobre todo, la textil y la siderúrgica, pero también la naval). Estalla una guerra de aranceles en toda regla, cuyas consecuencias sufre fundamentalmente el sur de Italia, que de repente tiene que interrumpir el flujo constante de exportaciones de vino, cítricos y aceite hacia Francia.

El 15 de mayo de 1891, León XIII promulga la encíclica Rerum Novarum, *que afronta la «cuestión obrera», dado que es «de extrema necesidad ayudar enseguida y con oportunas medidas a los proletarios, la mayoría de los cuales se hallan en condiciones muy miserables, indignas del ser humano». Criticando tanto el liberalismo como el socialismo, la encíclica subraya el espíritu de caridad de la Iglesia y su derecho a intervenir en el terreno social.*

Para los egipcios era un regalo de la diosa Isis. Para los judíos, un símbolo de renacimiento. Los griegos lo consagraban a Atenea, la diosa de la sabiduría. Para los romanos era el árbol bajo el cual nacieron Rómulo y Remo.

El olivo es un árbol de tronco nudoso, con hojas de un verde plateado que relucen al sol y un olor penetrante. Su madera dorada y cálida es resistente a los parásitos y es apropiada para ser taraceada y labrada: para muebles destinados a perdurar, para objetos y recuerdos que se dejan en herencia.

Aunque no solamente eso.

Intenten prender fuego a un olivo o partirle el tronco. Pasará mucho tiempo —incluso años—, pero tarde o temprano despuntará de la tierra un vástago tenaz, enojado, que devolverá a la vida al árbol herido.

Para destruir a un olivo es preciso desarraigarlo. Eliminar las raíces, y cavar hasta que no quede nada de ellas.

Por eso el olivo es también un símbolo de inmortalidad.

Junto con los cítricos, los olivos son los árboles más extendidos en las campiñas sicilianas. En ningún jardín o huerto faltan. Algunos ejemplares eran poco más que matorrales en el año 827, cuando los árabes conquistaron Sicilia; y ahí seguían cuando llegan los normandos, en el verano de 1038; ahí seguían en 1282, cuando estalló la revuelta de las Vísperas Sicilianas contra los angevinos; ahí seguían en 1516, cuando llegaron los españoles, y ahí seguían en 1860, cuando Garibaldi puso el pie en la isla...

Criaturas antiguas, humildes, monumentales, sagradas.

Queda —todavía— un olivo delante de una entrada de la Villa

Florio en la Olivuzza. Parece abandonado a su suerte y está cercado por una tina de cemento que lo humilla, con ramas silvestres que se extienden hacia un aparcamiento vecinal.

Es el último testigo mudo de una historia maravillosa y terrible.

Es diciembre de 1883 cuando Ignazio se encuentra con Abele Damiani en los pasillos del Senado. Oriundo de Marsella, exgaribaldino y hoy diputado, Damiani es, en todo sentido, un hombre de su época, empezando por los grandes mostachos y las cejas enmarañadas.

—¡Senador! ¿Puedo llamarlo *así*?

Ignazio abre los brazos y suelta una carcajada.

—Está autorizado.

El mármol del suelo devuelve la imagen de su abrazo, el papel de las paredes capta sus risas.

—*Puede llamarme como guste,* Damiani.

—Don Ignazio, entonces. *Aunque aquí estamos en el continente* —replica el otro, abriendo las manos—. ¡Mejor dicho, en el corazón del Reino de Italia! —añade con otra carcajada.

El Palacio Madama perteneció a la familia Médici y desde 1871 es la sede de la Cámara Alta del Reino, pese a las numerosas peticiones de Crispi de unificar las dos ramas del Parlamento bajo el mismo techo, en nombre de una lógica de contención del gasto. La elección fue tomada por una comisión que, tras extenuantes debates, se puso de acuerdo en un edificio de idéntico nombre al del palacio de Turín que fuera la primera sede del Senado del Reino. Nada más, sin embargo, ha cambiado desde entonces: en los escaños del Palacio Madama no se sientan senadores elegidos por el pueblo, sino los príncipes de la Casa Saboya al cumplir veintiún años de edad junto con los hombres elegidos —con carácter vitalicio— por el rey que han cumplido cuarenta años y que pertenecen a una de las veinte categorías comprendidas en el artículo treinta y tres del Estatuto Albertino: ministros y embajadores, oficiales «de tierra y mar», abogados del Estado y magistrados. Pero no solamente ellos: también las «personas que desde hace tres años pagan tres mil liras de impuestos directos a causa de sus bienes o de su industria».*

Como Ignazio Florio.

---

* Unos trece mil quinientos euros. Una cantidad relativamente baja para nuestros estándares, pero bastante alta en esa época. *(N. de la A.)*

Damiani da un paso atrás, lo mira y abre los brazos.

—Mis sinceras felicitaciones, don Ignazio. Por fin, un hombre que conoce la economía de este país.

Ignazio está a punto de cumplir cuarenta y cinco años. Como siempre, su mirada transmite una calma que parece inalterable.

—¿Adónde va usted?, si puedo preguntárselo. Tal vez... —Damiani baja la voz, juguetea con la cadena de oro del reloj.

A su lado pasan empleados y recaderos que les brindan una delicada atención. Los sicilianos forman un sólido grupo en el Palacio Madama, y ya a nadie le asombra oír ese dialecto armonioso.

Ignazio levanta la barbilla hacia las salas del fondo del pasillo.

—A ver a Crispi.

—Acabo de estar con él. Lo acompaño con mucho gusto. —Abele Damiani se coloca a su lado. Hablan en voz baja, caminan despacio.

—Está nervioso por el asunto de Magliani y rabioso con Depretis porque lo eligió como ministro de Economía. *A ese que parece que le hicieron tragarse una recortada.* Hágame caso, Magliani no piensa mandar los papeles al Parlamento, así que mucho menos aclarará las cuentas.

—Depretis no ha elegido *al azar al que se va a ocupar de esto.* —La voz de Ignazio es un susurro—. *Es un viejo zorro.*

Damiani se detiene delante de una puerta. Llama.

—*Aquí son todos tiburones,* don Ignazio.

—¡Adelante! —Una voz estentórea, transida de hastío.

Ignazio entra, seguido de Damiani.

Crispi está sentado al escritorio, sumido en la lectura de un documento, y no levanta la mirada. A la luz fría de diciembre, su bigote parece más gris e híspido de lo que Ignazio recordaba. A su alrededor, cartapacios y carpetas abiertos, montones de lápices, plumas que gotean tinta y borradores de cartas, algunas arrugadas. Delante de él, un joven flaco, barbita rizada y puntiaguda y gafas de metal, con la cabeza inclinada, atiende y toma notas.

—No sea que a estos se les ocurran ideas raras —masculla Crispi—. Los papeles del presupuesto hay que presentárselos antes de ir al hemiciclo. Solo falta...

—¡Abogado Crispi! Siempre es un placer verlo tan pugnaz.

Crispi tiene un sobresalto, se levanta de golpe y exclama:

—¡Don Ignazio! ¿Ya está aquí?

Ignazio se acerca, mientras el secretario se aparta respetuosamente. A continuación, apretones de manos y frases en voz baja.

Algo que Ignazio había aprendido enseguida: que ahí, hasta las paredes oyen, y oyen lo que quieren oír.

Damiani está a su lado, escucha el intercambio de frases de circunstancia. Comprende.

—Señores, encantado de verlos a los dos —dice con una sonrisita—. Don Ignazio, siempre a su disposición. —Sale, pero deja la puerta abierta. Una tácita invitación que el secretario no parece captar, o quizá espera un gesto del abogado. Este le lanza una mirada irritada.

—Seguimos después, Fabrizio —dice Crispi, apartándose a un lado para dejarlo pasar.

El hombre guarda los apuntes en una cartera de cuero.

—¿Desea un licor, senador?

—No, gracias.

La puerta se cierra. Francesco Crispi e Ignazio Florio están solos. Durante un instante, Ignazio ve a ese hombre como lo había conocido en Palermo, justo después de la llegada de los garibaldinos a Sicilia, y no le parece muy cambiado. Y, sin embargo, desde entonces ha llegado lejos: diputado, presidente de la Cámara, ministro de Interior, figura conocida y apreciada en Londres, París y Berlín... Y, pese a todo ello, siempre abogado de la Casa Florio.

Lo conoció cuando era un combatiente. Ahora es un estadista.

«A lo mejor siempre ha sido ambas cosas».

Crispi lo invita con un gesto a sentarse, y él hace lo propio en un sillón de cuero delante de Ignazio. Le ofrece un puro, en silencio.

—¿Y bien, senador? —pregunta, con una leve sonrisa en los ojos.

Ignazio deja que el humo del puro le invada la garganta, luego lo expulsa. Responde en el mismo tono, inclinando levemente los ojos hacia abajo.

—Ha sido por su intercesión que he conseguido esto. Gracias.

Crispi aspira una bocanada, luego cruza las manos sobre las rodillas.

—Prescindiendo del hecho de que se trataba de un deseo suyo, era absurdo que un hombre *como usted* no fuese senador. Con las empresas que tiene y los impuestos que paga...

—No soy un empresario de los que gustan a Depretis, lo sabe usted bien. Solo hay que leer *La Perseveranza* para comprenderlo.

—Ese es un periódico de los empresarios lombardos, don Ignazio: es normal que esté en contra de las subvenciones a la marinería y las empresas del sur. Usted ha de tener en cuenta lo que hacen por usted los amigos.

—Oh, si ya lo sé. —Ignazio piensa en los artículos de ciertos periódicos romanos como *L'Opinione* o *La Riforma*. Sobre todo el último, próximo a Crispi, había apoyado las solicitudes de subvención para las nuevas líneas de navegación hacia Extremo Oriente—. Pero la situación sigue siendo difícil. —Hace una pausa, se pellizca los labios con los dedos—. Ahora la política se hace más en las páginas de los diarios que aquí. *Basta armar un poquito de ruido, y enseguida se presentan actas y perros.*

Crispi lo mira ahora de soslayo.

—*También es cierto que este ruido resuena.* Que hay motivos fundados para estas quejas, en una palabra.

Los dedos de Ignazio se detienen. Sonríe con sarcasmo.

—¿También usted, abogado? ¿La historia de los buques viejos o la de los fletes demasiado caros? ¿Cuál de las dos?

—Ambas. Por el aprecio que les tengo a usted y a su *familia* puedo ser franco: algunos barcos de la Navigazione Generale Italiana son auténticas chatarras y las tarifas son demasiado altas. *Tiene que cambiarlos.*

Ignazio resopla. Da un leve puñetazo en el brazo del sillón.

—Pues entonces dese prisa en presentar ante el Senado el proyecto de ley para las subvenciones a los astilleros navales, así construiremos buques nuevos en los astilleros de Livorno. La NGI no puede hacerlo sola. Usted sabe lo que pasó este año en la asamblea de socios. Laganà le contó los detalles, ¿no?

—Claro.

—Conoce entonces el motivo de mi petición.

El consejo de administración de la NGI está afrontando un momento difícil: el número de fletes ha disminuido de manera drástica, dado que otras compañías extranjeras hacen las mismas rutas a precios más bajos, o con barcos más seguros, más cómodos y mejor equipados. El carbón para las calderas influye de manera importante en los costes de transporte y los aranceles sobre las mercancías hacen el resto.

Crispi se atusa el bigote, lo observa. Espera que Ignazio termine de hablar.

—Este año los dividendos serán solo los derivados de los intereses, y eso la empresa no puede permitírselo. Ya será mucho que no asistamos a un desplome de las acciones. Pero, para hacer buques nuevos, necesitamos un *dinero* que ahora la NGI no tiene. —Las arrugas en la frente de Ignazio se ahondan más.

—*Delante del muerto se cantan las exequias.* Pensemos en lo que se puede hacer hoy. —Crispi lo señala con el puro—. Ahora está usted aquí, don Ignazio, y eso significa que tendrá la posibilidad de hablar directamente con quien puede resultarle útil.

—Ya lo hacía antes.

—*No es lo mismo*. Ahora tienen que escucharlo porque está usted aquí y es como ellos. Ya no necesita intermediarios.

—Por eso le pedí que se interesara en mi nombramiento. —Ignazio se levanta, se pone a caminar por la habitación. Deja el puro en el cenicero—. La Casa Florio tiene muchos amigos. Yo tengo bastantes. Pero el amigo que está aquí es más que amigo.

Crispi lo sabe, y asiente.

El poder. Los conocidos. Las relaciones.

—Usted ha llegado hasta donde su padre no pretendió siquiera llegar.

Ignazio sabe que su padre había sido más brutal, más directo. A ser diplomático, a jugar al borde de lo oportuno prodigando favores, a estrechar alianzas sin descontentar a nadie, ha tenido que aprender solo. Y ha aprendido bien.

—Lo sé. —Mira a Crispi que, con las piernas cruzadas, lo está observando—. Pero el mundo ha cambiado desde entonces. Hoy uno deber ser mucho más prudente.

En la sala forrada de madera y piel, la voz de Crispi es un murmullo.

—Hoy en día la política consiste en moverse *con cuidado* y en ser... flexibles. Da lo mismo que eso signifique traicionar a los amigos o cambiar de bando político. —La mirada se vuelve cortante—. Conoce bien a Depretis, ¿verdad?

—«Si alguien quiere entrar en nuestras filas y transformarse y hacerse progresista, ¿quién soy yo para rechazarlo?». Es una de sus ideas fijas. La repite desde hace varios años. Y ha actuado en cuanto la ocasión ha sido favorable. —Ignazio tuerce los labios—. Desde luego, no puede decirse que carezca de constancia. O de pragmatismo.

—Sí. —Con un profundo suspiro, Crispi se pone de pie, se estira el chaleco—. He de reconocérselo: se comporta como un canalla, pero sabe lo que quiere. Es muy *listo*, digámoslo con claridad: primero intrigó para que los empresarios del norte entrasen en el Senado, luego comprendió que, para hacer lo que quería, tenía que conseguir la más amplia mayoría posible, y comenzó a mirar aquí y allá. Con ese discurso desmontó las coaliciones en el Parlamento. Y hoy cualquiera puede cambiar de bando y sentirse legitimado para hacerlo.

Ignazio se pone de pie y se apoya en la pared, debajo de un grabado de gran tamaño de Italia.

—Usted lo admira —dice con un leve tono de sorpresa y cruzando los brazos sobre el pecho.

—Admiro su agudeza política, no a él. Son cosas diferentes. —Crispi mira hacia la ventana que tapa una cortina—. Ha dado legitimidad a una praxis vigente desde hace años, le ha quitado el estigma. En cierto sentido, ha acabado con la hipocresía que domina este palacio. Ya no hay derecha e izquierda; hay alianzas y juegos de poder. —Su mirada echa chispas—. Y usted, don Ignazio, debería tener mucho cuidado y saber con quién aliarse.

Ignazio recorre con la vista el montón de hojas que hay en el escritorio.

—Yo me aliaré solo con un partido. Con el mío. —Cuando levanta el rostro, los ojos son espejos oscuros—. Por lo demás, Sicilia es un mundo aparte, abogado Crispi. Porque aquí, en Roma, los políticos podrán hacer lo que quieran, pero los sicilianos decidirán siempre por sí mismos, y muchas veces harán *tonterías*, porque casi parece que no son capaces de comprender quién puede hacer las cosas por su bien. Y nada ni nadie podrá obligarlos a hacer nada... hasta que ellos mismos elijan hacerlo.

—Y usted está entre Sicilia y el mundo.

—Sí. —Ignazio esboza una sonrisa extraña, entre resignada y divertida—. Mis hombres de la Oretea no saben nada de América, y, sin embargo, reparan calderas para los piróscafos en los que viajarán sus parientes o tal vez sus propios hermanos. La fundición no tiene una producción especializada como la de las fábricas del norte; hace de todo y más. Expido mercancías y hago que viaje gente de Yakarta a Nueva York, mis buques arriban al menos a setenta puertos distintos, vendo azufre a los franceses, presento mi marsala en las exposiciones internacionales... pero mi casa es Palermo.

—Y en Palermo seguirá. —Crispi vuelve a sentarse al escritorio y cierra con desenfado unas carpetas con documentos en las que Ignazio había fijado su atención—. Me he enterado del noviazgo de su hija Giulia con el príncipe Pietro Lanza di Trabia. Me complace. Los Lanza di Trabia son una de las familias más ilustres y antiguas de toda Italia.

El ceño fruncido, más que el silencio, es lo que delata la inquietud de Ignazio. Crispi se da cuenta, pero no dice nada. Aguarda.

—También por eso he venido a verlo. —Ignazio vuelve a sentarse, cruza las piernas—. Querría que usted se ocupase de los acuerdos matrimoniales de mi hija. De manera del todo reservada e informal, quiero decir.

Esta vez es Crispi quien muestra perplejidad.

—¿Qué quiere decir?

—Quiero decir que habrá una dote adecuada, pero la boda no se celebrará hasta dentro de dos años, dado que Giulia tiene solamente trece años, y mi esposa Giovanna la está preparando para que sea la esposa de un príncipe de Trabia... Quiero aprovechar este tiempo para darle una seguridad económica que sea solo de ella. Deseo que pueda gestionar dinero y propiedades. —Busca las palabras adecuadas—. No hay nada más triste que estar preso en un matrimonio infeliz.

Ignazio vacila, luego decide parar. Tocar ese tema con Crispi es grosero, pese a que ya han pasado varios años del escándalo que había vivido. Sí: también el temido Francesco Crispi fue objeto de un escándalo, un engorroso tema de mujeres que lo obligó a defenderse ante un tribunal, lo que le causó no pocas humillaciones. Sin embargo, era cierto que el juicio por la acusación de bigamia terminó en su absolución: el primer matrimonio con Rose Montmasson se declaró nulo porque el sacerdote fue suspendido «*a divinis*, de manera que sus siguientes nupcias con Lina Barbagallo, de Lecce —con quien Crispi ya había tenido una hija— fueron perfectamente válidas. Pero el recuerdo de la dimisión forzosa, de los gritos en el Parlamento, de los chismes, de los titulares en los periódicos, de la reina Margarita negándole la mano, permanece imborrable, e Ignazio lo sabe. También porque, para sus numerosos adversarios, aquel grotesco asunto hizo aflorar la verdad, a saber, que Crispi era un hombre sin escrúpulos. En la vida privada y en la pública.

El abogado se muerde el labio inferior, murmura un improperio.

—De todas las trampas en las que un hombre puede caer, el matrimonio es la peor.

La respuesta de Ignazio es una mirada opaca. Siente el impulso de replicar: «Eso también lo sé muy bien», pero se contiene. A ojos del mundo, él es un padre y un marido ejemplar, y así debe seguir. Más aún: es un padre y un marido feliz y orgulloso. Una máscara que eligió ponerse muchos años antes y que ya se ha fusionado con su identidad, algo a lo que no sabe y a lo que no puede renunciar.

De Camille no tiene noticias desde hace dos años. Su recuerdo ha bajado todavía más al fondo y palpita, doloroso. Una añoranza ahogada en un lago de amargura. Hay muchas maneras de sobrevivir al dolor y él las ha experimentado todas en busca de un poco de paz. Al final, ha descubierto que la más difícil, pero también la más eficaz, es olvidar haber amado.

Se aclara la voz y continúa:

—Verá, no quiero que mi hija se vea en dificultades en el caso de que decidiera vivir lejos de su marido, como se acostumbra en muchas parejas. El prestigio de su matrimonio no es suficiente para ponerla a salvo dc los... disgustos que puedan sobrevenir con los años, y no quiero que se vea obligada a pedir nada. Por lo demás, conoce bien la fama que acompaña a la matriarca de los Lanza di Trabia.

Crispi asiente. No es un misterio que Sofia Gallotti, la princesa di Trabia, es una mujer de lengua viperina, que no vacilará en enfrentar a su hijo con su esposa, si ella no tiene cuidado.

—Pero ¿está seguro de que quiere casar a Giulia con Pietro? Ella tendrá solo quince años y él veintitrés...

La respuesta llega con un encogimiento de hombros.

—Los Trabia necesitan a los Florio para arreglar las cuentas de la familia, y para Giulia este es el mejor matrimonio posible. Ella es joven, pero conoce sus responsabilidades. —Enarca las cejas—. ¿Entonces? ¿Se encargará usted?

—Extenderé un borrador de los capítulos matrimoniales y se lo enseñaré. La pequeña Giulia contará con todas las defensas que el Derecho pueda brindarle. —Se levanta, se dirige a la puerta.

Ignazio lo imita y, en el umbral, le da la mano.

—¿Regresará pronto a Palermo? —pregunta Crispi.

—Espero hacerlo la próxima semana. Aquí en Roma puedo atender a la NGI, pero la bodega y la almadraba requieren mi presencia... es objetivamente difícil. Es cierto que tengo estupendos colaboradores, pero no quiero estar lejos de mis empresas.

—Ni de su familia. —La sonrisa de Crispi apenas la oculta el bigote—. ¿Qué se cuenta doña Giovanna? ¿Se ha recuperado del parto? Tiene que haber sido difícil...

—Sigue siendo una mujer fuerte —Ignazio suaviza el tono, casi sonríe—. El pequeño está creciendo bien. Será para mí un honor mostrárselo cuando venga a Palermo.

—Sin duda. —Crispi hace una pausa—. Así que la Casa Florio vuelve a tener un Ignazio y un Vincenzo.

—Sí. Como ha sido desde el principio y como debe ser.

«Un Ignazio y un Vincenzo...».

Giovanna frota la cara en el cuello del pequeño. Huele bien, a leche, a colonia. Vincenzo hace ruiditos, ríe. Le tiende los brazos y ella lo levanta, lo abraza, lo besa. En la habitación están solos: quiere ocuparse de ese hijo personalmente. Es su última oportunidad de ser madre y no quiere desaprovecharla.

—*Hijos pequeños, pequeñas preocupaciones, hijos mayores, mayores preocupaciones...*

Giovanna suspira: Ignazziddu tiene quince años, va *de listo* con las chicas mayores que él y tiene un temperamento casi demasiado ardiente. Giulia, que tiene trece años, se ha prometido con Pietro Lanza di Trabia y se está preparando para convertirse en princesa. La llegada de Vincenzo los ha sorprendido: dependiendo del humor, consideran a su hermanito un juguete con el que jugar o un invitado molesto.

«En el fondo, es lógico», piensa Giovanna: ambos ya miran hacia delante, ya no buscan mucho a su madre, porque a lo mejor ya no la necesitan, así es el orden natural de las cosas. Ella los ha visto crecer y cambiar, pero su esfuerzo casi desesperado de parecerle perfecta a Ignazio y de conseguir que él la amara había consumido gran parte de sus energías. Sus hijos habían sido la enésima demostración de su capacidad de estar a la altura de las expectativas del marido. Pero ahora no tiene intenciones de cometer el mismo error. Ahora quiere que este hijo sea, ante todo, su hijo.

Mucho había rezado, Giovanna. Mientras sus ojos se ensombrecían por la tranquila indiferencia de su marido, mientras su rostro se transformaba y su cuerpo se marchitaba, le había implorado a Dios que le concediese algo para los años de vida que la esperaban y que se le presentaban tan vacíos.

Entonces llegó Vincenzo, y volcó en él todo el afecto del que era capaz.

Al principio pensó que la falta del ciclo era la primera señal de un cuerpo ya envejecido. Sin embargo, después llegaron un raro entumecimiento de los senos y una insólita dureza del vientre. Al cabo de unas semanas, la confusión se convirtió en desconcierto.

Llamó a la comadrona. Y cuando esta confirmó —«Sí, doña Giovanna, *está al menos de dos meses*»—, se quedó paralizada, con la falda abierta y la mano en la boca.

Embarazada. Ella. Su sorpresa fue realmente grande. Y la de Ignazio fue todavía mayor.

«Mi milagro» es como Giovanna llama a Vincenzo.

Un milagro porque lo ha concebido casi a los cuarenta años, a una edad en la que las mujeres ya no tienen hijos, sino que cuidan a los nietos.

Un milagro porque es varón y, aunque salió antes de tiempo, lo hizo gritando. Es fuerte, sano. Y se ríe siempre.

Un milagro porque Ignazio ha vuelto con ella.

Y quizá sea eso lo que la hace más dichosa.

Con el pequeño en brazos, Giovanna sale de la habitación. En el umbral, detrás de la puerta, la espera una niñera.

—¿Quiere que yo lo lleve, doña Giovanna?

—No, gracias. —Vincenzo hace ruiditos, tiende las manos hacia los aretes de la madre. Ella ríe. Tiene casi nueve meses: nació el 18 de marzo de ese mismo año, 1883, y muy pronto empezará a andar: se ve por cómo pone los pies cuando está en brazos y trata de levantarse solo—. ¿Dónde están Giulia e Ignazziddu? —pregunta luego Giovanna, con un leve sentimiento de culpa.

—El señorito está practicando con el profesor de francés. La señorita, en cambio, ya ha dado clase de conversación de alemán y ahora la está esperando a *usted* con doña Ciccia.

—¿Ha llevado la labor que estamos haciendo? —pregunta mientras baja las escaleras, una mano en el pasamanos y la otra sosteniendo a su hijo.

—¿*El bordado?* Sí, señora.

A los pies de las escaleras, Giovanna observa severa a las criadas que están sacando brillo a los muebles con cera de abeja. Enseguida su atención se desplaza a los adornos navideños del pasillo. Se fija en las velas, en los arreglos florales con cintas rojas y blancas, en las guirnaldas de ramas de abeto de las Vírgenes decoradas conforme a la moda inglesa. En los jarrones de plata de las mesas y los aparadores hay sarmientos de acebo y laurel atados con lazos de terciopelo que se intercalan con adornos de papel dorado.

En el centro del salón de baile, encima de la alfombra Aubusson de flores rojas, azules y marfil, con el borde color crema, comprada en París unos años antes, destaca un gigantesco abeto adornado con bolas de cristal y festones de raso y tafetán: una moda lanzada por las ricas familias anglosajonas que llevan largo tiempo viviendo en Palermo y que los aristócratas locales han imitado. El verde oscuro de las ramas se refleja en los espejos de las paredes y se multiplica, dando la sensación de estar en una fiesta. El salón está impregnado del aroma de la resina y sugiere imágenes de espacios abiertos, de montañas nevadas.

Ignazio no sabe nada de todo esto. Será una sorpresa para cuando vuelva de Roma.

La decisión de recibirlo así es la señal más evidente de la dicha de Giovanna, de la conciencia de que, después de tanta oscuridad, la vida ha vuelto a iluminar esa casa.

Ella, ahora, se siente realmente una Florio, y no solo porque ha dado a la familia otro heredero. Lo siente porque Ignazio le prodiga toda clase de atenciones. Tiene con ella incluso algún gesto tierno; por ejemplo, nunca deja de llevarle un regalo de los numerosos viajes que hace al Continente.

Vincenzo tiende los brazos hacia el árbol de Navidad y ríe.

Giovanna, en cambio, recuerda.

Todo cambió desde que, hace dos años, volvió de Marsella. Ella lo recibió en la puerta de casa, con las manos juntas sobre el vientre y una sonrisa forzada. Giulia se lanzó para abrazarlo, mientras que Ignazziddu le estrechó la mano.

Luego, por fin, Ignazio la miró, se acercó un poco y le cogió una mano para besarla. En los ojos plácidos había una luz inusual, mezcla de aflicción, de soledad y, quizá, de dolor. Una expresión que, pasado el tiempo, Giovanna aún no consigue explicarse.

Después, esa noche, entró en su habitación y la amó con el mismo ardor de los primeros meses de su matrimonio. Fue una noche apasionada, hecha de suspiros ahogados y de manos que exploraban los cuerpos sin pudor.

Giovanna deja a Vincenzo en el suelo, lo deja gatear por la alfombra.

Algo había ocurrido ahí, en Marsella, donde se encontraba ella. Qué exactamente, eso ya no podía saberlo. Solo así podía explicarse el cambio de Ignazio, que estaba más afectuoso con ella, más tierno, incluso más respetuoso, si cabe. Solamente de algo estaba segura: durante ese viaje, y a lo mejor precisamente en Marsella, algo lo había herido profundamente. Lo percibía con toda la lucidez de una mujer enamorada: era un eco que resonaba entre el estómago y el corazón, una intuición que surgía de ese sentimiento que había albergado sola demasiados años. Y que confirmaba en lo que veía cada día en sus ojos, en sus gestos e incluso en esa pasión recuperada. Era como si la parte de sí que Ignazio había mantenido siempre oculta para el mundo ahora se hubiese vuelto definitivamente inaccesible. Como si en su alma hubiese habido un terremoto y los escombros hubiesen bloqueado para siempre todas las brechas. Era un dolor del que Giovanna no sabía —ni quería saber— nada. Incluso se había sorprendido pensando que durante demasiados años él la había hecho sufrir, así que ahora era justo que pagase con la misma moneda.

Sí, en el alma de Ignazio algo se había desintegrado. Pero, sobre esos escombros, ella podía construir a otro. Algo nuevo, que sería suyo y solamente suyo. Además, era lo que había aprendido a hacer mejor: a resignarse y conformarse con lo poco que él le concedía.

Para ella, lo único importante era recuperarlo.

Y, en efecto, lo aceptó sin preguntar nada.

Luego, de forma absolutamente inesperada, llegó Vincenzino. Cuando le dijo que estaba encinta, Giovanna vio a Ignazio animarse con un renovado interés por la familia; nació un varón, e Ignazio fue tremenda y evidentemente feliz. Le puso el nombre de su padre, ese padre que le había enseñado la responsabilidad y el honor y, a la vez, quiso recordar al primogénito. Vincenzino había muerto hacía ya cuatro años; ya era hora de que hubiese de nuevo un Vincenzo en la Olivuzza. Eso fue justamente lo que les dijo a los obreros de la Oretea, cuando se presentó en la fundición para dar personalmente la noticia.

A su manera, Ignazio estaba de nuevo sereno. A veces, sin embargo, cuando Giovanna lo observaba, mientras hablaba con los hijos o con algún invitado, veía manifestarse en su rostro esa sensación de luto, de pérdida. Era como si le cayese encima una sombra sólida, que ningún sol podía disolver.

Giovanna no podía saber que, en ese terremoto, una parte de Ignazio había muerto. Y que arrastraría consigo el estigma de ese luto sin cadáver durante toda su vida.

Giulia está buscando un hilo color marfil en la canastilla. Lo encuentra. Corta un trozo, moja una punta con saliva, luego entorna los ojos para enhebrarlo en la aguja.

Entre ella y doña Ciccia, un paño de lino que, muy despacio, va adquiriendo la forma de un mantel de mesa de té.

Giulia se equivoca, varias veces. Menea la cabeza, haciendo oscilar el moño donde están recogidos sus cabellos negros, luego resopla.

—¿Por qué tiene mi madre que infligirme esta tortura?

Doña Ciccia levanta una mano para colocarse el pelo —en el que ya hay muchos puntos blancos—, luego la lleva al brazo de Giulia.

—Porque esto lo debe saber hacer una buena mujer casada.
—Y enhebra un hilo con un solo y rápido gesto.

La linda Giulia pone una cara tan larga que doña Ciccia está a punto de echarse a reír. Se parece tanto a su madre, en ciertos momentos...

—Voy a tener montones de criados —replica—. Mi padre me lo ha prometido: no necesito aprender a bordar. Pero sí que me gustaría dibujar.

—El bordado también es bonito.

Giulia eleva los ojos al cielo.

—Mi futuro marido es un príncipe. Yo seré el ama.

En ese momento, Giovanna entra, seguida por la niñera con el pequeño. Se sienta delante de su hija y de doña Ciccia, las observa a las dos.

Giulia levanta apenas los ojos. Durante un instante, se pregunta si su madre habrá oído su última frase, pero luego se encoge de hombros. «Que piense lo que quiera, yo no pienso quedarme encerrada en casa como ella».

—¿Por dónde vas con el dobladillo del mantel? —pregunta Giovanna, agarrando un lado del bordado.

Estira la tela. Se la muestra. Giovanna coge el lino, lo gira, lo observa con ojo crítico.

—La labor no es perfecta —la coge de nuevo y señala los puntos donde los hilos se han montado—. Hay que ser ordenada y precisa *en esto. En la escuela hay niñas que saben hacer cosas fantásticas.*

Giulia querría responder que se puede quedar con las chicas de la escuela de bordado, pobres que si no fuera por eso no ganarían ni un céntimo. Pero no dice nada porque la madre la regañaría y ella no quiere tener una discusión inútil. Para su madre esa escuela es muy importante, quién sabe por qué.

Doña Ciccia las mira a las dos y suspira.

—Esas chicas lo hacen por amor y porque les gusta. Giulia no es así.

—No todas las cosas se hacen por simple gusto, doña Ciccia. *Usted lo sabe mejor que yo. Y ella, que ahora es una mujer* que se va a casar, ha de comprenderlo rápido. —Entonces se dirige a su hija—. Ha de aprender rápido que no puede hacer siempre y solo lo que más le agrada, porque tendrá solo responsabilidades y, sobre todo, un papel social. —En su voz hay preocupación y advertencia—. Cuando recibas invitados, has de tener un bordado en la mano. Esas son costumbres de una buena ama de casa. Si quieres leer, hazlo cuando estés sola. Recuerda que los hombres temen a las mujeres demasiado inteligentes, y a tu marido *no debes asustarlo*.

—*Eso era otra época, madre. Ahora ya no es así.* —Los labios de Giulia tiemblan, las manos aprietan el lino—. Además, yo soy yo, y a mí me gusta leer, dibujar, viajar. No soy como usted, que prefiere estar en casa.

Giovanna entorna los labios.

—¿Qué quieres decir?

Giulia se muere de ganas de herirla. Querría decirle todo lo que ha comprendido en esos años en los que los ha visto a ella y a su padre yendo por caminos distintos. Por un lado, el amor de ella —asfixiante, posesivo—, hecho de miradas ansiosas y suplicantes, casi patéticas. Por otro, la indiferencia de su padre, esa frialdad que podía transformarse en rencor en contados segundos.

Ella: plácida, terca, tan paciente que parecía lerda. Él: frío, insatisfecho, irritado.

Cuánta pena había sentido por su padre. Era su punto de referencia, su certeza. Y cuánto desprecio había sentido por su madre, por esa mujer que habría querido ser su modelo y, en cambio, no había conseguido sino aniquilarse, mendigando afecto y atención. Nunca había tenido ni pizca de orgullo. Nunca había sido capaz de quedarse con lo que era suyo.

Se había sacrificado en el altar de la familia, humillándose y dejando que la humillaran.

El de Giulia es un juicio feroz, que corta carne y sangre, el juicio de una hija que no sabe cómo han vivido sus padres y que se resume en un único y arrogante pensamiento: «Yo no voy a acabar como ellos».

—Quiero decir que las cosas cambian —replica, pedante—. Acepto que usted y *mon père* me hayan encontrado un marido, pero yo no soy una muñeca de trapo.

—¡Vaya con la niña! ¿Ahora tienes ideas modernas? ¿Es que quieres ponerte a estudiar para ser abogada, como esa mujer del norte, la tal Lidia Poët?* Sabes cómo acabó, ¿no? La mandaron a su casa.

Giulia hincha los carrillos, tira a un lado la tela.

---

* Lidia Poët (1855-1949), primera mujer abogada de Italia a la que la magistratura prohibió el ejercicio de la profesión por ser, precisamente, mujer. *(N. del T.)*

Doña Ciccia interviene para calmar los ánimos.

—No *diga eso, doña Giovanna... madre mía, ¿qué hace?* —Le agarra un brazo—. *Cuando hace eso, me recuerda a su madre,* que siempre gritaba para que le hicieran caso.

Giovanna empalidece. Le tiemblan los labios, realmente parece que está a punto de ponerse a gritar. Pero no lo hace; contiene la ira, y menea la cabeza con fuerza. Mira fijamente a doña Ciccia, luego señala a Giulia.

—Ella no ha nacido para ser una mujer corriente. Tiene que acordarse del apellido que tiene y de la sangre que circula por sus venas.

Giulia eleva los ojos hacia su madre, pero no dice nada.

En esa mirada, Giovanna ve su propio deseo de encontrar un lugar en el mundo, ese deseo que la había hecho condenar su alma para obtener algo de amor y de aprecio de Ignazio.

Pero Giulia no tiene la humildad ni la paciencia que ella tuvo.

Es tan diferente... Un misterio que no ha conseguido despejar. Esa hija tan hermosa como decidida le inspira ternura y rabia. En esos meses la ha preparado para ser una perfecta ama de casa, una princesa digna del título que tendrá, pero Giulia no parece darse cuenta. Al revés: casi se burla de sus preocupaciones.

Pero también le apena porque es joven. No sabe que tendrá que defenderse de todo y de todos, no piensa en las renuncias que tendrá que hacer solo porque los demás lo esperan. No puede ni imaginarse lo que va a costarle proteger su alma en un mundo donde el dinero, los títulos y las apariencias son la única verdad que cabe.

Esas son cosas que toda mujer tiene que descubrir sola.

Giovanna suspira, se levanta.

—Voy a ver a Ignazziddu —dice, sin mirarla. Y sale, seguida por la niñera.

Durante un instante, la habitación queda en silencio.

Hasta que doña Ciccia acerca el rostro al de Giulia y murmura.

—Su suegra *va a estar observándola* para ver cuántas *tonterías* hace y contárselas luego a su marido Pietro. Así son las cosas. —La mira, seria—. *Esto todavía no se lo ha dicho su madre, pero se lo digo yo.* Tenga cuidado. *El príncipe está muy apegado a su madre y ella es una mujer poderosa...* —Habla en voz baja, con temor, porque sabe, siente, que Giulia va a pasar momentos muy complicados en esa casa. Es más que un presentimiento: es una sensación que la oprime y que la hace comprender que su *niña* sufrirá, y no poco.

—Si ella es una mujer horrible, yo no lo seré menos. —Giulia levanta la barbilla—. Yo sé qué lugar me corresponde.

Doña Ciccia menea la cabeza y vuelve a deshilar el lino. La ha visto nacer, la ha cuidado durante toda su infancia y ahora Giulia es casi una mujer, demasiado segura de sí misma como todos los adolescentes... o como todos los Florio. No tiene dudas: aprenderá por sí misma qué supone pasar a formar parte como esposa —como extraña— de una de las familias más importantes de Italia. Con un carácter como el suyo, toda humillación será motivo de discusión. Pero también sabe que no hay nadie en la familia equiparable a ella en firmeza y orgullo, y eso la tranquiliza. No se deja derrotar por nada ni por nadie, igual que la abuela que se llamaba como ella. De la abuela, Giulia ha sacado la valentía y la capacidad de soportar el dolor; del abuelo Vincenzo, ha heredado la impaciencia, la soberbia y su incapacidad de aguantar cualquier intento de menospreciarla.

Pero lo que doña Ciccia no puede imaginarse es cómo el destino pondrá a prueba a su *niña*.

El verano de 1884 es tórrido, está impregnado de humedad. El siroco arrastra a los despachos de la Navigazione Generale Italiana el fuerte olor a algas pútridas y los humos de carbón de los piróscafos; llena de arena los muebles y oscurece los perfiles de los edificios y de las montañas lejanas.

Ignazio cierra la carpeta que tiene delante, en la que se lee SOCIETÀ CERAMICA. Hacía tiempo que lo pensaba y ahora, por fin, ha conseguido abrir en Palermo una fábrica de cerámica para producir, entre otras cosas, la vajilla de los barcos de la NGI. Dejará de comprar platos, tazas y soperas de Inglaterra o de la fábrica de porcelanas Ginori: ahora los fabricará él y llevarán la marca de los Florio. «A lo mejor fabrico también algún servicio para Favignana... Sí, le pediré a Ernesto Basile que lo diseñe», piensa.

Se acerca a la puerta, llama a un recadero para que haga que le preparen el carruaje para regresar a la Olivuzza, luego va al escritorio, se sienta y se afloja el plastrón. Se frota los ojos. Desde hace tiempo los tiene siempre irritados y las compresas diarias de hamamelis y manzanilla le calman el ardor solo un rato. «Quedan pocos días», piensa con alivio, manteniendo los ojos cerrados. Una sonrisa le aflora a los labios: este año ha decidido librarse del bochorno yendo primero a Nápoles y después a la Toscana. Pero no es solo la perspectiva de las vacaciones lo que lo anima. Hace un tiempo compró un vagón de tren y lo hizo preparar como si fuese una auténtica «casa en movimiento», como está de moda entre la aristocracia europea: él y su familia viajarán rodeados de sus muebles, atendidos por sus criados, y tendrán incluso un vagón entero para las maletas. Lujo, comodidad, intimidad. Otra manera de alejar las preocupaciones y de demostrar el prestigio.

Abre los ojos, decidido a poner fin a ese día que lo ha extenuado. Todavía tiene que hacer algo: mirar la correspondencia personal que ha llegado con los piróscafos arribados a Palermo por la tarde.

Coge el abrecartas. Abre los sobres. La primera es una solicitud de los representantes de los oficiales napolitanos pidiéndole que se interese por conseguir salarios más justos. «Usted que es como un padre para sus obreros», dicen. Mañana pensará en responder.

Después, una misiva de Damiani, que lo pone al corriente de las últimas sesiones del Senado, y se extiende contándole comentarios, chismes y anécdotas. También son importantes, y ambos lo saben. Ignazio le echa un vistazo, y la deja a un lado.

Por último, un sobre con bordes negros.

Le da vueltas, lo observa como si fuese un objeto valioso. El corazón a veces ve las malas noticias antes que los ojos.

«Marsella», pone el matasellos.

No reconoce la caligrafía. Recuerda bien la dirección del remitente. Y no, no se trata de su hermana ni de los Merle.

Se le seca la boca. Le cuesta respirar.

No son suyas las manos que abren el sobre, no le pertenecen esos dedos que tiemblan ni esos ojos que se velan de lágrimas cuando leen las palabras.

Junio... Enfermedad... Cólera... Nada que hacer...

La mano retuerce la hoja, se cierra. Da un puñetazo contra el escritorio, otro y otro más. Lanza un sollozo, contiene otro, se lo traga.

No debe llorar.

Alisa la hoja, la relee.

Palabras correctas de un viudo, frases que, bajo el manto de la formalidad, revelan un dolor profundo. Ella fue amada por ese hombre, Ignazio ahora lo sabe.

Su esposa, escribe el hombre, le había pedido que hiciera algo pocas horas antes de fallecer, y él cumplía su deseo comunicándole la noticia al «querido amigo de antaño».

Durante un instante, Ignazio se pregunta qué habrá sentido el almirante Clermont escribiendo esa nota. ¿Camille —¡Dios, qué daño hace pensar en su nombre!— le habrá contado alguna vez lo que hubo entre ellos? ¿O bien se lo había ocultado, dejándole solo la duda? ¿O le había hablado de ello como de algo sin importancia, que pertenecía al pasado?

Ella habría tenido todo el derecho de revelarle su relación, tal como ese hombre ahora tiene «derecho» a vivir su dolor.

Él, en cambio, no tiene derecho a nada.

Apoya la frente en el escritorio. No puede pensar en nada que no sea el perfume de ella, en ese aroma a clavel fresco, vital, primaveral.

Eso es lo que le queda. Su olor, no en el cuerpo, sino en el alma. Su sonrisa. La pena que le ha dejado dentro después de esos reproches que todavía le escuecen, oh, cómo escuecen...

Fuera, Palermo se prepara para la noche. Lejos suenan los ruidos de la plaza: el rechinar de los carros y los carruajes que se encaminan hacia el paseo marítimo, el bufido de los piróscafos, los gritos de los chicos que venden los periódicos vespertinos, los chillidos de las madres que llaman enojadas a sus hijos. Las farolas bregan contra las sombras que se están apoderando del Cassaro y, en las ventanas de las casas, aparecen las primeras luces. A rachas, llega olor a mar, a comida, a brasas.

Alrededor de él, todo está vivo.

Dentro de él, solo hay silencio.

Es el 3 de octubre de 1885 y Giulia, del brazo de su padre, está subiendo la amplia escalinata de mármol del Ayuntamiento de Palermo. El padre y la hija se parecen mucho: tienen los mismos ojos plácidos y alertas, la misma nariz pronunciada, los mismos labios carnosos. La misma indiferencia.

Pero esa proximidad recalca también el contraste entre el negro *morning coat* de Ignazio y el elegante *toilette* color crema de Giulia, con los dos corsés con varillas de ballena que acentúan la fina cintura, uno sin mangas y el otro con mangas de tres cuartos, de encaje. El vestido, suntuoso, pesado, tiene ocho capas de tela y termina en una cola. El cabello oscuro está peinado en grandes ondas, sujetas con broches de brillantes.

Doña Sofia Gallotti, princesa de Trabia y dama de palacio de la reina Margarita, mira a la jovencísima novia y aparta el rostro de golpe, pero se recompone enseguida, con una sonrisa falsa que oculta el orgullo ultrajado por esa ostentación de riqueza. Para ella, ese matrimonio no es la unión de dos familias, sino un ancla de salvación: el patrimonio de los Trabia había pasado por una serie de divisiones hereditarias que lo había comprometido seriamente, e incluso las residencias de la familia —entre ellas, su principal mansión, el Palacio Butera— necesitaban ser restauradas con urgencia. «Y ahora por fin lo serán», parece pensar doña Sofia, que en ese momento aprieta los labios y asiente.

A pocos pasos de Ignazio y Giulia, se encuentra doña Ciccia. Está visiblemente conmovida, pero también le preocupa mucho que el traje se arrugue. «¡Y este es solo el rito civil! Todavía tengo que arreglar esas dos perlas que se han aflojado en el cuello del traje para la ceremonia en la iglesia, revisar el bajo de las enaguas, recoser ese pequeño rasgón en el encaje del velo...». Se angustia; le parece que no le va a dar tiempo. Tiene un presentimiento, y se estremece.

Giovanna va detrás de los tres con la mirada baja, al brazo de Ignazziddu, que mira de un lado a otro con la cabeza erguida, con descaro. Luce bigotillo y perilla crespa, en el intento de despojarse de ese aspecto de chiquillo que, a sus diecisiete años, empieza a molestarle.

De repente, Giulia resbala. Puede que la suela de un zapatito de raso no se haya agarrado bien al mármol, puede que haya pisado mal, quién sabe. Giovanna se sobresalta; doña Ciccia corre para agarrarla y a la vez invoca a la Virgen. Pero Giulia se aferra al brazo de su padre, esboza una sonrisa.

—Era lo que nos faltaba —le susurra, y él responde a su mirada apretándole la mano. Por fin, la chica endereza la espalda, levanta la barbilla y sigue subiendo.

A pesar de su seriedad, Ignazio siente orgullo y alivio: la manera en que Giulia ha reaccionado en ese pequeño incidente es la prueba de que su *niña* sabe cuidarse sola y de que nunca se desanimará. Aunque han pasado pocos años, la época en que lo recibía a su regreso a casa, bajo el olivo que está al lado del portón de los carruajes, ya queda lejos. Ignazio ya no podrá contar con sus charlas al amanecer, en el desayuno, ni con el consuelo que era fruto de su complicidad, hecha solo de miradas.

Va a echarla mucho de menos.

Giovanna llevó las negociaciones con la princesa de Trabia: dos aristócratas que hablaban el mismo lenguaje y practicaban con la misma habilidad el delicado arte de lanzar pullas sin hacer daño. Y Giovanna salió vencedora, demostrando una notable maestría y una olímpica indiferencia a la actitud afectada y a los gestos incluso desagradables de su futura consuegra. Pero fue Ignazio quien impuso las condiciones patrimoniales —redactadas por el abogado Crispi—, que tenían como finalidad proteger a su hija, y también encargó muebles valiosos para decorar la mansión y adquirió objetos que darían lustre a la colección de arte de la familia, como los amorcillos de Giacomo Serpotta procedentes de la iglesia de San Fracesco delle Stimmate. Los Lanza di Trabia tuvieron que aceptar y callar.

Una inversión previsora, dado que, con ese matrimonio, Giulia iba a asumir un papel de primer orden en la alta sociedad italiana. Pero también una manera de restañar una antigua herida. Ignazio se había casado con Giovanna, hija de los condes d'Ondes Trigona, exponentes de una nobleza menor. Los Lanza di Trabia, en cambio, eran príncipes de rancio abolengo, antiguos protagonistas de la historia siciliana. Y ahora se unían a los Florio, cuya nobleza era la del dinero y el trabajo.

Ignazio recuerda de repente a su padre. Toca el anillo que fue suyo, como si pudiera evocarlo. Se lo imagina delante de él, arisco y ceñudo. «¿Has visto, papá? Por fin dejarán de vernos como mozos de cuadra. Giulia va a convertirse en la princesa de Trabia».

Y sin embargo.

Se vuelve para buscar a su esposa, porque están a punto de entrar en el edificio, se cruza entonces con la mirada de doña Sofia. Ella está sonriendo, pero en sus ojos hay una dureza que no se le escapa a Ignazio y que lo irrita.

«He hecho bien», piensa entonces, correspondiéndole con una expresión tan amable como gélida. «Te guste o no, tú a mi hija vas a demostrarle el respeto que se merece».

Porque, esa misma mañana, en el carruaje, se lo ha explicado todo a Giulia, y ella, su *niña*, lo ha comprendido perfectamente. No podrá brindarle serenidad, pero la ayudará a defenderse, de manera que su papel sea reconocido, en público y en privado. Le ha dado las armas para que lo haga.

Despúes de dejar la Olivuzza entre dos filas de camareros en librea, Giulia subió al carruaje, seguida por su padre. Con gesto tenso que le agarrotaba los rasgos, miró la ciudad sin verla, haciendo caso omiso del perfil de los nuevos edificios surgidos a lo largo de la calle que, desde la villa, llevaba al centro de Palermo, concentrada únicamente en el aroma de su buqué.

Con todo, una vez que dejaron atrás las obras del Teatro Massimo, cuando el carruaje entró en la via Maqueda, Giulia abrió de par en par los ojos. Bajo los balcones barrocos, en las aceras empedradas y delante de los portales de las mansiones nobiliarias había un montón de gente del pueblo y pequeños burgueses estirando el cuello para ver el interior del carruaje y captar una imagen siquiera fugaz de la novia, hija del amo de Palermo y futura princesa Lanza di Trabia.

Irritado, Ignazio corrió la cortina para tapar la ventanilla. Ella se volvió para mirar las figuras borrosas que aplaudían a su paso.

—¿Están aquí para verme... a mí? —preguntó, con un hilo de voz, apretando con los dedos el buqué. De repente, recordó quién era: una chiquilla de quince años, a punto de dar un paso que iba a cambiarle la vida.

—Estamos aquí por lo que representamos. —Ignazio se inclinó hacia delante—. Los Florio son Palermo. Pietro, tu futuro marido, tiene el rango de un virrey; sin embargo, recuerda siempre que mi padre y ahora yo nos hemos comprado tierras, fábricas y a la gente que trabaja ahí y que tú eres mi hija, por consiguiente, la hija del amo. Nosotros somos ricos porque esta ciudad nos la hemos construido trozo a trozo.

Giulia lo escuchó con los ojos muy abiertos. No era la primera vez que su padre le hablaba así, como a una adulta, pero nunca lo había hecho con tanta franqueza.

Él no prestó atención a su estupor.

—Escúchame. Tienes una dote vinculada. ¿Sabes por qué? ¿Tu madre te ha explicado algo?

—Mi madre me ha hablado... de otra cosa —masculló ella, enrojeciendo de vergüenza.

La arruga de la frente de Ignazio se hizo más profunda, pero enseguida se relajó y sonrió.

—Ah, comprendo. —Agarró la mano de su hija, gélida y tensa, y se la estrechó—. Olvídate de esas cosas y atiéndeme. Significa que tienes una dote de cuatro millones de liras, una suma enorme,* pero como la familia de tu marido no tiene empresas y yo no quiero man-

* Unos dieciocho millones de euros. *(N. de la A.)*

tener a nobles caprichosos, he puesto como condición que tú puedas elegir, de acuerdo con tu marido, en qué actividades invertirlas. El abogado Crispi se ha encargado de fijar los capítulos matrimoniales.

Ella lo miró, más perpleja que asombrada.

—¿O sea?

—O sea, que no quiero que los Lanza di Trabia te priven de lo que es tuyo, porque uno nunca está seguro de lo que puede pasar en la vida. Pietro me señalará casas y terrenos y yo los compraré a vuestro nombre, recurriendo a los fondos de vuestra dote. —Se le acercó más, rozándole el rostro con los dedos—. Has de tener cuidado, *mi niña*. Mientras yo viva, no tendrás nada que temer. Pero tú, en esa casa, habrás de aprender a protegerte y a no permitir que nadie te pise, ni tu marido ni, menos aún, tu suegra, que, digámoslo claramente, es una víbora. Pietro tiene veintitrés años, pero depende en todo y para todo de ella. Tú, en cambio, eres una mujer inteligente y sabrás cómo defenderte, como hizo la abuela que se llamaba como tú, que fue una mujer decidida y sabia. Recuerda que solamente el dinero te dará la independencia y el poder de decidir, y nunca debes renunciar a él. ¿Me has comprendido?

Giulia asintió, con ojos brillantes. Luego, al cabo de unos instantes, meneó la cabeza, murmurando:

—No quiero decepcionarte...

Él la abrazó, haciéndole cosquillas en el cuello y rascándole el rostro con la barba.

—Nuestra familia nunca le ha tenido miedo a nada ni a nadie. Hemos salido adelante hasta de una revolución y de una guerra civil. No tenemos una historia larga como la de los Lanza di Trabia, es cierto, pero tú eres una Florio y, en cuanto a inteligencia y valentía, no eres inferior a nadie, menos aún a esos nobles pedantes. Recuérdalo siempre: quien tiene dinero, tiene el poder.

Con ese pensamiento es con el que Giulia sube ahora los últimos escalones que la conducirán ante el duque Giulio Benso della Verdura, al que se le ha pedido que celebre la boda en lugar del alcalde de Palermo.

El hombre, delgado y de pómulos hundidos, la espera al otro lado de la mesa con una sonrisa benévola. A poca distancia, Pietro Lanza di Trabia: un joven corpulento, con una frente marcada por una entrada que amenaza con ensancharse y un gran bigote oscuro.

La ha cortejado con elegancia, como le corresponde a un noble. Le ha regalado un anillo precioso, y la ha llevado a las fiestas de la nobleza palermitana. La ha tratado como a una princesa.

¿La encandila? No. Es una compañía agradable, pero no, desde luego, alguien por quien se pueda perder la cabeza. No sabe si será un buen marido. En cualquier caso, ella sabe cuál es su deber: tener hijos sanos y fuertes y ser una princesa digna de su título.

«El matrimonio es un contrato», piensa Giulia, mientras aparta su mano de la mano tibia de su padre y la posa sobre la mano gélida y un poco temblorosa de Pietro. Un contrato entre familias, cuyo objetivo son ella y su dote.

Y, tratándose de negocios, nadie es más hábil que los Florio.

—¡No os podéis ni imaginar cómo fue el jubileo de la reina Victoria! —Ignazziddu estira las piernas, la copa de champán en una mano y un puro en la otra, y mira a sus amigos: su primo Francesco d'Ondes, llamado Ciccio, Romualdo Trigona, también primo suyo, pero más lejano, y Giuseppe Monroy. Los tres han aceptado de buen grado la invitación de Ignazziddu a pasar unos días con él en la Villa ai Colli, muy cerca de Palermo. En realidad, toda la familia está ahí, pero se dispone a marcharse a Favignana.

Los jóvenes se encuentran en la terraza que da al naranjal, tumbados en sillones de mimbre que los criados habían colocado a su llegada. Ha atardecido, y el frescor nocturno está por fin diluyendo el calor de ese día de verano. De los árboles llega el aroma de los azahares junto con el penetrante de la menta silvestre en los tarros alineados en la balaustrada de piedra.

—Cuando llegamos a Londres, llovía a cántaros: no podéis ni imaginaros qué infierno para bajar del tren las maletas y los baúles. Mi madre y mi hermano estuvieron fatal durante todo el trayecto de Calais a Dover y se fueron directamente a la habitación a descansar. En cambio, mi padre quiso salir a pasear por la ciudad y lo acompañé. Por suerte, había dejado de llover. ¡Qué espectáculo! Flores, banderas, festones, retratos de la reina por todas partes, hasta en las callejuelas más escondidas. Más aún: vi una casa delante de la cual habían levantado una gran plataforma, llena de palmeras rodeadas de parasoles japoneses y, en el centro, un enorme busto de mármol de la reina entre guirnaldas de flores; vi otra cuya fachada estaba completamente cubierta de banderas, y otra con cascadas de flores colgadas de los balcones formando el número cincuenta. ¡Y luego, al día siguiente, el desfile! Era un día soleado y las espadas y los cascos brillaban tanto que parecían un río de plata. De todos modos, lo más sorprendente ocurrió frente el palacio de Buckingham, antes del desfile. Por supuesto, había una multitud enorme. Pero a la vez el silencio era absoluto.

—¿Cómo que silencio? —pregunta Giuseppe.

—Increíble, ¿verdad? Aquí habría habido gritos, vivas..., pero ahí, ¡nada! Después, cuando aparecieron los caballos color crema del carruaje regio, la multitud estalló. Empezó a gritar incluso más fuerte que las trompetas que anunciaban la llegada de la soberana. Y entonces, pañuelos agitándose, sombreros lanzados al aire... Me dijeron que, al pasar la reina, un tipo le gritó: «¡Ahí va! ¡La he visto! ¡Viva!», haciendo reír a todo el mundo. ¡En fin, los súbditos de la reina Victoria la veneran de verdad, no como nosotros a los Saboya!

Los amigos se ríen y miran a Ignazziddu con una mezcla de fascinación y envidia.

Continúa contando. Solo los Florio, los Trabia y pocos italianos más habían sido invitados, dice. Lo repite varias veces, lo subraya.

—Estaban todas las familias reales de Europa, además de nobles, banqueros y políticos. Mi padre saludaba a todo el mundo, pasaba de uno a otro, y mi madre siempre detrás. Si supieseis cómo nos miraban... No había nadie que no nos conociese o que no pidiese que le presentaran a mi padre, el dueño de la Navigazione Generale Italiana...

—Pero, después fuiste a París, ¿verdad? —lo interrumpe Romualdo.

—Sí, nos invitaron los Rothschild. —Ignazziddu sonríe, se inclina hacia delante—. Pero, lo más importante, pasé una tarde inolvidable en el Chabanais...

—Pero ¿tu madre sabe que vas a burdeles? —Ciccio se sirve de beber y lo observa, socarrón.

—Mi madre pidió que le llevaran a la habitación del hotel un crucifijo y un reclinatorio —resopla Ignazziddu—. De todos modos, me adora; aunque me regañe, siempre acaba perdonándome. —Apura la copa, luego se endereza en el sillón—. Además, estaba muy ocupada. Tenía que elegir muebles para la Olivuzza, alfombras para los salones... Sin contar con que ella y mi hermana fueron a Worth y perdieron un día entero probándose trajes. Entretanto, mi padre tenía sus citas de negocios en las que prácticamente me obligó a participar. Solo pude escapar diciéndole que iba a visitar un museo.

—¡Ah, querido... tu padre se ha dado cuenta de que eres un gran *mujeriego*! —Romualdo se levanta, le da un cachete en la nuca. Son buenos amigos y comparten la misma pasión por las mujeres.

—Si una mujer es bonita y me desea y yo la deseo, ¿qué tiene de malo? —replica él, sosegado, y eleva los ojos al cielo—. En el hotel, había una condesa rusa con su marido que, creedme, te volvía loco. Una auténtica diosa, rubia, ojos verdes... Yo la miraba y ella me miraba y... —Se ríe, y los ojos le brillan por el recuerdo. Luego mira a su primo—. Oye, pero ¿me estás escuchando?

Ciccio y Giuseppe han dejado de repente de sonreír. Y Romualdo, también muy serio, levanta la barbilla hacia algo que está detrás de Ignazziddu. Ignazio ha aparecido en el marco de la puerta acristalada. Tiene el rostro marcado por el cansancio y observa a los cuatro jóvenes con gesto de reproche.

—Señores —empieza, los brazos cruzados sobre el pecho y la voz baja—. Es muy tarde. ¿Puedo sugerirles que se retiren a sus habitaciones?

Romualdo baja la cabeza.

—Claro, don Ignazio..., mejor dicho, perdone si lo hemos molestado. —Se levanta, coge de una manga a Ciccio y los dos se deslizan al interior de la villa, seguidos por Giuseppe, que lanza una mirada preocupada a Ignazziddu. Este se dispone a imitarlos, porque conoce bien esa expresión de su padre y sabe que se anuncia una tempestad.

Y, en efecto, Ignazio le agarra un brazo, impidiéndole que se vaya.

—De todas las maneras en las que podías hablar de mí y de tu madre, has elegido la peor. Sobre todo de tu madre, que te complace siempre y te lo perdona todo.

Palabras que son una bofetada en toda la cara. El chico se pone rojo, trata de apartarse.

—Pero ¿qué he dicho?

—No debes hablar así, y punto. Nosotros no necesitamos demostrar nada y no debes presumir nunca de lo que tienes o de quién eres. Eso es propio de *arribistas*. —Lo sujeta, tira de él—. Y una cosa más. La próxima vez que quieras ir a divertirte, basta que me lo digas. Yo no te lo prohíbo. Pero has de comprender que hay responsabilidades, y que las responsabilidades son más importantes que el placer. Estás demasiado pendiente de las mujeres. *Eres hombre* y joven, y eso lo comprendo. Pero presumir de ciertas gestas es miserable. Hay que ser respetuoso y no solo con las mujeres que tratas, sino con uno mismo.

—Pero ¡papá! Era un prostíbulo, y ellas eran...

Ignazio cierra los ojos, trata de contener la exasperación.

—Me da igual qué o quiénes eran.

—Si fuese por ti, tendría que vivir como un monje, siempre en casa y trabajando —refunfuña el hijo.

—¡Maldición! Te apellidas Florio y, ante todo, has de mostrar respeto por tu familia. —Levanta la mano—. Un día tendrás que ser digno de este anillo que perteneció a tu tío Ignazio, un hombre honrado y valiente, a tu abuelo Vincenzo, al que debemos todo, y que ahora me pertenece a mí. En tu vida tendrás que tener contención y decoro. Si no, no llegarás lejos.

Finge que no advierte la mueca con la que el chico se aleja y entra en la casa. Deja que se crea más listo y que sabe más de la vida que él, aunque sea su padre. Ha comprendido que tiene que observarlo de cerca y enseñarle a estar en su sitio. Porque para hacerse adulto hay que aprender a desenvolverse y a hablar cuando toca. Y, sobre todo, cómo y cuándo hay que callar.

El agua del puerto de Favignana está tan limpia que se distingue el fondo del mar y a los peces que se mueven entre matojos de algas. Y la resaca suena con suavidad: es un murmullo de agua y viento que acaricia el casco de los barcos y llega hasta la orilla de arena frente a la instalación de la almadraba.

Ignazio respira hondo. En el ambiente, el olor de la posidonia seca, salado y levemente nauseabundo; en el cielo, sostenidas por las corrientes, pocas gaviotas, esperando que los pescadores lancen al mar los restos de pescado que se han quedado enganchados en las redes que están remendando.

Siempre es así en primavera, y ese mes de mayo de 1889 no es una excepción.

Desde su llegada, con motivo de la matanza, los días han sido siempre luminosos, pues el sol se ha apoderado de la isla, revistiéndola de esa luz pastosa que a él le encanta.

Ignazio esboza una sonrisa, se hace visera con una mano, luego dirige la mirada hacia la mansión que Damiani Almeyda ha edificado para él. Entreveé el perfil de Giovanna en el jardín con doña Ciccia, y el de Vincenzo jugando al balón. Su hijo menor tiene seis años y demuestra una inteligencia muy despierta. Es un fuego vivo.

Giovanna prefiere estar ahí con Vincenzo, porque además debe ocuparse de la casa y de la servidumbre que procede de Palermo. Ya se ha rendido a la imposibilidad de utilizar a los isleños como servicio doméstico —demasiado toscos y bronceados— y los ha relegado a las tareas pesadas. Sin embargo, cuando llega a Favignana, el servicio doméstico de la Olivuzza adopta una actitud que la irrita sobremanera, y entonces se siente obligada a revisar personalmente cada habitación y cada plato que se sirve en la mesa, sobre todo si hay invitados. Ya ha concentrado todas sus energías en su rango de dueña de la casa.

Ignazio, en cambio, ha elegido estar en el Queen Mary, el yate que le compró hace poco al marsellés Louis Pratt. El francés lo había llamado Reine Marie, pero Ignazio ha querido cambiarle el nombre con el que fue bautizado al salir de los astilleros de Aberdeen. De treinta y seis metros de eslora, casco de hierro y vela cangreja, tiene un motor *compound* de vapor y propulsión de hélice. Es el barco deportivo más grande registrado en Italia y probablemente el más rápido: diez nudos. Una auténtica joya. Solo el Louise de su amigo Giuseppe Lanza di Mazzarino puede competir con su Queen Mary.

Y fue precisamente Lanza quien le dio el empujón decisivo para que lo comprara. La idea de tener un yate había atraído durante mucho tiempo a Ignazio, pero había tenido que dar preferencia a los negocios, a la dote de su hija y a la adquisición de nuevos piróscafos. Claro que estaba inscrito en el Regio Yacht Club Italiano de Génova, pero ese era un paso que casi todos los armadores —de Raffaele Rubattino a Giuseppe Orlando, y también Erasmo Piaggio, ahora director de la sección de Génova de la Navigazione Generale Italiana— habían dado.

Por fin, un día, Lanza di Mazzarino, que era uno de los socios promotores del club, le dijo:

—No puedes seguir sin un barco propio, Ignazio. ¡No es digno de ti! ¿Nada menos que el dueño de la flota más importante de Italia, resulta que no tiene ni una cafetera?. —Y se echó a reír.

A Ignazio no le gustó ese sarcasmo.

—Lo he pensado, pero no es el momento —rebatió, ofendido—. No lo podría disfrutar, de momento: tengo demasiadas cosas en la cabeza, con la NGI y las almadrabas. No puedo permitirme ir de paseo en un yate mientras otros se ocupan de mis negocios.

Pero el otro insistió:

—Depende de cómo se mire. ¿Ganas millones con tus empresas y vas a avergonzarte de tener un barco? A lo mejor pasas en él solo un día al año, pero lo tienes, es tuyo.

Comprendió que Lanza di Mazzarino tenía razón: el yate sería un símbolo —otro más— del poder de los Florio. Como la Olivuzza, como el vagón de tren de la familia. Como el matrimonio de Giulia con el príncipe de Trabia.

Pero ahora, ahí, en el yate, Ignazio comprende que ha hecho una elección que lo afecta en lo más profundo, y que ha dejado en segundo plano el prestigio social.

A sus pies, muy por debajo de las suelas de cuero de sus zapatos, late, respira el mar. Lo siente: es una vibración que le sube por los tobillos, le llega a los hombros y le inunda la cabeza y los ojos.

Una vez, precisamente ahí en Favignana, su padre le dijo: «Los Florio llevamos el mar en las venas».

Los orígenes de su familia resurgen, la sangre le canta bajo la piel.

Y además, Favignana. El único lugar donde consigue sentirse pleno. El único lugar donde los recuerdos no dañan, donde puede permitirse observar a sus fantasmas sin dolor, imaginándoselos a su lado, aunque ocultos en pequeñas zonas de sombra que rehúyen la luz importuna de esa isla.

Sus padres. Su hijo. Camille.

—Don Ignazio.

Se vuelve. Un marinero, en uniforme azul y sombrero claro, aguarda para decirle algo.

—Dime, Saverio.

—El señor Caruso ha venido a hablar con usted. Lo espera en la salita.

La salita del Queen Mary es un espacio funcional, donde las exigencias de la navegación están encubiertas por el lujo de la decoración. En las paredes enchapadas de madera, pequeños cuadros al óleo de paisajes marinos; el sofá es de terciopelo y está pegado a la pared, y la alfombra persa, una Senneh de tonos vino, está fijada al suelo para que no provoque accidentes.

—Don Ignazio, encantado de verlo. —Gaetano Caruso se quita el sombrero de paja y se levanta—. En el rostro afilado ya hay arrugas profundas y la perilla luce canas. «Antes su padre con el mío y ahora yo con él... otra historia familiar», piensa Ignazio, estrechándole la mano y mirándolo a los ojos. De pocas personas en el mundo puede fiarse como se fía de ese hombre.

Caruso tiene una cartera llena de cartas.

—Le he traído el correo. Ha llegado el barco de Trapani en el preciso instante en que me disponía a venir a verlo.

Se lo agradece con un gesto y lo invita a sentarse de nuevo, mientras repasa rápidamente la correspondencia. Algunas cartas llevan el timbre del Senado del Reino, otras son de naturaleza comercial. Nada que no pueda esperar.

—Y bien —murmura entonces, sentándose en el sillón—. Usted me dirá.

Caruso cruza las manos sobre las piernas. Los ojos —oscuros, alertas— ahora son prudentes. Pero las palabras son rápidas.

—Vuelve a correr el rumor de que quieren cambiar al director de la prisión. No sabemos quién va a venir y si seguirá permitiéndonos trabajar con los presos. Es una noticia que corre desde hace tiempo, como sabe. Pero ahora parece que es cuestión de días.

—*¿Qué? ¿Es que no saben qué hacer?* —Ignazio resopla, irritado—. *¿*Hay que estar preguntándose siempre qué quieren estos factótums del ministerio? Encima, en plena matanza. —La exasperación le quita la sensación de placidez. La arruga del entrecejo se remarca—. Escribiré enseguida a Roma; Abele Damiani se ocupará del asunto. Ya tuve que *molestarlo* una vez por algo así. —Hace una pausa, menea la cabeza—. Si no supiese que emplear a los presos nos ahorra un montón de dinero, prescindiría encantado de ellos. Porque aquí, aparte de las matanzas, solo hay pérdidas.

Caruso, desconsolado, abre las manos.

—Don Ignazio, ¿me lo dice a mí? Entre los salarios de los almadraberos y los de los obreros de la fábrica de enlatado, los gastos por las reparaciones de calderas de la instalación y los del viñedo, en Favignana tenemos un pasivo que... —señala el pueblo con un gesto leve—. *Sin contar el dinero para los curas y sacristanes.*

La mirada siniestra de Caruso le arranca una carcajada a Ignazio.

—Sé que dos sacristanes le parecen demasiado para una islita como Favignana, pero también se encargan del mantenimiento de la iglesia, y correr con los gastos de la iglesia principal es una de las obligaciones del dueño de las islas, dado que aquí el mar se lo come todo, empezando por los edificios... Y, además, se lo he prometido a mi esposa. Usted ya sabe que es una mujer devota. En cuanto al viñedo... —Se acoda en el brazo del sofá, apoya la barbilla en el puño cerrado—. El aroma que tiene este viñedo es uno de los pocos placeres que me quedan. Siento el mar dentro.

Caruso no consigue velar su estupor tras la máscara de deferencia. A veces, en el comportamiento del *jefe* —él también lo llama así, como lo llaman los obreros— se abren grietas que lo devuelven a una dimensión más humana. Pero rápidamente se cierran.

—Don Gaetano... cuando uno es rico, tiene dos opciones. O disfrutar de la vida y que todo le dé igual, o procurar que las cosas vayan lo mejor posible para él y para los que trabajan para él. No necesito decirle cuál es mi opción.

—Lo sé, don Ignazio. Aunque esté aquí, en este barco, *donde parece que está reposando*, sé que trabaja. —Se toca las sienes—. Usted trabaja aquí dentro. No deja nunca de pensar en la NGI, en la fundición, en la bodega...

—Porque es mi deber. —Lo dice con sencillez—. La Casa Florio es mi familia, y no puedo descuidar a *la familia*. —Se levanta, con un gesto le pide que lo acompañe—. Pero eso no significa que no pueda disfrutar de las cosas buenas que tengo.

En el puente, Ignazio dirige la mirada hacia el establecimiento.

—Muy pronto haremos que se hable de la almadraba, aún más que ahora.

Caruso entorna los ojos al sol.

—¿Qué quiere decir?

—Crispi y yo estamos pensando en un proyecto. Algo grande. —Baja la voz, esboza una leve sonrisa—. Una exposición nacional.

Caruso se muestra sorprendido.

—¿En serio?

—Los tiempos ya están maduros para que se haga una exposición en el sur. Y ¿dónde mejor que en Palermo? Contamos con los espacios necesarios, entre las afueras de la ciudad y el parque de la Favorita, y además... —Se señala a sí mismo, enarca una ceja—. Tenemos el dinero y las personas adecuadas para proyectar un evento semejante.

—Sería magnífico... —Caruso abre la boca, se detiene, extiende las manos—. Una exposición en Palermo supondría miles de visitantes y la posibilidad de dar a conocer nuestros productos. Serviría para que Roma y el norte comprendieran que aquí no somos solo cabreros y pescadores.

—Oh, pero eso la gente de Roma lo sabe de sobra. De ahí que haya habido obstrucciones. —Ignazio señala el mar que tiene a su espalda—. Si lo conseguimos, ¿quién cree que se encargará del transporte de las mercancías? ¿Y a quién cree usted que se dirigirán las empresas que quieran exponer? A quien organice la exposición, por supuesto. —Le acerca la cabeza a Caruso, le aprieta el brazo—. Pero no soy el único que quiere la exposición. La quiere Crispi, y el hecho de que ahora sea el presidente del Consejo, el primer hombre del sur en ese cargo, puede permitirnos derribar bastantes obstáculos. Él sabe que contaría con el respaldo de todo el mundo político siciliano. Yo no haría sino aportar el *dinero* necesario... —Se frota el índice contra el pulgar—. ... para que ellos me den los espacios que quiero. —Se endereza y entorna los párpados. La luz del sol agudiza el dolor que sufre en los ojos desde hace años—. Pero todavía está todo en el aire. Usted guarde silencio y *ojo avizor*, que una idea así es enorme. Cuando se difunda la noticia, proyectaremos un pabellón para nuestras actividades y el atún, nuestro atún, será el protagonista de la feria junto con el marsala.

—*Ni una palabra*, don Ignazio. —Caruso no añade nada más. Estaba demasiado sorprendido, y podría haber muchas consecuencias si esa exposición se hiciera realidad. Ignazio asiente, luego lo acompaña a la escalerilla de la embarcación.

—Espero noticias de la fundición acerca de unas mejoras que hay que acordar, en cuanto a tiempos y formas, con el personal de la nueva línea de navegación para Bombay.

—Cuando lleguen, yo mismo se las traeré.

En ese instante, Ignazio ve a su hijo. Ignazziddu lleva el sombrero en una mano y un bastón con empuñadura de plata —como dicta la moda— en la otra, pero corre como un loco, y levanta nubes de polvo. Llega por fin al pie de la escalerilla y se detiene para tomar aliento.

Ignazio suspira. Hay días en los que pierde la esperanza de que su hijo llegue a ser alguna vez su brazo derecho en la administración de la Casa Florio. Y no solamente porque no tiene el menor interés en las negociaciones en las que su padre trata siempre de implicarlo. Es algo más profundo, como si Ignazziddu tuviese que ver del mundo solo las cosas hermosas. Que, casualmente, para él son las más caras.

Caruso juguetea con el ala del sombrero de paja.

—Entonces, ¿lo espero más tarde, don Ignazio? Para recorrer la instalación, *ya sabe...*

—Ahí estaré. Entretanto, enviaré un telegrama a Damiani.

Caruso e Ignazziddu se cruzan en la escalerilla. El hombre se toca el ala del sombrero, murmura un saludo; el joven levanta la mano en un gesto desganado. Luego se acerca a su padre, que lo mira fijamente, sombrío.

—Parece que no te hemos enseñado educación. ¿Esa es una manera de comportarse?

Ignazziddu se encoge de hombros.

—Es el señor Caruso, papá. Me conoce desde que era *niño*... ¿Tengo que aparentar con él?

—Los buenos modales no tienen edad. Tienes casi veinte años y deberías saberlo. La educación es lo que convierte al hombre en un caballero. —Baja los ojos a los zapatos de piel, de manufactura toscana—. Estás cubierto de polvo. *¿Por qué tienes que correr así?*

El muchacho agita un papel.

—Se trata de algo de lo que había hablado con Giulia, y hoy ella me ha mandado un telegrama, dándome su confirmación.

Ignazio siente que el corazón se le ensancha en el pecho. Tres años después de casarse, Giulia, su *niña,* por fin va a hacerlo abuelo. La última vez que la vio, hace unas semanas, la encontró serena, aunque había engordado mucho por el embarazo.

—¿O sea?

De repente, Ignazziddu vacila, busca las palabras. Recorre el puente de un lado a otro.

—A Giulia le gustaría descansar después del parto, pero, naturalmente, su marido no quiere que se marche de viaje, menos con un recién nacido. Ya sabes cómo es... —Baja la voz, esboza una sonrisa cómplice—. Ha tenido que pasar todo el embarazo pegada a la suegra. Ahora querría estar un poco tranquila.

Ignazio lo mira, el rostro pétreo.

—¿Y bien? Ve al grano, hijo. ¿Qué quieres decir?

—Giulia y yo queríamos saber si nos permitirías usar el Queen Mary para ir unos días a Nápoles, este verano. —Lo dice todo de un tirón, con el bigotillo tembloroso bajo los labios fruncidos en una sonrisa torcida. Luego, de golpe, la mirada se torna suplicante.

La irritación de Ignazio entonces estalla. Solo un improperio, rumiado en voz baja. Se pone a andar, las manos enlazadas a la espalda, los faldones de la chaqueta agitándose al viento.

—Tú le has preguntado a tu hermana si quería irse y ella, estoy seguro, ha aprovechado la ocasión para alejarse de su suegra, que no ha hecho más que criticarla e indisponerla con Pietro... —Se detiene, lo mira fijamente—. Sí... apuesto que también has hablado con tu cuñado, para sugerirle que eso le permitiría a Giulia descansar un poco. ¿Me equivoco?

Ignazziddu se muerde el labio. Es como si, abochornado, estuviese a punto de reprimir una carcajada, como un niño al que pillan robando en la despensa. Es una actitud capaz de vencer toda resistencia de Giovanna, que a su hijo le ha consentido siempre demasiado, por no decir todo. Pero él no es Giovanna, e Ignazziddu tiene que aprender a pedir las cosas, a sudárselas, y no a exigirlas sin más.

Ignazio se detiene, le pone un dedo en el pecho.

—No puedes aprovecharte de la gente, y, mucho menos, de mí: eso lo detesto, y lo sabes. Lo has hecho todo a mis espaldas para ponerme ante una situación irreversible, de manera que ya no pueda decir que no a Pietro y Giulia, salvo que quiera quedar como un déspota.

El chico tuerce los labios en una mueca de enfado.

—A ti nunca se te puede pedir nada sin especificar el motivo, la manera y el momento. ¿Qué te cuesta dejar que Giulia y yo pasemos un tiempo con nuestros amigos? De todos modos, si *madre* y tú os quisierais ir, también podríais hacerlo en nuestro tren.

—¿Amigos? —El tono de Ignazio se vuelve ahora más agudo. Un grumete que está sacando brillo al pasamanos levanta la cabeza, los observa con curiosidad. Ignazio lo fulmina con la mirada y el chico vuelve enseguida a su tarea, con la cabeza hundida en los hombros—. ¿A cuánta gente has invitado? ¿Piensas decírmelo todo de golpe o pretendes contarme las cosas en episodios, como si esto fuese una de esas novelas que lee doña Ciccia?

Ignazziddu se pasa una mano por el pelo, se lo revuelve. Parece darse cuenta al momento de que ese gesto es fruto del nerviosismo, y se recoloca el pelo.

—En este yate cabe medio Palermo, padre, y lo sabes. —Eleva los ojos al cielo—. Y, además, no se trata de que me niegues algo solo a mí...

«Pequeño infeliz», piensa Ignazio. «¿Pequeño? ¡Grandísimo listorro y manipulador!». Sabe perfectamente que él siente predilección por Giulia y que nunca la decepcionaría. Manipula bien a la gente, Ignazziddu. Una habilidad que él ha desarrollado con el tiempo, pero que en su hijo es innata.

«Ese es un don que hay que cultivar».

El chico se le acerca más, baja la voz.

—Te lo ruego, papá. —La mirada es suplicante, incluso sumisa. A su pesar, Ignazio esboza una sonrisa. Si ha de ceder, lo hará con sus condiciones.

—Te lo diré en estos días. Pero te digo algo ahora mismo.

Ignazziddu lo mira fijamente. En sus ojos, esperanza y, a la vez, un leve temor.

—Dime. Lo que sea.

—Desde este otoño, vendrás a la oficina conmigo.

En el monte Bonifato, el sol de septiembre traza sombras largas, semejantes a grandes olas que desde la cumbre descienden hacia el valle, siguiendo la línea de las terrazas.

Ignazio se apea del carruaje cubierto de polvo, aspira con fuerza el aire dulzón y cargado de vapores que envuelve la campiña. Detrás de él baja Ignazziddu, cejijunto. Es una campiña rica, donde el marrón de los campos recién arados se alterna con el verde salpicado de gris de los olivos y el más oscuro de los viñedos. Luego él baja la mirada a la plataforma de metal situada al lado de las vías: un nudo a pocos metros de la estación de tren. En el centro, en el eje, una inscripción:

FONDERIA ORETEA
1889
PALERMO

En 1885 compró esa propiedad en las afueras de Alcamo, donde viven muchos de sus proveedores de uva y mosto para el marsala. Y fue una buena idea. Ha construido una factoría con un patio cuadrado: una instalación para la producción de vino, con grandes cubas fuera para la pisa y hornos para la cocción del mosto. Se le ocurrió una vez que coincidió con Abele Damiani en Roma en una sesión parlamentaria. Como ocurría otras veces, estaban hablando de lo que podía hacerse para mejorar la economía siciliana, y Damiani le había ensalzado las posibilidades de una factoría en la zona de Alcamo.

—Podría elaborar el mosto ahí, y después mandarlo a Marsala —le dijo—. Sería estupendo, don Ignazio.

—¿De Alcamo a Marsala, con los caminos que hay? ¿Y cómo, con los carritos? —respondió Ignazio, un poco enfadado. Pero de repente vio qué era lo que podía hacer.

Una revolución.

«No, no con los carritos. Con carros mucho más grandes».

Siente, antes de verlo, que el tren de mercancías está a punto de hacer su entrada desde Palermo. Siente la vibración que asciende del suelo a su piel, y luego el leve pitido que arrastra el viento. Da entonces la espalda a la estación y, con su hijo, cruza el monumental pórtico con la medialuna en la que figura el símbolo de su familia, el león abrevándose bajo un árbol de quina, y se dirige hacia el director del establecimiento y a Abele Damiani, que lo están esperando. Se saludan con fuertes apretones de manos. Si a Damiani lo sorprende que Ignazziddu esté ahí, no lo demuestra.

—Ya le decía yo que era una buena idea construir aquí la factoría —exclama, sonriendo.

Ignazio asiente.

—Es cierto, y hoy quería estar presente para ver el primer cargamento de barriles de Palermo, los que usaremos para el refinado del vino. Con la vía que llega hasta aquí, ya no hará falta descargar la mercancía en el exterior.

Sí, porque esa es su obra maestra: haber solicitado y conseguido que la línea del ferrocarril, la línea estatal, se desviase para llevar las vías hasta el interior del establecimiento. Era algo extraordinario para Sicilia. Para ese pequeño centro agrícola, además, era casi increíble.

Había hablado mucho con Vincenzo Giachery, y atesorado su larga experiencia administrativa, y, de hecho, en el último año, tras el fallecimiento del director de la Oretea, había lamentado profundamente la ausencia de aquel hombre tan inteligente y sensible. Pero no se había detenido y, no bien expuso su idea a Damiani, ese politiquero de aspecto astuto había movido cielo y tierra para que se aprobase el proyecto; de ese modo, podría vanagloriarse de haber sido él quien había convencido a los Florio de haber llevado trabajo a aquellos campos perdidos. Porque llevar trabajo significaba acumular prestigio. Y obtener votos.

Pero todo eso a Ignazio no le importa. Él ha alcanzado sus objetivos: mejorar la producción del marsala y disminuir los costes de producción. O al menos eso parece. Ha llegado el momento de comprobarlo. Se dirige al director del establecimiento.

—¿Así que todas las previsiones de la vendimia se han cumplido?

—Hasta el último racimo. Ha sido una buena vendimia, don Ignazio. Pase, lo acompaño a visitar los despachos.

En ese instante, la locomotora entra en el patio, seguida de una estela de vapor negro que ensucia el cielo. El tren para con un pitido, entre las miradas pasmadas de los obreros que hay en los andenes y en la entrada de los almacenes. Todo se detiene unos segundos. Luego estallan aplausos y gritos de júbilo. Ignazio aprieta el brazo de su hijo, fija una mirada preñada de orgullo en esa escena y le dice:

—Recuerda este momento. Los Florio somos quienes lo hemos hecho posible.

Mientras los obreros empiezan a trabajar, el grupito sube a la planta superior de la factoría y se encuentra frente a una puerta de madera de doble hoja, que da acceso a las oficinas de la casa comercial.

En la puerta hay dos letras de bronce, del tamaño de una mano: una I y una F cruzadas; alrededor de ellas, una rueda dentada, también de bronce, sobre la que hay grabado un lema.

LA INDUSTRIA DOMINA LA FUERZA

Es una frase pensada por el propio Ignazio. El ingenio, la investigación, el trabajo vencerán a la ignorancia, a la fuerza bruta, al atraso.

Su idea de una gran exposición en Palermo está cobrando lentamente forma. Ha hablado con muchos políticos, en Roma, y con otros grandes empresarios por toda Italia. Ha decidido que el arquitecto Ernesto Basile es la persona indicada para llevar a cabo el proyecto. Ernesto tiene una visión de la arquitectura que le encanta, más refinada pero también más moderna que la de su padre Giovanni Battista, quien proyectó el Teatro Massimo. Por supuesto, se necesitarán dinero, tiempo, energías...

Pero, en ese momento, su proyecto ya tiene un sentido.

¿Qué más le dan todos los obstáculos a los que se enfrentará? Los superará todos.

El progreso no puede detenerse.

Poco antes de la Navidad de 1890, Ignazio empieza a notar un agotamiento extraño, que hace que le cueste levantarse por la mañana y lo obliga a descansar por la tarde, lo que lo lleva a abandonar su despacho en la plaza Marina y a renunciar a sus visitas periódicas al Banco Florio. Giovanna parece no darse cuenta de la indisposición de su marido: una de sus más queridas amigas, Giovanna Nicoletta Filangeri, princesa de Cutò, está mal. Ella va a verla casi a diario, la atiende cariñosamente. A diario la ve morir y consumirse por una enfermedad cuyas causas dejan perplejos a todos los médicos.

—Parece que también es consecuencia de una hernia mal curada, ¿sabes? —le explica a Ignazio durante la cena, pocos días después de la Inmaculada. Están solos en el gran comedor de la Olivuzza. Ignazziddu ha ido con Giuseppe Monroy y Romualdo Trigona a una fiesta. Vincenzo está en su habitación, donde ha cenado con la niñera.

Ignazio no responde.

Giovanna levanta la mirada. Lo observa.

Él está inmóvil, con los ojos cerrados. Está pálido.

—Pero... ¿*Qué te pasa*, te encuentras mal?

Ignazio agita una mano, como para espantar esa idea. Luego abre los ojos, agarra la cuchara, la hunde en la sopa de pescado y mira a Giovanna, esbozando una sonrisa que más parece una mueca. Desde hace tiempo siente un poco de náusea cuando come, dice, y le dirige una mirada con la que querría tranquilizarla, pero que la inquieta todavía más.

Es entonces cuando ella se da cuenta de que Ignazio no ha comido casi nada y de que no es la primera vez que eso ocurre. El malestar que él siente y que se empeña en ignorar se vuelve ahora concreto, tangible, y casi pasa de él a ella, le eriza la piel y la asusta.

De golpe, Giovanna tiene miedo.

Miedo, porque su marido nunca ha tenido esas ojeras. Miedo, porque tiene el rostro hundido y hasta el pelo, normalmente tupido y brillante, está apagado. Miedo, porque alrededor de Ignazio hay un olor raro, desagradable.

—*Estás flaco...* —murmura.

—Sí, he adelgazado un poco, es cierto. Han sido días difíciles, duermo poco...

—¿Y no has comido también poco? —pregunta ella, agarrándole la mano. Señala el plato con un gesto de la barbilla y él se encoge de hombros.

—Creo que mañana haré que me vea nuestro médico —concluye Ignazio, apartando el plato.

Giovanna está sorprendida de esa decisión repentina. No sabe bien cómo interpretarla, pero sí sabe algo: la asusta.

—Sí, claro. Mañana no iré donde Giovanna. Me quedaré contigo. Que te vea el médico. A lo mejor solo necesitas un reconstituyente, o un jarabe para dormir.

Sin replicar, Ignazio se levanta y le da un beso en la frente.

—Sí. Pero ahora voy a acostarme. —Y se aleja. Parece más encorvado, y el paso es menos elástico, menos seguro.

Giovanna oye los pasos en las escaleras. Después, cuando vuelve el silencio, junta las manos y comienza a rezar.

El médico llega al final de la mañana. Para distraerse, Giovanna ha ordenado que se empiece a decorar la villa con los adornos navideños y que se prepare el salón para la llegada del gran abeto.

Pero la angustia la sigue de habitación en habitación, le sube por el vestido, se le enrolla al cuello como una pequeña y maléfica serpiente, baja luego al estómago, donde se queda. Doña Ciccia la ve llevarse a menudo las manos al vientre y apretar el rosario de coral y plata, que después guarda en el bolsillo. La mira y menea la cabeza sin decir nada, porque no le gusta lo que percibe en el ambiente, y se pregunta si esta vez no debería acudir a las *almas del purgatorio* para que ellas le digan qué está pasando.

Ignazio, extenuado, se ha quedado en la cama, en la penumbra de las persianas entornadas.

Giovanna da instrucciones, mueve floreros y velas, regaña con aspereza a las criadas que, a su entender, son demasiado lentas. Al final, reprende a Vincenzo, que molesta con sus bromas a los criados que están colocando los adornos. Lo manda a ensayar con el violín, pero enseguida se arrepiente y le implora que pare «esa tortura».

Entonces llega el médico. Habla con Ignazio, lo explora con la ayuda del valet. Giovanna comprende rápido que algo va mal. Lo nota en la cara de Ignazio, mientras le explica al médico cómo se encuentra, y lo confirma en el instante en que se desnuda, cuando revela una delgadez casi impresionante.

Sale de la habitación con la cabeza gacha. Es como si dentro de ella algo estuviese pasando del estado gaseoso al sólido. La inquietud se está convirtiendo en terror.

Doña Ciccia la está esperando, la abraza. En el fondo, ha sido la madre que nunca tuvo, el consuelo que ella siempre ha necesitado.

—Vamos, cálmese. *El doctor todavía no ha dicho nada...*

—*Pero ya no es él* —dice ella. Luego cierra los ojos y se lleva una mano a los labios, como para interponer un obstáculo a la angustia e impedirle salir.

Poco después, el médico la llama. Doña Ciccia casi la empuja dentro de la habitación, luego cierra la puerta y junta las manos para rezar.

—Su marido, señora, está muy débil. Tomaré muestras de orina para hacer pruebas y también le extraeré un poco de sangre. Mientras tanto, necesita una dieta ligera pero nutritiva que lo ayude a recuperar las fuerzas, a restablecerse. Y tiene que descansar, mucho. —El hombre, alto, con el pelo negro salpicado de canas en las sienes y la nariz marcada por racimos de capilares morados, se vuelve hacia Ignazio y lo previene con severidad—: Nada de viajes ni de esfuerzos, senador. No es el momento.

Desde la cama, Ignazio asiente. No mira a Giovanna; no quiere que se preocupe más de lo que ya está.

Y por eso calla lo que el médico le ha revelado: que el fuerte olor de su sudor, que la piel tensa, frágil como el papel, que el dolor de ojos, el cansancio, la pérdida continua de peso y el insomnio hacen suponer que sus riñones están muy débiles y que les cuesta renovar la sangre.

Ignazio deja que el médico y su esposa se pongan de acuerdo sobre la terapia. Los oye hablar de baños de vapor, de terapia digital, de hierro para reforzar la sangre, de leche... Luego se vuelve hacia Nanai y le dice que vaya a su despacho y que le lleve papel y pluma. Giovanna menea la cabeza, querría regañarlo, pero él explica casi con dulzura:

—Solo alguna carta. No puedo abandonar del todo los negocios...

Y eso hace.

Una vez solo, le escribe a su amigo Abele Damiani, rogándole que siga con suma atención el asunto de los convenios postales; es cierto que ahora los gestiona la Navigazione Generale Italiana, pero caducarán dentro de un año y la Casa Florio necesita, en cualquier caso, que se renueven; después prepara una nota para Caruso, pidiendo noticias sobre algunas mejoras de la instalación de conservación del atún en Favignana.

De repente, una voz al otro lado de la puerta.

—¡Papá!

Rostro tenso, inquietud en la voz, incredulidad en los ojos, Ignazziddu entra, apoya el bastón en la puerta y lanza el sombrero a un sillón, mientras Nanai agarra al vuelo el gabán que estaba a punto de caer al suelo.

Se detiene delante de Ignazio, va a sentarse en la cama, pero vacila.

—¿Puedo?

Ignazio se permite una sonrisa y da una palmada en la manta.

—¡Por supuesto! Ven. Solo estoy un poco cansado.

Ignazziddu obedece.

—¿Y bien? ¿Qué pasa en la plaza Marina?

Desde hace un año, su hijo trabaja con él, e Ignazio incluso le ha dado un poder general para los negocios de la Casa Florio. Pero siempre —con discreción y amabilidad, pero también con firmeza— lo ha dirigido, lo que, hasta ahora, les ha dado tranquilidad a ambos.

—Nada raro. Laganà sigue repitiendo que, para suscribir los nuevos contratos de flete, tenemos que mejorar el servicio, remozar los camarotes de los pasajeros y aumentar el salario del personal. Pero sabe perfectamente que estamos reduciendo costes, ya que las subvenciones estatales no alcanzan y no conseguimos cubrir los gastos. Y las reparaciones de los piróscafos se hacen en la Oretea...

—¿Y la bodega? ¿Qué noticias tienes?

El hijo baja la cabeza, juguetea con la sábana.

—Buenas, papá, descuida. Me ha llegado una carta de mister Gordon justo hoy. El director afirma que han conseguido resultados excelentes con el precinto de Antonio Corradi, el que hemos adoptado para impedir que, durante el transporte o en la aduana, puedan producirse robos de vino: poniendo la chapa de metal sobre el tapón de corcho de las cubas, estas no pueden abrirse sin que se note que han sido forzadas.

Ignazio se sienta. Ya se encuentra mejor. Puede que el médico tenga razón. Debe reducir las citas, descansar más. En una palabra, delegar.

—Estupendo. *Frente a un testarudo, testarudo y medio* —dice.

Ignazziddu se ríe.

Ignazio le indica con un gesto que se levante y le pide que le pase la bata de cachemir.

—Demos un paseo por el jardín —dice luego.

—¿Estás seguro? Empieza a oscurecer...

—Basta que tu madre no me vea. Por cierto, ¿dónde está?

El muchacho se encoge de hombros.

—En el salón verde rezando la novena de la Inmaculada con doña Ciccia y las criadas, supongo. ¿Es que mi madre hace algo que no sea rezar y bordar?

—Ignazziddu... —lo regaña el padre—. Es tu madre.

—Mi madre tendría que hacerse monja.

Ignazio se ríe, después mira por la ventana: está anocheciendo en un día inusualmente templado para ser diciembre. El parque —desnudo, silencioso, dejado en barbecho por el jardinero— está sumido en la penumbra y solo el rumor del viento que entrelaza sus corrientes por las ramas demuestra que es invierno. Ya se imagina la paz que va a sentir caminando por las veredas que conducen a la pajarera en la que hay loros, cotorras, mirlos y enormes águilas reales.

Mira la cama que tiene detrás y se apoya en su hijo.

—*El apego a la cama no es bueno.* —Mientras lo dice, sin embargo, recuerda lo que le contaba su padre de la enfermedad del abuelo Paolo. Vincenzo nunca había hablado mucho de él y lo poco que sabía se lo había contado su abuela Giuseppina, *que en paz descanse.* De él solo quedaban unas pocas palabras narradas y la tumba en Santa Maria di Gesù.

Sin embargo, tiene un recuerdo vivo, imborrable: hace muchos años, su padre lo llevó ante un edificio derruido, a cuyo lado había un limonero abandonado. Era la casa donde Paolo Florio había expirado, a causa de la tisis. Vincenzo, su padre, tenía entonces ocho años. Fue el momento en que el tío Ignazio empezó a ocuparse de él.

Se estremece.

También su Vincenzo tiene casi ocho años.

Las fiestas de Navidad transcurren con apariencia de felicidad. Cada noche, la Olivuzza —cálida, acogedora— resplandece en el centro del parque: la luz se expande por las ventanas, acaricia los árboles, muestra los perfiles de los setos, esculpe la línea de las palmeras que se elevan hacia el cielo. Pero la luz parece invadir también todas las habitaciones, incluso las más remotas, como si Giovanna hubiese ordenado a los criados que encendieran todas las lámparas, todas las luces para vencer la oscuridad. Los invitados se reúnen alrededor del abeto, repleto de velas rojas: están Giulia y Pietro —junto con el pequeño Giuseppe, que tiene un año y medio, y con su hermanito Ignazio, nacido el 22 de agosto— y también están la hermana Angelina y su marido Luigi De Pace. Como ocurre a menudo, en cambio, la familia Merle se ha quedado en Marsella: desde la muerte de Auguste, el suegro de Giuseppina, no ha vuelto a Sicilia ni una sola vez. Giuseppina, François y Louis Auguste, que ya es todo un hombre, han mandado de todos modos un baúl lleno de regalos.

Giovanna hace de todo para tener la mente y las manos ocupadas: se ha encargado de la tradicional entrega de regalos a los pobres del barrio y del ajuar para los bebés de las familias más necesitadas, y a todos les ha pedido que recen por ella y su familia. Ha seguido de cerca a las chicas de la escuela de bordado, consagradas a terminar los ajuares que servirán para las bodas en primavera, después de la cuaresma. Ha departido con los invitados a todas las horas del día, salvo cuando se reunía para rezar con las mujeres de la casa.

De todo, con tal de no dejar espacio a la aprensión.

Por su parte, Ignazio alterna mañanas de descanso con mañanas en las que acude a su despacho en la plaza Marina. Trata de que no se le vea débil: no le prestaría un buen servicio a la Casa Florio. Por la tarde, no elude las charlas con los invitados. De todos modos, se mueve poco, come sin ganas, y suele estar sentado en el sillón, delante de la chimenea, leyendo o escribiendo cartas sobre el escritorio portátil, de raíz de nogal y latón.

Durante las fiestas, Giulia notó que su padre estaba más cansado de lo habitual, pero no se atrevió a hacer preguntas directas. Hubo murmullos, miradas, insinuaciones. Le pareció que Ignazziddu estaba muy nervioso, casi arisco, y su madre le mencionó algo, pero enseguida cambió de tema. Con tantas obligaciones como tenía —por sus hijos, por las recepciones en el Palacio Butera, por las visitas de beneficencia—, en ningún momento pudo hablar directamente con su padre, para averiguar si realmente pasaba algo malo.

De manera que es con ansiedad potenciada por el sentimiento de culpa como Giulia se presenta en la Olivuzza una tarde fría y despejada, con un sol que no calienta, poco después de Año Nuevo. Giovanna no está: ha ido a ver a la princesa de Cutò, ya agonizante.

Sin hacerse anunciar, entra en el despacho. Pero al escritorio no hay nadie.

—¿Dónde está mi padre? —le pregunta, con brusquedad, a un criado que está quitando el polvo a los registros de la estantería. El criado la mira, dubitativo: el senador se encuentra mal, y lo saben todos en la casa. Pero eso no se dice en voz alta.

—¿Dónde está? —insiste Giulia.

El hombre no tiene forma de responder. En la puerta del despacho aparece Vincenzino, despeinado y con un álbum de dibujo bajo el brazo. Entra, le tira del traje.

—¡Giulia! Iba a verlo. Ven conmigo.

El niño le tiende la mano y la hermana se la estrecha. Ella y ese diablillo de ojos oscuros no se han visto mucho: en el fondo, entre ambos hay una diferencia de trece años. Cuando se casó, él tenía solo dos años, y por su edad está más cerca de sus hijos que de ella.

—¿*Cómo está papá?* —pregunta Giulia en voz baja.

Vincenzino se encoge de hombros. Aprieta su mano.

—*Así.* —Y, al decirlo, estira la otra mano hacia el frente y la mueve, como si fuera una ola. Altibajos.

Llegan delante de la puerta del padre. Giulia llama.

—Adelante —responde una voz.

Ella vacila, la mano inmóvil en el elaborado pomo de latón, en la boca, un sabor amargo. La voz de su padre siempre ha sido profunda, firme. Esa voz, en cambio, es débil, insegura.

Lo encuentra en el sillón, en bata.

—¿Has comprendido, Nanai? —le está diciendo al valet—. A las nueve en punto quiero el carruaje. Y recuérdale a Ignazziddu que él también tiene que venir. Laganà nos espera en la plaza Marina y... —En ese instante ve a Giulia y sonríe, se levanta y va hacia ella.

Giulia lo abraza.

Y comprende.

Esconde el rostro en el cuello de terciopelo, levanta rápidamente un dique en su interior, para que la angustia no la desborde. Giulia sabe por los demás lo mucho que su cuerpo sólido y fuerte ha adelgazado y se ha debilitado. Nota un olor que el familiar perfume de la Eau de Cologne des Princes, comprada en París, en Piver, no encubre. Ve que sus brazos solo se han levantado un poco, como si le costase mucho hacerlo.

Giulia se aparta, lo mira, sus ojos se están llenando de lágrimas.

—Papá...

Vincenzo observa la escena, tiene un lápiz entre los labios, los ojos estirados van del padre a la hermana.

Con la mirada, Ignazio le implora a Giulia que no diga nada, luego llama al niño, que se ha acurrucado en el sillón donde él estaba sentado.

—¿Por qué no vas a las cocinas y pides que nos traigan algo de comer, eh, Vincenzino? —dice.

El niño abre mucho los ojos.

—Sé que hay rosquillas recién hechas. Hace poco olí su aroma —exclama, y baja de un salto del sillón—. ¿Para ti leche, papá?

—Sí, gracias.

—¿Rosquillas? —Giulia lo interrumpe—. *Pero si son dulces del día de los muertos.*

Vincenzino se encoge de hombros.

—Las hacen, de todos modos —replica, con un brillo alegre en los ojos. Y desaparece por la puerta, saltando en un pie.

—*A este niño* lo estáis mimando demasiado —comenta ella, mientras Nanai le acerca una silla para que se siente.

—Es tu madre. No sabe negarle nada.

Nanai cruza una mirada con su amo, luego sale y cierra la puerta.

—¿Qué pasa? —pregunta Giulia, al tiempo que su padre vuelve a sentarse. Ya no oculta el pánico en la voz. Se inclina hacia él, le agarra la mano.

—Nada, nada. He estado mal, una especie de intoxicación de los riñones... Ahora estoy mejor —le responde, poniéndole un dedo en los labios para hacerla callar—. Me han dado unos reconstituyentes y me han hecho beber agua y unos brebajes horribles... y después me han dado leche, como si fuese un *bebé*. La dieta que me han prescrito parece surtir efecto. Todavía no he recuperado todas las fuerzas, pero sé que voy por el buen camino.

Giulia le quita un mechón de pelo de la frente, busca con afán una señal en su rostro, un rastro de verdad en lo que está diciendo. Pero no lo encuentra. Entonces sigue buscando. Le agarra la cara con las manos, hurga en sus ojos, y ve en ellos lo que hay detrás de la mentira que se cuenta a sí mismo y que cuenta a los demás.

Miedo. Desconsuelo. Resignación.

Siente aflorar una sensación fría como el agua de un manantial. La espanta.

—¿Qué dice *maman*?

Él se encoge de hombros.

—*Está asustada*. Pero yo no soy de los que se *dejan derrotar*.

Delante de los ojos de Giulia se materializa la imagen de un olivo, alto y fuerte. Un árbol que —como siempre le ha dicho su padre— no puede morir ni aunque se corte de raíz. En cambio, «ese olivo» se está encorvando ante sus ojos, como si su linfa se estuviese secando, como si las raíces ya no fuesen capaces de absorber nutrientes de la tierra.

—¿Y los médicos?

—Dicen que estoy mejorando. De todos modos, antes que ellos, tengo que hablar yo, y decir cómo me encuentro. Y me encuentro mejor. —Casi para reforzar esa afirmación, se da una palmada en el pecho. Después prosigue, trata de mantener un tono ligero—: He de levantarme lo antes posible: sabes muy bien que nuestra Casa va a patrocinar la Exposición Nacional en noviembre, aquí, en Palermo... —Y añade, con una sonrisa—: Palermo, como Milán y París, ¿te lo imaginas? Tendrías que ver los proyectos que está haciendo Basile para nosotros. Son maravillosos. El pabellón de entrada recupera la arquitectura moruna y habrá incluso un mirador desde el que se podrá contemplar la ciudad.

—¿El arquitecto Giovan Battista Basile? Pero ¿no es demasiado mayor para un proyecto semejante? —pregunta Giulia. Intuye la respuesta, aun así, le gusta ver cómo cambia su padre cuando puede hablar con ella de sus negocios. Su mirada vuelve a iluminarse, su espalda parece más recta y su voz tiene la intensidad de antaño.

—Él no. Ernesto, su hijo. El padre, según parece, se encuentra mal. Ha proyectado pabellones en estilo árabe-normando, con pequeñas cúpulas en las puertas y una gran entrada que da al nuevo teatro, el Vittorio Emanuele.

Giulia suelta las manos de su padre, cruza los brazos sobre el pecho.

—He oído decir algo sobre la Exposición Nacional. El otro día vino a mi casa el prefecto, y estuvo charlando con Pietro. Le dijo que el príncipe de Radalì está muy contento con el negocio. *Que ya está contando el dinero que va a ganar.*

Ignazio la observa de soslayo y casi sonríe. Giulia, con su aspecto tranquilo y reservado, siempre ha sabido captar los mensajes realmente importantes de una conversación. Durante un largo y frenético instante, se la imagina dirigiendo la Casa Florio, haciéndola prosperar gracias a la intuición y la inteligencia que ha demostrado a lo largo de los años. «No como Ignazziddu, que es un insensato...». Pero luego menea la cabeza, como para olvidarse de esa idea absurda.

—Radalì ha sido listo, hija mía —replica—. Nos ha concedido el uso del Firriato de Villafranca, la finca de cítricos, de forma gratuita, porque sabe perfectamente que, cuando la Exposición haya terminado, podrá vender sus terrenos al precio que quiera. Ganará un montón de dinero.

Giulia asiente, contenta de que la enfermedad de su padre haya dejado de ser el tema principal.

—No es tonto: a un lado tiene un teatro, al otro está la via della Libertà, y después, al final de los terrenos, están los hoteles y los nuevos jardines, con la calle que llegará hasta el parque de la Favorita. Ahí podrá hacer lo que quiera.

—Sí. —Ignazio se relaja—. Una vez más, Palermo tiene que darnos las gracias. Gracias a los Florio y a los santos que tienen en el cielo se hacen algunas cosas. Verás, en Roma nadie quería que la Exposición se celebrase en Sicilia: quedaba demasiado lejos, decían, y el transporte en barco resultaba demasiado caro... o sea, el transporte con nuestros buques, que es lo que *algunos no se atrevían a decir.* —Hace una pausa, pide un vaso de agua. La angustia que, durante un instante, se le había pasado, le vuelve—. Ahora, toda la organización será de los Florio. De los Florio serán los barcos en los que llegarán los expositores y sus mercancías. De los Florio serán los pabellones más grandes, con el atún, el marsala y las máquinas de la Oretea. —Sonríe, y mira el fondo del vaso ya vacío y, a través de él, observa los dibujos de la bata. La suya es una sonrisa distante, oblicua—. Y nosotros tenemos que darle las gracias al abogado Crispi —concluye.

Giulia enarca las cejas, luego asiente, despacio. Francesco Crispi es el numen protector de la Casa Florio en general, pero también su numen personal; lo había comprendido cinco años antes, el día de su boda, cuando su padre le explicó que había sido él quien había redactado los acuerdos matrimoniales que vinculaban su dote.

—*Claro. Pero él no habría podido hacer nada sin ti.* —Es lacónica, directa. La voluntad de ese político no habría servido de nada sin el dinero de los Florio.

Ignazio iba a replicar cuando llega Vincenzino, seguido de una criada con una bandeja en la que hay leche y bizcochos.

Giulia le da las gracias, coge una rosquilla: esponjosa, recubierta de glaseado al limón, que habitualmente se prepara para el Día de los Difuntos. Pero todos en la casa saben que a Vincenzino le encanta y con gusto se hace una excepción por él...

«A lo mejor se hacen demasiadas excepciones», piensa ella, arrugando la frente. Pero, en cuanto ve el otro plato, rompe a reír.

—*¡Pignuccata!* ¡Mucho mejor! —Coge una bolita recubierta de miel y se la introduce en la boca. Después se chupa los dedos, y su hermano la imita enseguida.

Ignazio los observa y siente que el corazón se le ensancha. Ve a Giulia de niña y, a su lado, por primera vez después de mucho tiempo, a su Vincenzino, aquel niño al que se negó la posibilidad de llegar a ser adulto. Recuerda sus juegos en el parque, sus risas, el ruido de sus respiraciones en el sueño, sus travesuras que tanto exasperaban a Giovanna.

Nada. Ya no hay nada.

En cuanto a este Vincenzino, solo puede mirarlo desde lejos. Es demasiado inquieto, siempre se está moviendo y él no puede seguirlo, pendiente como está de recuperar sus fuerzas. Bebe un sorbo de leche, se detiene de nuevo. Observa a Giulia, que aborda a su hermano y le habla de esos sobrinos que, para él, son más unos primos, dada la escasa diferencia de edad. Escucha sus risas y se pregunta cuántas cosas se habrá perdido de sus vidas. ¿Dónde han acabado los años en los que sus hijos todavía eran pequeños? Él se dedicaba a hacer crecer su empresa, a alcanzar los niveles de riqueza y poder que su padre solo pudo rozar. Su madre se lo había dicho, mucho tiempo antes. «Entre las cosas que se pierden, la infancia de nuestros hijos es una de las más dolorosas». Solo ahora lo comprende. Ahora, cuando ya no hay remedio.

Y ese dolor se suma al otro, al que no tiene nombre, que habla de un tiempo que tendría que haber sido y no fue, de una dicha a la que había dado la espalda y que se ha cristalizado en el reino de las cosas perdidas y, como tales, perfecta.

Durante un instante, el aroma de las rosquillas es reemplazado por el de los claveles y el del verano de Marsella.

Luego, se desvanece.

Las semanas pasan, el invierno está a punto de acabar. Ignazio se levanta, trata de ocuparse de nuevo íntegramente de los negocios. Proyecta incluso ir a Roma y hasta le escribe contándoselo a Abele Damiani, su amigo senador.

Pero su cuerpo no está de acuerdo.

Se da cuenta una mañana, después de pasar una noche insomne en la que de repente ha tenido fuertes dolores de espalda, con náuseas. Cuando trata de levantarse de la cama, se marea, las piernas no lo sostienen. Se mira las manos y las ve temblar. Va tambaleándose hasta el espejo, sujetándose primero al borde de la cama y luego al sillón, se busca en el espejo.

Y no se encuentra.

Porque ese fantasma con las mejillas hundidas no puede ser él, piensa aterrorizado. Esas mejillas, ese cuerpo que parece perderse en el camisón, esa piel descolorida, amarillenta. Nada de eso le pertenece.

Llama a Nanai una y dos veces. A la tercera llamada, el valet llega y, cuando Ignazio se fija en la mirada del otro, comprende. Comprende que ya no queda tiempo, que eso que lo está envenenando está decidido a llevárselo rápido.

—*Llama a mi mujer* —murmura—. Y también llama al médico.

Pocos instantes después, la puerta que separa la habitación de

Ignazio de la de Giovanna se abre. Ella —en bata y con la trenza deshecha— cruza el cuarto, tropezándose con las zapatillas.

Entonces lo ve, y se lleva una mano a los labios.

—Ayer no estabas así —murmura.

Ignazio permanece inmóvil y no habla. Se cansaría demasiado. Ella lo sigue mirando. Giovanna es fuerte. Pero también está asustada.

—Algo... Anoche ha tenido que pasar algo.

Cuando los dos médicos llegan, lo auscultan, de nuevo le extraen sangre y le toman muestras de orina, con la esperanza de que los análisis den alguna señal. Sin embargo, se necesitará tiempo. Si estuviesen en otro lugar, en una ciudad del norte, por ejemplo, contarían con otros instrumentos, pero ahí...

En cuanto terminan el reconocimiento, se acercan a Giovanna en el parque, lejos de oídos indiscretos. Los dos se miran, turbados, buscan las palabras exactas, las más delicadas, las menos crueles. Pero vacilan.

A ella le basta una mirada para comprender.

Y solo piensa una cosa: no quiere comprender.

Entonces se vuelve de golpe, se va corriendo en busca de Ignazziddu y lo encuentra en el despacho de su padre, repasando documentos. Le ruega, le implora, que él hable con los médicos, porque no puede ser que...

Entretanto, en el jardín los dos médicos se miran desconcertados, no saben qué hacer. Hasta que llega el hijo y hablan con él.

El muchacho escucha con la cabeza gacha. Le parece que el cielo quiere aplastarlo, que los árboles de alrededor están a punto de caerle encima, que el suelo vibra. Les dice que pondrá a su disposición dos habitaciones ahí, en la Olivuzza. Es mejor que no se alejen, no con ese paciente en ese estado.

Entra en la casa, da órdenes a los criados, se despide de los médicos con un apretón de manos, luego se refugia de nuevo en el parque.

Nadie lo detiene.

Camina tambaleándose, deambula por las veredas con los brazos abiertos, como si buscase el consuelo de un abrazo.

Llora.

Ya ha perdido a un hermano y lo recuerda bien, sabe qué significa enterrar un trozo de vida y no quiere hacerlo de nuevo. De aquel desgarro siente todavía el olor, el de los lirios blancos que rodeaban el ataúd de Vincenzo. Su padre tiene poco más de cincuenta años, no puede marcharse así.

Es demasiado pronto, demasiado, demasiado pronto.

«¿Qué voy a hacer?», se pregunta. Llora con rabia, largamente, mientras, en su habitación, su madre está llorando en los brazos de doña Ciccia.

Pero él solo es capaz de pensar en el dolor que estalla en su interior.

Mientras la primavera empieza con timidez, Ignazio siente que la vida se despega de la piel y los huesos, como un traje del que tiene que desprenderse. Está solo en su habitación, hundido en el sillón, junto a la ventana. El aire es levemente tibio, huele a heno y flores. Al zumbido de los insectos se sobreponen los cantos de las aves de la pajarera o los gritos de Vincenzino, que está dando vueltas en el velocípedo por el parque.

Es marzo, y él lo nota: nota el aroma de la tierra calentada por el sol. Aún habrá días fríos, como ocurre siempre. Pero el reino del invierno ha terminado y pronto a los árboles les saldrán las yemas, los setos de rosas florecerán, las plumerias se cubrirán de flores blancas y, en su querido naranjal de la Villa ai Colli, los árboles darán los últimos frutos.

Ya no le queda mucho tiempo.

Un pensamiento tan crudo, tan sincero, que lo deja abatido.

Todo. Va a perderlo todo.

A sus hijos, a los que no verá crecer y a los que no podrá aconsejar o cuidar: a Vincenzino, tan pequeño como es, pero también a Ignazziddu, al que todavía le queda tanto por aprender y que carece de humildad para ello. A su esposa Giovanna, por quien siente, si no amor, sí una profunda ternura debido a la generosa dedicación que siempre le ha demostrado. Pero también Favignana, con el perfil áspero de Marettimo y el fino de Levanzo, que surgen en cuanto se navega alrededor de la isla, con los barcos calados para la matanza, esos cascos que quiebran el color azul de las olas, y que se vuelven rojas de sangre. El blanco polvoriento de las canteras de toba. El olor del mar mezclado con el del atún. Y además: la bodega de Marsala, con las paredes de toba comidas por el mar, el hierro fabricado en la Oretea, los mambrúes de los buques de la NGI...

Va a perder todo eso y no puede impedirlo, porque sabe que la muerte nos quiere desnudos, puros como cuando entramos en esta vida. Porque su voluntad no puede hacer nada contra el destino.

Nota en la boca el sabor amargo de la bilis, que parece mezclarse con el de las lágrimas. Últimamente llora con frecuencia, más de lo que le gustaría, pero ¿cómo puede evitarlo? Llora en silencio, y siente la desesperación que le invade las venas y los huesos y que lo deja postrado, como un náufrago sacudido por pequeñas olas.

Seguirá fingiendo, por supuesto, y diciendo a todo el mundo que se va a levantar, que los médicos encontrarán un nuevo tratamiento. Luchará hasta el final, por supuesto, pero él no puede contarse mentiras.

Se está muriendo.

Y esta idea —mejor dicho, esta certeza— lo aniquila.

La suya ha sido una vida de trabajo, como lo fue la de su padre. Una vida entera dedicada al servicio de una idea: a que los Florio fuesen más ricos, más poderosos, más importantes. Y así ha sido. Lo ha conseguido.

¿Y ahora?

¿Y ahora que lo ha demostrado?

¿Y ahora que ya no tenía un proyecto, un deber, un negocio al que consagrar su tiempo y sus energías?

«Tengo las manos llenas de cosas y el corazón vacío. Tengo todavía ideas y voluntad, y querría vivir y estar con mi familia y conocer a mis nietos y saber cómo prosigue la vida.

»Y sin embargo».

La desesperación lo atraganta, no lo deja respirar.

«Y ahora que me voy, ¿qué queda?».

Las semanas pasan, llega mayo.

Ignazio ya no es capaz ni de estar sentado en el sofá.

Desde la puerta, Giovanna observa a Nanai y a otro criado, que lo están lavando. Mira el rostro inmóvil de su marido, repara en la vergüenza que le produce que lo atiendan como a un niño, es un bochorno que supera el dolor físico que sin duda siente.

A un paso de distancia, Ignazziddu. Le aprieta un hombro a la madre, trata de ocultar la incomodidad que le causa ver a su padre manipulado así, por extraños. Aparta la cara, luego murmura algo. Dice que se marcha a las oficinas de la plaza Marina para ver qué pasa, y que después pasará por el Banco Florio para tranquilizar a todo el mundo.

Ignazziddu huye, huye de ese dolor que le resulta insoportable.

Ignazio lo ha visto.

Menea despacio la cabeza, trata de resistir las ráfagas de dolor. Ruega que su hijo se desprenda del miedo y se convierta en un buen administrador. Esa idea hace que vuelva el rostro hacia su esposa.

—Giovanna... llama *al notario*.

Ella se limita a asentir.

El notario Francesco Cammarata llega al atardecer. Recoge las voluntades de Ignazio. Él sabe que Ignazziddu aún no está preparado, que se precisan *colmillos* para que no te devoren y que su hijo, convertido en primogénito a su pesar, quizá no tiene todavía la sagacidad necesaria para dirigir la Casa. Pero no puede hacer otra cosa. Le asigna una renta a Giovanna y una cuota de herencia a Giulia. Dispone legados para los criados de la casa y para algunos obreros.

Giovanna, sentada detrás de la puerta, al lado de doña Ciccia, desgrana el rosario de coral y plata casi sin mover los labios. Reza, aunque ni ella misma sabe bien para qué. Tal vez para que ocurra un milagro. Tal vez para pedir perdón por los pecados que ni siquiera sabe que ha cometido. Tal vez para hallar alivio. Tal vez para que sea su marido quien halle la paz.

Cuando el notario sale, doña Ciccia es quien lo acompaña a la puerta. Giovanna se queda en el umbral de la habitación, una mano en la jamba y la otra apretando el rosario contra el corazón.

Ignazio vuelve la cabeza en la almohada. La ve. Con un gesto le pide que se acerque.

—He pensado en ti —le dice. Trata de sonreír. Tiene los labios partidos, casi toda la barba se le ha vuelto blanca.

—Yo también pienso en ti —le responde, y levanta el rosario—. Tienes que curarte. Te curarás. *El Señor va a hacerme este favor.*

Él le aprieta la mano, señala la puerta con un gesto de la barbilla.

—*Lo sé.* Ahora déjame dormir *un poquito*. Después, cuando regrese Ignazziddu, dile que venga a contarme qué pasa en la NGI. También hay que escribirle a Crispi para recordarle la renovación de los convenios del correo. *La cera se derrite y la procesión no avanza...*

Ella asiente, traga lágrimas. Ira y amargura se mezclan, junto con la sensación de haber perdido, por enésima vez, la primacía en la vida de su marido.

La Casa Florio antes que Dios, la familia, los hijos. La Casa Florio, siempre, antes que todo.

Ignazio se queda solo. Se adormece, cae en un embotamiento debido a la postración y el láudano que han empezado a suministrarle para aliviarle el dolor.

En la penumbra de la habitación, el resplandor de la pequeña luz eléctrica de la pared lo cubre todo con una pátina amarilla.

Lo despierta un susurro de tela. Un crujido de faldas que llega del rincón más oscuro de la habitación, un ruido familiar y antiguo que le acelera los latidos.

Abre los ojos, busca en la penumbra. Levanta incluso la cabeza para ver mejor.

Entonces la ve, y deja caer la cabeza sobre la almohada.

Solamente podía ser ella.

La figura avanza a pasos breves y silenciosos hacia la cama. Pelo rizado, rubio, con matices rojizos. Tez clarísima. Una sonrisa que no consigue brotar del todo en los labios finos.

Percibe su perfume: fresco, limpio. Clavel.

Camille.

Parece tener veinte años. Lleva el mismo traje del día que se conocieron, en Marsella, en el verano de 1856.

Se sienta en el borde de la cama, alarga la mano hacia él. El colchón no se hunde bajo su peso, ni su mano arruga la tela. Pero su toque es cálido, y la mirada —esa mirada— está llena de comprensión y de amor. Los ojos azules ya no están arrasados de lágrimas o llenos de rencor, sino que parecen iluminados por una luz de perdón que, por un momento, Ignazio cree no merecer. Luego comprende, y a su vez cierra los ojos. Comprende que el amor, el verdadero, el que no muere, puede existir solo unido al perdón. Que en cada uno de nosotros hay un remordimiento que busca la absolución.

Saborea ese toque, aspira ese aroma a flores que borra el de la enfermedad.

No sabe decir si Camille está realmente ahí o si es un fantasma atrapado entre el sueño y la vigilia. Sabe, sin embargo, que ha dejado de tener miedo, que la herida que arrastra desde hace años, que ese frustrado perdón por el dolor que le infligió, ese vacío impuesto por una ausencia al que él mismo se ha sometido, sabe que ese vacío ahora ya no existe. Y también su sentimiento de culpa con Giovanna se atenúa, porque ahora Ignazio sabe, ha comprendido que pueden tenerse simultáneamente amores distintos, y que solo hay que saber aceptar lo que se siente y lo que se recibe, como un regalo. Que tal vez se equivocó, pero ya no puede remediar nada, y ahora solo debe perdonar y perdonarse.

Ella, ahora, le está hablando.

Cierra los ojos. Se abandona al sonido de su voz, que tiene el sonido del recuerdo, a aquellas palabras susurradas en francés que le acarician el corazón y permiten a pocas, raras lágrimas lavarle el alma antes de derramarse desde los párpados. Se permite, por fin, estar en paz.

En la Olivuzza, el tiempo parece ir más despacio y, por momentos, es como si se replegase sobre sí mismo, esperando.

Vincenzo ha interrumpido las clases de violín. Pasa de puntillas delante de la habitación de su padre, acompañado por la gobernanta, que le impide entrar porque «no hay que molestarlo». Y él, que solamente tiene ocho años, está completamente aterrorizado, tiene un miedo que se refleja en los gestos frenéticos de su madre, cada vez más sombría y distante, siempre con el rosario en la mano, absorta en sus rezos, seguida por doña Ciccia, que le implora que coma algo y que descanse al menos un poco.

El único que se ocupa de él es Ignazziddu, quien, sin embargo, por la mañana desaparece para ir a la Oretea o a la plaza Marina, o a saber dónde, y muchas veces sale de noche para ir al círculo y vuelve tarde, muy tarde. Pero también el hermano tiene el rostro tenso, y Vincenzino se da cuenta.

Querría preguntar, saber, comprender, pero no sabe bien qué preguntas hacer. Sabe que algo grave está pasando, pero sigue siendo un niño y no es capaz de juntar todas las piezas.

Sabe solamente que su hermano huye de la casa en cuanto puede.

Hasta que, una noche, la gobernanta lo busca en su cuarto. Él está en la cama, medio dormido.

Los ojos enrojecidos de la gobernanta son la última tesela del mosaico que se ha compuesto en su mente.

Porque, en ese momento, Vincenzo comprende.

Su padre se está muriendo.

Para él, la muerte son las lápidas en la capilla del cementerio de Santa Maria di Gesù, detrás de las cuales, le han dicho, están los abuelos y ese hermano que se llamaba como él y al que él —de la manera inconsciente y feroz propia de la infancia— sabe que ha reemplazado. Para él ese otro Vincenzo es una imagen, una fotografía que su madre conserva en el tocador y que mira todos los días. Se lo imagina pálido, dormido, cubierto de polvo entre coronas de flores de seda, como una muñeca de porcelana.

La gobernanta lo ayuda a ponerse la bata, lo acompaña a la habitación de su padre. Entra. Lo agrede el olor a cerrado, a sudor, a miedo. Al lado de la cama está su madre, con una de sus manos agarra la mano de su padre y en la otra tiene un pañuelo. Un sacerdote, con una estola violeta, está guardando el aceite santo y el misal.

Ignazio es poco más que una silueta bajo las sábanas. Vuelta transparente por la enfermedad, la piel está marcada por un retículo de venas azulinas. En la cómoda, una taza de leche con una cucharilla.

Vincenzino se suelta de la gobernanta, se acerca a la cama. Le coge una mano y se la lleva a la cara, en busca de una caricia, aunque su padre ha sido siempre un hombre seco.

La mano está caliente, casi quema.

—Papá. —Está asustado. Tiene que tomar aire y, al hacerlo, expulsa las lágrimas que le están quemando la garganta.

—Vincenzo... —murmura Ignazio—. Hijo mío. —La voz es un hilo, un sonido ronco de aire que araña la tráquea. La mirada se anima, aparece una sonrisa tierna. Le acaricia las mejillas, le toca los cabellos. Al otro lado de la cama, a Giovanna se le escapa un sollozo.

—Serás como mi padre. Como él.

Entonces mira por detrás de su hijo, y la sonrisa se ensancha. El niño siente que los dedos de su hermano se posan en sus hombros y que los aprietan hasta hacerle casi daño.

—Un Ignazio y un Vincenzo. —Las palabras son un soplo. El último—. Como ha sido desde el principio y como debe ser.

El 17 de mayo de 1891, cuando la noticia de la muerte de Ignazio Florio se conoce en la Fonderia Oretea, los obreros, perplejos, se abrazan, lloran, como si no hubiese muerto el dueño, sino uno de ellos. Los marineros de la NGI descienden de los buques, se reúnen delante de la fundición y una multitud de hombres y mujeres, con los ojos inyectados y la respiración entrecortada, recorre las calles, llega a la gran villa y, muda, se detiene delante de las verjas del parque, desde donde observa el desfile de carruajes: las más importantes familias de Palermo, primero, y después las de toda Sicilia acuden a rendir homenaje al senador Florio, pero ellos —los obreros y los marineros— son su gente.

En la villa no paran de moverse las criadas, sacan de los baúles ropa de crespón negro, oscurecen espejos y cierran ventanas. Solo una queda abierta: la del dormitorio de Ignazio, para que su alma pueda salir, como manda la tradición y como ha ordenado doña Ciccia, que ha permanecido largo rato al lado de la cama, cual estatua de carne, como si aún pudiese hablarle a ese hombre al que su protegida ha amado y, ella lo sabe, seguirá amando el resto de sus días.

Han vestido el cuerpo de Ignazio con un terno negro sumamente elegante, realizado por Henry Poole, el sastre más célebre de Savile Row, en Londres, y antes reservado para las grandes veladas de la alta sociedad. Pero ese traje parece casi no pertenecerle, tan ancho le queda.

A los pies de la cama, un sacerdote murmura oraciones, junto con un pequeño grupo de huérfanas y novicias de un monasterio cercano. En el ambiente huele a incienso, a flores y a cera de vela. El olor es tan fuerte que cuesta respirar.

Tras la bendición del cadáver, doña Ciccia acompaña al sacerdote y a su pequeño séquito a la puerta, y Vincenzo vuelve a su habitación. Ha tenido un ataque de llanto y la gobernanta ha preferido quedarse con él para consolarlo.

De apariencia aún más delgada por el traje en *faille* de seda negra, Giovanna se mueve por la casa, las manos huesudas apretando espasmódicamente la falda, tropezando en las alfombras. Tiene la mirada perdida. Sigue a las criadas, les ordena que saquen brillo al parqué y a los suelos a cuadros blancos y negros, y que le quiten el polvo a todo; al mayordomo le pide que coloque el registro para los que acudan a dar el pésame. No vaya luego a decirse que los Florio no dan las gracias.

Ignazziddu, en cambio, se ha quedado en la habitación del padre, en un rincón, junto con su hermana Giulia. Ella viste un traje de crespón negro y se ha subido el velo de luto. Mira a Ignazziddu.

—No puedo creer que ya no esté.

Su hermano menea la cabeza y murmura:

—Ahora yo tengo que ocuparme de la familia. Yo. ¿Comprendes?

Giulia se vuelve ligeramente y lo mira con sus ojos claros, como los de su abuela. No puede aliviar el miedo de su hermano, ni consigue justificarlo. Traga un nudo de llanto. Se endereza y, con voz firme, replica:

—Sí, tú. Ahora tú eres Ignazio Florio.

Su hermano la mira y abre la boca para decir algo, pero, en ese instante, Giovanna entra en la habitación. Los busca con la mirada, los ve.

—Están llegando las primeras visitas, ya están en el salón los primos d'Ondes, junto con tus parientes —explica, señalando a Giulia.

Ella asiente.

—Voy a recibirlos.

Ignazziddu la sigue con los ojos. Sabe bien que Giulia siempre ha sido más fuerte que él, y verla marcharse aumenta su miedo.

Todo le da miedo, ahora.

Detesta los funerales, detesta el dolor que lo está corroyendo, sacando a relucir esa sensación de abandono que había tenido cuando su hermano murió. Querría esconderse, desaparecer, volverse invisible para todo y para todos.

Así, cuando su madre lo agarra de una manga, instintivamente se aferra a ella en un abrazo desesperado. Pero Giovanna se suelta, le pone las manos en los hombros, lo aparta. Después, mirándolo fijamente con sus ojos oscuros, le dice en voz baja:

—Ahora no me puedes dejar sola.

Y, con esas palabras, de golpe, Ignazio deja de ser Ignazziddu. En aquella voz rabiosa e infeliz, él ve su futuro.

Giovanna se vuelve y mira a su marido, ese hombre al que tanto ha amado, y que solo la muerte ha podido apartar de su lado. Se le acerca, le roza una manga. Por último, se arrodilla, apoya un instante la cabeza en la cama, luego le coge la mano, fría y rígida.

Le quita la alianza, la besa, la aprieta contra el corazón. Luego le quita el anillo familiar, el que su padre Vincenzo le regaló el día de la boda, y que había pertenecido a otro Ignazio, y antes todavía a la bisabuela, Rosa Bellantoni.

Que pertenece a otra época, aquella en la que los Florio solo eran *tenderos*.

Giovanna no puede saberlo. De ese pasado tan remoto, tan humilde, nadie, ni siquiera Ignazio, le había hablado nunca, salvo con avergonzadas alusiones. Ella solamente sabe que su marido nunca se separaba de ese anillo.

Vuelve a ponerle en el dedo la alianza y apoya la mano en el pecho inmóvil con un gesto que es casi una caricia. No volverá a tocar a ese hombre que había acogido dentro de sí, con el que había tenido cuatro hijos, que le había dado tan poco amor y le había causado tanto sufrimiento.

No lo volverá a tocar, pero nunca dejará de amarlo. Ahora ya nadie puede arrebatárselo.

Entonces Giovanna se endereza. Se levanta.

Se acerca a su hijo, le agarra la mano y casi lo obliga a abrirla. Le deja el anillo de su padre entre los dedos, para que él mismo se lo ponga.

—Ahora tú eres el cabeza de familia.

Ignazio no puede rebelarse, ni decir que ese anillo tan anticuado le queda ancho y que no, que no lo quiere, que es demasiado pesado, porque de repente en la habitación entra gente persignándose, rezando en voz baja, que se le acerca y le da el pésame.

Giovanna ve a las primas Trigona y rompe a llorar cuando una de ellas la abraza, la boca abierta en un mudo grito de dolor.

Ignazio se queda ahí, al lado de la madre, que llora todas sus lágrimas. Siente los ojos de los demás pendientes de él, capta los susurros, las frases entrecortadas. Ahora todos lo miran a él.

Y él no sabe qué hacer.

El 15 de noviembre de 1891, una imponente fila de carruajes cruza Palermo para detenerse cerca del Salón de las Fiestas del pabellón de entrada de la Exposición Nacional, al lado del Teatro Politeama Garibaldi —rebautizado así en 1882—, al cual, para la ocasión, por fin se le han dado los últimos retoques.

Del carruaje más grande, que luce el escudo de la Casa Saboya, se apean el rey Humberto I y la reina Margarita. Lo sigue el del presidente del Consejo, el palermitano Antonio Starabba, marqués de Rudinì: hace unos meses reemplazó a Crispi, pero él también es un hombre del sur, exalcalde y exprefecto, precisamente de Palermo. Tras inaugurar la Exposición, el rey y su séquito atraviesan la plaza semicircular, dejando atrás las dos torres con las cúpulas moriscas situadas a los lados de la entrada, ahí donde están las estatuas de la Industria y el Trabajo, forjadas en bronce por otro palermitano, Benedetto Civiletti.

El cortejo atraviesa los pabellones. Son imponentes, repletos de luz, con grandes bóvedas con arabescos. En medio de la Exposición hay un jardín morisco en cuyo centro hay una fuente con juegos de luces; más allá, en otra zona verde, se encuentra el Café

Árabe, ubicado bajo una tienda, junto a las cabañas de paja de la aldea Abisinia que domina la Muestra Eritrea, en homenaje a la colonia que el Reino de Italia ha logrado conquistar a costa de enormes esfuerzos y de mucha sangre, como la derramada en la batalla de Dogali.

Entretanto, Palermo espera, cada vez más inquieta. Con la entrada en la mano, delante de las verjas, se amontonan obreros y barones, maestrillos y abogados, comerciantes y costureras, unidos por la misma excitación y el mismo entusiasmo. En los ocho meses que Ernesto Basile ha necesitado para culminar el proyecto de esa efímera aldea de las maravillas, se han sucedido chismes, habladurías e indiscreciones, a menudo exagerados y casi siempre contradictorios. Hasta se ha fabulado con un café con bailarinas árabes desnudas y con enormes fuentes que arrojaban vino.

Así, en cuanto se abren las verjas, la multitud se vuelca en los pabellones con el mismo ímpetu que una colada de lava. Boquiabierta, con la nariz hacia arriba y los ojos pasmados, la gente se entusiasma por el mirador de más de cincuenta metros de altura al que sube gracias al ascensor hidráulico fabricado en la Fondería Oretea. O bien recorre la imponente Galería del Trabajo, atravesando los pabellones de las Industrias Mecánicas, Químicas y de la Orfebrería. Grupitos de mujeres admiran los productos de las industrias textiles y mobiliarias; los más ricos exploran el pabellón de las Bellas Artes, que acoge más de setecientas pinturas y trescientas esculturas, mientras que los holgazanes se dirigen al Café Chantant, montado detrás del pabellón dedicado a la cerámica y a la cristalería.

Ahora bien, de todo esto, Ignazio vio muy poco. Tuvo primero que recibir al rey y a la reina con su madre —una mancha de crespón de lana negra entre una miríada de colores y de trajes elegantes—, aceptando modestamente las condolencias de los soberanos. Después se quedó atrapado en la vorágine de los festejos. Estrechó manos, saludó a amigos y conocidos, homenajeó a dignatarios de la corte y cruzó comentarios con políticos de distintos niveles, llegados de toda Italia, sin conseguir ir más allá.

Así, en medio de aquella multitud que puede arrollarlo, aturdido por el parloteo de la gente y por los ruidos que salen de los pabellones, molesto por los olores desagradables de los dulces infantiles, Ignazio miró a su alrededor y solo pudo pensar en su padre, que tanto había deseado aquella Exposición y que no había podido verla culminada. Mientras estuvo en condiciones de dirigir los negocios, la Exposición fue siempre una de sus principales preocupaciones: quería que los edificios estuviesen terminados en los tiempos previstos, que las estructuras fuesen suntuosas, que todas las empresas de los Florio destacasen bien. En cuanto a él, insistió en que el café y las diversiones tuviesen un espacio adecuado y que se caracterizasen por ese toque exótico y sensual que estaba tan de moda. De lo demás se encargaron los ingenieros, y, cómo no, el infatigable arquitecto Basile.

Todos se congratularon con él y su familia, ya que, sí, el Gobierno había hecho lo que le correspondía, pero el impulso inicial y el dinero... el dinero lo habían aportado los Florio. Y eso, en Palermo, todo el mundo lo sabía: se notaba en las miradas que le lanzaban, mezcla de estupor, de deferencia y, más que nada, de envidia.

«*Deja que miren*», habría dicho su padre. «*Que se queden mirando. Nosotros tenemos que trabajar*».

Solo que Ignazio quiere comprender. Quiere ver qué han visto los otros.

Así, una mañana manda que le preparen el landó. Con la capota echada, para pasar desapercibido, atraviesa la avenida Olivuzza, repleta de nuevas villas burguesas entre las que hay pequeños jardines, y llega al Teatro Vittorio Emanuele, donde hace un tiempo se han reanudado las obras, siempre bajo la dirección de Ernesto Basile.

«*Es un genio, este hombre*», piensa, viendo las altas columnas que se recortan hacia el cielo. Bien es cierto que en esa obra está la mano del padre Giovanni Battista —fallecido en junio de ese año—, pero Ernesto había sacado a relucir algunos defectos estructurales, de manera que había rehecho, por lo menos parcialmente, los planos. Desde hace más de quince años ese edificio espera ser terminado. «Si Basile no consigue acabar el teatro, entonces seguirá siempre en este estado ruinoso», reflexiona Ignazio, triste.

De ahí a las verjas de la Exposición hay poca distancia. Ignazio se apea del carruaje y entra a paso rápido, procurando huir de las miradas de la gente de la cola, de los que se quitan el sombrero ante él, implorando un saludo o solo una mirada. Siempre deprisa, atraviesa el pabellón de la Orfebrería y llega al de las Industrias Mecánicas, al otro lado de cuyos vitrales está el jardín, atestado de visitantes. Baja la cabeza, se tapa el rostro con una mano. No quiere que lo reconozcan.

Camina más despacio y se dirige con calma hacia el centro del espacio, donde están expuestas las calderas de la Fonderia Oretea.

Muestras de metal, bitas de brillante metal negro de formas macizas. Cilindros tan grandes que un hombre de pie, estirando los brazos, no toca los bordes. Son el corazón de los barcos que llevan mercancías y personas por el mundo. De sus barcos.

Alrededor hay distintas prensas hidráulicas y, en expositores más pequeños, cubiertos, ollas y variados objetos para la casa. Los objetos de las otras fundiciones parecen palidecer frente a los de la Oretea; puede que sean mejores desde el punto de vista técnico, más bonitos y ligeros, pero no tienen la misma excelencia, la misma fuerza. «Y además, ¿qué importa?», piensa. «Entre todos estos objetos, los nuestros son los que más destacan. Eso es lo que Palermo y toda Italia vienen aquí a ver. El poderío de los Florio».

Avanza despacio, mirando de un lado a otro, y llega a la Galería del Trabajo: un inmenso pasillo con el tejado inclinado, del que cae una cascada de luz y donde resuenan docenas de voces, generando un murmullo cavernoso.

Imposible no ver las altísimas columnas hechas con las latas de atún procedentes de sus almadrabas. Latas de aluminio de todos los tamaños —desde las rojas, enormes, para el abastecimiento del ejército, hasta las del consumo cotidiano—, sobre las que dan los reflejos del sol, que encienden los colores de las pinturas. Y, además, redes de pesca, perfiles en cartón piedra de atunes y ramas de olivo, colocados de forma artística para evocar el ambiente de la almadraba. Hay hasta una *muciara*, una de las pequeñas barcas que se usan para la matanza.

Sigue hacia la sección Enológica. Oculta la sonrisa detrás del puño cerrado, porque podría llegar ahí hasta con los ojos cerrados, siguiendo el aroma dulce e intenso del vino y los licores.

Pero no está preparado para lo que se encuentra delante.

Una torre que llega casi hasta el techo, formada por botellas de marsala y rodeada de barriles. Arriba del todo, sobre un capitel corintio, una estatua de Apolo, el dios de las artes médicas, que simboliza las virtudes curativas del vino. Alrededor, más pirámides de botellas con las diferentes tipologías de marsala, del crianza al reserva.

Un empleado se le acerca.

—¡Don Ignazio, qué sorpresa! ¿Por qué...?

—No...

Seco, casi grosero, Ignazio levanta un dedo para imponerle silencio, los ojos clavados en la torre de botellas y en la pirámide de barriles, en las estanterías llenas de licores. El otro retrocede, desconcertado.

Ahí está. El coñac Florio en una posición de honor.

Una producción puesta en marcha años antes conforme a las técnicas usadas en Charente, que su padre había seguido hasta el final y de la que ahora se ocupaba Ignazio en persona con la ayuda de expertos franceses. El resultado es un licor pastoso, cálido y delicado a la vez, que contiene la dulzura de la miel, los colores del ocaso y una suntuosa riqueza de sabores.

Y es el producto que está teniendo más éxito.

Se acerca, echa la cabeza hacia atrás para ver mejor.

Ahora lo ve bien. Ahora que tiene que observar esa torre de botellas que llega hasta el techo, comprende qué puede producir su bodega

«Mi bodega».

Es de los Florio y le pertenece, porque ahora él es don Ignazio Florio. Ya no es de su padre, no es de su hermano. Es suya.

Como son suyas las almadrabas. Como es suya la Oretea. Y todo lo demás.

¿Cómo ha podido no darse cuenta de eso hasta ahora? ¿Cómo no lo había comprendido antes?

Porque se lo ocultaron, por eso. Empezando por su padre, que siempre lo mantuvo bajo su tutela, que siempre le dio encargos temporales. Nunca se fio realmente de él.

Inmediatamente después de su muerte, lo abrumaron con mil líos, con citas de representación, con papeleos, con cuentas que había que saldar. Después lo empezó a atormentar el pelmazo de Laganà, que solo sabía quejarse de la falta de dinero, y luego su madre, que no para de pedirle prudencia ni de evocar entre lágrimas y suspiros las excepcionales cualidades de su padre.

«Ya da lo mismo», piensa Ignazio. «Él está muerto y yo estoy vivo. Estoy aquí. Y a todo el mundo voy a demostrarle que puedo ser igual de grande».

Respira hondo y mira alrededor. En sus ojos hay orgullo y admiración, junto con algo nuevo, que lo marea y le sube a la cabeza, nublándole la vista.

Él nunca será prisionero de un nombre.

Él no será como su padre.

Él no será como los demás.

Perlas

febrero de 1893 – noviembre de 1893

*Malidittu u'mummuriaturi, ma chiossai
cu' si fa mummuriare.*

Maldito el que difama, pero todavía más
el que se deja difamar.

Proverbio siciliano

Tras la caída de Crispi (31 de enero de 1891), se convierten en presidentes del Consejo, primero el palermitano Antonio Starabba di Rudinì, y, después, el piamontés Giovanni Giolitti, que desempeñará el cargo más de diez años completos, entre 1892 y 1921. Pero el primer gobierno de Giolitti cae en diciembre de 1893, como consecuencia del mayor escándalo financiero de la historia de Italia.

A finales del siglo XIX, la Banca Romana es una de las seis instituciones autorizadas a emitir papel moneda de curso legal y a ampliar, dentro de ciertos límites, esas emisiones más allá de la reserva de oro. En 1889, el ministro de Industria, por orden de Crispi, emprende una investigación sobre las actividades del banco. Se descubren entonces gravísimas irregularidades contables, entre ellas, la emisión sobrante de veinticinco millones de liras, la impresión irregular de billetes por valor de nueve millones y numerosas financiaciones bajo cuerda a empresarios, políticos e incluso al rey. Pero los resultados de la investigación no se hacen públicos hasta diciembre de 1892, cuando llegan a manos del diputado de Catania Napoleone Colajanni, que los lee durante una tempestuosa sesión de la Cámara. En enero de 1893, el gobernador de la Banca Romana, Bernardo Tanlongo, es arrestado junto con el cajero jefe, Cesare Lazzaroni, bajo la acusación de desfalco y de falsedad en escritura pública; las dos investigaciones —la parlamentaria y la judicial— se caracterizan, sin embargo, por reticencias y omisiones, en una maraña de documentos comprometedores que misteriosamente «desaparecen», y por acusaciones que rebotan de Giolitti a Crispi. Del informe presentado por el comité parlamentario de investigación se desprenden las responsabilidades de exministros, diputados, administradores y periodistas. Giolitti se ve forzado a dimitir y Francesco Crispi se convierte en jefe de gobierno por tercera vez.

Pero el escándalo de la Banca Romana (que dará pie a la creación de la Banca d'Italia), no es el único hecho que perturba al país. En 1891 se foman en Sicilia los Fasci Siciliani dei Lavoratori, asociaciones surgidas con el objetivo de conseguir más justicia social. El movimiento de los Fasci está en el candelero nacional cuando se adhieren las masas campesinas: el 20 de enero de 1893 en Caltavuturo (Palermo), quinientos hombres y mujeres «ocupan» los terrenos de propiedad comunal, y los carabineros abren fuego, matando a trece personas. Las manifestaciones continúan a lo largo del año, sobre todo a partir de agosto, con huelgas y protestas en las provincias de Palermo, Agrigento, Caltanissetta y Trapani.

Aunque muy distantes entre sí, los casos de la Banca Romana y de los Fasci Siciliani son decisivos para la historia de Italia.

L as perlas son espléndidas. Y extrañas. No son cosas inertes, pero tampoco vivas.

Nacen en una ostra, cuyo aspecto es semejante al escollo al que la propia ostra está adherida, pero su interior es acogedor y vibra con la luminiscencia del nácar. Y nacen de un dolor. Su origen está unido a un cuerpo extraño que penetra en la ostra y la obliga a reaccionar, a crear una concreción de nácar alrededor de ese elemento que hiere sus carnes.

Del sufrimiento surge la belleza, igual que con muchas cosas raras y valiosas.

Las perlas ocupan incluso «el primer lugar y el más eminente de entre todas las cosas de valor», dice Plinio el Viejo en su *Naturalis Historia* (siglo I d.C.) Y explica: «[...] las perlas [son] de distinto tamaño según la calidad del rocío que reciben. Si ha fluido puro, enseguida se percibe la blancura de la perla; la misma perla es de color pálido si se concibe con cielo tormentoso». Plinio cuenta también que Cleopatra apostó con Antonio que era capaz de cenarse diez millones de sestercios. Pidió que le llevaran vinagre, donde disolvió uno de sus pendientes de perlas y se lo bebió. Bajo el reinado de César Octavio Augusto, la pasión por las perlas —que, por ley, solo podían llevar los patricios— impulsa a algunos mercaderes a especializarse en su comercio. Una pasión que no desaparece con los siglos: Isabel I aparece siempre retratada con trajes adornados de perlas, símbolo de pureza y virginidad, así como de poder económico; además del celebérrimo *La joven de la perla* (1665-1666) de Johannes Vermeer, en muchísimos cuadros de pintores holandeses del siglo XVII figuran pendientes, collares y brazaletes; en el retrato de 1859 atribuido a Franz Xaver Winterhalter, la reina Victoria, entonces de cuarenta años, exhibe un collar de diamantes de ciento sesenta y un quilates y un brazalete de perlas ornado con un camafeo que representa a su marido, el príncipe Alberto, el mismo que Victoria lleva en la muñeca en el retrato realizado en 1900 por Bertha Müller y que puede verse en Londres en la National Portrait Gallery: una reina ya anciana, cansada, triste y vestida de luto (si bien Alberto había muerto hacía casi cuarenta años), y que muestra, sin embargo, ese brazalete como símbolo de fidelidad.

Pero todas estas perlas siguen siendo naturales. Es solo hacia finales del siglo xix cuando un investigador japonés, Kōkichi Mikimoto, pone a punto un sistema para generar perlas. Se hace multimillonario y, como el genio del marketing que es, declara: «Quiero vivir hasta el día que haya tantas perlas como para que cada mujer pueda comprarse un collar y nosotros podamos regalarles uno a aquellas que no se lo puedan permitir».

Una frase profética: las perlas cultivadas, hoy, están al alcance de todos. Son joyas populares, a veces incluso triviales.

Las perlas naturales, hijas del mar y de una herida oculta, siguen siendo para pocos.

Es un día —luminoso, con un viento rabioso— frío. Las ráfagas arrancan improperios a los invitados que entran corriendo en la iglesia de San Jacopo in Acquaviva, para que no les salpiquen las olas que se estrellan contra el muelle.

San Jacopo tiene líneas simples, austeras. Es muy diferente de las opulentas iglesias barrocas de Palermo, la ciudad de los futuros esposos. Pero da al paseo marítimo de Livorno, como si fuese para ellos un puerto seguro.

A lo largo de la nave, cestos de rosas y lirios blancos adornados con cascadas de hiedra. En el ambiente, el aroma del incienso se mezcla con el perfume de las flores. Al otro lado de las paredes, el estruendo del mar hace de contrapunto a la música del órgano.

Desde la puerta entornada de la sacristía, el párroco echa un vistazo a los presentes que ya han ocupado sus sitios en los bancos. Se frota las manos en el hábito, se las lleva a la cara, menea la cabeza. Nunca se habría esperado celebrar una boda tan importante. ¡Y encima en febrero!

Poco después, un hombre empuja el portón de la iglesia y se asoma. Sale, pero reaparece enseguida; lleva del brazo a una mujer vestida de negro.

Madre e hijo.

Ignazio y Giovanna.

Detrás de ellos, Giulia Lanza di Trabia y Emma di Villarosa, llevando de la mano a un Vincenzino inquieto y excitado.

Recorren la nave con la cabeza erguida, espléndidos, altivos, elegantes. Al tiempo que Ignazio se coloca de lado en el altar, las tres mujeres y el niño se sientan en el banco delante de él. Se unen a ellos enseguida Romualdo Trigona y Giuseppe Monroy, los testigos del novio; sonriendo, ambos besan la mano a las mujeres y le revuelven el pelo a Vincenzino. Después se acercan a Ignazio, se ríen juntos.

¿Quién hubiera dicho que justamente él iba a ser el primero en rendirse?

Pasados unos instantes, llega también Pietro Lanza di Trabia, pero está muy serio. Le hace un gesto a Giulia y ella se levanta, seguida por la mirada preocupada de Giovanna.

Los dos se alejan unos pasos.

Giulia se lleva una mano al pecho, como para calmar sus nervios. No se atreve a hablar, a preguntar. Su hijo menor, Blasco, que tiene solo dos años, está muy mal y hasta el último instante ella no sabía si ir a la boda de su hermano. Apoya una mano en el brazo de su marido con un mudo ruego.

—No ha habido ninguna novedad desde lo que nos dijeron por telegrama anoche —murmura Pietro, encogiéndose de hombros—. Está igual de débil por la fiebre, sigue tosiendo. —Contiene un suspiro, luego le aprieta la muñeca—. Ánimo. Ya estamos aquí.

Giulia parpadea, aparta la mirada. No llorará, hoy no.

Mira a Giovanna, y se limita a menear la cabeza. «Nada nuevo», parece decirle, y su madre mira al suelo, con su rosario de coral y plata entre las manos. Entonces Giulia levanta la mirada y observa a Ignazio. Su hermano tiene veinticuatro años, todavía es tan inmaduro... Sin embargo, está tan enamorado que es incluso capaz de cambiar de vida.

A pesar del dolor, Giulia sonríe. No, no podía faltar a su boda.

—¡Así que ya estamos! —exclama Romualdo Trigona, dándole a Ignazio un manotazo en la espalda.

Ignazio se aparta, pero se ríe.

—¡Oye, despacio!

Ignazio es feliz, como quizá no lo ha sido nunca. Sin duda, no después de la muerte de su padre. Ese pensamiento es una sombra, una gota de tinta a la que le cuesta diluirse en el océano limpio de la felicidad.

Está a punto de casarse con la mujer más hermosa de Palermo. Había empezado a cortejarla cuando la enfermedad que mataría a Ignazio Florio se manifestó, pero lo había hecho de manera jocosa, ligera.

Después cambió todo. Surgió un sentimiento tierno, que lo acompañó con delicadeza en las semanas previas a la muerte de su padre. Suyas fueron las únicas, las auténticas palabras de consuelo; suyas las caricias que menguaron el dolor de aquella pérdida.

Romualdo levanta los ojos hacia el techo de la nave.

—Esta iglesia es realmente sencilla, pero de todos modos... —Entonces vuelve a mirar a su amigo y, durante un instante, una extraña, curiosa seriedad aparece en su mirada, habitualmente tan burlona—. Cuando la conociste, ¿te imaginaste que te casarías con ella?

Ignazio inclina la cabeza hacia su amigo. Arruga la frente, una sonrisa le distiende entonces los rasgos, le llena los ojos de orgullo.

—No. Pero comprendí enseguida que era una mujer especial.

«Y desde luego que lo es», se repite.

Todo empezó una luminosa tarde de primavera, precisamente cuando caminaba con Romualdo por el jardín público de Villa Giulia, entre el paseo marítimo del Foro Italico y el Jardín Botánico. Ahí, por las veredas de palmeras y los setos de pitósporo, vio a tres chicas vestidas de blanco, acompañadas por una institutriz con un fuerte acento alemán. Descarados como siempre, las siguieron. Las chicas se dieron cuenta y empezaron a reírse y a hablar sin parar entre ellas. Entonces Romualdo y él se pusieron a silbar y a contar chistes en voz muy alta.

Después, un golpe de viento. Un sombrero de paja salió volando, cayó al suelo y las tres chicas lanzaron un gritito. Fue entonces cuando Ignazio reconoció a Emma y a Francesca, las hermanas Notarbartolo di Villarosa, una familia unida a los Florio por una antigua amistad. Esas dos jóvenes estaban consideradas entre las más hermosas de toda Palermo.

«Pero... ¿la otra? ¿Quién es?».

Alta, escultural, cutis ambarino. Echó a correr por la vereda, persiguiendo el sombrero que el viento se seguía llevando. Todo, en ella, tenía una gracia espontánea, irresistible: del paso elástico y ligero a la mano ceñida a la falda blanca que, al levantarse, mostraba dos tobillos torneados; de la otra mano, que tenía delante de los ojos para protegerse del sol, a la leve sonrisa en la que no había rastro de malicia.

Ignazio fue más rápido: persiguió el sombrero, lo recogió, se lo llevó y se presentó, seductor e imprudente como solo él sabía ser.

La chica cogió el sombrero entre las manos y luego, levantando un instante la mirada, dijo su nombre, mientras un delicioso rubor le coloreaba las mejillas.

Franca Jacona di San Giuliano.

Sí, Ignazio había oído hablar de ella en la Casina dei Nobili, en el Foro Italico. En una de esas ociosas charlas salpicadas de volutas de humo de los puros y el tintineo de las copas de coñac, alguien le contó que esa chica había aparecido así, de repente, convertida en una auténtica belleza. Ignazio le guiñó un ojo y le sonrió con un gesto de depredador, y le dijo que verificaría personalmente que se trataba de ella en cuanto tuviera ocasión.

Nadie le había hablado de ese largo cuello elástico, que resaltaba la golilla de encaje; de ese pecho abundante, que subía y bajaba con el volante de la blusa; de esos tobillos elegantes que había enseñado cuando había corrido para recuperar el sombrero. De esos grandes ojos verdes, limpios y abochornados, que ahora lo estaban mirando.

Fueron esos ojos los que hicieron perder el juicio a Ignazio. Ninguna mujer lo había mirado de una manera tan sincera y directa, ni siquiera la más desinhibida. En aquellos ojos había una promesa de algo maravilloso que parecía dirigida solamente a él.

No frecuentaba el mismo círculo de amigos ni los mismos salones, pero, después de ese encuentro, la buscó sin descanso. Empezó a pasar una y otra vez con su landó por debajo de los balcones del Palacio Villarosa, donde ella vivía; le dirigió largas miradas desde lejos; procuró cruzarse con ella en la Villa Giulia, por donde a Franca le gustaba pasear, y le mandó cartas apasionadas. Tras un inocente rechazo, Franca aceptó ese cortejo, primero con una leve incredulidad y luego con tanto abandono que Ignazio se quedó turbado. Sin embargo, los pocos ratos en los que conseguían estar juntos, solos, los vivían con el corazón en un puño y el miedo a ser descubiertos, dado que era imposible que los Jacona di San Giuliano aceptaran que su hija fuera cortejada por alguien como Ignazio, el más descarado conquistador de toda Palermo.

Ignazio lo había sabido siempre y, por otro lado, no podía dejar de darles la razón. Nunca había sido un santo y le gustaban las mujeres.

Le gustan mucho.

Pero ella es diferente. Ella es Franca. Y él —lo sabe, lo siente— la amará toda la vida.

Giulia se acerca a su madre, la pone al día sobre las condiciones de Blasco. Giovanna murmura un cansado: «Hágase la voluntad de Dios», luego le sugiere a su hija salir para esperar a la novia. Giulia asiente y se encamina con Emma. Vincenzino aprovecha esa distracción para apartarse e ir donde Ignazio.

Entonces Giovanna se vuelve hacia doña Ciccia, que está sentada mucho más atrás, y menea la cabeza. Doña Ciccia se persigna. Las dos mujeres ya no necesitan usar muchas palabras.

Han pasado menos de dos años desde la muerte de su marido y Giovanna viste un traje de luto riguroso, elegante, de raso y terciopelo, con una vuelta de perlitas en los puños. Es una mancha oscura entre las flores que Ignazio ha mandado llevar desde los invernaderos de media Italia. Se siente abatida y fuera de lugar, como si la vida se hubiese escapado de su control y no pudiese hacer nada para retener los pedazos que se le escabullen. Está muy amargada: ese matrimonio es tan diferente del que había deseado para su hijo. Y no solo porque la ceremonia va a tener lugar en una ciudad desconocida, lejos de Palermo y de sus amigos, y en una iglesia tan sencilla que, al entrar, se le encogió el corazón. Se remueve en el banco, incómoda.

«*Parece que hemos huido de casa*», reflexiona, y en cierto modo es así.

En Palermo nunca faltan ojos que escudriñan y juzgan, susurros que acosan, palabras que se sueltan en el momento preciso con descaro y, justo por eso, tremendamente groseras. Pensar que hay cosas que pasan desapercibidas es ilusorio, suponer que no se fijan en uno es una ingenuidad que puede pagarse cara. Y, cuanto más suculento es el chisme, más engorda el ego macilento de quien lo difunde o fomenta.

Así, era inevitable que los rumores sobre el cortejo de Ignazio a Franca llegasen a Giovanna, incluso atravesando la espesa cortina de dolor por la muerte de su amado marido. Y la habían inquietado mucho, tanto que le rogó a doña Ciccia que averiguara si ese flirteo podía convertirse en algo más serio.

La rapidez con la que doña Ciccia reunió chismes y conclusiones sobre la virtud de Franca dejó sin palabras a Giovanna. Los habían visto varias veces juntos, e incluso en actitudes indecorosas para una chica de buena familia. Pero todavía más desconcertante fue la tranquilidad con la que Ignazio reconoció que estaba enamorado de Franca: se veían desde hacía meses, pese a que los padres de la chica se oponían.

Lo dijo con voz firme y con un ardor en los ojos que turbó profundamente a la madre, pues ella, una vez más, se dio cuenta de que su hijo ya era un *hombre* y de que ya no le hacía caso.

Le juró que Franca era la persona adecuada —*«Lo noto, madre: nadie me mira igual»*—, y que quería casarse con ella, que con ella por fin se sentía feliz, ligero. Que estaba cansado de vivir en esa casa tan lúgubre desde la muerte de su padre; que quería divertirse, y amar y no pensar solo en el trabajo y en los muertos que, como fantasmas, seguían flotando a su alrededor.

Eso para ella fue demasiado. ¿Cómo se atrevía a echarle en cara su dolor? Giovanna protestó, le recordó sus amoríos por Europa, el dinero —mucho, demasiado— que había gastado en fiestas y viajes, sus relaciones poco decentes, su falta de respeto por la memoria de su padre, la ingratitud con él y con ella misma. Llegó incluso a insinuar que los Jacona se estaban aprovechando de él, dado que, por mucho título que tuvieran, estaban llenos de deudas: de sobra se sabía que los negocios del padre de Franca marchaban mal y que la familia no podía pagar a los proveedores. Ignazio se encogió de hombros tras oír eso —«En Palermo todo el mundo tiene deudas, *madre*»—, y siguió afirmando que Franca era la mujer ideal para él. No había nada que discutir.

Giovanna reaccionó entonces como sabía, o, mejor dicho, como se acostumbraba. Tomándose su tiempo, dejando que esa chaladura pasase. Negándolo todo, haciendo correr el rumor de que Ignazio había tenido una conducta irreprochable y que, si había que criticar a alguien, era a aquella chica, pues había sido, si no ligera, al menos incauta por darle tanta confianza a su hijo que, como se sabía, era un joven de sangre caliente.

De nada le valió. Palermo siguió hilvanando historias; los nombres de Franca e Ignazio corrían por la calle, se refugiaban en los salones, detrás de los abanicos, más allá de los sombreros levantados sobre las caras de quien, entre un codazo y una sonrisita, hablaba de citas clandestinas que se transformaban en encuentros audaces.

De golpe, sin embargo, ocurrió algo imprevisible: la familia de Franca se vio obligada a trasladarse a Livorno durante un tiempo, probablemente debido a unos acreedores que se volvieron demasiado insistentes. Al menos, era lo que decía todo el mundo.

Giovanna lanzó un suspiro de alivio. Esperó que todo se apagase ahí, como un fuego al que se le quita la leña, y que Ignazio encontrase a otra con la que entretenerse.

Y sin embargo.

—Desde luego, habría preferido que esta boda se hubiese celebrado en Palermo, pero así está bien. Lo importante es que mi Franca sea feliz.

Costanza Jacona Notabartolo di Villarosa, baronesa de San Giuliano, estrecha la mano de su sobrina, Francesca di Villarosa, que está sentada a su lado en el habitáculo del carruaje. La chica asiente.

—Sí —murmura, apretando los finos labios e inclinando el rostro, que parece confundirse con la penumbra.

Viste un traje negro, de luto. Es viuda desde antes de cumplir los veinte años. Estaba casada con Amerigo Gondi, un noble toscano, pero una enfermedad terrible se lo llevó después de tres meses de matrimonio; de nada valieron los tratamientos y el aire sano de los campos de Palermo, adonde se trasladaron con la esperanza de una mejoría. Sintiendo que se acercaba el final, Amerigo pidió morir en Viareggio, donde fue llevado en uno de los piróscafos de los Florio, por orden de Ignazio, que conocía bien el profundo afecto que unía a Francesca y Franca. Y fue precisamente porque Franca es como una hermana para Francesca por lo que esta aceptó tomar parte en la ceremonia: la boda de su prima es la única luz en la oscuridad viscosa en la que transcurren sus días.

Se enjuga las lágrimas con un gesto rápido. No quiere que la tía la vea llorar o que la compadezca. No quiere dar pena en un día alegre.

Pero Costanza se da cuenta y se muerde un labio, incómoda. Entonces se vuelve hacia Franz, su hijo, y le coloca el cuello de la chaqueta. El muchacho esboza una especie de mueca que pretende ser una sonrisa. La mujer suspira y se dirige a la dama de compañía.

—Séquele los labios. Está babeando —murmura, con un tono de lástima en la voz.

Hay lástima también en los ojos de Francesca, que sigue en silencio los gestos de la mujer. Sabe bien qué siente la tía por ese hijo que ya nació enfermo, y sabe cuánto ha sufrido: Costanza ha perdido cinco hijos muy pequeños y solo Franca y Franz han sobrevivido. Pero ahora por fin llega algo de felicidad para ella y su familia: ha protegido a Franca con amorosa ferocidad, ha rogado que al menos ella pueda ser feliz. Esa boda es la respuesta a sus oraciones.

Cuando el carruaje se detiene delante de San Jacopo in Acquasanta, Franca se sobresalta. Mira a su padre, Pietro Jacona, luego cierra los ojos. No debería estar tensa: es preciosa, y lo sabe. Lo confirmó cuando se admiró ante el espejo, poco antes de salir para ir a la iglesia. Delante del cristal con un marco de madera dorado aparecieron el rostro armonioso, los enormes ojos verdes, los largos cabellos negros peinados con amplias ondas, el cuerpo esbelto. Tiene diecinueve años, tiene gracia y elegancia, y lleva un traje magnífico, de seda, color marfil, con un largo velo de tul. Poco importa que esté pálida o que tenga mucho frío. Está a punto de casarse con el hombre al que ama, ella que no ha amado nunca a nadie.

Los dedos le tiemblan y el corazón le bombea sangre en las venas a una velocidad increíble: le zumban los oídos, tan fuerte que casi no oye el rumor de las olas que rompen en el muelle, un ruido sombrío que le nubla los pensamientos. Se siente como una heroína romántica, pero ese, piensa, no es un final feliz. Es el principio de una vida maravillosa, de la suya.

Luego llegan los recuerdos, los amargos, los de los momentos en los que sufrió, en los que creyó que lo perdía todo, en los que ella e Ignazio tuvieron que separarse. Al principio, cuando lo conoció, fue como si una luz violenta hubiese rasgado la penumbra en la que había vivido casi veinte años. Hasta entonces, muy pocos habían reparado en la baronesita Jacona di San Giuliano, que vivía en un piso apenas digno en el Palacio Villarosa, *el palacio cornudo*, como lo llamaban, bien por las dos chimeneas que sobresalían de la fachada, bien por las numerosas relaciones extraconyugales de quien lo había hecho construir, Francesco Notarbartolo, duque de Villarosa. Después llegó Ignazio Florio, con sus atenciones y su cortejo, y una ciudad entera reparó en ella. Acabó en boca de todo el mundo. Como no podían meterse con su indiscutible belleza, las críticas —a veces feroces— se dirigieron ante todo a la manera en que Franca andaba, hablaba, se vestía. Pero esas críticas tuvieron una vida breve: aunque tuviesen problemas económicos, los Jacona di San Giuliano nunca escatimaron esfuerzos con su hija, y no solo le brindaron una formación impecable, confiándola a una institutriz alemana, sino que además la educaron en el amor a la belleza y la elegancia. Entonces, siguiendo el tono de las acusaciones contra Ignazio —seductor, donjuán, libertino—, los chismes se fijaron en relatos que la tachaban de «ya comprometida». Mercancía averiada, mujer demasiado incauta como para ser considerada aún respetable, desvergonzada pecadora.

Así las cosas, ella tuvo que enfrentarse a la ira del padre, que primero la encerró en casa y después se la llevó a Livorno, con la madre y el hermano. Y de nada valió que dijera que estaba realmente enamorada de Ignazio Florio: como una ola de aguas residuales surgida en Palermo, chismes y calumnias ensuciaron también Livorno, sumándose a los comentarios crueles sobre el padre y sus créditos impagados.

Franca observa el portal de la iglesia. La ansiedad es una capa de hielo. ¿Conseguirá estar a la altura de su nueva familia? Los Florio poseen la mayor flota naval italiana, su suegra conoce a las cabezas coronadas de media Europa, su cuñada es una princesa. Ella va a convertirse en una de ellas, no en la mujer de un barón de provincia o de un marqués de medio pelo.

En una Florio.

Ahora se da cuenta de que todo está a punto de cambiar, y ese pensamiento la marea, le da vértigo. De golpe, parece que el corpiño no la deja respirar.

¿E Ignazio? ¿La amará realmente siempre, como repite, o se cansará de ella?

«Miedo».

¿Por qué precisamente ahora?

Su padre la observa, cejijunto, y es como si viera en su rostro ese temor, esa inseguridad que le hace cerrar los ojos. Rodeados de barba, sus labios son una línea dura. Desde el principio se opuso a esa unión. Trató de disuadir a su hija de todas las maneras posibles, primero con palabras razonables, después con ira y, por último, con declaraciones crueles: Ignazio era informal, carecía de moral, demasiado engreído para asumir la responsabilidad de una familia... Un hombre incapaz de ser fiel, entregado solo a la búsqueda del placer.

Cada una de las acusaciones se estrelló tanto contra las lágrimas de Franca como contra la decisión de Ignazio, que demostró una tenacidad inesperada, y que la siguió hasta la Toscana. En un momento dado, Pietro tuvo que ceder. Sin embargo, aún no estaba del todo resignado, y en su interior temía el día en que su hija comprendiese que su rechazo estaba bien fundado. Pero ahora solo puede esperar que las cicatrices que ha dejado aquella lucha se cierren.

—¿Te encuentras bien? —le pregunta.

Ella trata de contestar, no lo consigue. Entonces se aclara la voz y murmura.

—Sí.

Él le aprieta una mano.

—No lo pierdas de vista, Checchina. *Es un libertino* y, aunque dice que te quiere, mantén los ojos siempre abiertos.

La muchacha levanta la cabeza de golpe, mira a su padre. Todo su miedo ha desaparecido.

—No va a necesitar buscar a otras mujeres. Me tiene a mí —dice, firme, casi rabiosa—. Me ha prometido que va a quererme solo a mí.

Sin esperar a que el cochero abra la portezuela del carruaje, Pietro se inclina y lo abre.

—Ya sé que dice que te quiere, mi querida Franca, y no lo pongo en duda —rebate, ayudándola a levantarse—. Solo que el hombre es cazador... —añade, pero en voz más baja, y el viento se lleva esa frase.

Francesca y Emma la ayudan a apearse del carruaje, sosteniendo el traje para que no se ensucie. Costanza trata en vano de retener el velo, maltratado por el viento. En pocos pasos estarán en la puerta de la iglesia.

Las primas se ríen. La besan y hacen cuanto pueden por recoger los pliegues del traje. Unos pasos más atrás, Costanza trata de contener las lágrimas, se tapa la cara con los dedos, pero enseguida exclama:

—¡*Qué hermosa estás!* —y la abraza riendo y llorando, lo que Emma y Francesca le recriminan enseguida porque llorar en una boda da mala suerte.

La madre le coge el rostro entre las manos, le besa la frente y murmura:

—Te casas con alguien que ha movido cielo y tierra para conseguirte, ¿lo sabes? —Pero su hija no tiene ocasión de responderle: las dos sobrinas prácticamente la empujan dentro de la iglesia, dejando a Franca sola con el padre.

Él se le acerca, le aprieta una mano y luego la posa sobre su brazo, que ella aprieta. En silencio. Entre ellos pasa volando el recuerdo de las palabras que se han dicho, las que se han gritado, las que se han callado. Pero ya son solo el eco de un pasado lejano, que ahora ocupan el afecto y la esperanza.

El portón se abre. Las notas de la marcha nupcial le llegan a Franca, la envuelven, casi la absorben dentro de la nave repleta de flores. Sus primeros pasos son tímidos, tanto es así que Pietro la observa con perplejidad. Sin embargo, en cuanto ve a Ignazio delante del altar, Franca se transforma: aprieta menos el brazo de su padre, endereza la espalda y avanza con seguridad, con la cabeza erguida.

Casi no ve a Giovanna, vestida de negro, tensa y con cara de pena; a Vincenzino, que la observa pasmado e inclina la cabeza para verla mejor; a Giulia, que le sonríe con enorme dulzura. La madre y las primas tienen los ojos brillantes y pañuelos en las manos. No hay nadie más.

Es una boda muy diferente de la que Franca se había imaginado en sus sueños de adolescente: un cielo oscuro, un viento gélido, una iglesia desconocida, ningún paje de honor, pocos invitados.

Pero no habría querido otra cosa, y lo único que necesita es a su Ignazio.

Todo cuanto desea lo tiene delante.

Pietro pone la mano de Franca sobre la de Ignazio, y él se la lleva a los labios.

—Estás preciosa —susurra, con la respiración entrecortada.

Ella querría reír y gritar de alegría. Siente que la vida le baila en el pecho. Es la más afortunada y amada de las mujeres, piensa, y da gracias al cielo por ello.

En cambio, solo consigue decir una palabra, solo una, que borra la espera, los sufrimientos, los chismes, las maledicencias, las dudas, la lejanía, las disputas. Franca mira al hombre que está a punto de convertirse en su marido y exclama:

—¡Por fin!

En el banquete de boda hay un ambiente alegre y relajado. Franca e Ignazio están cogidos de la mano, ríen. Se encuentran en su mundo, disfrutando de una felicidad difícil de imaginar: es como si el aire de alrededor rebosase de luz. Giulia, la hermana de Ignazio, los observa y luego planta los ojos en el plato de porcelana, todavía lleno de comida que apenas ha probado. Giulia no tuvo la posibilidad de elegir a quien amar, ya que el suyo fue un matrimonio concertado. Giulia di Trabia recorre con la mirada a los invitados, y considera que su vida, en apariencia envidiable, es muy distinta de lo que parece: tiene un hijo gravemente enfermo, quizá en peligro de muerte, una suegra que la detesta y un marido que la trata con respeto y nada más. Nunca ha sentido ese fuego que ahora percibe en el rostro de Franca.

A poca distancia, Pietro la observa. Giulia es hermosa, inteligente y refinada; pero con el paso de los años empieza a parecerse demasiado a la madre, la baronesa Giovanna d'Ondes. Tiene sus labios, duros y severos, la arruga en el entrecejo, siempre fruncido, y también el carácter... En ese momento, se fija precisamente en su suegra, que está alisando un pliegue inexistente del mantel, con los ojos perdidos en el vacío. Pietro no consigue contener un estremecimiento de inquietud: ¿su mujer se volverá así?

—Eh, ¿y esta cara triste?

Romualdo Trigona no espera que el camarero le alcance una silla. Agarra una, se coloca al lado de Pietro, se sienta y cruza las piernas, con la desenvoltura que lo caracteriza. Eleva la barbilla hacia los novios y cruza las manos sobre las rodillas.

—Ignazziddu todavía no sabe qué le espera —murmura, con una risita sarcástica.

Romualdo le hace eco:

—Está enamorado...

—Lo sé. Y solo piensa en eso. Pero no le va a durar mucho. Porque además *son malos momentos...*

El otro arruga la frente. Le pide a un camarero que le lleve una copa de champán y después le pregunta a su amigo:

—¿Qué quieres decir?

Pietro se acerca, baja la voz.

—Verás, después del arresto de Bernardo Tanlongo, el gobernador de la Banca Romana, y del tal Cesare Lazzaroni, el cajero jefe... Bueno, en fin, después de las barbaridades que han hecho...

Romualdo asiente.

—Bueno, pero ya en diciembre se supo que estaba pasando algo gordo, con ese follón que provocó Colajanni en la Cámara de Diputados, cuando preguntó por qué el gobierno no había hecho públicas las investigaciones de las comisiones parlamentarias sobre las instituciones de crédito...

—... investigaciones que también se hicieron en la etapa en la que Crispi era presidente del Consejo —concluye Pietro. Hace una pausa, inclina la cabeza hacia Romualdo—. Los Florio no fueron muy precavidos, porque además nuestro Ignazio tenía y tiene la cabeza en otra cosa... pero el hecho de que esté implicado también Crispi es muy grave. Lo cierto es que, por desgracia, en este asunto nadie está libre de culpa.— Le da con la mano en el brazo, adopta una expresión tensa—. Puedo entender que Crispi no haya denunciado la situación: estaban implicados demasiadas personas y demasiados bancos. ¿Te acuerdas del Banco di Napoli y del juicio al director Cuciniello, que concedía préstamos a diestro y siniestro a gente que no presentaba garantías? —se inclina hacia delante—. Y en los despachos de la Banca Romana han encontrado de todo. Documentos falsos, matrices y papeles firmados por gente importante, que ahora tiene miedo. Tanlongo administraba la caja del banco como si fuese suya.

Romualdo asiente, bebe un sorbo de champán, se lleva una mano a la boca y susurra:

—Sí. Él y Lazzaroni conservaban las matrices de los billetes que tenían que distribuirse y los imprimían de nuevo, falsificando la fecha y la firma del antiguo cajero. Billetes con papel nuevo, pero con números de serie viejos, en una palabra, que entregaban a quien solicitaba préstamos sin poder ofrecer garantías, a amigos y parientes o, simplemente, a gente que no quería aparecer en los registros del banco... o que no podía aparecer.

Pietro abre la boca para hablar, la cierra un momento, luego murmura:

—En el Parlamento ya se dice que todo el sistema está podrido. Todo. E incluso corren rumores sobre la implicación del rey.

El otro levanta una mano para pararlo, aparta la mirada.

—Muchas cosas se dicen, y tú sabes mejor que yo cómo es esto. En medio de tantos rumores, en algún lado está oculta la verdad.

Pietro se limita a asentir, pero no comenta. Es siciliano y respeta la regla de oro que en Sicilia todo el mundo aprende pronto: *la mejor palabra es la que no se dice*. Luego levanta la cara y el gesto serio desaparece deprisa, borrado por una carcajada. Se está acercando Ignazio, del brazo de Giuseppe Monroy.

—¡Aquí tenemos al recién casado!

Romualdo detiene a un camarero, le pide que les lleve más champán. En ese momento oyen que alguien se está riendo: es Franca, que, no muy lejos de ahí, está charlando alegremente con sus primas y su cuñada; hasta Giulia sonríe, como si la angustia la hubiese dejado al menos unos instantes.

Ignazio le quita al camarero la botella de las manos, dice que quiere descorcharla él mismo, pero está nervioso, se ríe con fuerza, y parte del líquido los salpica a él y a sus amigos. Se ríen más.

Mientras beben, Ignazio pasa un brazo por los hombros de Romualdo.

—¿Y bien? ¿De qué estabais hablando? Teníais una cara que parecía el 2 de noviembre...

—De lo que ha pasado en Roma y del hecho de que gente como Crispi esté involucrada en este desastre —responde Pietro. Ser diputado del Reino le ha abierto los ojos sobre muchísimos asuntos oscuros y, aunque no puede entrar en detalles, prefiere mantener en guardia a los amigos.

—Pero ¿por qué en Roma han dado tanta mano libre a Tanlongo y a gentuza como él? ¿Cómo es posible que nadie haya hecho inspecciones desde hace años en el banco? La ocasión hace al ladrón... y al falsificador, en este caso —proclama Ignazio. Le da un leve pescozón a Romualdo y este le hace un sitio en la silla. Se quedan en vilo, como dos chiquillos.

—No lo sé. En tu lugar, yo habría tenido más cuidado —el cuñado está ahora más serio. Ignora el nuevo estallido de risa de las mujeres que están detrás de ellos, y mira a Ignazio con una expresión mezcla de reproche y preocupación—. No le habría permitido al Credito Mobiliare abrir una sucursal en los mismos locales del Banco Florio. Ellos tampoco carecen de sombras. Habría sido aconsejable una mayor prudencia.

Entre Pietro y su cuñado no hay muchos años de diferencia, y sin embargo su modo de hacer las cosas es el de un hombre de mucha más edad. A veces es tan cauto y sereno que Ignazio se pregunta cómo consigue su hermana no morirse de aburrimiento. Se encoge de hombros.

—Ellos pueden tener defectos y *cosas que esconder*, pero el Banco Florio es sólido y no tiene nada que ocultar. Mi padre trabajó con ellos desde los tiempos de la fusión con Rubattino. El Credito Mobiliare es un gran banco, administrado por gente decente. Además, me han dado el puesto de vicepresidente de la sede de Palermo y formo parte de su consejo de administración... si algo no estuviese yendo como debiera, ya lo habría sabido, ¿no crees? Me han ofrecido suficientes garantías. En cualquier caso, la gente de Palermo sabe que somos sociedades diferentes.

—Seguramente... —masculla Pietro.

Giuseppe se vuelve, toca un hombro de Ignazio.

—Tu mujer te está buscando. Deja en paz los negocios, no está bien descuidar a una chica tan guapa para hablar de cosas tan aburridas.

Ignazio se gira, encuentra la mirada de Franca, enamorada y cariñosa. Le lanza un beso con la punta de los dedos, luego se vuelve para hablar con sus amigos.

—Voy a llevarla a Florencia y a Venecia y después iremos a París, ¿sabéis? Quiero enseñarle los lugares más hermosos... Se lo merece, mejor dicho, nos lo merecemos los dos, sobre todo después de todo lo que hemos pasado para poder casarnos, después de todos los chismes con los que nos han infamado. Todo con tal de alejarme de Palermo.

Romualdo se levanta, se coloca bien la corbata.

—Bien. Marchaos, divertíos y volved con una criatura, mejor si es *varón*: hace falta sangre nueva en la familia.

Ignazio y Giuseppe se ríen, Pietro resopla. Franca se levanta, se les acerca. Agarra la mano de su marido y él la aprieta, la besa delante de todos.

Fuera, al otro lado de las ventanas, el viento sigue soplando.

Es en París, durante la luna de miel, donde Franca comprende realmente.

Lo vio en los ojos del dependiente de Cartier que se les presentó con una reverencia, poniéndose a su disposición. Lo vio en el seco, casi grosero, gesto de rechazo de Ignazio, seguido de la orden: «*Appelez-moi le directeur, s'il vous plaît*». Lo escuchó en el tono obsequioso y teñido de preocupación del director, que se excusó hasta la saciedad por no haber sido él quien los recibiera, y se prodigó en congratulaciones, felicitaciones y aprobaciones por la elegancia de la joven esposa y la suerte del joven marido.

Franca comprendió que Ignazio habla un idioma universal, que abre todas las puertas: el idioma del dinero.

Los acompañaron a una salita decorada con espejos y sofás de terciopelo, les ofrecieron champán —que ella paladeó, encantada de saborear ese vino que, hasta hacía pocos días, desconocía completamente—, y luego empezó el desfile de joyas: un continuo abrirse de enormes estuches que mostraban una maravilla tras otra. Franca hizo algún comentario en su inseguro francés. Ignazio la escuchó sonriendo, le corrigió su acento y le rozó el cuello con caricias que le arrancaron más de un suspiro.

—Elige todo lo que quieras —le susurró al oído. Y ella, con los dedos temblándole de emoción, rozó un collar de perlas que brillaba sobre el terciopelo rojo. Adoraba las perlas pero, hasta ese momento, no había podido permitirse más que un pequeño collar.

Franca estaba mareada, pero no por el champán. La había turbado aquella sucesión de brillantes, esmeraldas, rubíes y perlas. Porque era el símbolo inconfundible y arrogante de una nueva conciencia: la familia Florio era inmensamente rica; y la familia Florio, ahora, era su familia.

Ignazio compró un par de espléndidos pendientes de perlas, pero sobre todo un collar digno de una princesa: tres vueltas de coral rojo procedente de Japón, esferas levemente rosadas que resaltaban en la piel de miel de Franca. Y mandó hacer, a medida para el cuello de cisne de su esposa, un *collier de chien* de perlas sujetas por barritas de diamantes y con perlas más grandes en la base.

Y escenas semejantes se repitieron en Houbigant, el perfumista de la reina Victoria y el zar; en la inmensa tienda de la rue du Faubourg Saint-Honoré, Franca descubrió el nombre del perfume de Ignazio —Fougère— y pudo elegir su colonia personal. En Worth, el creador de los trajes de gala de la emperatriz Eugenia y de Isabel de Austria, que la recibió como a una soberana y le mostró los modelos que más resaltaban sus formas esculturales. En Lanvin, donde compró docenas de bufandas para ella y para su madre. En Mademoiselle Rebours, que le enseñó los abanicos más hermosos, entre ellos, los de plumas de avestruz que había hecho para María de Sajonia-Coburgo-Gotha, que acababa de casarse con el príncipe heredero de Rumanía.

—¿Para mí? —preguntaba, con los grandes ojos verdes que desbordaban estupor. E Ignazio, emocionado, le acariciaba el rostro con una mano, asentía y la invitaba a elegir.

«Esto es un sueño», pensó Franca, rozando las joyas que su marido le había regalado. Y además estaba París, con sus luces, sus bulevares, sus edificios, sus mujeres elegantes y sus carruajes que brillaban como un espejo. Todo le resultaba asombroso, todo le llenaba el corazón y los ojos de tanta belleza que, en ciertos momentos, rebosaba de alegría. Lo mismo le pasaba a Ignazio, quien, a través de Franca, veía esa ciudad de manera nueva, y se emocionaba por la ingenuidad de su esposa, por su asombro, por su entusiasmo.

Así fue, como un sueño, su llegada a la villa de la Olivuzza. A su regreso a Palermo, los esposos se instalaron en la Villa ai Colli, donde se quedarían solo hasta que estuvieran terminadas las obras de la Olivuzza. Ignazio le había contado muy poco de lo que estaban haciendo los obreros, salvo que esa casa le había parecido siempre muy oscura, que ya hacía falta ampliarla y que entrara más luz en las habitaciones. Pero siempre añadía:

—Ya verás, ya verás lo que te espera...

El momento por fin ha llegado.

El carruaje se detiene varios metros antes del cuerpo principal de la Olivuzza, delante de un gran portón de hierro forjado que da acceso al ala que Ignazio ha reservado para él y para su esposa.

Ayuda a Franca a apearse, luego le agarra la mano, la hace pasar y la conduce por una escalera de mármol rojo. Atraviesan un jardín de invierno, lleno de plantas exuberantes y envuelto en la luz cálida que cae del techo de cristal, seguidos por una fila de criados y por Giovanna, que tiene una sonrisa indulgente en la cara y lleva de la mano a Vincenzo. Franca mira de un lado a otro, más cohibida que sorprendida, el rostro esculpido por la admiración.

Después de recorrer un pasillo, Ignazio se detiene ante una puerta.

—Vosotros esperad aquí —ordena a los criados. Giovanna se aparta, y una expresión triste, como de añoranza, le suaviza un instante el rostro pálido.

Franca se vuelve para mirarlos: caras risueñas, miradas maliciosas... Está casi irritada de que todos sepan qué la aguarda, todos menos ella... pero Ignazio se coloca a su espalda y le tapa los ojos con las manos.

—*No mires. Mantén los ojos cerrados* —le susurra, abriendo la puerta y conduciéndola a la habitación.

Riendo, tropezando, Franca obedece y avanza unos pasos.

Cuando abre los ojos, tiene la sensación de estar flotando entre el cielo y la Tierra.

Encima de ella, un cielo azul y, en el marco del techo, amorcillos sosteniendo guirnaldas de rosas. Delante de sus ojos, un dosel color marfil sobre una cama enorme con colchón de plumas y muebles de caoba con incrustaciones doradas. A sus pies, azulejos de cerámica color marfil cubiertos de pétalos de rosa, como si esos pétalos que lanzan unos amorcillos desde el techo se hubiesen diseminado por el suelo.

Es su rincón personal de paraíso.

—Para mi rosa. Todo para ti —le murmura Ignazio al oído.

Franca se vuelve, lo mira. La felicidad es tan inmensa que no puede hablar.

Se besan delante de todos.

El primer siroco de primavera en Palermo es una bofetada en plena cara. Es calor, es aire que se hace pesado, es irritación. Se nota desde la mañana, cuando se tiene la sensación de que las sábanas te aplastan y una capa de sudor en la espalda te obliga a destaparte y a agitar las sábanas. Después, una vez abiertas las ventanas, se percibe una atmósfera nueva, calurosa. El cielo parece cubierto, el aire no se mueve.

En el habitáculo del carruaje que lo está llevando a la plaza Marina, Ignazio advierte ese bochorno y resopla. Se da aire con el pañuelo, luego se enjuga el sudor. Detesta el calor.

Un día como ese, con ese viento y esa temperatura, lo suyo era estar en el mar, y mejor en el Fieramosca, el yate que se había comprado poco después de la muerte de su padre. No le había costado poco —«La compra de un inconsciente», así la había definido su madre—, pero había merecido la pena. Es cierto, ya tenían otro yate, el Sultana —enorme, con el casco blanco—, en el que había llevado a su preciosa esposa, a la que le había encantado. Ignazio había reemplazado con este el Queen Mary, que consideraba ya viejo y que vendió a un marqués toscano.

En realidad, se hizo construir también la Aretusa, una lancha de vapor de acero, pero, sobre todo, compró el Valkyrie, un yate de regata con proa esbelta y casco fino: corría como el viento, una auténtica joya. Se lo vendió el primo del emperador Francisco José, el archiduque de Austria Carlo Stefano de Habsburgo-Teschen, y con él tenía intención de participar en las más importantes competiciones de vela del Mediterráneo. No vivir solo de los negocios, cosa que no parecían comprender ni su madre, ni Giovanni Laganà ni Domenico Gallotti.

Los dos que —precisamente— lo habían llamado al despacho con urgencia.

«*¡Bueno, qué pasa ahora!*».

Laganà y Gallotti no lo habían dejado en paz ni cuando estaba de viaje por Europa en su luna de miel: cartas, notas, telegramas... ¿Es que no se dan cuenta de que él necesita otra cosa, que no puede estar siempre metido en ese despacho? Él quiere sentirse libre. Quiere vivir. No quiere terminar como su padre, que murió cuando tenía poco más de cincuenta años, después de toda una vida de trabajo, piensa, con cierta rabia.

A veces siente contra él una sorda cólera: no tendría que haberse enfermado tan pronto, no tendría que haberlo obligado a asumir ese papel y esa responsabilidad, porque de ese modo le ha impedido vivir de verdad. Es algo que no puede soportar.

Inquieto, aparta la cortinilla del carruaje: está cruzando las callejas del Borgo Vecchio, y obreros y criados lo saludan con deferencia. «*Que Dios lo bendiga,* don Ignazio», resuena por las callejuelas y en las puertas de los *tugurios.* Caras humildes, demacradas, mujeres precozmente envejecidas, niños con los ojos grandes y hambrientos jugando en la calle. El olor a pescado podrido agrede la nariz y se mezcla con el de la basura, que fermenta en los rincones de las calles y en los canales de desagüe, ahí donde se acumulan barro, trapos y desechos de comida.

Pero a esa gente parece darle lo mismo. Algunos de ellos trabajan para los Florio, piensa Ignazio, sin embargo, él no sabría reconocerlos. Su padre, en cambio, los conocía a todos, a cada uno de ellos, y ellos lo estimaban y apreciaban.

«Pero, ¿con qué fin?», se pregunta, y corresponde con un saludo desganado. No le gusta ese barrio, tan miserable y lleno de desesperación. No le gusta Palermo, esa Palermo, por decirlo todo. A él le gustan las villas elegantes que surgen en los bordes de la ciudad, los salones de baile de los palacios aristocráticos y los vestíbulos de los teatros. Él ama Londres y París, la Costa Azul y la tranquilidad de las montañas austriacas.

Le gusta sentir el viento en la cara cuando pasea por la toldilla de los yates.

No ese aire rancio, que apesta a podrido.

No recuerda —o puede que Ignazio no quiera recordar— que, hace menos de un siglo, su abuelo Vincenzo vivía en un sitio parecido y que, antes que él, el tío que se llamaba como él y cuyo anillo lleva llegó de Calabria huyendo de una vida pobre y amarga. Ambos lucharon para salir adelante en esa ciudad tan hostil, tan desagradable. Y lo consiguieron porque lograron el aprecio de la gente sencilla, del pueblo.

Pero sus padres procuraron que ese recuerdo prácticamente se borrase, que en casa se evocase lo menos posible. Ya que, si no se habla del pasado, este termina desapareciendo. Y, si desaparece, es como si nunca hubiese existido.

Lo que hoy lo espera es el presente. Y va a ser un día duro, Ignazio lo nota.

Sube las escaleras, saluda a los empleados con los que se cruza, llega al despacho de la primera planta. Domenico Gallotti, presidente de la Navigazione Generale Italiana, tiene la cara redonda, patillas tupidas y cuerpo rechoncho, y un vientre que delata su pasión por la buena mesa. Lo espera desde hace veinte minutos, paseando por la habitación, las manos cruzadas a la espalda.

—Le pido disculpas por el retraso —dice Ignazio cuando entra.

—Soy yo quien le pide disculpas por haberle metido prisa, pero hay cosas que ya no pueden esperar. —Ningún preámbulo, ninguna cortesía. Gallotti no hace nada por ocultar su impaciencia, al revés: permanece de pie y tamborilea con los dedos una carpeta que ha dejado en el escritorio.

—Me ha escrito cartas muy preocupantes durante mi viaje de luna de miel —replica Ignazio, sentándose al escritorio de su padre. Calla, observa el montón de hojas que hay encima de la mesa esperando su firma. Entonces, tras unos instantes de silencio, con un gesto invita a Gallotti a sentarse.

Gallotti se sienta y lo mira con los párpados entreabiertos.

—Me doy cuenta de que he parecido bastante insistente, pero este es un momento delicado. El asunto de la Banca Romana está sacando a la luz muchos problemas de nuestro sistema bancario... y le aseguro que «problemas» es un eufemismo. Por otro lado, hay temas espinosos que atañen a la Casa Florio de cerca, empezando por la renovación de los convenios marítimos. Su padre, que Dios tenga en la gloria, estipuló una convención decenal y pronto, muy pronto, se decidirá la renovación... y tenemos que estar seguros de que dicha renovación es ventajosa para nosotros. Recuerde siempre, don Ignazio, que las subvenciones estatales son un concepto importante de la Navigazione Generale Italiana, es más, me atrevería a decir que fundamental, dado que nos permiten realizar rutas que de otro modo serían antieconómicas y que sostienen nuestro balance.

Ignazio se remueve en la silla, incómodo. Le molesta que lo traten como a un *niño*.

—Sé perfectamente lo importantes que son, señor Gallotti. Mejor dígame cómo va el tema parlamentario.

Gallotti abre la carpeta, saca un memorándum.

—Obstáculos, don Ignazio. Obstáculos sobre todo en el Parlamento, porque Giolitti y los empresarios próximos a él no ven con buenos ojos una renovación a nuestro favor. Pedirán que se verifique la situación de la compañía, empezando por las condiciones de la flota que en todos estos años, lo sabe usted mejor que yo, nunca se ha modernizado.

—Eso podemos remediarlo. —Ignazio zanja la objeción con un gesto irritado de la mano—. Haremos las reparaciones más urgentes y para lo demás nos tomaremos un tiempo. El apellido Florio garantiza la solidez de la NGI. No hay nada que temer de una probable inspección.

—Cierto. *Pero la gente oye y se asusta*, y las dudas sobre la renovación no ayudan. Hace unos días, los representantes de los trabajadores de la marinería de Palermo, a través del Consulado Obrero del que forman parte, declararon al *Giornale di Sicilia* que cuatro mil familias se quedarían sin trabajo si los convenios marítimos no se renovaban. Ya ha habido una manifestación a los pies del Palacio Villarosa, en los Quattro Canti di Campagna, y existe el riesgo de que estallen motines. O, peor aún, de que se declaren huelgas. Conviene saberlo.

—Los obreros del varadero y de la Oretea siempre han sido unos fanáticos, y, de hecho, sé que querrían declararse en huelga, pero no lo harán. Mi padre sabía hablarles; yo también lo haré. Las huelgas no nos interesan, sobre todo si hemos de ocuparnos de lo que pasa en Roma.

—Sí, en efecto. —De la carpeta salen unos papeles. Gallotti se los tiende a Ignazio.

«¿Más? ¿Y esto qué es?», se pregunta Ignazio, al tiempo que se inclina. Los coge. Es un informe parlamentario firmado por un diputado del norte de Italia, Maggiorino Ferraris.

—«A más de uno podría parecerle un día no infeliz para nuestro país aquel en que la Navegazione Generale dejase, por su propia iniciativa, de existir» —lee en voz alta—. *¿Qué coño quiere este Ferraris?* —exclama irritado—. ¿Cree que los comercios marítimos italianos serían mucho mejores sin nosotros? Pero ¿tiene idea de lo que dice?

Gallotti frunce los labios.

—Nuestros amigos parlamentarios, próximos al abogado Crispi, se han rebelado. Este razonamiento tiene poco que ver con la economía y mucho con las amistades políticas de Ferraris y sobre todo del presidente del Consejo.

—Con todos los enredos que se han descubierto de la Banca Romana, me sorprendería que Giolitti durase todavía mucho.

Crispi me ha hablado de él en una carta. Es un burócrata sin experiencia ni dotes de gobierno. Uno que se quedó metido en casa en Turín, estudiando, mientras gente como Crispi luchaba por la unidad de Italia...

—A lo mejor, pero ahora es el presidente del Consejo y, hablando con claridad, protegerá las empresas del norte porque son las que han votado por él, al igual que Crispi y los suyos están interesados en proteger a sus electores, que son del sur en general y de Sicilia en particular. Las palabras de Ferraris son el reflejo de las preocupaciones de mucha más gente, don Ignazio. Así es como funcionan las cosas para los del norte: los palurdos que labran la tierra y están al sur de Roma no les dan votos. En cuanto a los nobles, que poseen las tierras, no tienen interés en trabajar con las industrias ni en ocuparse de los comercios.

De repente, da la sensación de que no corre aire. Ignazio mira a Gallotti con la boca cerrada, esperando.

—Siga leyendo —lo invita entonces Gallotti, y señala un párrafo del texto—. Ferraris se queja del hecho de que nuestros piróscafos son de manufactura extranjera y sugiere favorecer a las empresas que emplean naves construidas en los astilleros italianos... Obviamente, toscanos y ligures. Además, pide que se convoquen subastas para cada línea postal y de transporte de pasajeros, y que se supriman los convenios tal como los estableció su padre.

Ignazio está cada vez más irritado.

—Quieren cortarnos las piernas. Si nos quitan los convenios, *ya podemos echar el cierre.* —Lanza un largo suspiro por entre los labios finos. Luego mira por la ventana. Se pregunta qué habría hecho su padre, cómo habría reaccionado, a quién habría acudido.

—Nos vamos a Roma —decide al fin—. *Usted,* Laganà y yo. Nadie se va a interponer en nuestro camino. Nadie. —repite. Se pasa una mano por la frente—. Y ahora hay que comunicar a los obreros que no deben ponerse nerviosos... estos *idiotas* que hacen propaganda tienen *mala leche.*

Ignazio se incorpora, se mete las manos en los bolsillos y va a la ventana. El dialecto —Gallotti al menos eso lo sabe— es una indiscutible señal de irritación.

—Antes mi padre y ahora yo les hemos dado todo lo imprescindible: cuidados si *enferman,* un salario inimaginable para otros obreros de Palermo, casas de alquiler cerca de la fundición o el varadero... Mi padre incluso les propuso que sus hijos estudiaran una vez que terminaran la *jornada,* pero ellos no quisieron. ¡Eso sí, han seguido gritando que quieren derechos, derechos, derechos! Ahora incluso han creado esa asociación... los Fasci Siciliani dei Lavoratori. —Lo dice como si tuviese en la boca algo podrido—. Van *gritando* por los periódicos que tenemos que reducirles las horas de trabajo, que tenemos que subirles el *salario... ¿Cómo dicen? La abundancia nunca ha hecho carestía, eso dicen. Se han olvidado de lo que significa buscar trabajo todos los días en la plaza Vigliena* y por todas partes.

Gallotti asiente.

—Tiene usted razón, don Ignazio, los Fasci podrían ser un problema, porque han reunido bajo una sola bandera a muchas sociedades obreras y de beneficencia, diciendo: «Cualquiera parte un palo, pero ¿quién parte un atado de palos?». ¿Sabe que su jefe, Rosario Garibaldi Bosco, participó incluso en la fundación del Partito dei Lavoratori Italiani? Por no mentar a esos trece campesinos de Caltavuturo que querían ocupar tierras y a los que han matado unos soldados del Reino, una tragedia que ha hecho que los ojos de toda Italia se fijen en nosotros. Hay fermento, sin duda. Sin embargo... —Gallotti baja la voz y se acerca a Ignazio—. Me atrevo a aconsejarle que deje de lado el asunto, de momento. Gracias a Dios, pocos de nuestros obreros de la Oretea se han afiliado a los Fasci: la mayoría de ellos sabe que son unos privilegiados, porque otro trabajo fijo no se encuentra *con facilidad.* Créame, se acuerdan de lo que significa esperar que te contraten a jornal en la plaza Vigliena. Ahora hablemos de los convenios, *o ya hemos terminado por hoy.*

—Pues sí. De todos modos, también quiero hablar con Laganà. Me había asegurado que iba a haber problemas en el Senado... —Lo dice deprisa, y acompaña la frase con un encogimiento de hombros.

Lo que no ve —o lo que no quiere ver— es el escepticismo con que Gallotti lo ha mirado. Y, en efecto, el presidente de la NGI no tiene reparos en añadir enseguida, en tono cortante:

—Bien diferentes son las cosas que Laganà tendría que asegurar.

Ignazio arruga la frente.

—¿Qué quiere usted decir?

Gallotti hace una pausa, se muerde el labio. No sabe bien cómo proceder. Con el senador no le habría costado hablar, pero con ese hijo tan arrogante, tan intolerante, vacila. Al final, sin embargo, es precisamente por la memoria del padre por lo que se decide. La fidelidad a ese hombre que había muerto demasiado, demasiado pronto.

—Verá, don Ignazio, si me lo permite... Digamos que podría haber tenido una actitud menos colaboradora con nuestros rivales.

Ignazio lo observa, atónito. Su perplejidad aflora en la mirada, se transforma en una expresión de recelo. Entonces se acuerda levemente de algunas frases que oyó en Livorno inmediatamente después de su boda. Las había dejado en un trastero de la memoria, pensando que no eran importantes. Con un escalofrío de inquietud que le eriza el vello de los brazos, arriesga un:

—Sí, en efecto, me ha llegado algún rumor poco lisonjero sobre él... —Querría comprender, preguntar, pero son demasiadas las cosas que no sabe o que ha descuidado y le da miedo parecer superficial, o, peor aún, poco astuto.

Gallotti hace una mueca, acompañada por un suspiro que es casi un bufido rabioso.

—Son mucho más que rumores, don Ignazio. ¿Le han dicho que Laganà está muy cerca de Erasmo Piaggio, quien estaría enormemente interesado en trasladar buena parte de la actividad de la NGI a Génova?

Ignazio se queda inmóvil. ¿Laganà? ¿El mismo Laganà que su padre estimaba y apreciaba hasta el punto de nombrarlo director general de la NGI, ahora se comporta así? Desde luego, siempre había sido insistente, a veces pesado, pero de ahí a levantar sospechas sobre su labor...

Gallotti parece notar su incertidumbre.

—No me malinterprete; reconozco sus méritos. Sin embargo, le aseguro que se está comportando de manera por lo menos ambigua. Y no es nuevo en estos jueguitos, don Ignazio. Usted era demasiado joven, pero quien peina canas como yo se acuerda bien de lo que hizo cuando era administrador de la Trinacria. Y, en efecto, su padre, que lo conocía bien, lo trataba como a un perro guardián especialmente agresivo, o sea, que lo mantenía a raya.

Lentamente, Ignazio asiente con la cabeza y dice que también recuerda algo. Cuando la Trinacria quebró, su padre esperó los movimientos de Laganà antes de comprarla. Después, como síndico de quiebra, fue siempre Laganà quien le permitió comprar equipamientos y piróscafos a un precio irrisorio.

«Le hizo hacer de espía y le prometió un puesto en nuestra compañía», comprende en un destello de intuición.

¿Y ahora... ahora está haciendo el mismo juego con ellos?

—Yo hablaré con Laganà —dice, indignado—. Me debe una explicación, aunque solo sea por todo lo que esta familia le ha dado.

Gallotti hace un gesto que parece querer decir: «No esperaba menos». Luego abre la carpeta y extrae unas hojas, que tiende a Ignazio para que las firme. Por último, se levanta y se despide.

—Iré a Roma con usted, pero antes hable con Laganà. Asegúrese de que sea leal.

Ráfagas de viento llevan a la villa el aroma de los azahares y la tierra removida, y agitan las cortinas blancas que hay en las grandes puertas acristaladas que dan al jardín. En una esquina del salón verde, sumida en la luz rosada de la primavera, Franca, con un vaporoso traje blanco y el *collier de chien* de Cartier al cuello, está sentada en una silla de respaldo alto, posando para un retrato.

—Por favor, estese quieta, señora —le pide con un suspiro el pintor, cuando ella se mueve en la silla. Ettore De Maria Bergler tiene escaso pelo negro, una nariz prominente y rostro de corsario en un cuerpo flaco. Sostiene un cigarrillo en la boca y mira absorto a su modelo, que por momentos lo impacienta debido a su indisciplina—. Es cierto que su marido me ha pedido que la retrate de la manera más natural posible, pero así corro el riesgo de pintarle una mueca en el rostro. El destino brinda a las diosas y a pocas mujeres afortunadas una belleza como la suya. Pero, si se mueve, no conseguiré captarla —le dice, volviendo a concentrarse en el dibujo con su carboncillo.

—Estaré inmóvil como una estatua griega —promete ella, con una sonrisa de niña.

—Oh, me cuesta creerlo... —refunfuña el pintor, mientras gotitas de sudor le empapan las amplias entradas—. *«Vous êtes si pleine d'esprit et d'elegance!»*. Es un desafío fijarla en el lienzo.

Ella le lanza una mirada de agradecimiento, luego se humedece los labios, nota un sabor dulce y tiene un estremecimiento de placer. Cada mañana, el *monsú* prepara los cruasanes. Ella e Ignazio juegan a darse de comer en la boca, se ríen, y los besos después del desayuno saben a deseo y a azúcar en polvo.

—Doña Franca, buenos días. Perdonen la intromisión, pero doña Giovanna ha preguntado por usted.

Franca se vuelve hacia Rosa, que se ocupa con Giovanna d'Ondes de la escuela de bordado, le da las gracias y luego le dirige una mirada de disculpa al pintor.

—Nunca lo acabaré... —De Maria Bergler está irritado—. ¿Y ahora quién responde ante su marido?

—Le diré que todo es culpa de su madre —Franca se incorpora, luego, de golpe, se lleva la mano al cuello—. Sea amable, maestro, ayúdeme a quitarme esto.

El pintor se le acerca, abre el cierre del collar y se lo tiende. Franca lo acaricia con una especie de ternura y enseguida se lo guarda en el bolsillo. Quiere poder tocarlo, sentirlo en su cuerpo: esa joya le recuerda la luna de miel.

—¿A su suegra no le gustan las joyas? —pregunta el pintor, mientras guarda el boceto en una gran carpeta.

—Mi suegra está de luto y, por norma, no le gusta la ostentación. Tendría también que cambiarme de traje, pero no tengo tiempo...

De Maria Bergler asiente. No puede saber que, después del primer encuentro con Giovanna, Franca tiene mucho cuidado con las joyas que lleva en presencia de su suegra.

Ocurrió en el Hotel Excelsior de Abetone, una localidad más próxima a Siena que a Livorno, elegida por los Jacona di San Giuliano por ser tranquila y discreta. Giovanna había llegado en carruaje con su hijo, y las dos familias se encontraban en una salita para tomar el té. Franca estaba callada, con la mirada baja, tímida y respetuosa, consciente del hecho de que, sin la aprobación de la madre, Ignazio nunca se casaría con ella. Escuchó el intercambio de cortesías, las conversaciones triviales —«¿Qué tiempo hace en Livorno? ¿Ah, ahí también hace fresco?» «¿Y el niño, cómo está Blasco?—, y reparó en la batalla silenciosa que estaban librando las dos madres: Costanza armada de una nobleza antigua, pero hundida en deudas; Giovanna con una riqueza imponente, pero con un apellido que era, a pesar de todo —a pesar de ella—, todavía el de una familia de mercaderes.

La conversación se prolongó durante un tiempo que le pareció infinito. Hasta que, de repente, Giovanna le pidió con un gesto que se acercara. Titubeante, obedeció, mientras Ignazio se revolvía en la silla y Costanza contenía la respiración.

Giovanna la observó de arriba abajo. Largamente. A Franca le pareció que esa mirada la hurgaba en el alma, en busca de las cualidades que podían hacer de ella una auténtica Florio, y le aterrorizaba la idea de que no le encontrase ninguna. Instintivamente, se llevó una mano al hilo de oro que tenía al cuello, del que pendía un elegante camafeo.

Doña Giovanna se fijó en ese gesto y tuvo un sobresalto casi imperceptible. Medio oculto por el camafeo, Franca llevaba al cuello el anillo de su marido. El que ella le había dado a su hijo el día que Ignazio murió, y que estaba en la familia Florio desde hacía generaciones.

Franca comprendió. En su mente, el temor de haber ofendido de alguna manera a doña Giovanna se sumó al bochorno por haberse puesto ese anillo sin que ella lo supiese. Pero enseguida se acordó del instante en que Ignazio se lo había dado: le dijo lo importante que era para él y su familia, y que representaba la sinceridad de su compromiso. Fue la señal concreta de su amor, mucho más valiosa que cualquier joya.

Entonces clavó sus grandes ojos verdes en los de Giovanna. Segura, orgullosa, enamorada.

En la mirada de la otra apareció una tristeza infinita: la de una mujer que había perdido a su marido y que ahora veía que le quitaban a un hijo al que adoraba.

Giovanna destensó las manos que tenía apoyadas en el vientre, y con un gesto la invitó a sentarse a su lado. Seguía triste, pero además mostraba una sutil amenaza: «Te lo dejo, pero ya verás como no seas digna de él y del apellido Florio».

Recordando aquella mirada, Franca se siente inquieta. Giovanna nunca ha dejado de observarla de esa manera. ¿Dejará alguna vez su suegra de desconfiar de ella?, se pregunta.

«Ay, si al menos Ignazio no se hubiese marchado, justo ahora que...».

Ignazio está en Roma para ocuparse de los convenios navales. Le había explicado que no podía aplazar ese viaje y que, tratándose de negocios, era preferible que ella se quedara en Palermo. Franca había asentido, resignada, tratando de comprender cómo era posible que su adorado y risueño marido estuviese de golpe tan alterado.

De camino hacia los apartamentos de su suegra, que se encuentran en la parte más antigua de la Olivuzza, mira alrededor, preguntándose si alguna vez logrará acostumbrarse a esas habitaciones que parecen no tener fin, lujosamente amuebladas —de las cómodas de nogal Luis XVI a los espejos franceses de estilo Imperio con planchas de mármol, de las mesas de madera tallada y dorada a las vitrinas de ébano con placas de piedras duras y marfil—, con estatuas de porcelana de Capodimonte, objetos de plata cincelada, bronces y mármoles antiguos, valiosas alfombras persas, indias, y con cuadros de todos los tamaños, de pequeñas marinas a retratos del siglo XVII, con un leve toque de luz, de representaciones mitológicas a paisajes sicilianos tan luminosos que parecen ventanas abiertas al mundo. Todo es extraordinario para ella.

Las puertas se abren ante ella como por arte de magia, tras las que surgen montones de criados que se inclinan a su paso y enseguida parecen esfumarse en los meandros de la casa.

A veces, sin embargo, siente una desazón que la inquieta: a ellos no tiene ni que decirles qué han de hacer, pues todos conocen sus funciones y las cumplen a la perfección; no tiene que vestirse ni peinarse sola porque para eso está Diodata, su criada personal, una chica con grandes ojos negros, tímida y silenciosa, que está siempre esperando un gesto suyo; no tiene que guardar la ropa porque de eso se encarga la guardarropa; no tiene que pensar en cómo colocar las flores porque hay un criado que se encarga solo de eso y reemplaza los arreglos cada día. Tampoco tiene que elegir el menú para las recepciones, porque el *monsú* conoce los gustos de los invitados y los complace a pedir de boca. Y entonces prefiere callar, porque le da miedo equivocarse, estar fuera de lugar, demostrando así a todos —a su suegra, principalmente—, que no está a la altura del apellido que lleva.

A veces tiene la sensación de que es una invitada en su propia casa.

—*Ah, ya estás aquí.*

Giovanna levanta la cabeza del telar que está en el centro del salón donde pasa sus días, bordando y rezando. Franca permanece un instante en el umbral, luego avanza en esa penumbra impregnada del aroma de las flores. Detrás de la puerta hay una casa enorme, luminosa, en plena actividad. Ahí, en cambio, todo está inmóvil. También las grandes puertas acristaladas están entornadas.

Desde un rincón de la habitación, casi invisible, doña Ciccia la saluda. Franca sabe que le cae simpática, y sin embargo no consigue sentirse del todo cómoda con ella.

Se acerca a su suegra, le da un beso en la mejilla.

Giovanna repara en el traje blanco de Franca, frunce los labios. Luego agarra una perlita de coral, la ensarta en la hebra de hilo y da una puntada.

—Esta noche mandaremos decir una misa por la *santa almita* de Blasco, *el niño* de Giulia. *¿Tú cómo estás? ¿Vendrás, verdad?*

Franca contiene la respiración. Sabe perfectamente que ninguna mujer de la Casa Florio puede permitirse faltar a una misa en sufragio por un pariente, especialmente por el tercer hijo de Giulia, fallecido inmediatamente después de su boda con Ignazio. De nuevo la está poniendo a prueba.

—Claro... Pobre criatura. No tuvo tiempo de hacerse mayor —murmura.

Las manos de Giovanna se detienen en la tela.

—*Yo sé qué significa ver morir a un hijo* —dice—. *Se te desgarran las carnes de los huesos. Sientes que el corazón te va a estallar, querrías dar tú la vida. Es espantoso lo que mi hija está sufriendo.*

—*No lo piense. Ahora ya son ángeles* —interviene doña Ciccia con un suspiro.

Giovanna asiente. Se enjuga una lágrima y calla.

Franca retrocede un paso y un temblor le recorre la espalda. Sigilosa, se lleva una mano al vientre, luego mira alrededor. Por todos lados, imágenes enmarcadas del suegro. En la pared hay además un retrato al óleo de ella y, al lado, todavía más grande, otro de Vincenzino, el hermano de su marido, muerto hace años. «Más que una habitación, parece un templo a la memoria», piensa. Retrocede hacia la puerta casi sin darse cuenta. Se siente indefensa frente a una angustia tan grande, le da miedo que el sufrimiento de Giovanna se le pueda pegar como una sombra o, peor aún, como un *hechizo*. «Si una persona es tan infeliz, es probable que ni pueda imaginarse que haya alguien dichoso; es más, es posible que viva la felicidad ajena como una injusticia». Se lo dice cuando llega a la puerta, cuando la opresión que había notado al entrar en la habitación le oprime el vientre. Confusamente intuye que todo eso ocurre cuando el sufrimiento sobrepasa todos los límites y no podemos soportar ni siquiera una pequeña luz de esperanza.

«¿Por qué Ignazio no está aquí para protegerme de todo esto?».

Franca.

Su recuerdo —la boca entornada, los ojos encendidos de pasión, el cuerpo flexible— distrae a Ignazio, pero solo un instante; es un rayo de sol que desaparece enseguida. Ahí, en Roma, solo hay nubes grises, hombres severos y blancos edificios ministeriales.

Delante de él, sentado al escritorio, está Camillo Finocchiaro Aprile, ministro de Correos; un hombre de aspecto pacífico, con bigote fino y unos quevedos dorados que hacen que sus ojos parezcan aún más pequeños de lo que realmente son. Como palermitano, comparte el pasado garibaldino con el expresidente del Consejo Crispi, y, al igual que este, muestra especial aprecio por cuantos representan a Sicilia y sus intereses; y, más que por nadie, por Ignazio Florio.

La habitación —austera, tapizada de rojo con pesados muebles de caoba— huele mucho a colonia masculina. Al lado de Ignazio está la cúpula de la Navigazione Generale Italiana: el presidente Gallotti y el director general Laganà. A pesar de los consejos de Gallotti, Ignazio no había encontrado el momento propicio para una reunión con Laganà y los rumores que le habían llegado sobre él eran contradictorios: por un lado, parecía que realmente tenía «relaciones muy amistosas» con varios armadores ligures, por otro, nadie negaba que se había ocupado con esmero de abrir sucursales del Credito Mobiliare en el Banco Florio, lo que le había dado lustre a la Casa. En una palabra: no cabía duda de que sabía cómo moverse. Al cabo, Ignazio se convenció de que sabía juzgar a las personas mejor que quien, como Gallotti, tendría que haber sabido aconsejarlo al respecto, y lo había llevado consigo a Roma. Pero la tensión entre los dos hombres era palpable.

También porque la situación es sumamente delicada. No es en absoluto seguro que la NGI consiga la renovación de los convenios. Demasiados reman en su contra, empezando por las empresas de navegación ligures que querrían participar en el rico banquete de las subvenciones públicas y que cuentan con el apoyo de un compacto bloque político.

«Pero ¿cómo piensan competir con la NGI?», se pregunta Ignazio, pasándose las manos por el pelo. Ellos tienen la flota más grande de Italia, casi cien piróscafos.

—Su flota es una de las más viejas y deterioradas del Mediterráneo: hay embarcaciones que se remontan a la época de su abuelo, *que en paz descanse*. Tiene que reconocerlo —dice Finocchiaro Aprile, enarcando las cejas.

Ignazio hace un gesto de enfado. Domenico Gallotti se aclara la voz y protesta:

—Poca cosa, nada que no se pueda resolver con alguna reparación o comprando nuevos vapores, sobre todo si conseguimos el dinero de las subvenciones. Pero de ahí a que nos nieguen la renovación... ¡no digamos bobadas!

—¿Eso cree? —pregunta el ministro. En su voz, una leve provocación—. Entonces, ¿por qué no lo pensaron antes?

Laganà se limita a menear la cabeza. Se dispone a hablar, pero Ignazio lo detiene.

—Porque cuesta, y usted lo sabe perfectamente. La Navigazione Generale Italiana se mantiene gracias a las subvenciones, que sin embargo le sirven solamente para estar a la altura de las flotas francesas y austriacas, no, desde luego, para su beneficio económico. Por eso pedí ayuda para hacer un astillero naval: para poder «construir» nuestros piróscafos, dado que para las reparaciones ya tenemos el varadero, donde trabajan los obreros de la Fonderia Oretea. Pero el Ayuntamiento no tenía *dinero*, ni aunque se le pidiera de rodillas. Y Roma nunca dio señales de vida. ¿En qué ha acabado este proyecto? Por mi parte, nunca faltó la voluntad de llevarlo a término.

El ministro tuerce la boca, los ojos clavados en el borde del escritorio.

—Ayúdenos. Denos dinero y lo modernizaremos todo —insiste Ignazio, y ahora en su voz hay casi un tono de ruego, que sin embargo contrasta con la mirada ardiente y los puños cerrados sobre las rodillas.

—*Sí, pero así no se puede hacer nada* —murmura Finocchiaro Aprile—. Contamos con una mayoría realmente reducida como para conseguir la aprobación de la renovación. —Se levanta, abre la ventana. Los ruidos del tráfico romano irrumpen en la habitación. Gritos, ruedas que giran en el empedrado, hasta un organillo. El hombre está molesto, entorna las contraventanas—. ¿Han hablado con Crispi?

Ya. Crispi.

Los tres hombres se cruzan miradas tensas.

Había recibido a Ignazio en su despacho y lo había mirado largamente, sin decir nada, como si estuviese sobreponiendo la imagen del padre a la del hijo, tal vez con la esperanza de tener delante un interlocutor diligente y agudo como el senador. O tal vez porque tenía que enfrentarse al paso del tiempo, porque aquel era el tercer miembro de la familia Florio que acudía a él. Todos habían estado ahí: primero Vincenzo, rudo y temible, después Ignazio, tan refinado como despiadado. Y ahora este, que era poco más que un chiquillo y al que él todavía no sabía cómo encuadrar.

A su vez, Ignazio había visto a un hombre muy diferente del que —enérgico, sagaz, con una luz rebelde en la mirada— había conocido en Roma muchos años atrás. Estaban en el imponente vestíbulo del Hotel d'Angleterre, en medio del suntuoso lujo de ese lugar lleno de viajeros extranjeros. Recordaba cómo el abogado Crispi se había inclinado para besarle la mano a su madre; después su padre, con confianza, lo cogió del brazo y juntos se alejaron a grandes pasos hacia un sofá apartado. Se quedaron ahí hablando, mientras él iba con su madre y su hermana a pasear en carruaje.

Ignazio no había podido dejar de pensar que ese hombre de más de setenta años, pálido y cansado, ya no tenía la energía para llevar el timón del barco de la política, perennemente a merced de alguna tempestad.

A lo mejor ya tampoco tenía la influencia para hacerlo.

Crispi lo invitó a sentarse y él, con esfuerzo, hizo lo propio.

—Hay demasiada confusión en el ambiente, don Ignazio. Mis enemigos gritan y protestan y el clima está cargado —empezó, entre una calada de puro y otra, con voz ronca por el humo—. Pero puedo decirle algo: es cierto que, de momento, el juego lo llevan Giolitti y sus amigos del norte, pero eso no va a durar mucho. Con esta manera suya de comportarse como un *cura sin parroquia, está enredando las cosas.* En una palabra, presume de ser buena persona, pero es un tipejo mucho peor que otros, y lía las cosas porque está metido en líos. Las barbaridades que se han hecho en la Banca Romana son la prueba de que nadie es inocente. Él ha protegido a personas de todos los niveles y, tarde o temprano, *salen los gusanos... Pero, ahora mismo, él está aquí,* y yo poco puedo hacer. *Tiene que hablar con Finocchiaro Aprile. Él es palermitano.* Lo está esperando.

—Ya lo había pensado —respondió Ignazio—. Pero antes quería conocer su opinión. Usted ha sido el abogado de la Casa Florio durante muchos años y conoce bien a mi familia.

Francesco Crispi entornó los párpados, una mirada de viejo sabueso, con una sonrisa de suficiencia que hizo que le brillaran los ojos.

—*Perros, que no perritos,* don Ignazio. *Por eso el discurso de Ferraris le hizo tanto daño.* Si no hubiese estado yo, otros habrían hablado después de él y las consecuencias habrían sido mucho peores. Conseguí que sus palabras... se olvidaran, digámoslo así.

—Y yo se lo agradezco.

Crispi agitó una mano con manchas de vejez.

—He hecho lo que he podido. Pero ahora le toca a Finocchiaro Aprile.

Y esas son las palabras que Ignazio le repite al ministro.

—Crispi ha hecho lo posible para limitar los daños —responde, dolido—. Sabe mejor que yo que, de momento, más no se le puede pedir.

—*Nosotros no podemos esperar.* Nadie puede saber realmente cuándo caerá este gobierno. Las alianzas políticas las imponen las conveniencias del momento, usted también lo sabe—. Domenico Gallotti contiene a duras penas su frustración. Laganà asiente, siempre silencioso.

—Lamentablemente, tengo las manos atadas —dice el ministro—. Hay demasiadas quejas por la gestión de las rutas de la Navigazione y...

Ignazio se levanta, camina por la habitación.

—Maldita sea, necesitamos los convenios, ¿lo entiende? Toda una ciudad vive del dinero que aporta la NGI. Si no se renuevan, ¿qué ocurriría? —Casi grita, y no consigue ocultar su profunda irritación.

Finocchiaro Aprile suspira. Ya no puede ocultarse, no ante la mirada directa de aquellos tres hombres. Cruza los brazos sobre el pecho.

—*Lo sé.* Pero yo puedo hacer muy poco en este momento. Los diputados del norte próximos a Giolitti son más que los nuestros, y más compactos. —Le dirige una mirada elocuente—. *Ustedes, don Ignazio, tienen que mover las cosas en Palermo.* Tienen que asustarlos. Sabe bien que no hay nada más... convincente que el miedo.

Ignazio comprende. Finocchiaro Aprile le está pidiendo que utilice una realidad difícil y la pinte con colores todavía más sombríos, para agitar el espectro de un enemigo peligroso, de una crisis económica devastadora, y mover así a la opinión pública.

La idea le gusta. Muestra una sonrisa leve y mordaz a la vez.

Finocchiaro Aprile se relaja un poco en la silla, Gallotti agita los párpados, entonces habla.

—¿Manifestaciones, quiere decir?

El ministro abre los brazos.

—Protestas, manifestaciones... sus obreros de la Oretea son de los más activos, y en Palermo están muy presentes los Fasci Siciliani, esos politicastros que dicen defender los derechos de los trabajadores...

—Agitadores que lo que no quieren es *trabajar* —refunfuña Laganà.

Gallotti lo fulmina con una mirada.

—Son trabajadores a los que importa mucho su puesto de trabajo. Si tienen miedo, harán *ruido*. —Ignazio mira fijamente a Finocchiaro Aprile. Este asiente, y añade—: Usted sabe con quién hablar, o quién podría hablar por usted. Haga que se asusten, y que se asuste la isla entera, pues, si el puerto de Palermo deja de trabajar, la economía de toda Sicilia se hunde.

Ignazio recuerda lo que hizo su padre cuando hubo que agitar las aguas para facilitar la fusión con Rubattino. Una maniobra que salió a la perfección. «Y hay cosas que no cambian», piensa. «El miedo es miedo».

En aquel momento, llaman a la puerta y una cara redonda aparece en el umbral. «Con permiso».

Se hace un silencio desagradable en la habitación. Ignazio aparta la mirada. Con un gesto, el ministro le dice al hombre que pase.

—No lo esperábamos, don Raffaele. Esta es una reunión privada —añade en cuanto la puerta se cierra.

—Me lo imaginaba. Por eso he esperado fuera. No quería faltarles al respeto —declara Raffaele Palizzolo, con tono obsequioso—. He venido como siciliano honesto, pero también como pariente de don Ignazio. ¿Sabrán que su esposa, doña Franca, es sobrina política de mi hermana, la duquesa de Villarosa? —Le tiende la mano a Ignazio, que se la estrecha con cierta vacilación; luego, sin que nadie lo invite a hacerlo, se sienta a su lado—. Y, en cualquier caso, estoy aquí para dar mi contribución, porque Palermo no puede perder los convenios.

En la habitación, el malestar se vuelve casi palpable. Desde hace años, en Palermo Raffaele Palizzolo tiene fama de ser una persona que se entromete en todas partes: lo escucha y lo observa todo, y así siempre sabe cómo sacar provecho de lo que averigua. Una habilidad que sin duda le ha valido también en Roma, al menos desde que es diputado. Desde hace un tiempo, sin embargo, sobre él se cierne una sombra larga y amenazadora, relacionada con un crimen que ha turbado profundamente a toda la ciudad: el uno de febrero de ese año, Emanuele Notarbartolo, exdirector del Banco di Sicilia, hombre de lo más íntegro y al que todo el mundo apreciaba, fue asesinado por veintisiete puñaladas en el tren que lo llevaba de Termini Imerese a Palermo. Y se murmuraba con insistencia que Palizzolo estaba implicado en el homicidio y que tenía *el carbón mojado*, o sea, que tenía miedo de que lo descubrieran: porque, igual y más que muchos otros, había jugado con las finanzas del banco, y Notarbartolo —insistían los bien informados— lo sabía. Aunque solo fuesen rumores —obviamente no había testigos del homicidio—, resultaba difícil para los presentes desprenderse de la sensación de estar en la habitación con un delincuente.

El silencio que siguió a la afirmación de Palizzolo lo rompió por fin Laganà.

—Claro, en eso coincidimos todos. El problema es cómo intervenir sin causar daños.

—*Escúchenme* —dijo Palizzolo, inclinándose hacia el escritorio del ministro, con una confianza que nadie le ha dado—. *A estos tenemos que asustarlos.* Usted sabe, señor ministro, que en la Cámara de los Diputados me escuchan. Bastaría una intervención mía.

El ministro levanta la cabeza, se acaricia la barbilla. Lo mira y Palizzolo inclina la cabeza, asiente. Le está implícitamente pidiendo permiso para actuar porque, antes que políticos, esos hombres son sicilianos y, por tanto, se mueven solo después de que la persona adecuada ha sido informada de sus intenciones y ha dado su consentimiento.

Ahora el ministro lo escucha.

—*¿Qué quiere usted hacer?*

—*En Palermo ahora hay confusión. Solo hay que demostrarles lo que podría pasar.* —El rostro de Palizzolo se ensombrece. Luego mira a Laganà y Gallotti—. Pero ¿se imaginan lo que ocurriría si se supiese que los convenios no se han renovado? Como mínimo, se levantarían barricadas en las calles. ¿Y qué gobierno puede permitirse una revuelta popular? Desde luego, no este gobierno, con todos los desastres a los que ya tiene que enfrentarse.

Ignazio cruza una mirada con Gallotti, que enseguida mira al cielo: sí, Palizzolo debía estar detrás de la puerta escuchando su conversación.

Laganà se mueve, se apoya en el escritorio del ministro. Habla sin ocultar su irritación.

—Decíamos precisamente eso antes de que nos interrumpiera, pero me imagino que ya lo habrá usted intuido. Que se podría estimular a la mano de obra de la Oretea y el varadero a que protesten.

Palizzolo menea la cabeza. Si le ha molestado ese reproche nada velado, no lo demuestra.

—Huelga, amenazas. Hace falta algo que *intimide a todo el mundo.* —Se vuelve hacia el ministro. Ignora la expresión perpleja de Finocchiaro Aprile y continúa, las manos en los muslos, el busto inclinado hacia delante—. *Usted es palermitano y sabe a qué me refiero: Giolitti no quiere correr este riesgo, y nosotros sí.*

Ignazio se mira la punta de los dedos.

—En una palabra, lo que usted quiere es asustarlo y presionarlo hasta el punto de obligarlo a que ignore lo que le piden los suyos.

Como confirmación, Palizzolo abre las manos.

—Lo que en Roma todavía no han comprendido es que en Palermo están las tripas de Italia. Todo lo que se decida en Roma, antes ha de pasar por ahí.

Gallotti asiente, se vuelve hacia Finocchiaro Aprile.

—¿Qué opina usted, señor ministro?

Este se encoge de hombros.

—Es sin duda más arriesgado de lo que había pensado, pero puede funcionar. Ustedes tendrán que estar vigilantes para no perder el control de la situación en Sicilia; yo aquí haré lo que esté en mi mano. Toda ayuda que tengamos servirá, de ahí de donde proceda —concluye, elocuente. Su voz es toque de péndola en una habitación vacía.

Ignazio, satisfecho, asiente. Se levanta, le tiende la mano al ministro.

—La NGI y Palermo le estarán reconocidos por lo que pueda hacer. —Lo mira con intensidad—. La familia Florio le estará agradecida personalmente.

Camillo Finocchiaro Aprile comprende. Y sonríe levemente.

Vacilante, Franca se lleva una mano a los labios. El traje de raso verde oscuro resalta la línea del seno. Casi le parece ver en el espejo a su suegra mirándola contrariada. Oye incluso su voz:

—Vas demasiado escotada, *hija mía,* sobre todo en tus condiciones.

«Sus condiciones».

Pone la mano enjoyada en el vientre que está empezando a redondearse. Está embarazada de cuatro meses. Sonríe. Con la llegada del calor de junio, aguantar el embarazo se ha vuelto más duro, desde luego, pero la alegría que siente la ayuda a superar todas las molestias. Y además está la felicidad de Ignazio, que la llena de atenciones y de regalos espléndidos, como los pendientes de esmeraldas y brillantes que aparecieron como por arte de magia en su tocador al día siguiente de que ella anunciara que estaba esperando un niño.

Se los pone, en la muñeca se pone unas pulseras, luego llama a Diodata y señala un chal del armario. Es de Lanvin, de seda color marfil: se lo coloca sobre los hombros, de manera que cubra al menos parte del escote.

Ignazio la está esperando en la entrada de los carruajes, junto al gran olivo. Con él están Giovanna y doña Ciccia. La madre besa al hijo, le pasa una mano por el pecho.

—*No lleguéis tarde* —le pide—. No debe cansarse.

—*Madre*, Franca se está convirtiendo en la mayor experta de los mejores sofás de Palermo. Desde que se ha sabido que espera un niño, las dueñas de casa se disputan el honor de no permitirle que se canse. Y doña Adele de Seta es la más atenta de todas.

Giovanna hace caso omiso de la broma de su hijo y mira a Franca de arriba abajo. Franca sigue sin acostumbrarse a esa mirada severa y triste, e instintivamente baja los ojos. Pero, casi como respuesta, su suegra se le acerca, le coloca el chal.

—Hace calor, pero tú *tápate*.

Está tapada, y no solo por el frío.

—*Ne vous inquiétez pas, maman*— responde ella, inclinándose para besarla en la mejilla.

Ignazio la ayuda a subir al carruaje, una mano detrás de la espalda, que resbala de manera imperceptible hacia abajo. En el habitáculo, la atrae hacia sí, la besa.

—Dios mío, eres una preciosidad. El embarazo te hace todavía más hermosa —murmura, pasando la mano por las caderas torneadas, libres del corsé.

Ella se ruboriza en la oscuridad, también lo abraza. Le habían dicho que, cuando se quedara encinta, Ignazio dejaría de ir a su cama para «no hacer daño al niño». Eso no había pasado... pero ni siquiera ese ardor le había hecho olvidar que, durante las recepciones a las que habían ido, su marido a menudo se había comportado con excesiva desenvoltura con algunas mujeres. A eso se debe que, aunque esté cansada, prefiera acompañarlo: porque quiere recordar a todo el mundo —y a él más que a nadie— que Ignazio Florio ya no es un solterón en busca de diversiones.

Cuando llegan a la mansión de los De Seta, los salones ya están llenos de gente. Entre chismes susurrados y miradas indagadoras, la Palermo de las mujeres se exhibe en un tumulto de sedas y joyas, mientras que la de los hombres —con más discreción—

entabla nuevas relaciones y consolida viejas alianzas. Una representación en la que Ignazio y Franca ya son protagonistas. Parece que las maledicencias y los chismes han sido barridos por su evidente felicidad y por la noticia del embarazo de Franca. Desde que volvieron de la luna de miel, han ido de fiesta en fiesta, pero han tenido que aplazar una recepción en la Olivuzza debido al estado de Franca. La temporada ya prácticamente ha terminado y la fiesta de los De Seta es una de las últimas celebraciones de la alta sociedad: muy pronto las familias dejarán las residencias urbanas para ir a las estaciones balnearias francesas o a las aldeas alpinas en Austria o en Suiza; otras se retirarán a las villas del campo. En cuanto a Ignazio y Franca, los espera su yate preferido, el Sultana, para un crucero por el Mediterráneo.

De eso está hablando Ignazio con Giuseppe Monroy.

—No hay motivo para no ir de viaje —le dice—. El Sultana es muy estable y el médico de a bordo tendrá todo lo necesario para los cuidados de Franca.

Giuseppe asiente y levanta la copa para brindar.

—Además, espera al heredero de la familia. Hay que ser prudentes.

—Ya, eso desde luego. Aunque mi madre protestará y...

Ignazio calla, distraído por una chica con un traje rosa claro que está pasando delante de ellos, seguida por una mujer mayor, probablemente la madre.

—¿Y esa quién es? Me gustaría saber dónde las tienen escondidas —dice Giuseppe, riéndose.

—Bueno, lo importante es que salgan... en el momento adecuado —concluye Ignazio.

Y, de golpe, se levanta y empieza a caminar detrás de la chica, mientras Giuseppe, risueño, lo observa y menea la cabeza.

Tras dar unos pasos, la mujer se detiene a charlar con una amiga y la chica se vuelve a mirarlo. Y no es una mirada distraída, al revés. Él consigue reparar en sus ojos oscuros y almendrados, en su boca generosa y en el pecho blanco que parece querer escapar del corsé. Se pregunta si será duro o blando y un poco caído. Demasiadas veces lo ha inducido a error un vestido «sostenido» en los puntos adecuados.

Ella lo sigue mirando, ahora de manera casi descarada. Ignazio se estremece, pero vacila.

«Primero tengo que saber quién es», piensa. «Dios no quiera que sea una pariente de la marquesa de Seta, una sobrina o algo así...»

En ese instante, alguien pasa a su lado y, tras asestarle una palmada en el hombro, le susurra:

—Tu mujer te está buscando, Ignazio...

Él se vuelve de golpe. Franca se le está acercando, con su sonrisa luminosa y su paso elástico. Lo coge de un brazo, entrelaza sus dedos con los suyos.

—Querido, ayúdame a escapar de doña Alliata. Quiere contarme qué pasó en sus partos y en los de sus hijas, y a mí ya me da suficiente miedo el mío. Invítame a bailar, te lo ruego: estoy embarazada, no enferma, y puedo permitirme un vals con mi marido.

Ignazio la agarra de la mano, la lleva al centro del salón en el preciso instante en que la orquestina está empezando a tocar. Le estrecha la cintura con el brazo y ella ríe, ríe con fuerza, ruidosamente, como le han enseñado que no se hace.

Y, en cambio, lo hace.

«Que me vean bien», piensa Franca, mirando a esa descarada del traje rosa, porque ha notado que miraba a su marido, vaya si lo ha notado, lo que no la ha molestado bastante.

La chica se vuelve, le da la espalda, se aleja.

Entonces Franca observa a las mujeres mayores que están sentadas alrededor de la sala y, como en respuesta a su mudo reproche, sonríe. Sabe qué están pensando: una mujer en su estado no debería ni siquiera estar en una fiesta, ya no digamos bailar. Pero a ella le da lo mismo. Sigue dando vueltas, lanzando ahora miradas desafiantes a las otras, a las mujeres todavía guapas y deseables, y se imagina lo que piensan: están convencidas de que muy pronto Ignazio encontrará a otra con quien desahogarse. Porque eso hace un marido cuando la esposa se queda embarazada.

«Yo tengo todo lo que vosotras ya no podéis tener y puede que nunca hayáis tenido», les dice con la mirada a las mujeres mayores. Entonces se apoya en Ignazio y le acaricia el cuello en una muda declaración de posesión. Y, en su interior, dice: «Vuestros maridos se comportan así. Ignazio, no. Él es mío y me ama. Y yo le basto».

El mes de julio en Palermo es como un niño travieso; alterna días despejados con otros cargados de una humedad que se mete en la piel y hace que cueste respirar. Después llega el siroco, que trae consigo la arena del desierto y transforma las cumbres de las montañas en manchas oscuras contra un cielo de marfil.

Ese día, sin embargo, julio ha decidido comportarse bien: el día está despejado, ventilado, e invita a estar fuera. Así, Franca ha ordenado que se sirva el té en el parque de la Olivuzza, bajo las palmeras que hay junto a la pajarera.

Espera la llegada de Francesca y Emma di Villarosa, que irán a pasar la tarde con ella para hacerle compañía. Está sentada en la salita que hay al lado de su dormitorio, leyendo *Marion artista di caffè-concerto*, de Annie Vivanti, una novela que su cuñada Giulia le ha prestado, pero advirtiéndole que no se la enseñe a su suegra porque «hay cosas un poco... indecorosas». El embarazo ya es visible, ella se siente siempre cansada y, sobre todo, está sola. «Ignazio ha sido injusto», piensa, hojeando nerviosamente las páginas. Primero le prometió que harían un crucero en el *Sultana*, después, con la excusa de que ella tenía que cuidarse, le explicó que iban a quedarse juntos en Palermo. Al final, cambió de parecer, y se marchó a un viaje a África, afirmando que realmente necesitaba descansar después de la extenuante espera por la renovación de los convenios.

Una renovación que por fin se aprobó: durante quince años más, esto es, hasta 1908, la Navigazione Generale Italiana mantendría el monopolio de los servicios subvencionados. Un resultado conseguido gracias a una intervención enardecida de Raffaele Palizzolo en la Cámara de Diputados —«... Veremos que en un día seis mil familias se quedan sin pan... Sería un desastre nacional»—, a la compacta coalición del grupo de diputados sicilianos con Crispi, que así demostró que seguía siendo un aliado muy valioso, y a la presión social generada por los artículos del *Giornale di Sicilia*, que pintó un futuro muy sombrío no solo de Palermo, sino de toda Sicilia, si los convenios no se renovaban. Aterrorizada ante la idea de perder el trabajo, la gente se manifestó bulliciosamente todos los días en las calles, y, cuando se conoció la buena noticia, las calles se convirtieron entonces en una fiesta. En el varadero y en la Fonderia Oretea, hubo tanta alegría que parecía que había llegado la lluvia después de meses de sequía. Por supuesto, había que pagar un precio, porque la NGI tendría que modernizar los viejos piróscafos y comprar tres, pero no eran problemas irresolubles.

En la Olivuzza, Ignazio quiso brindar con el mejor champán, mientras le contaba a Franca cómo había ido todo, imitando la voz ya de Crispi, ya de Palizzolo. Y Franca se rio cuando él le dijo que ahora Finocchiaro Aprile podría por fin comprar esa hacienda a la que hacía tiempo había echado el ojo. A lo que Giovanna meneó la cabeza, implorando más discreción.

Pero la euforia se evaporó deprisa tras la marcha de Ignazio, y Franca y la Olivuzza cayeron en un letargo silencioso que poco tenía que ver con el calor.

Cuando la criada anuncia la llegada de las primas, ella se levanta y va a su encuentro.

—Franca, querida, estás cada vez más guapa —Emma, sombrero de paja y traje blanco de algodón, la besa en las mejillas.

Detrás de ella, comedida, seria, Francesca la saluda con un gesto. Siempre había sido la más vivaz de las tres, a la que todas envidiaban por su belleza. Ahora, en cambio, está... asustada. La viudez precoz la ha relegado a un limbo del que le cuesta salir, porque además muchos la tratan como si fuese la más desdichada de las mujeres.

Franca trata de ahuyentar esa idea, abre la puerta acristalada.

—Venid, salgamos al jardín. He mandado que sirvan el té junto a la pajarera —dice con una alegría un poco forzada.

Las dos hermanas se cruzan una mirada perpleja.

—Pero ¿no saludamos a tu suegra? —pregunta Francesca.

—No, no la molestemos. Estará bordando en su salita. Luego la iremos a ver —exclama Franca con impaciencia. Coge a Emma de una mano y prácticamente la arrastra por las veredas del jardín. En los últimos días, además de sentir nostalgia de Ignazio, está inquieta, tiene pensamientos desagradables, y necesita moverse.

Una vez en la pajarera, encuentran a Vincenzino, que está jugando con el aro, bajo la mirada indolente de la gobernanta. El chiquillo saluda a las tres mujeres, hace el besamanos a las dos hermanas con una seriedad que arranca una sonrisa incluso a Francesca, y enseguida se va dando saltos.

Igual que antaño, Franca se sienta en medio de sus primas.

—¿*Cómo estás?* —le pregunta Emma agarrándole la mano.

—El niño ha empezado a moverse y de noche me obliga a dormir de lado. ¿Y tú? ¿Cómo estás tú, corazón mío? —le pregunta a Francesca.

—¿Yo? Bastante bien —replica Francesca, y en su voz se percibe un leve eco del acento toscano.

Franca le coge la mano envuelta en un guante de encaje negro, y Francesca estrecha la suya.

—La verdad es que me gustaría salir, pero, entre el calor y la ausencia de Ignazio, no tengo muchas ocasiones de hacerlo... Para mi suegra, salir solo significa ir a la iglesia, y eso me aburre.

Emma esboza una sonrisa, estira una mano hacia su barriga, entonces vacila.

—¿Puedo? —pregunta.

Franca asiente, es más, agarra también la mano de Francesca y las coloca ambas sobre su vientre.

—Anoche estuve en la casa de Robert y Sofia Whitaker —continúa Emma—. Había un grupito que hablaba de vosotros dos, de ti y de Ignazio.

Francesca la fulmina con la mirada, pero Franca sonríe.

—¿Qué se han inventado esta vez? ¿Que Ignazio tiene una nueva amante? Hace un tiempo, me llegó el rumor de que en el Sultana había una cantante española... —Eleva los ojos al cielo—. ¡Increíble! ¿Es tan difícil creer que me quiere y que ha sentado la cabeza ahora que va a ser padre?

Francesca aprieta los labios.

—En realidad, Robert afirmó que había sido muy hábil para conseguir la renovación de los convenios, y Giuseppe Monroy se prodigó en alabanzas. Eso sí, los chismes nunca faltan. Son la sal de estas reuniones, que de lo contrario serían extremadamente aburridas. Pero tú sabes mejor que yo que son cortinas de humo.

Franca asiente, seria de repente.

—Sí, y, de hecho, por norma no les doy importancia. Sin embargo... —baja la voz—. A veces me da la sensación de que tengo que rendir cuentas de cada gesto, y no solo a mi marido o a mi suegra, sino a una ciudad entera.

—Es inevitable que todos te observen, dada tu posición —replica Francesca—. Lo importante es que tú no tienes nada que reprocharte. Siempre te has comportado de manera ejemplar.

—Pero, si estás embarazada y quieres bailar un vals con tu marido, te juzgan —murmura Franca.

—Mi preceptor siempre decía: «Como al hierro la herrumbre, la envidia al hombre consume», comenta Emma.

Franca echa la cabeza hacia atrás y observa la pajarera.

—Y, bueno, a vosotras os lo reconozco: me ha irritado que Ignazio se haya marchado sin mí. Por otro lado, tengo que cuidarme. Nunca se sabe si...

Emma agita una mano para espantar ese pensamiento, mientras Francesca aprieta los hombros de Franca y le da un beso.

—Hay cosas que no deben ni decirse, *ma chère*. Y recuerda

siempre que los hombres necesitan su libertad... o, por lo menos, la ilusión de que son libres. Así, después vuelven a casa más contentos que antes. —Le lanza una sonrisa maliciosa, la primera desde hacía muchos meses.

Franca le sonríe, le dice que tiene razón. Se inclina hacia delante, sirve a las primas té frío, les ofrece galletas. Ríen y bromean como si fuesen todavía adolescentes.

Y, sin embargo, la idea, esa idea, es una semilla maligna que está creciendo. «¿Por qué Ignazio de todas formas se ha ido?», se pregunta. Hasta su madre había intentado disuadirlo: no estaba bien dejar sola a una mujer en esas condiciones. Y, aunque el capítulo de los convenios se había cerrado, no era oportuno descuidar los negocios.

«¿Por qué?».

Giovanna ve alejarse a su nuera con las primas por las veredas del jardín. Ha oído el ruido de las ruedas del carruaje por el adoquinado, después las voces que paulatinamente se volvían más débiles.

Le habría gustado que hubiesen ido a saludarla enseguida, y en cambio su nuera se las había llevado. Gruñe. *Qué lista,* piensa. Si las hubiese llevado enseguida a verla, no les habría permitido quedarse en el jardín, no con ese calor.

Tamborilea con los dedos el marco de la ventana y doña Ciccia levanta una ceja.

—*¿Qué ocurre?* —pregunta, enhebrando una hebra de hilo.

—Mi hijo no tendría que haberse marchado —murmura—. No era momento de irse, con todo lo que está pasando. Los obreros siguen demasiado nerviosos... —Cierto que ella no comprende mucho de política y de negocios —esas son cosas de *hombres*—, y que Ignazio le había dicho varias veces que estuviese tranquila porque entre ellos no había gente impulsiva, y que incluso esos Fasci dei Lavoratori que hacía un par de meses habían tenido en Palermo un congreso —«¡Un congreso, ni que fueran diputados!»— iban a durar poco. Pero Giovanna, tal y como hacía cuando vivía Ignazio, lee el *Giornale di Sicilia* y no encuentra noticias tranquilizadoras. Todo lo contrario, hace un tiempo se había conocido ese complicado asunto de los bancos que estaban quebrando porque ya no tenían *dinero*... o eso le había parecido entender. Había tratado de hablar con Ignazio, pero él, riendo, le había dicho que el Credito Mobiliare y el Banco Florio eran de los más sólidos y que nada ni nadie podría tocarlos.

Y la situación en Palermo no es lo único que le preocupa.

Vuelve a mirar hacia el jardín; oye las voces de las tres mujeres, arrastradas por una ráfaga de viento, y ve a Vincenzino, que está corriendo y riendo. A su pesar, tiene que reconocer que Franca se está comportando como una buena esposa, come y descansa. En cambio, Ignazio...

Una culebra de inquietud le sube por las piernas flacas, se le enrolla a la cintura. Giovanna se frota el rostro con las manos, se restriega las arrugas que se han vuelto más profundas tras la muerte de su marido.

De repente, doña Ciccia se encuentra a su lado. Ya es vieja, está totalmente canosa y el rostro, que siempre lo ha tenido severo, ahora parece incluso tallado en piedra.

—*No se asuste, que el señor seguro que piensa en usted. Porque yo sé ciertas cosas. Él la quiere, e Ignazziddu tiene que procurar no hacer tonterías.*

Doña Ciccia no necesita explicar a qué tonterías se refiere: la pasión de Ignazio por las faldas es bien conocida, y él nunca la ha ocultado. Es cierto, se ha casado y parece sinceramente enamorado de Franca. Pero ¿realmente ha cambiado? ¿O es solo la euforia de los primeros meses de casados?

Giovanna menea la cabeza; doña Ciccia suspira y abre las manos como diciendo: *Aquí estamos.*

Ella también quiere a Ignazio; lo ha visto nacer, crecer y hacerse adulto. Consentido, protegido y defendido por la madre, se ha criado como una planta que se vuelve silvestre si se descuida. Pero ¿de qué se podía culpar a Giovanna? La muerte de Vincenzino fue un golpe del que nunca se había recuperado del todo. Se había quedado sola con su dolor, y había reaccionado pegándose a Ignazziddu. Había volcado todo su amor sobre ese hijo que, con los años, se había convertido en un joven elegante y altivo. Y, tras la muerte del padre, también se había hecho inmensamente rico.

Ignazio está acostumbrado a ser el primero en todo. En la vida, en los negocios, con las mujeres.

«Pero, ahora qué está a punto de ser padre, ¿qué va a pasar?», se pregunta doña Ciccia, volviendo a sentarse delante del telar del bordado.

Cuando Giovanna le contó que Ignazio quería que se viera

con los Jacona di San Giuliano en el Excelsior de Abetone, «para tratar del noviazgo», doña Ciccia sintió un temblor de incertidumbre. Para ella, Ignazio era un cabeza loca y aún demasiado joven para embarcarse en un matrimonio.

Entonces, después de pensarlo, decidió preguntarles a las *almas del purgatorio* cuál era el destino de ese matrimonio. Sabía que, si se preguntaba con pureza de alma y sencillez, ellas respondían siempre, para bien y para mal, y que no podían mentir. Y lástima si Giovanna no quería que hiciese «esas cosas».

Así, una noche de verano, salió por una puerta del jardín y se dirigió hacia el cruce de la entrada de la villa, porque ahí, como en todos los cruces, se encontraban el bien y el mal, la vida y la muerte, Dios y el diablo. Pasó al lado de un vigilante, pero este se limitó a hacerle un gesto con la cabeza. Soplaba un viento molesto, rasante, y se envolvió el chal en la cabeza para que no le cayeran hojas y arena en el pelo. Llegó al cruce, se persignó y rezó un *Padre nuestro*, un *Ave María*, y un *Gloria*, porque el Señor no debía *cansarse*, no debía enfadarse si se llamaba a las almas del purgatorio para que respondieran a una pregunta de los vivos.

—*Almas de los cuerpos decapitados, tres colgados, tres occisos, tres ahogados...* —dijo en un murmullo, cada vez más bajo, pues sabía que esas eran cosas que no todos debían oír.

Se quedó esperando. Y la respuesta llegó.

Al principio le pareció oír unos toques de campana, aunque no habría sabido decir de dónde procedían. Hasta que, de una de las calles, salieron tres gatos. Tres hembras, a juzgar por los colores. Atravesaron el cruce, luego se pararon a mirarla, con ese gesto desafiante e indiferente que solo los gatos callejeros tienen.

Fue entonces cuando doña Ciccia comprendió: sí, se casaría, pero también tendría mujeres, y muchas, que se interpondrían en su matrimonio. Regresó a la casa con la cabeza gacha, sin que ahora le importara el viento que la despeinaba. No sabía qué hacer, pero al final decidió no contarle nada a Giovanna.

Después tuvo la tentación de interrogar de nuevo a las *almas del purgatorio* para preguntar qué iba a ser de ese niño que iba a venir al mundo, pero algo la frenó.

Mira a Giovanna. La quiere como si fuese su hija y, en cierto modo, lo es. Tenía menos de veinte años cuando empezó a ocuparse de ella. Ahora Giovanna tiene cincuenta y ella setenta. Y el hecho de que esté cerca del final del sendero de la vida la asusta, pero no por sí misma: porque siente que, cuando ella ya no esté, otras tempestades llegarán y Giovanna no podrá afrontarlas sin sufrir tal vez más de lo que ya ha sufrido.

El regreso de Ignazio a la villa causa una gran confusión. La Olivuzza está invadida de maletas, cajas y baúles, pero también de animales desollados que acabarán en alguna pared o bien serán convertidos en alfombras, como la piel de tigre que lucirá en la salita del Sultana. En el calor de finales de julio, la peste de las pieles de los animales le provoca fuertes náuseas a Franca —que ya está en el sexto mes—, y Giovanna enseguida ordena que las saquen de ahí.

Ignazio ha regresado del viaje cargado de energía: entra y sale continuamente de la casa, sube y baja las escaleras, canta. Se mueve por las habitaciones seguido por Saro, su valet, que ha reemplazado a Nanai, y da instrucciones, señalando dónde hay que poner baúles y maletas; de vez en cuando, se detiene cerca de Franca, que está sentada en la salita situada al lado del dormitorio, y le da un beso en la frente. Del equipaje salen estatuillas de hueso, piedras talladas y extraños cofres de madera taraceada que él le enseña, contándole dónde los ha comprado o qué ha hecho en esos días. Franca lo escucha con la alegría bailándole en los ojos: está feliz de tenerlo de nuevo a su lado, y admira esos extraños objetos girándolos entre las manos, oliendo la madera o el aroma especiado de las esencias.

Al final de la mañana, Ignazio coge el sombrero de paja y dice con un suspiro:

—*Ahora tengo que ir a la oficina...*

Ella asiente.

—Vuelve pronto, amor mío. Tienes que seguir contándome tu viaje —murmura, dándole un beso.

En la puerta de casa, sin embargo, Giovanna lo está esperando con las manos cruzadas en el regazo y gesto serio. Ha visto el carruaje de Romualdo Trigona parado delante de la entrada y ha comprendido las auténticas intenciones de su hijo.

—Tú no estás yendo a la Navigazione —le recrimina, siguiéndolo.

Sin aminorar el paso, Ignazio se limita a agitar una mano.

—Por supuesto que voy, *madre*. Mañana, con más calma. ¿Qué puede cambiar en un día? Ahora voy al círculo con Romualdo: me están esperando —explica y se aleja, ansioso de contar a los amigos sus aventuras africanas y de que lo pongan al día sobre lo que ha pasado en Palermo durante su ausencia.

Giovanna se detiene y menea la cabeza, perpleja. Su marido habría ido corriendo a la plaza Marina y no habría vuelto a casa hasta que no hubiera revisado todos los registros, todas las transacciones. Su hijo, en cambio... Pero ¿ella qué puede hacer? «Ignazziddu está hecho así». Con la cabeza gacha, entra en casa y va hacia sus apartamentos. En ese instante, sin embargo, en la planta alta suena ruido de baúles movidos de sitio y de pasos rápidos. Giovanna levanta los ojos al techo y suspira. Dejar a la mujer para ir corriendo donde los amigos nunca es una buena señal.

En el dormitorio de Ignazio es casi imposible moverse por la cantidad de baúles y maletas que hay. Por un lado, ropa y zapatos, por otro, camisas y corbatas inglesas amontonadas sin orden. Saro está tirando la ropa sucia a un cesto grande, ya tan lleno que Diodata le ruega que pare, si no, no será capaz de llevarlo a la lavandería. Él retrocede un paso y la mujer levanta el cesto, doblando la espalda con un gemido; se dirige hacia la puerta, pero se tropieza con un doblez de la alfombra y cae al suelo.

—Dios, qué caída... ¿Te has hecho daño? —Franca se le acerca, seguida por Saro. Mientras Diodata se deshace en mil disculpas, con el rostro rojo de vergüenza, el valet recoge las camisas desparramadas alrededor.

Y es ahí, en medio del blanco, donde aparece una mancha rosada.

Franca la ve, también el valet. Y este trata de tapar esa mancha con el pie, pero inútilmente: un borde sobresale de debajo del zapato.

Franca no comprende enseguida. Tiene una sensación de ajenidad, una ansiedad que le impide respirar.

—Apártate —ordena.

Saro no tiene más remedio que hacerse a un lado.

Franca se agacha, recoge la prenda.

Rosa, de seda. Una combinación transparente. Tela que es más lo que enseña que lo que tapa. Vistosa, propia de una mujer que quiere exponer la mercancía. Y el perfume... Tuberosa. Le desagrada. La marea.

Se tambalea.

Detrás de ella, Diodata se lleva una mano a la boca. Saro coge una butaca para que se siente el ama, que ahora no puede dejar de temblar.

—Se habrán confundido en la aduana, doña Franca —explica como puede el valet. Trata de quitarle esa prenda de seda, pero ella la aprieta entre las manos, y la mira, atónita—. En la aduana revisaron todas las maletas, *las colocaron unas encima de otras*. Habrán mezclado la ropa de don Ignazio con la de esa señora. —Saro vuelve a alargar la mano.

Franca levanta los ojos, lo mira y niega con la cabeza.

Ella querría aferrarse a esa idea, pero algo se le mueve en el pecho.

Un presentimiento.

Las palabras se le amontonan en la cabeza, se vuelven demonios. Las de su padre, siempre contrario a Ignazio. Las de Francesca y de Emma, discretas pero claras. Las de su suegra, salpicadas de suspiros impacientes. Y entonces se eleva el coro de Palermo: los susurros de las chismosas que se esconden detrás de los abanicos, las frases alusivas de las mujeres mayores que le lanzan miradas compasivas y las de las jóvenes, acompañadas de miradas arrogantes; los murmullos insinuantes de los hombres que, a su paso, sonríen y se dan codazos. Voces agudas, discordantes, que sin embargo cuentan la misma historia.

Franca mira la combinación que sigue sujetando entre las manos, se la coloca delante de los ojos. Nunca ha tenido algo semejante: propia de una *cocotte*, de una mujer alegre, diría su madre. Siempre ha pensado que, para Ignazio, su belleza y su amor eran suficientes. En cambio...

Se mira el vientre, que ahora le parece enorme. Tiene las manos hinchadas, el rostro se le ha puesto redondo. Se siente monstruosa, deforme. Todo lo hermoso que le ha aportado el embarazo, ahora le parece la señal de una transformación irreversible.

«Puede que también Ignazio me vea así, entonces...».

Se lleva las manos a la cara y rompe a llorar, sin vergüenza.

—¡Marchaos! ¡Fuera! —grita con una voz tan aguda que ni siquiera parece suya. Mientras Saro y Diodata salen en silencio, Franca se abandona a un largo llanto, profundamente afectada por esa violenta emoción. Tarda varios minutos en tranquilizarse. Entonces se enjuga las lágrimas con gestos rabiosos y, con las manos apretando esa prenda de seda rosa, se sienta en la butaca, endereza la espalda y, con la mandíbula rígida, se queda mirando la puerta, esperando. «Tiene que saber». Tiene derecho.

Y así es como la encuentra Ignazio cuando vuelve al anochecer. Entra canturreando en el dormitorio, invadido de sombras largas y leves, repara en que sigue desordenado y eso le resulta extraño. Entonces ve a su esposa, sonríe y se le acerca.

—Franca, amor mío, ¿qué haces aquí? ¿No te sientes bien? ¿Y este caos? Le había pedido a Saro que...

Ella se limita a tender la mano en la que tiene la combinación.

—Esto. ¿De quién es esto?

Ignazio empalidece.

—No lo sé... ¿qué es?

—¡*Una cosa de mujer!* —grita Franca, y la voz le tiembla. Se levanta de la butaca, se le planta delante—. ¡Estaba enrollada entre las camisas! ¿Qué hacía entre tu ropa, si se puede saber?

—Eh... tiene que ser un malentendido. Cálmate —dice Ignazio, y retrocede un paso—. Seguramente ha habido una confusión en el hotel, o puede que las criadas hayan mezclado mi ropa con la tuya...

—¿Cómo? Yo no tengo estas cosas de... de... —La voz de Franca se eleva todavía más y, como respondiendo a una llamada, Saro sale del guardarropa e irrumpe en la habitación.

—¡Señora, se lo ruego! Ya se lo he dicho, hubo un guirigay en la aduana —exclama.

—¡Sí, es cierto, *en efecto*! —dice Ignazio—. Abrieron las maletas de todos, había una enorme confusión.

—No te creo —dice Franca. La voz se quiebra de nuevo. Está a punto de ponerse a llorar otra vez—. Tú... tú... —balbucea, y tiende de nuevo esa tela rosa, pero la mano ahora tiembla.

Entonces ve.

La mirada que Saro e Ignazio se han cruzado. Una mirada cómplice, de hombres unidos en la mentira.

Comprende.

Deja caer al suelo la tela, se vuelve, coge del tocador el frasco de Fougère y se lo arroja a Ignazio.

—¡Tú! ¡Repugnante mentiroso! ¡Traidor!

Él se echa hacia un lado, lo esquiva; el frasco cae al suelo y se parte, liberando en la habitación un perfume penetrante en el que la lavanda se mezcla con notas especiadas. Cuando Ignazio aún no se ha enderezado, lo golpea en el brazo con un cepillo de plata; le lanza luego un bote de brillantina, que se rompe a sus pies.

—Pero ¿qué haces, amor mío? ¡Cálmate! ¿Te parece manera de comportarte? —Trata de agarrarle los brazos, pero ella se aparta y le da un puñetazo en el pecho.

—¡Cerdo! ¿Cómo has podido?

—¡Vas a hacerle daño al niño, Franca, cálmate!

—¡Desgraciado!

Grita con fuerza. Las hormonas del embarazo y la ira se han apoderado de su mente, el miedo y la vergüenza hacen lo demás. La ha traicionado, es cierto, y lo sabe todo el mundo. Siempre han sabido que él la traicionaba. La humillación es venenosa, terrible, y lo entierra todo, incluso el amor, incluso la alegría de la maternidad.

Ruido de pasos en el pasillo. En la puerta aparece Giovanna; a su lado, Vincenzino, en camisón, observa la escena con mirada de pícaro.

—¿Qué pasa, *se pegan?* —pregunta, riendo. Giovanna no lo deja pasar, ella entra y se acerca a Franca.

—¿*Quién ha sido?* —pregunta en voz baja, severa.

—¡*Él!* —grita Franca, señalándolo—. ¡Me ha traicionado! ¡A mí, que estoy embarazada de su hijo! —Los sollozos se hacen más fuertes, la ira casi le ha deformado el rostro.

Giovanna se vuelve de golpe hacia su hijo. Ignazio trata de hablar, abre las manos como para disculparse, pero ella lo calla con una mirada que es una bofetada en plena cara y que dice: «Cierra la boca, si no quieres hacer más daño». Luego se dirige a Saro, que se ha refugiado en un rincón de la habitación.

—Tú, ven aquí. Lleva al señorito Vincenzo a su habitación y quédate con él hasta que yo vaya.

Mientras se llevan al chiquillo, Franca se sienta en la butaca, llorando. «El corazón duele al oír su llanto», piensa Giovanna, mientras cierra la puerta con llave. Suspira profundamente, con la mano apoyada en el marco. Sabía que ese momento llegaría.

Ignazio está de pie en el centro de la habitación, con los brazos caídos, y mira alternativamente a la madre y a su esposa con cara de quien sabe que está condenado, pero ignora cuál será el castigo que tendrá que cumplir.

Giovanna se vuelve, cruza las manos y los observa a los dos. Desde el principio de ese matrimonio, intuyó que Ignazio y Franca nunca tendrían la fuerza de ánimo necesaria para estar realmente unidos. Porque se habían casado sin haber hecho nunca ejercicio de paciencia, sin haberse dado cuenta de lo que era el espíritu de sacrificio. Creyeron que «para siempre» significaba viajar toda la vida por un río ancho y plácido. Y, en cambio, quería decir esquivar rocas, evitar remolinos y turbulencias, tratar de no terminar nunca en un bajío. Eso solo se conseguía si los dos remaban en la misma dirección, si los dos miraban el mismo horizonte.

Ella lo había deseado mucho, lo había sacrificado todo por ese ideal de amor. Pero, al final, tuvo que resignarse al hecho de que, en una pareja, no es raro que uno ame por los dos. Porque hay quien no quiere amar o, sencillamente, no sabe hacerlo. Y entonces aprendió que el amor puede mantenerse vivo aunque el otro olvide alimentarlo. Aprendió que, para no caer en la desesperación, se puede incluso aceptar pagar a diario el precio de una mentira. Aprendió que conformarse con las migajas es mejor que morirse de hambre.

Ahora les tocaba a ellos aprender. A saber cómo arreglárselas con lo poco que tenían en común.

Su hijo se le acerca.

—Madre, dígale usted que tiene que ser un error. Lo juro, nunca le haría algo así...

—¡Oh, calla la boca!

Pasmado, Ignazio da un paso atrás. Su madre nunca le ha hablado en ese tono. Siempre ha estado de su parte, siempre lo ha defendido. ¿Y ahora qué está pasando?

Giovanna se inclina, agarra la combinación entre el índice y el pulgar, la levanta, luego la suelta y la pisa.

—Siempre he creído que os casasteis sin saber lo que hacíais. Ahora tengo esa certeza.

—Yo lo sabía perfectamente, *madre* —rebate Franca, irritada—. En cambio, él...

—Está montando una escena por nada, se trata solo de un... —Ignazio casi grita.

—Silencio. Los dos. —Giovanna observa a su nuera, le levanta el rostro con dos dedos—. Hija mía, mírame. Es hora de que te des cuenta de que a las mujeres les toca cargar con el mayor peso. —Lo dice con un tono sosegado, casi dulce—. Es una ley de la naturaleza, al menos mientras el mundo no vaya al revés y las que lleven los pantalones en casa no seamos nosotras. Tienes que permanecer muda y, si es necesario, fingir que no ves. Ocurra lo que ocurra, eres su esposa y punto. Da igual que el corazón se te desgarre: hay cosas más importantes que tu orgullo, y una de ellas es el nombre de la familia. La otra es tu hijo.

Franca se lleva una mano al vientre, como si quisiera defender al niño de lo que está ocurriendo. ¿Volverse hacia el otro lado? ¿Aceptar? ¿Someterse en silencio? Ni siquiera su madre se atrevería a decirle cosas así. Querría rebelarse, decir que tiene una dignidad, pero levanta la mirada, ve algo en los ojos de Giovanna.

Esa mujer no está simplemente defendiendo las apariencias; le está explicando cómo ella ha conseguido sobrevivir al dolor de ser relegada, de no valer lo mismo que un hombre, a la humillación de no ser realmente tenida en cuenta. Es un sufrimiento lejano, y sin embargo aún vivo, doloroso. Y Franca la siente, la comprende. La reconoce,

—Me he casado con él porque lo amo, *madre*, y no por el nombre, usted lo sabe —murmura entonces, secándose las lágrimas con el dorso de la mano. Se endereza—. Yo quiero el respeto que me merezco.

—Él no está en condiciones de dártelo —replica Giovanna, seca—. Mi hijo tiene que demostrarle a todo el mundo que las *mujeres* se postran a sus pies. No sabes la de veces que su padre se lo reprochó, ni cuánto dinero ha podido derrochar. Te quiere, y se nota, si no, ya habría salido por la puerta para irse al círculo. Porque él es de los que huyen —prosigue, mientras Ignazio la observa, desconcertado, con la boca abierta—. Si está aquí tratando de convencerte de que no te ha traicionado es porque *eres su esposa*. Pero no creas que va a dejar de ir detrás de las faldas *porque se haya casado*. Él está hecho así, y no puedes cambiar su naturaleza.

Ignazio no da crédito a esas palabras. Desde luego, está bien que su madre le recuerde a Franca cómo debe comportarse, pero, a la vez, jamás se habría imaginado que lo tenía en tan baja estima, o que lo podía desenmascarar con tanta facilidad.

—¡No, no y no! —protesta, dando vueltas por la habitación—. Madre, ¿a santo de qué saca esas *mentiras que la gente cuenta*? Usted no sabe lo que siento... Además, ¿cómo puede usted saber eso? Usted y mi padre nunca se quisieron. ¿Cree que no lo sé? ¿Que no veía cómo lo seguía y que él ni siquiera la miraba?

Giovanna parece contener la respiración; las mejillas pálidas se manchan de rojo.

—¿Qué sabes tú de mí y de tu padre? —La voz se ha convertido en un arañazo. Es amarga, impregnada de rencor. Giovanna pone una mano en el pecho del hijo, parece como si quisiera echarlo. En la habitación se hace el silencio—. Ninguno de vosotros dos sabe qué significa estar al lado de alguien toda la vida —continúa Giovanna—. Solo sois dos *niños* con la boca todavía sucia de leche. ¡Amor! —Se ríe, pero es una risa hecha de piedras y vidrio—. Os llenáis la boca de esta palabra y ni siquiera sabéis qué significa. Tú —le dice a su hijo, señalándolo con un dedo— siempre lo has tenido todo y nunca has hecho nada para merecerte algo. Y *ella* —continúa, señalando a Franca— es una *niña* que ha vivido bajo una campana de cristal, protegida de todo y de todos... El amor vale en los *cuentos* de Orlando y Angélica, porque eso es lo que es: un *cuento*, una fábula. Vosotros no sabéis qué es la penitencia y el sacrificio. Tú no eres capaz de renunciar a nada, ni tampoco tu *mujer*, por lo que ella misma dice. —Baja la voz, como si hablase para sí—. Ese ha sido nuestro error: no te hemos enseñado que uno tiene primero que ganarse las cosas y después también tiene que conservarlas. —Se acerca a Franca—. Te has casado con él. Él es así y no puede hacerse nada —le dice, a un palmo de su cara—. Puedes levantar un revuelo en esta casa, y entonces me tendrás como enemiga y no te dejaré en paz. O bien puedes ser fuerte y aguantar, porque *él*, a su manera, te quiere. —La voz es ahora apenas audible—. Solo hay una cosa importante. Déjame decírtelo como si fuese tu madre. Él tiene que volver siempre contigo. Da igual cómo o después de cuánto tiempo. Si quieres conservarlo, tiene que saber que siempre lo perdonarás. *Cierra los ojos y los oídos y, cuando regrese, quédate muda.*

—¿Con todo el daño que me ha hecho? —Ahora también la voz de Franca es un susurro. Las lágrimas vuelven a correr—. ¿Después de haber visto... eso? —añade, señalando la prenda de seda rosa del suelo.

Giovanna se agacha, la recoge, la esconde entre las manos.

—Ahora ya no está —murmura, con un tono casi de complicidad en la voz. Después, inesperadamente, le acaricia el rostro: el primer y auténtico gesto de afecto desde que Franca ha entrado en esa casa—. *Hija mía...* Tú todavía no sabes lo que significa estar casada con un Florio. Cuando te des cuenta, te acordarás de todo lo que te he dicho y comprenderás —se endereza—. Voy a tirar esta porquería —dice, agitando la combinación—. Dejad de dar motivos para que los *criados* hablen de vosotros. Y tú no hagas más daño del que ya has hecho —concluye haciendo un gesto con la barbilla a su hijo.

Ignazio asiente, refunfuña un sí.

Giovanna abre la puerta y sale de la habitación. Se siente exhausta, como si su presentimiento de desdicha ahora se hubiese convertido en algo concreto. El sufrimiento, su sufrimiento, vuelve a atormentarla.

Avanza por el pasillo. La seda entre las manos parece candente. No ve la hora de tirarla y de poder librarse con ella de ciertos recuerdos.

Había amado a Ignazio, a su Ignazio, ciegamente, como esos perros que regresan con sus amos aunque los hayan apaleado. Y, al cabo de muchos años, cuando la otra desapareció tal vez incluso de sus pensamientos, él también la quiso: un afecto sencillo, cierto, hecho de confidencias, de complicidades. Afecto, y no amor, pero ella se conformó porque comprendió que era lo único que podía tener, y que Ignazio no podía darle otra cosa. Hicieron falta tiempo y lágrimas, pero comprendió.

Y ahora solo puede confiar en que también aquellos dos comprendan cuál es su destino. Y en que lo acepten.

Esa noche, Ignazio, solo en el despacho de su padre, repasa los papeles que se han amontonado durante su ausencia. De la bodega de Marsala llegan balances que revelan una disminución de la producción de uva debido a unos focos de filoxera. Se encoge de hombros, pensando que aún no hay noticias de contagio en la zona de Trapani, pero que habrá que tener cuidado, porque realmente sería un duro golpe. Luego lee las quejas que han presentado los dueños de las minas de azufre: piden que se intervenga para que se aplique otra rebaja de aranceles. Al final, picándole todo el cuerpo por la ansiedad y el nerviosismo, lanza un: «¡*Chorradas!*». Se levanta y empieza a andar por la habitación. Su padre había creado una empresa que reunía a los productores de azufre y los había ayudado a conseguir una tasación más favorable pero, según parecía, seguía sin parecerles suficiente. Se quejaban de eso y de los costes excesivos comparados con el beneficio por la venta del producto. Y sin embargo...

Ignazio se sienta de nuevo y lee los papeles con más calma. No, el mercado italiano no basta para absorber el azufre siciliano: a lo mejor le convendría alquilar alguna mina, como la de Rabbione o la de Bosco... O podría acudir al extranjero, a los franceses y a los ingleses, sobre todo. Estos últimos incluso han puesto a punto un sistema más rápido y económico para la producción de azufre... Podría ponerse en contacto con Alexander Chance, el empresario que ha patentado el procedimiento en Gran Bretaña. No hay que descartar que esté interesado en comprar su producción a un precio ventajoso.

Son muchas las cosas que hay que tener en cuenta y muchas las preguntas que se hace. Una vez más le gustaría saber qué hacía su padre para que no se le escapara nada... Pero enseguida piensa que, a fin de cuentas, no tiene nada que reprocharse, porque está actuando de la mejor manera posible. «Además, ¿qué problemas hay? Nada serio». No ve deterioros ni señales de crisis. Su casa comercial es sólida, firme como la casa construida sobre la roca de la que habla el Evangelio. Encima, tiene las espaldas cubiertas por el Credito Mobiliare, con el que ha formado una sociedad muy fructífera: tiene una sucursal del Banco Florio y una participación en las acciones de la compañía, y está dispuesto a garantizarle al gobierno que la empresa va a modernizar los buques y a comprar piróscafos nuevos. En una palabra, hay *dinero*.

Bien es cierto que a los bancos los siguen sacudiendo continuos terremotos. El juicio a los responsables de la Banca Romana no ha hecho más que empezar y las acusaciones son tremendas: del desfalco a la corrupción, de hacer circular moneda falsa a la apropiación indebida. Hasta se oye que, en la casa de Bernardo Tanlongo, se han hallado pagarés con la firma del rey, que necesitaba dinero para satisfacer los caprichos de sus «amigas». Es inevitable que semejante escándalo tenga alguna consecuencia, pero de ahí a preocuparse por el futuro de la Casa Florio...

Ignazio se levanta de nuevo. Va primero a la ventana, descorre las cortinas y se queda un rato mirando la plaza desierta. Luego se vuelve de golpe y va al bargueño donde, sobre una fuente de plata, hay alineadas botellas de coñac, armañac y brandi, algunas de ellas de su producción. Se sirve un dedo de coñac, lo degusta.

Pero la verdadera causa de esa inquietud no se atenúa.

«Idiota», se dice a sí mismo, y da una leve palmada en la pared.

Tendría que haber tenido más cuidado con las maletas. Pero ¿cómo diablos había acabado la combinación de esa mujer entre sus camisas?

Esa mujer.

La ve de nuevo en el vestíbulo del hotel de Túnez. Un simple recuerdo que le da un escalofrío de placer: rubia, piel clarísima y ojos azules y gélidos que se fijaron en él, llenos de promesas ampliamente mantenidas.

Pasó con ella dos días de locura y ligereza, comiendo y cenando en la habitación y bebiendo champán. Salió una sola vez, para volver a la zona del bazar donde estaban los joyeros, y donde le compró a Franca un collar con una fila de corazones de oro unidos por un hilo y, para ella, una pulsera, también de oro, con una esmeralda engarzada en el centro.

«Claro, seguramente se cambió en ese momento y la combinación acabó entre mis camisas. El día que me marché tenía tanta prisa que lo metí todo junto en los baúles, sin siquiera pedirle ayuda a Saro. Pero ¿qué más da? ¿Por qué tendría que sentirme culpable por una aventura sin importancia? No recuerdo ni cómo se llamaba».

Bebe otro trago de coñac. Como si no tuviera ya bastante con las responsabilidades de la empresa, para que ahora encima tenga que aguantar los berrinches de su mujer. Y además, caramba, debería comprender que él tiene sus necesidades. «Las mujeres embarazadas son siempre tan delicadas, ni que todas fueran unas Vírgenes», reflexiona, frunciendo los labios. Y él precisa sentirse libre. Hacer lo que le apetezca, divertirse, ser ligero.

Ella sigue siendo de todas formas su esposa, ¿no? Es su casa. La reina de su corazón. La madre de sus hijos. Al final, él regresará, siempre. Y ella tendrá que perdonarlo.

Ignazio se ha puesto el terno de Meyer & Mortimer y la corbata de seda, sujeta con un alfiler de brillantes, y ahora está desayunando café y cruasán en el comedor que da al jardín de invierno, en la primera planta de la Olivuzza. Por la noche ha llovido y la balaustrada resplandece de gotas de agua, cuya luz gris parece querer fundir gestos y pensamientos. Noviembre se ha desprendido del dorado del otoño y lo ha escondido bajo una capa lechosa.

Entra Giovanna, envuelta en un chal negro. Ordena al criado que avive el fuego de la chimenea, después pide el desayuno: té con un poco de pan desmigajado. Franca no está. «A lo mejor sigue durmiendo», piensa Giovanna. «Y hace bien, dado que cada día podría ser el bueno». Últimamente la ha observado con atención. Mejor dicho, los ha observado a ella y a su marido, para averiguar qué consecuencias ha tenido su discusión. Él le ha prodigado aten-

ciones y cuidados: ramos de flores, dijes, una tarde entera a su lado...
Ella en bastantes momentos había estado de buen humor, tranquila,
pero a Giovanna no le había pasado por alto cómo había mirado a
veces a Ignazio, con gesto triste, con severidad, o casi con reproche.
«Hay que darles tiempo», se dijo.

Mientras un criado lleva una tetera, Nino, el mayordomo, se
acerca a Ignazio con una bandeja en la que hay una tarjeta de visita. Absorto en la lectura del periódico, al principio Ignazio no se
da cuenta. Luego, de golpe, ve el cartón color crema. Lo coge,
arruga la frente.

—¿Gallotti? ¿A esta hora? —exclama—. Sí, que pase.

Giovanna mira a su hijo, luego sigue tomando su té.

Domenico Gallotti aparece en el vano de la puerta: está despeinado, lleva la corbata mal anudada y parece alterado. Ignazio
lo observa perplejo: Gallotti nunca ha sido descuidado en el vestir
y su comportamiento siempre se ha caracterizado por una comedida caballerosidad.

—¿Qué ocurre, señor Gallotti...? Siéntese. ¿Desea un café?

Gallotti menea la cabeza nerviosamente. Es como si con él
hubiese entrado una neblina oscura que se esconde en los rincones
y llena de sombras la habitación.

—Don Ignazio, perdone, pero tengo noticias urgentísimas y...
—Se vuelve, da la impresión de que solo en ese momento repara
en Giovanna. De repente se muestra dubitativo, baja la cabeza en
señal de saludo—. Doña Giovanna, no la había visto. Buenos días
—murmura, y dirige una mirada vacilante a Ignazio.

Pero este agita una mano, como diciendo: «Es mi madre, puede quedarse».

—Venga, siéntese, Gallotti, y cuénteme qué ocurre. ¿Se ha hundido un piróscafo? ¿Ha habido un terremoto, un incendio? —añade con una sonrisa irónica, mientras el criado aparta la silla para
que se siente el presidente de la Navigazione Generale Italiana.

Delante de Gallotti aparece una taza de café que él mira como
si fuese algo desagradable. Se pasa una mano por la frente. No
son gotas de lluvia; es sudor.

—No, don Ignazio. Y permítame añadir que cualquier cosa de
esas habría sido mejor.

Ignazio agarra un cruasán, arranca una punta y la moja en el
café.

—¿De verdad?

—Sí. —Una pausa, larga, profunda.

Ahora Ignazio lo mira con atención.

—Anoche estuve con Francesco La Lumia... Ya sabe, uno de los cajeros del Credito Mobiliare, un buen muchacho. Lo he visto crecer... Yo le encontré ese trabajo cuando murió su padre, un hombre íntegro al que tenía el honor de conocer desde niño. Y Francesco es una persona de absoluta confianza y alguien que sabe lo que dice...

Ignazio lo apremia con una mirada. Gallotti ya le ha contagiado sus nervios.

—Vaya al grano, Gallotti. *¿Qué ha pasado?*

—Deje que le cuente. Ayer, al final de la tarde, La Lumia me abordó a la salida de la NGI, en la plaza Marina, y me dijo que tenía que hablarme con urgencia. Su voz me sorprendió sobremanera, pues es una persona muy reposada. Pensé que estaba metido en algún lío, de manera que accedí. Entré de nuevo, avisé al vigilante de que ya me encargaría yo de cerrar la puerta... y Francesco venía detrás de mí con una cara que daba miedo, créame... En cuanto pasamos a mi despacho, rompió a llorar. Entonces me dijo que... que... —Se pasa la mano por la frente. Los dedos le tiemblan.

—Madre mía, parece que está usted contando una novela por entregas. ¿Qué pasó? —Ignazio aparta la taza con rudeza. Las migas se desparraman, mientras Giovanna, que hasta ese momento ha permanecido inmóvil, levanta la cabeza y mira fijamente a Gallotti.

El hombre traga saliva, se lleva las manos a la cara.

—Antes de que acabe el mes, el Credito Mobiliare cerrará todas las sucursales. En los próximos meses declarará la quiebra.

Ignazio se lleva las manos a la boca, como para ahogar un grito.

—¿Cómo... quiebra? —dice, en cambio, con un tono casi quejumbroso.

Giovanna, asustada, mira a su hijo, luego al presidente de la NGI. No comprende. ¿Quiebra? ¿Y ellos qué tienen que ver?

—¡Todo es culpa del megalómano de Giacinto Frascara! —Gallotti se incorpora de golpe, casi grita—. Que, de hecho, ahora quiere dimitir como administrador delegado porque está asustado. ¿Y qué va a contarle a la pobre gente a la que arruina? Fue él quien quiso ampliar las operaciones, porque decidió convertir el Credito Mobiliare en el mayor de todos los bancos. Francesco me dijo que el rumor circulaba desde hacía tiempo, que habían empezado a negar créditos porque no había liquidez, pero nadie se imaginaba que la crisis fuese tan grave. Frascara ha ido a hablar con todo el mundo, de Giolitti a Gagliardo, el ministro de Economía, y ha intentado incluso implicar a la Banca Nazionale... Pero el problema es que ya no hay *dinero*. Con suerte, conseguirá una moratoria, pero nada más.

También Ignazio se levanta. Pero lo hace lentamente, como si temiese que las piernas no puedan sujetarlo, y mira de un lado a otro. De repente, esa habitación de recios muebles de caoba, de estilo neorrenacentista, que él recuerda desde su infancia, le parece un sitio desconocido. Se acerca a su madre, que ahora lo observa, asustada; le acaricia una mejilla. Luego va a la ventana.

—La sucursal... Hice poner sus oficinas al lado de las nuestras... —murmura, y la voz tiembla, se le quiebra—. *Puerta con puerta*, literalmente. La gente iba a depositar el *dinero* porque, si bien en el cartel ponía Credito Mobiliare, las oficinas eran nuestras. Había oído rumores de alarma, con todas las barbaridades que han hecho en Roma... Pero no creía que ellos estuviesen tan expuestos. Siempre me he dicho que ellos no estaban tan metidos... y, en cambio... —Se pasa una mano por el rostro—. La gente se ha fiado de nuestro nombre, porque somos los Florio. *Solo que ahora también nos han robado a nosotros.* Y bien que invertí en el Credito Mobiliare, porque lo creía sólido...

El silencio que sigue es gélido como un viento invernal. «Vaya», piensa Ignazio.

Casi en respuesta a ese pensamiento, llega un repentino y violento chaparrón. Las persianas rechinan, las puertas golpetean. Los criados se apresuran a cerrar las contraventanas, pero ya es demasiado tarde, el frío ha penetrado en la habitación.

Todo parece chirriar alrededor de él.

Giovanna se vuelve, hace un gesto a los criados. Nino asiente, pide a los criados que salgan y luego cierra la puerta detrás de ellos.

—Ahora entonces la gente va a creer *que los Florio se quedan con el dinero* y retirarán los depósitos también de nuestro banco, pese a que *no tiene nada que ver*. —La voz de Giovanna es aguda, clara. Las manos acarician el mantel que ella misma bordó hace años—. *Eso es.*

Gallotti vuelve a sentarse despacio, mirándola con asombro. Asiente. Nunca se habría imaginado que doña Giovanna Florio conocía ciertos mecanismos de los negocios.

Ignazio, en cambio, se mueve por la habitación con la mirada perdida en el vacío.

—No puedo permitir que nuestro nombre se enfangue por culpa de estos *que se han comido hasta los clavos de las paredes. No soporto que paguen justos por pecadores.* —Se frota los ojos como si quisiese despertar de una pesadilla. Vuelve hacia la silla y da un golpe con la mano abierta en la mesa. Los objetos de plata y de porcelana de Limoges se tambalean—. Estos infelices... me habían dicho que no les siguiera demasiado el juego, que me equivocaba, pero ¿qué podía saber yo? ¿Quién podía saberlo?

Gallotti lo mira y menea la cabeza. «Según parece, todo el mundo lo sabía, menos usted», querría responderle. Pero no puede. Ya no serviría de nada.

Ignazio se tapa la cara con las manos.

—¿Y ahora? ¿Qué debo hacer? —pregunta.

No obtiene en respuesta sino silencio, roto solo por el ruido de la leña que crepita en la chimenea y el de la lluvia que golpea en las ventanas.

Giovanna respira deprisa; Ignazio casi jadea.

Gallotti se levanta, haciendo chirriar la silla en el suelo. Se pasa una mano por el pelo.

—Don Ignazio, si me lo permite, puedo visitar a un par de amigos, que a lo mejor saben algo más —dice, apurado—. Así podremos averiguar cuánto tiempo tenemos.

Ignazio levanta la cabeza, le hace un gesto afirmativo, autorizándolo a ir. No tiene fuerzas para responder. Gallotti abre las manos, resignado, luego le hace una leve reverencia a Giovanna.

Ella le da las gracias, le pide que los informe lo antes posible, pero permanece inmóvil hasta que la puerta se cierra detrás de él. Entonces se levanta de golpe, agarra a su hijo del brazo, lo zarandea.

—Ya basta. *No te asustes* —le dice. Es tajante—. Ve ahora mismo al Banco Florio. Escucha a los empleados, calcula los daños. Es cosa de ellos, no nuestra; ve si tenemos deudas con ellos, y a cuánto ascienden. *Míralos a todos con tus propios ojos.* —Hace una pausa, se inclina hacia él—. *Es lo que tu padre habría hecho* —concluye. No es un reproche, sino una exhortación, una llamada al orgullo—. Quítate esa cara de *perro apaleado. Nosotros somos los Florio, eso es lo único importante.*

Ignazio lanza un profundo suspiro. Se apoya en la mesa, se incorpora. Giovanna lo deja marchar cuando ve que, por fin, el pánico se ha desvanecido, que él vuelve a ser dueño de sí. Solo entonces se permite esbozar una sonrisa.

—De acuerdo, madre —replica él—. Pero si Franca...

Giovanna asiente, lo anima con la mirada.

—Te mando llamar, claro. No te preocupes.

Cuando la puerta se cierra detrás de su hijo, Giovanna se sienta de nuevo en la silla. Recuerda a su Ignazio. Con él, nada de esto habría ocurrido, está segura. Los ojos se le llenan de lágrimas, porque ahora más que nunca siente la falta de su abrazo fuerte, de su mirada tranquila y fría.

—¿Qué vamos a hacer, *corazón mío?* —pregunta, con el rostro hacia la ventana—. ¿Cómo lo vamos a hacer?

El Credito Mobiliare cierra las sucursales el 29 de noviembre de 1893.

Unos días antes, Franca da a luz.

Giovannuzza.

Una niña.

Coñac

marzo de 1894 – marzo de 1901

> *Abballa quannu a fortuna sona.*
>
> Baila cuando suena la suerte.
>
> Proverbio siciliano

A finales de 1893, la situación en Sicilia se agrava: en Giardinello (Palermo) una manifestación contra los impuestos finaliza en tragedia, con once muertos y numerosos heridos; en una manifestación similar en Lercara Friddi (Palermo) mueren siete personas. Y estallan muchas protestas más en toda la isla, a menudo reprimidas con violencia. El 4 de enero de 1894, cuando los muertos son ya más de mil, Francesco Crispi decreta el estado de sitio de Sicilia y confiere plenos poderes militares y civiles al general Roberto Morra di Lavriano, exprefecto de Palermo. La represión es brutal. Naturalmente, los Fasci se disuelven, pero las reivindicaciones económicas y sociales —que unen a obreros y jornaleros, a artesanos y a trabajadores de las minas de azufre, e incluso a funcionarios y profesores— trascienden las fronteras de la isla y confluyen —al menos en parte— en el Partito Socialista dei Lavoratori Italiani, que en 1895 se convierte en el Partito Socialista Italiano.

Así pues, en una situación de profundo malestar social se anuncia en el Parlamento la necesidad de subir los impuestos para superar las dificultades económicas del país. A pesar de que encuentra una firme oposición, Crispi finalmente consigue la aprobación de varias medidas económicas, entre ellas, el aumento del impuesto sobre los cereales y del precio de la sal, y sobre todo, el aumento del 20 por ciento del impuesto de la renta.

El gobierno Crispi cae en 1896, arrastrado por la derrota de Adua, una batalla en la que catorce mil quinientos italianos trataron en vano de hacer frente al asalto de cien mil soldados del negus Menelik II (fallecieron al menos seis mil italianos).

A Crispi lo sucede Antonio Starabba di Rudinì. Debido también a los altísimos costes que supone la acción colonial, la situación del país es muy difícil y se ve agravada por cosechas insuficientes, por el aumento del precio de los cereales de importación y, por ende, del precio del pan, que pasa, de media, de 35 a 60 céntimos el kilo. El profundo descontento popular —que entonces ya tiene las características de una auténtica conciencia social— se concreta en una serie de protestas que inflaman toda Italia a partir de los primeros meses de 1898 y de huelgas que culminan el 8 de mayo con al menos un centenar de muertos entre las personas que se manifestaban en Milán, en la plaza del Duomo. En los días inmediatamente posteriores, se ordena el arresto de unas dos mil personas, el cierre de catorce periódicos y la disolución de la Cámara del Trabajo.

Sin embargo, los motines populares continúan: el 9 de mayo se decreta el estado de sitio en la Toscana y en la provincia de Nápoles, y el 11 de mayo le toca el turno a Como. El rey encarga la formación de gobierno al general Luigi Pelloux que pide la aprobación de una ley que permite militarizar a los empleados de trenes y Correos, limitar sustancialmente la libertad de asociación y el derecho de huelga, y la censura preventiva de los periódicos. La oposición de la izquierda es muy violenta y, tras una larga serie de enfrentamientos parlamentarios, Pelloux dimite en su segundo mandato. Le sucede el moderado Giuseppe Saracco.

El 4 de junio de 1899, Humberto I concede la amnistía a todos los condenados por los llamados «motines del pan», lo que no basta para detener al anarquista Gaetano Bresci, que, el 29 de julio de 1900, en Monza, mata al rey de tres disparos y declara: «Lo he hecho para vengar a las víctimas pálidas y sangrantes de Milán... No he pretendido matar a un hombre, sino un principio». Bresci es condenado a cadena perpetua.

Víctor Manuel III, de treinta años, asciende al trono el 10 de agosto de 1900.

El coñac es un asunto de tierra, madera, paciencia y mar. Como el whisky. Como el marsala.

Se hablaba de él ya en el siglo XVII, sin embargo, desde el 1 de mayo de 1909 y por decreto gubernamental, puede producirse tan solo el simple brandi, ya que la única y verdadera cuna del coñac se identifica con el departamento de Charente, en el sudoeste de Francia. Una tierra yesosa, rica en sedimentos marinos, cubierta de cepas como la ugni blanc —un clon de la trebbiano, implantada en Francia tras los desastres que causó la filoxera a finales del siglo XIX—, la colombard, de delicados granos de uva amarillos, y la folle blanche, de racimos compactos. Para poder convertirse en coñac, el vino tiene que estar compuesto de al menos un noventa por ciento de estas tres uvas, solas o mezcladas. Para el restante diez por ciento puede recurrirse a otras uvas: montils, semillon, jurançon blanc, blanc ramé, select, sauvignon.

Pero hay más: hay una temporada para la vendimia, habitualmente de octubre hasta los primeros hielos. Y están las cubas: la madera debe proceder de las encinas de los bosques de Lemosín y de Tronçais. Las duelas maduran al aire libre, luego se sujetan con cellos, para que ni los clavos ni la cola alteren el sabor. Por último, se tuestan —o sea, se hierven por dentro— largo rato y con cuidado. Y, antes de terminar en las cubas, el vino ha de ser destilado rigurosamente en el alambique tradicional *charentais*, dos veces, primero a veinticinco-veintisiete grados, después a setenta-setenta y dos grados.

Solamente entonces llega el reposo. Porque es así: todo cuanto es hermoso y valioso requiere tiempo. Calma. Paciencia. Son ingredientes no escritos y sin embargo esenciales. Hay que esperar, y seguir esperando, porque nada bueno puede surgir antes del tiempo al que aquello pertenece.

Para el coñac, ese tiempo es al menos de dos años, pero puede llegar a cincuenta y a veces incluso a más. En esas bodegas, impregnadas del olor del Atlántico, donde la evaporación se produce lentamente, mezclando el aroma del alcohol con el de la madera y la salinidad, el coñac adquiere los sabores a vainilla, tabaco, canela y frutos secos que lo caracterizan, y cobra un color ambarino y una consistencia sedosa. Por supuesto, cada año que pasa, el volumen se reduce en un tres-cinco por ciento. Pero los franceses saben que esa es la *part des anges*, la cuota de los ángeles. Por otro lado, en la bodega hay también un sitio llamado *Paradis* para las damajuanas que contienen el coñac de al menos cincuenta años.

«Una niña, por desgracia».

La sonrisa de Ignazio se desvaneció cuando la comadrona le dio la noticia. Escuchó las felicitaciones y enhorabuenas solo asintiendo con la cabeza. Después Diodata abrió la puerta del dormitorio de Franca, lo hizo pasar y le puso en los brazos una *cosita pequeñita*, roja y llorosa, envuelta en mantas para protegerla del frío de noviembre.

Franca estaba tumbada en la cama, con los ojos cerrados y las manos sobre el vientre. El parto había sido largo y difícil.

Él se acercó. Al oír sus pasos, ella abrió los ojos.

—Es niña, lo siento.

Esas palabras, dichas con un tono apenado, conmovieron a Ignazio. Se sentó al lado de ella y le besó la frente.

—Nuestra hija Giovanna —respondió, entregándole a la recién nacida. Ahora eran una familia, ya no una pareja que buscaba, con dificultad, su equilibrio.

Después de tres meses, Giovannuzza ha entrado en su corazón. Franca sigue siendo la reina, pero ella es su princesa.

El varón tiene que llegar. Es cuestión de tiempo. La casa Florio necesita un heredero. El médico ha dicho que muy pronto podrá frecuentar de nuevo el dormitorio de su esposa, que es una de las pocas buenas noticias de aquellos días.

Sí, porque enero de 1894 ha sido un mes difícil. Pocas fiestas, salvo las familiares, y pocas ocasiones de distracción. Hay que quedarse en casa, con una buena vigilancia, que está para que nadie *moleste* a la gente decente.

Palermo ya no es segura.

En los primeros días del año, en la isla se declaró el estado de sitio. Por culpa de las huelgas promovidas por los Fasci Siciliani, la organización que reúne a braceros agrícolas y obreros, hombres y mujeres, todos igualmente descontentos debido a los fuertes impuestos y a los atropellos que sufren habitualmente. Imparables como un contagio, las protestas se extendieron de la ciudad al campo. Y se convirtieron en auténticas revueltas. En Pietraperzia, Spaccaforno, Salemi, Campobello di Mazara, Mazara del Vallo, Misilmeri, Castelvetrano, Trapani y Santa Ninfa, la gente quemó las casetas de la aduana y, armada, tomó al asalto las oficinas públicas y las cárceles, liberando a los presos.

El caos se adueñó de la isla, hasta el extremo de que se precisó la intervención del ejército para restituir el orden. Los piamonteses, como los llama la gente mayor, llegaron al mando del general Morra di Lavriano, dotado de plenos poderes por el gobierno, apuntaron sus fusiles y dispararon indiscriminadamente, también a las mujeres. Nada se hizo contra aquellos que vejaron a los campesinos y los obreros, obligándolos a pasar hambre y angustia. Al revés. En todas las protestas hubo muertos, heridos y arrestos, con sus correspondientes juicios. A una desilusión siguió otra, dado que el gobierno en funciones es ahora de Crispi, un siciliano, un exgaribaldino, que sucedió a Giolitti tras el escándalo de la Banca Romana.

En este momento reina una profunda calma, impuesta por el miedo, y que se mantiene merced a continuos arrestos y a sentencias durísimas. Había que darle la razón a doña Ciccia cuando mascullaba que de *esos* no había que fiarse y que parecía que se había vuelto a la época de los Borbones.

Es de noche; pocas luces aclaran las habitaciones y el jardín. Reflejos cálidos encienden el coñac en la copa que Ignazio tenía entre las manos hasta hace poco. Su aroma —especiado, con un leve toque a miel— llena la habitación.

Alguien llama a la puerta.

—Adelante —murmura Ignazio, que estaba leyendo cuáles eran las características del Britannia, el cúter del príncipe de Gales que están a punto de terminar en un astillero de Glasgow, y al cual, en junio, su Valkyrie va a enfrentarse en la Channel Race.

La puerta se abre y aparece el rostro de Franca.

—¿Todavía no estás listo?

—Aún no, querida. Pero ¿cómo se encuentra Giovannuzza?

—pregunta él, apartando los papeles—. Todas las tardes mi *pequeña* llora. ¿Por qué?

—La nodriza me ha dicho que ha tenido un cólico terrible. Le ha frotado largo rato la barriguita.

Pensar en ese cuerpecillo blando y oloroso la llena de una ternura que no se imaginaba que pudiera sentir. Al principio, tras los dolores del parto, temió desarrollar una especie de rechazo por su hija: el dolor había sido excesivo, la recuperación, demasiado difícil. Y, sin embargo, aquella niña la había conquistado con una sola mirada, le había dado un amor tierno, total, que excluía al resto del mundo y la protegía de todo lo feo.

Franca se le acerca. Tras el nacimiento de Giovannuzza, su cuerpo se ha vuelto —si cabe— todavía más voluptuoso. Ignazio no se resiste: la abraza y la besa en el cuello.

—Eres una diosa —le murmura contra la piel.

Franca se ríe y lo deja hacer, pese a que Diodata ha tardado casi dos horas en peinarla. Últimamente Ignazio está demasiado tenso, y ella tiene la sensación de que no le brinda la serenidad que necesita. Y quiere evitar que la busque en otros brazos.

Claro, con ese escándalo de la Banca Romana había ocurrido de todo. Durante varios días, en el despacho de la Olivuzza hubo un ir y venir de hombres de aspecto serio, e Ignazio pasó mucho más tiempo del habitual en la plaza Marina. Franca incluso oyó que, tras el cierre de las sucursales del Credito Mobiliare, Ignazio había tenido que pagar cinco millones,* una cifra que le pareció, alternativamente, enorme y pequeñísima. Pero ¿qué comprendía ella? Las cuentas de la sastra y de la modista le llegaban primero a su madre y ahora le llegaban directamente a Ignazio... Trató de preguntar, pero tanto Ignazio como Giovanna zanjaron el tema con palabras leves y con un simple «no pasa nada».

—¿Es imprescindible que vayamos? ¿No podemos subir a tu dormitorio? —pregunta él, con el rostro hundido en los cabellos de Franca. Le introduce las manos debajo de la bata, encuentra el corsé, le acaricia el pecho.

Ella se suelta, se ríe y lo aleja con una mano.

—¡Nunca me habría imaginado que tendría que convencer a mi marido de ir al teatro o a una recepción! —Se cierra la bata, lo mira

---

* Unos veintidós millones de euros. *(N. de la A.)*

de soslayo—. Voy a terminar de prepararme... y tú tendrías que hacer lo mismo.

Ignazio sonríe.

—Hablaremos a la vuelta —le dice, y la deja ir solo después de haberle soltado la muñeca.

La tarde del 4 de marzo de 1894, el carruaje de los Lanza di Trabia se detiene delante de la puerta de la Olivuzza. Se apean primero Pietro, después Giulia y, por último, un hombre de pelo negro ondulado, frente amplia, mirada alegre y bigote tupido. El mayordomo los recibe y los conduce hacia la escalinata de mármol rojo, decorada con cascadas de flores. Arriba, Franca está esperando. Tiende enseguida los brazos hacia Giulia y Pietro, los besa, los invita a pasar al jardín de invierno. Después, dirigiéndose al hombre, sonríe.

—Bienvenido, maestro. Su presencia aquí nos honra. —Por último, levanta el borde de la falda—. Acompáñeme, se lo ruego. Nuestros invitados lo esperan con impaciencia.

Giacomo Puccini la sigue, mirando con la mayor discreción posible las bonitas formas de la dueña de la casa. Ha ido a Palermo para una representación de *Manon Lescaut*, cuyo debut había tenido lugar un mes antes en Turín, y la ciudad le había brindado una magnífica acogida: aplausos clamorosos, llamadas a él y a los cantantes para que saliera al escenario, y una ovación final que hizo vibrar a todo el Teatro Politeama. Franca e Ignazio lo habían conocido la noche anterior durante la cena en su honor en el Palacio Butera, y lo han invitado para un té, para completar así su triunfo.

Franca lo espera, se le acerca.

—Sabe, maestro, su *Manon* es una ópera que toca de verdad el alma. Ayer no me atreví a confesárselo, pero lloré intensamente.

Puccini parece aturdido. Ese cumplido dicho con tanto entusiasmo lo emociona. Se detiene, coge la mano de Franca, la besa.

—Sus palabras, señora, valen más que todos los aplausos de anoche. Me siento conmovido y honrado —exclama.

Franca vacila, luego añade, en voz baja:

—Pero ¿por qué la gran música hace sufrir así?

Puccini abre mucho sus enormes ojos negros y, acercándose al oído de Franca, murmura:

—Porque empieza ahí donde terminan las palabras. Igual que

la belleza... Estoy seguro de que usted sabe qué quiero decir. —Y le besa de nuevo la mano.

Franca se ruboriza, sonríe, luego agarra del brazo a Puccini y sigue avanzando.

—¡Ignazio! —El motivo de la llamada a media voz de Giovanna es inequívoco.

Ella también ha presenciado la escena: un par de veces, Puccini se ha inclinado para besar la mano de Franca e incluso le ha susurrado algo al oído. Una confidencia —¿una intimidad?— que tiene que haber puesto frenético a Ignazio, mientras espera al invitado junto a la puerta del jardín de invierno. Lo conoce perfectamente: es celoso y posesivo, y poco importa que sea infiel, pues, igual que un niño mimado, no tolera que otro se interese en sus juegos.

Franca y Puccini ya están delante de él, e Ignazio consigue exhibir una sonrisa.

—¡Maestro, bienvenido! —exclama, con voz muy chillona. Luego se interpone entre su mujer y Puccini y conduce a este hacia Giovanna, que, con doña Ciccia, está atendiendo a un grupo de mujeres mayores vestidas de luto.

Ha sido Giovanna la que se ha encargado de cada detalle de esa recepción vespertina: ha elegido las flores, el mantel y las servilletas, la cubertería, las tazas, la amplia selección de mezclas de té en cajas de madera, e incluso qué postres había que preparar. Es todo tan perfecto y elegante que parece pintado.

«Todavía no confía en mí», piensa Franca, mirando de un lado a otro.

Una carcajada la saca de esos pensamientos. Es la inconfundible voz de Tina Scalia Whitaker, la esposa de Joseph Isaac Whitaker —al que todos llaman, sencillamente, Pip—, nieto de aquel Ben Ingham que jugara un papel decisivo en la vida de Vincenzo Florio, el abuelo de Ignazio. Tal vez la pareja más conocida de Palermo, Pip y Tina no podrían ser más diferentes: mientras que él sigue la tradición familiar vinculada a la producción y el comercio del marsala, alternándola con sus auténticas pasiones —la arqueología y la ornitología—, Tina, hija de un general garibaldino, es una mujer culta e inteligente que vive y se nutre de frivolidad: nadie se libra de sus pullas y sarcasmos.

Franca se vuelve hacia el grupito de mujeres de la familia Whitaker, que están charlando en una mezcla de inglés y siciliano, y cruza la mirada precisamente con la de Tina. Durante un instante, las dos mujeres se observan, y Franca ve en los ojos de la otra algo que está entre la compasión y la burla. Sabe que Tina la considera guapa y algo tonta, una elegante muñeca para exhibir, nada más. Entonces aprieta los labios, se toca el collar de topacios y perlas como para darse ánimos y luego se limita a saludar con la cabeza.

Otra voz la distrae, la de Ignazio.

—El teatro Politeama es muy noble, pero no tiene una acústica ideal —les dice a Puccini y a la pequeña multitud que los rodea—. Confío en que el Teatro Massimo esté terminado dentro de poco. Lo declaro con cierto orgullo, dado que también la cubierta de este edificio es obra de la fundición familiar.

—Y yo doy las gracias al mecenazgo que está creando un templo para la lírica en Palermo... ¡y también a su fundición! —exclama Puccini, provocando una carcajada en todos los presentes.

En el silencio que sigue, una mujer joven de aspecto serio avanza un paso.

—Maestro... Es tan grande el privilegio de hablar con usted... ¿Puedo hacerle una pregunta?

—Por favor —replica Puccini con una sonrisa.

—¿Cómo... escribe su música?

—La labor de un músico no es un trabajo propiamente dicho, y, sobre todo, no conoce nunca descansos —responde Puccini—. Es más una... obligación del espíritu. También ahora que estoy con ustedes, en mi mente... en mi alma, las notas se componen, se unen. Es un torrente que no tiene paz hasta que no alcanza el río. Por ejemplo... —Se acerca al piano que el pequeño Vincenzo aporrea dos veces a la semana durante las clases de música.

El parloteo se interrumpe, dejan las tazas y también los camareros se detienen.

En el silencio repentino, Franca se acerca al instrumento y mira fijamente a Puccini, como para animarlo.

Las manos del músico se posan en el teclado y, de golpe, una melodía llena el salón.

> *Che gelida manina, se la lasci riscaldar*
> *Cercar che giova?*
> *Al buio non si trova.*
> *Ma per fortuna è una notte di luna,*
> *e qui la luna l'abbiamo vicina...*

Puccini toca y canta, y el ambiente con aroma a vainilla y té capta las notas, parece reacio a dejar que se desvanezcan. Por fin, Puccini para, los dedos suspendidos en el teclado, el rostro arrebolado por la emoción.

Mientras estallan los aplausos, él se levanta y se inclina hacia Franca.

—Estoy encantado de que usted haya escuchado un fragmento de mi próxima ópera. Con el recuerdo de este momento, me resultará más fácil terminarla.

Franca se ruboriza, mientras Ignazio manda que se sirva champán para brindar «por el próximo triunfo del maestro Puccini. Con la esperanza de que regrese a Palermo para representar su obra aquí». Los hombres asienten y las mujeres suspiran, a la vez que se dicen que, en efecto, esa es una música divina.

Pero Puccini, después de brindar, se acerca de nuevo a Franca.

—Ha estado usted magnífico. Gracias por este regalo inesperado —dice ella, emocionada.

Por toda respuesta, Puccini le coge las manos y se las lleva a los labios. Las miradas de los presentes son ávidas, los susurros, descarados. «¿No le estará dando demasiada confianza a ese hombre? ¿Ella no creerá que está por encima de las reglas?».

—Gracias a su familia por haberme abierto las puertas de esta magnífica mansión —responde él—. Y gracias a usted, señora. Tiene una luz extraordinaria en su interior, una luz preciosa. Ojalá la conserve siempre.

Tras esas palabras, Franca sonríe. Pero sus ojos, durante un instante, se humedecen.

Y una persona se da cuenta.

Su cuñada Giulia.

El Palacio Butera, la residencia de los Lanza di Trabia, está pegado a la muralla de la ciudad, a pocos pasos de la puerta Felice. El jardín de invierno da a un mar del color del acero que refleja las nubes grises de ese día inusualmente oscuro para ser principios de mayo. En el ambiente hay un aroma a hojas secas, a tierra húmeda y a capullos de flores. En la salita, sentadas en sillones de mimbre, entre limoneros en maceta y pequeños plátanos, Franca y Giulia pueden hablar libremente, mientras los niños —Vincenzo y los hijos de Giulia— juegan a poca distancia de ellas, bajo la mirada atenta de las gobernantas.

—¿Y bien? ¿Por qué querías verme?

Franca aprieta el asa de la taza de porcelana de Sèvres decorada con el escudo de los Lanza di Trabia. Se pregunta desde cuándo Giulia es tan brusca, tan diferente de la joven que le escribía cartas tan cariñosas cuando ella pasó a formar parte de la familia. Pero no quiere juzgarla: las relaciones tensas con la suegra y la muerte del pequeño Blasco la han endurecido. Fue una tragedia cuyo alcance comprende solo desde que es madre.

Desde algún sitio, entre los árboles, Vincenzo lanza un gritito al que Giuseppe, el primogénito de Giulia, responde con una carcajada. Se oyen pasos de pies pequeños, ruido de una pelota rebotando. Resulta raro observar a esos niños, que tienen once y cinco años, y pensar que son tío y sobrino.

Giulia esboza una sonrisa, la primera desde que Franca ha llegado, luego mira a su cuñada, como invitándola a hablar.

—Quiero un consejo —dice entonces Franca—. Uno sincero, *como si tú fueses mi hermana de verdad.*

Giulia enarca las cejas, luego clava los ojos en los dedos de Franca. Están temblando. Le quita la taza y la deja en la mesita, apoya la espalda en el respaldo del sillón.

—¿Por qué tiemblas? —baja la voz—. Tú todavía te *asustas* por todo, ¿verdad? Te da miedo el juicio de los demás.

Franca parpadea. Asiente, sorprendida, y baja los ojos a los dedos enjoyados.

—Me preguntaba cuándo ibas a comprender *que así no puedes seguir. Me pareces un alma del purgatorio.*

Franca aprieta con las manos la falda y la voz se le quiebra.

—No creas que soy una ingenua. Ignazio... Siempre pensé que era él quien estaba en el centro de los chismes y habladurías, y me impuse no escucharlos, porque siempre vuelve a mí, y de mí es de quien está enamorado. Y, sin embargo, a mí es a quien critican. Oigo comentarios, chistecitos siempre que salimos... Y anoche, en la casa de los De Seta, él estuvo coqueteando con la dueña de la casa de una manera francamente vulgar. ¡Me sentí tan humillada! En casa, tengo la sensación de que soy una invitada porque ni siquiera tengo que decir nada: todo el mundo habla con tu madre. Incluso me parece que *los criados me miran raro. Y tu madre, que, por supuesto, es una santa, no me deja decir ni palabra.* —Es un desahogo que ahora mana como un río en crecida. Se le escapa un sollozo de los labios—. Siempre tiene algo que reprocharme, y no solo ella. ¡Todos, todos, toda la ciudad! *Que si hablo poco, que si* mucho, la forma en que me visto... que si todo lo hago mal y que no sé cómo debo moverme.

Giulia menea la cabeza, mientras por su rostro pasan emociones que a Franca le cuesta interpretar. Una ceja se enarca.

—Eres demasiado buena, querida Franca. Demasiado. *Tienes que enseñar los dientes, porque si no, te desuellan y arrojan tus huesos. También con mi madre.*

Franca abre de par en par sus ojos verdes. Es un lenguaje duro el de Giulia, casi arcaico en su brutal sinceridad.

—¿En serio? —pregunta con un sollozo.

—Sí. —Giulia se levanta, va hacia las cristaleras—. ¿Crees que no me he dado cuenta de cómo estás?

No espera que la cuñada la siga, y Franca tiene que darse prisa para alcanzarla.

—Tú ahora eres Franca Florio. No mi madre, que es viuda y que ya solo piensa en mandar decir misa por el alma de mi padre. Tú eres la esposa de Ignazio, el cabeza de familia, y debes reclamar lo que se te debe, empezando por el respeto. —Le agarra los brazos, le habla a pocos centímetros de la cara—. Cuando me casé, mi padre me hizo comprender que nadie, nunca, debe pisarme. Yo tenía que defenderme antes, si no, la familia de mi marido me habría asfixiado. Y eso mismo te digo a ti ahora. —La mira con intensidad—. Quiero a mi hermano, pero lo conozco: es un mujeriego; y hay muchas mujeres detrás de él. Se mira mucho el ombligo y no se da cuenta de que tienes problemas, de que la gente te critica por su causa. Lo conozco, no es malo, pero es así... es superficial. Ni siquiera entendería cómo estás, porque ni se entera de lo que te dicen por detrás... *Sí, querida mía, yo sé lo mal que hablan de ti.*

Giulia le levanta el rostro que Franca ha bajado, avergonzada. Hace caso omiso de las pestañas empapadas de lágrimas, la agarra de los hombros, la zarandea.

—¡*Mírame*! Eres tú quien debe protegerse, porque sé qué dice el mundo de nosotras, mujeres Florio. Que gastamos demasiado dinero en ropa y joyas, que nos aprovechamos del *dinero* de la familia, pero que somos unas cabezas huecas. Y que somos tan arrogantes que no sabemos estar en nuestro sitio. —Giulia cierra el puño—. A mí me da igual lo que digan. A ti también tiene que darte igual; si les haces caso, les das el poder. Son unas miserables que, hablando de esa forma, demuestran solamente su envidia. Nosotras tenemos todo lo que ellas no tienen y por eso nos ponen verdes y van a seguir haciéndolo.

Giulia es clara. Feroz.

Franca apenas conoce los problemas que su cuñada ha tenido que afrontar. Ignora que ella también ha tenido que padecer duras humillaciones, sobre todo al principio, cuando su suegra no hacía más que echarle en cara delante de todos su origen burgués. Además, durante años no ha perdido la ocasión de recordarle que ese matrimonio era poco más que un contrato. Por su parte, Pietro jamás la había defendido ni ayudado. En ningún sentido.

Esos años, sin embargo, le enseñaron a Giulia a no rendirse, a no doblar nunca la cerviz. Desarrolló en su interior una ira semejante a la que su abuelo Vincenzo arrastró durante toda su vida; él la usó para dominar una ciudad que quería humillarlo; ella la utilizó, primero como escudo y después como arma, para granjearse el respeto de los Lanza di Trabia. Y ahora era realmente la señora de esa casa y de esa familia. Y lo consiguió también recordando la regla fundamental de su padre: nada es más valioso que la lucidez, el dominio de uno mismo. A ella, su padre Ignazio también le dijo varias veces: «Atiende a la cabeza, no al corazón». La imagen que daba de sí misma era la de una mujer altiva y antipática, pero esa imagen se la había construida sola, para protegerse.

No, Franca no puede conocer bien el precio que su cuñada ha pagado para convertirse en quien es: una mujer decidida, intocable, orgullosa.

Pero es justo eso lo que Giulia quiere demostrarle. Que Franca tiene que conquistar su lugar entre los Florio y en Palermo porque así tiene que ser. No hay alternativas. Y podrá hacerlo solo encontrando en su interior la fuerza y la indiferencia necesarias. Debe dejar que le resbale todo lo que la hace sufrir. Debe levantar murallas alrededor de su alma.

Franca mira a Giulia a la cara, se seca nerviosamente una mejilla. Reflexiona.

Para la suegra, ser una Florio significa complacer al marido en todo, no darle nunca motivo de reproche o queja, brillar en todos los eventos sociales, estar a la altura de cualquier situación. Y, si él se equivocaba, su tarea consistía en perdonarlo.

Las palabras de Giulia, en cambio, pintan una realidad en la que Ignazio queda en segundo plano. Solo está ella, Franca, separada —¿libre?— de su papel de esposa. Ha de ser, ante todo, ella misma. Ha de ser orgullosa, superior. Intocable. Ninguna crítica ha de herirla jamás y si, alguna vez eso ocurre, la herida ha de cicatrizar enseguida.

Se desprende de Giulia, retrocede un paso. Es todo tan diferente de lo que Giovanna le ha dicho, tan distinto de la forma en que la han criado: siempre ha sido una hija obediente, una esposa respetuosa, y ahora...

—Pero yo... me he comportado bien. No me he quejado, no he llorado cuando él... —murmura, con la voz impregnada de dolor—. Incluso cuando he sabido que me traicionaba, yo... He sido una buena esposa o, al menos, he tratado de serlo.

—Y ese ha sido tu error: tratar de complacer a todos. No tienes que comportarte bien: tienes que quedarte con lo que te corresponde por derecho y hacerlo sin miedo a que te juzguen. Ya no eres una *niña* que busca la aprobación de su madre. No basta tener un apellido importante. Ni tampoco basta que hayas dado un hijo a tu marido para granjearte su respeto. Ni puedes esperar que mi madre se quede al margen por su propia voluntad. Lo hará cuando vea que estás a la altura de tu apellido y, créeme, no será algo sencillo ni rápido. Recuerda que *el que puede hacer algo y no lo hace, vive mal.* —Se le suaviza la voz, se convierte en una caricia—. En Palermo, nadie te da nada. —Señala la ciudad que se ve desde el palacio, hacia el Cassaro—. En esta ciudad, todo el mundo, del carretero al príncipe, vive de pan y envidia. Algunos se dejarían matar antes que reconocer que son mediocres. Cuando escuches una crítica, piensa que eres una Florio, y ellos no. Si te dicen que tus joyas son chabacanas, piensa que las suyas valen la mitad que las tuyas. Si te crucifican por la forma en que vistes, piensa que ellas no tienen el físico ni mucho menos el dinero para ponerse tu ropa. Recuerda eso cuando las oigas hablar a tus espaldas. Tenlo en mente y ríete, ríete de ellas y de su mediocridad.

Franca escucha.

Las palabras de Giulia abren habitaciones inexploradas, le dan una nueva visión de las cosas. Es como si se mirase por primera vez a un espejo y descubriese cualidades que nunca se hubiese imaginado poseer. Le revelan las infinitas posibilidades que la vida puede ofrecerle.

Giulia la observa. Y comprende. En el rostro de su cuñada ha visto aparecer una conciencia auténtica, algo que, por fin, la hará parecida a ella.

—No debes tener miedo. Tú has nacido para ser una Florio. —Le acaricia el rostro—. No eres solamente bonita: también eres inteligente y posees encanto y elegancia. Tienes tanta fuerza que el mundo no podrá ignorarla. No tengas miedo de ser lo que eres.

Pero recuerda: un hijo es siempre algo bueno, pero un hijo varón es una bendición. Tienes que quedarte embarazada lo antes posible. —La voz baja de tono, se llena de sobrentendidos—. Será más fácil con un varón. Y tú serás más libre.

Cuando sale del Palacio Butera, seguida por la gobernanta y Vincenzino que, animado por los juegos, sigue dando brincos, Franca camina aliviada. Mira hacia delante, indiferente al cielo que amenaza con descargar sobre ella un chaparrón primaveral.

Sí. Ha sido silenciosa, discreta, paciente, sumisa.

Por eso ahora tiene que aprender.

A no tener dudas.

A quedarse con lo que le pertenece.

A convertirse en doña Franca Florio.

La idea es tan nueva que se marea.

«A ser yo misma».

Un trueno lejano.

Ignazio levanta la cabeza de los papeles, se acerca a la ventana, la abre. El siroco de aquellos días está dejando su lugar a un cielo gris y cargado de arena que amenaza a la Cala y a los brillantes carruajes negros que van al Foro Italico. Hombres con redingote y mujeres con sus trajes de *faille*, tafetán y muselina abarrotan el último tramo del Cassaro para dejarse ver y ser vistos. Es una Palermo nueva. En sus recuerdos de cuando era niño, Palermo era elegante, discreta. Ahora se ha vuelto irreverente, descarada: antes miraba por las contraventanas y comentaba en privado; ahora te planta los ojos en la cara, para despotricar enseguida sobre tu manera de vestir, sobre el carruaje que tienes o sobre tu círculo de amistades. Y esta insolencia irrita profundamente a Ignazio.

Su mirada se fija en una lavandera que lleva un montón de ropa en un cesto y arrastra detrás a un *niño* descalzo. En los bordes de la avenida todavía quedan chabolas donde viven familias muy pobres, con mujeres envejecidas que siempre están esperando que sus hombres vuelvan de la fábrica o del barco. A esa gente Palermo prefiere sencillamente no verla. Él no quiere verla, y eso que su madre insiste en que tenga alguna actividad caritativa. Sí, sabe bien que eso es importante por el prestigio de la familia y, de hecho, los Florio tienen una cocina que reparte comida a los pobres, y Franca pertenece a la Congregación de las Damas del Giardinello y siempre ha sido generosa sobre todo con las chicas abandonadas... Él es un empresario: da trabajo y pan a los empleados de la NGI, a los obreros de la Oretea, a los que trabajan en el varadero. Por no mentar todas las restantes actividades, también fuera de Palermo...

Distraído, Ignazio se pasa las manos por el pelo, para, no vaya a estropear la raya. En el reflejo de la ventana abierta, contempla su imagen. El bigote engominado, el clavel en el ojal, la corbata perfectamente anudada y sujeta con un alfiler de brillantes. Impecable.

Sin embargo, esos papeles que hay en el escritorio —esperando una firma, una lectura, una decisión— lo estropean todo.

A veces, cuando se queda solo en ese despacho, le parece oír ruidos, como si el edificio se quejase de un dolor del que padece. Es como si detrás del revestimiento de madera se estuviesen abriendo lentamente unas grietas. Una idea absurda —lo sabe— pero que le causa desazón.

Ignazio se aparta de la ventana, se vuelve y observa el cuadro de la bodega de Marsala que su padre le encargó a Antonino Leto. Ahí, delante del edificio, el agua es verde, tranquila; la luz es cálida, suave.

Él ahora necesitaría esa tranquilidad.

Los Florio deben su riqueza al mar. Con ese pensamiento está luchando desde hace semanas. Como condición esencial para la renovación de los convenios se le ha pedido una modernización drástica de los piróscafos para el transporte de pasajeros. Se ha opuesto, ha dicho que adoptaría medidas, las ha aplazado. Y ahora ya no puede eludir esa exigencia.

Pero ¿con qué dinero? El asunto del Credito Mobiliare —«¡Malditos sean!», piensa con rabia— lo ha obligado a mermar los depósitos de liquidez de la casa comercial. Para salvar el apellido Florio, ha comprado con dinero de su propio bolsillo las libretas de ahorro y los cheques de los depositarios palermitanos del banco, y se ha hecho cargo de los valores a la baja. Ha empezado también los trámites para solicitar el concurso de acreedores del Credito Mobiliare y para recuperar el dinero, así como las cotizaciones del capital personal que había invertido, pero sin esperanzas. Ha salvado el buen nombre de la familia, es cierto, pero ahora ya casi no tiene efectivo: solo una marea de inútiles títulos de crédito.

Papeles, papeles, papeles. Siempre y solo papeles.

No queda más remedio: tendrá que pedir una línea de crédito a la Banca Commerciale Italiana para disponer de una liquidez que le permita afrontar los gastos inmediatos. Él, que nunca ha pedido, tendrá que doblegarse y pedir. Dinero, confianza, crédito.

Más aún. Hay algo que lo amarga profundamente, aunque nunca se lo confesará a nadie. Es demasiado orgulloso como para reconocer, incluso a sí mismo, que ha cometido un tremendo error de valoración. Muchas personas, empezando por Gallotti y su cuñado Pietro, le habían sugerido que fuese más cauto, que no se fiara de las garantías de ese banco.

Y sin embargo.

Piensa en su padre, en lo que habría hecho si se hubiese visto en esa situación. Nunca habría llegado hasta ese extremo, admite. No se habría fiado ciegamente de los demás, como ha hecho él.

De algún modo lo alivia pensar que no pueda ver el error que cometió, pero, a la vez, siente una amarga decepción, causada por la conciencia de que, de haber estado vivo, su padre lo habría mirado con desprecio y lo habría puesto de patitas en la calle.

Eso, para Ignazio, es demasiado. Da vueltas por la habitación, busca en la memoria a la persona que hizo que tomara esas decisiones, que respaldó esos compromisos, porque no, la culpa no puede ser solamente suya. Y decide que ese error tiene un nombre y un apellido.

Giovanni Laganà.

Giovannuzza farfulla, masculla, levanta los ojos y ríe. Delante de ella, con una rodilla en la alfombra, su madre le tiende los brazos. Sujeta por mademoiselle Coudray, la niñera, da un paso, otro. Para ella es una experiencia nueva, y está poniendo todo su empeño: se nota en su mirada concentrada y por la manera en que aprieta los labios.

—Ven aquí, *mi amor* —la anima Franca, y aplaude.

Cuando la nota segura, la niñera la suelta. Bamboleándose, Giovannuzza llega al lado de la madre y se ríe, enseñando unos dientecillos semejantes a pequeñas perlas.

—¡Linda, mi *niña*! —Franca la abraza, le llena el cuello de besos.

—No deberías estar en el suelo. No es decente.

Cual fantasma aparecido de repente en la habitación, Giovanna está ahora detrás de Franca.

Instintivamente, Franca abraza con más fuerza a la niña y mira a su suegra de arriba abajo.

—Estoy con mi hija en su cuarto. Estamos jugando. Nadie nos ve —rebate con serenidad.

Giovanna levanta la barbilla hacia mademoiselle Coudray,

que se pone roja, se inclina ligeramente y se dispone a salir, pero Franca la detiene y le pone en brazos a Giovannuzza.

—*S'il vous plaît, emmenez-là dehors, qu'elle puisse respirer de l'air frais* —le dice.

—La estás malcriando —murmura Giovanna, en cuanto mademoiselle Coudray y la pequeña se alejan—. Las niñas necesitan firmeza. Más que los varones.

—¿Firmeza? —exclama Franca, levantándose, con una carcajada amarga—. ¡Pero si su hijo ha hecho siempre lo que le ha dado la gana y todavía hoy se comporta peor que un *niño* caprichoso!

Giovanna inclina la cabeza, sorprendida por esa reacción.

—¿Qué quieres decir? —replica, irritada.

—Su hijo, mi marido, es un niño malcriado que no piensa en las consecuencias de lo que hace. Y usted no finja que no lo sabe, porque en Palermo todo el mundo habla de eso. Desde que llegó esa *chanteuse*... —Hace una mueca— ... muy escotada, él va cada noche al Alhambra, un café musical en el Foro Italico. Siempre se sienta en primera fila. Y la espera cuando acaba el espectáculo.

—Ah.

Una sílaba.

Franca observa a su suegra con gesto rebelde.

Giovanna no baja la mirada.

—Ya te lo dije una vez, hija mía —replica—. Tienes que aprender a mirar hacia otro lado.

—Sí, he mirado hacia otro lado. Lo que no significa que él tenga derecho a comportarse así. Ni a usted le da derecho a criticar la educación de mi hija.

Giovanna se estremece. No está acostumbrada a que la contradigan.

—Tienes que dejarte guiar por quien tiene más experiencia que tú, también como madre...

—¿Una madre que le reconoce a su propio hijo la libertad de pisotear el vínculo del matrimonio? Que quede claro que yo nunca le faltaré al respeto a él ni a esta familia. Pero quiero que mi hija se sienta querida y que aprenda enseguida lo importante que es defender la propia dignidad. El honor del apellido viene después.

Giovanna está demasiado atónita como para responder enseguida. Se mira las manos arrugadas y acaricia la alianza de su marido, retenida por la suya.

—A veces, un apellido es lo único que te permite sobrevivir —murmura por fin.

Pero Franca no puede oírla; ha salido deprisa y la ha dejado ahí, sola, en el centro de la habitación.

«Así es», piensa Giovanna. El apellido Florio —la definición de su papel social, de su importancia, de su poder— había sido el ancla de su matrimonio, su razón de vida. Y lo seguía siendo, pese a que, tras la muerte de Ignazio, ante ella se había abierto un vacío, que las oraciones apenas habían llenado.

Su traje negro capta la luz de la ventana, la atrapa. Del parque llegan el aroma de las últimas flores y el ruido de las tijeras de los jardineros que están podando las ramas secas.

Giovanna mira la puerta por la que Franca ha desaparecido. Y piensa: «Todavía tienes mucho que aprender, hija mía».

Franca apoya la frente en el marco de la puerta, una mano en la llave, la otra en el corazón para calmar la tensión. Respira hondo.

Por el guardarropa se asoma Diodata, que inclina levemente la cabeza.

—¿La señora me necesita?

—No, gracias. Tengo jaqueca y me gustaría descansar un poco. No dejes pasar a nadie.

Diodata asiente.

—¿Quiere que cierre las puertas de los balcones?

—Sí, por favor.

Por fin sola, Franca se descalza y se tumba en la cama, con un brazo sobre los ojos. El dormitorio está sumido en la penumbra; en el ambiente, el aroma de sus perfumes. Ese es su refugio; cada vez que alguien —su suegra, Ignazio, Palermo— altera su serenidad, solo tiene que entrar en esa habitación y contemplar las rosas de las losetas del suelo y los frescos del techo para recuperarla.

Nunca ha dejado de pensar en lo que le dijo Giulia unos meses antes. Que debe ser fuerte, que debe ponerse a sí misma en primer plano. Pero qué difícil es luchar contra quien la juzga, la critica, la acusa. Qué difícil es conseguir que te aprecien por lo que eres y no solamente por lo que representas.

Franca cae en un sueño ligero que la envuelve, la consuela y la libra de las ideas tristes.

Un sueño que, sin embargo, es interrumpido por un ruido desagradable. Alguien está llamando a la puerta.

Gime, se vuelve hacia el otro lado y se tapa con una almohada.

—¡He dicho que no quiero que me molesten! —exclama.

—Querida, soy yo, Ignazio. ¡Ábreme! —Llama de nuevo, con más insistencia que antes—. Tengo una sorpresa para ti.

«Una sorpresa».

La amargura se apodera de Franca, reemplaza la serenidad que el sueño le había brindado. Solo un año antes, esa frase la habría hecho ir corriendo hacia él. Ahora, en cambio, ha comprendido que eso es una señal, un tácito reconocimiento de culpa. Es la manera en la que Ignazio se lava la conciencia: un regalo a su esposa, habitualmente un objeto precioso, después de haberla engañado y de haber satisfecho los caprichos de la amante.

Una reparación no pedida.

Baja de la cama, abre la puerta. Ni lo mira; se sienta en el tocador y empieza a quitarse horquillas del pelo para peinarse.

Ignazio le sonríe mirando al espejo y le acaricia el cuello. Le murmura un cumplido, luego le deja en el regazo un estuche de piel.

—Para mi reina. —Con el dorso de la mano, le roza la mejilla—. Ábrelo.

Ella suspira. Agarra el estuche, lo gira entre los dedos.

—¿Quién es?

—¿Cómo? Pero ¿qué...?

Ella lo interrumpe...

—¿Es esa *chanteuse* que se exhibe en el Alhambra casi desnuda?

—*Mon Dieu*, Franca, pero ¿qué dices? —Ignazio parece estupefacto—. ¿No puedo hacerle un regalo a mi mujer porque sí, sin ningún motivo? ¿Por qué estas insinuaciones? ¡No es propio de ti!

Por fin ella abre el estuche, que contiene un anillo con un zafiro cortado a *cabochon* y rodeado de brillantes. Después se vuelve y mira a Ignazio.

—¿Un regalo sin motivo? —pregunta, gélida—. Cuanto peor es lo que haces, mayor es tu regalo. Todo el mundo sabe que me has traicionado. De nuevo. —Contiene las lágrimas. No va a llorar. No debe hacerlo—. Esos libertinos del círculo se lo han contado a sus mujeres y ellas... ¡Ellas me lo han contado a mí!

Ignazio retrocede. En su mirada, sorpresa y contrariedad.

—Y tú das crédito a...

—Oh, no te molestes en negarlo. Lo sé todo, conozco cada detalle: desde las veladas que pasas con ella, hasta los brindis con los miembros del círculo para celebrar tu conquista, incluso que te has vanagloriado de lo muy... complaciente que es ella. No me han ahorrado nada. —Aprieta el estuche entre las manos, eleva la voz—. ¿Y sabes qué contesté a esas víboras, después de que me lo contaran todo? ¡Que sus maridos estaban enterados de cada detalle porque eran los compañeros del mío!

Ignazio está pasmado. Le da la espalda, balbucea:

—Menudos *cretinos*. —Se vuelve de nuevo, sonríe, trata de abrazarla.

Pero se suelta, lo aparta.

—Amor mío, pero esas mujeres hablan por hablar... Sí, es cierto que he ido a algún espectáculo y esa... mujer me ha dedicado atenciones y sonrisas. Pero nada más. —Resopla—. Hay hombres más envidiosos que las mujeres e inventan...

—¿Envidia? —Franca se ríe, amarga, y echa la cabeza hacia atrás—. ¡Claro que te envidian! Te llevas a la cama a las mujeres más hermosas, las llenas de dinero... ¡Puede decirse que en tu compañía no llevan puesta otra cosa!

—Ahora no seas vulgar —rebate Ignazio.

—Ah, ¿ahora yo soy vulgar? —Se pone de pie, le arroja el anillo, que rebota en el suelo—. ¡No lo quiero, maldita sea! ¡Soy tu esposa, no una mujer a la que puedas compartir! ¡Y ahora vete! ¡Vete donde esa furcia que te está esperando con las piernas abiertas!

Ignazio retrocede más, recoge el anillo. Mira fijamente a Franca, demudada por la cólera.

—*¡Ya está bien!* Das más crédito a los chismes de las mujeres que a lo que te dice tu marido —murmura, en un tono que pretende ser despectivo—. Volveré cuando hayas entrado en razón.

Franca permanece inmóvil, los brazos en jarras, los ojos cerrados.

Oye que la puerta se cierra con violencia.

Las lágrimas ahora le empapan las mejillas arreboladas. Llora, y siente un peso, una angustia en el pecho que se va inflamando y que parece respirar, como si fuese algo vivo.

Pero no llora porque la haya traicionado. Llora porque lo va a perdonar. Sí, lo hará, y no porque Giovanna le haya dicho que lo perdone «siempre».

Lo perdonará porque lo ama, lo ama de verdad. Y espera con toda su alma que ese amor lo cambie, que lo haga comprender que nunca va a encontrar a otra mujer que lo ame como ella. Pero cada traición es otro desengaño y más amargura. Y entonces llora más fuerte y ruega, ruega desesperadamente que tanto daño no la haga pedazos.

Al final, se enjuga el rostro con un gesto rabioso, se vuelve hacia el espejo y contempla su imagen. No tendría que haber dejado que la cólera la dominara: ahora está alterada y tiene los ojos rojos. Una mujer magnífica, pero con el rostro deformado por la angustia.

«¿Y ahora?», se pregunta. «¿Cuánto me costará ahora salir adelante?».

Pasos secos y firmes anuncian la llegada de Giovanni Laganà al despacho de Ignazio, en la sede de la Navegazione Generale Italiana de la plaza Marina.

Entra con expresión segura. No saluda a Ignazio, que está quieto delante de la ventana. Prácticamente da un portazo y, sin que nadie se lo diga, se sienta delante del escritorio.

—Me ha hecho usted saber que ya no desea seguir valiéndose de mis servicios —empieza, sin preámbulos—. Bien, está en su derecho. Pero no puede comunicármelo por carta como si fuese el último de los palurdos que trabaja en la fundición. No me lo merezco, no después de todo lo que he hecho por usted y por su familia. —La hostilidad es solo la corteza de una ira mal contenida—. Quiero conocer el motivo. Saber qué le ha hecho tomar esta decisión. Tiene que decírmelo a la cara.

Ignazio se acerca lentamente al escritorio, se sienta. Mira fijamente a Laganà, con altanería.

—Si usted está furioso, yo estoy dolido. Por qué, me pregunta. Porque ha traicionado mi confianza y la de mi familia. Quería usted más poder y más dinero y, como aquí no podía conseguirlo, entonces se lo pidió a otros, dejándome a mí y a mi casa comercial en mal lugar. Lo hizo también cuando me animó a que me fiara del Credito Mobiliare... ¡Me acuerdo perfectamente de lo mucho que insistió en la fiabilidad del banco, y fíjese lo que me ha costado! ¿Lo niega? —No le da tiempo a responder—. ¿Y ahora... quiere ver los papeles que me han llegado de Génova? ¡Las cartas escritas de su puño y letra! —Señala una carpeta beis, la única que hay sobre el escritorio.

Laganà la coge, la abre con gestos rabiosos, repasa las hojas.

—¿Pensaba que no me iba a enterar de su intención de impedir las mejoras de los barcos con el objeto de que el gobierno no nos renovase los convenios? —Ignazio lo señala con un dedo—. No es usted solo un falso y un mentiroso, también es un fanfarrón. Soy yo el que decide las mejoras que hay que hacer, yo con

320

el consejo de administración. Pensó usted engañarme como si yo fuese el mayor de los idiotas. ¿Quién se cree usted que es?

Laganà parece no escucharlo. Suelta sobre el escritorio las hojas, menea la cabeza, luego se mira las manos: tiene dedos gruesos, la piel con manchas de la edad. Ignazio calla, espera que sus palabras surtan efecto. «Se ha visto descubierto y ahora pedirá perdón», piensa. «Se declarará inocente, querrá explicarse...».

En cambio, cuando Laganà levanta los ojos, casi se estremece.

En su rostro hay un solo sentimiento: desprecio.

—Su problema, don Ignazio, es que cree en todo lo que le dice la gente. No sé si es usted ingenuo o un tremendo mentecato. En cualquier caso, es usted un incompetente.

Ignazio se queda inmóvil, atónito.

Fuera, las ruedas de carros y carruajes crujen en el empedrado, y esos ruidos llenan el silencio de la habitación.

—Ha sido usted un administrador infiel, ha traicionado la confianza de la Casa Florio y ahora... ¿me insulta a *mí*?

Debajo del bigote grisáceo, los labios de Giovanni Laganà son una línea dura.

—Sí. A usted. Trabajé con abnegación para su padre, lo acompañé en todas sus empresas, lo aconsejé siempre de la mejor manera posible. Mi fidelidad con la Casa Florio jamás se ha puesto en duda, y ahora usted me acusa de malvender las rutas para favorecer a nuestros competidores... ¿en base a qué? ¿A habladurías? ¿A cosas que ha oído? —Coge los papeles, hace una bola con ellos y los tira.

—¡Ha tratado con nuestros rivales!

Laganà se ríe. Una risa sombría, hosca.

—Ahora lo comprendo. *¡Es usted idiota!* —Abre mucho los ojos, casi asombrado—. Y también débil, don Ignazio. La Casa Florio no tiene *dinero* en caja, *y sin dinero no se canta misa.* ¿Se da cuenta de que no tiene suficiente dinero para arreglar la flota? Y usted, en vez de agradecerme que trate con sus competidores para limitar los daños, para que no se le echen encima y lo hagan picadillo, me señala con el dedo, a mí, que siempre he estado a su lado. ¡Que lo he defendido!

«Es una amenaza», piensa Ignazio. Aprieta con los dedos el brazo del sillón que fue de su padre. «Es una amenaza y este canalla quiere asustarme... y humillarme».

Su convicción de que Laganà es un mentiroso y un manipulador se refuerza.

Trata de parecer respetable. Quiere y debe serlo.

—Y yo le doy las gracias por el trabajo que ha hecho. También mi padre, de haber estado aquí, se lo habría agradecido, pero, como yo, no hubiera tolerado ni la sombra de una sospecha sobre su fidelidad a la Casa Florio. —Une las manos delante de sí—. En nombre de lo que ha sido, le sigo teniendo respeto. Le ofrezco la posibilidad de irse sin discusiones y con una liquidación adecuada. Dé usted el paso. No me obligue a despedirlo, sacando a relucir los motivos por los que lo hago.

Laganà le lanza una mirada de compasión.

—Usted, de su padre, lleva solo el apellido. Muy pronto ese apellido ya no tendrá ningún poder. Y solo será culpa suya. Fíjese bien en lo que hace y a quién le hace caso: este es el último consejo que le doy. No es usted capaz de ver ni de comprender el daño que le está haciendo a la NGI. Todo cuanto le ocurra a la Casa Florio, a partir de ahora, será consecuencia de sus decisiones. —Se levanta. Sus dedos frotan el ala del sombrero—. Recibirá mi dimisión mañana mismo. Ahora soy yo el que ya no quiere trabajar para usted. Después de tantos años, ser puesto en la calle así... No, no me lo merezco. —Se inclina y, por un momento, Ignazio casi teme que quiera agredirlo. La furia en la mirada de Laganà es lava incandescente—. Pero tendrá que pagarme, y mucho, porque mi trabajo y mi fidelidad tienen un precio.

Ignazio permanece en silencio. De las paredes parecen llegar unos crujidos, como si el revestimiento de madera se estuviese contrayendo. O tal vez son los ruidos de una Palermo indiferente.

Laganà va a la puerta, para, se da la vuelta.

—Esto no acaba aquí, *señor* Florio —dice—. Porque todo en la vida tiene un precio, también la ingratitud. Y aunque tarde, lo que ha ganado gracias a mí me lo tendrá que devolver.

«Todo en la vida tiene un precio. Es tan obvio», piensa Ignazio, irritado. ¿Había creído Laganà que podría salirse con la suya? ¿Que él, Ignazio, era menos que su padre? «¡Por favor!».

Dentro del carruaje que lo está llevando a casa, Ignazio reflexiona sobre lo que ha ocurrido, casi sin darse cuenta de que el sol ya se ha puesto y de que ha bajado la temperatura. Octubre ha traído días breves, como si las rachas de viento quisiesen robar la luz.

Pero cuando las verjas de la Olivuzza se abren y el carruaje llega al gran olivo, Ignazio ya está pensando en otra cosa. Tiene ganas de risas, de champán, de música, de charlas alegres. Ha sido un día demasiado duro como para quedarse en casa o para ir a un local pequeño. Le preguntará a Franca qué invitaciones han recibido y se propone elegir la más excéntrica.

Encuentra a su mujer en el cuarto de Giovannuzza. Está de pie delante de mademoiselle Coudray y la pequeña, que sujeta con las manos una cucharilla de plata. Franca lo saluda, sonríe.

—Mira qué lista es nuestra *niña* —le dice luego en tono orgulloso—. Está aprendiendo a comer sola.

Ignazio se acerca a la trona. Giovannuzza se emociona y estira sus bracitos, salpicando alrededor la sémola.

—Papapaá —balbucea.

—Come —le dice él, riendo y señalando el plato.

La niña deja caer al suelo la cucharita y aplaude.

Durante un momento, se olvidan las angustias, Laganà, los papeles, las cuentas que no salen... todo parece perder importancia. Pero solo es un instante. Mientras mademoiselle Coudray le limpia la boca a Giovannuzza, Ignazio le murmura a Franca:

—Esta noche me gustaría salir. Necesito distraerme.

Ella se enrolla un mechón de pelo alrededor de los dedos.

—Preferiría quedarme en casa, Ignazio. Diodata me ha dicho que ha habido más protestas y que han arrojado piedras contra un carruaje, y estoy preocupada.

—Que no, son chismes de criada. Anda, prepárate, vamos.

Franca niega con la cabeza.

—Por favor, quedémonos en casa. Solo esta noche. Siempre estamos fuera y me gustaría pasar un rato contigo y nuestra hija.

—¿En casa? ¿Como los muertos de hambre que no pueden permitirse participar en una fiesta o aceptar una invitación? —Ignazio menea la cabeza, se aleja hacia la puerta—. ¡No puedo creer que tú, precisamente tú, me estés diciendo esto!

Franca lo sigue por el pasillo, lo agarra de un brazo.

—No comprendo... por una noche... Creía que te gustaría...

—¡Yo quiero salir! ¡No aguanto estar siempre metido aquí!

Franca lo suelta, baja la cabeza.

—Tú haz también de gobernanta, ya que te gusta tanto. —La adelanta con paso rabioso—. Me voy a la casa de Romualdo y después al círculo... o a otro sitio, si me apetece. No me esperes levantada.

323

—¡Dichosos los ojos que te ven! No sé nada de ti desde hace una semana. Me han invitado a una partida de cartas, ¿me acompañas?

La casa de Romualdo Trigona, en la plaza de la Rivoluzione, no tiene ni pizca de la modernidad de la Olivuzza, pero a Ignazio le gusta respirar ese aire de libertad que hay en las habitaciones de un soltero. Delante del espejo de su cuarto, Romualdo se está vistiendo con su típica flema. A su alrededor, en la cama, sobre la cómoda de caoba y encima de las sillas, chaquetas y corbatas colocadas sin orden.

—¡Tienes más ropa que una mujer, primo! —exclama Ignazio.

—Habla el que, cuando va a Londres donde su sastre, encarga chaquetas y ternos como si tuviese que vestir a un ejército —comenta el otro. Lleva puesto un chaleco adamascado sobre el que coloca una corbata de seda *moiré* roja, y le pide a Ignazio su opinión con la mirada.

—Así pareces un sofá, *chato* —se ríe Ignazio, y con un gesto le dice que busque otra corbata—. Mejor una de raso liso.

Romualdo sonríe por ese apelativo gracioso y algo afectuoso que Ignazio emplea solo con él, acepta el consejo, se anuda el plastrón y, entretanto, mira de soslayo a su amigo.

—¿Qué te ocurre, Ignazio? Tienes *mala cara.*

Ignazio se encoge de hombros.

—Problemas en la Navigazione. Y he *discutido con Franca.*

—¿Qué, ha descubierto algún pecadillo? ¿O alguna ha ido a contarle algo?

—No, esta vez no. Pero ha tenido una actitud que me ha *molestado.*

Romualdo no pregunta nada más. Las peleas entre esos dos ya no son una novedad.

—¿Por qué crees que todavía no me he casado? *Así* me ahorro enfados y portazos en la cara.

—Pero ¿no has llegado ya casi a un acuerdo...?

—... con el padre de Giulia Tasca di Cutò, sí. Pero ella todavía es una *niña* para mis gustos y yo quiero divertirme.

Ignazio apoya la cabeza en el respaldo del sillón.

—Dímelo a mí. Franca se pone histérica cada vez que se entera de ciertas cosas. Además, esta noche quería salir con ella, pero le dio por que teníamos que quedarnos en casa *mirándonos* a los ojos, nosotros con la *niña.* ¿Qué te parece? ¿Uno trabaja todo el día y después tiene que quedarse metido en casa como un *pobre?*

Romualdo se encoge de hombros mientras se peina.

—Es *mujer* —opina con indiferencia. Observa la línea de la raya, perfecta, con mucha brillantina—. Y las mujeres, al cabo de un tiempo, quieren quedarse en casa haciendo de madres de familia.

—Vale, está bien. Pero Franca no puede ponerme una cadena al cuello. —Suspira—. En fin, ha de comprender que un hombre tiene ciertas exigencias... Es así desde que el mundo es mundo. No es que, si me divierto o tengo una amante, quiera menos a mi mujer: una cosa es Franca, y otra las demás mujeres. Y, además, a ella no le falta de nada.

—A las mujeres se les están metiendo en la cabeza estas ideas, que los hombres tienen que rendirles cuentas de lo que hacen... —mascula Romualdo, y agita la mano como diciendo: «Locuras».

Ignazio menea la cabeza.

—Que no, lo que pasa es que a ella la asusta que no la mire, y eso me pone nervioso porque así no va a quitarme de la cabeza ciertas cosas. Yo necesito a otras mujeres. Quiero divertirme, quiero dejarme hechizar por ellas y aprovechar lo que me ofrecen. Sobre todo si son las más ansiadas, las más deseables. No acepto que me digan no. ¿Es un pecado? Bueno, tengo toda la vida para confesarme y arrepentirme.

—Y, de hecho, las mujeres te dicen sí... y sobre todo se lo dicen a tu *dinero.* —Romualdo se enciende un cigarrillo y expulsa el humo, riendo debajo de su cuidado bigote—. De todos modos, tanto hablar de mujeres ha hecho que me entren ganas de dar un paseo. Olvidémonos de las cartas y vayamos a la Casa delle Rose. Me han dicho que han llegado chicas nuevas.

Terciopelos rojos, alcobas, batas de encaje que se abren para mostrar cuerpos suaves y firmes. De golpe, Ignazio se imagina todo eso y casi percibe el olor de los polvos de tocador y de los perfumes. La Casa delle Rose es un sitio refinado, muy diferente de los prostíbulos que están en la zona de la plaza Marina o cerca de la Fonderia Oretea. Ahí un hombre puede dejar en la puerta su carga de cansancio y angustia y encontrar un poco de paz y, por qué no, también de alegría.

—*Tienes razón.* Vamos, *chato* —dice, y se pone de pie. Romualdo apaga el cigarrillo, coge la chaqueta del armario y ríe para sí. Hace falta realmente bien poco para que Ignazio cambie de humor.

Es más de medianoche cuando Ignazio regresa a la Olivuzza. Lleva varias copas de champán en el cuerpo y se tambalea ligeramente.

Sonríe apenas, presa de la ebriedad. La velada ha sido muy divertida, y la chica con la que ha estado era un primor, una auténtica belleza napolitana, con ojos de azabache y una boca que...

—No deberías volver a esta hora.

Giovanna, en bata, lo espera arriba de la escalera roja.

—*Madre*, es tarde —suspira Ignazio, de repente irritado—. Sea lo que sea de lo que tengamos que hablar, ¿no podemos hacerlo mañana? Me duele la cabeza.

Ella baja unos escalones, se detiene delante de él.

—Apestas a vino y a putas como un depravado —lo apostrofa. Tiembla de desprecio y de cólera. Ella no ha educado así a su hijo. No lo reconoce. Su marido, que Dios tenga en la gloria, siempre fue respetuoso con ella y con su nombre, y ahora parece que su hijo está haciendo de todo por deshonrarlos.

—No le permito que me hable así, aunque sea mi madre.

Ignazio levanta la mano, intenta apartarla, pero Giovanna parece de mármol. Le pone una mano en el pecho, lo retiene con una mirada feroz.

—Te estás comportando como un irresponsable. Me he enterado de lo que has hecho en la Navigazione: echar a Laganà de esa manera ha sido muy grave. Ahora está furioso y no deja de tener razón, pues ciertas cosas hay que saberlas hacer. ¿Y ahora? ¿Quién va a ocupar su puesto?

—¡No es asunto suyo! —Ignazio casi grita—. ¿Qué pasa, también quiere explicarme cómo debo actuar en el trabajo? ¿Quiere ponerse los pantalones e ir a la oficina por mí? Hágalo. ¡Me haría un favor!

Giovanna permanece inmóvil. Hay cosas que tienen que decirse y sabe que solo puede decirlas ella. Por un momento está a punto de reprocharle a su marido que la haya dejado sola con ese hijo tan inmaduro.

—Te estás equivocando en todo, Ignazio. Tendrías que estar con tu mujer, que es una *flor*, y, en cambio, le gritas y te largas. Ya han pasado muchos meses desde que nació la *niña* y tendrías que pensar en tener un *varón* en vez de ir por ahí como un... —Para, una mano en los labios para contener un insulto—. Tienes una mujer *hermosa* y fiel que te espera; en vez de perder tiempo y dinero con otras mujeres, piensa en la que ya tienes.

Ignazio se ruboriza. Ahora está perfectamente lúcido.

—¿También se quiere meter usted en mi dormitorio?

—No me interesa lo que haces. —La voz de Giovanna es una cuchillada—. Lo único que me interesa de verdad es tu familia y su futuro. —Se hace a un lado, le da la espalda y empieza a subir los escalones de mármol rojo—. Ni tú ni yo importamos. Solo importa el apellido Florio, y tú has de estar a la altura. Y ahora ve a lavarte.

Lo deja ahí, en las escaleras, inmóvil, con los ojos muy abiertos y mareado. Tiene náuseas, se lleva una mano a la boca y apenas le da tiempo de salir corriendo por la puerta de entrada antes de vomitar.

Entonces, con la frente apoyada en el muro, los ojos nublados por el mareo, el cuerpo sudado y con escalofríos, mira la mano en la que lleva el anillo de su padre. Franca se lo había devuelto durante el viaje de luna de miel, diciéndole que era mejor que lo llevase él, porque él era el cabeza de familia.

Su padre... Él sí había sido un auténtico cabeza de familia. Sobrio, y atento, y discreto. Se desvivió por defender el honor de los Florio. Nunca humilló a su mujer ni echó a un colaborador sin darle la posibilidad de explicarse.

¿Y él, en cambio? ¿Él, quién es?

El salón de baile está espléndidamente iluminado. Las arañas de cristal de Murano tiñen de oro las molduras de las puertas, los espejos que hay encima de las consolas francesas y el damasco de las cortinas color marfil; a lo largo de las paredes, sofás y pufs esperan a los invitados que llegarán dentro de poco.

De los dos salones de baile de la Olivuzza, Franca ha elegido este, porque además se encuentra en la parte más antigua, es más grande y está más ricamente decorado. El primer baile de la temporada palermitana de 1895 no es el primero para ella e Ignazio, pero quizá sea el más importante porque será la piedra de toque para todos los demás.

En el brillante parquet en espiga, los pasos de Franca apenas resuenan, tapados por las notas de la orquestina que está afinando los instrumentos: empezarán con un vals y ella e Ignazio abrirán los bailes. Al lado de las puertas acristaladas que dan al jardín, camareros en librea esperan, tiesos como guardias reales. Franca eleva los ojos al techo claro, rodeado de marcos de yeso dorado, y recuerda lo pequeña que se había sentido la primera vez que entró en ese espacio tan suntuoso, y lo emocionante que había sido ver, al otro lado de las grandes puertas acristaladas, las antorchas que iluminaban el jardín.

Llega a la terraza: debajo de un templete de hierro forjado, cubierto con una lona blanca, hay largas mesas para los refrescos. Ya hay limonada y zumos de fruta en jarras de cristal Baccarat o de Bohemia. También hay champán y vino blanco en *glacettes* de plata tan grandes que podría bañarse un niño en uno de ellos. En unas enormes bandejas brillantes, se reflejan copas de cristal finamente tallado.

Franca asiente para sí, entra en el salón de baile y se dirige hacia la habitación del bufet, pintada al fresco por Antonino Leto cuando aún vivía su suegro. Ahí encuentra a Nino hablando con el *sommelier* de la casa. Los camareros están terminando de poner en las mesas las botellas del mejor marsala de la Casa Florio, junto con el coñac, el oporto y el brandi.

Al otro lado del salón, una criada está colocando los cubiertos de plata al lado de los platos y las tacitas de porcelana de Limoges. En cuanto ve al ama, la chica se pone roja e inclina rápidamente la cabeza.

—He terminado, señora —balbucea, como pidiendo perdón. Y casi sale corriendo.

Franca contiene un suspiro irritado mientras la observa alejarse hacia la planta inferior. Durante las fiestas con baile, las criadas *deben* quedarse en la cocina. Porque además tienen mucho que hacer, y es que, a diferencia de otras familias nobles, los Florio no se limitan a tener un *monsú* con un puñado de ayudantes, sino que disponen de todo un equipo de otros cocineros, que se ocupan también de la repostería. Para esa noche, Franca ha encargado que se preparen tartaletas de frutas, hojaldre con nata montada, bizcocho borracho y con crema, pero también flanes y mazapanes.

En la gran mesa están colocadas también las antiguas cafeteras de plata, de manufactura napolitana, con asas de ébano y marfil, que ella ha elegido entre los numerosos servicios guardados en los grandes bargueños y en los aparadores de la Olivuzza. Acaricia el lino del mantel de Flandes, de un blanco deslumbrante, revestido de un tapete de raso con largas franjas que rozan el suelo, y sonríe para sí, satisfecha, luego le hace un gesto a Nino.

—He pedido que las cestas de los *cotillons* estén decoradas con los lirios de la sierra. ¿Se ha ocupado de eso?

El mayordomo asiente.

—Así se ha hecho, doña Franca. Hemos puesto las flores en la habitación del hielo para mantenerlas frescas y, cuando llegue el momento, las pondremos junto con los obsequios para sus invitados.

—Bien. En cuanto el salón esté lleno por la mitad, empiecen a servir el champán. Quiero que los invitados empiecen enseguida a divertirse y a bailar.

Pide al hombre que se retire, después, tras atravesar una serie de habitaciones, va al salón carmesí donde, de acuerdo con Ignazio, ha mandado preparar varias mesas de juego, con una abundante provisión de puros toscanos. Un camarero está colocando botellas de brandi y coñac Florio en el mueble de los licores, taraceado en carey, marfil y nácar sobre el cual hay un cuadro de Antonino Leto, que representa unos barcos con las velas desplegadas.

El salón reservado a las damas, ahí al lado, ya está listo: sobre las *étagères* hay jarrones de porcelana china y japonesa llenos de flores del jardín, y las lámparas, protegidas por telas orientales estampadas, difunden una luz delicada, revelando la belleza de los cuadros, entre los que destacan las obras de Francesco De Mura, Mattia Preti y Francesco Solimena, que Franca ha elegida expresamente para esa habitación.

Y es ahí, en la penumbra, sentada en un canapé, donde Franca encuentra a Giovanna, un perfil negro que resalta sobre el terciopelo rosado. La suegra la observa de arriba abajo, luego sonríe.

—*Lo has hecho todo muy bien* —le dice, y le tiende la mano. Franca, sorprendida, se la coge y se sienta a su lado—. Me parece haber vuelto a los tiempos en los que mi Ignazio estaba vivo, con todas las habitaciones decoradas y los salones llenos de gente bailando. —Giovanna esboza una leve sonrisa—. Mi tía, la princesa de Sant'Elia, decía que ninguna fiesta podía compararse con las nuestras. —El recuerdo de una dicha antigua le dulcifica la mirada. Retira la mano—. Ahora ve a recibir a tus invitados.

Mientras cruza los últimos salones, Franca se detiene delante de un espejo y se aparta un mechón de pelo de la mejilla. El traje escotado es de satén color melocotón, con festón de encaje color marfil, diseñado para ella por Worth. Entre los dedos enjoyados, un abanico con incrustaciones de nácar. Al cuello, sus amadas perlas.

Arriba, todo está listo.

Entre los primeros en llegar están los Tasca di Cutò: Giulia, que se ha convertido en una amiga querida de Franca, acompañada por Alessandro, el joven heredero, y por la hermana menor, Maria. La familia Tasca di Cutò es habitual en la Olivuzza y una de las pocas a las que Giovanna recibe con gusto, en recuerdo de la amistad que la unía a la madre de Giulia, la princesa Giovanna Nicoletta Filangeri, fallecida pocos meses antes que Ignazio.

Franca los saluda a todos, luego agarra del brazo a Giulia.

—Querida, ¿dónde está Romualdo?

La otra hace un gesto leve.

—Mi futuro marido se ha quedado con Ignazio para recibir a mi cuñado Giulio y a su esposa Bice. —Hace una mueca de desaire—. Ya sabes qué pasa: cuando llega mi hermana, todos caen a sus pies.

Franca no comenta, pero en sus ojos brilla un rayo de comprensión: tampoco Ignazio es inmune al encanto de Beatrice Tasca di Cutò, esposa de Giulio Tomasi, duque de Palma y futuro príncipe de Lampedusa. También porque Bice sabe perfectamente cómo usar sus encantos, según cuentan.

Pero Giulia, de carácter pragmático, no se molesta en hacer semejantes reflexiones.

—Querría pedirte un consejo para el vestido de la ceremonia civil... ¿Mañana podrías acompañarme a la modista? Me fío solo de ti y de tu gusto.

Franca asiente y le aprieta las manos.

—Pero ahora me gustaría transmitir los saludos de mi padre a doña Giovanna. ¿Sabes dónde está?

—En el salón de las damas. Ve, luego hablamos.

La ve desaparecer al otro lado de las puertas tapizadas de terciopelo acolchado y enseguida saluda a otros invitados: a su cuñada Giulia y su esposo Pietro, a otra amiga querida, Stefanina Spadafora, que la observa de pies a cabeza y lanza una exclamación entusiasta por la elegancia de su traje.

Franca sonríe de nuevo. Esa sonrisa, el traje y las joyas son ahora su escudo, la protegen de los temores, de los chismes y de la envidia. Y esta noche son más fuertes que nunca. Porque el primer baile de la *season* palermitana tiene que ser inolvidable.

—¿Qué te pasa, *chato*? ¿No te diviertes?, pregunta Romualdo Trigona, sentándose al lado de su primo.

Ignazio se encoge de hombros.

—*Líos*, ya sabes.

—Mira ahí... todas las señoras están juntas. Para mí que nos están crucificando —dice Romualdo, riéndose, sin esperar la respuesta de Ignazio. Luego coge al vuelo una copa de champán. Lo saborea con los ojos cerrados, los abre y ve que Pietro Lanza di Trabia lo está observando con simpatía.

—¡Ah, temperatura perfecta! Oye, ¿cuántas *carretadas* de hielo has mandado traer de las Madonias, Ignazio?

Pero Ignazio ni lo ha escuchado. Está ausente, la frente surcada de arrugas.

—¡Eh, Ignazio, no vas a decirme que ya no te gusta el Terrier-Jouët! —se ríe Pietro, imitado por Romualdo—. ¡Ah, creo que ya caigo! Estás así porque *no puedes fijarte en mujeres por tu esposa.*

Por fin, Ignazio reacciona.

—No, no —vacila, luego prosigue–: No consigo quitarme de la cabeza el asunto de Laganà y su hijo.

De repente serio, Pietro se vuelve ligeramente, recorre el salón con la mirada. Las parejas bailan al ritmo vivaz de una mazurca, los tacones resuenan tanto en el parquet que casi no se oye la música.

—Aquí no. Salgamos.

Van al balcón que da al jardín, a poca distancia de las mesas donde hay postres y helados. El parque de la Olivuzza es un mar oscuro punteado por docenas de pequeñas antorchas diseminadas por los senderos. Aquí y allá hay parejas paseando, seguidas por las carabinas.

—Ha presentado como candidato a diputado a Augusto, su hijo, e intenta obtener para sí mismo un escaño en el Senado —explica Ignazio, cuando está seguro de hallarse lejos de oídos indiscretos—. Intriga para entrar en política, porque, dice, él tiene más derecho que otros por la forma en que ha servido a la Casa Florio y al país. —En su voz se mezclan amargura e irritación—. Y encima tiene la desfachatez de venir a pedirme el dinero que le debo como indemnización.

Pietro lo mira, luego mira a Romualdo.

—Espera, no sé ciertas cosas. ¿Qué es esto del Senado?

Romualdo se palpa la chaqueta, busca la cigarrera y las cerillas.

—La consecuencia del lío que montó tu cuñado cuando despidió a Laganà o, mejor dicho, cuando lo echó de mala manera de la Navigazione Generale Italiana. Ahora Laganà pretende una reparación. —Se pasa una mano por los labios—. La ha liado bien liada. —Aspira una bocanada de humo, mira al cielo—. Un desastre.

—*Y ahora él quiere el dinero y la va montando* —le dice Ignazio a Pietro en tono irritado. Romualdo mira la copa vacía, desde el balcón pide con un gesto a un camarero que le lleve otra.

Pietro frunce los labios, contrariado. Últimamente Romualdo bebe más de la cuenta y eso se nota en su comportamiento.

—Ha contactado con varios diputados, que me han escrito miles de cartas, pidiéndome que actúe con prudencia. ¿Os dais cuenta de que pretende decirme cómo debo comportarme? Le he prometido la indemnización y voy a dársela, pero se la tendrá que ganar. Por no mentar que, de momento, en caja no tengo todo ese dinero.

—Pero ¿por quién has sabido que el hijo se presenta como candidato? —pregunta Romualdo, ignorando la última frase—. Es decir... es un rumor que circula, pero creía que era solo una conjetura.

Ignazio se mete las manos en los bolsillos. Observa la forma perfecta de sus zapatos ingleses.

—No, lamentablemente. Abele Damiani me lo confirmó todo: Laganà fue a verlo, me puso verde y le pidió que hablase con Crispi para que él personalmente se ocupase de los trámites para su nombramiento al Senado. Se le notaba incómodo cuando me lo contaba.

Romualdo agita una mano.

—Francamente, no me imagino a Damiani incómodo, pero...

—¡Oh, no me interrumpas siempre!

Pietro y Romualdo se sobresaltan. Ignazio nunca tiene esas reacciones. Se atusa el bigote, luego se frota las manos.

Pietro reconoce las señales del enfado.

—Laganà es un tiburón, Ignazio. Tenías que saberlo. —El reproche del cuñado está hecho con conocimiento de causa.

—Este asunto de su entrada en el Parlamento es vergonzoso —dice Ignazio—. Ese hombre es una rata de alcantarilla. No puede ser senador.

Romualdo apura de un trago casi todo el champán que le han llevado.

—¿Y su hijo?

—¿Augusto Laganà? A *él* lo ha propuesto Crispi personalmente.

Pietro mira de un lado a otro, coge dos sillas y le ofrece una a Romualdo.

—No te interesa ponerte en su contra, Ignazio. Es siempre Crispi.

—Y también ha sido nuestro abogado, y, por eso mismo, debería demostrar un poco de lealtad. Sin embargo... —Ignazio echa la cabeza hacia atrás. Durante un instante se abandona a los ruidos de la fiesta, a las voces y a las risas que llegan en oleadas desde la puerta acristalada abierta. Un mundo al que él pertenece por derecho propio. Levanta una mano para que no lo ciegue la luz del salón. Encima de él, más arriba de las volutas del mirador, el cielo nocturno—. Pero ya tiene casi ochenta años y su parábola descendente empezó hace tiempo. Dejar el carro atado a un caballo medio muerto es la mejor manera de no ir a ninguna parte. No, hace falta una fuerza nueva, que quiera dar el paso.

—¿Qué quieres decir? —pregunta Pietro, perplejo.

—¿*Él lleva a Laganà? Pues yo llevo* a Rosario Garibaldi Bosco.

—¿El socialista? ¿Al que metió en la cárcel precisamente Crispi por las revueltas de los Fasci? —Pietro abre los ojos de par en par.

—Sí, él. Los socialistas tienen muchos simpatizantes entre los obreros y los marineros de mis empresas. Basta que se movilicen un poco, que presionen a los de más arriba. He pensado en todo. *¿O acaso crees que soy tonto?*

Pietro lo sigue mirando con cara poco convencida.

—Corres el riesgo de pasar por un socialista como el exaltado de Alessandro Tasca di Cutò. —Romualdo abre las manos, no discute.

—¿Yo? Anda. Aquí no se trata de ideas políticas, sino de comprender quién puede proteger los intereses de la Casa Florio. Crispi y sus amigos pretenden imponerme ciertas reglas, pero ese proceder ya está anticuado, y su política está superada por los hechos. Ya no basta con tener dinero y títulos para influir en el Parlamento. Si el poder de mi familia radica en las fábricas y en la gente que trabaja ahí, he de buscar entonces respaldo en quien quiere que estas empresas sigan funcionando y prosperando. —Habla despacio y en voz baja, para que los otros comprendan que no está bromeando.

—Es decir, en los obreros. —Romualdo inclina la copa hacia él para brindar.

Ignazio asiente.

—Si la política es un mercado, entonces puedo permitirme elegir a quién prestar mi apoyo.

Es poco más de medianoche. Las mujeres de más edad están reunidas en el salón reservado para ellas, donde pueden descansar y charlar tranquilamente; en el salón carmesí, en cambio, hay muchos hombres jugando a las cartas, envueltos en una densa humareda. Sin embargo, el salón de baile sigue abarrotado y, a pesar de que las ventanas están abiertas, hace mucho calor.

Franca, con Emma di Villarosa y Giulia Tasca di Cutò, está en la entrada del salón del bufet y observa a los bailarines. Lo sabe, lo siente: los comentarios malévolos que ha habido no han triunfado. Todo ha salido a la perfección: ante sus ojos, Palermo ha comido, ha bailado, ha chismorreado, se ha divertido.

—Una fiesta realmente magnífica, Franca. Te felicito.

Franca se vuelve. Delante de ella, majestuosa y severa, está Tina Whitaker, acompañada por su marido Pip. Él ha dado vueltas solo por los salones, admirando la colección de estatuillas de Capodimonte y deteniéndose cinco minutos largos ante el gran grupo de porcelana de Filippo Tagliolini, con Hércules esclavo de la reina Onfalia; Tina, en cambio, ha sido como siempre el centro de atención, y ha exhibido todo su repertorio de comentarios agudos y de sarcasmos.

—Gracias, Tina —replica Franca, asombrada de que la mujer más sincera de Palermo no tenga nada más que decir sobre el baile—. Ha tomado algo del bufet de dulces, ¿verdad?

—Sí, su *monsú* se ha superado. ¡Ese helado al jazmín es una auténtica delicia! Pero ya es hora de que mi marido y yo nos retiremos.

—¿En serio? ¡Todavía es muy pronto, no es ni la una! —Franca protesta, pero conoce las costumbres de Tina.

Esta le da una palmada en la muñeca mientras Pip, incómodo, se mira la punta de los zapatos.

—Usted, Franca, es una mujer hecha para la alta sociedad. Yo, en cambio, considero que no es adecuado permanecer en la casa de un anfitrión pasada cierta hora.

Franca abre las manos en un gesto resignado.

—Qué le vamos a hacer. Pero al menos permítanme que les entregue un recuerdo de esta velada. —Le hace un gesto discreto a Nino, que está detrás de ella. Este desaparece y, un instante después, vuelve con un cesto de mimbre decorado con lirios blancos. Algunos invitados, intrigados, se acercan—. Esto es para usted —dice Franca, tendiéndole a Tina un estuche. A Pip, en cambio, le entrega un objeto oblongo, envuelto en un papel jaspeado—. Para las señoras, hemos pensado en un colgante realizado por los joyeros Fecarotta: una granada, en honor del otoño que está a punto de llegar —explica luego, mientras Tina levanta el dije. Es de oro, con granates simulando los granos—. Para los hombres, en cambio, una cigarrera de plata. —Se inclina hacia Pip, le habla en voz más baja—. Estoy segura de que usted la apreciará.

Joseph Whitaker se pone rojo.

Tina eleva los ojos al cielo, devuelve la joya al estuche, que a su vez guarda en el bolsito de raso.

—La hospitalidad de los Florio se confirma inalcanzable, queridísima Franca. —Luego, mientras le estrecha la mano, echa una mirada a las parejas que están bailando otra mazurca y refunfuña–: *¿Es que esta gente no tiene casa ni cama?* —y se aleja con Pip del brazo.

Franca suspira, lo mismo hacen Emma y Giulia, que comenta:

—Es incapaz de contenerse. Esa mujer no puede evitar soltar un poco de veneno.

En ese momento, Ignazio vuelve de la terraza al salón, ve a Franca y le hace un gesto con la mano.

Ella también lo ve, sonríe y se le acerca.

Otro vals con él será el sello de una velada perfecta.

—¿Ha llegado?

—Falta poco, falta poco... ¡Cuando llegue tenemos que levantarlo a hombros!

—*¡Ha estado en todas las cárceles del continente y ahora es diputado, y gracias a los Florio!*

—Por fin los amos se han dado cuenta de que tienen que hablar con nosotros, con los obreros...

—¡Ahí está el piróscafo! *¡Ha llegado!*

—¡Viva Rosario Garibaldi Bosco! ¡Vivan los Florio!

Son las tres de la madrugada, sin embargo, en el puerto de Palermo parece mediodía. El muelle y los embarcaderos están atestados de obreros de los distritos de Castellammare y Tribunali, que esperan la llegada de su diputado Rosario Garibaldi Bosco, condenado hace más de dos años, en febrero de 1894, como culpable de haber dirigido la revuelta de los Fasci Siciliani, de los que es además uno de sus fundadores. No es obrero, sino contable, sus manos no están manchadas de grasa de motor ni sus pulmones llenos de hollín, y sin embargo desde adolescente ha luchado por el triunfo de la justicia social: cuando estudiaba en el instituto, les leía a los obreros analfabetos los opúsculos de propaganda, después, cuando se hizo periodista, escribió largos artículos en los que se imaginaba una Sicilia donde los trabajadores no fueran vejados por los amos que se aprovechaban de la complicidad de un gobierno represor.

Aun estando en la cárcel, fue candidato a la Cámara por la izquierda, y ganó en tres segundas vueltas, incluidas aquellas a las que se enfrentó a Augusto Laganà, el hijo de Giovanni. Y, cuando en marzo de 1896 llegó la amnistía para él y sus compañeros, por fin pudo regresar a Palermo.

El piróscafo Elettrico, propiedad de la Navigazione Generale Italiana, se arrima al muelle con una maniobra lenta. Pasados unos minutos, Rosario Garibaldi Bosco aparece arriba de la escalera. Es recibido con aplausos, gritos de júbilo y un ondeo de banderas de los Fasci y el Partito Socialista.

El largo encarcelamiento lo ha debilitado mucho: tiene solo treinta años, pero aparenta muchos más, como si hubiese envejecido de golpe. Está muy flaco y se mueve con lentitud. Baja, saluda a los compañeros, luego da un largo abrazo a su padre, que no consigue contener las lágrimas.

Mientras el hombre, acompañado por una legión de gente, se dirige hacia su casa, un carruaje se pone en movimiento, lo sigue hasta detenerse en una calle adyacente. Pasa media hora hasta que la multitud se dispersa y se entornan las persianas del balcón al que Garibaldi Bosco se ha asomado varias veces para agradecer ese recibimiento.

Solamente entonces Ignazio y otro hombre, con el rostro medio oculto por un sombrero, se apean del carruaje, abren el postigo de la casa y suben las escaleras de piedra. Cuando Ignazio llama a la puerta, el vocerío festivo que hay dentro se interrumpe de golpe.

Les abre Rosario en persona.

—¿Ustedes aquí? —exclama, sorprendido.

Está en mangas de camisa y, sobre el bigote, tiene migas de bizcocho. Una niña se agarra a sus piernas y se las aprieta. Parece asustada.

Él la coge en brazos.

—Tranquila, *amor mío*. No son policías —le dice con una sonrisa. La besa, luego la deja en el suelo—. Ve con mamá, anda —la anima con una caricia en la espalda—. Dile que estoy hablando con unos... amigos. —Entonces se dirige a los dos hombres—. Perdónenme, pero no los esperaba tan pronto. Pasen —murmura, y los conduce a una habitación cerrada con una puerta acristalada.

Mientras Rosario enciende la lámpara de queroseno, los otros dos se sientan en un sofá. Ignazio, algo incómodo, es el primero en hablar.

—No queríamos llamar la atención. Comprenderá que ni a usted ni a nosotros nos conviene que se sepa que nos hemos visto —dice, a manera de disculpa—, ¿verdad, Erasmo?

El genovés Erasmo Piaggio ocupa desde hace un tiempo el cargo de Giovanni Laganà como director general de la NGI: es un hombre severo, hábil y de pocos escrúpulos. Coloca el sombrero sobre las rodillas, se atusa el bigote y asiente. Luego mira a Rosario, y espera.

El hombre se frota las manos en los muslos, busca las palabras adecuadas.

—No sé cómo expresarles mi gratitud. He sabido que han presionado para que concedan la amnistía, que han ayudado a mi familia y que a mis compañeros les han permitido hacer campaña electoral en la Oretea y el varadero. Era absurdo que nos encarcelaran a mis compañeros y a mí. El tribunal militar no se dio cuenta de que, si hubiésemos querido, habríamos podido desencadenar una revuelta en toda la isla.

—A lo mejor se dio cuenta perfectamente —comenta Piaggio, en tono tranquilo.

Rosario asiente y baja la cabeza.

—Ya. Demasiadas cosas están mal en esta tierra, cosas que reclaman justicia, pero el Estado parece sordo y ciego. —Hace una pausa—. De todos modos, sabe bien que los simpatizantes del Partido Socialista ya son muchísimos.

—Desde luego que lo sé —replica Ignazio—. A Alessandro Tasca di Cutò lo arrestaron por sus mismas ideas políticas —precisa. En septiembre del año pasado, había tenido que aguantar las interminables quejas de Romualdo, interrogado largo rato por la policía acerca de las «relaciones subversivas» de su cuñado—. Yo, como se podrá imaginar, no comparto muchas de sus ideas. Sin embargo, me considero una persona inteligente y creo que obreros y campesinos deben tener más peso. Dicho de otro modo, que su voz tienen que escucharla nuestros políticos, en Roma.

Rosario se tensa.

—Si los obreros se sienten defendidos, entonces colaboran; así es como una empresa puede prosperar. ¿Eso es lo que pretende?

—Precisamente eso. —Ignazio esboza una sonrisa—. Usted ha recibido ayuda por una serie de motivos, entre ellos, y no el menos importante, para detener el ascenso de un hombre deshonesto, hijo de quien ha procurado por todos los medios perjudicar a Palermo y su marinería.

—El hijo de Laganà. Augusto. Se enfrentó a mí en el mismo distrito electoral...

—En efecto. Su derrota formaba parte de mis intereses, por

supuesto, pero también los de los trabajadores. Porque implicaba que a Sicilia se le quitara la cuota de rutas estatales y de encargos para las reparaciones que mantienen con vida tanto la Oretea como el varadero.

Piaggio se endereza y mira directamente a Rosario.

—Lo que le pedimos, señor Bosco, es que sea nuestra voz ante los obreros. De manera que comprendan bien qué ventajas pueden obtener si... colaboran con nosotros —dice con tranquila firmeza.

Rosario no replica enseguida. Se sienta en un sillón y su mirada pasa de Piaggio a Ignazio.

—Estoy en deuda con ustedes, es cierto —dice al fin—. Y, sí, en el caso de Laganà, sus intereses coinciden con los míos. Pero no crean que mis compañeros y yo estamos dispuestos a renunciar a nuestros sacrosantos derechos a cambio de la limosna del dueño.

—Pero nadie le está pidiendo que... —dice Piaggio.

—Hablemos con claridad: los tiempos han cambiado —lo interrumpe Ignazio, irritado—. Antes podíamos contar con Crispi, pero ya es mayor y, después del desastre de Adua, cada vez tiene más enemigos. Ni tampoco contaría mucho con el nuevo presidente del Consejo: bien es cierto que Rudinì es palermitano, pero es de espíritu conservador. No, Sicilia necesita hombres nuevos, que sepan escuchar tanto a los políticos como a los obreros. Y actuar en consecuencia. Ese es el futuro.

—Crispi ha defendido siempre y sobre todo los intereses de quien lo ha elegido y ha hecho que lo elijan. —Rosario ha bajado la voz, pero no hay incertidumbre en sus palabras.

—Cierto. —Ignazio abre los brazos—. Él le debe mucho a mi familia, tanto como los Florio le deben a él. Pero representa el pasado. No es siquiera capaz de imaginarse cómo y por qué está cambiando el mundo. Mientras que usted lo sabe y piensa en los intereses de nuestra tierra. Juntos podemos impedir que dejen Sicilia al margen de la vida económica del país. ¿Está dispuesto a ayudarme?

—Querido Giovanni, ¿sabes qué se dice en mi ciudad? *Si quieres conocer las penas del infierno, pasa el invierno en Mesina y el verano en Palermo.* Pero estoy convencido de que en Palermo vas a sentirte muy a gusto, a pesar del siroco. —Con una sonrisa, acariciándose la barba, el marqués Antonio Starabba di Rudinì concluyó—: Y harás un excelente trabajo.

El conde Giovanni Codronchi Argelli correspondió con otra sonrisa al primer ministro. Ahora bien, la sonrisa afable velaba la conciencia de que ese cargo de título altisonante —Regio Comisario Civil Extraordinario para Sicilia— era en realidad tremendamente delicado y estaba plagado de peligros.

Sí, porque la isla era un polvorín. Demasiados desórdenes, a partir de los Fasci; demasiado extendida la corrupción, demasiado arraigada la prostitución. Di Rudinì sabía bien que era necesario revisar los presupuestos, reorganizar aranceles y tributos, inspeccionar las oficinas administrativas y reemplazar a los funcionarios corruptos. Pero, para hacer todo eso, tenía que confiar en un político inmune a condicionamientos y presiones, sin intereses personales que defender, con las manos libres.

En alguien que no fuera siciliano, en definitiva.

Y el serio, cauto, reflexivo Giovanni Codronchi —alcalde de su ciudad natal, Imola, durante ocho años— era el candidato perfecto. Además de que sería también útil para mermar más la influencia de Crispi, limitando a la vez la difusión de las ideas socialistas. En síntesis, para reforzar la posición de la derecha en la isla.

Un plan ambicioso que, para ser completo, precisaba aliados importantes. Personalidades conocidas.

Como Ignazio Florio.

Que, de hecho, fue invitado a una charla con el comisario a principios de junio de 1896. Desde que habló con Rosario Garibaldi Bosco, Ignazio esperaba este momento. Mantener controladas —lo más posible— las exigencias de los obreros había sido solo el primer paso; ahora había que convencer al gobierno de que el único camino posible para evitar protestas y rebeliones —si no algo peor— era dar trabajo, y mucho. Lo trató largamente con Piaggio pero, al final, la solución más válida volvió a parecerle la de comenzar la construcción de un astillero unido al carenero, y la ampliación del actual varadero. Una idea que tres años ante se había tropezado con la falta de dinero del Ayuntamiento.

Codronchi lo ha hecho esperar. Lo ha hecho esperar dos meses. Pero ahora Ignazio está ahí, delante de él, en su despacho privado del Palacio Real. Y observa a ese hombre robusto, mofletudo y con dos grandes mostachos grises, con toda la seguridad de quien conoce Palermo y a sus habitantes como la palma de su mano y no solamente de oídas.

Por las ventanas abiertas llegan los ruidos de la ciudad: gritos de vendedores ambulantes, niños correteando, la música de un organillo. Los dos hombres han tomado un café, intercambian unas palabras. Por fin, el secretario se lleva las tazas y los deja solos, cerrando la puerta tras él.

—Bueno. —Giovanni Codronchi se enjuga la amplia frente perlada de sudor, señal de que Rudinì tenía razón sobre el verano en Palermo—. Personalmente estoy muy a favor de su proyecto, don Ignazio. La construcción y la reparación de piróscafos garantizarían encargos de larga duración, lo que significaría una mayor tranquilidad social.

Ignazio, piernas cruzadas y manos sobre las rodillas, asiente.

—Me complace que esté usted de acuerdo —dice, y se inclina hacia el escritorio—. Palermo necesita certezas: hay una crisis que encoleriza a la gente y la hace seguir a ciertos flautistas que cuentan cuentos de salarios fabulosos para todos. Los obreros de mi fundición...

—... la Oretea.

—Precisamente. Ellos protestan porque los salarios están estancados desde hace años, pero sobre todo porque ha habido muchos despidos. Pero, créame, no puede ser de otra manera: soy empresario, tengo que pensar en la buena salud de mi empresa. No podemos mantenerlos a todos. —Arruga la frente, suspira teatralmente—. Creen que aquí, en Sicilia, se puede tener el mismo *dinero* que en el norte, como si nosotros tuviésemos las mismas carreteras, los mismos encargos. Pero lo cierto es que, aquí, el dinero no circula; si no fuese por nosotros, los Florio, y por unos pocos más, la isla ya se habría despoblado, porque ya se habrían ido todos a América o a otro lugar. Además, el gobierno tendría que comprender que tener a tanta gente inactiva es peligroso, porque se corre el riesgo de que ciertos exaltados se aprovechen de eso, *esgrimiendo* cualquier pretexto.

—Claro, claro. —Codronchi se apoya en un brazo del sillón y tamborilea con la otra mano una carpeta que tiene delante—. A mi entender, este proyecto quitaría fuerza precisamente a esos facinerosos. Es lo que le importa al gobierno, sobre todo, a nuestro presidente del Consejo, que es palermitano como usted. Yo me encargaré de apoyarlo personalmente, pero... —Se endereza en el sillón, cruza los dedos delante del rostro—. Usted sabe mejor que yo que los astilleros italianos, en este momento, no gozan de buena salud: Livorno y Génova tienen problemas, y los encargos para la construcción de buques a menudo acaban en el extranjero, en Inglaterra...

—El trabajo crea trabajo, señor comisario, usted lo sabe bien. A la Navigazione Generale Italiana se le reclama desde hace tiempo que modernice sus piróscafos: lo podríamos hacer si dispusiésemos de un astillero, sin tener que ir a Génova o incluso hasta Southampton o a Clyde, dejando parados los barcos un tiempo indefinido. Además, digámoslo claramente: todo el mundo sabe que los genoveses actúan contra Palermo, y que hacen de todo para obstaculizarnos. En cambio, si consiguiésemos construir buques aquí, daríamos trabajo a nuevos obreros y tendríamos encargos tanto para el dique seco como para la fundición. Por eso necesitamos los fondos del Estado: la Casa Florio puede aportar mucho, pero no todo. Podemos preparar el astillero, pero precisamos desgravaciones fiscales y usar la zona que ahora es de propiedad estatal y que limita con la fábrica de tabaco.

Codronchi asiente, se frota los labios

—Usted sabe que el que está cerca de Crispi no apoyará este proyecto, ¿verdad? —pregunta, cauto—. Y que además dentro del gobierno encontraremos obstáculos.

Ignazio se apoya en el respaldo y cruza las manos sobre el vientre.

—Crispi ya no pinta nada, comisario. Ya no es el hombre al que apreciaba mi padre... —Baja la voz, habla con indiferencia—. Tenemos posturas diferentes, por no decir incompatibles. Hoy tenemos otras necesidades. Si logramos dar trabajo a obreros, carpinteros y albañiles, dejaremos sin argumentos a socialistas y anarquistas, que ya no podrían aprovechar el descontento para instigar desórdenes. Tenemos que permitir que surjan fuerzas nuevas, con amplias miras, a las que les importe el desarrollo económico de Sicilia y con una visión del futuro donde instituciones y empresas puedan colaborar.

Como el político experto que es, Codronchi sabe leer entre líneas.

—Es usted un empresario y financiero que sabe cómo poner al servicio de la colectividad ingenio y recursos. Y también mira hacia el futuro —declara.

Ignazio esboza una sonrisa firme, de hombre de mundo.

—Las finanzas y la política han de trabajar en armonía —confirma—. Y a las personas como nosotros nos corresponde hacer que eso ocurra.

—¡Madre mía, qué barullo! —exclama Giulia, abrazando a su cuñada.

Franca la ha esperado a los pies de la escalinata que da al jardín, rodeada de un montón de jardineros y criados que están atareados ordenándolo todo tras la visita del emperador de Alemania y Prusia, Guillermo II, de la emperatriz Augusta Victoria y de sus hijos Guillermo y Eitel Federico: el día anterior, en efecto, la familia real había ido a la casa de los Florio a tomar el té.

—Sí, ha sido una semana laboriosa: preparar la Olivuzza, decidir qué servir, atenerse al protocolo... Pero, por suerte, todo salió bien. Al káiser le gustaron especialmente las pastas de almendras, la emperatriz admiró mucho los loros de la pajarera y las grandes yucas, mientras que Vincenzino habló largo rato con el joven Guillermo, que tiene su edad... —Sonríe—. Cometió un montón de errores gramaticales, pero su pronunciación alemana fue perfecta.

—Y ahora estás muerta de cansancio, se ve —comenta Giulia, directa como siempre.

—Algo, sí —admite Franca—. Pero, sobre todo, necesitaba hablar un poco con alguien que... —Baja la mirada, luego levanta un pie—. Pues eso, que no cuente a toda Palermo que tengo los zapatos sucios porque no he tenido tiempo de cambiarme...

Giulia se ríe.

—Y por eso me has mandado llamar. Ven, demos un paseo por el jardín. ¡Así yo también me ensucio los zapatos!

La coge del brazo y se encaminan. El sol se está poniendo y no falta mucho para que las sombras bajen al parque.

—Bueno... parece que en la casa de los Whitaker, ayer, todo salió estupendamente —exclama Giulia, muy contenta—. Tina me ha mandado una nota en la que me lo cuenta todo.

—Sí, a mí también me ha escrito. Y ha querido subrayar que el káiser apreció mucho su exhibición de canto —dice Franca, jugueteando con el collar de perlas que lleva al cuello.

Giulia se da cuenta, le aprieta el brazo.

—¿Son nuevas?

Franca baja la cabeza y asiente.

—¿Ignazio ha hecho otra de las suyas? —le pregunta en voz baja—. ¿Por eso me has hecho venir?

—No... o sea, sí. Me ha regalado estas perlas, y tú sabes lo que eso significa. —Hace una pausa preñada de amargura—. Se dice que las perlas traen lágrimas. Nunca lo he querido creer, porque para mí son lo más hermoso que hay. Sin embargo, sí que me han traído lágrimas. Esta vez, ni siquiera sé quién es la... elegida. —Suspira, se endereza—. Y ya sé también cómo son ciertas cosas en un matrimonio. Romualdo ya tiene una amante, y eso que se casó hace poquísimo tiempo.

Giulia se encoge de hombros.

—Romualdo y mi hermano están hechos de la misma pasta, por desgracia. —Calla, mira a Franca a los ojos—. Has conseguido una notable contención, sabes cómo reaccionar... Pero no puedes dejar de pensar en ello, lo sé. —Luego la abraza. Le encantaría enfrentarse a su hermano, obligarlo a ser más discreto, decirle claramente que está atormentando a Franca, pero sabe que no serviría de nada. Por eso se aparta y cambia bruscamente de tema—. Ahora que también el káiser ha alabado su voz, tendremos que aguantar una vez más la historia de Wagner embobado cuando escucha a Tina cantar *Lohengrin*. De todos modos, hay que entenderla: la madre naturaleza, con ella, ha sido generosa en voz y en ingenio, no, ciertamente, en belleza...

Los labios de Franca se fruncen en una sonrisa maliciosa.

—Por suerte, sus hijas son más simpáticas que ella y no tienen veleidades artísticas.

Se ríen y caminan un poco en el silencio del jardín, roto solamente por la voz de Vincenzino, que está jugando con el velocípedo bajo la mirada de doña Ciccia y de Giovanna. Se acercan a ellas: Giulia quiere saludar a su madre y a su hermano.

De repente, al otro lado del seto, entre los árboles, Franca ve a un hombre. Parece un campesino: viste una chaqueta marrón y botas raídas. La mira, la saluda llevándose una mano al sombrero, luego desaparece.

Franca arruga la frente y se detiene.

—Pero ¿realmente es necesario que esa gente ande por aquí? —le pregunta a Giovanna, que ahora se encuentra a su lado.

Giovanna observa al hombre que está entre los árboles. Ya es poco más que una sombra. Baja los ojos, asiente con cara enojada.

—*Tienes razón.* Le diré a Saro que hable con ellos, para que sean más discretos... —murmura—. Aunque siempre es preferible que estos estén cerca, porque nunca se sabe qué puede pasar. —Mira a su hijo—. Tú no te muevas —le ordena, mientras regresa a la villa.

El chico espera que la madre esté bastante lejos para ir corriendo por las veredas, hacia la pajarera.

—¡Vincenzo! ¡Vuelve aquí! —le grita Giulia.

Él agita una mano y desaparece detrás de un seto de rosas.

Giulia abre los brazos, exasperada.

—Ahora mi madre se enfurecerá. Vincenzo está demasiado mimado, no hace caso a nadie. El otro día me dijo que se propone dispararles a los loros y que...

Franca no la escucha. El hombre se ha alejado, pero ella sabe que sigue ahí. Advierte que su mirada la escruta a través de los árboles, percibe su presencia.

—*Cet homme m'inquiète et m'effraie.*

—Te comprendo. A mí tampoco me gusta tener cerca a estos... palurdos, pero no queda más remedio —murmura Giulia—. Aquí o en el campo, en Trabia o en Bagheria, siempre hay uno mirándonos por detrás. Pietro está espantado por los raptos...

—Lo comprendo, pero... —Mira de un lado a otro. No quiere hablar en voz muy alta—. ¿Sabes que hace poco raptaron a Autrey, la hija de Joss, el hermano mayor de Pip Whitaker, y que él tuvo que pagar, y mucho, para que se la devolvieran? ¡Qué desventura!

Giulia asiente.

—Sí, lo he oído. Pobre pequeña, parece que tuvo pesadillas varios días. Me han dicho que pasó en la Favorita; parece que eran cuatro y dieron una paliza al palafrenero que la llevaba. Si les ocurriese algo así a mis hijos, no sé qué haría.

—Pagarías, como hizo Joss. Le pidieron cien mil liras y él, sin rechistar, pagó. El prefecto trató de intervenir, pero ellos, los Whitaker, mudos. *No abrieron la boca.* Prefirieron no hacer *ruido.*

De la pajarera llega el grito del águila, seguido por la voz de Vincenzino. Giulia se aflige.

—¡Dios mío! Si secuestrasen a mi hermano, mi madre se moriría.

Franca abraza a su cuñada.

—Eso no va a pasar —declara, pero su voz no tiene la seguridad que le gustaría que tuviera.

Recuerda que, hace ya tiempo, un día regañó a Francesco Noto, el jardinero jefe, porque había podado mal las rosas que ella había encargado en Inglaterra. Ignazio esperó que ella entrase en casa, luego la llevó aparte y, abrazándola, le susurró: «*Mon aimée*, por favor, trata siempre con respeto a ese hombre, y también a su hermano Pietro, el portero... Son... amigos que nos ayudan a mantener la tranquilidad».

Desde entonces, Franca notó que nadie se dirigía a esos dos sin antes saludarlos con respeto. Nadie. Pero no necesitó hacerse demasiadas preguntas: había vivido entre algodones, en efecto, pero sabía cómo eran ciertas cosas.

En ese instante ve a Saro, el valet de Ignazio, dirigiéndose hacia las caballerizas a paso rápido. Está nervioso, casi ni la saluda.

Giovanna sale de la villa unos segundos después y hace un gesto afirmativo con la cabeza.

Franca asiente en respuesta. Coge a Giulia del brazo y llama a Vincenzino para que entre en casa con ellas.

Da la espalda al jardín. No quiere ver.

El 10 de agosto de 1897 es claro y caluroso. Palermo dormita, con los ojos aún entrecerrados y la luz del alba entrando apremiante a través de las persianas y las puertas entornadas.

Una criada atraviesa la serie de salas, salones y habitaciones de la planta baja de la Olivuzza; tiembla, ha estado a punto de tropezarse, se vuelve para mirar a Giovanna, que la sigue con las manos apretadas contra el vientre, la espalda rígida y el rostro pétreo. A su paso, durante un instante, los espejos parecen reflejar la imagen de la joven combativa que treinta años atrás había entrado en esa casa y no la de una anciana, cansada e infeliz.

La criada casi se lanza a la habitación del bufet y señala uno de los aparadores con las puertas abiertas.

—*Mire* —murmura, consternada.

Vacío. El mueble está vacío.

Desaparecidas las fuentes de plata, las jarras y las teteras. La gran jofaina de plata repujada, la que ella había comprado en Nápoles cuando todavía vivía su Vincenzino, ya no está. Las flores que había dentro están en el suelo, debajo de la mesa de caoba, pisoteadas por pies que han dejado huellas de barro.

—¿Qué más falta? —La voz de Giovanna es un susurro.

La criada se lleva una mano a la boca, después señala la siguiente habitación.

—Dos de esas cosas con un nombre francés que sirven para poner fruta... —Vacila, cortada y asustada. Dios no quiera que doña Giovanna piense que ella tiene algo que ver.

—¿Las dos *épergnes*? —La voz de Giovanna es chillona. Eleva entonces los ojos hacia el techo, casi como si ahí pudiese ver la imagen de lo que ha ocurrido esa noche. Trata de aplacar su ira, respira profundamente. En tono más comedido, pregunta—: ¿Dónde está Nino?

Casi evocado por sus palabras, el mayordomo aparece en la puerta del comedor. Giovanna se fía ciegamente de ese hombre que trabajó largo tiempo en Favignana, en su mansión cercana a la almadraba, y lleva ya casi cuatro años en la Olivuzza. Nunca como en ese momento ella necesita su calma, y su ojo, al que nada se le escapa.

—Aquí estoy, doña Giovanna. —Se acerca—. Parece que también faltan los floreros franceses de alabastro y algunas de las tabaqueras de oro de su hijo. —Hace una pausa, se aclara la voz. En el rostro, indignación y temor—. Y eso no es todo. Se han llevado también los juguetes de la señorita Giovannuzza. Hay huellas de pisadas por todo el pasillo.

Giovanna siente que de repente se queda sin respiración.

La niña.

Han llegado a sus dormitorios. A su intimidad.

Un robo en la casa de los Florio.

«Eso es desprecio». Un insulto a su poder. Ladrones, en su casa. Ladrones que se llevan sus cosas, las que ella ha reunido, elegido, cuidado. Recuerdos, y no solo objetos, justo como esos dos floreros de alabastro antiguo que había comprado en París con su amado Ignazio en un anticuario de la place des Vosges.

«¿Cómo se han atrevido?». Mira alrededor, y tiene una sensación desagradable, que va más allá del miedo. Más allá del desprecio.

Náuseas.

Mira las huellas de barro —*pies embarrados,* piensa con desprecio—, las pisadas sobre la superficie brillante de la caoba, las flores pisoteadas. Es como si tuviese esas marcas encima, en el cuerpo, en la ropa.

—Límpienlo todo —le ordena a la criada—. ¡Todo! —repite en voz más alta, sin ocultar la ira—. Y usted, Nino, haga una lista detallada de todas las cosas que faltan. Que lo ayuden las *criadas.* Tengo que saber qué *han robado estos infelices.*

Se da la vuelta, sale de la habitación, baja las escaleras que conducen al jardín. El aire fresco no la tranquiliza en absoluto, al revés. Ve más huellas de barro en los escalones, señal de que los ladrones deben de haber entrado y salido por ahí.

Tendría que llamar a Ignazio, pero sabe que todavía está durmiendo. Hace poco ha regresado de un crucero por el Egeo a bordo de su nuevo yate, que tiene el antiguo nombre de Favignana: Aegusa. Unas vacaciones merecidas; un año antes, se había podido formar la Anglo-Sicilian Sulphur Company, con la participación de empresarios ingleses y algún francés, gracias a la obra de mediación de Ignazio, y ahora por fin estaba funcionando muy bien. Además, hacía poco se había producido la visita de Nathaniel Rothschild, llegado a Palermo en su yate Veglia: una serie ininterrumpida de recepciones, de visitas, de paseos por la ciudad y de encuentros de trabajo. Así, cuando el invitado ilustre por fin se marchó, Ignazio propuso a toda la familia ese crucero, pero a ella no le apeteció dejar Palermo: se dijo que los hijos tenían que poder divertirse sin que los estorbara una vieja y se quedó ahí, acompañada solamente por doña Ciccia y el bordado.

Nunca le había dado miedo quedarse sola en la Olivuzza. Nunca, en todos esos años.

Entra en el salón verde y se detiene en el centro de ese lugar en el que ha pasado tantos momentos tranquilos. Se mueve entre los muebles, acaricia las fotografías de su marido, coge algunos objetos, como para cerciorarse de que siguen ahí, se mira luego las manos. La piel está cubierta de manchas de vejez, tiene los dedos secos y contraídos. Eleva los ojos: en una mesa están la canastilla de la costura, el misal y el crucifijo de marfil, las velas de las palmatorias de plata y la cajita de *vermeil* para los fósforos. En la esquinera, unas estatuillas de porcelana. En la mesilla pegada al sofá, el florero de cristal, con flores frescas y la foto de su Vincenzino y de Ignazio en el marco de plata. Todo parece intacto.

Es un mundo donde jamás ha albergado el menor temor. El apellido Florio siempre ha sido temido y poderoso. Siempre ha bastado para defenderla.

En cambio, ahora ha sido pisoteado, igual que las flores de la planta de arriba.

Y eso es lo que realmente la asusta.

Después de despertar a Ignazio, Giovanna va a la habitación de su nuera. Cuando entra, Franca levanta la cabeza de golpe. Diodata le ha contado lo que ha ocurrido y ella no consigue ocultar el miedo. Cuando termina de ayudar al ama a ponerse la bata, Diodata sale, mascullando insultos dirigidos a: «*Estos desvergonzados y canallas que no tienen Dios ni familia*».

En la cama, una infinidad de joyas. Franca ha vaciado la bolsa de seda dorada donde las guarda para comprobar que no falta nada. Muchas de ellas son regalos de Ignazio: brazaletes, sortijas y collares de oro o platino con diamantes, zafiros y esmeraldas. Y, además, perlas, montones de perlas que brillan a la luz de la mañana. Sentada en la cama, Giovannuzza, largos cabellos negros y ojos verdes, está todavía en camisón y juega, poniéndose las sortijas que, sin embargo, son demasiado grandes para sus dedos y caen entre las sábanas.

—No han tocado nada mío —confirma Franca, abrazando a su hija—. Solo han cogido unos juguetes de hojalata de la habitación de... —No consigue pronunciar el nombre de la niña—. ¡Dios mío! Si hubiese pasado lo mismo que con Audrey Whitaker...

Giovanna repasa con la mirada el suelo decorado con pétalos de rosa. Nunca le ha gustado esa habitación y siempre ha creído que encaja muy bien con Franca.

—Pero no ha pasado —dice, inexpresiva.

Y la mira directamente a la cara, con unos ojos que dicen más que mil palabras.

Franca deja marchar a su hija.

—Ignazio no va a llamar a la policía, ¿verdad? —murmura.

Giovanna menea la cabeza.

«No hay que fiarse de la policía», se dice: «son oficiales forasteros y no saben nada de Palermo; entran en casa, comienzan a hablar con su acento cantarín, hacen preguntas que no se les tendrían ni que ocurrir y convierten a las víctimas en culpables. Hay cosas que pueden resolverse rápido y sin *levantar más polvo* del necesario».

—Está hablando *con Noto. Nosotros le pagamos, y bien.* —La voz es ronca, suena a piedra contra piedra. La ira que siente está ahí, debajo de las frases, apenas velada por el tono severo—. *Le damos dinero, incluso le hemos ofrecido un trabajo, ¿y qué hace él?*

—¿Cómo ha podido pasar? —grita Ignazio, furibundo. Da un puñetazo en el escritorio. El tintero tintinea, las plumas ruedan. Baja entonces la voz, y su rabia parece transformarse en un estilete—. Les pagamos para que vigilen, *a usted y a su hermano*, y no solo dos liras... ¿y ahora descubro que cierta gentuza entra en mi casa y *roba de todo*?

Francesco Noto, el pelo peinado hacia atrás y el rostro anguloso, tiene el sombrero en la mano, retuerce el ala. Parece más molesto que compungido, puede que incluso irritado: él no está acostumbrado a que lo increpen de esa manera.

—Don Ignazio, lamento que hable así. *Nunca me habría imaginado que...*

—Pero su tarea consiste precisamente en impedir que *ciertos perros entren en mi casa y roben* mis cosas y las de mi madre. ¡Se han metido hasta en el cuarto de mi *niña*! ¿Qué harán la próxima vez, se la llevarán a ella, o a mi hermano? Si *usted* no es capaz de ocuparse de esto, simplemente dígalo. En el mundo hay muchísima gente que estaría encantada de ocupar su puesto.

Los ojos hundidos del hombre se hacen mordaces. Debajo de las cejas pobladas aparece una expresión cautelosa.

—Ahora debe tener cuidado con lo que dice, don Ignazio. Nosotros siempre lo hemos respetado.

Sin embargo, Ignazio no parece haber captado el tono de advertencia en la voz. O bien lo ignora adrede.

—*El respeto entre las personas tiene que ser recíproco.* Y usted sabe mejor que yo que el respeto se demuestra con los actos, don Ciccio. *¿Dónde estaban ustedes?*

El hombre vacila antes de responder. Pero el suyo no es un silencio cohibido: es el de alguien que elige qué palabras emplear para lo que quiere decir.

—Alguien lo ha ofendido por nuestra falta y por ello le pido perdón. Mi hermano y yo nos encargaremos de que se le devuelva lo que se le ha quitado, hasta el último alfiler. Un caballero como usted no puede tener ladrones en casa perturbando a su esposa y a su madre, que es una santa mujer. —Eleva ligeramente los ojos, los clava en los de Ignazio—. Nos ocuparemos de que nadie vuelva a molestarlos ni a usted ni a su familia.

Para Ignazio, esas palabras son nieve sobre fuego, suenan como una promesa. Su respiración, entrecortada por la ira, se relaja.

—Espero que sea realmente así, señor Noto.

«Señor Noto» y no «don Ciccio». Una señal inequívoca.

Francesco Noto entorna ligeramente los ojos.

—Está hecho. No tema.

Un golpe de tos, luego otro.

—No me gusta —suspira Giovanna, y desgrana el rosario entre

los dedos. Habitualmente lo reza con doña Ciccia, pero hoy está sola porque doña Ciccia se ha quedado en la cama. Desde hace un tiempo tiene dolores en las piernas, a menudo muy fuertes.

Giovannuzza está sentada en un banco con su muñeca de porcelana preferida, Fanny —un regalo de la tía Giulia—, al agradable sol de un templado día de octubre. Está delgada y pálida, y tiene una tos persistente. Los largos días de mar en Favignana, primero, y de paseo por el Egeo, después, no le han sentado bien. Y Giovanna está preocupada.

Querría hablar de nuevo con Franca para pedirle que haga algo. Cree que a lo mejor Giovannuzza tendría que repetir ese tratamiento de pastillas de resina de pino marítimo que habían encargado en París y que parecía que le habían sentado bien. Eso sí, les costó mucho conseguir que se las tragara: Giovannuzza se rebeló, apretó con fuerza la boca, y una vez hasta vomitó en la falda de la niñera.

Pero su nuera ha salido con Giulia Trigona para ir a la sombrerera. Les ha oído decir que después irán a ver a su hija al Palacio Butera, donde comerán juntas. Tendrá que esperar hasta la tarde para hablar con ella. Y, entonces, tendrá que aguantar que la consideren una vieja demasiado ansiosa.

«Quizá sería mejor meter a Giovannuzza en casa», piensa, pero no se atreve a hacerlo: hace un día templado y fragante, con el aroma de las flores de yuca mezclándose con el de los jazmines que siguen floreciendo a lo largo de la tapia de la Olivuzza. «Y el sol nos sienta bien a las dos», piensa, acariciándole la carita.

Giovannuzza tose otras dos veces seguidas. Para un instante antes de seguir vistiendo a Fanny con la ropa en miniatura que su madre le ha regalado y que es idéntica a la suya.

Cerca, Vincenzino está tratando de montar a un nuevo velocípedo con la ayuda de un criado. Por fin lo consigue y ríe, feliz.

A veces, Giovanna ve en él al otro Vincenzino, el primogénito que duerme ya desde hace dieciocho años al lado de su padre y su abuelo en la capilla del cementerio de Santa Maria di Gesù.

Lo añora. Añora a todos sus muertos. En esos días en los que la luz se hace de miel y los aromas del jardín saturan el ambiente, le parece oír sus voces arrastradas por el viento: la de su madre, muerta hace más de veinticinco años, ronca por la enfermedad; la de su hijo, que no tuvo tiempo de tornarse grave como les pasa a los chiquillos que se hacen adultos; la de Ignazio, pacífica y firme.

La suya es la voz que más añora. Añora su calor, sus manos,

sus gestos. A veces, siente también su mirada y le parece oír su risa. Conserva su ropa en un desván de la Olivuzza y de vez en cuando va ahí, abre los baúles, acaricia las telas, las huele, busca una huella, una señal. Pero el recuerdo, como esas telas, también se ha desvanecido.

Han pasado seis años de su muerte. Años dolorosos, en los que Giovanna ha sentido que se marchitaba su corazón, que se le secaba entre las costillas. El amor dejó de dolerle solo cuando se sublimó en un recuerdo cuya única dueña es ella.

«Es injusto», piensa, sacando de la manga un pañuelo. «Tendría que estar aquí con nosotros, con todos nosotros».

De seguir vivo, Ignazio tendría cincuenta y nueve años; la edad ideal para ser todavía el soberano de la Casa Florio, pero también para liberarse al menos de una parte de las responsabilidades y para disfrutar de algo de paz al lado de ella. Con él, Ignazziddu habría podido ganar experiencia, aprender... crecer. Suspira. Su hijo tiene veintinueve años, pero, en ciertas cosas, es atolondrado e inmaduro como un chiquillo.

Oye unas leves pisadas. Giovanna levanta la mirada. Delante de ella, Giovannuzza, la nieta de ojos verdes tan parecidos a los de su madre, pero más dulces e inocentes.

—¿Qué haces, *abuela*? —pregunta.

Detrás de ella, la niñera alemana está recogiendo los juguetes. Franca es la que la ha elegido, mientras que ella habría preferido una niñera inglesa.

—Estoy rezando —responde, levantando el rosario.

—¿Por qué?

—A veces, rezar es recordar. Es la única manera de tener a tu lado a las personas que más has querido y que ya no están.

Giovannuzza la mira con curiosidad. No ha comprendido, pero, con la intuición típica de los niños, advierte que la abuela está triste, muy triste. Le agarra la mano.

—Pero yo estoy aquí, y no tienes que acordarte de mí. *Kommst du?*

Giovanna asiente.

—Vamos, *mi niña* —le dice. Pero luego se suelta de la mano de la nieta y añade—. Tú adelántate y llama a Vincenzino.

La niña se va corriendo, con Fanny apretada al pecho, y llama a grandes voces a ese tío de la que la separan solamente diez años.

Giovanna eleva la vista hacia la casa. Después de la muerte de Ignazio, la Olivuzza le pareció inmensa, como si su ausencia hubiese vuelto inútiles aquellos espacios tan grandes. Solo con el tiempo aprendió a ocuparlos o, al menos, a que no la aplastaran. Su mirada recorre la fachada y se detiene en la ventana del dormitorio de su marido.

La distingue en un parpadeo. «Una sombra».

Instintivamente, se persigna, luego aparta la mirada, y sigue andando cabizbaja. Sola.

Sus fantasmas, como siempre, la siguen.

Unos días después, sigue siendo la preocupación por su nieta lo que desvela a Giovanna. Recorre las habitaciones de la Olivuzza en bata y chal, con el infaltable rosario en la mano y la mirada triste. Duerme poco, como les ocurre a las personas mayores, y su sueño es inquieto, atormentado por preocupaciones y recuerdos.

De las cocinas llegan el tintineo de los cacharros y el parloteo de las criadas que se están preparando para limpiar las habitaciones. A pesar de sus protestas —«El aire de esa ciudad le hará daño, por no mentar la humedad...»—, Franca se ha empeñado en llevar a Giovannuzza con ella a Venecia. Ignazio está en Roma, con Vincenzo, por un asunto de trabajo. Algo de impuestos, le ha dicho.

A pasos lentos, Giovanna se dirige hacia las cocinas: ese día ha invitado a tomar té a un grupo de nobles. Quiere que participen en varias iniciativas de beneficencia, sobre todo en su escuela de bordado, y ha decidido pedirle al *monsú* que prepare gofres belgas con mermelada de grosella, así como panecillos y bocadillos de mantequilla con mermelada de naranja.

Pero de repente algo le llama la atención y la obliga a detenerse. Vuelve sobre sus pasos, mira de un lado a otro, pestañea.

Los floreros de alabastro, los que había comprado en París con su marido y que les habían robado a principios de agosto, están ahí, delante de ella, en la misma repisa donde los había colocado más de veinte años antes.

Giovanna vacila. Está confundida, incluso asustada. Luego se acerca, los toca.

No hay ninguna duda. Son verdaderos. Son sus floreros.

El frenesí se apodera de ella. Los pasos corren por el suelo a cuadros blancos y negros, rozan el parquet del salón de baile, llegan a la habitación del bufet. Abre aparadores, bargueños, armarios, todos los cajones. Toca los objetos de plata, asombrada: brillan, perfectamente limpios. Coge una cafetera, la vuelve del revés y, con los labios temblándole por la emoción, busca la marca de Antonio Alvino, el platero napolitano. Ahí está, inconfundible. Cierra el aparador con un gesto lento y asiente para sí.

La última habitación es la de Giovannuzza. En el cesto del suelo, los juguetes de hojalata de la pequeña.

Todo lo que había sido robado ha vuelto a su sitio.

«Francesco Noto se ha hecho respetar».

Giovanna coge el timbre para llamar a Nino. Pero lo deja enseguida. «Sería inútil», piensa. «Nadie de la servidumbre dirá nada. Simplemente se sentirán aliviados por la forma en que se ha resuelto el asunto».

La emoción ha sido violenta; necesita aire fresco. Pero cuando apenas ha dado unos pasos por una vereda del parque ve a un hombre, al pie de una palmera. Es el jardinero jefe y es evidente que la está esperando.

Francesco Noto se quita el sombrero, inclina ligeramente la cabeza.

—Doña Giovanna, *que Dios la bendiga...*

Ella asiente.

—Tengo que darle las gracias en mi nombre y en el de mi familia, don Francesco —murmura, acercándosele. El borde de su traje negro roza los zapatos polvorientos del hombre.

—Me complace. —Él no la mira a la cara; sus ojos parecen vagar por el jardín, donde debería estar su hermano Pietro, el portero—. Fueron dos del arrabal, dos cocheros. Le piden perdón por la ofensa.

—¿Quiénes? Los nombres.

—Vincenzo Lo Porto y Giuseppe Caruso. Los hemos alejado de la Olivuzza.

Giovanna asiente de nuevo. Eso le basta.

Lo que ella no sabe es cómo se ha resuelto el tema.

Ignora que las familias de Lo Porto y Caruso están buscando desesperadamente a los dos hombres porque, efectivamente, han sido alejados de la Olivuzza, pero no se han ido a América ni a Túnez, como alguien ha dicho.

En el barrio lo saben todos. No puedes ir contra los hermanos Noto, dejarlos mal con los Florio, y pensar que te vas a ir de rositas.

Claro que también los Noto habían hecho muchas tonterías, como la de pedirle un regalo al hermano mayor de Pip, Joss Whitaker, sin luego compartirlo con Lo Porto y Caruso, sus amigos.

¿Y *eso* se hace con los amigos?

Hay quien dice que los dos cocheros ofendieron así a los Florio para equilibrar las cosas con los Noto. Otros, que a los dos les gustaría desbancar a los Noto. Muchos son los rumores que circulan... Solo que los Noto no podían tolerar semejante ofensa.

No, Giovanna estas cosas no las sabe, ni tampoco las quiere saber.

Pero las conoce a finales de noviembre, mientras se dispone a subir al carruaje que la conduce al convento de las Monjas de la Caridad para la novena en honor de santa Lucía. Iba con doña Ciccia, que está cada vez más encorvada y lenta, y el paje la estaba ayudando a subir al coche, cuando a su lado aparecieron dos mujeres, envueltas en chales oscuros que las protegen del viento de tramontana.

—¡Doña Giovanna! ¡Señora, tiene usted que escucharnos! —grita la más joven. Sus cabellos están recogidos en un *moño* severo, viste ropa humilde pero limpia. Los pómulos los tiene hundidos y los ojos son grandes, ávidos, oscuros de dolor—. Nos lo debe usted —continúa, aferrándose a la portezuela del carruaje.

Cogida de sorpresa, Giovanna retrocede un paso.

—*¿Qué quieren de mí? ¿Quiénes son ustedes?* —pregunta en tono rudo.

—Somos las mujeres de Giuseppe Caruso y Vincenzo Lo Porto —responde la otra. Aparenta la misma edad de Giovanna, pero en realidad es mucho más joven: las penas y la vergüenza la han hecho envejecer de golpe. Viste un traje que a lo mejor ni siquiera es suyo, porque le queda corto y ancho—. *Mírenos, doña Giovanna: somos mujeres, madres como usted. Tenemos hijos y nadie nos da de comer.*

Giovanna se hace de piedra.

—¿Vienen a pedirme dinero porque tienen que criar a sus hijos que están pasando hambre? Enfádense con sus maridos, pídanselo a ellos. ¡Tendrían que habérselo pensado bien antes de entrar en mi casa a robar! Y encima se han largado como cobardes.

La mujer de Vincenzo Lo Porto se le acerca.

—Mi marido no se ha ido a ningún sitio —le susurra, con los ojos rojos de llanto—. *No puedo llevarle una vela ni una flor. Por usted, me he quedado sin cabeza.*

Giovanna se queda inmóvil. Siente que, detrás de ella, doña Ciccia se pone tensa, luego nota su respiración pesada.

Entonces mira a la esposa de Giuseppe Caruso, que tiene las manos sobre el vientre. La mujer asiente.

—También mi suegro lo sabe: ha reclamado justicia, ha dicho que irá hasta Roma si no le dicen qué ha sido de su hijo. *Nos pusieron un perro muerto* delante de la puerta de casa. —Le agarra la muñeca, se la aprieta—. ¿Ahora lo comprende? —le susurra, desesperada.

—¿Sabe que otros querían llevarse mucho más que cuatro piezas de plata? —El rostro de la mujer de Lo Porto está ahora a un palmo del suyo—. ¿Que querían raptar a su hijo o a su nieta? Ya les ha pasado a otros, ¿sabe...?

Para Giovanna es demasiado. Retrocede un paso, forcejea, prácticamente las empuja.

—*Déjenme* —ordena. En ese momento, el cochero coge a una de las mujeres de los brazos, la echa. Ella aprovecha, consigue montar en el carruaje, aunque la otra trata de tirar de ella. Doña Ciccia le da un golpe en la mano.

—¡Vámonos! —ordena Giovanna, jadeando y con el corazón acelerado. Se lleva una mano al pecho—. ¡Vámonos, vámonos! —repite en voz más alta, mientras las dos mujeres gritan y dan patadas y puñetazos contra la portezuela.

Por fin, el carruaje se pone en marcha. El ruido de las ruedas en el adoquinado y la respiración jadeante de doña Ciccia se sobreponen a los gritos.

Giovanna casi no puede hablar. Junta las manos enguantadas de negro.

—Pero ¿usted lo sabía? —pregunta doña Ciccia.

Giovanna traga saliva, busca consuelo en un *Ave María* murmurado deprisa, pero no lo encuentra. Un grumo de sentimiento de culpa y náusea le retuerce el abdomen.

—No.

—Lo ha notado, ¿verdad? La ropa.

Ella asiente, una sola vez, mirando por la ventanilla sin ver. Negro. Las dos mujeres vestían de luto. Como las viudas.

Y serían viudas oficialmente cuando, al cabo de unas semanas, los cadáveres de sus maridos fueron encontrados en una gruta de las afueras de la ciudad.

Los asesinaron pocos días después del robo. Nunca se alejaron de Palermo.

Este hecho lo conocerá un comisario que llegó del norte al año siguiente. Un hombre inflexible, acostumbrado a aplastar a sus enemigos, como había hecho unos años antes, encarcelando a los doscientos miembros de la Fratellanza de Favara, una asociación criminal responsable de una larga serie de homicidios.

Su misión, la que le ha encomendado el gobierno, consiste en acabar con la mafia, la organización criminal de la que todo el mundo habla y que parece esquivar todas las leyes. Más aún: tiene que hundir las manos en el charco de lodo donde se mezclan el poder político y la delincuencia antes de que todo el sistema se vea afectado. Un sistema en el que los hampones están al servicio de los senadores, los nobles y los notables «que los protegen y defienden para que ellos, a su vez, los protejan y defiendan», como escribirá el comisario en su larguísimo informe. Sabrá entonces que los Florio han sido víctimas de un robo. Tratará de interrogar a doña Giovanna, pero sin éxito; intentará hablar con los Whitaker para esclarecer el rapto de Audrey y la extorsión, pero todo lo que conseguirá es silencio.

Comprenderá muchas cosas de la mafia ese hombre de mandíbula pronunciada y barba rubia cuyo nombre es Ermanno Sangiorgi. La organización, por ejemplo: el sistema de familias, los *capi mandamento*, los *picciotti*, el juramento de fidelidad... Una estructura que, prácticamente intacta, aparece, casi cien años después, en las declaraciones del «jefe de los dos mundos», Tommaso Buscetta, que hizo primero a Giovanni Falcone, en un interrogatorio secreto que duró meses, y después en el primer y verdadero juicio a la mafia, que, en total, duró seis años, de 1986 a 1992. Y que será responsable de los atentados que costaron la vida al propio Falcone y a Paolo Borsellino, cuatro y seis meses después del final del juicio.

Sí, Ermanno Sangiorgi comprenderá muchas cosas de la mafia.

Logrará demostrar muy pocas.

Marzo de 1898 es inseguro, da pasos vacilantes como un niño. Incluso en los días soleados, a menudo sopla un viento gélido que estremece el jardín de la Olivuzza y hace que se balanceen las copas de los árboles.

Desde la ventana de la salita que está pegada al dormitorio, Franca observa las sombras que se proyectan bajo las palmeras y escucha el ruido de las hojas. Le recuerda el rumor del mar contra el casco del Aegusa y el crucero que Ignazio organizó el verano pasado por el Mediterráneo oriental. Recuerda la áspera belleza de las islas del Egeo, las aguas transparentes de la costa turca; el atractivo de Constantinopla, sutil como veneno; las callejuelas de Corfú que ella y Giulia cruzaron riendo, mientras Giovannuzza correteaba detrás de ellas junto con la niñera; ese viento que olía a orégano y a romero...

Suspira, el corazón preñado de nostalgia. Querría ver de nuevo los ocasos en el Egeo, beber otra copa de Nykteri, el «vino de la noche», porque la vendimia se hace antes del amanecer, sentir que los brazos de Ignazio la rodean. Que la estrechan a ella y solamente a ella.

Pero no puede, no en su estado.

Se acaricia el vientre. No falta mucho para el parto.

«Madre santa Ana, haz que sea varón». Es la oración que la acompaña desde que sabe que está embarazada. «Un varón para la Casa Florio, por mí. Por Ignazio, que así a lo mejor deja de buscar fuera lo que yo puedo darle».

Porque eso pasa. Ignazio sigue coleccionando *mujeres*: solo tienen que ser jóvenes y bonitas, y da igual si son nobles o mujeres de vida ligera. Es un milagro que no haya contraído ninguna enfermedad: en eso no cabe duda de que es prudente.

¿De todos modos, por qué tenía que ser discreto en Palermo si, entre sus conocidos, no hay una sola pareja que pueda llamarse fiel? Con una mezcla de rabia y pena, Franca piensa de nuevo en lo que le había revelado hacía pocas semanas Giulia, la esposa de Romualdo Trigona. Su marido tiene una amante fija, por lo que ha tomado una decisión: no piensa quedarse mirando. Le da igual lo que piense la gente: quiere tener libertad para vivir su vida, y para amar, y para ser feliz.

Y, sin embargo, la gente encuentra «todavía y siempre» la manera de herir.

La última vez había ocurrido pocos días antes. Y, por suerte, había llegado Maruzza...

Desde hace un tiempo, Franca tiene una dama de compañía, la condesa Maruzza Bardesono, una mujer de mediana edad, de rasgos ásperos y aspecto severo. Criada en una familia pudiente, a la muerte de su hermano se encontró sola y sin medios de sustento. Alguien le dijo a Franca que estaba buscando trabajo y concertó una cita con ella, más por deber que por convicción. Pero le sorprendieron sus modales refinados, su cultura y el aura de seguridad que emanaba, y enseguida le ofreció ese puesto. Nunca se arrepintió.

Ese día, Maruzza fue al dormitorio de Franca para devolverle su ejemplar de *Amuleto*, la última novela de Neera, una autora que a las dos les gustaba mucho. La encontró llorando, con la cabeza apoyada en el tocador y con una hoja de papel en la mano. En el suelo, cepillos, peines, frascos, cremas y perfumes, tirados en un arrebato de ira.

—¿Qué le ocurre, doña Franca? ¿Se encuentra mal? —le preguntó, dejando el libro en la cama.

Sin dejar de sollozar, ella levantó la hoja.

Mientras la mujer leía la carta, su rostro se volvió de púrpura.

—Gente miserable —exclamó—. Las cartas anónimas son la herramienta de los cobardes... ¿y, encima, mandársela a una mujer embarazada? ¡Qué vergüenza!

—No sé quiénes son esas mujeres con las que va, ni quiero saberlo —murmuró Franca—. Siempre lo he aceptado, porque sé que me ama y que vuelve a mi lado. —Se levantó y miró a la mujer a los ojos—. Pero desde hace un tiempo me pregunto cada vez más si no sería mejor que me marchara. Mi hija y yo, solas.

Maruzza la agarró de los brazos.

—Doña Franca, ya la conozco un poco. ¿Puedo hablarle con franqueza?

Franca asintió.

—Usted tiene todo lo que una mujer puede desear. Salud, belleza, una hija que es un ángel y afectuosa e inteligente. Y... todo esto. —Con un amplio gesto del brazo, señaló el dormitorio—. Está a punto de ser madre de nuevo, ¿acaso lo ha olvidado?

—Pero...

—Todos estamos solos, doña Franca, hombres y mujeres. Y no importan el dinero, los títulos o el rango social. Todos buscamos algo que no tenemos, que nos falta. Pero a un hombre le vienen dadas las armas para combatir sus batallas. Una mujer, en cambio, esas armas se las tiene que ganar y, si las consigue, las paga caras. Usted es afortunada porque posee muchas armas, y además ha aprendido la manera de usarlas. Muchas *mujeres* sencillamente no tienen ninguna. *Son inútiles*, como la mujer que ha escrito la carta...

Arrugando la frente, Franca bajó la mirada hacia la hoja, como buscando una confirmación de la última afirmación de Maruzza.

—Sí, claro que ha sido una mujer —continuó Maruzza—. Verá, ciertas mujeres ni siquiera buscan las armas. Y es que, para encontrarlas, tendrían que cambiar demasiadas cosas, empezando por sus cabezas. Tendrían que dejar de contarse cuentos. Tal y como dice Neera... —Coge el libro, lo hojea, llega a una página—. «Como no tienen energía para buscar lo que podría resultarles ventajoso, se agarran al ejemplo más fácil y cercano» —lee—. *Les asusta* vivir, y así se convierten en *gente* a la que le da miedo todo y que se siente fuerte solo juzgando a los demás. Pero su amargura se transforma en cólera, los asfixia y tienen que desahogarse de alguna manera, también con cartas como esta. Son personas infelices, doña Franca. Por supuesto, le envidian su dinero, sus trajes, sus joyas... Pero, créame, la atacan sobre todo porque ven qué mujer es usted. Usted es valiente. Ya sabe qué hace su marido, pero vaya con la cabeza alta, no se esconda, no les haga ese favor, no permita a nadie que menoscabe su dignidad. Nunca olvide qué apellido tiene.

Franca volvió a sentarse.

—¿Entonces, usted cree que debería compadecer a quien ha escrito esta carta?

—Sí. Además, están las otras mujeres.

—¿Las... otras?

—Las libertinas a las que su marido cubre de joyas. Tienen pocas armas, sin duda... ¡pero saben usarlas magníficamente! —Maruzza se rio, pero sin alegría—. También hay que tenerles lástima. Creen que son importantes, y sin embargo no se dan cuenta de que los hombres las usan solamente para divertirse. Amantes de pocas semanas, que acaban abandonadas sin ningún arrepentimiento, apartadas como muñecas viejas.

Franca no pudo ocultar la sorpresa que esas palabras tan desagradables, aunque tan verdaderas, le suscitaron. En su mente, la imagen de Maruzza se asoció a la de su cuñada Giulia. Dos mujeres muy diferentes que, sin embargo, le habían dicho lo mismo: ella era una planta con raíces firmes y no debía asustarle florecer, buscar el cielo con las ramas. Estaba destinada a crecer, a volverse cada vez más fuerte.

Y sin embargo.

—Pero ¿por qué tiene que seguir doliendo tanto, después de tanto tiempo? —preguntó, más a sí misma que a Maruzza.

Maruzza suspiró. Después, con una sonrisa amarga, respondió:

—El amor, doña Franca, es una bestia ingrata: muerde la mano que lo alimenta y lame la que le pega. Amar siempre, amar de verdad, significa no tener memoria.

Una punzada en la espalda. Es violenta, la estremece entera.

Franca casi da un respingo en el sillón de la salita, respira hondo.

«¿Será una contracción?», piensa. Estira una mano hacia el timbre, llama a una criada, que enseguida aparece en la puerta.

—Dígame, doña Franca.

—Llama a la condesa Bardesono, por favor. Dile que venga enseguida.

Otra punzada. Desde su charla sobre la carta anónima, un mes antes, el vínculo con Maruzza se ha vuelto más profundo, más íntimo. Franca ha dicho instintivamente su nombre y no el de su suegra.

Suenan pasos presurosos en la terraza. Una puerta se abre. Franca levanta la cabeza y se cruza con la mirada amable de Maruzza. Pero enseguida tiene que inclinarse y contiene a duras penas un gemido; empalidece, respira con dificultad.

Maruzza le pone una mano en la frente, la retira.

—¿Han comenzado los dolores? ¿Quiere que llame al médico? ¿A su madre?

«A su madre», no a «doña Giovanna». Sí, Maruzza la conoce.

—A la comadrona y al médico... y a mi madre, sí. Puede quedarse aquí unos días...

Otra punzada en el vientre. Los dedos de Franca envuelven la muñeca de Maruzza.

—Están muy poco espaciadas —murmura, con ojos espantados—. ¿Han empezado así, de repente...? —Maruzza mueve una mano—. El segundo hijo siempre llega más rápido que el primero. ¿Quiere que llame a su marido?

Ignazio. Franca querría que estuviese a su lado. Saber que él está esperando ahí, en casa, desde luego que le daría fuerza. Pero ¿dónde estará? ¿En la sede de la NGI o por ahí? Se había marchado sin decir nada. Se había despedido de ella rozándole los labios con un beso rápido, y ella apenas había tenido tiempo de verlo salir, vestido como siempre de manera impecable y con el habitual clavel en el ojal.

—Que Saro le diga dónde está —murmura.

Con una mano apoyada en el brazo de Maruzza y otra en el costado, Franca se incorpora y da unos pasos. Han hecho la cama y guardado la ropa en el armario. Por la ventana entra una luz pastosa y todo está sumido en la quietud, a la espera. Hay flores blancas sobre la cómoda, y su olor la marea.

—Mande que las saquen de aquí —le dice a Maruzza, señalándole las flores. Entonces, otra punzada se irradia desde el bajo vientre y se extiende a todo el abdomen. Ya no caben dudas: el segundo hijo se dispone a venir al mundo.

Concentrarse en cada respiración. Notar que la sangre se acelera en las venas mientras te invaden oleadas de un dolor que solo se retrae para volver, con más ímpetu. El cuerpo se rebela, se abre. La mente se anula porque no aguanta esos empujones, esa sensación de que el vientre está a punto de partirse en dos.

Después, con los últimos empujones, llega la calma. Es una especie de sombría resignación.

«Sí, me muero», piensa Franca, empapada de sudor, de sangre y de líquido amniótico, y casi lo desea porque está agotada y no aguanta más el sufrimiento. Menea la cabeza, solloza.

—No puedo —le murmura a la madre, que le agarra la mano—. No puedo.

Sudada como ella, Costanza le aprieta la mano, le seca la frente.

—Claro que puedes —la anima—. ¡Pudiste con Giovanna! Y con ella sí que fue complicado, ¿te acuerdas?

Delante de ella, agachada entre sus piernas, la comadrona emite un ruido que puede ser tanto una risa como un resoplido.

—La señorita Giovanna estaba mal colocada. ¡Tuve que girarla! En cambio, este está en su sitio, pero es muy grande. Venga, y que santa Ana nos ayude.

Franca no responde. Nota la presión de otro empujón, se encorva, contiene una arcada. Ahora tiene que liberarse, permitir que su criatura salga al mundo. Empuja.

—Basta... pare... —La comadrona le pone una mano en el abdomen, endereza la espalda. Le acaricia una mano—. Está a punto de salir. Cuando yo se lo diga, empuje y luego pare. ¡Ahora!

Franca grita. Nota que algo se escurre de su cuerpo, como si le estuviesen quitando un órgano vital. Estira la mano, pero está extenuada, no tiene fuerzas para preguntar, para saber. Se deja caer sobre las almohadas, con los ojos cerrados.

Ha terminado. Sea lo que sea, ha terminado.

Pasan largos instantes.

Luego, un gemido.

Abre los ojos, ve a su madre. Está feliz, ríe y llora a la vez, con las manos en la boca, asiente.

—¡*Es un varón!*

Sigue pegado a ella, manchado de sangre, recubierto de la película blancuzca de la bolsa amniótica. Pero es un varón, está sano, está vivo, tiene los ojos grandes y la boca apretada en un llanto que explica todo el dolor de la primera respiración.

Es un varón. Es el heredero.

—*¡Es varón!* —El grito resuena en toda la casa. Es Giovanna la que da la noticia a Ignazio, que está esperando en un salón de la planta baja, en compañía de Romualdo Trigona, Giulia y su cuñado Pietro. Desde hace años, quizá desde que era niño, Ignazio no veía en el rostro de su madre una sonrisa tan luminosa como cuando le dice—: ¡Es un varón, hijo mío! ¡Por fin!

Ignazio pide enseguida que lleven champán y que todos los criados tomen una copa, luego brinda con los amigos y los parientes, los abraza, eleva los brazos al cielo. La nodriza le lleva a Giovannuzza para celebrar y él la levanta, le da vueltas en el aire y le estampa un beso en la frente, después besa a su hermana Giulia.

Está feliz. ¡Después de cinco años, por fin ha llegado el heredero! ¿Los problemas económicos? ¿La crisis de la navegación, el dinero que nunca es suficiente? Eso queda lejos. ¿Las reivindicaciones de los obreros de la fundición? No importan. Ahora hay un nuevo Ignazio... porque se va a llamar así. Como su padre, tendrá el nombre de la familia y continuará su historia.

Después de otra copa de champán, llama a Saro.

El hombre se detiene en el umbral de la puerta, se inclina.

—Mi más cordial enhorabuena, don Ignazio.

Ignazio se le acerca, radiante. Lo agarra de los hombros, lo mira fijamente.

—Necesito botellas de marsala. Pero no simples botellas: quiero las de mi abuelo, las que están en el fondo de la bodega. Manda a alguien a buscarlas y llévalas arriba, rápido.

Saro pone los ojos como platos, pasmado, luego se marcha. Ignazio mira a un lado y a otro, enseguida levanta la vasija de plata que hay en el centro de la mesa, la vuelca para sacar el arreglo de flores secas y, dándole golpes como si fuese un tambor, cruza la mansión y llega hasta la escalera roja que conduce a los apartamentos de Franca y suyos. Riéndose a carcajadas, Romualdo lo sigue por las escaleras. En cambio, Pietro parece perplejo y, antes de que ponga un pie en el primer escalón, lo detienen Giovanna y Giulia, que ha cogido en brazos a Giovannuzza.

—Pero ¿qué está haciendo mi hermano? —pregunta Giulia, confundida.

Pietro abre los brazos.

—*¿Cómo quieres que lo sepa?* Le ha mandado a Saro que lleve marsala.

Giovanna menea la cabeza, eleva los ojos al techo.

—*Qué tendrá en la cabeza...*

Giulia entrega a Giovannuzza a la gobernanta, se agarra la falda y empieza a subir las escaleras a paso de carga, seguida por su madre. «Solo nos falta que haga que Franca se desmaye con una de sus ocurrencias», piensa. Ella sabe qué significa afrontar un parto, y sabe también que los hombres no pueden siquiera imaginárselo. Las dos mujeres cruzan el pasillo, se detienen en medio del jardín de invierno. De golpe, detrás de ellas, oyen una respiración pesada y un tintineo de cristales. Es Saro, cargado de botellas polvorientas.

—Pero ¿qué haces? —Giovanna está escandalizada.

—Don Ignazio *me ha dicho...* —Saro para, toma aliento.

—¡Saro! —La voz de Ignazio retumba alrededor—. Saro, ¿dónde estás? —Se asoma por la habitación de Franca, con ojos brillantes de emoción, con un gesto les pide que suban y desaparece en el interior.

La singular procesión reanuda la marcha y llega ante Franca: está sentada en la cama, pálida y agotada, pero sonriente. Su madre tiene en brazos al recién nacido, a la espera de que la nodriza termine de preparar los pañales de tela para vestirlo.

Entonces Ignazio coloca la vasija en el tocador, coge las botellas de marsala y las vacía dentro. La habitación se llena del olor intenso del alcohol mezclado con el salino del sudor y el más leve y ferroso de la sangre.

Al final, Ignazio se vuelve hacia su suegra y tiende los brazos. Costanza no sabe qué hacer y mira a su hija; pero Franca está riendo, asiente con la cabeza, porque ha comprendido, y está feliz. Y también ha comprendido Giulia, que agarra la mano de su hermano.

—¡Espera! —grita, riendo. Agarra la jarra de agua preparada para el baño y echa el líquido en la vasija, ante la mirada estupefacta de los demás—. ¡Tienes que diluir el marsala o podría hacerle daño! ¡Acaba de nacer!

Desnudo entre los brazos de su padre, el recién nacido abre los ojos. Ignazio se detiene un instante, lo mira. Es una criatura de rostro arrugado, de piel sonrosada. Y es su hijo. Suyo y de su adorada Franca.

Entonces, sosteniéndolo en el antebrazo, lo baja a la vasija, recoge en una mano un poco de líquido y le moja la cabeza. Luego lo sumerge completamente.

Detrás de él, gritos escandalizados.

—*Pero ¿qué haces? ¿Lo estás bautizando?* —grita Giovanna, porque esa especie de bautizo para ella es un sacrilegio.

Giulia, con una mano en la boca, no sabe si reírse o indignarse. Giovannuzza, detrás de la tía, mira la escena con los ojos como platos.

Pero Ignazio no ve ni oye a nadie. Busca a Franca con la mirada. Ella ríe y aplaude. En el rostro, una dulzura que él llevará en su interior toda la vida.

La vida, sí. La que él siempre ha perseguido, que durante tanto tiempo ha parecido que lo rehuía. Lo ha perseguido la muerte desde que su abuelo expiró casi el mismo día en que él nació. Desde la muerte de su hermano Vincenzo. Y luego desde la de su padre. Ha procurado olvidar ese sufrimiento con Franca, pero no solo con ella.

También con muchas otras, con un montón de mujeres. También con los caprichos y con las locuras que su enorme riqueza le ha permitido hacer.

Y, sin embargo, solamente ahora sabe que puede encontrar un poco de paz. Porque entre sus brazos está la vida. Está su futuro y el de la Casa Florio.

El niño abre los ojos, rompe a llorar con fuerza, pero Ignazio le moja los labios con un dedo mojado de licor.

—Tienes que recordar este sabor. Este sabor, incluso antes que el de la leche. —Lo apoya en su pecho, sin importarle que el niño también va a oler a licor—. Esto nos ha convertido en lo que somos: los Florio.

—Don Ignazio... han venido los obreros. —Saro ha entrado en el despacho y ahora observa la plaza a través de las cortinas de la ventana. Ignazio, en el escritorio, cruza una mirada perpleja con Erasmo Piaggio, sentado en un sillón delante de él, luego se levanta y echa un vistazo por encima del hombro del valet, y enseguida hace lo mismo el director de la NGI. En efecto, una docena de obreros espera delante de la puerta y está hablando con Pietro Noto, el portero.

—¿Por qué están aquí? —masculla luego.

—¡Bah! ¿Quizá para pedir explicaciones por los retrasos de las obras? —sugiere Piaggio.

Ignazio vuelve a sentarse al escritorio.

—Ve a explicarles que, desde que Codronchi dejó el cargo, en julio del año pasado, las cosas se han complicado mucho. Y confiemos en que esta Società Cantieri Navali, Bacini e Stabilimenti Meccanici Siciliani que hemos decidido crear —dice, tocando con el índice los papeles que tiene delante— logre que las cosas se arreglen... —Se levanta de golpe—. ¡Espero de verdad que no estén aquí para pedir otra subida salarial! ¡Con qué valor, después de lo que pasó en enero! Tendremos que volver a hablar con Garibaldi Bosco: es el único que puede decirles que se calmen. Qué pesadez, estas continuas protestas...

—Han venido a dar su enhorabuena por el nacimiento del *niño*.

—Giovanna está en la puerta. Ha aparecido sin hacer ruido y ahora mira a su hijo con gesto de reproche—. He dicho que los hagan pasar —explica. Se vuelve hacia Saro—. Que traigan aquí sillas, después sirve galletas y vino en el escritorio. Son nuestros trabajadores y tenemos que recibirlos con amabilidad —añade, anticipándose a las objeciones de su hijo, que, de hecho, ha abierto los ojos de par en par—. Es lo que habría hecho tu padre —murmura. Y, mientras se aleja, piensa con amargura que su Ignazio habría ido personalmente a anunciar el nacimiento del heredero a los obreros de la Oretea, como había hecho cuando nació Vincenzino.

Poco después, los pasos pesados de los obreros resuenan en los pasillos de la Olivuzza, ensucian las alfombras y rayan el parquet. Vestidos con la ropa de domingo, los hombres miran a un lado y a otro, cohibidos por los enormes cuadros, por los elaborados arreglos florales, por los dorados y los frescos, pero, sobre todo, por esa casa que parece no tener fin. No esperaban entrar; el portero les había dicho que le transmitiría el mensaje a don Ignazio y que podían volver a su casa. Después llegó doña Giovanna, la viuda del *jefe* —el gran señor *que en paz descanse*—, que sencillamente dijo:

—Bienvenidos, pasen —y se encaminó hacia el despacho que fue de su marido y que ahora es de Ignazio.

Pasan delante del salón verde y ven a doña Ciccia que, sentada en un sillón, dormita con la boca abierta. Uno de ellos se ríe, pero enseguida calla: enseguida ven el retrato de Ignazio en el marco de plata. Entonces se detienen y se hacen la señal de la cruz.

Giovanna los observa, siente que los ojos se le humedecen. Un obrero de edad avanzada, con mostachos grises, la mira de reojo.

—Fue un auténtico padre para todos nosotros. El Señor se lo llevó demasiado pronto —le dice.

Ella asiente rápido, luego les da la espalda, sigue avanzando hacia el despacho. Ignazio está en la puerta, con Piaggio. Sobre el escritorio, despejado de papeles y carpetas, botellas de vino y bandejas con galletas. Al lado, manteles de lino bordado con las iniciales de Ignazio y Franca.

Los obreros se colocan a lo largo de las paredes de la habitación, y el obrero de los mostachos grises se acerca a Ignazio.

—*Señor*, hemos venido para darle nuestro... nuestra...

—... enhorabuena —sugiere un joven que está al fondo de la habitación. Tiene ojos inteligentes, y parece el mejor vestido.

—Sí, enhorabuena. El nacimiento del *niño* es algo bueno no solo para usted, sino para toda la Casa Florio, y estamos muy contentos de que usted haya decidido llamarlo como *el jefe,* que *Dios lo tenga en su gloria.*

—Amén —susurra Giovanna desde el fondo de la habitación.

—Gracias. Han sido ustedes realmente amables viniendo hasta aquí —Ignazio balbucea, introduce los pulgares en los bolsillos del chaleco—. ¿Puedo ofrecerles un pequeño refresco? Me imagino que han venido a pie.

—A pie y con escolta.

De nuevo ha sido el joven el que ha hablado y a nadie le ha pasado por alto el tono de sarcasmo de su voz. Piaggio frunce las cejas, se acerca a la ventana y ve, en una esquina de la plaza, un pequeño grupo de carabineros. Después, mientras los hombres se acercan al escritorio para tomar una copa de vino o una galleta, se dirige al joven.

—¿Usted es...? —pregunta.

—Nicola Amodeo. Tornero de la Oretea.

—Bien, señor Amodeo, la escolta me parece una precaución necesaria, habida cuenta de las protestas de enero frente a la sede de la NGI. —Piaggio solo ha necesitado un instante para darse cuenta de que ese no es un simple obrero. Mantiene la cabeza erguida y ha querido definir su papel. «Es un sindicalista, o algo peor»—. Han sido decisiones dolorosas para nosotros, ¿sabe? Nunca es agradable despedir, pero, mientras no empiecen las obras del astillero, la fundición no puede permitirse contar con más personas que las estrictamente necesarias.

Ignazio se ha acercado a los dos, asiente.

—Ustedes no se dan cuenta de lo infausto que ha sido este mes de enero para la gente pobre de Palermo. —Amodeo menea la cabeza—. Los despidos de los aprendices fueron un duro golpe.

Solo habían pedido un aumento, porque todo ha subido de precio, empezando por el pan, y, en cambio, la policía los echó a la calle y los señaló. Y ahora nadie los quiere contratar, porque se han creado fama de anarquistas.

—¡Venga, qué exageración! —exclama Piaggio—. No eran más que aprendices, exaltados, ingratos que montaron piquetes porque sí, sin motivo. Y además, usted mismo lo ha dicho, por doquier está subiendo todo de precio. ¡Los impuestos, solo por mencionar algo! —Hace un gesto a un camarero, que se acerca con una bandeja en la que hay varios vasitos de marsala—. Si hubiese estado usted en nuestro lugar, habría hecho lo mismo. Castigar a unos pocos recuerda a todos quién manda.

Amodeo rechaza el vino.

—Los despidieron sin permitirles que se explicaran —comenta, seco.

—¿Y qué debíamos hacer después de las protestas que organizaron? ¿Contratarlos de nuevo? —interviene Ignazio—. Algunos facinerosos son como ratas en un granero: se lo comen todo en un santiamén.

Amodeo baja la cabeza.

—Usted, don Ignazio, no se hace cargo de que aquí hay hambre, mucha hambre, y el hambre es peligrosa. En las protestas de enero no estábamos solamente los de la fundición o los del varadero: había también carpinteros, albañiles, picapedreros... Había gente de los distritos de Tribunali, de Monte di Pietà, de Castellammare, hasta de la Zisa y de Acqua dei Corsari. Palermo necesita trabajo.

—¿Cree que no lo sé? —Ignazio levanta la voz y retuerce los labios con gesto irritado—. Mientras estuvo Codronchi, el asunto del astillero siguió adelante... Parecía que las obras iban a empezar en cualquier momento. Fui incluso a Roma para presionar y en busca de apoyos... Ahora todo se ha paralizado en el ministerio, de *dinero* no se puede hablar, y nadie quiere interceder por nosotros. Por no mentar que hay protestas en toda Italia y que el gobierno tiene otras preocupaciones. ¡No depende de nosotros!

El obrero menea de nuevo la cabeza, esboza una sonrisa desconsolada.

—Don Ignazio, también depende de usted.

—Yo...

Giovanna lo interrumpe. Le pone una mano en el brazo, lo hace volverse.

—Ha bajado Franca con el *bebé*. Ven —le dice. Ignazio levanta la cabeza. En la puerta ha aparecido su esposa, de la mano de Maruzza. Detrás de ellas, la niñera lleva en brazos el hatillo de encaje donde está envuelto su niño.

Los obreros los reciben con aplausos, murmurando una bendición —*Que el Señor te mire y proteja siempre*— y algún cumplido al niño y a la madre.

Sigue pálida, su Franca, piensa Ignazio; han pasado pocos días desde el parto y le está costando recuperarse. Un arrebato de ternura lo enardece. Organizará un viaje en verano para ella y para toda la familia, a lo mejor en su tren, para que así no se cansen y puedan disfrutar de todas las comodidades de los vagones personales. Sí, volverán a París y quizá también a Alemania, piensa, y la idea le arranca la primera sonrisa del día.

Lo importante es alejarse de Palermo y de toda esa miseria.

Ignazio camina nerviosamente de un lado a otro, tratando de desahogar el mal humor.

El comedor de la planta baja de la Olivuzza nunca ha sido una de sus habitaciones preferidas; demasiado grandes y oscuros los muebles de caoba, demasiado sólidos y anticuados los candelabros de plata. Y siempre ha detestado los dos antiguos pavos reales de coral y cobre que se pavonean encima de la repisa de la chimenea, así como el gigantesco salvachispas. Pero ha pasado un año desde el nacimiento de Ignazio —al que todos llaman Baby Boy—, y ya es hora de que Franca y él sean el centro de la vida de la alta sociedad de Palermo. Aunque eso significa recibir con todos los honores a ciertos personajes que le resultan especialmente odiosos, como los de esa noche.

Se detiene al lado de la mesa.

—¿Huevos a la Montebello? ¿Para una cena después del teatro? —resopla, mirando el menú.

Franca entra en ese momento, envuelta en un traje de encaje negro y con una estola de seda color marfil. No lleva collar, solo dos pulseras y los pendientes de perlas de Cartier que Ignazio le regaló en el viaje de luna de miel. Su talle es de nuevo curvilíneo como antes del embarazo. Las cremas más caras —de la Veloutine de Charles Fay a la *cold-cream* de Pinaud et Meyer—, los baños fríos para favorecer la tonicidad de la piel y los masajes regulares le han servido, pero ahora está pensando en someterse, en París, a un tratamiento que debería «esmaltar» el rostro con esmalte líquido. Ahora bien, le han dicho que es muy doloroso y que ella, con veintiséis años, todavía no lo necesita.

—Has de saber, querido, que D'Annunzio adora los huevos —comenta con voz aflautada—. Pero, como ves, también hay langosta en salsa tártara, espárragos en salsa espumosa y, para terminar, el *trionfo di gola*. —Se vuelve, suspira—. Qué hombre tan fascinante y singular... Verás, estuvimos hablando largo rato durante el descanso entre el tercer y cuarto acto.

—Ah, se te acercó cuando empezaron los pitidos...

—Anda, ¿qué dices? ¡Si fue apoteósico! Ocho llamadas solo en el primer acto... Los que alborotaron fueron unos adefesios que había en el gallinero. Me han dicho que hasta rompieron los cristales de la puerta giratoria del teatro. Y, además, las obras de Gabriele son siempre audaces, resultan polémicas. Y esta maravillosa *Gioconda* no es un caso aparte. Desde luego, también gracias a la Duse y a Zacconi, que son...

—Lo llamas incluso por su nombre —la interrumpe Ignazio, gélido—. Es un *crápula* y no le da apuro mostrarse como un mujeriego.

Franca concentra su atención en el corpiño del traje, sopla una invisible pajita.

—Os oléis entre los semejantes, ¿eh? —Luego le hace un gesto al criado y le tiende la estola, para que se la lleve a Diodata.

Ignazio abre mucho los ojos.

—¡Vas muy escotada!

Franca le lanza una mirada en la que se mezclan frialdad e incredulidad.

—Creo que es la primera vez que le dices a una mujer algo así. ¿O también se lo sugieres a tus... amigas?

—¿Qué tiene eso que ver? Todo el mundo sabe que D'Annunzio es un hombre muy «sensible» a las mujeres bonitas —exclama, mientras se le acerca—. Tú eres bonita, y él ansía contarte entre sus conquistas. ¡Oh, no lo niegues! Lo sé por la forma en que te miraba esta noche, por la forma en que te hablaba...

—Me imagino que reconoces ciertas actitudes de cazador.

Ignazio pone una cara siniestra.

—No bromees, Franca.

Ella mueve la mano, molesta.

—Me ha pedido un talismán para su nueva obra teatral, y le

he prometido darle uno. Pensaba en una perlita de coral... Y además, si hubieses estado realmente atento, habrías visto que estábamos hablando con Jules Claretie.

—Pero si es el director de la Comédie Française y apuesto a que es medio pederasta como tanta gente de teatro. Franca, no estoy bromeando: mantente lejos de D'Annunzio. —Ignazio le agarra la muñeca.

Ella se suelta.

—Lo sé todo sobre ti. Todo. Sé cuánto gastas con tus amantes, adónde vais, incluso qué perfume usan porque lo huelo en ti. Los chismes acerca de ti son tan previsibles que ya ni siquiera los escucho. ¿Y tú ahora te pones celoso porque he hablado con un hombre delante de un teatro entero? ¡Eres grotesco!

—No estoy dispuesto a quedar como cornudo delante de toda Palermo.

Franca echa la cabeza hacia atrás, ríe con fuerza.

—¡Bien! ¿Qué se siente estando al otro lado, por una vez? ¿Viendo que otros desean lo que tú tienes y no cuidas? —Se acaricia el cuello, los dedos bajan por el escote. Está decidida a provocarlo—. ¿Qué crees tú que piensan los otros hombres cuando te ven hacer el imbécil con sus mujeres?

—Cómo te permites... —Ignazio está colorado.

—Soy tu mujer, y vaya si me lo permito. Pero ya basta. ¿O quieres hacer el ridículo delante de todo el mundo?

Un golpe de tos, discreto pero claro, los interrumpe. El mayordomo Nino está en la puerta.

—Han llegado los condes Trigona y monsieur Claretie. ¿Los hago pasar?

Franca levanta un lado del traje.

—Yo los recibiré —declara y, después de echarle una última mirada gélida a Ignazio, pasa delante de él con su paso elástico y sale de la habitación.

—Esta noche tu mujer es una preciosidad, *chato*. Todo el mundo se ha dado cuenta, empezando por nuestro poeta. La ha mirado más a ella que a la obra —susurra Romualdo, levantando la barbilla hacia Franca, que está charlando animadamente en francés con Giulia y con monsieur Claretie.

Giuseppe Monroy ríe bajo el bigotillo.

—*No le digas eso a nuestro Ignazziddu. ¿No ves que ya está nervioso?*

—*Eres un cabeza de chorlito* —susurra Ignazio.

—Pero dicen que la Duse... sabe llevarle las riendas. —Giuseppe coge una botella de champán y se sirve, ante la mirada atónita del camarero—. Una mujer imponente. ¡Qué ojos, parece que echan llamas! ¡Y qué porte, qué pecho!

En ese momento resuenan pasos en el pasillo, junto con unas voces masculinas y con una profunda carcajada femenina, gutural. Franca y Giulia se cruzan una mirada, se acercan a la puerta. Gabriele D'Annunzio es el primero que entra y lo hace a su manera, con los brazos abiertos y las palmas de las manos hacia arriba. Mira a Franca, le agarra las manos, se las lleva primero a los labios y luego al corazón.

—Doña Franca, esta casa es digno marco de su resplandor.

—Se lo agradezco, maestro —replica ella con una sonrisa. Luego señala a la mujer que está a su lado—. Permítame presentarle a mi querida amiga la condesa Giulia Trigona.

Giulia, con un traje rojo vivo, hace una graciosa reverencia.

D'Annunzio le corresponde con una sonrisa, se inclina.

—*Enchanté*, madame. Palermo puede considerarse realmente felicísima si la belleza de sus hijas rivaliza con la de la voluptuosa Actaea, ninfa de las orillas. Son ustedes delicadas como un soplo etesio, suspiro sureño del gran Mediterráneo.

—Vamos, deje de adularnos —exclama Franca—. O nuestros maridos, como los hombres celosos que son, se sentirán obligados a retarlo a duelo.

—¡No serían los primeros! —lamenta D'Annunzio—. Ya he escuchado otras veces el fragor de la muerte.

En la puerta del comedor, envuelta en una capa de raso gris claro, bordada con esparragones en gradaciones del blanco al plateado, una mujer observa la escena, con una sonrisa entre irónica y amarga. Se acerca a Franca.

—Es más fuerte que él. En presencia de una mujer hermosa tiene que exhibirse. —Le tiende la mano—. Soy Eleonora Duse. Encantada de conocerla, doña Franca.

Franca vacila un instante. De cerca, sin el maquillaje teatral, con los largos cabellos negros sueltos sobre los hombros, la Duse es sencillamente bella y sensual. Es magnética. Es la encarnación de la elegancia de los gestos unida a un cuerpo armonioso, una belleza tan perfecta que parece irreal.

—El honor y el placer son míos —dice por fin—. Ha sido un privilegio asistir a su representación de esta noche. Ha dado usted voz al tormento interior de Silvia, pero además ha conseguido transmitir algo todavía más difícil: su sufrimiento físico. Con un simple parpadeo...

—Solo una mujer sensible sabe lo estrecho que es el vínculo entre el amor y el sufrimiento —replica la Duse.

Franca sonríe y con un gesto la invita a pasar. En ese momento, en el vano de la puerta aparece un hombre jadeante, de rasgos delicados y enérgicos a la vez, y con una mirada alegre.

—¡Oh, ahí está mi escultor! —exclama D'Annunzio.

Ermete Zacconi, que en la *Gioconda* interpreta al escultor Lucio Settala, el marido de Silvia, se inclina ante Franca, le estrecha la mano.

—Doña Franca, es un honor —dice luego—. Perdone el retraso, pero después de la obra siempre necesito un momento de paz...

—Me lo puedo imaginar, señor Zacconi. Su personaje es... tan intenso que me ha arrancado más de una lágrima.

—¡Espero que no fuesen de horror! —D'Annunzio se le ha acercado enseguida, le estrecha una mano, le dirige una mirada fingidamente humilde.

—De pura y auténtica emoción, se lo garantizo, maestro.

Él le besa la mano y sonríe.

Ignazio busca la mirada de Franca para lanzarle un mudo reproche, pero ella le da la espalda y, con un gesto, los invita a todos a sentarse a la mesa.

En cuanto Franca e Ignazio se sientan en sus respectivos cabeceros de la mesa, con el poeta a la derecha de Franca y la Duse a la derecha de Ignazio, los camareros sirven los platos tapados con *cloches* de plata. El aroma de los huevos y del pan recién hecho invade la habitación.

—¿Huevos a la Montebello? ¡Pero usted me mima! —exclama D'Annunzio, saboreando un bocado, sin apartar los ojos de Franca.

Ignazio tiembla. Giuseppe cruza miradas con Romualdo, que se ríe.

Después, en la pausa entre la langosta y los espárragos, el poeta cruza las manos bajo la barbilla, la observa.

—Tiene usted un cuello de cisne, señora mía. Los pendientes

que lleva lo acortan y distraen de su maravillosa belleza. —Agita una mano hacia los *pendants* de Cartier—. Vamos, quíteselos.

—¿En serio?

—Sí.

Obediente, Franca se quita uno, luego se mira en la superficie de la jarra de plata que tiene delante. D'Annunzio se le acerca más, casi le roza la mejilla.

—¿Lo ve? Usted debería usar solo collares y *corages* que resalten la línea de su cuello.

Franca asiente. Se quita también el otro pendiente, vuelve a mirarse.

—Tiene razón —confirma, admirándose en el reflejo.

Al otro lado de la mesa, Ignazio, exasperado, espera solo el momento de poder estar a solas con su mujer. No, no puede soportar tanta confianza. Y está convencido de que Franca se aprovecha de las atenciones de D'Annunzio para vengarse de él. «¡Se va a enterar! ¿Cree que solo ella tiene derecho a montarle escenas?».

Se despabila solo cuando repara en las miradas de Romualdo, que está tratando de hacerle ver que todo el mundo se ha dado cuenta de su mal humor. Entonces manda que se sirva vino blanco, un Pinot, y se levanta.

—Me gustaría hacer un brindis por nuestros invitados y por su éxito... —anuncia—. Pero, sobre todo, por la señora Duse, cuyo talento supera incluso su encanto.

La actriz le dirige una sonrisa agradecida, luego mira a la dueña de la casa.

—Para una mujer, que le reconozcan su inteligencia es tan importante como que le hagan un cumplido por su belleza. ¿No lo cree usted también, doña Franca?

Ella asiente.

—Los hombres piensan a menudo que nuestra sensibilidad es más un límite que un recurso, y que nos coloca en una condición de inferioridad. Lo vemos y comprendemos todo, y muchas veces preferimos callar, pero ellos parecen no darse cuenta.

Giulia Trigona inclina la cabeza, mira un bordado del mantel de lino.

—O, peor aún, creen que la condición de maridos y padres los coloca por encima de cualquier límite, y que eso les permite humillar y avergonzar a sus esposas delante de todos —murmura.

Romualdo Trigona empalidece y agacha la cabeza sobre el plato.

—A mi musa no pueden asfixiarla las densas brumas de la

cotidianidad. —D'Annunzio mira a la Duse, levanta la copa hacia ella—. Por eso he rechazado las innumerables miserias cotidianas y elegido vivir más allá de ellas, libre de las redes y los lazos con que una sociedad mediocre como la nuestra envuelve al individuo. Para mí la libertad es sacrosanta y vale tanto para el hombre como para la mujer.

La Duse menea la cabeza, deja el tenedor.

—Eso significa también eludir cualquier obligación que se derive de un vínculo. En otras palabras, no asumir la responsabilidad moral de las propias decisiones.

—Al revés: honrar como única diosa a la libertad individual significa asumir todas las responsabilidades que se derivan de tal decisión. —El poeta señala al director de la Comédie Française—. Monsieur Claretie podrá seguramente confirmar que, en Francia, gracias al divorcio, el vínculo matrimonial ya no es un suplicio eterno... Señal, precisamente, de admirable independencia de pensamiento.

Claretie asiente, luego se enjuga los labios.

—Lejos de mí no reconocer la importancia del matrimonio —dice en tono apacible—. Sin embargo, creo que los artistas deberían evitar las ataduras. El arte exige libertad, porque además con frecuencia genera cambios interiores que pueden causar sufrimientos al prójimo.

—Paradójicamente, el teatro, con sus máscaras, desvela la hipocresía de las relaciones humanas —interviene Zacconi—. Puedes permitirte decirlo todo y lo contrario de todo por medio de las palabras de un poeta.

—¡Venga, ahora no exageremos! El matrimonio es el fundamento de una sociedad virtuosa. Se definen los papeles, se educa a los hijos, se marca el límite entre lo lícito y lo ilícito. Negar su importancia es simple locura. —Ignazio ha hablado con voz muy intensa y mirando fijamente a Franca.

Ella enarca las cejas.

—¿En serio? —Deja la copa de vino, acaricia la base—. En mi opinión, la conducta es la que habla por nosotros; son nuestras acciones y no las palabras o las proclamas. Es una cuestión de dignidad, de amor propio y de honradez, porque a menudo la forma y la sustancia coinciden. Usted, señor Zacconi, la llama hipocresía, pero yo prefiero creer que es auténtico respeto por los demás, empezando por los propios parientes y por el propio apellido.

Eleonora Duse la observa. Luego, lentamente, sus labios esbozan una sonrisa. Levanta su copa hacia ella.

—¿Cómo no darle la razón, doña Franca?

Franca recordará esa noche y esas palabras todavía muchos años después, en la oscuridad de una sala cinematográfica, viendo a una mujer mayor, frágil e intensa, interpretar el papel de una madre que encuentra, ya adulto, al hijo que había abandonado. En el rostro con arrugas profundas y el pelo totalmente canoso buscará inútilmente a aquella Duse a la que había conocido y admirado. Y no podrá dejar de preguntarse si, al igual que su cuerpo, también su espíritu se había convertido, como el título de la película, en cenizas.

Porque ese era un destino que no podían eludir ni las mujeres más combativas ni las más inteligentes. Franca lo sabía bien.

Es un invierno suave el que acompaña la entrada del nuevo siglo en Palermo. Y la ciudad que un cronista del *Corriere della Sera* definió como «la más hermosa de Italia» lo celebra luciéndose, revelando por fin a todo el mundo su alma sofisticada. Villas y palacetes con elegantes rejas de hierro forjado y jardines cuidados surgen en el espacio ocupado por la Exposición Nacional de 1891, calles silenciosas se extienden desde la via de la Libertà, la nueva, gran arteria urbana que recuerda un bulevar parisino. Y precisamente a la capital francesa mira Palermo: se nota en las tiendas con los rótulos de cristal pintado, en las joyerías que exponen broches y anillos inspirados en los de Cartier, en las sombrererías que reproducen los figurines de la *Mode Illustrée* o de la *Mode Parisienne*, y, obviamente, en los cafés *chantants*, cada vez más numerosos, llenos de luz y espejos, con grandes barras de zinc y mesas con sillones de terciopelo. Al lado de la histórica pastelería Gulì, de la confitería del Cavalier Bruno o del Caffè di Sicilia, donde los hombres hablan de política y negocios, se abren salones de té reservados a las mujeres: espacios decorados con pinturas florales y adornos de estilo oriental o árabe, donde las damas pueden tomar té o degustar granizados o sorbetes sin temor a ser importunadas por petimetres. El Teatro Massimo, por fin terminado, de momento está cerrado, pero aún conserva su título de tercer teatro más grande de Europa, después de la Ópera de París y la Staatsoper de Viena, y, en cualquier caso, los palermitanos pueden desahogar su deseo de mundanidad en los establecimientos balnearios que hay en la Acquasanta, el Sammuzzo y la Arenella.

Precisamente a medio camino entre Palermo y la Arenella, donde se encuentra la Villa dei Quattro Pizzi —a la que los Florio ya van rara vez—, estaba la villa de la familia Domville, una mansión de estilo neogótico que Ignazio ha comprado y transformado radicalmente. La ha rebautizado Villa Igiea y su pretensión es convertirla en el sanatorio más *à la page* de toda Europa. Una estructura con grandes espacios abiertos, clara y aireada, rebosante de luz, con doscientas habitaciones que dan al jardín y, por tanto, al mar. Detrás del complejo, además, está el monte Pellegrino, de donde llega un olor a tierra mezclado con el de la ruda y el orégano. El contraste de colores y aromas es tan insólito como tonificante.

—*And this is the terrace: 3.000 square meters... Almost 32.300 square feet.* Estamos en invierno, y, sin embargo, aquí, al aire libre, la temperatura es muy agradable y el aire es sano, muy útil para tratar las afecciones de bronquios y pulmones.

Ignazio observa las reacciones de sus invitados ante la espléndida terraza y la magnificencia del golfo de Palermo iluminado por el sol de enero. Los hombres asienten, comentan en voz baja, pero parecen reacios a comprometerse. Sin embargo, él está orgulloso de ese lugar y le ha costado una cifra considerable traer a esos once médicos ingleses a Sicilia para que asistan a la inauguración de la villa. ¿Cómo es posible que no estén emocionados por sus potencialidades?

—A lo mejor han notado que los suelos son de linóleo. Todo el edificio es a prueba de incendio y se caldea con estufas de mayólica y con chimeneas...

—Si don Ignazio me lo permite, quisiera añadir que los servicios de desinfección y lavandería, pero también los laboratorios, están situados a cierta distancia del complejo principal, con el objeto de no molestar la estancia de los pacientes y para garantizar una mayor salubridad.

El que ha hablado es un hombre flaco, de ojos profundamente negros y con mostacho gris. Es Vincenzo Cervello, profesor de Asignatura Médica y Farmacología en la Universidad de Palermo, y será el director sanitario de la Villa Igiea, donde podrá aplicar su innovador tratamiento contra las enfermedades pulmonares: tener a los pacientes durante dos o tres horas al día en una habitación llena de igazolo, esto es, de vapores de formaldehído con cloral y yodoformo. Un tratamiento tan innovador como controvertido: ese grupo de médicos ingleses ha escuchado sus explica-

ciones con evidente perplejidad y tratado varias veces de plantear-
le preguntas incómodas. Pero Cervello siempre ha defendido con
vigor la eficacia de su método.

—... estancia que, como han visto, hemos concebido atendiendo a cada detalle, para garantizar la comodidad y la discreción
—concluye Ignazio—. Y ahora, señores, los dejo libres unas horas. Si lo desean, tienen a su disposición unos carruajes para visitar la ciudad. Les recuerdo que esta noche será la cena de gala, y
para mí será un enorme placer tenerlos como mis invitados.

Por fin alguna sonrisa aflora en los rostros de los hombres.
Algunos miran alrededor y por entre los arbustos y los árboles del
jardín. Hay un momento de vacilación. El más joven del grupo
pregunta entonces tímidamente:

—*And your wife... She will be there, won't she?*

Ignazio sonríe a regañadientes.

—*Of course.* Mi esposa no ve la hora de conocerlos, señores.

Un murmullo de satisfacción acompaña al grupito mientras se
aleja.

Con un suspiro, Ignazio se apoya en la balaustrada que da al
mar.

—Ya se acabó, menos mal. ¿Está usted seguro de que no han
llegado a los cuartos de la primera planta? —le susurra al profesor Cervello.

—Segurísimo. Y, de la cocina, solo han visto el espacio principal. Además, han visitado solamente un taller y una de las salas
para la terapia.

Ignazio asiente. A las obras les falta mucho para estar conclui-
das; pasarán semanas antes de que el sanatorio pueda recibir pacientes. Los habituales retrasos debidos a obreros perezosos, al
material que no llega, a la lentitud de la burocracia en la concesión de permisos. Y a todo eso se suman los costes de mantenimiento, que ya son elevadísimos, como había supuesto aguda-
mente uno de los invitados, en un encuentro privado con Ignazio
frente a una copa de brandi unas noches antes.

Él sonrió con diplomacia, evitando responder.

Pero da igual. A esos lumbreras todo tiene que parecerles perfecto y que Villa Igiea ya está lista para abrir. De ese modo aconsejarán
a sus acaudalados pacientes ese sitio elegante, acariciado por el sol y
el mar y dotado de las instalaciones más modernas. Y, una vez ahí,
la eficacia del tratamiento del profesor Cervello hará el resto.

Cuando los dos hombres emprenden la vuelta al edificio, un

criado, apenas un chiquillo, sale del fondo del pasillo y se les acerca corriendo.

—¡Despacio, maldita sea! —lo regaña con aspereza Ignazio—. ¡Aquí tiene que reinar la tranquilidad y el silencio!

—*Perdóneme usted*, don Ignazio. Pero ha llegado un telegrama y...

Ignazio le arranca el telegrama de la mano y con un gesto le dice que se aleje. El chiquillo se aparta casi de puntillas.

Ignazio lee deprisa, se detiene, le aprieta a Cervello el brazo.

—¡Oh, señor, te doy las gracias! ¡No viene! ¡El ministro Baccelli no puede estar presente en la inauguración de Villa Igiea! ¡Tenemos que aplazarla!

El profesor Cervello sonríe, perplejo, se tapa la boca con la mano.

—¡Tenemos tiempo de terminar las obras! Y abrir en primavera...

Los dos hombres se estrechan la mano.

—¡Qué golpe de suerte! Lo anunciaré esta noche en la cena de gala. Oh, me mostraré afligido, les pediré toda clase de disculpas...

—De todos modos, tengo la sensación de que apenas le prestarán atención. Creo que el principal objetivo de estos ingleses es estar con su esposa —comenta el profesor Cervello, al que la noticia ha vuelto audaz.

Ignazio hace una bola con el telegrama, se lo guarda en el bolsillo.

—Pues que miren a mi Franca. Además, hay algo que notarán enseguida.

—¿Qué? —pregunta el profesor Cervello, con curiosidad.

Ignazio sonríe.

—Mi mujer está de nuevo encinta.

—¡Queridísimo Ettore! —exclama Franca.

Ettore De Maria Bergler, un cigarrito entre los labios, está mezclando en un cuenco distintos tonos de verde. En cuanto oye esa voz, vuelve la cabeza y sonríe. Los dos coinciden un instante en el recuerdo de una primavera de hace muchos años, de un retrato al carboncillo, cuando ella era una joven ingenua, convencida de que Ignazio ni siquiera veía a las otras mujeres. Le tiende una mano manchada de pintura, le besa los nudillos.

—¡Doña Franca, qué gusto verla! ¿Ha venido a ver cómo avanzan las obras?

Ella asiente y cruza las manos sobre el vientre.

Su tercer hijo nacerá dentro de un par de meses: después de su adorada Giovannuzza y de Baby Boy, otro varón la haría feliz. Para entonces, ese salón tendrá que estar listo, dado que ahí recibirán a los invitados para el bautizo del pequeño.

—Bueno, vamos bien. Además, Michele Cortegiani y Luigi Di Giovanni van casi más adelantados que yo.

Franca eleva la mirada hacia dos hombres que, sentados en un andamio, están dando los últimos retoques a una guirnalda de rosas.

—¡Muy buenas, señor Cortegiani! ¡Qué tal, señor Di Giovanni!

—Mis respetos, doña Franca —dicen los dos.

Encima de ella, bailan unas ninfas envueltas en ropajes impalpables.

—Magnífico —murmura, girando sobre sí misma para mirar los frescos que van cobrando vida—. Hay algo... mágico en estas criaturas.

—Estoy convencido de que el arte es una magia que debe vivirse sin prejuicios. ¿No lo cree usted?

Ella suspira, asiente. Es amiga de escritores y pintores y sabe bien cuán importante es que toda obra esté envuelta en un aura de misterio. Sin embargo, ya ha aprendido a reconocer sus pequeñas y grandes obsesiones, sus mezquindades y, sobre todo, sus temores, que encuentra incluso en las cartas que Puccini y D'Annunzio le escriben.

—Sí. Ustedes los artistas son criaturas tan fuertes como frágiles.

El pintor enarca las cejas, luego saca del bolsillo un pañuelo con el que se seca un chorro de sudor.

—El problema de hoy es que no hay humildad. Hay gente que con ver un solo cuadro y escuchar una sola obra lírica ya se cree con derecho a hacer críticas feroces. —Le pasa el cuenco a un muchacho y le ordena que siga mezclando el color, luego se limpia las manos con un paño—. Venga, salgamos al jardín —dice al fin, sonriendo—. Este es un abril clemente y no quiero que se canse usted más de lo debido.

Atraviesan el pasillo, bajan las escaleras de líneas sinuosas y llegan a la gran terraza que da al mar, donde han puesto los adornos de hierro forjado. Franca se sienta con un suspiro de alivio. El cansancio debido al embarazo es evidente.

Sin embargo, De Maria Bergler no parece notarlo.

—Tiene usted un aspecto tan... radiante —exclama—. ¡Ah, cómo me gustaría pintarla ahora, con esta luz primaveral!

—Usted es siempre muy bueno conmigo —replica Franca. Pero sabe que el pintor tiene razón: en los últimos meses, Ignazio la ha vuelto a amar con pasión y los rumores sobre sus «distracciones» parecen haber disminuido. Su recuperada serenidad es evidente. Casi ya no piensa en las otras mujeres: ellas pueden incluso recibir las atenciones de Ignazio, pero ella es la madre de sus hijos. Ellas reciben las migajas; a ella le toca el banquete. Y, sobre todo, está orgullosa de sí misma: en ningún momento su imagen externa se ha deteriorado.

—¿Y bien? ¿Cómo se encuentra?

—El pequeño da patadas como un demonio —murmura Franca, acariciándose el vientre. El niño parece casi responderle con una patadita en el costado.

—Cuando nazca, ya habremos terminado las obras. ¿Nota el olor a aceite y cola, pero, sobre todo, a madera? Procede de los muebles diseñados por su querido amigo Ernesto Basile; acaban de traerlos los mozos de cuerda de la fábrica de Vittorio Ducrot, todavía están embalados. Si lo desea, luego se los enseño. Ya verá, al final será como estar en un jardín en primavera.

—O en un lugar de ensueño, atemporal —dice Franca, sonriendo. Porque eso es en lo que ella piensa. En un hotel exclusivo, reservado para la aristocracia mundial, frente a aquello que Goethe definió como *des schönsten aller Vorgebirge der Welt*, el promontorio más hermoso del mundo. Un refugio para regenerar la mente y el cuerpo.

Y la idea había sido de ella.

Cuando Ignazio comprendió que la Villa Igiea nunca llegaría a ser el sanatorio de lujo que quería —demasiados obstáculos burocráticos, demasiado dinero y, sobre todo, demasiadas dudas sobre la eficacia del tratamiento del profesor Cervello—, estuvo varios días sumido en un mutismo rabioso, del que salió solo para lanzar invectivas contra la desventura y declararse víctima de la maldición de vivir en una isla tan atrasada.

Franca lo dejó desfogarse. Hasta que, una noche, recordó en tono nostálgico los días que habían pasado en Saint Moritz, Niza y Cannes y, con un suspiro, añadió que sería precioso que también en Palermo hubiera un hotel lujoso como aquellos a los que ellos solían ir...

Ignazio la miró con los ojos muy abiertos, luego exclamó:

—¡Claro! ¡Franca querida, qué razón tienes! ¡Al diablo el sanatorio! ¡Nuestra Villa Igiea puede convertirse en el hotel de lujo más hermoso de Europa! —Luego le cogió las manos y la besó.

Junto con su buen amigo Ernesto Basile, pasaron tardes enteras hablando de cómo se imaginaban ese sitio: desde los adornos de las habitaciones y los salones a los campos de *lawn tennis*, un deporte que Ignazio practicaba con entusiasmo; del jardín panorámico, con puentes y escalinatas, a la estación telegráfica; de la posibilidad de poner a disposición de los huéspedes barcas, y quizá incluso uno de sus yates, a la excelencia de la cocina que —en eso Franca fue inflexible— tenía que dirigir un chef francés con su propio equipo, como franceses serían también el *maître* y el *sommelier*. Gracias a la suavidad del clima siciliano, además, el hotel estaría abierto siempre, también en invierno. Ignazio contó entonces que uno de los médicos había dicho, en un momento dado: «¡Aquí en Sicilia, enero es como un caluroso junio en Inglaterra!». Y que se había ido al mar a bañarse, y con él algunos de sus colegas.

Se rieron mucho juntos, Ignazio y ella. Fueron cómplices como nunca antes. Franca sugirió y explicó; y él la escuchó. Se sintió —y todavía se siente— parte de ese proyecto. Y además ama ese lugar apartado de la ciudad, ama sus aromas a flores y algas, y la manera en que el sol se refleja en el mar y a lo largo del litoral de la ciudad, bañándolo de oro y bronce. Lo ama tanto que ha decidido reservar toda una planta de la Villa Igiea para ella, Ignazio y sus hijos.

Los dedos recorren el collar de oro y coral de Sciacca.

—Sabe, me encantaría mudarme aquí lo antes posible. ¡La Olivuzza parece un puerto de mar... siempre hay una confusión enorme, entre servidumbre e invitados que van y vienen! Ahora más que nunca, necesito tranquilidad.

—¡Por supuesto! Además, ¿qué lugar mejor que este, que se llama como la diosa de la salud?

Franca se ríe.

—Ah, si usted supiera... Al principio, cuando mi marido todavía pensaba convertir este complejo en sanatorio, se torturó durante semanas, porque no sabía si Igiea se escribía con i o sin i. Al final, fue D'Annunzio quien le confirmó que en italiano el nombre de la diosa de la salud es Igiea. —El rostro se le suavizó—. Si es niña, mi marido quiere llamarla así. Pero yo deseo fervientemente que sea niño.

—Será lo que el destino quiera. Lo importante es que esté sano. Y su suegra, doña Giovanna, ¿cómo se encuentra?

—Bien, gracias. Ha decidido quedarse en la Olivuzza —añade, pese a que el pintor no se lo había preguntado. Pero el alivio por la decisión de la suegra de quedarse en la villa con su hijo menor es tan grande que Franca no puede ocultarlo y lo refleja en su voz y en su rostro. Desde que ella llegó a la Olivuzza, hace ya siete años, Giovanna nunca ha cambiado su manera de vivir, pautada por rezos, bordados, melancolía y añoranzas. El manto de dolor y tristeza de sus apartamentos ya es una sombra que ninguna luz puede ahuyentar.

No, mucho mejor el sol, la vida y el calor que se respiran en ese lugar.

—Hace unos días, escuché a su marido hablar con Ernesto de la posibilidad de hacer una casita en el parque de la Olivuzza para su cuñado —dice ahora el pintor.

—Ah, sí. Es un proyecto del que habla desde hace poco. Yo no estoy muy de acuerdo, porque supondría cambiar todo el jardín y destruir el templete, pero da igual. Cuando se trata de su hermano, no me hace caso a mí ni a su madre. Vincenzo ya tiene diecisiete años y le ha pedido «más espacio y más libertad» —explica, recalcando sus últimas palabras.

El pintor oculta un comentario mordaz tras una sonrisa diplomática. En realidad, el más joven de los Florio ya se está tomando todo el espacio y toda la libertad que quiere: por un lado, con su pasión por los automóviles, de los que presume conocer cada perno y cada correa; por otro, con su colección de conquistas femeninas, no diferentes de las de su hermano. «Es un enigma que dos libertinos así puedan ser hijos de dos personas tan morigeradas como Ignazio y Giovanna Florio», piensa De Maria Bergler, pero se cuida bien de formular esa consideración en voz alta. Se levanta.

—Lo siento mucho, pero he de volver al trabajo, doña Franca. ¿Antes, sin embargo, me permite decirle algo? Más allá de mi contribución, estoy seguro de que la Villa Igiea será un lugar extraordinario y envidiado por todo el mundo. No creo que hubiera ocurrido lo mismo con el sanatorio. Por suerte, su marido cambió de idea...

—Solo las personas carentes de fantasía no cambian de idea. Y los tontos —replica Franca con una sonrisa—. Y sí, estoy de acuerdo con usted. A lo mejor mi optimismo es fruto de la dicha por este nuevo embarazo, pero yo también estoy convencida de que la Villa Igiea le descubrirá al mundo la extraordinaria belleza de Palermo.

En ese domingo de abril, el sol ya brilla y atrapa las sombras de los árboles de la plaza Marina, mientras el ábrego levanta nubes de polvo sobre las *losetas* del Cassaro. A primera hora de la mañana, Ignazio ha tenido que ir a la Villa Igiea para hablar con el capataz del acabado de los pretiles que dan al mar. Y se habría quedado encantado paseando por el jardín, pero tenía una cita importante.

Ahora se encuentra en el edificio de la Navigazione Generale Italiana, y está releyendo una carta.

Es el borrador de la misiva que envió hace casi un año al *Giornale di Sicilia*; una larga y minuciosa lista de todo lo que sería necesario hacer para librar a la isla de sus eternos problemas: un «Proyecto Sicilia», así lo había llamado, que sugería transformar los cultivos extensivos en intensivos, construir fábricas de aceite, relanzar la extracción del azufre, cultivar de forma experimental sorgo y remolacha, replantar las vides atacadas por filoxera, hacer propaganda entre los agricultores para explicar la necesidad de innovar los cultivos, de facilitar las reformas legislativas... Era el plan de acción de ese Consorcio Agrario Siciliano cuya formación él había propugnado con fuerza, y que agrupaba a dieciocho mil personas entre nobles, intelectuales y políticos unidos por la idea de que había llegado el momento de actuar para renovar la economía de la isla.

Pero el gobierno, generoso en palabras, no lo fue en meter la mano en el bolsillo. El proyecto cayó por su propio peso. De las cenizas de la decepción, sin embargo, surgió una nueva idea que enseguida lo entusiasmó: fundar un periódico.

Se lo pensó bien. En las columnas de un periódico, los intereses de la Casa Florio tendrían otra visibilidad. Y además un periódico era ya una herramienta indispensable de presión sobre la opinión pública. Por ejemplo, para criticar las decisiones de un gobierno que estaba enfadando a todo el mundo, porque imponía impuestos y no concedía ayudas. Cuando los políticos comprenden que la gente común ya no los sigue, es más, que les es hostil, ya no les queda más remedio que cambiar de línea de acción.

Por último, un periódico era la mejor manera de mostrar a todo el mundo cuál podía ser el futuro.

Un periódico daría voz al malestar y a la esperanza.

A «su» voz.

No es ya la época de su padre, cuando un solo hombre podía cambiar el destino de toda una ciudad. Y a su padre, durante años, Crispi le había cubierto las espaldas. Pero Crispi ya no estaba en el poder, tampoco Rudinì. Ahora ocupa la jefatura de gobierno ese Luigi Pelloux que no sabe nada de Sicilia y que pretende resolverlo todo con los carabineros y sus fusiles. Ignazio hace un gesto de repulsa. Pocos días antes —el 8 de abril— Pelloux había mandado suspender las ayudas para las construcciones navales, poniendo en serios aprietos la finalización del astillero de Palermo.

«Con estos políticos del norte ya no se puede hablar. Hay cosas que no comprenden, y entonces hay que llamar a un ejército, y encararlos, y *espantarlos*. Hay que implicar al pueblo», piensa, casi rabioso.

Eleva los ojos, mira alrededor. El edificio está en silencio. No se oye ni un chirrido, ni un solo crujido. Es como si hasta las grietas se hubiesen esfumado.

Alguien llama a la puerta. Un hombre imponente aparece en el umbral.

—¡Adelante, querido Rudinì, adelante!

Carlo Starabba di Rudinì, primogénito del exprimer ministro, es un hombre fuerte, con grandes patillas oscuras, elegantemente vestido.

—¿Se siente dispuesto? —le pregunta Ignazio.

—Me siento honrado, sobre todo. Ser el dueño de un periódico nuevo no es poca cosa. El director nos espera ahí, ¿verdad?

—Sí, Morello ya tendría que haber llegado. —Asiente Ignazio, y fija su atención en un portulano colgado en la pared que representa la costa calabresa y el estrecho de Mesina—. Es de Bagnara Calabra, como mi bisabuelo. Qué extrañas coincidencias.

—Creía que Morello era de Roma. Escribía para *La Tribuna*, ¿no es así?

—En efecto. Bien, es hora de ir.

Dentro del carruaje, la oscuridad es fresca, reconfortante. Ignazio juguetea con los gemelos de brillantes —dos grandes piedras que alumbran la muñeca— y contiene un suspiro, luego cruza los dedos para ocultar la tensión.

—Y su padre, ¿cómo se encuentra?

—Bien, gracias. Sigue enfadado con Pelloux —responde con un encogimiento de hombros.

—Lo comprendo y tiene sobrada razón para estarlo. Usted sabe que lo he respaldado con convicción y que en mí siempre ha encontrado un aliado fiel —replica Ignazio—. ¡Y comprendo por qué está enfrentado al actual gobierno, empeñado en una normalización que desde luego no ayuda a Sicilia ni al sur! ¡Hemos sobrevivido a los Borbones, pero no conseguimos liberarnos de las ataduras ni de los impuestos abusivos que nos impone el gobierno de Roma... mientras las empresas del norte tienen mano libre, es obvio!

Carlo di Rudinì hace una mueca llena de amargura.

—Cuando estaba en el gobierno, mi padre trató siempre de proteger los intereses del sur de Italia, y de Sicilia en especial. Somos un país todavía demasiado joven, que procede de gobiernos diferentes. Toda la unificación se hizo demasiado deprisa. Italia, querido don Ignazio, nació ya dividida —comenta en tono decepcionado—. Quien hizo Italia, hace cuarenta años, no se dio cuenta de lo diferentes que eran el sur y el norte, y ahora nosotros lamentamos las consecuencias.

Ignazio asiente.

—Así es: después de la unificación, Sicilia y los sicilianos fueron dejados de lado como un zapato viejo. Ningún proyecto, ninguna innovación; solo acusaciones de ser mangantes sin arte ni parte, de ser unos... paletos. —Casi escupe esa palabra—. Es uno de los motivos por los que fundé el Consorcio Agrario, porque confiaba en que se podía hacer algo concreto, moderno. Claro, mientras fuera los terratenientes son una fuerza viva a la que se escucha y ayuda, aquí se les tiene por pobres idiotas.

Di Rudinì lo observa de soslayo, escéptico. La casa Florio ha recibido muchas subvenciones y ha contado también con muchos respaldos políticos, no solo para los convenios navales. Ahora bien, Ignazziddu Florio no posee la autoridad de su abuelo ni el temple de su padre. Tiene buena voluntad e ideas brillantes, cierto, pero es inconstante: Es *una bandera de trapo*, una bandera que se mece al viento. Y, en cuanto a las actividades productivas, desde luego que no destaca por innovar: tendría que invertir más y mejor en sus empresas, que ahora renquean, como la Oretea, y no pueden mantener el ritmo de las empresas del norte de Italia. Sin embargo, además de reconocerle una singular sensibilidad para los asuntos sociales, sabe que es un hombre poderoso, rico y con una extensísima red de relaciones. Por eso ha aceptado participar en la fundación del periódico.

Ignazio parece leerle el pensamiento, porque se inclina y le aprieta el brazo.

—Estoy seguro de que, merced a esta iniciativa, conseguiremos hacer *ruido*. ¡La información libre será la bandera de este periódico! Utilizaré mis contactos en el extranjero para tener noticias de todas partes del mundo, escribirán para nosotros firmas importantes: Colajanni, Capuana... incluso el gran D'Annunzio me ha asegurado que colaborará con nosotros. El *Giornale di Sicilia* ha hecho mucho, pero ya es hora de que alguien defienda de verdad los intereses de los sicilianos. Esto es algo en lo que todo el mundo está de acuerdo. Incluso Filippo Lo Vetere, un socialista, no un noble *sentado en un trono*: de nada vale que se peleen los propietarios con los campesinos —dice—. Nadie nos va a ayudar; nos tenemos que ayudar por nuestra cuenta.

Ignazio querría añadir que ha pensado también en la forma de atraer lectores, ofreciendo a los suscriptores premios, copas o servicios de mesa de su fábrica de cerámica, pero no le da tiempo. El carruaje ha llegado a la via dei Cintorinai, a la sede del periódico cuyo primer número va a salir precisamente ese día, y que tendrá mucho recorrido. Durante muchas generaciones contará la vida amarga de Palermo con sinceridad y valentía; en sus escritorios se formarán algunas de las firmas más importantes del periodismo siciliano e italiano. Y, antes de su cierre, algunos de sus periodistas serán asesinados por la mafia.

L'Ora.
Diario político de Sicilia.

Costanza Igiea Florio nació el 4 de junio de 1900. La llamaron sencillamente Igiea y fue recibida por su familia como una promesa de felicidad para el nuevo siglo.

Pero esta vez la alegría no la comparten los obreros de la Casa Florio. Ninguno de ellos se presenta en la Olivuzza para celebrar el nacimiento. No se puede celebrar nada cuando falta trabajo.

Porque, entre junio y noviembre, se recortan las subvenciones para la construcción de nuevos barcos. Una medida que perjudica a los astilleros del norte —que, sin embargo, ya tienen encargos— y literalmente pone de rodillas a los del sur, principalmente al astillero de Palermo, aún sin terminar. La Navigazione Generale

Italiana tiene que interrumpir las obras. E Ignazio se ve obligado a despedir a cientos de obreros.

En una situación aún más complicada por el atentado en el que pierde la vida el rey Humberto I, resulta inútil recurrir a Roma, de donde solo llegan garantías vanas o señales de temor a una posible revuelta y, por tanto, sugerencias como vigilar a los posibles provocadores; arrestarlos enseguida, si hace falta. A Palermo se le niega incluso la limosna: el prefecto solicita una subvención para las familias con problemas, pero el gobierno se opone; a la postre, el propio prefecto retira la solicitud, temiendo que constituya un precedente peligroso.

Las familias de desocupados aumentan. A principios de 1901, son casi dos mil.

Aumentan también los impuestos municipales, en el torpe intento de sanear un presupuesto ya en déficit crónico.

Y el hambre, la desesperación y la incertidumbre arrastran unas palabras que todo el mundo susurra, los obreros de la Oretea, los empleados, los artesanos, los mozos de cuerda y los marineros de los astilleros. Unas palabras que son una clara acusación.

Ignazio Florio es un mentiroso.

El astillero iba a llevar el bienestar a la ciudad, decía. La economía iba a tener un nuevo impulso, aseguraba. Iba a haber pan y trabajo para todos, prometía.

Pero resulta que ahora Palermo está paralizada, y solo puede mirar desde lejos ese mastodóntico astillero sin terminar, que se está volviendo obsoleto sin que siquiera haya entrado en funcionamiento.

Y la culpa la tiene Ignazio Florio.

El amanecer del 27 de febrero de 1901 es de escalofríos, de chales en los hombros, con las montañas nevadas y un cielo de plomo. Solo en febrero hace realmente frío en Sicilia.

Y ese frío llega a la Olivuzza, atraviesa los muros y las ventanas tapadas con trapos de lana para que no entren corrientes, enfría las bolsas de agua caliente y llega a Ignazio bajo las mantas.

Cosa rara en él, ya está despierto. Es más, en realidad casi no ha dormido. Tiene treinta años, pero, esa mañana, siente que tiene casi el doble.

Temblando, se levanta de la cama, se pone la bata y va al despacho. Pide un café y un coñac, luego manda que no lo moleste nadie.

Mira el montón de carpetas que hay en el escritorio: papeles que no quiere ni hojear. Y, sin embargo, están ahí, y le están pidiendo cuenta y razón. Deudas con los bancos, sobre todo, con la Banca Commerciale Italiana, que le dio liquidez cuando salió a la luz el espantoso embrollo del Credito Mobiliare. Entonces se endeudó, y tuvo que dar en garantía acciones de la NGI.

Y ahora ha sabido que los encargos de buques militares, con los que contaba después de que el gobierno hubiera cancelado los fondos para la construcción de piróscafos civiles, se han hecho a astilleros de Nápoles y Génova. Palermo y los Florio han sido excluidos. Para ellos nada, ni siquiera las migajas.

De manera que ahora esas acciones valen poco, poquísimo, y los bancos quieren más garantías, más seguridad.

Toca el timbre.

—¡Llama a Morello al periódico, enseguida! —le ordena al criado que aparece en la puerta. Luego se sienta al escritorio. Tiene la sensación de que el mundo se le hunde y de que no tiene dónde agarrarse para no caer.

De repente, oye un ruido, como un leve gemido.

Ahí están, los crujidos que anuncian el hundimiento.

Ignazio da un puñetazo en el escritorio. Si solo hubiese indagado más a fondo la solidez del Credito Mobiliare, hace años, en vez de concederle los capitales. Si solo hubiese hecho caso a quien le decía que se mantuviese lejos de ese organismo bancario en pleno escándalo de la Banca Romana. Si solo no hubiese nivelado las pérdidas de los ahorradores, poniendo el dinero de su propio bolsillo...

Y en cambio, ya desde hace casi ocho años, la Casa Florio arrastra las consecuencias de esas decisiones.

Poquísimas fueron las ayudas de Roma y, ya lo ha comprendido, cada vez serán menos. La política se había convertido en una continua apuesta, con alianzas tan precarias como mudables; el gobierno cambiaba de cara continuamente —a Luigi Pelloux lo sucedió el anciano Giuseppe Saracco y ahora, desde hace unos días, estaba Giuseppe Zanardelli, otro político del norte— y era casi imposible mantener una relación continua y provechosa con un ministro o con un subsecretario, que se limitaban a llevarse lo que podían y a proteger sus propios intereses y los de quienes les habían hecho favores.

Sí, eran ya los empresarios del norte quienes tenían todo el poder político. Ellos tenían las fábricas, y los astilleros, y las industrias siderúrgicas de vanguardia. Ellos tenían la posibilidad de cargar en los trenes sus productos y de hacer que llegaran a todas partes en un abrir y cerrar de ojos. Y se reían de las dificultades del transporte por barco.

Por un momento, el aire presiona contra el estómago, como si se hubiese convertido en polvo de hierro caído a la base de los pulmones. Luego, de golpe, lo expulsa con un ruido ronco, que puede ser tanto un grito ahogado como un sollozo.

«¿Cómo hemos llegado a esto? ¿Cómo he llegado yo a esto?», se pregunta, la mirada clavada en un cuadro de su Valkyrie, que había encargado poco antes de vender el yate y que le traía a la memoria momentos felices. Recuerda cuando tenía tiempo y la mente despejada para dedicarse a las regatas, a los torneos y al *lawn tennis*. Ahora ya le queda muy poco: las fiestas, claro, y esas pequeñas... distracciones que de vez en cuando se permite.

Siempre ha amado la vida, el deporte, la aventura. Y, en cambio, está clavado a un escritorio —igual que su padre—, tiene que encontrar la manera de salir de ese atolladero y nadie, nadie, parece dispuesto a ayudarlo. Ni siquiera Alessandro Tasca di Cutò, que se ha convertido en un influyente socialista, quiere hacerle caso. La última vez que hablaron, le dijo que el destino del astillero estaba marcado por sus delirios de grandeza y que los trabajadores pagarían las consecuencias de sus actos irresponsables. Después, ya en la puerta, le previno:

—A la gente le da miedo perderlo todo, Ignazio. Y del miedo nace el caos. Recuérdalo. —Y se marchó sin despedirse.

«¿La gente?».

«Soy *yo* el que tiene miedo de perderlo todo».

Porque ahora el astillero de Palermo puede que nunca se termine de hacer.

Y él puede fracasar.

—No —dice en voz baja, y da un golpe con la mano abierta contra la mesa—, eso no —repite.

Tiene que reaccionar. Pero ¿cómo? ¿A quién pedirle ayuda?

«¿Cómo pueden haberme hecho semejante afrenta a mí? ¿A los Florio?».

El 28 de febrero de 1901, el editorial de *L'Ora*, firmado por Rastignac —esto es, por Vincenzo Morello— tiene un título durísimo: «Olvidada».

¡Se han olvidado de Sicilia...! Palermo goza de un trato especial; pero para no recibir todas las ayudas que reciben y recibirán las otras regiones... En las leyes o en las disposiciones la olvidada es siempre Sicilia, cuando la crisis en la isla es mayor que en otros lugares, cuando en las fábricas de Palermo ya no hay trabajo desde hace mucho tiempo.

Es gasolina sobre fuego para los miedos de una ciudad a la que se le ha negado todo: su pasado glorioso, la posibilidad de representar algo en el presente de la Italia unida, un futuro de esperanza y progreso.

Así, Palermo levanta la cabeza. Lo hace con rabia y con una furia que surge del miedo, pero, sobre todo, de una dignidad humillada.

El resultado concreto es la primera y auténtica huelga urbana. No una manifestación de los obreros de la Fonderia Oretea o del astillero, no. Aunque la convoca el comité de asociaciones sindicales del distrito Molo, donde se encuentra el astillero, participan jornaleros, cocheros, sastres, pescadores, barberos, jardineros, fruteros, albañiles, panaderos, ebanistas... Porque todos saben que, si el astillero de Florio deja de producir, se hunde todo y que al gobierno le da igual que en Palermo no haya pan ni trabajo, que esos solo defienden sus intereses. Siempre han hecho lo mismo.

El Cassaro se llena de gente: mujeres y niños encabezan la manifestación y avanzan con los obreros. Pasan delante de la Navigazione Generale Italiana y llegan hasta el Palacio Real; un torrente que, en cada calle, en cada cruce, aumenta su número, se convierte en río en crecida. Los carabineros patrullan las calles, siguen a los jefes de la revuelta; la policía hace redadas entre los obreros afiliados al sindicato.

Pero los palermitanos no lo toleran, y gritan, y reaccionan, y de los escupitajos pasan a los puñetazos, de las patadas a los palos, y la huelga se convierte en una guerrilla, con las fuerzas del orden acorralando a los manifestantes y estos asaltando los cuarteles y las tiendas; devastan y se abandonan a los saqueos porque sí, porque el hambre es hambre y el miedo es miedo.

Somos barro de la tierra, creen los palermitanos: gente que no vale nada, a la que hay que reprimir con el látigo, a la que hay que encarcelar como a delincuentes, a la que hay que disparar. Y entonces el enfrentamiento se exacerba, la violencia se intensifica: un asalto con bayoneta de los soldados de infantería es repelido a pedradas, amontonan y queman tablones de anuncios, aparecen navajas, sables, pistolas. Los sindicatos, que habían iniciado las protestas, ahora temen no poder contener la furia popular.

Y, en efecto, después de un último mensaje de Zanardelli, repleto de escasas garantías y de promesas improbables, se asustan, capitulan y declaran el final de la huelga.

Pero nada ha cambiado.

El 3 de marzo de 1901, un Ignazio tenso y exhausto está mirando por la ventana de la sede de *L'Ora*. Durante dos días oyó vibrar la ciudad, como si estuviese a punto de estallar. Notó la creciente tensión que había en las calles, que el malestar se fortalecía con su propia desesperación. Presenció los enfrentamientos y maldijo a los socialistas, pero también a los políticos de Roma y sus telegramas oficiales: el de Crispi —inútil y retórico como el remitente—, así como los de Giovanni Giolitti, el ministro del Interior, y el del propio Zanardelli. El jefe de gobierno que incluso le había mandado un telegrama personal, pidiéndole que utilizase su influencia para calmar las aguas.

«Ahora habla conmigo, ahora que tiene miedo», se dijo.

Morello subraya las últimas correcciones en el texto de su último editorial, luego se acerca también a la ventana.

—Están arrestando a docenas de personas. Si en Roma se empeñan en no comprender lo que realmente ha ocurrido aquí y siguen con la represión, entonces son unos criminales. Sobre las conciencias de Giolitti y de Zanardelli pesarán todos estos muertos —dice. Luego se pone a buscar la cigarrera en el bolsillo de la chaqueta.

Ignazio le enciende el puro, rechaza el que le ofrece y se muerde un labio.

—Ah, además un... amigo me ha hecho llegar el telegrama que dos diputados palermitanos, Pietro Bonanno y Vittorio Emanuele Orlando, le han mandado a Zanardelli: lo acusan a usted de haber instigado la huelga porque tiene problemas y quiere presionar con el chantaje. Y me señalan a mí como su cómplice. —Morello menea la cabeza—. He visto muchas cosas, don Ignazio, desde los tiempos de la *Tribuna*, y de muchas cosas he hablado, y sin miedo. —Expulsa una bocanada de humo, se aparta de la ventana para sentarse en un sillón de cuero, delante del escritorio—. Me han acusado de muchas cosas: de ser un siervo del poder y de atacar al orden constituido —dice, con un tono alegre en la voz—. Tonterías. La idea de ser el instigador de una huelga me llena de orgullo y no de vergüenza o miedo, como querrían esos dos.

—No obstante las calumnias de Bonanno y Orlando, los parlamentarios palermitanos se han declarado a favor de la huelga y en contra de la exclusión de los encargos: el barón Chiaramonte Bordonaro, el príncipe di Camporeale y, por supuesto, mi cuñado Pietro. Pobres y ricos unidos. Nunca como ahora la ciudad ha sido unánime. —A pasos lentos va al otro sillón, se sienta delante de Morello. Le llega el aroma cálido de su puro.

—También el prefecto De Seta ha tratado de intervenir a favor de las demandas de los huelguistas...

—Y el comisario ha decidido oponerse. El Estado contra sí mismo, así estamos... y después me acusan a mí de haber especulado con el dinero público, de tener «delirios de grandeza», como dice Tasca di Cutò. —Hace un gesto de rabia, pega un taconazo contra el suelo. En la calle suenan gritos furiosos, enseguida aplacados—. Aunque fuera verdad, el problema no soy yo o mis pérdidas: son los obreros a los que no nos queda más remedio que despedir porque ya no tenemos forma de mantenerlos si no hay trabajo. Eso es lo que me enfurece: se mira a los Florio como si fuésemos la causa de todos los males, después de todo lo que hemos hecho, de lo que yo he hecho por esta ciudad... ¡y estoy seguro de que estos *malnacidos* del *Giornale di Sicilia* seguirán contando semejantes idioteces y que las divulgarán!

—Hacen su trabajo, don Ignazio, como yo hago el mío. —El fruncimiento de cejas de Morello es elocuente—. Es preferible que piense usted en aprovechar este momento. Válgase de su nombre y del apoyo de la mayoría de los políticos palermitanos. No de todos, cierto, porque los socialistas y esos dos son caso aparte, pero en el fondo da igual. Presione, muévase ahora. En Roma se verán obligados a ceder en algo, si no quieren que, dentro de poco, estalle una guerra civil. La gente le devolverá a usted la confianza. Los calumniadores tendrán que desdecirse de todo. Y los obreros verán que el *jefe* sabe hacerse respetar.

Ignazio asiente. Y sin embargo en su interior un miedo está cobrando consistencia, le sube del estómago. Porque ya no sabe cuánto poder tiene su nombre en Roma, porque antes había críticas que los periódicos jamás se habrían imaginado hacer, ni muchos menos escribir.

«Usted, de su padre, lleva solo el apellido. Muy pronto ese apellido ya no tendrá ningún poder. Y solo será culpa suya». Así había profetizado Laganà, pocos años antes.

Ignazio traga saliva; ese día, aunque no es capaz de decírselo, ha llegado.

—¿Esto?

—Bueno, el terciopelo verde oscuro te resulta llamativo, Checchina, pero el traje no me parece... adecuado. —Francesca se ha convertido en una mujer fascinante y desenvuelta. Ha superado el dolor por la muerte de Amerigo, volvió a casarse hace unos años y ahora divide su tiempo entre Palermo, Florencia y París junto con su marido, Maximilien Grimaud, conde d'Orsay.

—Espera... —La que ha hablado es Stefanina Spadafora. Hace poco se casó con Giulio Cesare Pajno y ha interrumpido el viaje de luna de miel para ayudar a Franca en esa difícil elección. Aspira la boquilla de ébano que aprieta con los dedos, expulsa una bocanada de humo—. No, Francesca tiene razón: esto no —dice al fin.

—Te dispones a posar para uno de los pintores más famosos de Italia, si no de Europa, *ma chère*. No puedes presentarte como una colegiala. —Giulia Trigona está tumbada en un borde de la cama, la cabeza apoyada en la mano, un gesto levemente aburrido. La falda le sube por los tobillos y muestra las largas piernas torneadas.

En bata y camisón, Franca aparta de sí el traje, señala el escote y lanza una mirada elocuente a las amigas, pero Stefanina agita la mano como diciendo que no, es inútil insistir, no queda bien. Luego se levanta, cruza la habitación, pisando los pétalos de rosa de las baldosas, curiosea entre los aromas del tocador, abre un frasco.

—¡Qué auténtica sinfonía de notas especiadas! ¿Qué colonia es?

Franca no se vuelve, pero asiente. Se llama la Marescialla, es de la Farmacia de Santa Maria Novella y se la ha regalado su madre, explica, mientras pasea por la habitación, pensativa, bajo la mirada de los amorcillos del techo.

—¿El traje rojo granate? —sugiere Francesca, descalzándose y sentándose en el sillón que ha dejado libre Stefanina—. Te lo puedes permitir. Tienes un cuerpo envidiable incluso después de tres embarazos.

—No, sería una elección previsible —replica Franca—. Hace falta algo... —dice, y tamborilea la punta de los dedos en los labios. Luego va al gran armario que está a la izquierda de la cama, lo abre y, con los brazos en jarras, lo repasa. Sí, necesita algo que sorprenda. Para que todo el mundo recuerde que ella es «la Única», como la ha definido D'Annunzio, y para que ninguna mujer pueda competir con ella, ni siquiera esa Lina Cavalieri a la que su marido ha decidido traer a Palermo a pesar de todo, incluso a pesar de las huelgas y las manifestaciones que han puesto patas arriba toda la ciudad.

Por Dios, Ignazio está preocupado. De hecho, ahora está en Roma, adonde ha ido para tratar con los ministros y los políticos sicilianos del asunto del astillero, que sigue en el aire. Pero cuando regrese —Franca siente un pinchazo de rencor—, irá al Teatro Massimo para asistir a los ensayos de la *Bohème*, no a ver a su familia o a sus obreros de la Oretea.

Antes de irse tuvo incluso la desfachatez de justificarse:

—Soy el empresario y tengo que comprobar que todo está bien.

«Idiota».

Franca tamborilea los dedos en la puerta del armario. ¿Cree de verdad que ella no sabe nada? Y eso que incluso una vez se lo dijo: «Lo sé siempre todo, Ignazio». A esas alturas ya tendría que haber comprendido que hay cosas que, cuanto más en secreto se hacen, más se saben, sobre todo si quien las hace es un vanidoso como él.

Le basta una señal —un nuevo terno inglés, una cita repentina al atardecer, un acicalado especial del bigote— para comprender que hay una conquista en el horizonte, un nuevo amorío que mantener.

En cuanto a la gente —que sigue susurrando, riéndose, insinuando—, Franca ya sabe que el chisme es un animal siempre hambriento, y que si no encuentra más carroñas que despellejar, rumia lo que tiene a mano. Así, les ofrece una respuesta irónica y los observa mientras la despellejan, o bien exhibe una nueva joya, sabiendo perfectamente que ellos tratarán de averiguar cómo es «la otra».

Sí, porque también en eso Ignazio es tan descarado como previsible: después de la enésima aventura, se le presentará con un regalo —una sortija de zafiros, un brazalete de platino, un collar de diamantes—, a manera de resarcimiento. Y, con frecuencia, será muy parecido al que le ha regalado al amorío del momento.

Las joyas llegan siempre: unas veces durante la traición, otras, cuando la relación acaba de terminar. Ella ya ha aprendido a comprender la importancia que Ignazio atribuye a las mujeres con las que la traiciona en función del valor del objeto que le regala. Pero su remordimiento, lo sabe, tiene la consistencia de la ceniza. Con Lina Cavalieri, sin embargo, es distinto.

Lina, la hija de la costurera, la vendedora de violetas, la plegadora de periódicos que ha conquistado primero Roma y Nápoles y después el Folies Bergère de París y el Empire de Londres. Tiene una voz argentina, desde luego, pero, sobre todo, es preciosa, con un rostro de Virgen en el que destacan dos ojos negrísimos, y un cuerpo de pecadora que mueve con descarada sensualidad. Los hombres enloquecen por ella: Franca ha oído decir que, una vez, hicieron falta ocho carritos para llevarse las flores que le habían lanzado al escenario. Y ella sabe cómo aprovecharse de la locura que provoca: ese aspecto inocente —siempre se presenta sin maquillaje y sin joyas— oculta un alma de hierro. El año anterior, Lina había decidido convertirse en cantante lírica: debutó en Lisboa, con *Pagliacci*, y fue tal fiasco que cualquier otro se habría retirado en silencio, hundido por la vergüenza. Cualquiera, pero no ella. Con valentía, siguió actuando y ahora —después de haber llenado los teatros de Varsovia y de Nápoles— llegaba a Palermo, admirada, esperada, deseada.

Es la primera vez que Ignazio exhibe a su amante ante toda la ciudad, confrontándola directamente con Franca. Pocos años antes había hecho algo parecido, cuando se llevó a la cama a Agustina Carolina del Carmen Otero Iglesias, popularmente conocida como «la bella Otero». Otra cantante y bailarina de orígenes oscuros, una mujer que sabía usar su cuerpo con desparpajo y con una buena dosis de cinismo. Ignazio no se contuvo de vanagloriarse de aquella conquista —y de sus generosos encantos— con los amigos del círculo, sin omitir detalles escabrosos que llegaron a oídos de Franca, lo que la hizo temblar de desprecio.

Pero aquella era su típica actitud de *hombre* vanidoso.

Esto es un insulto.

Años atrás, Franca habría sufrido, deshaciéndose en lágrimas, consumiéndose por la humillación. Pero ha cambiado y aprendido a convertir el dolor en ira. Ha descubierto el impresionante poder del rencor, la fuerza que emana la conciencia de la propia valentía. Ya no la angustia el bochorno, ya no se pregunta si ha sido ella la que se ha equivocado en algo. Ha aprendido a pensar en sí misma y a protegerse del dolor que él le causa. Es un sentimiento raro, una mezcla de celos y de afecto, de humillación y de aflicción, el que ahora Ignazio le inspira. Añoranza de lo que eran y de lo que han desperdiciado.

«No, Ignazio no es tonto. Solamente es un egoísta, incapaz de amar de verdad».

Ese pensamiento es el que la ha hecho superar las últimas reticencias y aceptar posar para Giovanni Boldini, el más aclamado y polémico retratista del momento. El pintor es su huésped: Ignazio lo ha invitado a la Olivuzza porque quiere que le haga un retrato, como ya se lo ha hecho a varios nobles de la *high society* europea. Y, con su típica arrogancia, le ha pedido al pintor que el retrato de Franca se vea en Venecia, en la exposición de su obra que habrá en verano.

Franca menea la cabeza, reflexiona sobre la incapacidad de Ignazio de pensar en las consecuencias, de ir más allá de la superficie de las cosas: él ha pensado solamente en el prestigio social y en la envidia que suscitará esa mujer tan fascinante. No ha reparado en que Boldini tiene una manera de pintar que parece dejar al descubierto el alma, y que retrata a las mujeres como criaturas de carne y de deseo. Las suyas son mujeres que acaban de hacer el amor, satisfechas por el placer que han obtenido.

Ella no querría salir así, desnuda, expuesta. Sin embargo, a la vez, está tentada de abandonarse, de revelar lo que puede ser. Sensual. Plena de pasión.

Está tentada de mostrarle al mundo, y a su marido, quién es realmente.

Coge un traje crema, lo mira un momento, vuelve a colocarlo en su sitio.

Alguien llama entonces a la puerta. Es Giannuzza, seguida por la gobernanta y por un par de carlinos que, más que correr, parecen rodar detrás de ella.

—*Maman*, ¿ha llegado el pintor? ¿Yo también puedo mirar? —pregunta la niña, los ojos clavados en los trajes. Fascinada, alarga las manos y roza las telas—. Bonitos... —murmura.

Franca no le responde. Ahora se está fijando en una prenda colgada en el lado más apartado del armario, un traje que todavía no se ha puesto porque para Ignazio es demasiado audaz.

Él. Celoso. Sería para reírse, si esa idea no la irritara.

—*Maman?* —insiste la niña en tono suplicante.

La gobernanta está intentando sacar a los perritos, que han empezado a lamer los zapatos de las invitadas, arrancándoles grititos de protesta.

—No, tesoro. Esto no es para niñas. —Con una sonrisa satisfecha, Franca se vuelve y la acaricia—. Haré que a ti también te hagan un retrato cuando tengas más años. Pero ahora *geh und spiel im anderen Zimmer*, venga.

Giovannuzza resopla, pone cara larga.

—Pero ellas sí pueden —protesta, señalando a las tres mujeres.

—Ellas son adultas, Giovannuzza. Y no se falta al respeto a las personas mayores.

Con la cabeza gacha y de morros, la niña sale. No se despide de nadie, ni siquiera de Francesca, que sin embargo siempre la ha mimado.

Ella, precisamente, habla.

—Podría haberse quedado...

—No. —Franca se mueve con lentitud por la habitación. De un cenicero coge una boquilla con un cigarrillo, aspira una bocanada. Tiene ese hábito desde su último viaje a Francia. Encuentra el humo muy relajante.

Sus amigas la observan, esperando.

Giulia Trigona percibe en su rostro algo que las otras no notan. Ella que, como Franca, sufre los desenfrenos de un marido infiel y, se murmura, violento.

—¿Qué te pasa por la cabeza, Franca?

Ella no responde. Se quita la bata, se queda en bragas y blusa, se mira al espejo. Luego va al armario, agarra el traje que había visto, lo saca con la ayuda de Diodata.

Las amigas hacen comentarios maravilladas. El traje negro, de terciopelo de seda bordado en el talle, con un drapeado de tela que remarca la fina cintura, parece hecho para que parezca aún más alta, para darle un aire regio. Una pechera, diseñada expresamente para resaltar el largo cuello y para que el traje sea más sobrio, tapa el escote.

Franca coge la pechera, la observa, luego la tira a la cama.

«No».

No quiere ser una seria señora de la buena sociedad. Quiere que la miren.

Se mira en el espejo. Menea la cabeza y los largos cabellos negros, sueltos, se mueven sobre los hombros. Todavía hay algo que no la convence.

Entonces se suelta medio traje, deja el tórax sin tela. Y después se despoja de la blusa. El pecho —blanco, lleno— es el de una chica y no el de una mujer que ha tenido tres hijos. Stefanina se inclina, estalla en una carcajada.

—¿Así? —le dice, con los ojos muy abiertos, mientras Francesca se lleva las manos a la boca y murmura—: *Mon Dieu!*

Giulia se ríe.

—A Ignazziddu va a darle algo cuando vuelva de Palermo —dice. «Se lo merece», parece dar a entender.

Franca hace caso omiso a sus reacciones, se sube el corpiño y le pide a Diodata que le cierre la fila de botones.

La deja casi sin respiración. Pero es lo que quiere. Es su manera de combatir la ciega estupidez de Ignazio. Y la envidia de los palermitanos.

No es un traje; es una armadura.

Todavía en la cama, Giulia la observa con una leve sonrisa.

—Desde luego que, si quieres hacer pasar a tu marido un mal rato, ese es el traje perfecto. Sabes lo que se va a comentar, ¿verdad?

Mientras Diodata empieza a peinarla, Franca se encoge de hombros.

—Él le ha pedido a Boldini que me haga un retrato. Tendrá que aceptar la *mise* que yo decida —contesta, pasándose una pizca de colorete por los labios. Le señala a su amiga la puerta de la mesilla—. ¿Puedes coger la bolsa de las joyas, por favor?

Giulia obedece, deja la pesada bolsa entre la seda de los trajes y las sábanas y la abre.

El rostro de cada una de las tres amigas muestra un destello de envidia. Ninguna puede presumir de una colección de anillos, collares y brazaletes así, de ese peso y de esa elegancia.

Franca entorna los párpados y separa mentalmente los regalos de Ignazio —esas joyas que tienen un nombre de mujer— de las suyas. De esas que ha elegido con esmero, casi con amor. Sí, porque, después de sus hijos, son lo que más quiere. Esas joyas son el signo de lo que Franca Florio es a los ojos del mundo: hermosa, rica y poderosa.

Se levanta, busca entre los estuches y las bolsitas de terciopelo. Ahí están, sus perlas. Se las pasa por entre los dedos, acariciándolas. Luego une un collar con otro y, por último, inserta el collar con las dos perlas gemelas, grandes como cerezas. Por fin, se lo pone: como una cascada de luz, las perlas fluyen por el traje negro.

Franca se vuelve para mirarse una última vez al espejo. Trata de respirar despacio.

—Vámonos.

Pequeño, rechoncho, con una voz desagradable, Giovanni Boldini ha elegido una salita de paredes claras, apartada, con una luz oblicua, para iluminar el cutis ambarino de la dueña de la casa. Una luz llena de verdor y de primavera, cálida como el aire que entra por la contraventana entornada en ese marzo tumultuoso. Alrededor de ellos, sillones de damasco oscuro; en el suelo, una enorme alfombra persa.

Las amigas siguen a Franca, parlotean y eligen dónde sentarse, mientras ella le dice a la criada que no quiere que nadie la moleste. La puerta se cierra. El pintor, que ya ha imprimado el lienzo, se la queda mirando unos instantes con las manos juntas sobre el pecho.

—A mi fe, doña Franca, es usted una visión. —En su voz hay un leve acento francés, dado que vive en París desde hace ya treinta años.

Ella sonríe, pero solo con los ojos.

—No le he consultado sobre la elección del traje. ¿Está satisfecho?

Ella abre los brazos para que la contemple, pero el pintor la detiene.

—Casi... —La agarra de la muñeca, como si fuera a sacarla a bailar—. Hace falta un poco más de luz. —Da un paso atrás, con las manos en las caderas. Franca trata de imaginarse cómo la ve él; luego lo intuye, y eso le molesta.

Stefanina se acerca.

—¿Otra joya? —sugiere. Boldini asiente, casi dando saltos—. Sí, algo que alumbre el escote... un broche o un colgante.

Franca pone una mano en el hombro de su amiga.

—¿Te acuerdas de las pulseras de oro que compré en Estambul? Vale, coge esas, por favor. Y también el broche de brillantes y platino con forma de orquídea, el que Ignazio me regaló por el primer aniversario de bodas.

Stefanina desaparece detrás de la puerta, mientras las otras mujeres se sientan en los sillones. Boldini está reflexionando, guía a Franca por la habitación, busca la mejor luz, le acerca un momento las perlas al rostro, enrolla el collar y lo deja y, entretanto, murmura frases en una mezcla de ferrarés y francés. Resulta casi cómico ver a ese hombre tan bajo al lado de ella, hermosa y esbelta.

—Mmmm... es de verdad difícil encontrarle el ángulo adecuado. Es usted tan... —Hace un gesto que podría ser vulgar, pero que él consigue convertir en apreciación. Entretanto, Stefanina llega con las joyas y Franca se las pone. Las pulseras no, no son apropiadas: las mangas del traje las tapan. Mejor el broche, que da todavía más luz al juego de drapeados del terciopelo.

Boldini se acerca al gran lienzo. El retrato respetará las proporciones, y Franca emergerá en toda su altura. Se coloca las gafas en la punta de la nariz, empieza a trazar los contornos de la figura, pero cuando llega a la línea de los hombros se detiene, el pincel está a media altura. Mira a Francesca.

—Perdóneme, señora... ¿Podría darle a doña Franca su chal?

—¿Mi...? ¡Oh, desde luego, aquí está!

Riendo, Francesca le da el chal a Franca, que, sin embargo, no sabe bien qué hacer con él, y también se ríe.

Muy serio, Boldini le pide que lo desplace por el cuerpo para que la tela blanca ilumine los hombros desnudos. Los cabellos negros brillan en la luz primaveral, mientras Franca juega con el chal, lo mueve como si quisiese envolverse en él.

Entonces agita la cabeza, porque Giulia ha dicho algo que no ha entendido. Es en ese instante cuando el pintor la detiene.

—¡Así! ¡Quédese quieta así! —ordena, con los ojos muy abiertos. Sube a la tarima que usa para pintar y traza furiosas, largas pinceladas, procurando captar la luz.

Franca obedece. Cogida de sorpresa, los labios entornados, la mirada abstraída, la cadera sobresaliendo en un movimiento sensual que empieza en el brazo, semejante a una ola.

No sabe que en ese momento está naciendo un cuadro que la convertirá en una leyenda.

Porcelana

abril de 1901 – julio de 1904

> *Li malanni trasino du sfilazzu di la porta.*
>
> Las desgracias entran por las grietas de la puerta.
>
> Proverbio siciliano

El final del segundo gobierno de Pelloux supone también la conclusión de una época dominada por hombres políticos reaccionarios como Crispi y Rudinì. En efecto, el nuevo rey le pide que forme gobierno a un representante de la izquierda liberal, Giuseppe Zanardelli, quien, como ministro de Justicia en el primer gobierno de Crispi, elabora el nuevo código penal, abole la pena de muerte y decreta el derecho de huelga (hasta entonces considerado un delito). Zanardelli elige como ministro del Interior a Giovanni Giolitti, que decide no adoptar una postura represiva contra la oleada de huelgas que tienen lugar entre 1901 y 1904, convencido de que «el movimiento ascendente de las clases populares [...] es un movimiento incontenible porque es común a todos los países civilizados, y porque se apoya en el principio de la igualdad entre los hombres» (discurso ante la Cámara, 4 de febrero de 1901). En diciembre de 1903, Giolitti se convierte en jefe del ejecutivo y presenta en el Parlamento a su gobierno, afirmando que «es necesario empezar una época de reformas sociales, económicas y financieras», dado que «la mejora de las condiciones de las clases menos favorecidas de la sociedad depende, sobre todo, del aumento de la prosperidad económica del país». Comienza, así, la «era giolittiana», caracterizada por una labor de mediación del gobierno en los terrenos social y político, por el intento de reforzar el Estado liberal gracias a la contribución tanto de los católicos como de los socialistas.

A Giolitti lo favorece además una positiva coyuntura económica, derivada de la reactivación internacional que había empezado en 1896 y que en Italia se fortalece gracias, asimismo, a los encargos públicos, a la continuación de la política proteccionista (sobre todo, en los sectores siderúrgico y textil), a un aumento de la mano de obra (debido al incremento demográfico) y a las inversiones extranjeras en el sector bancario (en 1894 nace la Banca Commerciale Italiana, con capitales alemanes, suizos y austriacos), que entabla relaciones cada vez más estrechas con el mundo empresarial. Un desarrollo que, sin embargo, se concentra en el «triángulo industrial» (Turín, Milán, Génova), que no afecta a la primacía de la agricultura y que, de hecho, excluye el sur de Italia, cuyos problemas nunca se afrontan de manera orgánica, sino solo con «leyes especiales», que resultan inadecuadas. Una de las consecuencias es el aumento del flujo migratorio: los trescientos mil emigrantes de los años 1896-1900 se elevan a medio millón entre 1901 y 1904 (el destino del sesenta por ciento de los cuales es el continente americano).

En política exterior, Italia, Alemania y Austria firman el cuarto tratado de la Triple Alianza, al que se añade una declaración en la que Austria afirma no tener interés en obstaculizar posibles acciones militares italianas en Tripolitania (la actual Libia occidental). Siguiendo esta misma perspectiva, también las relaciones con Francia se hacen menos tensas merced al pacto que, en 1898, pone fin a la «guerra aduanera» y garantiza el apoyo diplomático a Francia en Marruecos. Por su parte, Francia declara que no se opone a una intervención italiana en Tripolitania.

El 20 de julio de 1903, a los 93 años, muere el papa León XIII. Lo sucede el patriarca de Venecia, el cardenal Giuseppe Sarto, que adopta el nombre de Pío X. El 11 de junio de 1905, con la encíclica El firme propósito, *Pío X concede a los católicos la posibilidad de ser dispensados del* non expedit, *la disposición de la Santa Sede con la que se desaconsejaba a los católicos italianos que participaran en las elecciones políticas del país.*

Mide un poco más de diez centímetros de alto, es blanco, con motivos florales. Es el florero que, en 1295, Marco Polo trajo de China y que ahora está depositado en la basílica de San Marcos, en Venecia. Pero, sobre todo, es el símbolo concreto de una obsesión que empezó en Oriente ya en el Neolítico y que se extendería por todo el mundo: la de la porcelana. Durante largos siglos, en efecto, ese material delicado y resistente, a veces tan fino que, a través de él, puede verse «el brillo del agua», como escribió Abu Zayd al-Sirafi en 851, sigue siendo un misterio para Occidente. Según Marco Polo, por ejemplo, los que hacen tazas y platos «recogen una tierra como de mina y hacen montes grandes y los dejan al viento, a la lluvia y al sol cuarenta años sin moverlos». Y, en 1557, el erudito Giulio Cesare Scaligero afirma que «los que fabrican [la porcelana] se sirven de cáscaras de huevo y de conchas finísimas trituradas, pulverizadas y maceradas en agua [...] Que forma los floreros si se entierran bajo tierra [y no] se sacan antes de cien años». Y es justo en esos años, bajo la protección de Francisco I de Médicis, en Florencia, cuando se crea la «porcelana tenera», que, sin embargo, en vez de ser una mezcla de caolín y feldespato, se hace con un 15-25 por ciento de arcilla blanca y cuarzo: en apariencia semejantes a la porcelana, los objetos hechos así son mucho más frágiles (de hecho, solo quedan sesenta y cuatro manufacturas) y con varias imperfecciones. Poco después, de todos modos, primero los portugueses y después los holandeses empezaron a importar a Europa la porcelana «original», que enseguida se convierte en un objeto de deseo, tan cara que la llaman «el oro blanco».

Busca la fórmula secreta también el conde Ehrenfried Walther von Tschirnhausen, quien, a principios del siglo XVIII, está estudiando el punto de fusión de ciertas sustancias, entre ellas, el caolín. Pero no llega a nada, y entonces el rey Augusto II obliga al alquimista Johann Friedrich Böttger a colaborar con él. En 1708, sus experimentos tienen éxito: Occidente puede por fin producir también su porcelana. Von Tschirnhausen muere poco después, pero el taller de Böttger se traslada al castillo de Albrechtsburg, cerca de Meissen y, en 1710, la fábrica ya está en pleno funcionamiento: gracias al escultor y jefe modelador Johann Joachim Kändler alcanza altísimos niveles artísticos (uno de los regalos de boda de Isabel II fue un servicio de porcelana de Meissen).

El secreto de la porcelana ya no es tal y revelarlo puede ser muy rentable. Así, en pocos años, nacen las manufacturas de Höchst (caracterizadas por las figuritas de Johann Peter Melchior), de Viena (con diseños de estilo barroco), de Sèvres (donde se pone a punto el «rosa Pompadour» en honor de la amante de Luis XV, así como dueña de la fábrica), las situadas alrededor de la ciudad de Limoges (beneficiadas por el descubrimiento en las cercanías de un yacimiento de caolín) y muchas más, también en Dinamarca, cuya producción se caracteriza por el peculiar uso del azul cobalto, y, obviamente, en Inglaterra, donde Josiah Spode crea el *bone china*: añadiendo polvos de hueso de animales en la mezcla, la porcelana se vuelve increíblemente ligera y transparente.

En Italia, en 1735, el marqués Carlo Ginori abre la manufactura de Doccia (que permanece en manos de la familia hasta 1896 y se especializa en la producción de vajillas y objetos de uso cotidiano) y, en 1743, Carlos III de Borbón y su esposa fundan la Real Fábrica de Capodimonte: gracias al descubrimiento de un yacimiento de caolín en Calabria, su producción supera en gusto artístico y refinamiento tanto a la alemana como a la francesa. En Capodimonte, en efecto, se hacen, fundamentalmente, pequeños grupos escultóricos, en los que se manifiesta la habilidad de los modeladores y se resalta la especial tonalidad lechosa de la porcelana.

Con la Revolución francesa y los acontecimientos que siguieron, concluye esta primera y gloriosa etapa de la porcelana en Europa. Una vez desaparecidas las cortes que mantenían —económicamente, aunque no solo— las actividades de las manufacturas, se impone la ley de la ganancia, que deja en un segundo plano el arte y resalta el uso. Parece la triste conclusión de una hermosa historia, pero no es así. Pues el hecho de que la porcelana sea ya un objeto cotidiano vuelve quizá todavía más fascinante su auténtico misterio, el que Edmund de Waal ha expresado de esta forma en su *El oro blanco*: «La porcelana es blanca y dura, pero deja pasar la luz. ¿Cómo es posible?».

Esa noche, Palermo es cortesana en busca de amantes: mujer sensual y envidiosa, con los ojos entornados para ocultar el veneno, mujer que quiere ver y ser vista. Por eso se exhibe pródigamente: trajes en forma de copa y de líneas ligeras, que se llevan sin corsé, como exige la nueva moda francesa; abanicos de plumas, guantes de encaje, gemelos de nácar, joyas luminosas, sonrisas, besos lanzados con la punta de los dedos, cumplidos.

Y el Teatro Massimo es —literalmente— su escenario, donde todo se manifiesta a plena luz, aunque bajo la capa de una elegante hipocresía.

Pero, entre todos los espectáculos que se están interpretando en las plateas y los palcos —gestos furtivos de amantes, madres que exhiben a sus hijas casaderas, chismes del último escándalo, miradas severas que recuerdan deudas sin pagar—, en este 15 de abril de 1901 hay uno que aún no ha empezado y que todos aguardan con impaciencia. Un espectáculo que podría ser un drama. O bien un vodevil.

Veremos cosas fantásticas, piensa el arquitecto Ernesto Basile, con los quevedos en la nariz aquilina. Está sentado en la platea, al lado de su esposa y, como siempre antes de cada representación, está embelesado admirando las elegancias formales de esa sala que él mismo proyectó. Y, justo mientras mira el escenario, ve —solo un instante— asomarse a Ignazio por una esquina del telón. Levanta la vista al palco de los Florio. Sigue vacío.

La amante de Ignazio Florio se dispone a debutar en Palermo en la *Bohème*, naturalmente, en el papel de Mimí. Y Franca Florio nunca falta a un estreno.

Bajan las luces. Con un frufrú de telas, los espectadores van a sus asientos, mientras la orquesta abre las partituras y el primer violín da la nota para la afinación.

Un murmullo. En el palco de los Florio ha aparecido Vincenzo. Ya tiene dieciocho años, un aspecto sensual y malicioso y una desenvoltura que enloquece a las mujeres. Es raro verlo en el teatro, porque prefiere mucho más las actividades deportivas. Suyo es el FIAT de doce caballos que está estacionado delante del teatro, un automóvil con el que recorre la ciudad, levantando nubes de polvo y protestas de los peatones.

Mientras el chico mira de un lado a otro con gesto de curiosidad, llega Giovanna, con un traje de seda negra. Tiene la frente ligeramente arrugada y los labios apretados. Vincenzo le da un beso en la mejilla, la invita a sentarse delante de él y luego él también se sienta.

El rumor en la platea aumenta. Algunos espectadores fingen hablar con sus vecinos y, mientras tanto, miran de reojo hacia el palco; otros levantan la vista sin pudor.

El gran telón del escenario —en el que Giuseppe Sciuti ha querido representar el desfile de la coronación de Roger II— se mece despacio. Casi parece respirar.

Franca aparece como de la nada, envuelta en un magnífico traje color coral. Durante un instante, permanece inmóvil y recorre con los ojos la platea, corresponde a las miradas, indiferente a esas manifestaciones de curiosidad. Luego le sonríe a Vincenzo, que le ha apartado la silla y se sienta al lado de su suegra. Su cara está tranquila, serena, casi inexpresiva. Tiene los ojos clavados en el escenario, esperando. Como si, esa noche, *La Bohème* se representase solo para ella.

Palermo enmudece.

Hasta el director de orquesta, que entretanto ha llegado al podio, parece aguardar un gesto suyo. Una palmada que suena en la chácena da lugar a un tímido aplauso. El director se inclina. Sube el telón.

Desde su rincón entre bambalinas, Ignazio la ve.

La cólera y el nerviosismo se apoderan de él. Sí, había confiado en que encontraría una excusa para no ir esa noche, pero resulta que Franca está ahí. Es un desafío, está seguro.

Mejor dicho: es una venganza.

Discutieron a su vuelta de París. Todo por culpa de ese pintor de tres al cuarto y de su retrato tan vulgar, que hace que Franca parezca una bailarina que se exhibe en un café *chantant*. Ese maldito Boldini había visto cosas de su mujer que solo él tenía derecho a ver, empezando por sus largas piernas, y encima las había plasmado en el lienzo, delante de los ojos de esas chismosas de

Stefanina Pajno, Francesca Grimaud d'Orsay y Giulia Trigona. Pero ya el colmo fue cuando Franca le dijo que, para ella, ese retrato era un *tableau fascinant*. «¡Qué desvergonzada!».

Ignazio pega un manotazo contra la pared y enseguida se pone a caminar nerviosamente de un lado a otro, apartando a utileros y a un figurinista con los brazos llenos de ropa.

—¿Qué ocurre, Ignazio? Tendrías que estar aquí para tranquilizarme. En cambio... —Lina Cavalieri se le ha acercado, le pone una mano en el brazo.

Él respira profundamente.

—¡Nada! Estarás maravillosa: encantarás a todo el mundo, como has hecho siempre.

Esa mujer realmente le ha inflamado el alma, además de las venas. Desde la primera vez que la vio, quiso tenerla en su cama, y lo ha conseguido. Da lo mismo que sus antojos sean caros y que lo obligue a seguirla por toda Italia. Ella vale todo ese dinero.

—Oh, lo sé —replica Lina, colocándose en los hombros el chal del traje con el que actúa. Desabrocha un botón de la camisa, mostrando un borde de piel lechosa, luego mira a Ignazio con una mezcla de inocencia y sensualidad. Cruza entonces los dedos con los de él y deja que le bese la mano. Levanta la cara, mira los palcos—. ¿Tu mujer está aquí?

Ignazio asiente.

—Nunca falta a un estreno.

—Me imagino que sabe...

Él vacila antes de decir:

—Es una mujer que sabe estar en el mundo. —El tono es ligero, disimula bien la cólera.

—Eso espero —replica Lina, pero el ansia le nubla los ojos oscuros.

Ignazio le acaricia el rostro.

—De todos modos, piensa esto: estás en uno de los teatros más hermosos de Europa, repleto de gente que solo quiere escucharte cantar.

Lina querría responder que están ahí para verla, que sus dotes de canto son secundarias, pero no hay tiempo: el director de escena le pide con un gesto que se acerque. Ignazio la empuja con suavidad y la observa andar por el escenario. Más que una modista tímida e ingenua, Lina parece una noble venida a menos. Pero tiene tanta presencia escénica que ensombrece a un tenor como Alessandro Bonci, muy querido por el público debido a su virtuosismo. Canta con una especie de abandono sensual, con una corporeidad que compensa la voz frágil. Se mueve con elegancia, le sonríe a Rodolfo como si fuese el único hombre que hay en el mundo, incluso se ruboriza.

> *Altro di me non le saprei narrare.*
> *Sono la sua vicina*
> *che la vien fuori d'ora a importunare...*

Al final del aria es cuando empiezan los abucheos.

Uno, dos, diez, cien.

La orquesta se paraliza. La platea se estremece; los espectadores se cruzan miradas asombradas. Algunos se ponen de pie y aplauden, pero del gallinero llueven gritos e insultos, a los que se suman las protestas que proceden de los palcos. Entre gritos, empujones y chillidos, los empleados tratan por todos los medios de calmar los ánimos de los espectadores, llegando incluso a amenazar a los más exaltados con echarlos del teatro. Pero todo es inútil.

En la confusión general, Lina se vuelve hacia Ignazio, con el ceño fruncido y apretando la mano de Bonci, que está petrificado por el espanto y tiene la mirada perdida.

Ignazio trata de tranquilizarla con gestos, pero no hace más que darle vueltas a una idea horrible. Palermo se niega de nuevo a darle la razón. Ningún artista —¡nunca!— había sido recibido con hostilidad. ¿Cómo se explica que esa ciudad no comprenda el honor que ha recibido? A Lina Cavalieri se la disputan los teatros y las cortes de toda Europa, la veneran príncipes y magnates, y ellos, los palermitanos, ¿qué hacen?

La abuchean.

Ahora huele en el aire la hostilidad. Tiene el olor seco de la pirita y, como la pólvora, ha ardido, generando el caos. Y eso que se había encargado de que a Lina no le faltaran los aplausos. Había pagado cantidades discretas de dinero a los empleados del teatro, también a una numerosa claque...

Pero no había sido el único que había tenido esa idea.

El pensamiento es sorprendente.

Avanza un paso, busca el palco de su familia con los ojos. Mientras que Vincenzo se tapa la boca con una mano para ocultar la risa y su madre tiene la cabeza doblada por la vergüenza, Franca observa el escenario con gesto impenetrable, el espectro de una sonrisa en los labios.

Ignazio sigue la línea de su mirada, como si fuese un hilo. En el otro extremo, está la mirada de Lina.

Con un estremecimiento, se da cuenta de que está presenciando una lucha entre leonas por el dominio del territorio, una guerra silenciosa entre dos criaturas feroces que están evaluando sus respectivas fuerzas, indiferentes a lo que las rodea.

«Franca».

Ella está detrás de esa avalancha de pitidos. Oh, no directamente, no ha hecho falta. «Tiene tantos amigos y admiradores dispuestos a complacerla que solo habrá necesitado una palabra para desencadenar el infierno».

«Y para que todo el mundo sepa quién manda realmente».

Cuando por fin la orquesta vuelve a tocar, Ignazio se queda inmóvil. Dentro de poco terminará la primera escena y tendrá que consolar a Lina. Pero no será difícil: los llantos y las recriminaciones no son propios de ella. Es una mujer valiente, que se ha abierto camino dando bofetadas a la vida, y recibiéndolas. Y es esa valentía, ese orgullo, lo que Ignazio admira en Lina.

Sin embargo, hasta esa noche, no se había dado cuenta de lo lejos que había llegado su esposa. Como mujer honorable, fiel, madre de familia, sí, pero no se trataba de eso.

Se trataba de que, en su matrimonio, él era la parte débil.

Y lo iba a ser siempre.

La gran sala del tribunal penal de Bolonia está repleta de gente y envuelta en humo de tabaco, que obliga a los presentes a tener los ojos muy abiertos. Con sombrero y bastón en una mano, Ignazio entra y mira de un lado a otro. Delante de él están los bancos de los periodistas y los abogados, y, encima del estrado de los jueces, en una tribuna, el público. Muchos lo han reconocido: se da cuenta por el murmullo que ha levantado a su entrada en la sala y por la curiosidad con la que lo han observado.

—Señor Florio, por aquí. —Un ujier le pide con un gesto que lo siga e Ignazio camina, inseguro, tratando de mirar a los jueces y no la garita donde, entre dos gendarmes, en un banco de madera, está sentado Raffaele Palizzolo. Pero, durante un instante, los ojos de los dos hombres se cruzan e Ignazio se sobresalta: Palizzolo tiene la cara muy ajada y está tan flaco que el traje, de buena factura, le queda grande. Pero se mantiene erguido y su mirada es serena. Baja ligeramente la cabeza en señal de saludo a Ignazio, e incluso esboza una sonrisa.

Han pasado ocho años del crimen de Emanuele Notarbartolo: ocho años en los que la justicia ha procurado no ahondar en las arenas movedizas de las pistas falsas, de las reticencias y de los despistes. Dos años antes, en Milán, se había celebrado un juicio confuso, bordeando la farsa: los imputados eran dos ferroviarios que, hallándose en el tren donde había sido asesinado Notarbartolo, «tenían» que ser cómplices del asesinato. Sin embargo, precisamente en ese juicio, subió al banquillo de los testigos el hijo de la víctima, Leopoldo, que, con notable valor, trazó el lúgubre retrato de una Palermo presa de relaciones clientelares, en las que había gente dispuesta a todo —también a matar— para mantener sus privilegios, y señaló a Palizzolo como la persona que había encargado el homicidio de su padre. En el jaleo que se montó, la Cámara dio autorización para proceder y, el 8 de diciembre de 1899, el comisario Ermanno Sangiorgi mandó arrestar a Palizzolo. Unos días después, el juicio de Milán se suspendió. Y se ha reanudado en Bolonia hace dos meses, el 9 de septiembre de 1901.

Ignazio está sentado en el banquillo de los testigos, cruza las piernas y coloca las manos sobre las rodillas. No sabe qué hacer para no sentirse tan incómodo. Hasta ese momento ha conseguido mantener a raya el bochorno que esa situación le provoca, pero ahí, en esa sala, no es tan fácil. Nunca ha tenido nada que ver con la justicia y, sobre todo, le cuesta aceptar que su apellido —junto con el de muchos otros representantes de la buena sociedad palermitana— se mezcle con ese asunto. Está tan nervioso que, el día anterior, había incluso discutido con Lina, que se ofreció a acompañarlo a Bolonia, aunque para quedarse bien lejos de esa sala.

El juez del tribunal, Giovanni Battista Frigotto, empieza el interrogatorio.

—¿Es usted el señor Ignazio Florio, hijo del fallecido Ignazio? Él asiente.

—¿Y su profesión es...?

Ignazio se aclara la voz.

—Soy empresario.

El juez enarca una ceja.

—¿No tiene también una tienda?

—El antiguo negocio comercial de la familia, sí. Gestiono una bodega para la producción de marsala, la Navigazione Generale Italiana y...

—No lo hemos hecho venir hasta aquí desde Palermo para conocer sus riquezas —comenta secamente Frigotto. Escruta a Ignazio como si fuese un campesino enriquecido que no sabe cómo hay que comportarse ante la ley.

—Es usted el que me ha preguntado por mis actividades, que, en cualquier caso, son de dominio público —replica Ignazio, crispado.

—A lo mejor en su provincia, señor Florio. Aquí estamos en Bolonia y no a todo el mundo le interesa enterarse de quién es usted o de su medio de vida.

El público murmura; se oyen incluso risas burlonas. Entre la multitud, Ignazio distingue a un periodista de Catania que conoce de vista: está charlando con un colega y tiene impresa en los labios una sonrisita irónica. Pero, cuando se da cuenta de que Ignazio lo está mirando, baja enseguida la cabeza y se pone a escribir en su libreta.

—Bien, señor Florio... Ha sido convocado aquí en calidad de testigo de descargo. ¿Conoce al imputado, Raffaele Palizzolo?

Él asiente.

—Hable, señor.

Un golpe de tos.

—Sí. —Se da la vuelta, lo mira. Palizzolo muestra una sonrisa apacible, como si se estuviese disculpando por la molestia que le está ocasionando. Pero en sus ojos hay una advertencia que solo otro siciliano puede captar, e Ignazio siente un escalofrío en la espalda. Vuelve la vista hacia el juez, que, en cambio, lo mira con severidad, tal vez para intimidarlo.

—Señor Florio, ¿ha oído hablar alguna vez de la mafia?

La pregunta lo estremece.

—No.

—Se lo repito: ¿ha oído hablar alguna vez de la asociación criminal llamada mafia?

—Y yo le repito que no.

Frigotto hace una mueca.

—Qué raro. En los comunicados de seguridad pública que llegan de Palermo se lee que usted, como muchos otros, se vale de... ciertas personas para garantizar la seguridad de sus propiedades. Y que dichas personas forman parte de la sociedad criminal a la que también pertenece el imputado. La mafia, precisamente.

Ignazio se remueve en la silla.

—Son trabajadores que contrato en el barrio donde vivo. Son personas muy honradas, caballeros. Por lo que se refiere al diputado Palizzolo...

—Al señor Palizzolo —lo reprende Frigotto.

—... es una persona de gran relieve en Palermo, siempre dispuesta a ayudar a quien recurre a él cuando lo necesita.

—¿Debo recordarle que está bajo juramento, señor Florio? Ignazio cruza los brazos sobre el pecho.

—Lo sé perfectamente. Mi familia conoce a Raffaele Palizzolo desde hace mucho tiempo, quien además está emparentado con mi esposa y...

—... quien ha intrigado y maquinado para que usted consiga favores en el Parlamento. No se haga ahora el ofendido; se sabe que los sicilianos se ayudan unos a otros y que tanto les da recurrir a gente honrada como despreciable.

Un murmullo se eleva en la sala. Esta vez son los cronistas del sur los que protestan por esa conclusión. Hasta un abogado de la parte civil, Giuseppe Marchesano, manifiesta en voz alta su indignación.

Animado, Ignazio se inclina.

—Verá, señor juez, un comerciante como yo tiene que pensar en el futuro de sus empresas y sabe que necesita contar con una voz fuerte para hacer llegar ciertos requerimientos a las instituciones. Al diputado Palizzolo siempre le han importado mucho los intereses de Sicilia...

—¡Y de los Florio! —grita una voz del público. Ignazio se vuelve de golpe y reconoce al periodista: es un palermitano que escribe para *La Battaglia*, el diario socialista de Alessandro Tasca di Cutò.

Marchesano se levanta.

—Señor Florio, le hemos hecho venir para aclarar un hecho concreto. ¿Es cierto que Raffaele Palizzolo le ofreció en venta la finca llamada Villa Gentile para que construyera ahí casas para sus obreros?

Ignazio frunce el ceño.

—Sí, pero yo no acepté.

—¿Por qué?

—Bah, no me acuerdo.

—Si Palizzolo le hubiese pedido en préstamo una suma considerable, ¿se la habría dado?

—Si hubiese dispuesto de ella, claro. Como ya he dicho, es una persona a la que conozco, por no decir que es de la familia...

—¿Considera que Palizzolo es capaz de cometer un homicidio o de encargarlo?

Ignazio abre mucho los ojos.

—¡No, desde luego que no! —casi grita—. Además, en este feo asunto, su nombre ha salido a relucir solamente después de ese raro juicio de Milán y...

—Gracias —lo interrumpe Marchesano—. Señor juez, no tengo más preguntas.

—Puede marcharse, señor Florio —dice Frigotto, sin siquiera mirarlo.

Tanta es la irritación de Ignazio que casi no repara en la densa niebla que lo recibe a la salida del tribunal. Cruza la plaza a grandes zancadas, subiendo y bajando el bastón. «Pero ¿cómo se permite ese juez tratarme así? Y además, ¿qué sabrá él de ciertas cosas?», piensa con rabia. «Hay que vivir en Sicilia para entender. Hay que aguantarlo todo para que no te devoren, volverse perro para no acabar roído como un hueso...». Se detiene de golpe, respira profundamente el aire frío. Esa niebla que le oculta la ciudad, que vuelve fantasmas los edificios, los viandantes y los carruajes le arranca un suspiro, abatido. «No, los del norte no sabéis nada. Os creéis santos y no habéis comprendido que solo se llega al paraíso si se sabe qué es el pecado. Y, en Sicilia, el pecado del que nadie escapa es el de saber y no poder hablar».

—Doña Franca... —La criada está en la puerta, la mano en el marco, inmóvil—. Perdone que la moleste, pero su hija no se encuentra bien. Tiene fiebre.

Franca está sentada al tocador de su dormitorio de la Villa Igiea. Eleva los ojos de la bolsa de seda dorada en la que está guardando las joyas que se puso anoche en la cena en la casa de los Lanza di Mazzarino. No se fía de las criadas, tampoco de Diodata; prefiere ocuparse de eso ella misma.

La habitación está repleta de maletas y baúles, y la guardarropa está colocando trajes de día y de noche, batas y zapatos. Al día siguiente, Franca, su madre, Giovanna y los niños se marchan a Baviera, después de haber pasado el mes de julio en Túnez. Y antes, en mayo, estuvieron en Favignana para la matanza, junto con los Trigona y los duques de Palma —Giulio y Bice—, el hermano del duque, Ciccio Lampedusa, Carlo di Rudinì, Francesca

Grimaud d'Orsay y otros parientes y amigos, como los primos d'Ondes y Ettore De Maria Bergler. Fueron días muy agradables, dedicados a paseos por la isla, a excursiones en barca, a largas y apacibles charlas, y a cenas informales.

Hasta que llegó la emperatriz Eugenia, la viuda de Napoleón III. Melancólica y amable, la anciana se conquistó el afectó de todos y observó la matanza con enorme interés, lanzando incluso algún grito de sorpresa. Por supuesto, Franca cuidó cada detalle de su estancia y organizó además una soberbia cena, por la que recibió no pocas alabanzas. Pero la emperatriz la felicitó sobre todo porque, apenas unas semanas antes, la habían nombrado dama de la corte de la reina Elena.

A Ignazio, en cambio, dado que no tenía origen noble, no lo nombraron caballero del rey. Si bien, a principios de año, se había convertido en caballero del trabajo, esa exclusión lo irritó sobremanera. Una irritación que se sumaba tanto a la más reciente por el resultado del juicio a Palizzolo, que terminó con una dura condena a tres años de cárcel, como al hecho de que hubiera tenido que aplazar la marcha a Favignana, ya que tenía que participar en las solemnes ceremonias en recuerdo del fallecimiento de Francesco Crispi, acaecido exactamente un año antes, el 11 de agosto de 1901. Así, bajo un sol de justicia, Ignazio se unió al cortejo de representantes de la Cámara y del Senado y, una vez que llegaron al cementerio de los Capuchinos, no solo tuvo que escuchar un interminable discurso conmemorativo, sino también que asistir a la exposición de los restos mortales, que hacía poco habían sido embalsamados.

«En momia te habías convertido y momia siempre serás», pensó entonces Ignazio, lanzándole una última mirada y enjugándose el sudor.

Llegó, pues, a Favignana de pésimo humor y se desahogó cortejando a Bice, delante del marido de ella y de Franca. Y, desde luego, Bice no lo rechazó.

Como siempre, Franca miró hacia otro lado. El título de dama de la corte le brindó un nuevo orgullo, además de un fuerte sentimiento de desquite. Ya no era solamente la hermosa esposa y la madre del heredero de una de las familias europeas más ricas: ahora podía acoger con pleno derecho a los soberanos en sus mansiones, gozaba de su aprecio. ¿Qué más le daba un amorío más o menos?

Antes de marcharse, la emperatriz quiso despedirse también de los niños. Con una sonrisa tierna, Franca recuerda las caritas insomnes de Giovannuzza y de Baby Boy, junto con la del pequeño Giuseppe Tomasi, el hijo de Bice, impecablemente vestidos a las siete de la mañana para ser presentados a la invitada regia antes de que subiese a su yate. Igiea, en cambio, se había quedado durmiendo en su cuna.

Se despabila.

—¿Quién no está bien? ¿Igiea o Giovannuzza? —pregunta, con un tono de contrariedad en la voz. Si una de sus hijas está mal, tendrán que retrasar la partida, al menos unos días, y ella se muere de ganas de huir del calor de Palermo. Y de Ignazio, cuya presencia, en ese momento, apenas puede soportar. Necesita aire fresco, gente, alegría.

—La señorita Giovannuzza. —La criada cruza los dedos, esperando. Parece nerviosa.

—Voy.

Franca atraviesa las habitaciones en bata, la seda agitándose alrededor de los tobillos, los pasos atenuados por las alfombras. Llega al cuarto de Giovannuzza, entra. La niña está en la cama, las mejillas rojas de fiebre, los ojos hinchados y entornados. Como ocurre a menudo, Franca cree que aparenta más de sus ocho años, a lo mejor por ese aire melancólico que siempre ha tenido o porque es delgada y espigada, igual que ella.

—*Mamá...* —murmura Giovannuzza con voz ronca, y le tiende la mano.

—Tesoro mío, ¿qué te pasa?

—Mmm. Me duele mucho la cabeza y... *ich habe Durst...*

Franca mira la mesilla, buscando la botella de agua. La gobernanta, atenta, va hacia la mesa que hay en el centro de la habitación, vierte agua en un vaso y se lo tiende. Luego vuelve a los pies de la cama.

Franca ayuda a Giovannuzza a incorporase sobre las almohadas. La pequeña bebe un trago, pero luego tose con violencia y escupe el líquido en las sábanas.

—Me duele todo, mamá —murmura, y estalla en un llanto quejumbroso.

Franca le seca el rostro con un pañuelo, se lo acaricia. Está caliente. Demasiado.

Algo, en su interior, se estremece. La salud de Giovannuzza ha sido siempre motivo de preocupación, pero esta no es una de esas fiebres leves que suele tener.

—Llame al médico. No al nuestro; tardaría demasiado en llegar aquí. Al del hotel —le dice a la gobernanta. Luego besa a la niña, le aprieta un brazo—. Estoy aquí —murmura, abrazándola—. *Hab keine Angst, mein Schatz*... No tengas miedo, tesoro mío...

El médico es un hombre flaco y serio, con el rostro marcado por los años y la experiencia. Llega poco después. Franca se ha cambiado y asiste a la visita con creciente angustia. El médico le sonríe a Giovannuzza, la trata con gran delicadeza, pero está tenso, se le nota en el rostro.

Salen de la habitación, se quedan al otro lado de la puerta. En ese instante llega Maruzza.

—¿Y bien? —pregunta Franca, retorciendo un pañuelo.

—Me temo que es fiebre tifoidea —responde el médico—. Tiene los ojos hinchados, fiebre alta, menos reflejos... Síntomas que revelan que tiene una infección.

Franca se lleva las manos a la boca y mira la puerta cerrada.

—¿Qué...? ¿Cómo se ha podido contagiar?

El hombre abre los brazos.

—Es probable que haya bebido agua infectada o comido algo contaminado. ¿Cómo saberlo? De nada vale ya preguntarse cómo se ha contagiado. Ahora hay que pensar en aislarla de los demás y en mantenerla siempre limpia. Diga a las criadas que hiervan toda la ropa de cama de la niña.

Maruzza aprieta el brazo de Franca, que sigue mirando fijamente al hombre, atónita.

—Yo me encargo —le dice.

—Entretanto, puedo hacerle una sangría para aliviarle el dolor de cabeza, y le suministraré veinticinco gotas de tintura de yodo en un vaso de leche, ya que parece que se encuentra...

Franca no lo está escuchando. A pesar del calor, tiene la sensación de que tiene encima una capa de hielo.

—Mi niña... —murmura—. Giovannuzza mía... Y toca la puerta, como si su caricia pudiese llegar a su hija.

El médico baja la cabeza.

—Ha de saberlo todo, doña Franca: será una enfermedad difícil de afrontar. Mi consejo es que lleven a la niña a un lugar menos bochornoso, donde pueda respirar bien, sin la humedad del mar.

Franca se sobrepone, carraspea.

—No puede viajar, ¿verdad?

El médico menea la cabeza.

—Pero... ¿si la llevásemos a nuestra villa de las afueras de Palermo, la Villa ai Colli?

—Sería mejor, sí. —Le estrecha la mano, le sonríe—. Hágamelo saber.

Giovannuzza es trasladada en coche de la Villa Igiea a la Villa ai Colli. Al volante está Vincenzo, que bromea con la sobrinita y trata de hacerla reír. Esa niña de grandes ojos negros ocupa un lugar especial en su corazón y ella siempre ha correspondido al afecto de ese tío de corazón noble. Ahora, sin embargo, envuelta en un nido de mantas y sábanas, Giovannuzza solo consigue esbozar una débil sonrisa. Durante buena parte del viaje está sumida en un sopor jadeante, y de vez en cuando se queja y abraza a su querida Fanny, vestida de rosa. Se duerme a mitad del viaje. Franca la arropa, le quita el juguete.

«¿Qué tienes? ¿Qué te ha pasado, mi *niña*?», piensa, y siente que el corazón se le retuerce angustiado.

Con un bufido y una nube de polvo, el coche se detiene delante de la entrada de la villa.

—Aquí estarás mejor —le dice Vincenzo a Giovannuzza, cogiéndola en brazos para llevarla a casa—. En cuanto te cures, te llevaré a dar un paseo. Iremos tan rápido que haré que se te vuele el sombrero, y llegaremos hasta Capo Gallo, para ver a los pescadores que vuelven del mar.

—Gracias, tiíto —dice ella. Luego estira la mano y le tira del fino bigote, un juego que hacen desde que la niña es capaz de subirse a sus rodillas. Después se vuelve, busca a su madre con la mirada y Franca se le acerca.

—¿Qué pasa, mi tesoro?

—Fanny...

Franca se gira hacia Maruzza, que sostiene otra manta y una cesta de juguetes, entre los que sobresale la muñeca de porcelana. Se la entrega a Giovannuzza, que la abraza.

—También Fanny tiene mucho, mucho frío... —murmura.

Las criadas que están esperando delante de la villa la oyen y, sin esperar la orden de Franca, van corriendo a calentar la cama de la niña.

Esa noche, Ignazio abre la puerta de la habitación en la que han instalado a Giovannuzza. El olor del ambiente, impregnado de aromas balsámicos, que tendrían que servir para que su hija respire mejor, lo recibe como una bofetada.

El rostro de la pequeña es una mancha roja sobre la almohada. El de Franca es de mármol.

Se acerca a su hija, se inclina, la besa y ella abre ligeramente los ojos.

—«Oh, daddy» —le dice—. Me siento muy mal...

—Lo sé, corazón —replica él, poniéndole una mano en la mejilla, pero la aparta enseguida, tan caliente tiene la piel. Levanta la cabeza, busca a Franca. Está sentada al otro lado de la cama y lo observa muy angustiada. Por primera vez después de mucho tiempo, le está pidiendo ayuda para cerrar las heridas que se están abriendo en su corazón. Es evidente que querría ocupar el lugar de su hija, para no seguir viéndola sufrir así.

La pregunta que Ignazio lee en esos ojos lo aterroriza también a él. Durante un instante, permanecen inmóviles observándose. Hasta que él con un gesto le pide que salga de la habitación y ella lo sigue.

No bien cierra la puerta, Franca rompe a llorar.

—Está muy mal, Ignazio, y no sé qué hacer. Dios mío, ayúdanos tú...

Ignazio no responde. La abraza, le acaricia el pelo. Un gesto que lleva tiempo sin hacer, un gesto que antaño fue de amor y que ahora es solo de consuelo, pero que al menos calma un momento la ansiedad de ambos. Franca, con un suspiro, lo acoge y se abandona en su pecho.

—Tengo miedo —le dice con un suspiro.

«Yo también tengo miedo», se dice a sí mismo, incapaz de hablar. Porque ese olor le ha traído a la memoria la habitación en la que murió su hermano Vincenzo, y también aquella en la que expiró su padre. Y eso lo pone tenso, lo enmudece: ese hedor ácido de un cuerpo tratando de protegerse de la enfermedad, atrapado en una inmovilidad que se parece mucho, demasiado, a la muerte.

Que su hija pueda morir, que su destino sea semejante al de su hermanito, eso no es ni tan siquiera capaz de concebirlo.

Entonces, al día siguiente, mientras Giovannuzza se sume en un letargo profundo y, por momentos, en el delirio, Ignazio recurre a las armas que tiene: el poder y el dinero.

Llama a Augusto Murri, docente de Clínica Médica en la Universidad de Bolonia. Un genio de la medicina, autor de tratados fundamentales sobre la fiebre y las lesiones cerebrales, admirado en Italia y en el extranjero. En opinión de todo el mundo —amigos, conocidos, médicos—, es el mejor. El único que puede salvarla.

Así, con toda la familia reunida en la Villa ai Colli, Ignazio lo trae a Palermo. Pone a su disposición un tren especial hasta Nápoles y, desde ahí, un piróscafo hasta Sicilia. Por último, un automóvil que lo lleva a la villa.

Entretanto, al otro lado de las verjas, Palermo espera. Es una niña la que está mal, un alma inocente. Discordias, envidias, maledicencias quedan al margen: llegan criados pidiendo noticias para sus amos, llevan notas que transmiten deseos de pronta recuperación o que comunican que se están rezando rosarios por Giovannuzza. Pero las noticias cada vez son peores. La pequeña tiene largos momentos de inconsciencia, no come, ya casi no reconoce a nadie, salvo a la madre y a la abuela que se llama como ella.

Cuando el doctor Murri llega, Giovannuzza lleva varias horas sin conocimiento. Franca está junto a su cama. Está pálida, destrozada, el cabello negro despeinado cayéndole por la cara, los ojos hinchados de llanto y un pañuelo sucio entre las manos. Ha tratado varias veces de despertar a su hija, de darle un poco de leche, de mojarle los labios agrietados con agua fría, pero la niña, su niña, ya no reacciona.

Augusto Murri es un hombre de sesenta años que camina ligeramente encorvado. Inspira una sosegada seguridad. Tiene entradas y un tupido bigote blanco, de manillar. Con un gesto le pide a Franca que salga, pero ella se limita a mirarlo y a enderezarse en la silla. Ignazio se coloca al lado de ella.

No piensan moverse de ahí.

Entonces Murri ausculta el pecho de la pequeña, comprueba los reflejos, trata de estimularla. Se le hace un nudo en la garganta, al médico, porque ve la mirada de esos padres sobre quienes incluso él ha leído algo en las crónicas mundanas. Pero los viajes, las joyas, las fiestas fabulosas ahora ya no tienen la menor importancia. Ahora son solo un padre y una madre, unidos por un miedo que los devora.

Al final, mientras las criadas arreglan la cama, el veterano médico les pide con un gesto que lo acompañen fuera. En el pasillo están Giovanna y Costanza, las dos abuelas, con el rosario entre las manos. A su lado, Maruzza.

El hombre carraspea. Cuando habla, lo hace lentamente, con la mirada baja.

—Lo lamento, señores. En mi opinión, no es tifus. —Hace una pausa, larga, profunda—. Es meningitis.

—¡No! —Franca se tambalea. Antes de que Ignazio pueda auxiliarla, Costanza está a su lado, le rodea la cintura con un brazo para impedir que se caiga al suelo. Acude también Maruzza. Las mujeres se quedan juntas, cabeza contra cabeza, incapaces de hablar. Corren lágrimas silenciosas por el rostro de Franca, que tiene los ojos muy abiertos y está lívida.

Esa palabra es una piedra que cae al fondo de su conciencia. «Meningitis, meningitis, meningitis...». Empieza a temblar, y su madre la abraza aún con más fuerza, rompiendo a sollozar.

Ignazio se ha quedado inmóvil. Se siente presa de una espiral que absorbe el aire, las personas, las cosas, incluso la luz.

—Pero, entonces... —dice. Sin embargo, no es capaz de continuar. Mira por la ventana que da al jardín y, por un instante, le parece ver paseando a su padre con Vincenzino, por el naranjal que tanto le gustaba.

La voz del médico lo despabila.

—Le suministraremos los tratamientos necesarios —dice Murri con voz firme—. Todavía quedan márgenes para intervenir y haremos todo lo posible para ayudarla y aliviarla. Ahora bien, así como no hay dos cosas iguales, así no hay dos enfermedades iguales, y, por tanto, a la pequeña Giovanna habrá que observarla en todo momento, con suma atención. De todos modos, he de ser honesto: las probabilidades de una curación son muy bajas. Aunque se recuperase, podría quedar gravemente afectada en el habla o en el movimiento. —Mira a Franca, que parece a punto de desmayarse—. Tendrá que ser usted muy fuerte, señora. La esperan días difíciles.

Franca estira la mano, busca la de Ignazio, la encuentra.

Necesita sentirse al lado de él, al lado del padre de su hija. A pesar de todo lo que ha ocurrido en esos años, quiere tener la certeza de que todavía pueden estar unidos. De que todavía pueden recorrer otro trecho de camino juntos. De que el amor no ha acabado del todo. De que afrontarán lado a lado ese dolor. De que él no la dejará sola en los momentos más sombríos. De que el vacío que se está abriendo bajo sus pies no los devorará.

Queda un hilo de esperanza, y es a ese hilo al que ella se aferra. A ese hilo fino. ¿La enfermedad tendrá consecuencias? Las afrontarán, da igual. Estará con Giovannuzza, la ayudará a convertirse en la mujer que ella siempre se ha imaginado.

No quiere ni puede aceptar que la frontera entre ilusión y esperanza sea tan frágil y que el amor, cuando se une a la desesperación, sea capaz de crear la más dolorosa de las mentiras.

Es casi el amanecer del 14 de agosto de 1902 cuando Franca, que acababa de quedarse dormida al lado de Giovannuzza, se despierta. Del jardín de la villa llega el gorjeo de los pajarillos que saludan el día y la luz que se filtra por las cortinas blancas es todavía suave.

La habitación es fresca; un delicado aroma a hierba se ha sobrepuesto al olor de los aerosoles.

La niña, inmóvil, le da la espalda. Está de lado, las trenzas negras sobre la almohada. Franca se inclina para mirarla, la roza: le parece más fresca y también que está menos sonrosada. La gobernanta se ha quedado dormida en la silla, también todo el resto de la casa duerme, sumida en el silencio.

Durante un instante, Franca piensa que a lo mejor el tratamiento ha surtido efecto. Que la fiebre ha bajado y que Giovannuzza podrá despertarse. ¿Qué importa que se quede coja o que hable raro? Buscaremos a los mejores médicos para que la traten, la llevaremos a Francia o a Inglaterra. Pasaremos largas temporadas en Favignana, donde podrá respirar el aire del mar y curarse, lejos de miradas indiscretas. Lo importante es que esté viva. Viva.

Estira de nuevo la mano, se la pone en la mejilla.

Y entonces se da cuenta de que su niña no está fresca, sino fría. De que no está pálida, sino lívida. De que todas las ilusiones, los deseos, los anhelos que había tenido para ella se han hecho trizas. De que Giovannuzza nunca será adulta, de que nunca la verá vestida de novia, de que nunca la verá convertida en madre.

Su muñeca de porcelana, Fanny, ha acabado en el fondo de la cama. Franca la coge, la pone en los brazos de la niña. La acaricia de nuevo, le murmura un «Te quiero», que no tendrá respuesta, porque su pequeña ya no volverá nunca a arrojarle los brazos al cuello, diciéndole: «¡Yo también, mamita!».

Una grieta se le abre en el alma y el dolor ahora sale a borbotones, se expande, la ahoga.

Giovanna Florio, su hija, está muerta.
Y es entonces cuando Franca comienza a gritar.

En los desgarradores días que siguen al entierro de Giovannuzza, Ignazio procura ayudar a Franca de la única manera de la que es capaz: sacándola de Palermo, lejos de los lugares en los que permanece el recuerdo de su primogénita. Sin embargo, cuando le preguntó adónde quería ir —¿A Londres? ¿A París? ¿A Baviera? ¿A Egipto, a lo mejor?—, Franca lo miró largamente, con gesto ausente. Luego dijo solamente una palabra:
—Favignana.
Entonces embarcan en el Virginia, la lancha de vapor en la que siempre van a la isla, y ahí se quedan solos en el gran edificio que da al puerto, a poca distancia de la almadraba. Franca sale temprano por la mañana y no vuelve hasta el atardecer; dice que va «a pasear», y por la noche se encuentra tan cansada que a menudo se retira sin cenar. Ignazio trata de ocupar los días con las cartas que llegan de Palermo y que están relacionadas con la marcha de la Oretea. Pero está preocupado.
Hasta que, una mañana, decide seguirla en sus peregrinaciones.
La figura de su esposa, todavía más delgada por el traje negro, se desplaza como un fantasma por los senderos que conducen hacia la montaña, detrás de la almadraba. Franca camina, gesticula, a veces ríe. De vez en cuando se detiene, mira el mar, vuelve sobre sus pasos. Una y otra vez.
Solo cuando se le acerca un poco, Ignazio comprende.
Está hablando con Giovannuzza: le dice que su madre la quiere, que sus muñecas la están esperando, que el próximo verano se bañarán todas juntas, que va a regalarle un traje de seda en su cumpleaños. La llama en voz baja, como hacía cuando la niña jugaba al escondite con los hijos de sus invitados.
Quería ir a Favignana porque ahí había sido feliz con Giovannuzza.
Es una manera —desesperada, desgarradora— de seguir a su lado.
Ignazio vuelve a la casa con el corazón destrozado y lágrimas en los ojos. La muerte no le ha arrebatado solamente a una hija, le está quitando también la serenidad y la belleza de su mujer, y eso no se lo puede consentir, eso no. Ya le han robado demasia-

das cosas y no quiere ni imaginarse qué pasaría si Franca se volviese loca. Mejor, mil veces mejor, regresar a la ciudad.

Pero, una vez en Palermo, Franca se encierra durante horas en el cuarto de la niña en la Olivuzza. Ha dado orden de que nadie toque nada; tampoco quiere que quiten su ropa del armario. Ahí permanece su olor, una mezcla de talco y violeta, y en el tocador están sus cepillos. Si cierra los ojos, la oye caminar por la habitación, con su paso leve. Se sienta en la cama, una mano en la almohada y la otra estrechando una muñeca de porcelana. Fanny no. Fanny está con ella, en el ataúd.

Así es como, una tarde de octubre, la encuentra su suegra. Giovanna ha hecho rezar a los niños por la hermanita «que se ha ido al cielo con los ángeles», y después ha jugado un poco con ellos: tanto Baby Boy, que tiene cuatro años y medio, como Igiea, que tiene dos y medio, notan mucho la ausencia de su madre y están nerviosos e inquietos.

En silencio, Giovanna se sienta al lado de Franca. Las dos visten de luto, Franca rígida en su dolor nuevo que le desgarra la carne, Giovanna encorvada, doblegada por los años. Franca baja los ojos, aprieta con más fuerza la muñeca. No quiere que nadie le diga que necesita reaccionar, que tiene que ser fuerte porque tiene dos hijos y ha de pensar en ellos, y que además puede tener más... Ya se lo ha dicho mucha gente, empezando por Giulia y Maruzza. Lo único que han conseguido con eso es enfurecerla más.

Porque no se puede morir a los ocho años. Y no se tiene un hijo para reemplazar a otro.

Giovanna lleva su rosario de coral y plata en la mano y una fotografía apretada al pecho. Se la enseña.

—A lo mejor nunca has visto esta imagen de mi Vincenzino. Tenía doce años. —Entre los dedos, la fotografía de un niño vestido de mosquetero, la mirada dulce y tímida—. Era un *niño* precioso. *Mi criatura, era muy cariñoso.* Iba a ser el jefe de esta familia, y mi marido, *que en paz descanse*, lo hacía estudiar, siempre lo animaba. Pero él era demasiado, demasiado frágil. —La voz se le quiebra.

Franca abre los ojos, se vuelve.

Mirar a Giovanna es como mirarse en un espejo.

La escucha, aunque no querría. Su dolor, piensa, es único, y le pertenece solamente a ella. Deja la muñeca en la cama, pregunta:

—¿Y después, cómo se sintió usted?

—Como si me hubiesen arrancado la piel. —Giovanna arrastra la mano por la cama, acaricia la cara de la muñeca, como si fuese la de la nieta—. *El Señor no tendría que habérsela llevado a ella, sino a mí* —dice—. Yo soy vieja y ya he concluido mi vida. Pero *ella... ella era una flor.*

Levanta la cabeza. En ese rostro de anciana, de cutis ajado y mejillas arrugadas, la nuera ve la amargura de una vida sin amor ni ternura, junto a una resignación que tal vez sea más dolorosa que el sufrimiento. Y repara en que nunca ha visto a su suegra sonreír de verdad salvo con sus nietos. Sobre todo con Giovannuzza.

—Siempre pensarás en ella. En todo lo que podría haber hecho y que no hará, en que no la verás crecer, en que nunca podrás saber en quién se habría convertido. *Te preguntarás qué estará haciendo,* y solo después de un rato te darás cuenta de que está muerta. Verás ropa, juguetes... *cosas que te gustaría comprarle*, y entonces te darás cuenta de que ya no puedes hacerlo. *Estas son las auténticas cuchilladas, y perduran, porque para ti ella estará siempre viva.*

—Entonces, ¿nunca acabará? —dice Franca en voz baja.

Giovanna responde en el mismo tono.

—No. A mí se me murió el marido y solo Dios sabe cuánto lo quise... Pero que se te muera un hijo es imposible entenderlo. —Estira la mano, la cierra—. *Es como si te arrancasen el corazón.*

Como si te arrancasen el corazón. Sí, así se siente. Durante un instante, Franca revive el momento del parto de su niña, cuando sintió que salía de ella. Puede que en ese momento ya empezara a perderla.

La suegra le da una palmada en el hombro, se incorpora. Le dice con cariño que la están esperando para cenar. No hace falta que reciba a los que se presentan para dar el pésame, pero sí tiene que alimentarse, también por los demás.

Franca asiente, vale, bajará a cenar. Sin embargo, cuando se queda sola, lentamente se echa en la cama, se hace un ovillo. La lámpara que su suegra ha dejado encendida alumbra su perfil afilado. Se pasa una mano por los ojos. Querría no ver, ni oír, no tener que ocuparse ya de nada ni de nadie. Querría ser mayor como Giovanna, ser mayor y estar resignada, para ya no sentir nada aparte de los dolores de un cuerpo incapaz de rebelarse contra el paso del tiempo. Pero tiene veintinueve años y ha sido privada de la criatura que más amor le había dado en toda su vida. Y tiene que seguir adelante.

—Perdone, don Ignazio... —Un criado espera en la entrada del salón verde—. El príncipe de Cutò está aquí. ¿Puedo decirle que pase?

Ignazio levanta la cabeza de golpe de los papeles que estaba leyendo. Se había olvidado de esa cita. Se pasa la mano por la cara cansada.

—Claro.

Poco después, aparece Alessandro Tasca di Cutò. Se detiene en la puerta, esperando, mientras toquetea el ala del sombrero, y fija la mirada en Baby Boy que, en la alfombra, está jugando con un tren de latón.

—Pasa. Gracias por venir —dice Ignazio, levantándose del sofá.

Alessandro se acerca.

—He venido a presentarte mis condolencias. Ya he hablado con tu suegra y me habría gustado ver también a tu esposa...

—Franca sigue muy agotada y no recibe a nadie —replica Ignazio, en voz baja. Pasa la mano por los rizos rubios de su hijo, que enseguida levanta la cabeza y estira los brazos. Está más nervioso de lo habitual y busca de todas las maneras posibles llamar la atención del padre, del que apenas se separa.

—Lo sé —responde Alessandro deprisa—. Mi hermana Giulia me lo ha dicho. Por eso he dejado pasar tanto tiempo, y me excuso.

Ignazio se vuelve hacia la mesilla en la que había dejado unos documentos, cierra con una palmada una carpeta en la que se lee CAPRERA, luego dice:

—Ven, salgamos al jardín, así dejo que corra un poco el *niño*. Y creo que también a ti te gustará estar... al aire libre.

Alessandro hace una mueca, pero no replica. Ya está acostumbrado a esas pullas. Estuvo encerrado cinco meses en la cárcel del Ucciardone, condenado por difamación del exalcalde de Palermo, Emanuele Paternò, al que acusó de haber gestionado mal la administración municipal. Una condena que dio lugar a numerosas manifestaciones de solidaridad con quien ya era llamado por todos «el príncipe rojo» debido a sus ideas socialistas.

—*Come on, Baby Boy*. Salgamos, venga —le dice Ignazio al pequeño, que le agarra enseguida la mano y lo arrastra hacia la puerta acristalada. Una vez en el jardín, Baby Boy corre hacia delante, gritando que quiere montar en el velocípedo que le ha regalado el tío Vincenzo. Con un gesto, Ignazio le pide a un criado que vaya con su hijo.

Los dos hombres caminan un rato en silencio, bajo un cielo salpicado de nubes grises. Alessandro habla primero.

—Me agrada ver que al menos tú estás reaccionando —dice.

—Lo intento—. Ignazio aparta la mirada del banco de piedra que está delante de la pajarera, donde Giovannuzza solía sentarse con la madre...—. De todos modos, hay mucho que hacer. Y la Casa Florio no se detiene.

—Ah, claro, los negocios no miran a la cara a nadie, lamentablemente. He visto que te estás ocupando del nuevo piróscafo, el Caprera... ¿Cuándo piensas botarlo?

«Muy perspicaz, el príncipe rojo», piensa Ignazio, irritado. Pero no tiene intención de contar nada. Y, desde luego, no quiere hacer pública la tensión que se ha creado entre él y Erasmo Piaggio ni que su crédito con la administración genovesa está comprometido debido a sus muchos —¿demasiados?— intereses en el norte... La Navigazione Generale Italiana tiene su corazón en Palermo, y en Palermo va a quedarse.

—Espero que el año que viene —responde por fin—. Pero antes debo resolver ciertos... asuntos.

—¿Y cómo va el consorcio de cítricos? Sé que has hecho buenos contratos de venta.

—No lo suficiente para cubrir los costes... Pero es un tema secundario, al menos para mí. Lo que me interesa es que el astillero está por fin casi terminado: la construcción del Caprera será, precisamente, la demostración de que podemos competir de igual a igual con los astilleros toscanos y ligures. Pero es tan difícil convencer a quien no quiere escucharte... Roma *in primis*, obviamente.

—Entre los obreros hay un cauto optimismo, en efecto. Después de los despidos del año pasado...

—¿De nuevo con eso? —salta Ignazio—. ¿Aún no os habéis hartado? ¿O es que los socialistas no sabéis a qué dedicar las tardes en esa Cámara del Trabajo que tanto queríais?

Alessandro se pone tenso.

—Sabes perfectamente que quien más quería la Cámara del Trabajo, como dices tú, era Garibaldi Bosco. Que, desde luego, no es tu adversario, ni de la Casa Florio. Más bien al contrario...

—Claro, mientras que tú estás convencido de que lo que falla en Sicilia es culpa de los empresarios como yo y de sus ideas erróneas, y que solo hay que pedir a la gente corriente que se una para que las cosas cambien. Lo has escrito y repetido hasta la saciedad en la *Battaglia*.

—¿No puedes soportar que un periódico desmienta a *L'Ora* al menos una vez a la semana? Me he preguntado muchas veces qué has hecho para forzar a Morelli a volver a la *Tribuna* y para confiar la dirección del periódico a ese sardo, Medardo Riccio...

En ese momento, un estruendo metálico rompe la paz del jardín. Los loros se revuelven en la pajarera, y una pequeña bandada de palomas se eleva de las palmeras. En la vereda aparece un automóvil negro, que, tras levantar una nube de guijarros y polvo, se detiene delante de los dos.

Vincenzo, gorra de tela y gafas contra el polvo, se apea del coche y le estrecha la mano a Alessandro. Repara en la tensión que hay entre el invitado y su hermano, pero hace como si no se hubiera dado cuenta de nada.

—Vuelvo de la estación. Está todo listo para la partida, por fin.

Ignazio frunce el ceño.

—¿Adónde vas?

—A la Costa Azul. Palermo me aburre. Y la Olivuzza, después de lo de la *niña*, es demasiado sombría.

Alessandro esboza una sonrisa entre irónica y triste. Ni un luto severo puede cambiar las alegres costumbres del joven Florio.

Ignazio señala algo detrás de su hermano.

—¿Y quién va a ocuparse de las obras? —pregunta, en tono irritado.

Vincenzo se coloca el pelo con una mano, se vuelve y mira el edificio que está surgiendo entre un caos de tablas, piedras, ladrillos y cubos para la cal. Parece más un palacio de cuento de hadas que una villa, con dos sinuosas escalinatas y almenajes de hierro fundido que adornan los balcones y el tejado, sobre el que hay un torreón.

—¡Oh, ya, el *villino*! —exclama luego—. Basile se ha superado a sí mismo, ¿no crees? —le pregunta a Alessandro—. Y no cabe duda de que no le he puesto las cosas fáciles... —Se ríe—. Quería algo que recordase un castillo, que tuviese elementos barrocos pero también románticos, típicos del sur pero también nórdicos... Por no mentar los interiores: ¡le pedí que se pudiera subir a la planta superior directamente desde el garaje, sin tener que salir a la calle, y me ha complacido! En una palabra, ha conseguido crear algo realmente original, como yo quería. —Mira el *villino* con orgullo—. Pero ya está casi terminado y dudo que esos hombres que están en los andamios me necesiten.

—Con lo que cuesta un edificio así, se podría dar de comer a docenas de familias de... esos hombres durante un año —masculla Alessandro.

—Muy probablemente. Pero, con toda sinceridad, ellos me importan muy poco —replica Vincenzo, y sonríe al ver la expresión escandalizada del príncipe.

—En fin, sigues siendo un *niño* —suspira Ignazio.

—Eso es la vida: buscar enseguida un placer nuevo cuando te has aburrido del anterior —Vincenzo vuelve a mirar a su hermano—. Y yo no quiero perderme ninguno.

No bien Alessandro Tasca de Cutò se marcha, Ignazio entra en la casa, rumiando la última frase de su hermano. Sí, ese bala perdida tiene razón. A lo mejor es precisamente un poco de ligereza lo que tiene que darle a Franca. Alguna sonrisa, algún motivo de alegría. Se convence de ello cuando llega a sus apartamentos y los encuentra sumidos en una penumbra dolosamente semejante a la que hay en las habitaciones de su madre. Es como si las paredes trasudasen tristeza, como si exhalasen una respiración enferma.

En esa casa, la vida se ha convertido en una carga.

La Costa Azul, el sol, el mar, la tibieza, los amigos... De entrada, está seguro, Franca se opondrá. Así que él les escribirá a los Rothschild, que tienen la costumbre de pasar el invierno en la Riviera, y les pedirá que lo ayuden a convencerla. Sí, necesitará un poco de tiempo, pero al final lo conseguirá: subirán a su tren, llegarán al hotel de Beaulieu-sur-Mer que tanto le gusta a Franca, el Hôtel Métropole, y ahí pasarán las fiestas de Navidad.

Él también necesita volver a vivir.

Mecida por el tren, Franca se ha quedado dormida en el asiento de terciopelo azul, con la cabeza sobre el hombro de Ignazio. Desde hace unos días, es como si ella lo buscase, como si lo único que pudiese aliviarla un poco fuese el contacto con su marido. En la cama solo puede conciliar el sueño abrazada a él. Ignazio está confuso. Nunca ha sabido interpretar los sentimientos de las mujeres. Comprende los deseos, sabe intuir las apetencias, interpreta los mensajes sensuales, anticipa los descontentos, pero la necesidad de afecto, eso no; eso se manifiesta en un alfabeto que él desconoce.

Sin embargo, siente que la desaparición de Giovannuzza —la primogénita, la que los había convertido en una familia— puede crear entre ambos un abismo. No puede soportar esa idea; sería otra demostración de debilidad, un enésimo fracaso. Privado y no público, desde luego, pero él ya tiene una desesperada necesidad de aferrarse a sus escasas certezas. Y Franca, en lo bueno y en lo malo, es una de ellas. Entonces responde a sus demandas de afecto. Está siempre cerca de ella, le dedica tiempo, atenciones, mimos. «D'Annunzio tiene razón: mi mujer es única», piensa. Tanto dolor no la ha privado de belleza ni de encanto. Y él la ama, a pesar de todo. A su manera, pero la ama.

Así, una noche, poco después de su llegada al Hôtel Métropole, Ignazio la observa como no lo hacía desde hace tiempo. Franca está sentada al tocador; le ha pedido a Diodata que se marche y se está quitando las horquillas del pelo. La capucha de la bata solo le tapa la nuca. Tiene el rostro serio, pero la mirada tranquila, abstraída. Han cenado en la habitación, solos, y además Franca ha comido un plato entero de sopa de pescado, cosa que no hacía desde hace tiempo. Se coloca detrás de ella, le pone las manos en los hombros y la acaricia hasta los brazos, le baja la bata hasta los codos. Por donde pasan sus dedos, la piel se encrespa. Franca entorna los labios, para, las manos apretando el peine.

Ignazio vacila, luego le roza el cuello con los labios.

La desea como no la deseaba desde hace mucho.

Franca se estremece. ¿Está asustada? Ignazio no sabría decirlo. Es como si él, consumado seductor, ya no supiese cómo comportarse con esa criatura frágil en la que se ha convertido su mujer. Levanta la mano, le roza el rostro y ella se abandona a esa caricia con los ojos cerrados. Parece titubeante, como si tuviese miedo de ceder. Entonces se vuelve, para buscar sus labios, para dejar que él la ayude a espantar con el amor el dolor de la muerte. Y para recuperar algo de vida.

Después de esa noche, Franca parece más serena. Han hecho alguna excursión con Vincenzo, que, sin embargo, tiene la manía de ir demasiado rápido con su adorado automóvil, y han pasado el fin de año con los niños: Baby Boy quiso probar el champán y después hizo una mueca de asco que los hizo reír a todos; Igiea, agarrada a su madre, contempló los fuegos artificiales con ojos como platos y, después de unos grititos de susto, se rio y aplaudió.

Ahora están en el jardín del Métropole, un enorme parque de palmeras y cítricos que llega casi hasta el mar. Al sol de enero, Franca está leyendo, recostada en una tumbona, el traje negro bordado de encaje recogido alrededor de las piernas; Baby Boy persigue a las palomas, e Ignazio se mueve de aquí para allá con una Verascope en la mano. Se la ha regalado Vincenzo, que desde hace unos meses se ha aficionado a la fotografía; él confía en que sea una manera de ofrecerle a su mujer una sonrisa.

De vez en cuando, Franca eleva los ojos del libro y observa a su marido que, cada vez más ceñudo, parece incapaz de decidirse a tomar una foto. De repente, Baby Boy se agarra a una de sus piernas y grita que él también quiere la máquina «totográfica». Desde que Giovannuzza no está, tiene muchas rabietas y siempre está nervioso. Ignazio no le dice nada al principio, pero, cuando su hijo se tira al suelo y empieza a dar puñetazos, lo regaña. Tampoco Franca, que acude enseguida, logra calmarlo. Entones, con un resoplido de impaciencia, Ignazio llama a la niñera para que se lo lleve y no moleste a los demás invitados. La chica llega a toda carrera, con las trenzas rubias dando brincos.

—*Occupez-vous de lui, s'il vous plaît. Peut-être qu'il a faim...* —dice Franca.

La niñera menea la cabeza.

—*Il vient de manger, madame Florio. Mais il n'a pas beacoup dormi...* —Se inclina y coge en brazos a Baby Boy—. *Que se passe-t-il, mon ange? Allons faire une petite sieste, hein?* —Entonces se aleja con el niño, que sigue forcejeando y chillando.

Franca vuelve a la tumbona seguida por Ignazio, que se sienta a su lado y le agarra una mano. Sus grandes ojos verdes no están todavía serenos, pero la desesperación parece desaparecida.

«A lo mejor el abismo que se había abierto entre nosotros se está cerrando», piensa Ignazio. «A lo mejor todavía nos queda una esperanza». Se lo repite a menudo, al tiempo que procura no fijarse demasiado en las fascinantes huéspedes del hotel.

Franca le pide con un gesto que se acerque.

—Hemos recibido una invitación de los Rothschild para esta noche —dice—. Una cena y una partida de cartas, una reunión para unos pocos íntimos.

—¿Quieres ir, Franca mía? ¿Te apetece?

—Solo si tú quieres.

Él le roza la frente con un beso y asiente. Después de los primeros y tranquilos años de su matrimonio, Franca fue dejando poco a poco de confiar en él. A veces había hecho justo lo contrario de lo que él habría querido, como con el retrato de Boldini. La había sentido alejarse y no hizo nada por retenerla, al revés: la reemplazó por mujeres que le parecieron más pasionales, más libres, más... frescas. Como su hermano, siempre necesitaba novedades, emociones fuertes, sentir que no tenía ninguna atadura. En cambio, ahora se da cuenta de que, aparte del amor, Franca siempre le ha dado algo más: respeto. Ese respeto que el mundo se empeña en negarles o, mejor dicho, que brinda solamente a su apellido o a sus riquezas. Sea lo que sea lo que haya hecho o dicho, Franca siempre ha estado por encima de toda mezquindad. A diferencia de los demás, y a pesar de todo, ha confiado en él y todavía confía. Pese que él ha sido tan duro, tan... ingrato con ella.

Con esa conciencia es con la que Ignazio se aleja para ir a escribir una nota a los Rothschild, aceptando su invitación.

Después, instintivamente, se vuelve. Y encuentra en su mirada un poco de ese amor que temía haber perdido para siempre.

Esa noche, Franca viste un sencillo traje negro y un largo collar de perlas. Mientras Diodata la peina, ve en el espejo la mirada de Ignazio y capta una admiración que le inflama el corazón.

Antes de salir, pasan por la habitación reservada a los niños. Igiea está sentada en la alfombra con una muñeca, y es evidente que tiene sueño, pero no puede dormir, porque Baby Boy sigue con sus rabietas. Tira los juguetes al suelo, se niega a ponerse el camisón, grita que quiere ir a la playa, se suelta de la niñera, abraza las piernas de su madre. Franca se inclina hacia él, lo acaricia, trata de calmarlo, pero el niño no atiende a razones.

—¡Ya basta, Ignazino! —interviene su padre. El niño rompe a llorar.

Con la cara roja, la niñera lo levanta, le habla con suavidad. Entonces se dirige a Franca.

—No ha querido ni comer, *alors...* —murmura, exasperada.

Franca menea la cabeza.

—Trate de contarle un cuento. Normalmente eso lo tranquiliza. —Se inclina hacia Igiea, le da un beso—. Nos tenemos que ir. Se está haciendo tarde.

Ignazio la sigue hasta la puerta, le tiende el brazo y, en silencio, atraviesan los lujosos pasillos del Métropole, bajan las escaleras ante la deslumbrada mirada de los invitados. Ignazio se pone tenso, pero Franca parece indiferente. En el coche, sin embargo, Ignazio le coge la mano y la encuentra fría. Entonces se da cuenta de que está igual de nerviosa que él.

—¿Te encuentras bien? —le pregunta.

Ella hace un gesto afirmativo, luego entrelaza los dedos con los suyos y se los aprieta.

La ternura, esa dulzura antigua que le inflama el pecho, está ahí, una llamita que todavía persiste. Se están reencontrando. Con más fuerza que antes.

La velada transcurre tranquila, entre charlas y chismes sobre el escándalo del día: la princesa Luisa de Habsburgo, esposa del príncipe heredero de Sajonia, madre de seis hijos y embarazada del séptimo, había huido con André Giron, el fascinante preceptor de su primogénito, causando un profundo desconcierto en todas las cortes de Europa. Terminada la cena, Franca y las mujeres juegan al faraón, mientras que Ignazio acompaña a los hombres a la sala de fumadores. Ahí, el tema de conversación es el duelo que hubo dos semanas antes en Niza, en el jardín de la villa del conde Rohozinski: dos maestros franceses habían declarado la superioridad de su escuela de esgrima y dos maestros italianos, ofendidos, los desafiaron. A Ignazio lo bombardean a preguntas, porque todos saben que Vincenzo había prestado a los duelistas y los padrinos los automóviles que les permitieron evadir a la policía, que quería impedir el desafío. Pero él no conoce ninguna circunstancia y minimiza el asunto, afirmando que los únicos duelos que le interesan son los del mar.

Casi es medianoche cuando llega un botones del Métropole. Se detiene en la puerta, jadeante, con manos temblorosas. Pregunta por los Florio, dice que tienen que regresar enseguida al hotel.

Ignazio se acerca, arruga la frente.

—¿De qué se trata?

Pero el botones menea la cabeza.

—*Retournez à l'hôtel, je vous en prie, monsieur Florio. Vite, vite!* —casi le grita. Un instante después—: *Vite, vite!* —y se va corriendo.

Franca, que entretanto ha llegado al lado de Ignazio, lo mira, perpleja.

—Pero... ¿Qué ha ocurrido?

—No lo sé —le responde él.

Mientras los invitados y los dueños de casa se les acercan, preocupados, llaman el coche para regresar al Métropole.

En el automóvil, ninguno de los dos habla. En la mente de Ignazio se amontonan hipótesis: ¿un accidente en coche de Vincenzo? ¿Un robo, un incendio en la Olivuzza? ¿Y si a su madre, que ya estaba muy mayor y cansada, le había pasado algo? Oh, sería espantoso, sabiendo que está sola y lejos... ¿No habrá ocurrido algo en alguna de sus empresas? «Que no, ya es muy tarde...».

A medida que se acercan al hotel, se angustia más. Le da vueltas al anillo de su padre, abre y cierra las manos. Franca, a su lado, está palidísima, se remueve en el asiento, aprieta los guantes.

Cuando se apean del coche, el director del Métropole sale corriendo a su encuentro por la larga alfombra roja. Agarra las manos de Ignazio, dice algo.

Después no podrá, ni cuando pasen muchos años, recordar esas palabras. Porque hay recuerdos tan dolorosos que se depositan en lo hondo del alma, que los oculta un misericordioso telón negro incluso a sus dueños.

Una desgracia.

—¿Qué desgracia? —pregunta él, mientras Franca empieza a temblar.

—¡Una desgracia tremenda, monsieur Florio! Hay un médico, ha llegado enseguida, hemos tratado de reanimarlo, pero...

—¿Quién? —grita él, y es como si oyese a otro hacer esa pregunta, porque ante sus ojos está bajando una niebla negra y en su garganta ya no hay voz. Franca se desploma a su lado, pero Ignazio no tiene fuerzas para sujetarla.

Le falta el aire, pero consigue repetir.

—¿Quién? —mientras sobrepasa al hombre.

Se encuentra delante de la niñera de Baby Boy. Apenas la reconoce. Pero ve que está gritando y llorando.

Con violencia, la empuja hacia un lado. La mujer cae al suelo.

Baby Boy.

Ignazino.

Empieza a correr, deja atrás a los camareros, devora las escaleras, el corazón le va a estallar.

El largo pasillo, la alfombra roja, las luces tiemblan, la puerta abierta, un hombre y un policía al lado de la cama.

Su hijo.

Inmóvil.

Ignazio se tambalea, cae de rodillas, estira una mano. El niño tiene los ojos abiertos y un hilo de saliva en la comisura de la boca. Está en camisón, los cabellos rubios sueltos por la almohada.

Ignazio lo zarandea.

—Baby Boy —lo llama, con una voz que parece llegar de muy lejos—. Baby Boy... Ignazino...

Una mano se apoya en su hombro. Ni siquiera la siente.

Todo. Ha terminado todo.

Porque no ha muerto solamente su hijo. Ha muerto el futuro de la Casa Florio.

Los Florio regresan a Palermo, en compañía de un ataúd blanco. Baby Boy dormirá al lado de su hermanita, fallecida hace menos de seis meses, al reparo de los cipreses del cementerio de Santa Maria di Gesù. Se va con un misterio que nadie podrá desvelar jamás. El parte médico dice solamente que el corazón se le paró. Pero esa saliva en los labios...

Ignazio se negó a que le hiciesen la autopsia. «Al menos, no ese insulto», masculló, cuando el médico forense pidió permiso. ¿Una caída? ¿Una dosis letal de somnífero que le suministró la niñera para que no la molestara o para irse a una cita amorosa? Son ideas crueles que resultan dolorosas. Entonces, las borra de su cabeza.

Además, no cambian nada.

Además, su hijo está muerto.

Además, él ni siquiera es capaz de ayudarse a sí mismo.

«Un corazón se ha parado. No, dos corazones: el suyo y el mío», piensa Ignazio en su despacho a medianoche, mientras coge la botella de coñac, una de las últimas. Ha tenido que interrumpir la producción tanto de coñac como de vino de mesa. Los costes demasiado elevados, unidos a una grave plaga de filoxera en los viñedos de Sicilia occidental, han perjudicado enormemente a la bodega de Marsala. Y no solamente a la suya: los Whitaker tienen el mismo problema.

Las grietas se ensanchan. Los crujidos se han vuelto más intensos. Le resuenan en la cabeza.

Da un manotazo contra los papeles que hay en el escritorio, se derrumba luego sobre el tablero. Apoya la cabeza en los brazos, tiene los ojos cerrados, le retumba el corazón en las sienes.

Le gustaría llorar, pero no es capaz.

«¿Qué sentido tiene todo esto?», se pregunta. ¿Por qué empeñarse en luchar si ya nadie va a poder continuar con su lucha? ¿Qué es lo que queda si lo que su abuelo y su padre le dejaron va a extinguirse con él? ¿A qué puede ahora aferrarse su familia? Un hijo es una rama que se prolonga hacia el cielo. Pero, si la rama se rompe, ya no puede nacer ninguna hoja.

Así es como se siente Ignazio. Seco. Roto.

En los días que siguen a la muerte de Baby Boy, en la casa inmóvil y silenciosa, Ignazio pensó incluso que a lo mejor era preferible rendirse. Suicidarse.

Se envuelve en esa ira como en una capa. El sufrimiento y el remordimiento no lo dejan dormir; por primera vez, tiene miedo de poder huir de esa casa en la que ya hay más fantasmas que vivos.

El vacío, la oscuridad, el silencio. El olvido se torna atractivo, y, sin duda, menos cruel de lo que hay ahí, en la Olivuzza. Casi se emborracha de esa sensación, de la posibilidad de desaparecer sin decir nada a nadie, de abandonarse. Pero después pensó que todos —quizá hasta Franca— lo habrían considerado un cobarde, poco hombre, incapaz de luchar por lo poco que aún le quedaba. Un hombre débil, no como su abuelo y su padre.

Entonces siguió viviendo. Mejor dicho: se dejó vivir.

Pasan unas semanas.

Vacías, mudas, inútiles.

Pero entonces alguien, en el cielo, ve a Franca e Ignazio y decide que ya han sufrido bastante.

Sí, debe ser eso. Porque se produce un milagro.

Franca descubre que está embarazada. Después de un primer momento de incredulidad, llega la alegría: grande, inesperada, y, por eso mismo, absoluta. Se abrazan, mezclan lágrimas y sonrisas, abrazan a la única hija que les queda, la pequeña Igiea.

«A lo mejor todavía podemos ser una familia feliz», piensa Ignazio. «A lo mejor el destino nos está dando otra oportunidad».

—¿Un viaje a Venecia?

—Más una larga estancia que un viaje, en realidad.

—Doña Franca, está usted muy débil. Le desaconsejo cualquier desplazamiento, especialmente en sus condiciones. Solo está de cuatro meses...

—Tendré cuidado. Permaneceré en el hotel el mayor tiempo posible, descansaré. Mi madre y Maruzza estarán siempre conmigo. Le prometo que me portaré bien, doctor. Se lo ruego...

El médico menea la cabeza. Al final, en los labios severos aparece una sonrisa indulgente.

—Bueno. Pero tenga cuidado...

La idea de pasar unos días en Venecia la ha tenido Ignazio, convencido, como siempre, de que alejarse de lo que hace sufrir ayuda a eliminar el sufrimiento. Lo cierto es que ha aguantado demasiado el ambiente agobiante de la Olivuzza y quiere tener una excusa para no ocuparse de los negocios.

Venecia. Hotel Danieli, un pequeño grupo de amigos con los que Franca se encuentra a gusto y que a él lo tranquilizan un poco. A ellos se unen Stefanina Pajno, las hermanas Di Villarosa con sus maridos, Giulia Trigona y la otra Giulia, la hermana de Ignazio, así como, por supuesto, Costanza, la madre de Franca, y Maruzza.

Son meses de calma. Franca da breves paseos con sus amigas o con su madre, recorre Venecia en góndola y la contempla reflejarse en el agua, observa embelesada el color ocre que se alterna con la piedra blanca del Carso y el mármol de las ventanas. A veces busca a Ignazio con la mano, le ofrece la sombra de una sonrisa cansada, mientras sus imágenes se reflejan en el agua oscura de los canales. De noche juega a las cartas en la suite; muchas veces, llegan de sus mansiones también las gemelas Vera y Maddalena Papadopoli, hijas del senador Niccolò, un riquísimo banquero de origen griego aficionado a la numismática.

Costanza se fijó enseguida en esas dos mujeres con recelo: muy hermosas, de pómulos altos y ojos altivos, seguras de sí mismas, desenvueltas. Lo sabe, lo ha visto a lo largo de los años, aunque ha guardado silencio pues nunca se ha entrometido en el matrimonio de su hija. Su yerno pierde la cabeza con excesiva facilidad por mujeres así. «No me gustan», se repite cada vez que las ve subir las escaleras del Danieli con ese aire de reinas.

Pero a Franca le hacen gracia sus chismes, le gusta su conversación brillante y aguda. Además, las dos son siempre amables con ella: le llevan ramos de flores, fragantes galletas *zaleti* para mojar en vino santo o cestas de galletas *bussolai* recién hechas por su cocinero.

En una luminosa tarde de septiembre, Costanza se prepara para salir, como hace siempre que puede, dado que ese descanso forzoso le ha causado molestos dolores en la espalda y en las piernas, agravados por la humedad veneciana. Franca duerme, con una mano en el vientre, la otra en la almohada. Le coloca las mantas como cuando era niña, después le dice a Diodata que la deje dormir.

Con un paso ligeramente claudicante, Costanza se encamina hacia la librería que hay bajo las Procuradurías Viejas. Franca ha encargado *Elias Portolu*, de Grazia Deledda, del que todo el mundo habla maravillas, y quiere que se lo encuentre al despertar.

Cuando llega a las Mercerie, al pie de la Torre dell'Orologio, lo ve. Está sentado en un café de la plaza de San Marcos y delante de él hay una mujer tan hermosa y elegante que parece nacida para ser admirada: cabellos cobrizos, cutis de marfil, ojos penetrantes, labios carnosos. Ignazio la está admirando, y no solo eso. Se inclina hacia ella, le toquetea una oreja en la que tiene un pendiente de oro y coral, se inclina más y le besa la mano. La mujer se ríe: una risa aguda, que rebosa alegría y sensualidad. Luego desordena el pelo de Ignazio con una mano enguantada, le acaricia rápidamente una mejilla, baja los ojos y oculta una sonrisa.

Costanza se queda petrificada. La gente pasa a su lado, la roza, pero ella es incapaz de moverse. Se apoya en una columna, busca consuelo en la solidez de la piedra. Tanta es la turbación que Costanza tiene que contener una arcada.

El descaro de Ignazio ha sobrepasado todo los límites. Su esposa está ahí, a pocos pasos, embarazada, después de haber sufrido la pérdida de dos hijos. Y él está coqueteando. «En público».

Ignazio levanta los ojos, la ve. De golpe empalidece, agacha la cabeza, suelta la mano de la mujer.

Y entonces Costanza Jacona Notarbartolo di Villarosa, baronesa di San Giuliano, hace algo que nunca, en casi sesenta años de vida, había hecho.

Mira fijamente a Ignazio, vuelve ligeramente la cabeza de lado y escupe al suelo.

A Costanza no le cuesta mucho descubrir que su nombre es Anna Morosini, para todos «la dogaresa», porque además, desde que su marido se fue a vivir a París, se ha mudado al Palacio Da Mula y ha puesto en la escalinata el escudo de los Morosini rematado por el cuerno del dux. Es la reina indiscutible de la alta sociedad veneciana: sus bailes son acontecimientos a los que no se puede faltar, sus fiestas son legendarias, en los salones de su mansión se cruzan políticos e intelectuales, del káiser al indefectible D'Annunzio. Anna se parece a Franca en muchas cosas, empezando por los magnéticos ojos verdes y por el cuerpo escultural. Es incluso dama de la corte. Pero, a la vez, no podría ser más diferente: es atrevida, vivaz, alegre, descarada.

E Ignazio se siente terriblemente atraído por ella.

Da igual cómo. A lo mejor por una frase de las gemelas Papadopoli, a lo mejor por una frase oída en un paseo, a lo mejor por una imprudencia de Ignazio que, por la mañana, canta ante el espejo y se arregla más de lo habitual la barba. El hecho es que, hacia mediados de octubre, Franca descubre el nuevo amorío de su marido.

De regreso de uno de sus paseos, Costanza la encuentra sentada en el sillón, en bata, frotándose el vientre tenso e hinchado.

—Ni siquiera delante de su hijo se contiene... —murmura Franca, conteniendo a duras penas las lágrimas—. Se acaba de ir, ¿y sabe qué me dijo? «Voy a dar un paseo en barco con unos amigos». ¡Amigos! Le dije a gritos que se guardase las mentiras, que ya sé que va donde la Morosini, que no tiene ni la dignidad de disimular. Ni siquiera me respondió. Se marchó, dando un portazo. Lo único que sabe es huir.

Costanza abraza a su hija.

—Ánimo —le murmura al oído, estrechándola contra su pecho—. *Es hombre, y tú eres mujer.* Sabes que las cosas son así, y que tienes que reaccionar, y no por él, sino por el *niño.* Ya sabes cómo es él... *no te hagas mala sangre,* eso no sirve de nada. *Deja que se vaya.* —Le coge el rostro entre las manos, la fuerza a mirarla—. Las mujeres son más fuertes, mi vida. Más fuertes en todo porque conocen la vida y la muerte y no les da miedo afrontarlas.

Solo que Franca ahora se siente cristal a punto de hacerse trizas. Corresponde al abrazo de su madre, pero la sobrecogen varias sensaciones, de ira, dolor y decepción a la vez. De nuevo, Ignazio ha traicionado su confianza y ha huido, dejándola sola con sus recuerdos y con el peso de la muerte de dos hijos. Ha huido de esa habitación, de ella, de su matrimonio. Y Franca ya no puede soportar eso, ya no es capaz, no después de todo lo que ha ocurrido, no después de las promesas que le ha hecho de permanecer a su lado, de ayudarla. Siempre ha creído que Ignazio la ama a su manera, pero ahora esa manera ya no le basta.

Forzada a tumbarse en la cama por los dolores en el bajo vientre y en la espalda, Franca mira por la ventana la iglesia de Santa María de la Salud y reza, suplica que sea un varón. Que nazca sano. Que Ignazio se arrepienta. Que su vida deje de caer por ese declive, porque ella ya no sabe qué hacer, ya no aguanta más.

Porque lo único que querría es un poco de amor y un poco de serenidad.

Entonces le manda un mensaje a Ignazio. Traga quina y aguanta el bochorno mientras escribe y anota las señas del Palacio Da Mula. Le pide que vuelva para pasar una tarde juntos, porque no quiere estar sola, ya no le bastan su madre y Maruzza.

Es su marido, tiene responsabilidades con ella.

Cuando el criado vuelve, le tiende con los ojos bajos el sobre, aún intacto.

—Me han dicho que... el señor Florio ha salido... con la condesa a dar un paseo en barca.

Franca agarra el sobre, despide al muchacho con un gesto. No bien se queda sola, lo arroja a la chimenea encendida.

La tarde se recoge y avanza hacia la oscuridad. La luz dorada de octubre calienta los muros y los ladrillos de terracota de Venecia antes de que los devore la bruma que se eleva de los canales. Franca pasea por la habitación delante de su madre y de Maruzza, que se miran con inquietud. Para distraerla, ambas hablan de las polémicas que está suscitando su retrato: Boldini lo ha expuesto en Venecia con motivo de la Bienal, pero no ha obtenido la acogida que se esperaba, al revés, las críticas han sido feroces. Franca responde con un encogimiento de hombros. Ese cuadro le sigue gustando, dice. Pero no añade que lo que le gusta más es la imagen suya que ese retrato ha establecido para siempre: la de una mujer hermosa, sensual, segura de sí misma. ¿Desde hace cuánto tiempo no se siente así?

Por fin, ella les pide que se marchen. Estará bien, las tranquiliza. Va a acostarse para descansar, por supuesto...

Solo que...

El techo de la suite del Danieli... —un cielo azul por el que asoman unos amorcillos— ejerce sobre ella un efecto casi irritante. La luz que se filtra por las ventanas transforma esas figuras en pequeños demonios que le hacen burla por su ingenuidad, por su debilidad.

Porque así está ahora, así se siente. Frágil. Hay pensamientos que solo salen a relucir en toda su crudeza de noche, solo de noche puede afrontarlos y reconocer que se ha equivocado en muchas, en demasiadas cosas en la vida. Un matrimonio con un hombre informal, un muchacho que siempre se ha negado a madurar y al que no ha sabido controlar. Toda la importancia que ha dado a la alta sociedad —la ropa, las joyas, los chismes, los viajes—, que ha copado sus días, haciendo que se olvidara de lo realmente importante. El tiempo robado a sus hijos a causa de las fiestas y las recepciones, porque creía que le quedaba todo el tiempo del mundo para estar con ellos. Y lo cierto es que el tiempo se ha acabado, esos hijos ya no existen. Y el sentimiento de culpa es una losa.

Confió en que su amor tuviese la fuerza de entrar en el corazón de Ignazio, de ocuparlo por entero. Creyó que sus niños se hallaban en buenas manos, que no la necesitaban mucho. Y encima siempre tuvo que cumplir con sus obligaciones sociales: ¡eso significaba, sobre todo, ser doña Franca Florio! Sin embargo, no es suficiente para obtener la absolución que necesitaría su alma. «Cuántas mentiras nos contamos para tranquilizar nuestro corazón», piensa ahora, mientras el remordimiento se torna nudo en la garganta. «De lo contrario acabaríamos aplastados, no podríamos vivir».

Se abraza el vientre, y las lágrimas presionan contra los párpados para salir.

«Contigo no cometeré los mismos errores», le promete a ese niño que siente moverse en su interior. «Estaré siempre a tu lado», le susurra.

Así, se queda dormida, acurrucada en la cama, esperando. La despierta el ruido de la llave en la cerradura de la puerta. Mira el reloj de la mesilla de noche: son las tres.

Ignazio se mueve con cautela por la habitación, lanzando una estela perfumada de iris.

Ella enciende la luz de golpe.

—¿Te has divertido en la barca? —Los ojos de Franca se entornan, se vuelven cuchillas—. Supongo que sí. Con la condesa Morosini es difícil aburrirse. Todo el mundo lo dice.

Ignazio, que se está quitando los gemelos de oro, se sobresalta. Una de las joyas cae al suelo, se inclina para recogerla y, entretanto, maldice a ciertas chismosas que son incapaces de estarse calladas. Esperaba poder dejar el inevitable enfrentamiento para la mañana. Incluso ya había visto en el escaparate de Misiaglia un precioso pendiente con una esmeralda...

—La gente habla *por hablar*, querida Franca. Te lo quería decir hoy, pero habría sido inútil, estabas tan nerviosa... Sí, la condesa Morosini es muy guapa, es cierto, y conoce a todo el mundo en Venecia. Es imposible andar por ahí sin encontrarse con ella. Y hoy nos ha ofrecido su barca para dar un paseo por la laguna. —Enrolla las mangas en las muñecas, se acerca, le roza el rostro con una caricia—. Te he traído aquí para que estuvieses más serena. ¿Crees de verdad que podría ser tan insensible como para hacerte algo así?

Franca aparta la cara con una mueca de hastío.

—Ve a lavarte, por favor —le dice—. Hueles a su perfume. —Y lo aparta, apretándole una mano contra el pecho.

Ignazio no soporta sentirse acorralado. Le agarra la muñeca, la obliga a mirarlo.

—¡Cálmate! ¿Qué pasa ahora, ya no puedo ni salir un poco? ¿Tendría que quedar solo con hombres?

Franca ya no puede contener las lágrimas.

—¡Tú! —De nuevo lo golpea en el pecho, con violencia—. Te doy lo mismo —grita—. Hemos perdido dos hijos, estoy embarazada y no haces más que... que...

Él la agarra de los brazos, la zarandea.

—Pero ¿qué dices? Amor mío, por favor...

—¿Nunca cambiarás, verdad? ¡Para ti es imposible! Siempre tienes que huir de todo. De las responsabilidades, del miedo, también de mí, porque no eres capaz de tolerar mucho dolor, ¿no? Eres un cobarde...

—¿Cómo te atreves? —Ignazio está alterado. Porque Franca tiene razón. Las palabras de su esposa le han dado donde más daño hacen, en esa zona gris del alma que él no se atreve a rozar. Y por encima de las palabras está el sentimiento de culpa porque, maldita sea, todo es verdad.

—Sí, eso eres: un cobarde. —Franca lo repite en voz baja. Es una confirmación que no admite replica.

Él se incorpora de golpe, se aparta. Siente el estómago en llamas, quizá por el exceso de champán o por esas palabras que lo están abriendo en canal. No es una parte de su conciencia en la que él se detenga. Al revés, la mantiene bien oculta y, si piensa en

443

ella, repite la misma cantinela: que él es hombre, que ciertas necesidades son naturales, que a su mujer jamás le ha faltado de nada, que siempre la ha atendido... bueno, casi siempre. Además, todos hacen lo mismo, ¿por qué tendría él que ser diferente? «Malditos, ¿por qué se meten conmigo? ¿No se dan cuenta de que pueden perjudicar al niño? ¡Gente imbécil!».

Franca solloza con violencia.

—¿Sabes cómo me siento? ¡Humillada! ¡Relegada porque estoy embarazada de tu hijo! —grita, apretando las sábanas. Con esfuerzo se levanta de la cama, se le acerca, mientras él, con las manos abiertas, trata de calmarla—. Tienes que olvidarte de esa mujer, le dice, señalándolo con un dedo, la mirada colérica—. Olvídate de ella y de las otras mujeres, si las hay, y deja de dar la nota —lo apremia—. No quiero oír una sola palabra más sobre ella. Me debes eso, Ignazio. Nos lo debes a mí y a tu hijo.

De repente, Ignazio se asusta: nunca ha visto a Franca tan alterada en una pelea y teme por su salud. Le agarra las manos temblorosas, asiente con la cabeza.

—Te lo prometo. Pero ahora cálmate, te lo ruego. —Le besa los párpados—. Vamos, métete en la cama. —Luego le besa los nudillos, la abraza con suavidad—. Estás cansada, corazón mío... —le dice—. El médico te ha dicho que tienes que descansar, que no debes disgustarte...

Franca le responde con sollozos.

Se acuestan, él, medio vestido, ella en bata. Se duermen.

A la mañana siguiente, Franca se despierta de golpe, presa de fuertes dolores en el vientre. Los reconoce enseguida: son contracciones.

Pero es pronto, demasiado pronto.

Giacobina Florio nace el 14 de octubre de 1903, casi dos meses antes de tiempo.

El parto fue difícil. La criatura es débil, cianótica.

Muere esa misma noche, tras pocas horas de agonía.

Silencio.

Franca levanta la cabeza, parpadea. La luz es agresiva, las sábanas, demasiado ásperas.

Durante un instante, se pregunta dónde se encuentra. Por qué tiene esa sensación de opresión en el pecho. Por qué está sola.

Pero solo es un instante. Ya lo recuerda todo, se le hace un nudo en la garganta.

Por la ventana entornada llega, leve, el rumor de las olas del puerto. La habitación —sencilla, casi monacal comparada con la de la Olivuzza o la de la Villa Igiea— está en la mansión de Favignana. Diodata, Maruzza y una gobernanta se mueven por la habitación, procurando no molestarla, pero cuidándola lo mejor posible, como ordenó Ignazio.

—No se aparten de su lado —le dijo a Maruzza cuando se despidió de ellas, después de llevarlas a la isla en el Virginia—. Mi esposa está... aturdida. No dejen que haga ninguna locura.

Hablaron en voz baja, pero ella lo escuchó todo.

«No es una idea tan peregrina», pensó Franca con indiferencia. Al revés. Le supondría un alivio. Tranquilidad.

Coge la bata, se la pone, sacude la cabeza y los cabellos le caen sobre los hombros en grandes ondas. Se mueve por la habitación. En el tocador, entre los cepillos y las joyas, un frasquito de calmantes a base de láudano. Su sombra dorada se prolonga por el tablero de mármol, toca la del vaso lleno hasta la mitad de agua. Cerca, el frasquito de marfil con la cocaína que el médico le ha prescrito para combatir la astenia y la depresión.

Se ríe con amargura.

Como si un poco de polvo y unas gotas pudiesen aliviar lo que la oprime por dentro.

Tres hijos muertos en poco más de un año.

Rebusca entre los objetos, encuentra la boquilla y un cigarrillo. Fuma lentamente, el mar turquesa de Favignana reflejándose en sus ojos verdes. Es un día inusualmente brillante para ser febrero.

Brillante y frío. Solo que ella no siente el frío de fuera. Tiene un hielo por dentro que parece absorberlo todo. Las fuerzas. La luz. El hambre. La sed.

Puede que esté muerta y no lo sabe. Además, ya no es capaz de llorar, ya no sabe cómo hacerlo. Las lágrimas se quedan en las pestañas, se niegan a caer, como si se petrificasen. «Pero no, no es eso», piensa, apagando el cigarrillo en el cenicero lleno de colillas. Si estuviese muerta, no sufriría tanto.

O puede que este sea su infierno.

Llama a Diodata.

Toma un poco de café, pero no toca las galletas. Ha adelgazado un montón en las últimas semanas y casi no tiene que apretar el corsé. Ignazio le escribe, le manda telegramas para saber cómo se encuentra... pero ya no es capaz de estar a su lado, y puede que ella tampoco quiera tenerlo cerca. Con Baby Boy, su Ignazino, perdieron la alegría, el futuro. Y, si se puede vivir sin alegría, nada se puede hacer sin futuro. Con Giacobina murió la esperanza.

Algo se ha roto.

Coge el chal y el sombrero, ambos negros. En el pecho, un medallón con los retratos de los hijos.

En la isla sopla un viento suave pero frío. Unos isleños la observan, un par de mujeres se inclinan ligeramente. Franca no mira a nadie. Camina por la callejuela que bordea la villa, llega casi delante del Ayuntamiento y luego tuerce hacia el mar. El mismo camino, cada día, los mismos pasos lentos.

Camina, y el bajo del traje se ensucia, se tiñe del blanco dorado de la toba. Cerca de la almadraba, unos hombres se destocan, la saludan. A ellos les dedica una mirada y un gesto con la cabeza.

Nota sus miradas de conmiseración, percibe su compasión, pero le da igual. Ya no siente nada, ni siquiera tedio o resentimiento. En el alma tiene un territorio negro, muerto, donde no queda rastro de vida, ni posibilidad de que la vida renazca.

Da vueltas alrededor de la almadraba, de la que llegan los ruidos y los olores de la faena: un choque de metales, un crujido de redes que se están reparando, el humo acre de los hornos de la brea para las quillas que hay que calafatear. Faltan aún meses para que se baje la almadraba, pero los hombres y las cosas ya se están preparando para esos días de mayo, después de la fiesta del Crucifijo. Desde que se casaron, Ignazio y ella nunca han faltado a esa extraña fiesta de muerte y de vida, donde el olor del mar se mezcla con la peste de la sangre de los atunes.

Da la vuelta a la esquina. Llega ante una pequeña cuenca, con una lengua de rocas que baja hacia el puerto. Ahí el agua está limpia y es enseguida profunda. A la derecha se encuentra el muelle para los barcos, todavía guardados en los almacenes.

El agua.

Es tan azul, tan transparente.

«Debe estar helada», piensa, mientras trata de bajar por las rocas para tocarla. Pero está tranquila, y el choque contra las rocas parece apaciguarla todavía más.

Sería maravilloso que pudiese dejar de sentir ese dolor. Esa opresión en el pecho que nunca la abandona. Si pudiese distanciarse de la vida, ser inmune a la ira, a la envidia, a los celos, a la angustia. Supondría también ya no sentir ninguna alegría, pero ¿eso qué más da?

¿Qué es una vida sin amor? ¿Sin la dicha de los hijos? ¿Sin el calor de un hombre?

Además, ¿qué consigue sintiendo? La vida no da nada a cambio de nada: a ella el destino le regaló belleza y riqueza y fortuna, pero ese mismo destino se le ha rebelado. Vivió un gran amor, y a cambio solo ha recibido traiciones. Ha tenido riqueza, pero sus joyas más hermosas, sus niños, le han sido arrebatados. La han admirado y envidiado, y ahora solo inspira compasión y pena.

«La felicidad es un fuego fatuo, un fantasma, algo que solo tiene apariencia de verdad. Y la vida es mentirosa, esa es la verdad. Promete, te hace saborear alegrías y después te las quita de la manera más dolorosa posible».

Y ella ya no cree en la vida.

Se observa las manos, sin joyas. Lleva solo la alianza y el anillo de compromiso. A veces, cuando quiere torturarse, piensa en esas lápidas blancas, en esas coronas de muguetes de seda que hay a los lados de las tumbas. Recuerda la muselina en la que estuvieron envueltos. Ve otra vez los detalles de sus ropas, recuerda las manitas gélidas y rígidas. Están muertos y se lo llevaron todo.

Vuelve a mirar el mar. «No es justo», piensa. Si el destino tenía que ensañarse con ella, ¿por qué no lo hizo directamente en vez de llevarse a sus hijos? Eran tres inocentes.

Es como si sintiese el peso de una maldición, de un *hechizo* antiguo, de una injusticia que no ha sido reparada y que solo ahora encuentra satisfacción. Pero ella no quiere darle esa satisfacción. Si la vida quiere ensañarse con ella, se lo impedirá. Se saldrá del juego.

Avanza casi hasta el mar.

Se imagina perfectamente lo que puede ocurrir. La sola idea la consuela y le reconforta el pecho, la alivia.

Al principio, el agua estará tan fría que no la dejará respirar. La sal la cegará, le irritará la garganta. Tratará de subir a la superficie, pero entonces la ropa, impregnada de agua, la arrastrará hacia abajo. Le dolerá el pecho, sin duda, y se asustará, pero después el frío la envolverá, se la llevará al fondo en un abrazo parecido al de una madre acostando a su hijo, para que se duerma.

Sí. La muerte puede ser madre.

Le han contado que quien está a punto de ahogarse siente una especie de extraño bienestar, una profunda paz. A lo mejor eso fue lo que sintió su padre, ocho años atrás, cuando se ahogó en la playa de Livorno. Pero no Giovannuzza, a la que la fiebre condujo hacia la muerte. No a Ignazino, con ese pequeño corazón que cedió de golpe. No a Giacobina, que ni siquiera pudo abrir los ojos. Si piensa en sus tres hijos, el primer recuerdo que le viene a la cabeza es un cuerpecillo apretado al suyo que se vuelve cada vez más frío pese a que ella trata de infundirle calor.

El frío. Cuánto frío tiene ahora. No se le quita nunca.

«Y a lo mejor es realmente esta la esperanza que me queda», piensa, mientras avanza un poco más. Se quita el sombrero, arroja a un lado el chal. Cree que ya no los necesitará. Desecha incluso la idea de que lo que se dispone a hacer sea un pecado mortal, o de que será un escándalo.

Ya no le importa nada.

Hasta respirar le cuesta. Solo quiere dejar de sentirse mal. Desaparecer.

—*Mi hijo murió cuando tenía trece años. Murió con su padre, habían salido a pescar y ya no volvieron.*

La voz le llega cuando el mar ya le ha mojado los botines.

Se vuelve. Arriba, detrás de ella, una vieja vestida de negro, envuelta en un chal de lana. Habla sin mirarla. Es pequeña como una niña, y, sin embargo, tiene una voz fuerte y clara.

—¿Su hijo...?

—*Era mi vida, el único varón que tenía. Mi marido me dejó con dos hijas y de ellas me ocupé. Ellas eran lo único que me quedaba.* —La mujer camina con esfuerzo por las piedras—. *Lo que el Señor te da el Señor te lo quita.*

A Franca se le escapa un sollozo. Menea la cabeza, irritada. ¿Cómo se permite, esa desconocida, hablarle así? ¡Los suyos no eran hijos de un pescador! Querría responderle que ella no la puede comprender, que toda su vida se está haciendo pedazos, pero un nudo en la garganta se lo impide.

Ahora la vieja la mira con atención.

—*Eso no se hace* —prosigue, la voz ronca por los años—. *Y de aquí no podemos escapar.*

Se siente desnuda. Aparta la mirada, mientras siente que las lágrimas resbalan de los párpados. Es como si esa desconocida hubiese comprendido su intención y la estuviese poniendo delante de la verdad; que no se puede escapar cuando todavía se tiene una responsabilidad.

—Mi niña —murmura Franca. Igiea se ha quedado en Palermo con la gobernanta y su suegra. Se la imagina en esas habitaciones ya demasiado vacías. Se tapa la boca con las manos, pero

448

no consigue contener los sollozos. Y entonces llora. Largamente, tanto que moja el cuello del traje, llora todo el dolor que guarda dentro y que todavía no sabía por dónde salir. Llora por sí misma, por el amor perdido de sus niños, por el amargo dolor de lo que no ha sido y ya nunca podrá ser, por ese matrimonio en el que creyó y que se ha vaciado por dentro. Llora porque se siente un nombre, un objeto, y no una persona.

Y se aleja del mar. Pero nunca dejará de sentir su llamada.

Cuando, unas semanas después, Franca regresa a la Olivuzza, Palermo la observa con una mezcla de recelo y compasión. Se fija en ella, trata de notarle en la cara las huellas del dolor. La ciudad quiere saber, quiere ver.

Y ella se entrega en bandeja a la ciudad. Se muestra, espléndida, con motivo de una visita del káiser con su esposa: lleva sus legendarias perlas, los acompaña al *villino* de su cuñado, que ya está terminado, y se fotografía a los pies de la escalinata de la obra maestra proyectada por Ernesto Basile. Recibe en la Villa Igiea al príncipe Felipe de Sajonia-Coburgo, por quien ofrece una fiesta inolvidable, lo mismo que hace también por los Vanderbilt, llegados a Palermo en su yate Varion. Participa en la inauguración de la estatua de Benedetto Civiletti dedicada a Ignazio Florio, junto a Giovanna, que no contiene las lágrimas, y en medio de los obreros llegados expresamente de Marsala. Asiste a la botadura del Caprera, el primer piróscafo que sale del astillero. Celebra con toda la ciudad el regreso a casa de Raffaele Palizzolo, absuelto en casación, por falta de pruebas, de la acusación de ser el instigador del asesinato de Emanuele Notabartolo. Y, con motivo de la fiesta de Santa Rosalía, transforma un piróscafo de la Navigazione Generale Italiana en un auténtico jardín flotante desde el que los invitados pueden contemplar los fuegos artificiales.

Nunca una renuncia, nunca una palabra fuera de lugar, nunca un rastro del dolor que la ha desgarrado por dentro. Pero la sonrisa le ha desaparecido de los ojos, ahora su mirada es distante.

Como si ya nada pudiese tocarla. Como si estuviese realmente muerta.

Muguete

mayo de 1906 – junio de 1911

Cu prima nun pensa, all'ultimu suspira.

El que no piensa antes, después se lamenta.

Proverbio siciliano

Durante el tercer gobierno Giolitti, conocido como el «largo ministerio», tienen lugar más reformas en el terreno social. Si en 1902 ya se aprobó la Ley Carcano (prohibición de que trabajen menores de doce años, límite de doce horas diarias para la jornada laboral femenina; institución del «permiso de maternidad»), en 1904 se define la obligación de asegurar a los obreros contra los accidentes; en 1907 se prohíbe el trabajo nocturno de las mujeres, se establece que los trabajadores tienen derecho a «un tiempo de descanso no inferior a veinticuatro horas seguidas cada semana», y en 1910 se crea la «caja de maternidad». Entretanto, en 1906 nace la Confederazione Generale del Lavoro, con 250.000 afiliados, y en 1910 se funda la Confederazione Generale dell'Industria.

En el terreno económico, Giolitti nacionaliza los ferrocarriles y, aunque parcialmente, los servicios telefónicos. La reputación internacional de Italia se consolida y la lira se cotiza incluso más que el oro.

Después de la crisis económica internacional de 1907 —causada por la insensata actividad especulativa de los años previos, y que en Italia se supera gracias a la acción conjunta del gobierno y la Banca d'Italia— Giolitti tiene que afrontar una de las mayores tragedias de la historia italiana: el 28 de diciembre de 1908, a las cinco y veinte de la madrugada, un terremoto de magnitud 7.2 destruye Mesina y Reggio Calabria y devasta una zona de casi seis mil kilómetros cuadrados, causando entre ochenta mil y cien mil víctimas. Mientras el gobierno es acusado de actuar con excesiva lentitud, el rey y la reina Elena llegan a Reggio Calabria el 30 de diciembre y se comprometen a ayudar a la población con medidas concretas. El 8 de enero de 1909 se aprueba la asignación de treinta millones para la reconstrucción de las zonas devastadas.

Giolitti gana las elecciones del 7 de marzo de 1909 —en las que por primera vez la Unione Elettorale Cattolica consigue escaños en el Parlamento— y dimite el 2 de diciembre, tal vez como consecuencia de las acusaciones de Gaetano Salvemini, experto en temas del sur, quien afirma que el atraso de la Italia meridional es fruto de una clara voluntad de Giolitti, que, así, tiene las manos libres para cometer sus fraudes y abusos electorales con el objeto de perpetuarse en el poder.

Sin embargo, en 1911 Giolitti forma su cuarto gobierno, que ese mismo año dará rienda suelta a las ambiciones expansionistas de Italia, declarándole la guerra al Imperio otomano por la conquista de Tripolitania y de Cirenaica (Libia oriental). Esta vez, la empresa africana —que en el país cuenta con el apoyo de liberales, católicos y nacionalistas, y se presenta como la conquista de una especie de El Dorado— tiene éxito: el 11 de octubre, Trípoli cae en manos italianas y el 18 cae también Bengasi. Con el Tratado de Lausana (18 de octubre de 1912), Italia obtiene la soberanía de Libia.

El muguete es una planta delicada. Pequeña, con flores muy blancas en forma de campanilla, y un aroma tan característico que da nombre a la propia planta, dado que «muguete» procede del francés *muguet*, que a su vez se deriva de *muscade*, «con olor a musgo». Sin duda, lo recordó D'Annunzio cuando, en su drama *El hierro*, pone en boca de Mortella: «¡Qué fresca estás! ¡Sabes a aguacero, a boj y a muguete!».

Una planta nacida del dolor, al menos según la leyenda: de las lágrimas de Eva cuando fue expulsada del Jardín del Edén, o de las de la Virgen al pie de la cruz. Pero también de las lágrimas que derrama Freya, la diosa nórdica de la fertilidad y la fuerza, mientras está presa en Asgard, al recordar con nostalgia la primavera de su tierra.

Una planta que da suerte, al menos en Francia. El 1 de mayo de 1561, a Carlos IX le ofrecieron un tallo de muguete como regalo de buen agüero, y el rey decidió que cada año, ese mismo día, regalaría muguetes a las damas de la corte. Desaparecida en los recovecos de la historia, la tradición resurge el 1 de mayo de 1900, en París: las grandes casas de moda organizan una fiesta y regalan muguetes tanto a las empleadas como a las clientas. Así, el 24 de abril de 1941, cuando el mariscal Pétain establece «la fiesta del trabajo y la concordia social», reemplaza el escaramujo, símbolo del Día Internacional de los Trabajadores desde 1891, precisamente por el muguete. Todavía hoy, sobre todo en la región parisina, se regalan muguetes el 1 de mayo. Y Christian Dior adopta el muguete como flor-símbolo, llegando incluso a dedicarle la colección primavera-verano de 1954.

Una planta asociada a la idea de un amor puro, virginal, y que, por ello, se usa en los buqués de las novias. Solo hace poco se descubrió que esta tradición tiene un fundamento científico: en efecto, el aroma del muguete se debe a un aldehído aromático llamado *bourgeonal*, que no solo hace que se duplique la velocidad de los espermatozoides de los mamíferos, sino que, además, los atrae como una especie de imán. Asimismo, es el único aroma del mundo al que los hombres son más sensibles que las mujeres.

Una planta útil. A mediados del siglo xvi, el científico de Siena Pietro Andrea Mattioli, en sus comentarios a la obras de Dioscórides, ya afirmaba que el muguete sirve para fortalecer el corazón, sobre todo si se padece de palpitaciones. A finales del siglo xix, el médico francés Germain Sée confirma el efecto beneficioso para el corazón y demuestra su eficacia diurética.

Una planta traicionera. La ingestión accidental puede provocar estados de confusión mental, alteraciones del ritmo cardiaco y fuertes dolores abdominales incluso durante varios días.

Una planta tan dulce y delicada como peligrosa. Igual que el amor.

El perfil de las Madonias se recorta contra el cielo del alba. El sol trepa por las cumbres, tacha la oscuridad, las pinta de sol, a la vez que del mar llega un viento fresco trayendo el olor de la sal y la hierba.

Pero ese aroma no consigue eliminar otros olores, más fuertes, nuevos para esas tierras a medio camino entre el mar y el campo.

Aceite de motor. Carburante. Humos de tubo de escape.

El viento arrastra frases de aliento, improperios gritados en inglés, francés, alemán. O en italiano, con un fuerte acento del norte. Pero por encima de todo flota el concierto desafinado de motores que rugen, tosen, truenan.

Mecánicos. Pilotos. Automóviles.

Son apenas las cinco de la madrugada, pero la llanura de Campofelice, a los pies de las Madonias, ya rebosa de gente. Han llegado trenes especiales de Palermo, Catania y Mesina, y hay quien incluso ha pasado la noche al raso para poder estar ahí. Ahora el gentío está apretujado contra la valla, que sin embargo no va a poder protegerlo de las nubes de polvo ni de los pedruscos que salpiquen los automóviles lanzados a casi cincuenta kilómetros por hora.

A un lado de la llanura, en cambio, a lo largo de un tramo de carretera cubierto de alquitrán, están la garita de telégrafos y la tribuna de madera de los jueces y la prensa. Enfrente hay otra, adornada con festones y banderines, destinada a los invitados más importantes. La emoción es palpable también ahí, incluso entre aquellos a los que la carrera les interesa poco: las mujeres quieren, sobre todo, mostrarse y que las vean; algunos hombres miran con recelo esos coches rechinantes y peligrosos. Todos saben que no pueden faltar a un acontecimiento del que se habla en todas partes, en Italia y en el extranjero.

Un acontecimiento. Porque eso es —y siempre ha sido— en la mente de Vincenzo Florio esa carrera. Una ocasión perfecta de visibilidad, de afirmación, de modernización. Para sí mismo, para su familia, para toda Sicilia. Ya que el futuro se está demorando en llegar a su isla, ha decidido llevarlo él. No es lo primera vez que ocurre, para un Florio. El abuelo que se llamaba como él había hecho algo muy parecido.

Para ello ha luchado sin detenerse ante ningún obstáculo: ha allanado campos y arreglado sendas, caminos de herradura y senderos con su propio dinero, y ha rociado betún a lo largo del circuito para que el polvo no reduzca la visibilidad a los pilotos; ha pagado a los pastores para que aparten del camino su ganado, así como a ciertos caballeros, para que ni los coches ni los equipos resulten dañados; ha conseguido que en todo el circuito haya carabineros, agentes de policía e incluso una compañía de soldados de infantería en bicicleta para el servicio de correo; ha pedido ayuda a los cronometradores del Automóvil Club de Milán; ha llamado a un cámara para que grabe la salida y la llegada; ha instalado en un quiosco el totalizador para las apuestas; ha facilitado un lujoso piróscafo, el Umberto I, para que pilotos y mecánicos, una vez que termine la carrera, puedan llegar rápidamente, primero a Génova y después a Milán, donde tiene lugar la Copa de Oro, otra importante competición. Y ahora está listo para celebrar su triunfo con medallas, copas y trofeos creados por el gran orfebre Lalique, que ha diseñado también el premio del ganador: la Targa Florio.

Ha involucrado a toda la familia; incluso Franca se dejó convencer y ahora recorre una parte del circuito en automóvil con otras señoras, para enseñarles a todas la áspera belleza de las Madonias. Pero Vincenzo apeló, sobre todo, a su habilidad para manejar las ocasiones mundanas, y así venció su desconfianza. Fiestas, cenas, bufets, excursiones: todo lo organizó Franca con la consabida elegancia. Lo más difícil fue implicar a Ignazio, que en el fondo es un negligente y piensa solo en mujeres. Sin embargo, como para él todo consiste en sacar algo, Vincenzo precisamente aprovechó su constante deseo de figurar; fue así como, aunque entre *protestas* y quejas, su hermano le dio el dinero necesario para esa empresa. Y también consiguió —pero sin esfuerzo, porque ella lo adora— arrastrar a ese *tourbillon* a la pequeña Igiea, que le ha anunciado que, de mayor, quiere ser «pilota».

Vincenzo es un manipulador. Él lo sabe, al igual que lo saben sus parientes, quienes, sin embargo, aceptan esa faceta de su carácter con una sonrisa indulgente.

Así pues, con aire satisfecho, ropa deportiva y zapatos ingleses, Vincenzo está ahora caminando entre los pilotos y mecánicos. Se ha convertido en un hombre guapo: los rasgos son finos, el bigotillo remarca la nariz bien formada, y la boca, a menudo risueña, es delicada, casi femenina. A la luz cada vez más fuerte, observa los coches mientras les van quitando las fundas y cobrando forma y consistencia. Son automóviles diferentes de los muchos que ya circulan también por Palermo: los que se ven por la ciudad recuerdan más a los carruajes, sus asientos son como sofás y tienen un volante que parece el timón de un barco. Estos, en cambio, son estrechos, ahusados. Incluso parados, le transmiten la emoción de la velocidad.

Saluda con un gesto a Vincenzo Lancia, que ya está al volante de su FIAT, luego se acerca a un hombre con mostacho, que viste un mono y lleva en la cabeza un gorro de cuero; está hablando animadamente en francés con un mecánico, señalándole los pedales.

Vincenzo sonríe.

—*Avez-vous encore des problèmes, monsieur Bablot?*

Paul Bablot se vuelve, se limpia una mano manchada de aceite y grasa en el mono, luego se la tiende a Vincenzo, que se la estrecha.

—Bah... el viaje no ha sido un paseo. La humedad ha ahogado el motor y ahora de nuevo lo estamos poniendo a punto. Su carrera es un auténtico desafío, monsieur Florio. El recorrido es, cuando menos... insólito.

—Lo concebimos así el conde Isnello y yo, inspirándonos en el de la Gordon Bennett Cup. Queríamos un recorrido que destacase no solo las cualidades de los automóviles, sino también las de los pilotos. Y tenía que ser un circuito, de manera que los espectadores pudieran verlos pasar más de una vez. Aquí nunca han visto tantos coches juntos... Estoy seguro de que algún campesino no ha visto uno nunca. Oh, será una experiencia que no olvidará. De todos modos, usted por lo menos ha conseguido llegar... piense en los que no han podido ni partir. —Vincenzo tiene una sonrisa teñida de rabia y lanza una mirada a un grupo de hombres con ropa deportiva que está observando los coches con aire crítico. Algunos hablan en voz alta, en francés, y no hacen nada por ocultar su ira. «¿Y cómo iban a estar?», piensa. Una huelga de la NGI en Génova ha bloqueado sus coches, que por eso no han llegado a tiempo para las pruebas reglamentarias y los controles. Así, en vez de protagonistas de la carrera, ahora no son más que simples espectadores—. Invertimos un montón en esta carrera, y resulta que al final nos quedamos en manos de cuatro *mozos de cuerda... quatre porteurs*, sin oficio ni beneficio —refunfuña, visiblemente irritado—. En Italia no se respeta nada, por desgracia. ¡Este es un espectáculo que puede rejuvenecer Sicilia, hacerla entrar en la modernidad, pero a ellos les da igual, caramba!

Bablot se encoge de hombros.

—Comprendo su enfado, pero, para mí, cuantos menos competidores haya, mejor —exclama, subiendo al coche—. Aunque, por decirlo todo, no tengo grandes temores: ¡mi Berliet es extraordinario! —Con un gesto le pide al mecánico que aparte las manos de los cilindros, aprieta el acelerador y el motor responde con un rugido.

Vincenzo asiente, se despide con un gesto de la cabeza y se vuelve a mirar otro coche, un Hotchkiss de treinta y cinco caballos, con el número dos sobre el radiador. Dentro, inclinada hacia los pedales, hay una mujer con el pelo negro recogido en un moño. De repente, con un movimiento ágil, la mujer sale del automóvil y se pone a revisar el radiador, a la vez que se limpia las manos en el mandil que lleva encima de un traje que le llega a los tobillos. Al fijarse mejor, Vincenzo se da cuenta de que en realidad son unos pantalones muy anchos.

Todo el mundo, en el ambiente de las carreras, conoce y respeta a madame Motan Le Blon, y está acostumbrado a verla siempre con su marido Hubert: una pareja singular, unida por una abrumadora pasión por los coches.

Pero ahí una mujer mecánica no puede pasar desapercibida.

Y, en efecto, cuando Vincenzo está casi a su lado, oye un comentario:

—*¡Mira, una mujer que trabaja como un hombre!* —seguido de una carcajada irónica.

Vincenzo se vuelve, enfadado, pero no hay manera de saber

quién ha pronunciado esa frase. Entonces, cuando mira de nuevo a madame Le Blon, ve que ella está sonriendo.

—Los escucho, aunque no los entiendo —le murmura la mujer, encogiéndose de hombros—. Hay miradas que no requieren explicaciones: se preguntan cómo es posible que una mujer esté manipulando un carburador en vez de estar en su casa, ocupándose de los hijos. —Se quita el mandil, lo deja y luego se pone un fular, que se ata debajo de la barbilla—. Si los comentarios me molestasen más de lo debido, habría dejado esto hace tiempo. Pero correr con mi marido es una de las cosas que me hacen más feliz, y nada ni nadie va a impedírmelo. Es más, le diré una cosa... —Baja todavía más la voz, se le acerca. Emana un leve olor a sudor, aceite y jabón de lavanda—. Sé pilotar igual y mejor que él. Ya he conducido un Serpollet de vapor en Niza. Una experiencia maravillosa.

—Mi mujer no le tiene miedo a la velocidad y su control del coche es realmente notable. Podría hacerles morder el polvo a algunos pilotos que conozco... —Hubert Le Blon se acerca a su esposa, le pone una mano en la espalda y le besa con ternura una mejilla.

Vincenzo saluda al hombre y besa la mano de madame Le Blon, pensando que no le molestaría nada competir con esa mujer.

—¡Señor Florio, ya casi estamos!

El que ha hablado es un joven de cejas y bigote hirsutos, con penetrantes ojos negros. Vincenzo le preguntó una vez a Alessandro Cagno, en broma, si su nodriza lo había amamantado con aceite de motor, por su enorme pasión por los coches. Tiene veintitrés años —la misma edad que Vincenzo— y corre desde hace cinco, después de haber sido mecánico en el taller de Luigi Storero, en Turín, y luego en la FIAT de Giovanni Agnelli, de quien es también chófer. En 1903 participó como mecánico en la París-Madrid, la «carrera de la muerte», que se suspendió en Burdeos por el alto número de accidentes, entre ellos, el que causó la muerte de Marcel Renault; en 1904 y 1905 destacó en la Gordon Bennett Cup, y hace poco ganó la prestigiosa carrera de la subida al Mont Ventoux.

—¡Señor Cagno, buenos días! ¿Es cierto que en Turín escribieron una canción sobre usted?

Cagno parece abochornado.

—Realmente habla también de Felice Nazzaro y de Lancia...

—¿Y de su Itala no?

—Hoy haré yo cantar al Itala, y ya verá qué bien suena —replica Cagno, encajándose el gorro en la cabeza.

Vincenzo rompe a reír y agita una mano en señal de despedida. Luego se vuelve hacia las tribunas, buscando a su hermano y a Franca, que se hospedan, junto con los Trabia y los Trigona, en el Grand Hotel delle Terme, en Termini Imerese, un edificio de líneas elegantes diseñado por Damiani Almeyda y elegido para alojar a los pilotos y a la alta sociedad palermitana. No los ve y resopla, meneando la cabeza. Todavía no han llegado. Querría saludar al menos a Ignazio, compartir con él ese momento.

Después, de golpe, ve una mancha roja moverse entre los coches, aparecer y desaparecer por entre el montón de pilotos y mecánicos. Sorprendido, la sigue con la mirada. Solo cuando la mancha se detiene al lado del Berliet de monsieur Bablot, la reconoce.

—¡Annina! —la llama.

Anna Alliata di Montereale —Annina, como la llaman todos— es la hermana menor de una de las más queridas amigas de su cuñada Franca, Maria Concetta Vannucci, princesa de Petrulla. Tiene un par de años menos que él y se conocen de toda la vida.

La joven se vuelve, lo reconoce, va hacia él, llevando en una mano el sombrero. En su mirada brilla el entusiasmo, tiene las mejillas coloradas.

—Annina, pero ¿qué haces aquí? ¡Te vas a ensuciar!

—¡Oh, da igual! ¡Es tan bonito estar entre los automóviles, tan divertido! Me gustaría comprarme uno, ¿sabes? —baja los ojos al borde de encaje del traje, salpicado de barro, y a los botines que ya tienen más de una mancha de aceite. Menea la cabeza—. Pero *madre* dice que no son cosas para mujeres. —Resopla—. ¡Qué tonterías!

Vincenzo no sabe bien qué decir. Él y Annina han charlado en bailes y cenas, pero siempre en ocasiones formales. Siempre ha creído que es una chica alegre e inteligente, pero la pasión que le enciende el rostro en ese momento es un descubrimiento.

—Tu madre es prudente —señala, cortado—. Desde que se quedó viuda, ha tenido que ocuparse de toda la familia...

—Que no, que no es eso. Es que ella tiene ideas tan... anticuadas. —La mirada de Annina se tiñe de hastío—. Tendría que comprender que ya no es época de landós para dar paseos. Que el futuro ya está aquí.

—No es fácil adaptarse a otra época —comenta Vincenzo, pensando en su madre. Se ha quedado en la Olivuzza, asegurando que tenía que atender a doña Ciccia, que ya casi no se mueve, pero él sabe que en ningún caso habría ido ahí.

En ese instante, en medio de la multitud, distingue a unos encargados de la organización. A lo mejor lo están buscando. Entonces se vuelve, les da la espalda. «Ahora no», piensa. «Ahora no».

—Verás, al principio mi madre decía que, cuando corría por las veredas de la Olivuzza, le destrozaba el jardín y le mataba de infarto a los pájaros de la pajarera. Pero es una mujer mayor, hay que comprenderla. En cambio, Ignazio, que, desde luego, no es viejo, me ha llamado inconsciente más de una vez. Solo porque él es un *miedoso* nato. Imagínate que no quiere ni montar a caballo porque lo aterroriza el exceso de velocidad.

Annina se ríe, lo mira de reojo.

—Pero... un poco inconsciente sí que eres, ¿no?

Él sonríe.

—Un poco —responde, con insólita franqueza. Pero no le dice que la velocidad es algo que hace que le vibre la sangre en las venas, que hace que se sienta vivo, que lo estremece. Y que su risa le ha producido el mismo efecto.

—¡Don Vincenzo! —Uno de los mecánicos se le está acercando a grandes zancadas—. Lo estábamos buscando, señor.

Vincenzo hace un gesto afirmativo, dice que irá enseguida. Luego vuelve a mirar a Annina.

—Ve a la tribuna. Estoy seguro de que tu madre está preocupada...

—De acuerdo. Pero tienes que prometerme que me llevarás a dar una vuelta en uno de tus coches.

Él sonríe.

—Sí, te lo prometo. Pronto.

Annina se da la vuelta, da un paso, luego se vuelve de nuevo y apoya una mano enguantada en la de Vincenzo. Su voz es un susurro que el rugido de los motores debería borrar y que, en cambio, resuena, clara.

—Hoy, aquí, he tenido la certeza de que es inútil esperar que los sueños se cumplan. Hay que dar el primer paso. Hay que soñar a lo grande. Gracias por haberme demostrado que los deseos se pueden cumplir.

Ignazio sigue la preparación de la carrera desde la tribuna, envuelto en un abrigo inglés que compró el año pasado. Este año no ha renovado el ropero. No ha tenido tiempo, pero, sobre todo, no quiere tener más facturas que saldar además de las que ya tiene sobre su escritorio: su madre, Franca y hasta Igiea —¡una niña de seis años, maldita sea!— parece que no hagan nada más que comprar sombreros, trajes, guantes, zapatos y bolsos por toda Europa. Varias veces le ha pedido a Franca que no exagere, pero ella siempre lo escucha con gesto indiferente, casi sin dignarse mirarlo. Solo una vez le respondió:

—Me imagino que a las otras mujeres no les pides que ahorren en joyas y hoteles. —Con calma, sin cólera, y con una mirada tan gélida que lo incomodó.

Él masculló un:

—¿*De qué hablas*? —del que todavía se avergüenza.

La frialdad con Franca solo hace más pesada la carga de las cosas que lo angustian. Empezando por ese maldito astillero en el que había depositado tantas esperanzas: estaba terminado, pero la falta de encargos, la reducción de las subvenciones y las huelgas habían minado el proyecto desde los cimientos. Al final, se vio obligado a ceder su paquete de acciones de la Società Cantieri Navali, Bacini e Stabilimenti Meccanici Siciliani a Attilio Odero, el genovés dueño de los astilleros de Sestri Ponente y de la Foce, en Génova. Sin embargo, ni siquiera así consiguió nivelar las deudas —sobre todo los dos millones que debía a la Banca Commerciale Italiana, precisamente por el astillero—, y tuvo que despedir a obreros y a empleados, tanto del astillero como de la Oretea. Tuvo que pedir que le devolvieran unos créditos... él, que habitualmente no se ocupaba de esas minucias.

Y en el plano político la situación era todavía peor: Giolitti tenía un poder enorme, y defendía intereses opuestos a los del sur y la Navigazione Generale Italiana en concreto. Faltaba poco para que se empezara a negociar la renovación de los convenios marítimos: un camino muy cuesta arriba, plagado de oponentes, empezando por ese Erasmo Piaggio en el que había depositado su confianza y sus esperanzas, pero que había demostrado ser un despreciable oportunista como todos los demás. Lo obligó a renunciar y Piaggio se fue dando un portazo, jurando que se lo haría pagar por su arrogancia. Una escena que recordaba mucho a la de Laganà.

Y además estaba la bodega...

En cuanto piensa en ella, la espalda se le tensa, la boca se le seca. Sentado a su lado, Romualdo se vuelve hacia él y lo mira. Lo conoce demasiado bien como para no reparar en su mal humor.

—¿Qué te pasa? —le pregunta.

Ignazio se encoge de hombros.

—*Líos.*

Pero Romualdo no puede conformarse con esa respuesta, no dicha en ese tono. Agarra de un brazo a Ignazio, se dirige hacia una esquina tranquila de la tribuna. Se conocen de toda la vida, no necesitan muchas ceremonias.

—*¿De qué se trata?*

Un suspiro.

—La bodega. —Le lanza al amigo una mirada en la que se mezclan pena, arrepentimiento y vergüenza. Es una preocupación que lo acosa desde hace días, desde mediados de abril, exactamente, cuando quiso firmar la cesión de la marca con el león.

La bodega fue una de las primeras empresas de su familia, creada por ese abuelo que había muerto justo cuando él nacía. Su padre jamás habría consentido que todo se fuese al garete; aunque lleve ya muerto quince años, Ignazio escucha con claridad las palabras de reproche que le diría, la mirada de recriminación que le dirigiría. A su padre nunca le habría faltado el dinero, el aprecio ni el respeto.

A su padre nadie le habría pedido nunca «más garantías».

—¿La bodega? ¿O sea? —pregunta Romualdo, pasmado.

—Hace un tiempo firmé el contrato de cesión de los inmuebles de la bodega y de los establecimientos de Marsala, y creé con unos socios la SAVI, la Florio & C. Società Anonima Vinicola Italiana, para poder tener liquidez, repartir costes y respirar un poco. Eso lo sabías, ¿no? Pues bien: el mes pasado cedí las instalaciones de Alcamo, de Balestrate y Castellammare, también la del coñac, que al fin y al cabo ya no usamos. —Hace una pausa, se humedece los labios—. Nosotros ya no somos dueños ni de un ladrillo, solo tenemos acciones. ¡Y, a pesar de todo, los intereses por los préstamos me están comiendo vivo, vivo!

De repente, Romualdo distingue en el rostro de su amigo unas arrugas profundas, y se da cuenta de que antes nunca se las había notado.

—Yo creía que seguías siendo dueño de la bodega, pero...

—No, no. Se lo había cedido todo, menos el establecimiento de Marsala, y ellos me pagaban un canon. Ahora también he entregado eso. Me he quedado solo con el palacete y con el marsala listo para la venta. —Suspira—. Necesito *dinero. Dinero* y tiempo. ¿Sabes lo que pasó el otro día? Fecarotta me mandó una carta reclamándome un pago. Y es la segunda vez que pasa. No me lo podía creer.

—¿Fecarotta? ¿Qué habías comprado, una joya para ella? —pregunta Romualdo, levantando la barbilla en dirección a Franca.

Ignazio menea la cabeza.

—No. Para Bice —murmura, y aparta los ojos—. Esa mujer me vuelve loco.

Bice. Beatrice Tasca di Cutò.

Romualdo mastica un improperio.

—Las Tasca di Cutò son peligrosas. Te lo digo yo, que estoy casado con una —afirma—. *Chato*, no podías hacer otra cosa, con toda la gente que depende de ti. La SAVI te permitió aguantar y, claro, tuviste que llegar a acuerdos... ¿Acaso es culpa tuya que el mercado del vino esté hundido? —Le pone una mano en el brazo—. Primero la filoxera, después la crisis y los impuestos estatales sobre el alcohol...

—Eso fue un palo. En Roma llevaban años intentando gravar los vinos licorosos, y al final lo han conseguido. —Ignazio da una palmada en la balaustrada—. He buscado nuevas salidas... hace años para el coñac, luego para el vino de mesa, pero nada. ¡Y ahora parece que el marsala no vale, que es «demasiado» alcohólico! Y pensar que los médicos lo recomiendan como reconstituyente... —Hace un movimiento brusco con la cabeza, se lleva una mano a la sien, resopla. Ahora es presa de la cólera, un sentimiento fácil, que solo reclama salir y recibir alivio. No se alimenta de ideas o pensamientos. Y, como siempre, Ignazio la acepta, la abraza, la hace suya—. La Anglo-Sicilian Sulphur Company tampoco está. No es que ganara mucho, pero es la idea, ¿comprendes? Los americanos han conseguido explotar sus yacimientos de azufre con un método nuevo, así que se acabaron para nosotros las exportaciones a Estados Unidos. Y apuesto a que dentro de poco venderán su producción también en Europa, así que adiós también al comercio con Francia. ¡No hay nada, nada que marche bien! ¿Te das cuenta?

—*Ya* —asiente Romualdo.

Están un rato en silencio. Por fin, habla Ignazio, pero lentamente, casi como si las palabras le salieran con dificultad.

—De todos modos, el azufre siempre me ha importado poco. En cambio, la bodega... También ha firmado Vincenzo, aunque no sé lo que puede haber comprendido... Él solo piensa en divertirse. —Resopla—. Y, con la fábrica, he perdido también la marca del león. Todo, todo ya es de ellos... Solo han quedado... —Hace un gesto elocuente.

Migajas.

Romualdo mira a Ignazio con los ojos muy abiertos, perplejo. No sabe qué decir. Cierto, todo ha recaído siempre sobre los hombros de su amigo, desde que tenía poco más de veinte años, y se ha prodigado sin escatimar esfuerzos, si bien, en ocasiones, se ha lanzado a empresas que no se sabía cómo podían acabar. En cuanto a Vincenzo, no es más que un *niño* que juega con coches. ¿Qué sabrá él de responsabilidades y decisiones? Pero... ¿la Casa Florio sin la bodega? ¿Sin el marsala? Le parece imposible.

—No lo habíamos hablado... O sea, es sabido que existe ese acuerdo, pero no que tendrías que...

Ignazio baja los ojos.

—Así al menos hemos sacado algo —replica. Hay tantas cosas tácitas en esa mirada huidiza, en esas palabras dejadas a medias.

Impotencia, dolor, humillación.

—Lo intenté, Romualdo. Lo intenté con todas mis fuerzas, pero las deudas eran realmente demasiadas. De momento, los bancos lo van absorbiendo todo... ¡y los impuestos! ¡Los impuestos que tenemos que pagar!

Romualdo mira a su amigo con los ojos como platos. Durante un instante eterno, todo a su alrededor se detiene. El gentío, los automóviles, las charlas y los ruidos desaparecen, absorbidos por un blanco cegador. Quedan solamente ellos dos, sumidos en una sensación que ni uno ni otro pueden explicarse del todo bien.

Pero que se parece a la conciencia de que ha llegado la primera sacudida de un terremoto.

Franca ve a Ignazio y Romualdo hablando sin parar. Aprieta los labios. Dos hombres que se niegan a crecer, y eso que ya tienen hilos blancos entre los cabellos y los párpados pesados. Nunca ha salido nada bueno de sus charlas. Y esa vez no será una excepción.

Se coloca bien el sobretodo bordado de piel, luego aprieta la muñeca de Giulia Trigona, que está sentada a su lado, y señala a los dos hombres con un gesto de la cabeza.

Giulia dirige a los dos hombres una mirada molesta.

—Estarán hablando de alguna mujer —murmura—. Querida Franca, nos hemos casado con dos hombres realmente... tediosos.

Franca esboza una sonrisa amarga cuando Annina Aliata di Montereale se sienta con ella. Tiene la cara colorada, los ojos le brillan, está nerviosa. Se coloca bien el traje, se inclina para ver bien la línea de salida, se coloca el sombrero.

Su hermana, Maria Concetta, se sienta a su lado con un suspiro.

—Annina, por favor, compórtate. Primero desapareces una hora, luego llegas aquí manchada de barro y nerviosa. Una dama nunca puede estar tan... colorada. Franca, Giulia, decidle también vosotras que no puede comportarse así...

La joven eleva los ojos al cielo. Hace caso omiso de su hermana, mira a Franca.

—¿No cree usted también que es un espectáculo precioso? Es una lástima que una huelga haya impedido venir a los coches franceses...

Franca sonríe. Le gusta el entusiasmo de Annina, aunque también le da un poco de pena.

—Sí, una verdadera lástima. Por no hablar del terrible accidente que ha tenido Jules Mottard.

—¿Un accidente? ¿En serio? —exclama Annina.

—En las pruebas, en una curva, el coche se levantó y se empinó como un caballo, después, al caer, las ruedas se retorcieron. Él se hizo daño en el hombro izquierdo y...

—¿Ves, Annina, que tengo razón cuando te digo que conducir es muy peligroso? —masculla Maria Concetta—. Y tú no paras de insistir en tener un automóvil...

—Si sabes conducir y eres prudente, hay cosas que no te pasan —declara la chica, enfadada—. Estoy convencida de que ir en coche no es más peligroso que cabalgar.

Giulia Trigona también es escéptica.

—A lo mejor para un hombre. Pero una mujer... arriesgaría demasiado... Podría comprometer la posibilidad de tener hijos.

Annina enarca las cejas.

—Es cuestión de tiempo. Será normal ver a una mujer conduciendo un coche rápido, y, por qué no, compitiendo con los hombres —declara.

Franca ríe con indulgencia.

—Me parece estar oyendo a mi cuñado —dice. Luego mira el camino, por fin despejado de mecánicos y curiosos. Los jueces de la carrera se disponen a dar la salida. Los motores arrancan, el aire se llena de estallidos y gritos. En las tribunas, todo el mundo se pone de pie, mientras la fanfarria toca la salida, seguida de un cañonazo.

Ese año, llega primero a la meta —nueve horas y media para completar los cuatrocientos cincuenta kilómetros del recorrido— el Itala de Alessandro Cagno, que además da la vuelta más rápida: casi cuarenta y siete kilómetros por hora. El segundo clasificado, otro Itala, cruza la meta después de diez horas. Paul Bablot es tercero, mientras que madame y monsieur Le Blon, debido a una serie de pinchazos, llegan pasado el tiempo máximo, fijado en doce horas. Mejor, en cualquier caso, que otros competidores —como Vincenzo Lancia o el americano George Pope en un Itala— que ni siquiera llegan a terminar el recorrido.

La profecía de Annina se cumplirá en 1920, con ocasión de la undécima Targa Florio, cuando la baronesa Maria Antonietta Avauzo participa en la carrera con un Buick; lamentablemente, rompió el chasis en la segunda vuelta. Pero también participó Eliska Junkova, «miss Bugatti», que llegó quinta en la edición de 1928; siempre galante, Vincenzo Florio, disculpándose con el ganador, Albert Divo, dirá que Eliska es la ganadora moral de la carrera. Entre los años cincuenta y setenta, figuran Anna Maria Peduzzi y Ada Pace, que participan cinco veces, pero también Giuseppina Gagliano y Anna Cambiaghi.

Durante setenta años, la carrera será un escenario ambicionado por los mejores pilotos: de Felipe Nazzaro a Juan Manuel Fangio, de Tazio Nuvolari a Arturo Merzario, de Achille Varzi a Nino Vaccarella. El jovencísimo Enzo Ferrari correrá en cinco ocasiones, de 1919 a 1923, llegando segundo en 1920, con un Alfa Romeo. Y habrá años oscuros, con poquísimos participantes, graves accidentes y tragedias, como la del conde Giulio Masetti, el «León de las Madonias», que murió en 1926 al volante de su Delage, con el dorsal número trece, número que, a partir de ese momento, no volverá a llevar ningún coche. Hasta que llega el 15 de mayo de 1977: Gabriele Ciuti pierde el control de su Osella, atropella a unos espectadores y mata a dos. La carrera se suspende en la cuarta vuelta. «Ha muerto la Targa», proclaman los periódicos y, por una vez, no exageran. El «pequeño circuito de las Madonias» se abandonará para siempre.

Pero nada de todo esto se sabe aún en esa húmeda mañana del 6 de mayo de 1906. Nadie podía saber qué huella —profunda, emocionante, indeleble— iba a dejar la Targa Florio en la historia del automovilismo no solo italiano, sino mundial.

Y, sin embargo, ya se había ganado una apuesta. Ese día, todo el mundo, extranjeros e italianos, pilotos y espectadores, se enamoraron. De las Madonias, de los automóviles, de un nuevo modo de correr, de una experiencia vibrante, llena de emoción.

Vincenzo Florio llevó el futuro a Sicilia. Y Sicilia no lo olvidaría nunca.

—¡Oh, tienes Poudre Azurea de Pider, mis polvos de tocador preferidos! ¿Puedo usarlos? —pregunta Giulia, sentándose al lado de Franca.

—Claro. Adelante.

En la habitación de Franca, en la Villa Igiea, la luz del sol está barriendo los últimos restos de penumbra de esa mañana de finales de abril. Igiea está al lado del tocador y observa a las dos mujeres con una expresión difícil de interpretar, una mezcla de curiosidad y melancolía.

Giulia se vuelve, le hace cosquillas en la nariz con la borla y consigue arrancarle una sonrisa. Luego se mira de nuevo en el espejo. Ella tiene treinta y seis años y Franca treinta y tres: las dos son bonitas y elegantes, y, sin embargo, sobre sus rostros planea una sombra que es fruto del dolor que ambas han sufrido y de la amargura que ha arraigado en su corazón, como una planta imposible de extirpar.

En los ojos verdes de Franca aparece una lágrima, que ella se quita enseguida con el dorso de la mano.

—¿Estás bien? —pregunta entonces Giulia.

Franca se encoge de hombros.

—A Baby Boy le habría encantado esta carrera... —murmura. Se despabila, enrolla un mechón de pelo en un dedo y lo mete en la horquilla de la que se había salido, a pesar del cuidado de Carmela, la criada que ha reemplazado a Diodata, que se casó hace pocos meses. Luego, con un gesto, llama a la gobernanta y le pide que se lleve a Igiea y que prepare las maletas de la pequeña. Verá la carrera de los botes de motor desde la ventana de su habitación y después, como ocurre cada vez más a menudo, irá a pasar un tiempo con la abuela, a la Olivuzza.

Una vez que la niña ha salido, continúa:

—Sabes, Vincenzo ha hecho muy bien organizando este nuevo evento una semana después de la Targa Florio. Se ha quedado un montón de gente y muchos han llegado expresamente de toda Europa, hay mucha alegría y hasta Ignazio está un poco menos sombrío.

Giulia asiente.

—He intentado hablar con él mil veces para preguntarle por la bodega, por el azufre, por el astillero. Pero él, siempre mudo. O bien me ha dicho que me meta en mis asuntos de la casa Trabia, no en los suyos. Como si fuésemos dos extraños.

Franca guarda silencio y Giulia la mira de soslayo.

—Tampoco os dice nada a ti ni a mi madre, supongo.

—Oh, verás, llevar la Villa Igiea me tiene muy ocupada y no me interesa conocer sus líos de negocios. En cuanto a tu madre, ahora no quiere ver a nadie. Me ha costado convencerla de que se quede con Igiea unas semanas.

—¿Por doña Ciccia?

Franca asiente.

—Pobre doña Ciccia. Claro, ya era mayor y no se movía, pero irse así, de repente, por una pulmonía... Recuerdo que una vez, mientras trataba inútilmente de enseñarme a bordar, me dijo: «*Porque esto tiene que saber hacerlo una buena mujer casada*». ¡Cómo han cambiado las cosas!

—Para nosotras, sí —comenta Franca—. Para tu madre, en cambio, no han cambiado nada. Y está viviendo la muerte de doña Ciccia de manera demasiado... intensa, casi como si fuese un luto familiar. Como si los Florio no hubiésemos tenido ya suficientes lutos.

Giulia suspira. Coge del tocador el frasco de la Marescialla de la Farmacia de Santa Maria Novella, se echa unas gotas en las muñecas, se lo pasa a su cuñada, luego se levanta de golpe y se acerca a la ventana.

—¡Ah, el cielo se está encapotando, aunque desde luego dos nubes no van a parar a Vincenzo ni su carrera! —exclama, tratando de aligerar la atmósfera—. Sabes, anoche Pietro y yo hablamos largamente con Ludovico Potenziani, mientras su mujer Madda charlaba con Ignazio sobre la Targa Florio. Me pareció que los dos estaban encantados con estos retos deportivos.

—Sí, así es, todos dijeron que la segunda edición había sido aún mejor que la primera. Y Madda me confesó que se había emocionado mucho y que seguramente volverá. ¿Sabes que nos han invitado a su villa de San Mauro, en Rieti? —Franca se levanta, lleva un anillo con una gran esmeralda que se conjunta perfectamente con el traje verde.

—De las gemelas Papadopoli, te confieso que prefiero a Vera. La encuentro más... comedida. Son mujeres inteligentes que se han casado con hombres no demasiado listos, y eso las ha beneficiado. —Un comentario seco, que corta carne y hueso—. Sé que son tus amigas y que estuvieron a tu lado... en Venecia, pero no gozan de mi simpatía. Las encuentro demasiado desinhibidas.

Franca rechaza el recuerdo de Venecia y de Giacobina, de aquella niña nacida solo con tiempo para morir, llevándose todas las esperanzas. No quiere que el recuerdo la hunda de nuevo, impidiéndole disfrutar de los placeres que la vida le ofrece. Ha comprendido que, si quiere estar serena, ha de olvidar, ignorar, no ver. Que la conciencia de la propia infelicidad suele ser la peor de las condenas.

—Me parece que oigo hablar a mi madre —le murmura a su cuñada, mientras bajan las escaleras.

Giulia eleva los ojos al techo.

—Doña Costanza es una excelente observadora —comenta, levantando el borde de la falda—. A mí me parecen dos *mosquitas muertas*.

Franca sonríe.

—Sí, tienen rostros angelicales... pero creo que saben bien qué obtener de un hombre.

Giulia se ríe.

—Bueno, diría que tú también tienes un montón de admiradores. D'Annunzio te idolatra y además está ese marqués que, cuando estás en Roma, a diario te manda ramos de flores...

—Los dejo soñar —comenta Franca.

En la planta baja las acoge un vocerío cuya intensidad aumenta conforme van cruzando los salones. Docenas de invitados han ido para ver la carrera de botes de motor que Vincenzo Florio ha organizado sobre el modelo de las de Montecarlo y Niza. Pero la Perla del Mediterráneo —así se llama la competición que organiza el joven Florio— es una carrera mucho más seria y mejor organizada que las francesas, que, sin embargo, ya son citas ineludibles para los aficionados a la motonáutica.

Ignazio está sentado en el jardín, con los Potenziani y el hijo mayor de Giulia, Giuseppe, al que le falta poco para cumplir dieciocho años. Es un chico guapo, de aspecto arrogante, que recuerda un poco al de su tío Vincenzo.

El príncipe Ludovico Potenziani, rostro largo y afilado, lleva sombrero para protegerse del sol.

—Desde luego que, para ser solo el 25 de abril, hace mucho calor —dice.

Madda se ríe con ganas. Tiene una cara dulce y cabellos claros y luminosos, muy diferentes de las melenas oscuras de Franca y Giulia.

—Anda, no te quejes siempre. ¡Estamos en Sicilia, la tierra del sol, y son casi las dos de la tarde! ¡Además, fíjate cómo huele el mar! ¡Aquí es todo tan maravilloso y vivo! —exclama, inclinándose para coger el canapé que le ofrece un criado. El escote del traje se abre, descubriendo un seno perfecto a pesar de sus embarazos. Tanto la mirada de Giuseppe como la de Ignazio se detienen un instante más de lo debido en ese trozo de piel.

Giulia le da la espalda al grupito y le dice en voz baja a Franca:
—¿Qué te había dicho?

Todos se ponen de pie y se dirigen hacia el templete griego que da al mar, donde hay bastantes sillones, con grandes toldos que protegen del sol. Franca, Giulia y Madda se sientan en primera fila. Ignazio manda a un criado que sirva limonada a las señoras y vino blanco a los caballeros. Ludovico Potenziani se coloca en una tumbona a la sombra. Giuseppe Lanza di Trabia se sienta detrás del grupito.

—¿Dónde está Vera? —le pregunta Franca a Madda—. No recibo carta suya desde hace semanas.

—En Venecia, con Giberto, creo. Es uno de esos maridos que da mucha importancia a la unidad de la familia. —Madda mira de un lado a otro, pone una mano en un brazo de Franca—. Qué sitio tan precioso es Villa Igiea. —Sonríe, ofrece el rostro al sol—. Aquí solo se puede ser feliz. Tú e Ignazio sois muy afortunados. ¡Y hace poco tuvisteis como invitado a Eduardo VII!

—Con su esposa Alejandra y su hija Victoria, sí. Les encantaron la Villa Igiea y la Olivuzza, y especialmente el *villino* de Vincenzo. Ignazio les ofreció nuestro Mercedes y el Isotta Fraschini que compró hace poco, y aprovecharon para visitar Palermo con toda comodidad. Es una verdadera pena que no pudieran quedarse para la carrera...

—Ludovico es tan aburrido —comenta en voz baja Madda, lanzando una ojeada a su marido—. Nunca tiene ganas de nada. De todo se queja, detesta las novedades. No es como tu Ignazio, que es un entusiasta, y siempre procura estar acompañado. ¡Es un hombre tan divertido!

—Un rasgo bastante típico de los hombres sicilianos, y de los Florio en particular —interviene Giulia—. Encuentran siempre la manera de hacer algo, para bien y para mal, y saben deslumbrar, sin olvidar cuándo tienen que volver al redil. —Y le lanza a Madda una mirada encendida.

En ese instante, del muelle llega la voz de Vincenzo, amplificada por un megáfono de latón, saludando a los invitados y, entre aplausos, anuncia los nombres de los participantes: primero, los de la categoria *racers*: el Flying Fish, propiedad de Lionel de Rothschild, el Gallinari II, con motor Delahaye, y el New-Trèfle III de Émile Thubron, y después los de la categoría *cruisers*: el C.P. II, fabricado en Nápoles, el Adèle, de Zanelli, y el All'Erta, con casco Gallinari y motor FIAT.

Un cañonazo da entonces la salida a la carrera, que enseguida se convierte en un apasionante duelo entre el All'Erta y el Flying Fish, mientras que el Adèle se queda rezagado. Ganó el Flying Fish, que cruzó la meta tras diez vueltas —cien kilómetros en total—, en dos horas y dieciocho minutos.

Franca y Giulia siguieron cada instante de la carrera con atención y entusiasmo, haciendo constantes preguntas a Ignazio y a Ludovico sobre los timoneles, los cascos y la velocidad de los botes. Madda, en cambio, después de las primeras vueltas, se quejó de que todo ese ruido le daba jaqueca y que por eso se iba a dar un paseo.

Pero, cuando Giulia se volvió para buscar a Giuseppe, vio que la butaca del chico estaba vacía.

Y, entonces, no pudo contener una mueca de contrariedad.

El invierno es un fantasma en la villa de la Olivuzza. Camina sin hacer ruido, lleva una capa de polvo dorado, como el tul con el que a veces se tapa a los muertos. Se oculta en las sombras que se alargan entre las habitaciones, mece las cortinas de terciopelo, resbala por los suelos a cuadros blancos y negros y arrastra el eco de los días en los que esa casa estaba llena de voces de niños y de risas. Es un fantasma triste, pero Giovanna ya lo conoce bien. Y le hace compañía en esas habitaciones que le son tan familiares.

Hasta que, el 8 de febrero de 1908, el destino despareja las cartas.

A altas horas de la noche a Giovanna la despiertan los gritos de la servidumbre, ruido de pasos, portazos violentos. Está desconcertada, se pregunta qué es ese olor acre tan penetrante que la hace toser. Hasta que comprende. Más que ver, siente el fuego. Un incendio.

«Está cerca», piensa, mientras baja de la cama. Llega a la puerta, la abre: el pasillo de la primera planta está envuelto en una humareda negra, que parece trepar por el papel pintado y las puertas de madera dorada. Coge entonces un chal, sale de la habitación y va a la planta de arriba, donde duerme Igiea. Pero en las escaleras se cruza con la niñera, que lleva a la niña en brazos para ponerla a salvo, seguida por dos criadas descalzas y en camisón.

Las mujeres salen corriendo de la casa, y unos sirvientes se les acercan, envuelven a Igiea en una manta, gritan, preguntan, rezan. Después, mientras le dan a Giovanna agua para que se le calme la tos, le explican que varios hombres se han quedado en el interior y están tratando de impedir que las llamas se propaguen al resto de la Olivuzza.

Pero es justo en el instante en que llega el carro de bomberos cuando Giovanna se vuelve. La tibieza del fuego parece acariciarle la piel, librándola del frío y el miedo de esa noche de febrero. Indiferente a los gritos de la servidumbre y a los sollozos de Igiea, observa las llamas que envuelven su casa, escucha el restallido de las vigas que se parten y el crujido de las ventanas que se hacen pedazos. Y solo es capaz de pensar que, cuando esa luz roja se haya apagado, cuando ese calor infernal haya pasado, ella por fin podrá volver a su habitación, a su cama, a dormir. Podrá volver a su vida, rodeada de los recuerdos, protegida por lo que le es más querido, velada por sus fantasmas. «Todo será como antes», se repite.

Sigue así, inmóvil, con las manos contra el vientre, hasta que llegan Franca e Ignazio: ella estaba en una recepción de los Trabia y, cuando le dieron la noticia, tuvo un desvanecimiento; Ignazio, en cambio, se encontraba con Vincenzo en el Teatro Politeama, en un combate de lucha, y le avisaron los carabineros. Franca envuelve a Igiea en su capa de zorro, luego se acerca a su suegra y le agarra la mano, en un gesto de ternura. Pero Giovanna no reacciona y permanece quieta también cuando Ignazio le pone en los hombros su abrigo.

Él decide. Llama al conductor, le ordena que lleve a las mujeres a la Villa Igiea. Tienen que descansar, además, ahí ya no puede hacerse nada. Nada, al menos, hasta que no se hayan apagado las llamas.

Sentada entre Franca y la niña, Giovanna se envuelve en el abrigo de su hijo. Después, cuando el automóvil se pone en marcha, cierra los ojos y se tapa el rostro con las manos.

Al día siguiente, Ignazio es el primero que entra en las habitaciones destrozadas. Los bomberos le han dicho que el incendio fue accidental; quizá una chimenea que no se apagó, quizá una chispa que cayó en una cortina o en una alfombra... Pero ¿eso ya qué importa?

Con el corazón dolorido, Ignazio se mueve por entre las paredes ennegrecidas, pasa los dedos por los jirones de papel pintado cuarteados por el calor, pisa muebles reducidos a cenizas, trozos de preciosas porcelanas tiznadas y cuadros desfigurados. Llega por fin al dormitorio de su madre.

De esa habitación, de varios salones y, sobre todo, del maravilloso salón de baile, no han quedado sino las paredes. Las otras habitaciones de la planta baja —incluido el despacho— están milagrosamente intactas. Y, por suerte, el incendio no se ha extendido a la parte más nueva de la Olivuzza; su habitación y la de Franca, el comedor, el jardín de invierno y el salón verde, en efecto, se han salvado.

En el jardín de la Villa Igiea, sentada en un sillón y envuelta en un chal grande, Giovanna escucha el resumen que le hace su hijo; pese a lo que lo aflige hacerlo, Ignazio sabe que sería inútil esconderle la verdad. Habla lentamente, procurando que no se trasluzca su amargura, pero Giovanna la siente, la percibe en la piel, casi como un eco del calor de la noche anterior.

Luego Ignazio extrae algo del bolsillo de la chaqueta.

—He encontrado esto en el suelo de su habitación —dice, tendiéndole un collar de diamantes totalmente manchado de hollín—. Lo siento. Me temo que las perlas y los camafeos se han roto. De todos modos, trataremos de buscarlos —murmura.

Giovanna coge el collar. El oro se ha deformado por el calor y las piedras están opacas. Lo gira entre las manos y casi no lo reconoce porque no, no puede ser uno de los regalos que le hizo su marido. Entonces se acuerda de la gran caja de marfil taraceado que había en el tocador, donde guardaba sus joyas.

Y repentinamente comprende.

No volverá a ver los zapatitos de tela bordada de Giovannuzza. La camisa de batista de su Vincenzino, que doña Ciccia había acabado con punto de cruz. El último frasco de perfume de Ignazio. Sus gafas. Su rosario de coral y plata. Las fotos de su marido, de su hijo vestido de marinerito y de los nietos muertos, colocadas en la cómoda, de manera que fuesen lo primero que viese por la mañana, y las últimas en las que posaba la vista de noche. Todos los trajes de su ropero. El camisón que se puso la noche de bodas. El medallón con el mechón de pelo de Ignazio. El libro de oraciones donde guardaba un retrato del pequeño Blasco. Los cuadernos con los ejercicios de alemán de Vincenzino. Su violín. Las cortinas damascadas. El rosario de doña Ciccia. El gran retrato de Ignazio, pintado cuando él era aún joven y estaba sano.

Su vida, en cenizas.

«Pero también...».

Nunca había sido capaz de deshacerse de la caja de madera de palo de rosa y ébano en la que Ignazio guardaba las cartas de la mujer que había amado. Giovanna la encontró después de su muerte y, más de una vez, los celos la tentaron a sacarla del armario para acercarla a la chimenea y quemarla, pero nunca fue capaz. La nostalgia se impuso al rencor. Incluso lo que más había odiado terminó siendo valioso para ella. Ahí dentro había algo de Ignazio, de su amor; por doloroso que fuese, por mucho que su amor no hubiese sido solamente de ella, aquellas cartas hacían que lo sintiese cerca.

Y ahora se habían hecho humo.

Ahora solo eran ceniza, carbón y hollín.

Y Giovanna no sabe cómo seguir viviendo, ahora que ha desaparecido también el último de sus fantasmas.

A Annina Alliata di Montereale le gustan los coches y la velocidad. Y es valiente, resuelta. Mira el futuro sin temor.

Vincenzo lo intuyó enseguida. Y lo confirmó cuando, dos meses después, en julio, le pidió que se casara con ella. Sí, se lo pidió ella. Annina fue extraordinaria también en eso.

Iban a la playa, y él la invitó a que condujera en su lugar. En el otro coche, Franca sonrió, indulgente, Maria Concetta se persignó y el chófer decidió ir mucho más despacio de lo habitual. Entonces Annina aceleró, adelantó al otro coche, tiró el sombrero al asiento trasero y elevó el rostro hacia el sol. Sonó el claxon y, al hacerlo, rozó el brazo de Vincenzo. Él se ruborizó como un colegial.

Pararon en el balneario de Romagnolo. Delante de ellos, la costa de Aspra y de Porticello y el mar de un turquesa tan intenso que dolían los ojos. Ella se apeó del coche, se bajó las mangas del traje color melocotón y, esbozando una sonrisa, corrió unos metros. Vincenzo cogió la chaqueta, le dio alcance y empezaron a caminar lado a lado.

—No me regañes por mi osadía, ¿vale? Ya sabías que conduciría así.

—Jamás lo haría. Ya sabes que me encanta la velocidad.

Ella calló, luego le agarró la mano, se la estrechó con fuerza.

—Lo sé. Somos perfectos juntos. —Annina puso cara seria—. Cásate conmigo.

Él la miró fijamente, aturdido. ¿Una mujer haciendo una propuesta de matrimonio?

Y además... ¿Casarse? ¿Él? Renunciar a todo, a sus amigas, a su vida, a las diversiones, a los viajes, a las carreras de coches...

—Sí.

La respuesta salió del alma. Porque con ella no tendría que renunciar a nada, porque compartían las mismas pasiones, porque ambos tenían hambre de vida. Además, desde que Annina había entrado en su vida, las otras ya ni siquiera lo miraban. Se permitía, claro, alguna velada en la Casa delle Rose, pero eso era algo normal en un hombre, ¿no?

Con los ojos como platos, Vincenzo permaneció mudo unos instantes.

—Tendría que habértelo pedido yo, ¿sabes?

Ella se encogió de hombros.

—Tú luego me lo pides en público, con anillo incluido. Para formalizarlo ante los parientes y conocidos, que en realidad ya se lo esperan y se mueren de ganas de tener algo sobre lo que poder cotillear y, a lo mejor, hablar mal. Yo lo que quiero saber es si tú me quieres tanto como yo a ti.

No respondió. La besó, y la levantó del suelo del sendero que conducía al mar.

—¡Oh, Dios mío! ¡Qué cosas! ¡Qué cosas! —murmuró Maria Concetta, que entretanto les había dado alcance. Franca no, no sonrió. Ella suspiró y miró hacia otro lado.

Annina no es una chica como las demás. A ella las joyas y la ropa le interesan relativamente. Es pragmática, alegre, vital; y, sobre todo, está decidida a vivir sin obligaciones. Quiere que la respeten. No es como Franca, que, después de años de peleas, ha decidido ignorar las relaciones de su marido.

Vincenzo lo sabe. Con ella tendrá que cambiar de estilo de vida, piensa, mientras abre la puerta del *villino* que da al centro del parque. Lo acoge el aroma a madera y el más delicado de unas naranjas que hay en un frutero que está en el centro de una mesa grande. Mira a un lado y a otro: en la entrada que también es salón, unas volutas de madera ascienden por las paredes para entrelazarse en líneas sinuosas en el techo. A la izquierda, una chimenea de cerámica y madera; delante, una gran vidriera que da a una terraza cubierta de telas blancas, amueblada con sillones de hierro forjado. Los muebles de Ducrot —sillones tapizados de verde, una gran consola de líneas elegantes— completan esos espacios en los que la luz y la madera parecen mezclarse sin solución de continuidad.

Se dirige hacia el semisótano, donde están los garajes, pero donde también hay una sala de billar, usada asimismo como sala de fumadores. Mientras espera que llegue su primo Ciccio d'Ondes para jugar una partida de billar, coloca los palos en los soportes, pasa la tiza por las puntas. El enorme espacio, también tapizado de verde, está sumido en el silencio y la frescura: el sitio ideal para pasar esa tarde de verano sin que nadie moleste. No pocas veces ha llevado ahí mujeres con las que ha pasado tardes enteras jugando a las cartas, apostando con su ropa o con la de la belleza de turno.

Recordar eso le gusta pero también le molesta. Cuando estalló el incendio en la Olivuzza, en febrero, durante un instante temió que el fuego hubiese destruido también su *villino*. Recuerda bien que aquella idea lo había sumido en la más espantosa desesperación: aquella casa era parte de él, reflejaba su deseo de libertad, su independencia, su necesidad de buscar siempre cosas sorprendentes.

«Esta es una casa de soltero», piensa con un suspiro. Tendrá que cambiar algo o bien encontrar otro sitio donde vivir con Annina. Algo que construir juntos.

Siempre ha pensado solo en sí mismo y ahora tiene que imaginarse al lado de ella. Y, por primera vez en su vida, se siente perdido. Es demasiado joven como para recordar la abnegación que tuvo su madre con su padre, y desconoce cuánto amor le entregó su abuela Giulia al abuelo que se llamaba como él. Conoce a un montón de matrimonios que siguen juntos solo por interés, social o económico. La simple idea de la jaula de mentiras, rencor y sufrimiento que algunas parejas se han construido le da escalofríos.

De algo está seguro: quiere a Annina en su vida. Por un lado, procurará no hacerle daño; por otro, tratará de darle todo lo que se merece.

Amor y respeto. Son palabras nuevas para él, son el comienzo de un viaje a una tierra fascinante y desconocida.

Pero, con Annina a su lado, siente que puede llegar al fin del mundo.

En esa tarde del final de octubre de 1908, en el despacho de la Olivuzza, Ignazio se frota los ojos, coge una hoja de papel. Otra factura.

La lista que sigue casi marea.

1 Robe du soir en velours gris taupe, panneaux de tulle même ton, brodée de paillettes grises mates et scintillantes, ourlet de skungs;
1 Corsage en tulle garni d'épis de blé mûr
1 Costume de piqué, gilet de lingerie
1 Manteau du soir en velours cerise garni de chinchilla; manches rebrodés or de motifs «étincelle»
1 Robe de dentelle d'argent et satin bleu ciel...

—Mandar a Franca, a la niña y a mi madre a París para renovar el vestuario después del incendio fue una pésima idea... —se dice, mirando consternado la cifra que figura al final de la lista. En otros tiempos, esa suma le habría resultado indiferente; hoy, en cambio, es una marca con hierro candente. Como también lo son la factura de Lanvin y la de Cartier, donde su mujer había llevado a la suegra para reemplazar algunas de las joyas que había perdido en el incendio.

Por otro lado, su madre se había vuelto todavía más sombría, Igiea se había asustado mucho y Franca... bueno, mandarla lejos había servido para evitar que le montara escenas y le hiciera comentarios mordaces tras enterarse de su relación con Vera Arrivabene.

Primero la madre de Franca y después Giulia no se habían equivocado: las gemelas Papadopoli no eran de fiar. Madda ya no ocultaba su interés por el joven Giuseppe Lanza di Trabia. En cuanto a Vera, su marido le sacaba más de diez años y era un recto oficial de marina. También era amigo de Ignazio... pero eso no había valido para retenerlo.

Vera es guapa, vital y alegre: con ella se siente bien y le levanta el ánimo, que es lo que Ignazio necesita desesperadamente. Esas paredes lo oprimen.

Aparta las facturas de Worth, de Lanvin y de Cartier y repasa las las de las obras de la Olivuzza. Han tenido que rehacer ocho habitaciones —incluido el salón de baile—, y limpiar y pintar otros espacios cubiertos de hollín. Con Franca ha decidido aprovechar la ocasión y hacer una antesala redonda delante del salón de baile: un ambiente moderno, para charlar y descansar.

—Descansar, claro... —murmura Ignazio.

Un leve toque en la puerta.

—El abogado Marchesano, don Ignazio —anuncia el criado.

—Hágalo pasar.

Con pasos pesados, Giuseppe Marchesano entra y se acerca al escritorio. Desde hace un tiempo Marchesano es el abogado de la familia, habiendo sido antes representante y abogado de la parte demandante en el juicio por el crimen de Notarbartolo. Pero el breve interrogatorio que le hizo a Ignazio había sido seis años atrás; desde entonces, los vientos habían cambiado muchas veces de dirección y Marchesano se había adaptado a las circunstancias. Por otro lado, no era ciertamente el único, en Sicilia, con un pasado que se contradecía con el presente.

Ignazio ni siquiera se levanta. Desconsolado, mira la gruesa carpeta que Marchesano ha dejado sobre el escritorio, luego observa al abogado con una expresión entre impaciente e inquieta.

—Deme alguna buena noticia —le dice en cuanto la puerta se cierra detrás del criado—. Lo necesito.

El bigote del abogado —negro y compacto como su pelo— vibra.

—Pues me temo que no puedo ayudarlo. —Se sienta, señala la carpeta—. Me han escrito de la Banca Commerciale. —Hace una pausa—. De Milán, de la sede central —añade.

Con los ojos cerrados, Ignazio se frota la base de la nariz.

—Prosiga —murmura.

—En la reunión del 10 de noviembre le pedirán oficialmente que ceda a las compañías La Veloce e Italia las acciones de la Navigazione Generale Italiana que dio como garantía de los créditos. Han señalado estas dos empresas porque están asociadas a la NGI, y, por tanto, las acciones quedarán dentro del grupo. —Habla con calma, recalcando las palabras. Ignazio Florio, él lo sabe, no es tonto, pero tiene que saber reconocer lo que significa ese hecho: la Banca Commerciale Italiana, el mayor acreedor de la Casa Florio, ya no se fía de él.

Y está tratando de echarlo de la Navigazione Generale Italiana.

Ignazio se cubre el rostro con una mano.

—Tienen miedo —murmura—. Temen que vendamos baratas las acciones de la NGI a alguna compañía extranjera para hacer caja, con lo que permitiríamos a competidores peligrosos entrar en el mercado de los transportes marítimos.

—Es obvio. No le quitan ojo desde que vendió las acciones a Attilio Odero. Lo cierto es que usted le entregó el astillero. ¿Cómo se dice? Se metió usted el agua en casa, eso es.

Sí, han pasado casi tres años desde que cedió las acciones de la Società Cantieri Navali, Bacini e Stabilimenti Meccanici Siciliani para conseguir dinero, con lo que, en realidad, fue apartado de la actividad de la empresa. Un sacrificio que todavía escuece. Y que no ha servido para nada.

—Detrás de todo esto, está el cornudo de Piaggio. Desde que lo despedí, todo su afán es que su Lloyd Italiano devore a la NGI. ¡Y me juego algo a que Giolitti está de acuerdo con él y no ve la hora de deshacerse de mí! ¡Él y todos sus amigos!

Marchesano levanta una ceja, pero no comenta. Desata los cordones de la carpeta, coge una hoja, la mira, parpadea. Saca entonces del bolsillo unos quevedos y se los pone.

—A lo largo del tiempo, ha ido usted cediendo a la Commerciale progresivamente más acciones de la NGI, sin contar con que, en realidad, en la caja ya no queda liquidez —declara—. También ha entregado las últimas acciones de la SAVI a la Banca Commerciale, como garantía de un préstamo, y a saber si podrá rescatarlas. Además, pronto se renovarán los convenios estatales para la navegación, y sus competidores tienen ofertas muy distintas...

—¿Qué quiere entonces la Banca Commerciale? —La voz de Ignazio es un hilo—. Porque algo tendrán que darme a cambio... ¡no pueden pretender que yo me desprenda por las buenas de todo!

—La Banca Commerciale tiene los títulos transferidos y le ofrece un derecho de rescate en mayo o en noviembre del próximo año, obviamente, a otro precio. —Marchesano se quita los quevedos, cruza las manos sobre el vientre—. Con toda honestidad, don Ignazio, tiene usted razón: son condiciones brutales. Si esas acciones no se rescatasen, usted quedaría fuera de la Navigazione Generale Italiana y de todo lo vinculado con ella, ante todo, la Fonderia Oretea, pero también el varadero. Sin embargo, dada la situación de la casa comercial, no veo qué...

Coge otra hoja, se la tiende a Ignazio.

Ignazio repasa las cifras. En su claridad, los números son despiadados.

Y resumen una situación dramática.

Siente que las manos le tiemblan, nota una punzada en la barriga. Estira el brazo y coge el timbre. Quiere que también Vincenzo esté presente.

Hasta ahora lo ha mantenido al margen de todo, nunca le ha explicado bien lo que ocurría. No quería que tuviera una juventud con problemas y responsabilidades, como había sido la suya.

A Vincenzo le ha consentido todo, lo ha malcriado como a un hijo, ese hijo que él ya no tiene.

Es una idea que lo atraviesa, que se descarga en el suelo como corriente eléctrica.

«¿Habrá todavía un motivo para luchar?».

Su hermano llega poco después. En esos minutos interminables, durante los cuales Ignazio y Marchesano han permanecido en silencio, las sombras se han alargado en la habitación y apoderado de las estanterías, se han enrollado a los pies del escritorio y subido al tablero, entre los papeles. Es como si la madera respirase, como si emitiese un crujido.

Otra larguísima queja.

Vincenzo llega jadeando, en mangas de camisa y traje deportivo. Tiene manchas de grasa en las manos y en los pantalones claros, y aspecto alegre.

—¿Qué ocurre, Ignazio? Estaba haciendo modificaciones con los mecánicos a mi coche y... Oh, abogado Marchesano, ¿también está usted?

—Pasa.

El tono sombrío del hermano borra la sonrisa de Vincenzo. Cierra la puerta, se sienta al lado de Marchesano. Ignazio le entrega la hoja con los datos, le ordena que lea.

Vincenzo obedece. Arruga la frente, menea la cabeza, una y otra vez.

—No comprendo... —murmura—. Todo este dinero... ¿cómo es posible? —Empalidece y repasa las columnas con los dedos, como si, por hacer eso, las cifras pudiesen cambiar—. ¿Cuándo ha ocurrido? ¿Por qué no me lo habías dicho antes?

—Porque todo comenzó hace casi quince años, y tú entonces eras demasiado pequeño. ¿Recuerdas la quiebra del Credito Mobiliare? Las sucursales se abrieron en nuestro banco y la gente confió en hacer depósitos justo por ese motivo, y entonces... yo nivelé las deudas de la filial del Credito, pagando a los ahorradores con dinero de la Casa Florio. Ahí empezó todo. Me desprendí de mi propio dinero y entretanto...

Calla y señala los papeles que hay en la mesa.

Un rosario de tentativas, una montaña de fracasos: del Consorcio Agrario Siciliano a la bodega de Marsala. De la Società Cantieri Navali, Bacini e Stabilimenti Meccanici Siciliani a la Anglo-Sicilian Sulphur Company. Y también la Villa Igiea, la casi totalidad de cuyas acciones ya están vendidas a la Société Française de Banque et Dépôts. Había tenido que ir hasta Francia para encontrar un poco de dinero.

—La pérdida de liquidez me ha arrojado directamente en brazos de otros bancos para pedir créditos. Y así llegaron los intereses...

—Solo quedan las almadrabas en activo. —El abogado Marchesano confirma el pensamiento de Vincenzo, que se ha detenido con el dedo en la palabra EGADES.

Ignazio se abandona contra el respaldo de la silla y mira al abogado. Es como si uno de sus lados estuviese convencido de que de ese hombre rollizo puede salir una solución, una escapatoria. Pero el otro lado, el racional, el lúcido, le grita que la Casa Florio está atrapada en las deudas.

Ya lo sabe todo el mundo, y no solo en Palermo, sino también en Europa. Ya no se trata solo de las facturas de los sastres, de los joyeros, de los ebanistas. Ni del hecho de que ahora en los hoteles de la Costa Azul o de los Alpes suizos le pidan que pague la cuenta en el momento que deja el hotel, mientras que antes bastaba un apretón de manos porque se daba por hecho que no tardaría en saldar la cuenta. Están las letras de cambio, cada vez más numerosas, que todavía no ha pagado. Y las hipotecas que, a lo largo del tiempo, se han constituido sobre casas y fábricas.

—Sí, las Egades son el único activo todavía rentable de la casa comercial —corrobora Marchesano. Se pone de pie, los observa. A su lado, un muchacho que hasta ese momento solo ha pensado en disfrutar de la vida y al que ahora esas cifras lo han dejado anonadado, cifras cuyo significado probablemente no es capaz de comprender bien, porque para él el dinero siempre ha sido algo de lo que no tenía que preocuparse. Delante de Vincenzo, Ignazio. De golpe, ese cuarentón elegante le parece mayor y cansado. Como si el peso de una maldición hubiese caído sobre él. Un hombre sin un objetivo en la vida.

Sin un hijo al que dejarle todo.

A Marchesano le da lástima.

«No es que los Florio puedan pretender lo imposible, ni acusar a nadie», reflexiona. Desde luego, las señales no habían faltado y ese aviso de la Banca Commerciale era solo el punto de llegada de años de actividades arriesgadas, de consejos dados y nunca seguidos, y de ligerezas.

Ignazio parpadea como si se despertase de un largo sueño.

—Con estos papeles en la mano, nunca podremos recuperar la posesión de las acciones —comenta, triste.

El abogado solo puede abrir los brazos.

—Ya se lo he dicho: son condiciones muy duras. Pero también son las únicas que ellos están dispuestos a ofrecer. —Mete las manos en los bolsillos, se aparta unos pasos del escritorio—. La situación es grave, pero no irresoluble, don Ignazio. Tenemos que pensar en un plan de recuperación y en reencauzar la situación. Porque, ahora mismo, la Casa Florio no tiene credibilidad. —El tono es sereno, las palabras son cuchilladas.

Ignazio se pone una mano en la boca para no imprecar, vibra, luego da un golpe en el escritorio.

Vincenzo se sobresalta, retrocede en la silla. Nunca ha visto a Ignazio tan furioso y desesperado.

—La Banca Commerciale ya tiene nuestro banco... las acciones, la clientela... ¡Y lo tiene desde hace seis años! ¡Como garantía por el dinero que pedí! ¿Y ahora quiere todo lo demás?

—Pero entonces le concedieron una línea de crédito de cinco millones...

—¿De cuánto? —La voz de Vincenzo y la de Marchesano se cruzan. El abogado se vuelve y mira al joven con lástima y rabia.

—Hace seis años, su hermano abrió un crédito con la Banca Commerciale y se ha seguido endeudando de año en año, garantizándolo con las acciones a crédito, empezando por las de la NGI. A usted, señor, se le ha mantenido al margen de todo esto durante demasiado tiempo. Conviene que ahora sepa que sobre su futuro se ciernen nubes de tempestad.

Vincenzo abre la boca para hablar, pero no lo consigue.

Comienza a comprender. Recuerda. El Aegusa, el yate en el que había pasado muchos veranos alegres, de pequeño. Vendido. Y el mismo destino habían tenido el Fieramosca, el Aretusa, el Valkyria. «Entonces, ¿también la venta de la Villa ai Colli...?».

—Siempre creí que les habías vendido a las monjas la Villa ai Colli porque Franca ya no quería volver al sitio donde murió Giovannuzza. Y resulta que...

Una arruga de dolor hunde la frente de Ignazio. Se encoge de hombros, como diciendo: «Sí, también esa, por el mismo motivo», luego estira la mano sobre la mesa, coge otra carpeta, se la tiende. La etiqueta dice: VENTA DE LOS TERRENOS DE LAS TERRE ROSSE. La propiedad de Giovanna d'Ondes, su dote.

Vincenzo menea la cabeza, sin poder dar crédito. Estira la mano para abrir la carpeta, luego la suelta, como si quemase.

—¿*Madre* qué dice?

—¿Sobre la situación en la que estamos? Poco. Es consciente de las dificultades, pero...

—¿Y Franca?

La mirada que le echa Ignazio es más elocuente que cualquier palabra.

—Primero han de decidir si rescatar las acciones de la SAVI dadas en garantía a la Commerciale, y por consiguiente salvar su participación en las actividades de la bodega de Marsala. Tienen cuentas privadas que deben saldarse cuanto antes.

—Pero todavía hay recursos... —murmura Vincenzo. Se levanta, agita las manos, luego señala los activos—. Están los inmuebles, las acciones... ciertamente, también las de la SAVI tienen un valor.

Ignazio resopla.

—Pero ¿no has oído que esas acciones se han entregado como garantía de las deudas? En fin, no podemos contar con ellas, porque nos resulta casi imposible rescatarlas. Algún crédito se puede recuperar, pero es muy poco. Lo sustancial de nuestras riquezas está en Favignana y en nuestras casas. —Ignazio abre los brazos, como para abrazar lo que lo rodea.

Durante un instante, Vincenzo piensa en el *villino* del parque de la Olivuzza y en los preparativos de la boda con su adorada Annina. Le ha prometido una boda fabulosa y ahora...

La voz de Marchesano interrumpe sus pensamientos. El hombre pone un índice en las hojas.

—Usted ya sabe qué hay que hacer. —Por primera vez levanta la voz—. Tiene que reducir los gastos. Comprendo que le resulte difícil hacerse a la idea, pero por algún sitio hay que empezar...

—¿Y por dónde? ¿Por el Teatro Massimo? ¿Por el Ospedale Civico? Pero ¿sabe usted en qué condiciones estaba el presupuesto? ¿Lo mal que estaban los pabellones? Yo intervine para sanear... ¿y ahora tendría que abandonarlo todo?

—Don Ignazio, dirige muchas iniciativas que no tienen beneficio. Tiene que frenar ciertas cosas.

Ignazio retrocede del escritorio, se mueve nervioso, va a la ventana. Está despeinado, tiene la corbata aflojada.

—Quitar los fondos a la beneficencia significaría proclamarle al mundo que ya no somos los Florio, que nuestro apellido, el apellido de mi padre y de mi abuelo, no tiene ya ningún valor. ¿Lo comprende, verdad?

El abogado no responde enseguida. Se lleva las manos a los labios, como si quisiese guardarse lo que piensa. Pero, al cabo, habla. E Ignazio y Vincenzo se acordarán siempre de esas palabras lapidarias, incluso ya viejos, incluso cuando ya no tengan una casa propia y se vean obligados a vivir como invitados de alguien.

—Usted ya no tiene un apellido del que se pueda valer, don Ignazio.

Vincenzo se desploma en la silla. Ignazio contempla la nada, luego cierra los ojos. Por primera vez, agradece que su padre esté muerto, porque no habría podido soportar semejante vergüenza. Y poco importa que él, probablemente, nunca se hubiera encontrado en esa situación.

—¿A esto hemos llegado? —murmura Ignazio.

Marchesano se endereza, coge el reloj de bolsillo, se toma su tiempo, porque mucho tendría que decir y las palabras le queman en la boca como tizones ardientes, y no, no quiere ser ofensivo. Por fin se decide.

—No nos queda más solución que la de apelar a altas, muy altas instancias.

—¿A la Banca d'Italia? ¿A su director, Bonaldo Stringher, ese especulador? —Ignazio sacude vigorosamente la cabeza—. ¡No! Nos pondría una cadena al cuello. Tiene demasiados aliados entre los empresarios. Es lo único que están esperando: echarme y repartirse la Casa Florio como *perros*.

—Podrían hacerlo, pero lo dudo. En este momento, el objetivo principal es proteger la economía de Palermo y de Sicilia; ir en esa dirección les conviene a todos. —El abogado se aclara la voz—. Tendremos que solicitar con urgencia una cita con Stringher, antes de la asamblea de socios. —Aspira con fuerza, luego prosigue, y lo hace mirándolo a los ojos—: Los negocios que ha emprendido han resultado desastrosos. Ha financiado empresas que han cerrado después de pocos años. Construyó un astillero que nunca entró en pleno funcionamiento y tuvo que venderlo. Ha pecado de soberbia e inexperiencia. Fue bien aconsejado por muchas personas, pero las apartó. Además, se creó muchos enemigos, empezando por Erasmo Piaggio, al que despidió de mala manera. Así que, sí, a esto hemos llegado, el apellido de los Florio ya vale lo que el papel donde figura. Su patrimonio está gravemente comprometido y no le queda sino un camino para salvar al menos la dignidad: encontrar la forma de salir con la cabeza alta.

Cuando Marchesano se marcha, Vincenzo se coge la cabeza entre las manos, clava los ojos en la alfombra persa sin verla. Ignazio camina por el despacho.

—Para. —Vincenzo tiene la voz ronca por la rabia—. Quédate quieto, maldita sea.

Ignazio se le acerca.

—¿Qué quieres? —le dice en tono belicoso—. ¿Es que no puedo ni caminar?

—Me desesperas, me desesperas —replica Vincenzo, y lo aparta. ¿Quiere discutir? Sí. Gritar, comprender, rebelarse, porque eso que acaba de descubrir no puede ser cierto. Es imposible, no se lo puede creer.

Ignazio lo agarra, lo zarandea.

—Tranquilízate.

—¿Por qué nunca me contaste nada?

—¿Y tú qué habrías comprendido? Solo piensas en coches, en *mujeres*... Además, ¿de qué hubiera servido que los dos nos angustiáramos?

Vincenzo se pone de pie.

—Porque seguramente tú eres un santo... ¿Cuánto has gastado en tus *mujeres*, eh? ¡Las joyas que les has regalado a todas, por no mentar las casas, como la de Lina Cavalieri! ¡Y ahora, con Vera, no haces más que ir y volver de Roma... seguro que por negocios!

—No te consiento que me juzgues. Soy yo quien paga tus entretenimientos, ¿no lo recuerdas? ¿Sabes cuánto cuesta la organización de la Targa?

Se enfrentan. Vincenzo lo empuja, mastica un insulto. Son casi de la misma estatura, se parecen mucho. Pero los quince años de diferencia que hay entre ellos se notan, hoy más que nunca.

—Tenías la obligación de decirme qué estaba pasando. Yo no sabía que estábamos tan... —Busca la palabra y no la encuentra.

—... ¿desesperados? —concluye Ignazio, con un resoplido—. Sí, maldición, así estamos. Y no descarto que tengamos que vender alguna propiedad para nivelar las deudas. —Traga saliva, consciente de que en realidad habría que hacer más, mucho más, para dar un respiro a la Casa Florio.

Vincenzo trata de calmarse, pero tiene miedo. Y no ese miedo emocionante que siente cuando corre en coche. No, este hiela la sangre y los pensamientos y borra el futuro. Mira alrededor, como si no reconociese el sitio donde se encuentra, como si los muebles y los objetos que desde siempre forman parte de su cotidianidad perteneciesen de repente a otro. Camina por el despacho y roza el panel de mármol que representa un episodio de la vida de san Juan Bautista. Es una obra del gran escultor del siglo xv Antonello Gagini, y Vincenzo recuerda que su padre lo compró cuando él era muy pequeño; le pareció inmenso y pesadísimo. Al lado hay un cuadro de la escuela de Rafael. Están, además, el escritorio, los sillones de cuero, la alfombra persa... Y, al otro lado de la puerta, en esa casa y en su vida, los floreros de cerámica, los cristales de Bohemia, las porcelanas alemanas, los zapatos ingleses, los trajes de alta sastrería... ¿Cómo puede imaginarse que nada de eso le seguirá perteneciendo? ¿Qué vida le espera?

—Lo siento —Oye le voz de Ignazio detrás de él, se vuelve.

—Saldremos con la cabeza alta, Ignazio, ya verás —dice y abraza a su hermano.

Pero Ignazio menea la cabeza, se aparta.

—Y tú... que ahora tienes que casarte... —dice, la voz quebrada.

Al recordar eso, la arruga de la frente de Vincenzo se relaja.

—Lo dejaremos todo para el próximo año. Annina es una chica inteligente. Comprenderá —lo tranquiliza.

—Piensa en lo que dirán de nosotros... ¡Empezando por Tina Whitaker, con su lengua viperina!

Vincenzo hace un gesto, como diciendo: «Y eso qué más da».

—Tratemos de encontrar una salida —replica. Una parte de él se empeña en pensar que tiene que haber una solución, la que sea, porque tiene que haber una manera de salir de eso. Con todo lo que ha hecho su familia por Palermo y por Sicilia. ¿Cómo se puede olvidar todo eso?

Ignazio asiente y suspira, abatido. Pero su mente huye, busca algo que lo consuele, y lo encuentra: Vera, su sonrisa apacible, su serenidad. Sin embargo, al lado de esa idea se forma otra: un pensamiento tan luminoso como cruel. Trata de espantarlo enseguida, pero no lo logra. Porque ha sido precisamente la ligereza que Vera le ha brindado lo que le ha permitido seguir teniendo confianza en el futuro. La que le ha brindado una esperanza.

Una esperanza que está dentro de Franca. Sí, su mujer está de nuevo embarazada. A los cinco años de la muerte de Giacobina, Franca espera un hijo, y solo Dios sabe lo mucho que él espera que sea niño.

Porque todo ser humano necesita creer que su mundo no acaba con él, que tiene algo que dar al futuro. E Ignazio se ha aferrado a ese futuro como un náufrago a un escollo.

—¿Vamos al Royal Cinématographe? ¡Oh, si supieses cuánto me emocioné anoche con *Francesca da Rimini*! ¡Y después lloré de risa con *La scimmia dentista*!

—Como tú quieras, querida —replica Franca. Se dirige al conductor—. A la via Candelai, esquina con la via Maqueda, por favor. —El Isotta Fraschini dobla suavemente, sorteando los agujeros del empedrado.

El nuevo embarazo, recién anunciado, ha llenado a Franca de una extraña incertidumbre. No es miedo por el niño ni tampoco consecuencia del constante mal humor de Ignazio, que, en cualquier caso, ahora está en Roma por negocios. «Y también por otra cosa», piensa. La imagen de Vera Arrivabene le asoma a la mente, pero la espanta enseguida. No, es una sensación mezcla de postración e impaciencia. Le gustaría irse, a lo mejor a París o a los Alpes, pero el médico se lo ha prohibido: entonces va de la Olivuzza a la Villa Igiea, se reúne ahí con sus amigas para jugar una partida de cartas, lee mucho —acaba de terminar una nueva tragedia de su adorado D'Annunzio, *La nave*, que, sin embargo, esta vez la ha aburrido un poco— y va a menudo al cinematógrafo, con Stefanina Pajno, cuya conversación siempre la entretiene, y Maruzza, que se queda deslumbrada viendo las «escenas reales», tal vez porque le recuerdan su juventud, cuando podía viajar con su padre y su hermano.

—Aunque el Regio Teatro Bellini es un cinematógrafo más bonito. Más elegante —dice precisamente ella con una insólita nota de alegría en la voz.

Stefanina extiende las manos.

—Pero al *pueblo* le da igual la elegancia. Se conforma con los *cuentos,* aunque sean de títeres. —Se ríe quedamente—. Te confesaré algo, Franca querida: de pequeña, presencié un espectáculo de títeres asomada a la ventana de mi habitación, con la niñera a mi lado, porque mis padres no querían que me mezclase con la multitud. Y, cuando el cuentacuentos empezó a narrar y a remedar voces, me emocioné: sentí miedo, me reí, lloré, pese a que la niñera me tapaba los oídos para que no oyera las blasfemias. ¡Pues bien, con el cinematógrafo siento la misma... liberación!

—Y, además, ofrece a todos la posibilidad de ver el mundo y de conocer historias que no recogen ni los libros... —añade Maruzza, entusiasta.

—Sí. —Stefanina se coloca bien el traje azul de tarde, se apoya contra el respaldo y mira por la ventanilla—. Todo está cambiando, se vuelve más rápido, incluso en una ciudad lenta como Palermo. ¡Y no hablo solo de las calles nuevas, que por fin están acabando con los callejones del puerto y sus chabolas, ni de los automóviles o de esos coches voladores que tanto le gustan a tu cuñado Vincenzo! Hablo de las mujeres: dentro de no mucho también nosotras, como las parisinas, ya no nos pondremos corsé y puede que en el Politeama organicemos reuniones como las de las sufragistas de Londres. Lo has leído, ¿no? ¡Eran quince mil, en el Albert Hall! Parece que, de repente, las mujeres tienen prisa por hacer cosas nuevas, por correr hacia el futuro. Sin embargo...

—¿Qué? —murmura Franca, volviéndose para mirarla.

—A veces creo que estos cambios son solamente superficiales. Y que, en realidad, las mujeres nos quedamos atrás, sujetas al pasado.

—La independencia siempre da un poco de miedo —comenta Maruzza—. Pero no se puede eludir el progreso.

—Pero tampoco se puede borrar de golpe el pasado. Y tampoco sería justo. Yo, por ejemplo, en el cinematógrafo, encuentro indecoroso sentarme al lado de mi lavandera o de un cochero de plaza. Me parece algo que va en contra... del orden social, eso es.

Maruzza eleva los ojos al cielo.

Franca escucha, pero permanece en silencio, luego se pasa una mano por el vientre. A lo mejor su inquietud procede también de ahí: ¿en qué mundo vivirá su niño? ¿Qué lugar ocupará en esta ciudad que vibra, que quiere avanzar hacia el futuro, pero mirando hacia el pasado?

La *boiserie* está encerada y tiene un olor delicado. A lo largo de las paredes, estanterías llenas de volúmenes forrados con piel se alternan con cuadros de tonos oscuros. El suelo de mármol resplandeciente brilla a la luz del sol. Es un sol chillón, anómalo para ser noviembre, incluso ahí, en Roma. Y parece casi guasón.

Giuseppe Marchesano e Ignazio Florio están sentados delante de un escritorio imponente. Todo, en esa habitación, parece tener el claro propósito de infundir temor; incluso la gran puerta de doble hoja revestida de tafilete rojo, que han cerrado al entrar.

Al otro lado del escritorio, Bonaldo Stringher, director general de la Banca d'Italia, hojea el legajo que Marchesano le ha presentado.

Ignazio jadea. Repara en las gotas de sudor que tiene en las sienes y se las seca con un gesto furtivo.

—Veo que se les han bajado los humos —dice Stringher. Su rostro parece tallado en mármol, tiene amplias entradas, ojos pequeños, penetrantes, y una expresión tan enérgica como indiferente.

Ignazio endereza la espalda.

—Todo el mundo tiene derecho a arrepentirse —replica con afectación.

Marchesano no contiene una mueca de irritación.

«Ignazio Florio es capaz de ser arrogante aunque esté al borde del abismo», piensa.

La mano de Stringher recorre el chaleco oscuro, se detiene en la cadena de oro del reloj. Lo mira, como si tuviese que calcular el tiempo que todavía tiene que conceder a los dos hombres.

—He tenido un intercambio de opiniones con nuestro presidente del Consejo de Ministros sobre su caso. El diputado Giolitti opina que la Casa Florio ha de ser protegida no tanto porque sea suya como para garantizar el trabajo y el orden público de Sicilia, que ya es bastante difícil de manejar.

Marchesano querría replicar, pero Stringher levanta una mano para pararlo. Mira alrededor, luego coge de un cenicero un puro apagado. Lo reenciende y, entretanto, fija la mirada en Ignazio.

—¿De manera que estaría usted dispuesto a confiar la gestión de su patrimonio a un administrador externo? ¿Y su hermano? ¿Qué opina él? Sigue siendo dueño de una tercera parte de sus bienes...

—Mi hermano confía plenamente en mí.

La mirada de Stringher es escéptica.

—Entonces, no habrá problemas para que él también estampe su firma en estos documentos.

—Ninguno —interviene Marchesano—. Los señores Florio se comprometen a confiar todas sus actividades a un administrador externo durante un periodo de diez años, obteniendo, a cambio, un cheque que garantice su tenor de vida.

Bonaldo Stringher enarca las cejas.

—¿Este cheque tendrá que mantener también a los parásitos de los que los señores Florio se rodean? Lo digo solo por saber de qué cifra estamos hablando.

—¿Parásitos? Buenos amigos a los que prestamos ayuda y sostén, más bien —Ignazio no puede contenerse—. Mi familia tiene una dignidad que mantener, señor Stringher. De acuerdo, hemos cometido... «he» cometido una serie de errores en la administración del patrimonio familiar. Lo admito. Pero mi apellido es importante, es apreciado. No le consentiré a nadie que me humille y...

Marchesano le pone una mano en el brazo, se lo aprieta. «Calle, por el amor de Dios», parece decirle su mirada.

—Como ya le he dicho al señor Florio, tendrá que hacer sacrificios, pero nada que no pueda afrontar. Él y su familia tendrán que ser más mesurados..., aunque, desde luego, tampoco deberán vivir como la gente corriente.

Stringher se apoya en el respaldo del sillón, los observa a los dos, girando el puro entre los dedos.

—Las acciones de la NGI que van a ceder a las compañías señaladas no bastan para cubrir sus deudas. Necesitan unos veintiún millones de liras.*

Ignazio se estremece. Esa suma lo deja sin respiración, le seca los pulmones.

—He conseguido que le concedan un aplazamiento del pago de las acciones de la SAVI que ha entregado como garantía, y que tendrá que volver a pagar en diciembre —prosigue Stringher, repasando con un dedo el informe—. Pero tiene otros plazos que cumplir.

—Pero los convenios...

—Yo no confiaría mucho en eso, señor Florio. El Lloyd Italiano ya se está moviendo en ese sentido. Más aún, empiece a pensar en tener que cederles una parte de la flota de los piróscafos de la NGI. Eso sí que podría aliviar su posición.

«De modo que tenía razón», piensa Ignazio, con los ojos clavados en la alfombra persa. «¡Maldito Piaggio! Parece que el objetivo de su vida es quitarnos a los Florio todo lo que hemos conseguido».

En cambio, lo que está pensando Stringher guarda relación con la conversación que ha mantenido con Giolitti. El Ministerio de Transportes está tratando de dirigir la renovación de los convenios

---

* Unos ochenta y seis millones de euros. *(N. de la A.)*

marítimos. Su naturaleza —según el jefe de gobierno— debe cambiar, ya que, por ahora, impide a otras empresas, ligures o toscanas, digamos, ofrecer sus servicios a precios más ventajosos. Para Giolitti, no se trata de que sean del norte o el sur: se trata de que el Estado no puede seguir manteniendo a empresas que, de hecho, dirigen un monopolio. Y Stringher sabe perfectamente que incluso ha habido ya una subasta para la renovación de los servicios de transporte, pese a que, por distintos motivos, ninguna empresa ha participado en ella. Stringher lo sabe y calla, porque él, a diferencia de Ignazio Florio, sabe cuál es el momento adecuado de hablar.

Stringher conoce su poder, comprende a quién debe lealtad.

Además, si bien es cierto que ayudar a la Casa Floro significa beneficiar la economía de toda una isla, no es menos cierto que el gobierno le ha manifestado con toda claridad sus intereses. Y ambas cosas no coinciden necesariamente.

Ignazio está paralizado. En ese silencio, el único que consigue hablar es Marchesano. Se levanta, mira a Stringher y murmura:

—Gracias, director. Le haremos saber nuestra decisión.

—¡Doña Franca, está aquí! La he buscado por todas partes, hasta que Nino me ha dicho que se encontraba usted en el jardín. ¡Con este frío!

Maruzza, normalmente tan tranquila, no oculta su inquietud. La tapa con su chal, le frota las manos. Desde que ha vuelto de Mesina, Franca no habla, duerme poco y mal, y casi no come. Ahora está ahí, inmóvil en el banco de piedra que hay delante de la pajarera, tapada solo con una chaqueta de lana sobre un traje de terciopelo gris oscuro.

—Entre en casa, se lo ruego. Le he pedido al *monsú* que prepare un té con «lemon tart», esa que tanto le gusta a usted. Pasemos; dentro de poco se pondrá a llover.

En respuesta, Franca levanta la cabeza y mira a Maruzza con una extraña sonrisa.

—Estaban ahí. Yo los he visto... —murmura—. Solo yo podía verlos, pero estaban ahí...

—Pero ¿quiénes, doña Franca? ¿Qué dice? —La voz de Maruzza se vuelve aguda, preñada de preocupación—. Venga, vamos a entrar en calor delante de la chimenea. Necesita descanso y calor. Don Nino ha encendido la grande, en el salón carmesí.

Pero Franca no se mueve. Vuelve a mirar hacia el frente, y los dedos aferran el chal oscuro que Maruzza le ha colocado encima. En sus ojos hay una imagen que no quiere borrar.

La playa de Mesina.

Al amanecer del 28 de diciembre de 1908, la tierra tembló entre Sicilia y Calabria. Había ocurrido en el pasado y volvería a ocurrir. Aquella había sido siempre zona de terremotos y remolinos, y los Florio lo sabían muy bien, aunque había pasado ya más de un siglo desde que los hermanos Paolo e Ignazio Florio se marcharon de Bagnara Calabra, precisamente después de un terremoto, para buscar fortuna en Palermo.

Pero ese no fue un simple terremoto. Fue la mano de Dios, que cayó del cielo sobre hombres y cosas para destruirlos. La tierra se abrió en dos, se rompió como una costra de pan. Y solo dejó migajas.

Reggio Calabria quedó devastada, muchos pueblos —también Bagnara— quedaron reducidos a un cúmulo de escombros, Mesina se convirtió en polvo y piedras en poco menos de dos minutos. Después el espíritu del terremoto se apoderó del mar, lo levantó, y unas olas enormes arrasaron con todo lo que quedaba de la ciudad y con cuanta gente había por las calles. Hubo incendios, fugas de gas y explosiones. Hasta que llegó la lluvia y convirtió el polvo en barro, un barro que no limpiaba sino que ensuciaba, cegaba a los damnificados que deambulaban, atontados, entre las ruinas. Los periódicos llenaron montones de páginas de pormenores, a cual más espantoso: los precipicios de los que sobresalían manos y piernas; los quejidos, primero fuertes, desgarrdores, luego cada vez más débiles; la gente que huía hacia los campos o que se quedaba inmóvil, paralizada, gritando sin pausa. Y contaron también de hombres que desenterraban frenéticamente entre ladrillos, vigas y muertos en busca de algo que robar: la eterna historia de los depredadores que hurgaban entre el dolor ajeno.

En los días que siguieron, los datos se fueron acumulando, la angustia y el abatimiento se sumaron a la necesidad y la urgencia de llevar ayuda, que podía llegar solo por mar, dado que los caminos estaban cortados por desprendimientos e inmensos abismos.

Lo dijo el rey en persona, que llegó a Mesina con la reina Elena el 30 de diciembre, a bordo del Vittorio Emanuele, en el telegrama que mandó a Giolitti: «Aquí hay tragedia, fuego y sangre. Mandad buques, buques, buques». Después llegó la noticia de que Nicoletta Tasca di Cutò, hermana de Giulia Trigona, se había quedado bajo los escombros con su marido, Francesco Cianciafara. Felizmente, su hijo Filippo, un muchacho de dieciséis años, se había salvado.

Así las cosas, Franca no se conformó con los periódicos y abrumó a Ignazio a preguntas. Quiso saber qué había hecho el crucero Piemonte de la Regia Marina, que se hallaba en el puerto de Mesina en el momento de la tragedia y que fue el primero en intervenir; qué ayudas habían llegado de los barcos mercantes ingleses, pero, sobre todo, qué estaba haciendo la NGI. Y él le explicó que estaban llevando comida y ayuda, que ya cuatro piróscafos de la Navigazione Generale Italiana estaban listos para recibir a las víctimas del terremoto, que estaban llegando de Génova el Lombardia y el Duca di Genova con provisiones, para un mes, para alrededor de dos mil personas, y que el Singapore y el Campania iban a atracar en Nápoles con casi tres mil damnificados a bordo.

Pero eso no le pareció suficiente.

Cuando Ignazio le anunció que se proponía ir a Mesina, Franca le dijo que quería acompañarlo. Ante la negativa de Ignazio, ella imploró y rogó. Giovanna y Maruzza le dijeron y repitieron que había demasiados peligros para una mujer embarazada, que había riesgo de epidemias e infecciones, que la necesitaban en Palermo en los comités de beneficencia para los evacuados, que no debía cansarse, que el susto podía perjudicar al niño... Todo inútil. La mañana de la partida, Franca se presentó en la puerta, con el abrigo de viaje y una maleta y, en un tono que no admitía réplica, dijo:

—Yo también debo estar ahí.

Subieron a bordo de un piróscafo y luego, tras un breve trasbordo en una lancha, llegaron a la playa de Mesina. Mientras Ignazio hacía desembarcar comida y medicamentos y participaba en los equipos de socorro, Franca iba por las carpas y los campamentos improvisados, dispuesta a ayudar en todo lo posible.

Entonces fue cuando los vio.

Un montón de niños. Embarrados y manchados de sangre pidiendo un trozo de pan o hurgando entre los cascotes, buscando señales de vida donde ya no había sino polvo y muerte; bebés inmóviles y grises a los que las madres se empeñaban en estrechar contra su pecho; niños desnudos que caminaban con dificultad y llamaban desesperadamente a las madres entre montones de escombros; niños que la miraban, vivos pero sin vida en los ojos.

El recuerdo de sus hijos la abrumó. En cada mirada vio la de Giovannuzza, en cada paso vacilante vio a Baby Boy, todos los bebés le parecieron Giacobina... Incluso siguió a una niña con un

495

camisón blanco y largos cabellos negros que se parecía a su hija mayor, la llamó por su nombre, pero la niña se volvió y buscó a su madre, una mujer que estaba sentada cerca con un niño dormido en sus rodillas.

Durante un instante, envidió a esa pobre infeliz que lo había perdido todo, pero que todavía tenía a sus hijos.

Y a partir de ese momento ya no pudo pensar en nada más.

—Solo yo podía verlos, pero estaban ahí... —repite, y estira la mano, como si pudiera rozar el rostro de Giovannuzza con una caricia y despeinar los rizos de Baby Boy.

Maruzza se le acerca, le rodea los hombros con un brazo, le apoya la cabeza en un hombro.

—Tiene que dejarlos marchar, doña Franca —le murmura—. Siguen siempre con usted, pero ya no están en esta tierra. Y, por doloroso que sea, tiene usted que ocuparse de quien todavía sigue aquí. Igiea y... esta criatura —concluye, poniéndole una mano en el abdomen.

Franca rompe a llorar. Llora por esos huérfanos a los que no pudo ayudar. Sí, acogieron unos cincuenta damnificados —sobre todo, niños— en su fábrica de cerámica, convertida en hospital; Giovanna y ella se ocuparon de tres de ellos personalmente, pero uno murió por sus heridas, a otro lo reclamó su abuelo, y el tercero se ha encariñado con la suegra y nunca la deja.

Pero ella no quiere a los hijos de otros, quiere a los suyos, los suyos.

Y, sin embargo, ya no los tiene. Para ella son sombras que se mueven por la Olivuzza, pequeños ángeles destinados a no crecer nunca. A veces oye sus pasitos por las escaleras; otras veces, en el duermevela, le parece sentir la caricia de una manita y el beso de dos pequeños labios. Entonces se despierta de golpe, con el corazón en un puño, y en la oscuridad busca una señal de su presencia, su olor, una risa... pero está sola.

Sin embargo, Maruzza tiene razón, como también la tuvo la mujer de aquel pescador, cinco años atrás, en Favignana, el día que ella quiso... Está Igiea y dentro de pocos meses llegará un niño. ¿Un varón? Eso espera, pero le cuesta creerlo. En su vida, la esperanza a menudo se ha convertido en veneno.

Franca se enjuga las lágrimas y luego, ayudada por Maruzza, se incorpora y mira la pajarera. En esa casa, en ese parque, hay demasiadas huellas del pasado, demasiados recuerdos.

—¿Volvemos a la Villa Igiea, Maruzza? —dice en un susurro.

—De acuerdo —responde Maruzza, rodeándole los hombros con un brazo—. Volvamos.

Es marzo de 1909, cuando, en el despacho de Bonaldo Stringher, se reúne un grupo de abogados y directores de banco para tratar de la situación de la Casa Florio.

Los dos hermanos no están. En su lugar, actúan Ottavio Ziino y Vittorio Rolandi Ricci, los abogados que, junto con Giuseppe Marchesano, representan los intereses de la casa comercial. Rolandi Ricci es quien asume la desagradable tarea de definir la situación: ya no queda más tiempo, dice. Sí, más que dinero, lo que falta es tiempo, ya que el riesgo es que ya no quede nada más que salvar. A sus presiones se suman las del prefecto De Seta, que le ha pedido al director de la Banca d'Italia una rápida solución del asunto.

En efecto, Palermo está de nuevo inquieta.

No solamente porque el 12 de marzo, en la plaza Marina, fue asesinado de cuatro tiros el teniente Giuseppe «Joe» Petrosino, llegado a Palermo de Nueva York para tirar de los hilos que relacionan la mafia siciliana con la «Mano Negra» americana. Ni tampoco porque la eterna espada de Damocles de la fallida renovación de los convenios —y de la consecuente desaparición del distrito marítimo de Palermo— pesa todavía sobre la ciudad y la conduce, el 21 de marzo, a una parálisis que afecta a todas las actividades —de las fábricas a las escuelas, de las tiendas a los tranvías—, y que milagrosamente no estalla en una revuelta.

Desde hace ya mucho tiempo se oyen muchos rumores y la gente quiere saber. Pasa por delante de la Olivuzza, pasea por los jardines de la Villa Igiea y alarga el cuello, mira, aguza el oído. Trata de detectar cualquier movimiento en las ventanas, observa los coches estacionados delante de la puerta o las calesas que todavía se usan para los paseos vespertinos, escucha la música que llega de los salones, se fija en los invitados a las charlas, a las fiestas, a las meriendas, y se pregunta si de verdad la crisis es tan grave como cuentan.

Insolente y ávida, Palermo espera enterarse de lo que pase, y espera con una sonrisa maligna, pues son muchos los que creen que al arrogante de Ignazio Florio por fin le toca rendir cuentas. Pero esa sonrisa oculta el miedo. Si los Florio se hunden, es difícil que la ciudad se mantenga a flote. Desde el trabajo hasta las obras de beneficencia, pasando por los teatros, demasiadas cosas corren peligro.

De Roma llegan noticias que hacen temblar a Ignazio. Después de entrevistarse con los abogados de la Casa Florio, Stringher le ha escrito contándole que Ziino, Rolandi Ricci y Marchesano —con la bendición de la Banca d'Italia— estaban tratando de crear un consorcio de bancos que asuma las deudas y administre la Casa. Stringher está enfadado, aunque sus palabras son cautas. Para él, Ignazio es un mendigo molesto, un inútil que lloriquea porque los bancos ya no le hacen caso.

Por otro lado, Ignazio ya no sabe a quién acudir. Una tarde de principios de mayo, va a la sede de la Banca Commerciale para hablar de un nuevo aplazamiento, pero ni siquiera consigue que el director lo reciba, pues, según le dice el secretario, «está muy ocupado». «En ese caso, no seré yo quien lo moleste», replica secamente, y se marcha, seguido de las miradas de los otros empleados.

Pero se sintió de lo más humillado.

Él, que se habría podido comprar toda la sucursal. Él, que habría podido ser el amo de sus vidas. Él, acompañado a la calle con desaire.

De vuelta en casa, su inquietud no encuentra desahogo. Querría hablar con alguien. No con un amigo, tampoco con Romualdo, que se avergüenza, sino con alguien que lo comprenda. ¿Su hermano? No, Vincenzo ha salido en coche con Annina y Maria Concetta. Han fijado la boda para verano y han decidido vivir entre el *villino* de la Olivuzza —que Vincenzo está reformando, para que Annina «tenga su espacio»— y la via Catania, una transversal de la elegante via Libertà, en un edificio de líneas modernas, en el centro de una de las zonas de mayor expansión de la ciudad. «¡Un edificio que todavía tienen que terminar de pagar, Dios santo!», piensa Ignazio, irritado.

Tampoco está Franca: se encuentra en la Villa Igiea, organizando una velada en la que se alternarán partidas de cartas y espectáculos musicales. Siempre le ha gustado jugar a las cartas, y además es buena jugadora, pero, en los últimos tiempos, parece pensar únicamente en jugar. Al principio, a Ignazio le complació que lo hiciera: al regreso de Mesina, en septiembre, Franca no quiso ver a nadie y pasó días enteros encerrada en su habitación, en la Olivuzza. Después, sin embargo, él se dio cuenta de que ese pasatiempo se estaba volviendo cada vez más oneroso y le pidió que limitara las apuestas. Pero ella parecía sorda a todo.

Lo cierto es que entre ellos las cosas han vuelto a empeorar. El embarazo de Franca, el que los había vuelto a acercar, el que les había devuelto algo de esperanza, termina el 20 de abril de 1909. Una niña.

La han llamado Giulia, como la querida hermana de Ignazio. Tiene pulmones fuertes y es robusta, esa recién nacida que ahora llena con su presencia las habitaciones de los niños que han estado vacías demasiado tiempo. En cuanto nació, Igiea —que ya tiene casi nueve años— se la quedó mirando largo rato y luego le preguntó a la niñera si ella también iba a morirse como los otros.

La mujer le sonrió, turbada, y, acariciándola, le aseguró que no, que ella iba a vivir. Franca, por suerte, no oyó nada. Pero Ignazio sí, y se le desgarró el corazón, porque esa simple pregunta reavivó el dolor que tenía en su corazón.

De sus cinco hijos, solo quedaban dos. Y, encima, mujeres.

Después del parto, Ignazio le regaló a Franca un brazalete de platino. No de zafiros, porque le había regalado zafiros después del nacimiento de Baby Boy. Importaba poco que ese gasto se sumara a las otras deudas. Le cogió las manos, se las besó. Ella lo miró largamente antes de hablar, recostada entre las almohadas, el rostro hinchado y cansado.

—Lo siento —dijo al fin. En voz baja, los ojos verdes inmensos y resignados.

«Lo siento porque no es varón. Porque soy demasiado mayor para darte otro hijo. Porque, a pesar de todo, te he amado y te he dado confianza a ti y a nuestro matrimonio. Pero ahora ya no hay nada, ni siquiera el fantasma de ese amor que nos ha unido. Porque sé que tienes a otra. Y no es una de tus conquistas pasajeras».

Todo eso pasó del alma de Franca a sus ojos, y la amargura que ella sentía se volcó en Ignazio, forzándolo a bajar la mirada y a asentir.

Porque así era y así es. Transmite su preocupación a Vera. Sí: ella comprende su frustración, y sabe permanecer a su lado y animarlo. Serenarlo, al menos un poco.

Se imagina a Vera yendo a su encuentro y abrazándolo sin decir nada. Lo ayuda a quitarse la chaqueta, lo hace sentarse en el sofá de la suite del hotel de Roma donde se ven y apoya la cabeza junto a la de él. No lo agobia, lo escucha. No lo juzga, lo acoge.

Porque, si era cierto que Franca había sido su primer, gran amor, era igualmente cierto que no había sido el único. «Porque el modo de amar cambia, porque cambian las personas y cambia el modo en que necesitan sentirse amadas», reflexiona. «Porque los cuentos acaban y, en su lugar, a menudo queda solo el deseo de un abrazo que consuele, que te quite el miedo del tiempo que pasa y que te haga creer que no estás solo».

Pero Vera se encuentra en Roma, lejos.

Ignazio da vueltas por la casa y, a su paso, los criados se apartan, bajan la mirada. Después pregunta dónde está su madre, y alguien le señala el salón verde. Giovanna se encuentra sentada en un sillón, con un bordado al lado, pero las manos, contraídas por la artrosis, las tiene abandonadas en el regazo. Está dormitando.

Se le acerca, le besa la frente y ella se despierta.

—*Oh, hijo mío... ¿Qué han dicho los del banco?*

Él vacila un momento, luego:

—Todo tranquilo, *madre. No se preocupe* —miente, con el corazón en un puño.

Ella sonríe y, con un suspiro, cierra de nuevo los ojos.

Ignazio se sienta a su lado, le coge una mano. ¿Qué podría contarle a esa pobre mujer, que ya ha tenido que renunciar a las tierras de su dote, a las Terre Rosse donde transcurrió su juventud?

Mira la foto de su padre en la mesilla que está junto al sillón. Por una vez, sin embargo, le asombra no ver en su mirada severa una acusación de ineptitud. Al revés, es como si su padre le estuviese diciendo: «Sé fuerte, ármate de valor, eso es lo que necesitas ahora».

«Aún queda esperanza», piensa Ignazio, mientras se dirige al despacho; y se lo repite cuando se asoma a la habitación de Igiea y la ve jugando, serena, mientras la nodriza mece a Giulia, que duerme profundamente.

Los Florio todavía tienen solidez, recursos y un nombre, «¡a despecho de lo que piensa Marchesano, caramba!». Las averiguaciones de los técnicos de la Banca d'Italia garantizan que hay dinero, que la familia sigue teniendo rentas activas y que las deudas personales —aquellas por las que tantas cejas se enarcan— no son la causa principal de sus problemas.

Entra en el despacho y cierra con un violento portazo.

—Yo no me rindo —dice en voz alta—. Todos veréis quién soy yo.

Está tan irritado con los hombres de la Banca d'Italia y de la Banca Commerciale, que no solo lo tratan como a un inútil sino que además intervienen en todo, registran e indagan sin pausa, que Ignazio no se da cuenta de que tiene un enemigo dentro. En efecto, Vittorio Rolandi Ricci, uno de sus abogados, le escribe a Stringher quejándose de que, pese a la dramática situación, en Palermo siguen cenando con champán, derrochando dinero en las mesas de juego y permitiéndose antojos caros.

Stringher pierde los estribos. Pero a su manera. Le escribe a Ignazio una carta tan dura como gélida. Acumula palabras de reproche, de indignación, de acusación, de condena, de desprecio, de desconfianza. Y, sobre todo, formula la amenaza explícita de abandonarlo a su destino.

La lectura de esa carta remueve algo en Ignazio. No es la primera vez que se siente humillado, no es la primera vez que se avergüenza, pero el tono formal y distante de Stringher le llega hondo, le da una lucidez dolorosamente nueva. «Tiene» que responder. Entonces se encierra con llave en su despacho y escribe. Prepara un borrador, elige bien las palabras porque no quiere que el director de la Banca d'Italia repare en lo humillado que se siente, pero tampoco puede arriesgarse a irritarlo más. Escribe, relee, corrige, medita. Declara que despedirá al personal que sobra, que reducirá los gastos de administración de la casa y que limitará al máximo lo demás. Trata también de justificarse, de explicar, pero luego se da cuenta de la inconsistencia de esas excusas y las tacha con una raya gruesa. Por último, los dientes clavados en el labio inferior, pasa a máquina la carta y quema el borrador.

«Más no puedo hacer», piensa, mientras sella el sobre y se abandona en el sillón, frotándose los ojos. Le encantaría tomar una copa de coñac, de su coñac...

En ese momento oye el motor del Isotta Fraschini y la despedida apenas murmurada del chófer.

Franca ha regresado a casa.

Ignazio saca el reloj del bolsillo. Esa carta le ha hecho perder la noción del tiempo.

Son las dos y media.

—A esta hora... —susurra. Y enseguida se pregunta—: «¿Cuánto se habrá dejado esta noche?».

Sale del despacho, cruza a grandes zancadas los salones y llega ante Franca en el instante en que ella está entrando en su habitación. Lleva en la mano un bolsito dorado con cierre de brillantes, una de las últimas compras que ha hecho en Cartier, y un fajo de pagarés.

Cuando ve eso, Ignazio se pone a temblar.

—¿Cuánto has perdido? —dice en voz baja.

Ella levanta la mano, mira las hojas como si no fuesen suyas.

—Ah... no sé. He firmado y ya está, les he dicho que pagaré mañana.

Agotado, Ignazio se lleva las manos a las sienes.

—¿A quién se lo has dicho? ¿Y cuánto tienes que pagar?

Franca entra en la habitación, sobresaltando a Carmela, que dormía en una silla. Se descalza, le tiende los pagarés a Ignazio, con un seco: «Toma», luego se acerca a la criada que, con los ojos bajos por la vergüenza, comienza a desabotonarle el traje de *faille* con *paillettes* negras y plateadas.

Ignazio repasa la cifra y empalidece.

Cuando llega al último botón, Carmela levanta el rostro y ve que Ignazio tiene una mano en la boca, como para no gritar. Franca advierte la incomodidad de la mujer.

—Puedes irte, querida. Ya recogerás mañana —le dice.

Carmela desaparece.

Franca, en enaguas, observa a Ignazio unos instantes, con las cejas enarcadas, luego se sienta en la cama.

—¿Te das cuenta de cuánto has gastado? —La voz de Ignazio es irreconocible. Áspera y a la vez angustiada—. ¿Comprendes que, mientras tú te divertías, yo estaba aquí, solo como un infeliz, escribiendo una carta en la que me justificaba con ese perro de Stringher? Me he humillado en nombre de esta familia, y tú...

Franca se quita las medias. Ha engordado un poco después del último embarazo y en su rostro empiezan a notarse las marcas de los disgustos, de los excesos, de las noches insomnes.

—Yo no tengo por qué saber a qué dedicas tu tiempo. Por otro lado, creo que Vera disfruta más de esas confidencias.

—¡Tú nunca has querido saber nada de mí ni de cómo me sentía! —grita él, y le arroja los pagarés—. ¿Me has preguntado alguna vez cómo estaba, cómo marchaban los negocios? ¿O cómo me encontré tras la muerte de nuestros hijos, qué significó para mí? Nunca he dejado que te faltara nada: trajes, joyas, viajes... ¡Y tú has sido una ingrata! Tú, tú, tú... Solamente estabas tú y tu dolor. ¿Has pensado alguna vez que yo tenía que ocuparme de todo, resolverlo todo, mientras tú estabas pendiente de que todo el mundo te compadeciera? Yo también he perdido tres hijos, ¿sabes? Ya no tengo heredero, alguien a quien dejarle la Casa Florio cuando... Me he quedado sin futuro, pero a ti, eso, nunca te ha importado. —Se le acerca, la mira directamente a los ojos—. Y ahora van a obligarme a estar tutelado, como si fuese un idiota, incapaz de administrar mi patrimonio. Sabías que las cosas iban mal, pero has seguido mirando hacia otro lado, haciendo tu vida, gastando sin criterio. Y humillándome, sí, porque estos pagarés no puedo pagarlos, ni podré mañana ni hasta Dios sabe cuándo. Pero a ti te da igual. Eres una egoísta. ¡Eres una maldita egoísta, que entró en esta casa solo gracias a su cara bonita!

Franca lo mira con indiferencia. Puede que haya bebido o que, sencillamente, esté cansada. No reacciona enseguida. Se levanta, se pone el camisón, la bata, luego vuelve a sentarse en la cama y acaricia la manta.

—¿Cómo puedes acusarme de ser egoísta, con lo que me has hecho pasar durante años? —replica por fin, en voz baja—. Dices que no he estado a tu lado en los negocios pero, si la Villa Igiea es famosa en toda Europa, es únicamente gracias a mí, a lo que he hecho y hago todos los días por los invitados. No, Ignazio... —Se inclina para recoger un pagaré, hace una bola con él—. Tú eres el que ha buscado satisfacer su placer siempre. El que ha gastado una fortuna en sus amantes, mucho más de lo que puedo haber gastado yo. Te has divertido sin pensar en mí, sin pensar en cómo me sentía. Y sabiendo que, al final de cada amorío, cuando llegaba el aburrimiento o el hastío, yo estaba ahí esperándote, sin hacer preguntas. Pero todo eso ya se acabó, mi querido Ignazio. Cada cual tiene su manera de huir del dolor, y ninguno puede reprocharle al otro que haya intentado sobrevivir, a pesar de todo. —Un velo de melancolía atenúa el rencor que ya no se molesta en ocultar—. ¿Sabes cuál es la verdad? Habría sido mil veces mejor que no nos hubiésemos casado.

Ignazio siente que la sangre le abandona la cara. Traga saliva. Se miran fijamente un largo instante.

Luego él sale de la habitación y, a oscuras, se encamina hacia su habitación.

—¡Ese Florio es un ingrato! ¿Ha leído usted la carta en la que le describo el encuentro que tuve con él hace pocos días? Dice que, con el acuerdo al que hemos llegado con los bancos, quedaría, de hecho, excluido de la administración de la Casa. Amenaza con retirarse de las negociaciones y con solicitar un pacto judicial en Palermo, para proponer a los acreedores el depósito de las sumas en el transcurso de siete años, por medio de un administrador nombrado formalmente por el tribunal, pero elegido por él. ¿Qué pretende hacer? ¿Quién se cree que es? —Vittorio Rolandi Ricci calla, suspira. Sabe que, con Bonaldo Stringher, no necesita cuidar los tonos. Se conocen desde hace años y, aunque dentro del absoluto respeto de las formas, han desarrollado una complicidad leal, intensa, parca en palabras pero rica en conocimientos compartidos de los mecanismos de la economía y el poder.

Stringher no replica enseguida. Se levanta del escritorio, va a la ventana y descorre las cortinas, dejando que entre la luz de un sol de bronce que parece reclamar su poder antes de que la oscuridad se apodere de la habitación. Está aún observando el tráfico del final de la tarde en la via Nazionale cuando dice:

—Sí, he leído su carta. Ha sido usted claro y honesto, lo que le agradezco. —«Justo al revés que Florio, con su carta llena de buenas intenciones, que, sin embargo, se han disuelto como nieve al sol en pocos días», piensa. «A ese hombre lo han arruinado los privilegios que ha tenido y que cree que todavía tiene». Por un momento, se pregunta si no tendría que enseñarle la carta a Rolandi Ricci. «No, sería inútil», decide por fin. «Hay armas que deben emplearse solo cuando hacen falta. Si hacen falta».

Los ojos claros de Rolandi Ricci están preñados de cólera.

—¡Ese hombre está ciego! ¡A pesar de los esfuerzos que hemos hecho y el borrador de acuerdo que le hemos propuesto, ahora se le ocurre hipotecar las Egades, su más importante fuente de ingresos! ¿Y qué le quedaría después?

Stringher vuelve al escritorio, se sienta, asiente.

—Sí, solo a un tonto, o a una persona mal aconsejada, podría ocurrírsele algo así. Lo cierto es que sospecho que Florio es una cosa y otra. Nosotros estamos haciendo todo lo posible, pero es imposible salvar a quien se resiste a ser salvado.

—El hecho es que no ha comprendido bien lo que va a ocurrir si rechaza nuestro acuerdo. No sabe que los pactos judiciales acaban convirtiéndose, precisamente, en lo que pretenden evitar...

—O sea, en una quiebra —remata Stringher, pasándose un dedo por los labios, a lo largo de la línea del bigote—. ¡Eso no tiene nada que ver con la honorabilidad y el respeto!

—De hecho, es como si estuviese abriéndoles la puerta a los especuladores —comenta Rolandi Ricci, cruzando las manos sobre el vientre redondo.

—O puede que ya la tengan abierta... —murmura Stringher.

Rolandi Ricci lo mira con gesto interrogante. Sabe bien que el director de la Banca d'Italia nunca hace afirmaciones temerarias.

—Creo que los Florio se están moviendo justo en este sentido. Habrá reparado en la ausencia de Marchesano en las últimas reuniones, ¿verdad? La actitud de Ignazio Florio, como usted la ha descrito, sus cambios de opinión, las soluciones que propone no hacen sino confirmar los... rumores que me han llegado. Está buscando alianzas en otro lugar. —Stringher se inclina hacia delante—. Nosotros estamos actuando con responsabilidad y el gobierno nos ha pedido que ayudemos a la Casa Florio sobre todo para salvaguardar el orden público en Sicilia. Ahora bien, si los Florio no entran en nuestro consorcio o les aconsejan mal, no tenemos motivo para impedir que los acreedores agredan su patrimonio. La Casa Florio se arruinará y otros empresarios ocuparán el vacío que dejen sus actividades. ¿Me comprende?

Una pausa. Un silencio largo, punteado por los ruidos de la calle y la respiración pesada de Rolandi Ricci que, al final, susurra:

—Sí. Lo entiendo perfectamente.

A finales de mayo de 1909, el abogado Ottavio Ziino, mirada mortecina y rostro de piedra, le comunica a un impasible Stringher que los Florio se retiran del consorcio.

—Han decidido otra cosa. No podían aceptar las condiciones propuestas —concluye, inexpresivo.

Bonaldo Stringher lo escucha y menea la cabeza. Luego observa a Ziino con clara indiferencia.

—Le ruego que informe a su cliente de que es una decisión insensata y que lamentará las consecuencias. Ha traicionado mi confianza y la de los acreedores, ha procedido de manera obtusa e hipócrita, y su comportamiento lo llevará a la ruina.

Ziino no consigue ocultar el temblor de las manos, pero no baja la mirada.

Stringher se levanta, se ajusta la corbata.

—A partir de este momento, ya no tengo nada que ver con Ignazio Florio. Los acreedores quedarán libres de repartirse el patrimonio de la Casa Florio en los modos y las formas que prefieran. Yo no levantaré un dedo.

En Palermo, la noticia es un vendaval. Pasa de las oficinas del Banco di Sicilia a las de la Banca d'Italia, y se tiñe de ansiedad. En los salones, la retirada del consorcio se mezcla con los chismes sobre Vera Arrivabene: ella —dicen los bien informados— es quien le aconsejó que hiciera eso. Ella, y no su mujer, porque Ignazio —dicen esos mismos— ha acostumbrado a doña Franca a no inmiscuirse nunca en los negocios. Otros afirman que han sabido por fuentes de lo más fiables, que ciertos consejeros de Ignazio ya han llegado a acuerdos con unos empresarios que... Y otros sentencian que la Casa Florio es un barco que se hunde. Y ya se sabe cómo acaban los pecios.

La noticia se difunde por las calles y las fábricas, y llega hasta el puerto. Enseguida se desencadenan rumores, se generan incertidumbres y confusiones. Los acuerdos comerciales y los traspasos de propiedad importan muy poco a los obreros y marineros que sobreviven de la beneficencia. Han intuido lo que les aguarda, y la amenaza es más concreta que nunca: si el dinero de los Florio está a punto de terminarse, su miseria está a punto de empezar.

Cuando Ignazio comunicó su decisión a la familia, Vincenzo se limitó a encogerse de hombros y a decir: «Encárgate tú», antes de salir corriendo a la casa de Annina para organizar la boda que se celebrará dentro de pocos meses. Giovanna, pálida, desencajada, se hizo la señal de la cruz, murmuró una oración, luego cogió de la mano a Igiea y se alejó.

Hundida en un sillón, con las manos en las rodillas, Franca lo escuchó sin pestañear.

—¿De verdad crees que conseguiremos salir de este berenjenal? —preguntó al fin, después de encenderse un cigarrillo.

Él se encogió de hombros y murmuró un «Eso espero», que Franca apenas oyó.

Pero después ella hizo un gesto que hacía tiempo había dejado de hacer: se le acercó y lo abrazó. Ese gesto de afecto era justo lo que Ignazio necesitaba en ese momento. Y algo en él se desmoronó, revelando la huella de un amor todavía vivo, a pesar de tantas discusiones y recriminaciones.

Se apartó de Franca, le cogió una mano.

—¿Por qué? —le preguntó, mirando fijamente sus ojos verdes.

—Porque sí —le replicó ella, sosteniendo su mirada. Y, después de mucho tiempo, mostró una leve ternura.

Son muchas las preguntas que Ignazio querría hacer. ¿De verdad ha sido solo culpa de él, de su infidelidad, o es que ella también se siente al menos un poco responsable del naufragio de ese matrimonio? ¿Realmente le ha sido siempre fiel o ha cedido al cortejo de alguno, como se comenta? ¿Por qué la muerte de sus hijos, en lugar de unirlos, los había ido separando cada vez más?

En cambio, permanece inmóvil, en silencio, mientras ella va a prepararse para una de sus veladas en la Villa Igiea. Otro motivo de amargura; en los últimos tiempos, a las salas de juego acude también gente poco respetable: estafadores y tahúres de profesión, usureros y prostitutas que se aprovechan sobre todo de los burguesitos ingenuos y aburridos. Y que, sin embargo, hacen que el dinero fluya, algo que los Florio necesitan desesperadamente.

Cuando oye que la puerta de casa se cierra detrás de Franca, Ignazio se tapa el rostro con las manos.

Otra ocasión de hablar, de explicarse, que se ha perdido.

El acuerdo que tendría que salvar a la Casa Florio se firma el 18 de junio de 1909. El padrino de la operación es un tal Vincenzo Puglisi, que pone en contacto a los Florio con los titulares de una empresa piamontesa, la Fratelli Pedemonte-Luigi Lavagetto e C., y con unos empresarios conserveros de Génova, los Parodi. Se les cede la producción de la almadraba de Favignana y Formica durante cinco años, y se constituye una gravosa hipoteca sobre todo el archipiélago de las Egades.

«Qué idiota», piensa Bonaldo Stringher en su despacho de Roma, mientras lee los informes reservados que le envían las oficinas regionales. «No acabará solamente mal. Acabará arruinado», añade, encendiéndose un puro.

Rolandi Ricci entra en el despacho justo en el momento en que Stringher está cerrando la carpeta. Se sienta sin esperar una invitación.

—De manera que la Banca Commerciale ha ganado.

Stringher permanece inmóvil un instante, luego se levanta, y guarda los papeles en un armario.

—Sí, Florio no se ha dado cuenta de que Lavagetto y Parodi han firmado la subrogación a favor de la Commerciale, de manera que, si un día se vieran en dificultades, cederían su crédito al banco y él estaría obligado a vérselas directamente con la Banca Commerciale.

—... que, por tanto, adquiriría la propiedad de las Egades sin pestañear, dejándolos en medio de la calle —concluye Rolandi Ricci.

La carjada de Stringher es desdeñosa.

—La Commerciale da el dinero a Lavagetto y Parodi, que lo

entrega a los Florio, quienes justo con ese dinero pagarán las deudas que han contraído con la Commerciale... Una clásica partida doble, en una palabra. Pero nosotros hemos ganado dos deudores infinitamente más fiables que Ignazio Florio. Si pienso en lo que ese hombre ha dilapidado... Me resulta difícil imaginar un ejemplo más palmario de estupidez aplicado a las finanzas. No ha rescatado las acciones de la SAVI, de manera que está fuera de la bodega. Está prácticamente fuera de la Navigazione Generale Italiana, ya no tiene el astillero ni el varadero... Será una catástrofe. Es solo cuestión de tiempo.

—¡Increíble! Somos realmente pocos...

—Pues sí, querida. Una recepción de bajo coste, a diferencia de lo que ocurría hace apenas unos años. ¿Recuerdas cuando, al final del baile, cada invitado recibía un dije de oro o de plata?

—Bueno, además he sabido que han tenido que despedir a varios criados y que Ignazio ha prescindido de su sastre inglés...

—Ella, por el contrario, no prescinde absolutamente de nada. ¿Ha visto qué traje?

—¿Francés o inglés? El traje, quiero decir... De todos modos, después del nacimiento de la última hija, ha engordado mucho.

—Desde luego, con ese *corsage* de platino y diamantes y con esas perlas al cuello puede ponerse cualquier cosa, sin embargo...

Franca hace caso omiso a esas maledicencias, que la persiguen como un enjambre de avispas. «Que digan lo que quieran, esos parásitos», piensa. Desde hace tiempo todo le da lo mismo. Con un traje de encaje y seda verde que recuerda el color de sus ojos, se mueve por las mesas, decoradas con jarrones de flores blancas y cintas de raso, comprueba si todo marcha bien y si todos los invitados están atendidos. Su sonrisa es su escudo.

La orquestina ataca un vals y Vincenzo y Annina bailan, por primera vez, como marido y mujer. Es el 10 de julio de 1909 y un poco de felicidad parece haber vuelto a la Olivuzza.

Annina está guapa, con ese traje que le marca la cintura y el velo sujeto a los lados de la cabeza con muguetes. También Vincenzo está guapo, pero, sobre todo, tiene la mirada de un hombre enamorado; estrecha a la novia, le hace dar giros muy rápidos y luego para, riendo. Se besan sin empacho, como si estuvieran solos en el mundo.

Franca sabe reconocer la auténtica felicidad. Aunque ya no esté en su vida, todavía siente el amor y reconoce su olor: un aroma intenso, dulce, parecido al de los muguetes que adornan el velo de Annina.

Ella siente nostalgia de la felicidad.

Los ve bailar y ruega que su sentimiento no se marchite como les ha pasado a ella y a Ignazio. Sobre todo ruega que Vincenzo no haga sufrir a Annina. En él vibra el espíritu de los Florio: es emprendedor, decidido, mira lejos; sin embargo, su hermano siempre lo ha protegido y le ha financiado todas sus empresas. Annina tiene solo veinticuatro años, es guapa, segura de sí misma. Pero ella también ha tenido una vida regalada. ¿Lograrán encontrar juntos la fuerza para afrontar las tempestades que, inevitablemente, han de llegar?

Franca suspira y busca a su marido con la mirada. Está en un rincón, con la frente arrugada, cerca del sillón donde está sentada Giovanna, al lado de Maruzza.

Como siempre, Ignazio no le ha contado nada de lo que está ocurriendo. Le pide con insistencia que no haga apuestas muy altas al bacará o la ruleta, que ahorre, que limite los gastos en ropa, aun a sabiendas de que ella, ante el mundo, no puede renunciar a renovar el ropero cada año ni a pasar largas estancias en la Costa Azul o en los Alpes austriacos. Pero Franca ya es también perfectamente consciente de la grave crisis por la que atraviesa la Casa Florio. De ello habló abiertamente solo hace unas semanas con Giulia Trigona, a quien reconoció que, en efecto, los rumores acerca de sus dificultades eran más que fundados.

Su amiga la abrazó, llorando, pero no se contuvo de revelarle que, en realidad, toda la ciudad lo sabía desde hacía tiempo. A principios de junio, su marido, Romualdo, se había convertido en alcalde de Palermo y ella lo escuchó describir en tonos angustiosos las huelgas de los portuarios y los empleados de la Navigazione Generale Italiana, pero también las de los de la fábrica de cerámicas, los enfrentamientos sangrientos entre obreros y carabineros, las tiendas en la via Maqueda que habían sido atacadas a pedradas, el café de la plaza Regalmici que estaba completamente destrozado, los transeúntes que habían sido maltratados, las barricadas que había delante de la iglesia dei Crociferi... Todo porque la gente no quería ni podía resignarse a que los convenios navales no se hubiesen renovado, pues ya estaban —eso parecía— en manos del Lloyd Italiano de Erasmo Piaggio, que no tenía ningún interés en incluir Palermo y a su gente.

A las palabras de Giulia se sumaron las acaloradas crónicas de *L'Ora*, que Maruzza le leía en voz alta, y que aumentaron la inquietud de Franca, horrorizada de que se hubiera desencadenado semejante infierno tan cerca de la Olivuzza y la Villa Igiea. Esos altercados fueron uno de los motivos por los que se aplazó algunos días la boda de Annina y Vincenzo y por los que en la recepción solo hubo unos íntimos. Una fiesta a lo grande podía exacerbar los ánimos de los obreros... por no mentar que habría afectado bastante a sus finanzas.

Maria Concetta, la hermana de Annina, se le acerca, la coge del brazo.

—Están muy guapos juntos, ¿verdad?

—Sí. Muy guapos y felices. Espero que les dure mucho tiempo.

Delante de ellas, pasa un hombre de cara triangular y bigote fino. Viste un traje cubierto de polvo y lleva sobre un hombro, con soltura, un trípode, en el que hay montada una caja grande de aspecto tan delicado como pesado. Le sonríe a Franca y baja la cabeza en señal de saludo.

Maria Concetta no puede contenerse y le lanza a su amiga una mirada interrogante.

—Es el señor Raffaello Lucarelli, un amigo de Vincenzo —explica Franca con una sonrisa—. Ha hecho... ¿cómo lo ha definido? Ah, sí, una maravillosa película en vivo, o sea, una grabación cinematográfica de la boda. Dice que quiere enseñarla en su teatro, el Edison.

—¿De modo que toda Palermo podrá asistir a la boda? *Mais c'est époustouflant!*

—Primero Palermo y después, probablemente, Italia entera... Verás, Vincenzo es así. No se resiste a las novedades y quiere demostrarle al mundo que siempre aventaja a los demás. A él le da igual el juicio ajeno.

Maria Concetta se acerca a Franca, le aprieta el brazo envuelto en un largo guante color hielo.

—Como Ignazio... —murmura.

Es una alusión discreta, hecha sin malicia. Franca asiente y trata de ocultar la amargura que le ha aflorado a los ojos al acordarse de Vera Arrivabene. Unos días antes había entrado en el despacho de Ignazio para hablar con él. No lo encontró, pero, a cambio, vio enseguida las cartas de ella. Estaban ahí, sobre el escritorio, en un portafolios de plata. Y una estaba en el vade, al lado de la respuesta de Ignazio, ya guardada en el sobre y lista para ser enviada. La leyó.

Eran palabras de una mujer enamorada que revelaban confianza, complicidad, alegría. Todo lo que ella e Ignazio habían perdido.

Se sintió ladrona: lo dejó todo como estaba y salió de la habitación de puntillas.

«¿Es concebible que Ignazio corresponda al amor de esta mujer?», se preguntó, cerrando la puerta.

—Él es así. Pero después vuelve a mi lado, siempre —replica ahora a Maria Concetta, esforzándose por sonreír.

¿Cuántas veces había dicho —y se había dicho— esa frase en dieciséis años de matrimonio? «Él tiene que volver siempre contigo», le dijo Giovanna, mucho tiempo atrás. «Si quieres conservarlo, tiene que saber que siempre lo perdonarás. Cierra los ojos y los oídos y, cuando regrese, quédate muda». Y ella se había comportado así. Había sufrido, esperado y perdonado en silencio. Y después había aprendido a no sufrir más, a vivir sin esperarlo, a perdonarlo sin esfuerzo. A aceptarlo a él y a aceptarse a sí misma.

Ahora, sin embargo, no puede dejar de preguntarse si con Vera es diferente. Y si, en el futuro, no habrá otra soledad. Una soledad en la que el hilo del dolor que los une a ella e Ignazio estará también roto. Una soledad en la que se sobrevive solo si se acepta vivir en compañía de fantasmas.

—¿Qué vais a hacer cuando los recién casados se marchen de viaje de novios? —pregunta Maria Concetta—. Maruzza me decía que os gustaría iros unos días.

Franca asiente, luego busca la boquilla en el bolso. Le pide con un gesto a la amiga que la acompañe al jardín.

—Sí. Ignazio quiere ir a la Costa Azul; necesita un poco de paz. —Enciende el cigarrillo—. Han sido días terribles para todos y me temo que habrá más así. Vendrán también Igiea y Giulia, además de mi suegra.

Maria Concetta se aparta el pelo de la frente, mira hacia atrás. Del bufet donde los invitados se han juntado, llegan risas y aplausos. Vincenzo debe de haber dicho algo gracioso.

—Mi madre está preocupada —dice—. Aparte de los disturbios en la ciudad... Bueno, ya conoces los rumores que circulan sobre la situación de la Casa Florio, y ella preferiría que Annina no se viese involucrada. Ha vivido en un entorno tranquilo, es una chica sensata y no quiere que tenga problemas.

—Tiene toda la razón —dice Franca, tajante—. Eso sí, basta que haya comentarios para que un momento complicado lo conviertan enseguida en una catástrofe.

Maria Concetta se pone delante de ella, la mira a los ojos. Son amigas desde hace años, pueden hablarse con sinceridad.

—¿Quieres saber lo que mi hermana dijo sobre esos rumores? —pregunta con dulzura.

—Dime.

—Dijo que, si era por ella, los Florio podían regresar a vivir a la via dei Materassai como pobres especieros, que eso le daba lo mismo, porque ama a Vincenzo y lo que quiere es estar a su lado.

Franca percibe una enorme ternura. Casi se había olvidado de que existían sentimientos tan fuertes, tan limpios. Y ese pensamiento se refleja en el gesto de Maria Concetta, que le agarra las manos y le habla con voz temblorosa.

—Cuídala, Franca, por favor. Es tan joven, está tan dispuesta a lanzarse de cabeza a la vida... No sabe, no puede saber lo difícil que es ser esposa y madre. Necesita una amiga que esté pendiente de ella y que la proteja.

Franca abraza a Maria Concreta, se siente francamente emocionada.

—Para mí eres como una hermana. Te prometo que la cuidaré. Ahora es una Florio. Y para nosotros los Florio no hay nada más importante que la familia.

—¿Don Ignazio, estos dónde los ponemos?

Ignazio se vuelve, mira a los porteadores que estan descargando las cajas y los muebles que estaban en la sede de la Navigazione Generale Italiana. El edificio de la plaza Marina ya no es suyo. Ya no va a ver a los paseantes por el Cassaro, ni la grisura de las *losas* de la plaza o los brillantes coches del tranvía. Y, quizá, ya no oirá crujidos ni verá grietas que se abren.

A Luigi Luzzatti —nuevo primer ministro, pero viejo zorro de la política y la economía— no le costó zanjar los cosas: en junio de 1910, confió a una empresa recién creada en Roma, la Società Nazionale dei Servizi Marittimi, la administración de los servicios pactados. Y esta empresa compró la mayoría de los buques de los Florio. Durante un tiempo, Ignazio seguirá siendo el vicepresidente del consejo de administración de la NGI y Vincenzo estará incluso presente en la fatal reunión de 25 de abril de 1911, en Roma, cuando la sede de la NGI se traslade definitivamente a Génova.

Pero la realidad no cambia: los Florio están fuera de la Navigazione Generale Italiana.

Ignazio ha abierto con Vincenzo una empresa de gestión de derechos marítimos. Una empresa pequeña, pero que para él supone seguir en ese círculo donde —puede reconocerlo abiertamente— ahora apenas tiene relevancia. Han alquilado un despacho en la via Roma. Luminoso y moderno, con una buena vista hacia los edificios que han arrasado una parte del centro histórico, debido a ese afán de renovación que parece atravesar aún la ciudad como una descarga eléctrica.

Con un gesto, Ignazio les dice a los obreros que lo sigan por las escaleras. Señala dos habitaciones amplias, una contigua a la otra.

—Aquí los muebles bajos, los cuadros y el escritorio de mi padre; en la otra habitación, las estanterías y los armarios.

—Al final lo has traído...

La voz de Vincenzo lo sobresalta. Con sombrero de paja y terno de lino, se le acerca y señala con la punta del bastón el pesado escritorio de caoba que los porteadores están colocando.

—No podía dejarlo ahí —murmura Ignazio.

—No les tengo mucho cariño a estas antiguallas ni a las tradiciones familiares, pero, en el fondo, así es mejor. —Mira a su hermano de soslayo—. No seas melancólico. Piensa que tendremos menos líos y podremos recuperarnos gracias al acuerdo sobre las almadrabas.

—Ojalá —replica Ignazio.

Vincenzo no comprendería, lo sabe. Mira siempre hacia delante, nunca se ha sentido unido al pasado. Puede que ni piense que dejar el escritorio de su padre y de su abuelo a cualquier desconocido habría sido un insulto al propio apellido Florio. Y, probablemente, apenas puede imaginarse las consecuencias del final de su vínculo con la Navigazione Generale Italiana. Solo es cuestión de tiempo: Ignazio tendrá que abandonar la Fonderia Oretea, que el abuelo Vincenzo quiso frente a la opinión de todos y de donde habían salido algunas de las más hermosas obras de hierro que decoraban Palermo. Y tendrá que vender el varadero: ciertos parlamentarios palermitanos ya se están movilizando para alcanzar un acuerdo con Attilio Odero, el dueño del astillero. Parece que el acuerdo prevé la reubicación de los obreros, con lo cual no habría muchos despidos, pero eso nadie se lo cree: Odero tiene otros intereses y la nueva compañía tiene sedes en Roma, Génova, Trieste. En todas partes, pero no en Palermo. Todo ha acabado en manos de gente del norte, sobre todo, ligures. Sí, Ignazio sabe cómo terminará todo, como también lo sabe la gente de Palermo, la que ahora lo mira mal y no se aparta para dejarlo pasar.

Ignazio se vuelve hacia su hermano. Están solos en la habitación repleta de cajas y muebles.

—Tú... tú también crees que la culpa de todo esto es mía —dice.

—Sí y no —responde Vincenzo. Sin ira, sin recriminación—. Tuviste demasiadas cosas en tu contra y no te diste cuenta. Trataste de mantenerlo todo en pie, pero no estuviste siempre... a la altura de las circunstancias.

Vincenzo no se atreve a añadir nada más. Por otro lado, ¿qué sentido tendría ya reprocharle a su hermano los gastos disparatados, los regalos principescos, los continuos viajes, las recepciones ostentosas? Y, de todos modos, él también ha tenido siempre cuanto ha querido, ya fuese un automóvil o una mujer. «A lo mejor con Annina cambia todo», se dice. «Aprenderé a valorar las cosas sencillas, sin pretensiones...». Sonríe ante la idea, pero luego ve que su hermano está colocando sobre el escritorio una fotografía de Baby Boy en un marco de plata. Y se emociona. «Siempre he creído que soy valiente porque no me da miedo correr en coche o volar en avión», piensa. «Pero la auténtica valentía consiste en vivir con un dolor imborrable y hacerlo todos los días, sin dejar de avanzar. Annina y yo te ayudaremos a soportar tu dolor, hermano mío. Porque ciertos vínculos son aún más fuertes que el de la sangre. No nos lo diremos nunca, porque somos hombres y hay cosas que los hombres no se dicen. Pero es así».

Se le acerca, le pone una mano en el hombro.

—Haremos lo que sea para sobrevivir —dice entonces—. Y lo haremos juntos.

Ignazio corre por los pasillos del Quirinale y casi no ve a los guardias que tratan de obligarlo a ir más despacio. Un funcionario en librea se coloca delante de ellos y con un gesto les pide que no intervengan, pues se trata de un asunto muy delicado.

Penoso, en realidad. Porque Romualdo Trigona, amigo de Ignazio de toda la vida, casi un hermano, ha sufrido una tragedia. Su esposa Giulia ha sido apuñalada mortalmente en el hotel Rebecchino, una pensión romana de tercera categoría, del barón palermitano Vincenzo Paternò del Cugno, teniente de caballería.

«¿Cómo ha podido ocurrir?», se pregunta Ignazio, aturdido, jadeante. «¿Cómo?».

No es capaz de encontrar una respuesta.

Pero él sabe perfectamente dónde empezó esa historia.

Casi dos años antes, en agosto de 1909, durante una fiesta en la Villa Igiea. Fue ahí donde Giulia y Vincenzo se conocieron. Una mujer insatisfecha y descuidada que se convierte en objeto de la atención del vástago de una familia noble y no especialmente rica. Una relación como muchas otras, que había que mantener oculta a los ojos del mundo, en secreto.

Pero se hizo de dominio público: Giulia incluso se marchó de casa y vendió algunas de sus propiedades para poder mantener a su amante. Y se iniciaron los trámites para la separación legal.

En el escándalo al que se vieron arrastrados los Tasca di Cutò y los Trigona, Franca trató de hacer entrar en razón a Giulia, recordándole que estaba condenando a sus hijas Clementina y Giovanna a una vida marcada por la vergüenza, a un estigma social imborrable. Pero Giulia no quiso atender a razones; aunque dejase a Vincenzo —dijo—, jamás volvería con Romualdo. Lo definió como mujeriego, derrochador y cobarde, incapaz de asumir ninguna responsabilidad.

Ignazio, en cambio, quiso verse con Vincenzo Paternò y, gracias a la red de parientes y conocidos de la alta sociedad palermitana, no le costó mucho encontrarlo ni hablar con él. Paternò del Cugnò resultó ser un joven carismático, pero altanero y arrogante, que hasta lo acusó de pretender conquistar a Giulia. No ocultó su interés por los bienes de su amante, dado que tenía importantes deudas de juego. Los ánimos se caldearon y saltaron palabras gruesas. Poco faltó para que llegaran a las manos.

Ignazio jadea, más por el dolor que le oprime el pecho que por el cansancio. Tendría que haber hecho más, se dice. Todos podrían haber hecho más, y, sin embargo, nadie intervino.

Y ahora Giulia está muerta.

Se detiene en la segunda planta, interroga al empleado con la mirada y el hombre le señala una puerta de doble hoja al fondo del pasillo, el último de los apartamentos reservados a las damas y a los hombres de corte.

Se acerca, llama.

Al otro lado, sollozos.

Ignazio entra.

Romualdo está abatido en un sillón. A su lado, su valet.

—*Me la ha matado*... Desgraciado, maldito, me la ha matado...

Ignazio arroja a un lado el sombrero y el gabán, se arrodilla a los pies de Romualdo, lo abraza y este se le aferra como un náufrago a un escollo. Está mal y no solo por lo que ha ocurrido. Desde hace unos días tiene fiebre y se ve que se acaba de levantar.

—¡*Voy a matar a ese maldito desgraciado! Pese a todo lo que pasó, yo...* —Un estallido de sollozos interrumpe ese flujo de palabras rabiosas—. Giulia... nunca habría deseado que acabase *así.* —Se agarra al cuello de la chaqueta de Ignazio—. *¿Y él? ¿Es verdad que se ha matado?*

Ignazio le agarra el cuello, lo zarandea.

—Se pegó un tiro en la sien, pero dicen que solo está herido. Parece que ella había aceptado verlo, para decirle que quería dejarlo, y que él... tenía el propósito de impedírselo. Tenía un arma y... —No consigue seguir. También tiene que esforzarse para contener las lágrimas.

Romualdo se retuerce, se pega un puñetazo en la frente.

—*Ni siquiera a los animales se les mata así...* —Se retuerce, agarra a Ignazio por los hombros—. ¡Tendría que haberme dado cuenta! Sabrás ya que solo hace unos días ese infame estuvo aquí, en nuestros apartamentos, muy nervioso... Me han contado que Giulia trató de tranquilizarlo, pero él se puso a gritar: «Cobarde, furcia, ¿en este momento me quieres abandonar? ¡Te voy a matar!». ¡Yo tendría que haberme dado cuenta!

—*Lo sé.* —Sí, le habían contado esa tremenda escena—. Ahora cálmate. —Ignazio levanta la cabeza, busca al valet con la mirada—. Dos coñacs —ordena. Coge la copa, le dice a su amigo que la apure de un trago.

Romualdo obedece y parece sobreponerse, aunque las manos le siguen temblando.

—*¿Tú... la has visto?*

—No. He venido enseguida aquí. Franca está... ahí, en el hotel, con Alessandro. Solo sé que el príncipe de Belmonte ha ido a dar la noticia al padre de Giulia, que estaba a punto de irse a Frascati. Ya perdió a una hija en el terremoto de Mesina, ese pobre hombre...

Pero Romualdo no lo escucha.

—Quiso salirse con la suya y yo no podía aguantar que *ella hiciese eso.* Tú sabes por lo que he pasado, sabes incluso que la reina nos pidió que tratásemos de reconciliarnos, pero ella nada, nada...

Ignazio asiente de nuevo. Había estado con Romualdo también dos días antes, en el difícil momento en que Giulia y él habían firmado la separación legal y sabía cuánto había sufrido. Lo obliga a beber otro coñac.

—Lo sé.

Romualdo se tapa el rostro.

—Asesinada como una *puta de fonda* —farfulla—. *¡Qué horror!*

Ignazio le aprieta los hombros.

—Piensa lo siguiente: ahora ya no tendrás de qué avergonzarte. Eres tan víctima como ella, e incluso más. Y tendrás que vigilar tu conducta. Tendrás que ir a ver al rey y la reina y hablar con ellos.

Son palabras duras, e Ignazio lo sabe. Pero él es el único que puede ser tan claro con Romualdo.

Es preciso que su amigo reaccione debidamente. Pertenece a una de las familias más importantes de la isla, es un político importante, ha sido alcalde de Palermo.

Romualdo lo mira. Está aturdido, pero ha comprendido el sentido de las palabras de Ignazio.

—Ir a ver al rey y la reina —repite mecánicamente—. Pero también tengo que hablar con mis cuñados.

Ignazio asiente con vigor.

—Claro, claro... Con Alessandro, sobre todo, que, ante todo, es tu cuñado, y luego un rival político, recuérdalo. —Hace una pausa, lo fuerza a mirarlo—. *Nos conocemos desde que íbamos con pantalones cortos, chato.* Así que escúchame: tienes que ser fuerte. Por mucho que pienses en su final, aunque te parezca la mayor vergüenza... tienes que enterrarla en vuestra capilla familiar... Haz todo lo posible para organizar tú el funeral. *Era tu esposa y la madre de tus hijos, no puedes olvidarte de eso.*

Romualdo se pasa la mano por el pelo, asiente. No, no se olvida de que Giulia era una Trigona. Prefiere, más bien, olvidarse de los escándalos que hicieron que su vida se pareciera más a una guerra que a un matrimonio, pues él también es responsable de ese fracaso. Del dolor emergen, asimismo, los recuerdos de sus continuas traiciones, sobre todo de la última, con una actriz de la compañía de Eduardo Scarpetta, que Giulia le había recriminado con rencor.

Sabe que Ignazio tiene razón: el asesinato de Giulia es una pedrada contra su credibilidad social y, por ende, contra su carrera política. De manera que tiene que recuperar la dignidad y demostrar que en su familia sigue habiendo valores y que él está ahí para defenderlos.

Entonces, con dificultad, Romualdo se levanta. Se tambalea, va a cambiarse de ropa. Da unos pasos y para, mira el vacío, solloza. Porque podemos odiarnos, herirnos, distanciarnos, pero la muerte es un sello que lo cristaliza todo, y deja a los vivos las obligaciones de la vida. La muerte es piadosa para con el que se va, pero una condena sin paliativos para el que se queda.

Y la muerte de Giulia, esa muerte, ha sellado para siempre su unión.

Ignazio, por su parte, sabe qué tiene que hacer. Le pedirá a Tullio Giordana, el director de *L'Ora*, dos sueltos: uno en defensa de la memoria de Giulia y otro en apoyo de Romualdo. Ella, buena y razonable, pero víctima de turbias pasiones. Él, honesto y noble, pero víctima de trágicas circunstancias. Solo quedará un culpable: Vincenzo Paternò del Cugno.

Así será. Así *tiene* que ser.

La vuelta a Palermo es rara, triste. Franca sigue organizando veladas en la Villa Igiea, pero también pasa mucho tiempo con su madre, que se ha quedado sola tras la muerte de su hijo Franz, con solo treinta años, hace unos meses. Ignazio se reparte entre Sicilia y Roma, oficialmente por negocios, en realidad, por estar cerca de Vera, que ya se ha convertido en el centro de sus pensamientos. Y, de hecho, cuando regresa a casa está huraño y muchas veces de mal humor, también porque los acreedores no lo dejan en paz.

Sobre todas las cosas flota una especie de melancolía. La desaparición de Giulia les ha revelado a ambos qué final trágico puede tener un matrimonio infeliz. Por suerte, las niñas, Vincenzo y Annina hacen los días más leves.

En una luminosa mañana de mayo, Franca se acerca a su cuñada en las cuadras, ahora convertidas en garajes. Annina ha esperado a que Igiea termine su clase de música y luego la ha llevado ahí para enseñarle los coches. Le está mostrando cómo funciona la dirección.

—¿Lo ves? Está conectada con las ruedas y las hace girar. La próxima vez que vengan los amigos mecánicos del tío, les pediré que te lo enseñen todo bien.

Igiea asiente, pero sin demasiado interés; ha pasado el tiempo en que quería ser «pilota». Ahora prefiere dibujar, mirar fotos o ir al cinematógrafo con su madre o con su tío y Annina, pero le gusta, sobre todo, el mar. En una mesilla de la Olivuzza hay una foto de ella con su madre, en la escalerilla de una de las grandes cabinas móviles que usan para cambiarse: Igiea aparece de pie mirando al objetivo, seria, y Franca está detrás de ella. Giulia —a la que todos llaman Giugiù—, no figura porque era demasiado pequeña para bañarse en el mar. Las dos guardan un grato recuerdo de esa foto: vivían un momento de rara serenidad y, por lo mismo, maravilloso.

Annina se restriega las manos, se acerca a Franca y, juntas, van hacia la casa, precedidas a paso rápido por Igiea, a la que sigue uno de sus queridos gatos persas.

—A Vincenzo le gustaría pasar unas semanas en Suiza. A lo mejor nos vamos en julio, porque antes tiene que resolver los últimos asuntos relacionados con la Targa. —Los asuntos, lo saben bien ambas, tienen que ver con el dinero que todavía se adeuda a organizadores y transportistas—. La idea de Vincenzo de pasar las tribunas de Buonfornello a Cerda fue muy inteligente. ¿Viste cuánta gente vino? ¿Y qué panorama?

Franca asiente.

—Sí, te confieso que, después de las dos últimas ediciones, estaba un poco preocupada. ¿Recuerdas que hace dos años había tan pocos corredores que Vincenzo decidió que tenía que participar? Bueno, al menos esa fue su excusa...

Annina se ríe, eleva el rostro hacia el sol. Ella no teme que el cutis se le ponga rojo.

—Vincenzo ha nacido para organizar eventos y proyectar novedades. Sabe implicar a todo el mundo, y anima a todo el mundo a dar lo mejor de sí. —Se pone seria—. Y no pienso quitarle ojo ni un instante. No me gustó cómo lo miraban ciertas invitadas.

Franca aparta la mirada. Nunca dirá lo que piensa: teme que su cuñado tenga ahora no solo el atractivo de los hombres Florio, sino también las pésimas costumbres del hermano. Pero quiere mucho a Annina.

—*Estate siempre atenta* —le murmura entonces—. *Vigílalo muy bien.*

Annina sonríe.

—*Los hombres son como se les enseña a ser.* Y me estoy encargando de amaestrarlo bien.

En el ambiente, el aroma de las rosas del jardín es tan intenso que resulta embriagador. Igiea corre hacia la niñera, que está sentada en un banco: Giugiù está dando sus primeros pasos y la hermana mayor la anima, aplaudiendo.

Annina deshoja los pétalos de una rosa *noisette*, aspira su aroma especiado.

—De vez en cuando me acuerdo de Giulia Trigona, *pobre*. Nunca me he atrevido a preguntártelo, pero... ¿Es verdad que la viste?

Franca se estremece.

—No. Fui primero al hotel y después con Ignazio y Alessandro al cementerio del Verano para la autopsia, pero no me dejaron entrar.

—¿Y sabes algo de ese hombre?

Franca suspira.

—Ignazio ni lo menciona. De hacer caso a los periódicos, está en la cárcel de Regina Coeli y apenas puede hablar porque el disparo le arrancó media cara. De todos modos, será juzgado por homicidio premeditado ante un tribunal penal. Me parece probable que llamen a testificar a Ignazio. —Baja la cabeza, traga unas lágrimas—. Tengo el gran remordimiento de no haber porfiado más. Tendría que haber estado más cerca de ella. Sabía que le pedía continuamente dinero, que había llegado a amenazarla. Y Giulia realmente quería dejarlo, porque se había vuelto violento. Si yo hubiese estado más presente, a lo mejor...

—A lo mejor habría ocurrido después, pero de todas formas habría ocurrido. Fue ella quien decidió citarse con él esa última vez y ese fue su mayor error.

Pero Franca no se resigna. Hablar de un destino tan atroz en medio de ese jardín florido le parece estridente, cruel.

—La quería más que a una hermana. Ya no soporto vivir rodeada de tantas muertes —dice en voz baja—. He perdido a demasiados seres queridos.

Annina le aprieta el brazo.

—Entonces Vincenzo y yo devolveremos la vida a esta casa. ¡A lo mejor con un niño, con una enorme sonrisa como la de su papá! —Se ríe—. ¡Sí, un nuevo, pequeño Florio! Y un poco de alegría, que falta hace, a esta familia.

El cólera es una plaga antigua que la ciudad conoce bien y contra la cual Vincenzo Florio, el abuelo de Ignazio, ya tuvo que luchar.

Las víctimas designadas son siempre las mismas, desde hace siglos: gente que vive en la miseria, que no puede lavarse adecuadamente, que vive en condiciones de promiscuidad. Primero una, luego diez, después veinte. El Ayuntamiento de Palermo envía funcionarios de casa en casa, pero mucha gente no abre porque tiene miedo: ya se sabe, si te encuentran enfermo, te llevan al hospital y ahí te dejan morir solo como a un perro...

Todo pasa muy, muy deprisa.

De los pisos bajos, el cólera sube a los pisos altos, se extiende del centro de la ciudad al extrarradio, llega a las villas, se agarra a la piel de la gente.

Nada ni nadie puede frenarlo.

La mañana del 17 de junio de 1911, Annina se despierta embotada, con fuertes dolores de vientre. A su lado, Vincenzo la besa, le toca la frente. Está caliente.

—Tienes un poco de fiebre —le dice, atento—. Voy a llamar al médico —le susurra, después de besarla de nuevo.

Cuando el médico de la Casa Florio llega, la fiebre le ha subido mucho. Annina respira mal. El médico la toca, se aparta.

Cólera.

¿Cómo se explica que el cólera haya llegado a la Olivuzza? Ahí todo está limpio, hay agua corriente y baños y...

Sin embargo.

Ante la noticia, Franca es presa del pánico. Ya ha perdido una hija por una enfermedad infecciosa y no quiere ni imaginarse que Igiea y Giulia puedan enfermar. Ordena que las niñas, con Maruzza y la gobernanta, se marchen de Palermo. El médico le impone el aislamiento a Annina; Ignazio le suplica a Vincenzo que obedezca, que se mantenga lejos de ella, pero él sacude la cabeza.

—Es mi mujer. He de estar con ella —murmura, y la voz, normalmente chillona, se vuelve arroyuelo—. No voy a dejarla sola. Se tiene que curar.

Es él quien la coge en brazos y la lleva a una habitación de la tercera planta de la Olivuzza, lejos de todos. La estrecha contra su pecho, pero Annina, con fiebre, casi ni lo reconoce. En su rostro hay manchas rojas, los cabellos sudados están pegados al cráneo, se encuentra muy débil. Él la peina, le moja la frente con trapos húmedos. Se sienta al lado de la cama, le sujeta la mano, se la besa, echa a las criadas asustadas y él mismo le cambia las sábanas y la ropa.

—No te mueras —le dice, tendiéndole la mano—. No te vayas —le suplica.

Por primera vez en su vida, se ha sentido amado y acogido, ha experimentado la dicha de compartir pasiones comunes, de reír y de emocionarse por las mismas cosas. No puede acabarse todo así. No «debe» acabarse todo así.

—Es demasiado pronto —le dice en voz baja, la boca contra el dorso de su mano—. No puedes dejarme. Queremos un hijo, ¿te acuerdas de cuánto hemos hablado de eso? Me has prometido un niño.

»Despiértate —implora para sí, mirando el rostro inmóvil y céreo—. Despiértate —le dice, e intenta hacerla beber. Por la noche, Annina pierde la conciencia. En la planta baja, su hermana Maria Concetta llora y se desespera, y también su madre, pero el médico les impide subir.

—Ya es mucho que esté ahí don Vincenzo. Confiemos en que no enferme él también —comenta, lúgubre, y mira a Ignazio, que está pálido.

Las dos mujeres deciden pasar ahí la noche, para estar cerca de Annina.

A la mañana siguiente, los espejos dorados de los salones de la Olivuzza y los cristales de las ventanas reflejan rostros pálidos y marcados. Los criados buscan jabón y vinagre para desinfectarse.

Giovanna está en su cuarto llorando y arrodillada rezando delante del crucifijo. Franca, aterrorizada, dentro de su habitación, esperando que sus niñas no se hayan contagiado. Ignazio, atónito, llamando por teléfono a Vera porque quiere contarle lo que está pasando y escuchar su voz.

Y Vincenzo siente que el alma se le está rompiendo.

Y Annina está en una cama, empapada de sudor, ya no se despierta, ya no puede beber ni hablar, le cuesta cada vez más respirar y el cuerpo parece a punto de descomponerse.

En la tarde del 19 de junio, tiene convulsiones.

Vincenzo grita, pide ayuda. Es fiebre, demasiada fiebre. Por las escaleras, suben las voces de Maria Concetta y de la madre, los gritos de Ignazio y el médico.

Annina se retuerce, lucha, jadea.

Él trata de sujetarla, pero no lo consigue y ella se mueve todavía más.

Entonces para, los ojos en blanco, la espalda enarcada. Se desploma en los brazos de Vincenzo, sin respiración, sin latidos.

Y, de golpe, todo ha terminado.

Plomo

octubre de 1912 – primavera de 1935

> *Cu avi dinari campa felici e cu unn'avi*
> *perdi l'amici.*
>
> Quien tiene dinero vive feliz y el que no
> lo tiene pierde a los amigos.
>
> Proverbio siciliano

El 30 de junio de 1912 se aprueba la nueva ley electoral: tienen derecho a voto los hombres mayores de veintiún años capaces de leer y escribir; también los analfabetos pueden votar, pero tienen que tener más de treinta años y haber hecho el servicio militar. Así, se pasa de poco más de tres millones de electores a más de ocho millones y medio. Los socialistas proponen extender el voto a las mujeres, pero la Cámara rechaza la enmienda.

Antonio Salandra toma el relevo del gobierno de Giolitti en marzo de 1914.

El 28 de julio de 1914, Austria-Hungría declara la guerra al Reino de Serbia como consecuencia del atentado que, un mes antes, costó la vida al archiduque Francisco Fernando y a su esposa Sofía, obra de un nacionalista serbio de solo veinte años, Gavrilo Princip. El 1 de agosto, Alemania declara la guerra a Rusia y, dos días después, a Francia. El 4 de agosto, el Reino Unido declara la guerra a Alemania. Italia, en cambio, tarda casi un año en decidir si entra en guerra: un año de violentos enfrentamientos entre el frente neutralista —los socialistas, los giolittianos y, sobre todo, los católicos, dado que el nuevo papa, Benedicto XV, se manifiesta enseguida contrario a la guerra— y el grupo más reducido, también en el Parlamento, de los intervencionistas. Obligado por el Pacto de Londres, un acuerdo secreto que firma el gobierno italiano con la llamada Triple Entente (Gran Bretaña, Francia y Rusia) y que se oculta al Parlamento, Salandra obtiene del rey plenos poderes, y el 23 de mayo de 1915 Italia declara la guerra a Austria, pisoteando, así también, el último vestigio de la Triple Alianza. Y se prepara para luchar en el Tirol del Sur y a lo largo *del Isonzo, esto es, en los territorios que pretende arrebatar al Imperio austrohúngaro porque los considera suyos.*

Muy pronto el conflicto se convierte en una exasperante guerra de trincheras. Tras la derrota de Caporetto (24 de octubre – 19 de noviembre de 1917), donde las tropas italianas quedan diezmadas por la artillería austroalemana (al menos diez mil muertos y doscientos sesenta y cinco mil prisioneros), Italia destituye al general Luigi Cadorna y confía al general Armando Diaz la tarea de reorganizar el ejército. La batalla de Vittorio Venero será decisiva: los italianos vencen a los austriacos y, el 3 de noviembre de 1918 entran en Trento y Trieste. Ese mismo día, en Villa Giusti, en Padua, se firma el armisticio. El 11 de noviembre se rinde también Alemania. A costa de millones de muertos (las cifras oscilan entre quince y diecisiete, más de un millón solo entre los italianos), la geografía política de Europa cambia de manera irreversible. Y a esas cifras hay que añadir los muertos por la destructora epidemia de gripe española (1918-1920) que, según las últimas estimaciones, rondaría los cincuenta millones en el mundo (seiscientos mil en Italia).

Quien aprovecha la difícil situación social y económica de la posguerra es Benito Mussolini, al que expulsan del Partito Socialista debido a su posición intervencionista. Valiéndose del extendido descontento de los excombatientes, funda los Fasci di Combattimento, caracterizados por un marcado rencor antisocialista: una actitud que poco después contagiará también a la burguesía, asustada por las huelgas y la ocupación de las fábricas que, en el llamado «bienio rojo» (1919-1920), habrá en toda Italia. Los Fasci son cada vez más violentos y llevan a cabo auténticas acciones «escuadristas» contra los trabajadores y sus organizaciones. Tras la dimisión del jefe del ejecutivo, Luigi Facta, el rey Víctor Manuel III nombra a Mussolini jefe de gobierno. El 16 de noviembre, la Cámara concede a Mussolini plenos poderes durante un año «para el reordenamiento del sistema tributario y la administración pública». El Partido Fascista (dentro de la llamada Lista Nazionale) obtiene el sesenta y cinco por ciento de los votos en las elecciones del 6 de abril de 1924, pero el diputado socialista Giacomo Matteotti, en un vehemente discurso en la Cámara, pide que sean anuladas porque se han celebrado en un clima de violencia y arbitrariedades. El 10 de junio, Matteotti es secuestrado: su cadáver aparece el 16 de agosto en un bosque de Riano (Roma). En enero de 1925, Mussolini asume la responsabilidad «política, moral, histórica» del homicidio y establece, en la práctica, el principio de la dictadura fascista, como demuestran las «leyes excepcionales del fascismo», promulgadas entre 1925 y 1926, que, entre otras cosas, determinan «la disolución de todos los partidos, asociaciones y organizaciones que realicen actos contrarios al régimen», señalan que el jefe de gobierno es el único depositario del poder ejecutivo, prevén el despido de los empleados públicos «incompatibles» con las directrices del partido, prohíben las huelgas y eliminan la libertad de prensa. En las elecciones del 14 de marzo de 1929, el «sí» obtiene ocho millones y medio de votos, que equivalen a más del noventa y ocho por ciento de los votantes: un resultado en el que también influye la enorme repercusión que tiene la firma de los Pactos de Letrán (11 de febrero de 1929), un acuerdo entre el Estado y la Iglesia que por fin resuelve la ruptura de 1871.

«Nosotros somos los únicos jueces de nuestros intereses y los únicos garantes de nuestro futuro, nosotros, única y exclusivamente nosotros y nadie más», dice Mussolini en Cagliari, el 8 de junio de 1935. La historia no le dará la razón: en 1940, Italia entra en la Segunda Guerra Mundial, un conflicto que modifica los equilibrios políticos, sociales y económicos del mundo entero. Y solo es el principio. Como escribe Winston Churchill en 1948: «El escenario de ruinas materiales y de trastornos morales del que hemos salido es de tal tristeza que, en los siglos pasados, nunca se podría haber imaginado. Después de todo lo que hemos sufrido y obtenido, los problemas que hemos de afrontar no son más pequeños, sino mucho más grandes que aquellos que, con dificultad, hemos resuelto».

«El plomo es cuerpo metálico, morado, terrestre, grave, sin sonido, de poca blancura y mucha lividez», escribe Ferrante Imperato en su *Dell'Historia Naturale* (1599). Abundante en la naturaleza, fácil de fundir y de trabajar, fue usado ya por los egipcios; los fenicios, los griegos y los romanos lo emplearon para hacer armas, como puntas de flecha o las llamadas «bolas de honda», para lanzar con las catapultas, dado que las balas de plomo no llegarán hasta la Edad Media. Pero fabrican también instrumentos de pesca (lastres, escandallos, anclas), soldaduras de distinto tipo, conductores (gracias a su resistencia a la oxidación) y ollas donde cocer y concentrar el mosto para obtener «el azúcar de Saturno» (acetato de plomo), que sirve para volver dulce el vino, y que se denomina así porque Saturno era el dios vinculado al plomo.

Gracias a Teofrasto de Ereso (siglo III a. C.) se conoce el origen de otro uso fundamental del plomo: el albayalde, una suerte de moho que se produce corroyendo el plomo con vapores de vinagre. Hasta el siglo XIX, el albayalde, o blanco de plomo, iluminó la historia del arte: de Leonardo a Tiziano, de Van Dyck a Velázquez, todos lo utilizaron, dado que el único otro pigmento blanco —el blanco de cal— es inadecuado para la pintura al óleo. E iluminó también los rostros de las mujeres: ya en el siglo XI, Trótula de Ruggiero, de la escuela médica de Salerno, explica en su *De Ornatu Mulierum* cómo hacer una pomada con la que «el rostro puede untarse a diario para aclararlo»: grasa de gallina, aceite de violetas o rosas, cera, clara de huevo y polvo de blanco de plomo. Y el rostro térreo de Isabel I se debe al hecho de que la reina, para tapar las cicatrices de la viruela, se aplica en el rostro una densa mezcla de albayalde y vinagre.

Se tarda mucho tiempo en descubrir lo peligrosa que es esa luz. A mediados del siglo XVII, el médico alemán Samuel Stockhausen identifica en el litargirio (óxido de plomo) la causa del asma que afecta a los mineros de la ciudad de Goslar, en Baja Sajonia. Y, unos años después, Bernardino Ramazzini, en el *De Morbis Artificum Diatriba*, se fija en la actividad de los alfareros y dice: «[...] todo lo que el plomo contiene en sí mismo de venenoso disuelto y licuefacto con agua lo reciben ellos en la boca, la nariz y en todo el cuerpo, y, en consecuencia, poco después sufren daños gravísimos [...] primero les tiemblan las manos, luego se quedan paralíticos, enferman del bazo, se quedan tontos, caquécticos, sin dientes, tanto que pocas veces se ve a un alfarero que no tenga el rostro pálido o con el color de plomo». Se llamará «saturnismo» a esta condición, y se plantearán hipótesis sobre sus víctimas ilustres: numerosos emperadores romanos (entre ellos, Calígula, Nerón, Domiciano, Trajano), fuertes bevedores de vino y por tanto, de «azúcar de Saturno»; pintores como Piero della Francesca, Caravaggio, Rembrandt y Goya, debido al intenso uso del albayalde. Y parece que Beethoven pagó con la sordera su pasión por los vinos del Rin bebidos en copas de cristal con plomo y dulcificados con el vinagre de plomo. Hay incluso quien sostiene que Lenin murió por envenenamiento de plomo, debido a los dos proyectiles que lo alcanzaron en el atentado de 1918 y que le extrajeron solo cuatro años después. Anónimos son y lo seguirán siendo, en cambio, los millones de hombres y mujeres que humildemente trabajaron con plomo y por su causa murieron: de los obreros a los mineros, de los linotipistas a los sombrereros... Acierta Primo Levi cuando, en el *Sistema Periódico* define el plomo como «turbio, venenoso y pesado», y, sin embargo, gracias a este metal tenemos *La Virgen de la Anunciación* de Antonello da Messina, *La última cena* de Leonardo y la *Medusa* de Caravaggio.

Arte y destrucción, belleza y muerte encerrados en una sola alma.

El FIAT para de un frenazo delante de la entrada de doble hoja del hotel. Franca se apea. Viste un gabán beis con cuello de piel y sombrero con un ancho velete que le tapa el rostro, y la frente la tiene marcada por una arruga de preocupación. Los dedos aprietan el asa del bolsito mientras sube con su paso elástico los escalones que la separan del vestíbulo.

Maruzza la sigue corriendo, le da alcance en el instante en que Franca se dispone a preguntar por el número de la habitación del señor Florio.

—El señor está indispuesto. No puede recibir visitas. —El portero es cortés pero firme.

Franca abre los ojos de par en par debido al desprecio. Sube el velete al ala del sombrero, se inclina hacia delante.

—Puede estar indispuesto para todas, pero no para mí. Soy su mujer, soy doña Franca Florio —dice, con voz colérica—. Dígame el número de la habitación de mi marido, enseguida, o hago que lo despidan.

El hombre murmura un abochornado:

—Perdóneme, no la había reconocido... —que exaspera más a Franca.

Con un suspiro, se vuelve hacia Maruzza.

—Coja el coche y coloque nuestras cosas en el hotel. Después, mándemelo de vuelta.

—¿Está segura de que no quiere que la espere aquí?

—No, gracias. Márchese.

Maruzza le aprieta un brazo.

—Sea fuerte —le murmura al oído.

Franca suspira de nuevo.

Lleva toda la vida tratando de ser fuerte. «Obligándose» a ser fuerte, se corrige mientras sube las escaleras, los dedos en el pasamano de terciopelo.

Toda una vida en la que ha aguantado, aceptado, cerrado los ojos. Porque así tenía que comportarse. Porque ese era el único papel posible para doña Franca Florio en el escenario de esa ciudad chismosa e indiscreta que se llamaba Palermo.

Y todo por amor. Incluso cuando el amor había dejado de serlo, porque así había terminado y ahora ella no tenía ningún objetivo. Sin ese hombre que, para bien y para mal, le había llenado la vida.

Hasta que llegó Vera.

Se acerca a la habitación de la tercera planta. Dentro de la habitación suena un leve ruido de pasos, luego un hombre de espeso bigote entrecano abre la puerta. Detrás de él, sentado en la cama, está Ignazio; lleva una bata de terciopelo rojo oscuro y una venda le cubre parte del rostro.

Ella lo observa. Una mirada en la que se mezclan a partes iguales la inquietud y la ira.

—Señora... no la esperábamos tan pronto. —El hombre que ha abierto la puerta le pide con un gesto que pase. Franca conoce al profesor Bastianelli: es el médico que atiende a su familia en Roma. Tratando de hacer caso omiso a la imprecisa incomodidad que se respira en la habitación, el hombre coge su sombrero y su maletín, y se despide con discreción. Franca e Ignazio se quedan solos.

Franca se quita el sombrero y el gabán, también los guantes. Viste un bonito traje marrón, y lleva un sobrio collar de perlas al cuello. Acerca el sillón a los pies de la cama, cruza las manos sobre las piernas y lo mira largamente.

Ignazio no elude esa mirada.

—Perdóname. También te he dado este disgusto —dice por fin él, y agacha la cabeza.

—No es más amargo que otros. Al revés. He sentido, sobre todo, miedo por ti —comenta Franca con una sonrisa forzada.

Ante esa reacción, ante esos ojos llenos de resignada tristeza, Ignazio siente algo a lo que últimamente ha tenido que enfrentarse cada vez más: el sentimiento de culpa. Siempre lo ha negado y rechazado. Y lo ha conseguido y todavía lo consigue, si tiene que afrontar la situación —cada vez más precaria— de sus negocios. Pero con Franca es completamente distinto. Ahora tiene un nudo en la garganta, le duele el pecho, respira mal.

—Lo siento —murmura. Se frota las manos sobre el embozo de la sábana, sigue con el dedo un dibujo imaginario—. Cuando Giberto, el marido de Vera, supo lo mío con su mujer... Bueno, sé que es deplorable que yo mismo te esté contando esto...

Franca permanece impasible.

Él continúa:

—Me agredió aquí, en el vestíbulo del hotel, hace unos días, y me retó, pidiendo satisfacción. El duelo fue... inevitable. —Ignazio se levanta lentamente. La herida en la sien no es grave, pero es molesta y le provoca mareos—. Nos citamos en la Villa Anziani, anteayer, como te conté por teléfono. Nos batimos con sable. Él estaba furioso, me atacó con la violencia de un tipo endemoniado. Quería matarme o, por lo menos, desfigurarme.

Franca rompe entonces a reír. Ríe con ganas, largamente, tapándose la boca con las manos.

—¡Dios, qué ridículos sois los hombres! —exclama luego.

Ignazio la mira, pasmado. ¿Es que su mujer se ha vuelto loca?

Franca menea la cabeza. Su carcajada se convierte en una sonrisa en la que el dolor y la incredulidad están en perfecto equilibrio.

—Un duelo a sable, como en un folletín. ¿Y Giberto pretende defender su honor cuando han pasado ya...? ¿Desde hace cuánto os veis ella y tú? ¿Cuatro años? —Se mira las manos, los dedos rozan la alianza—. Si yo hubiese desafiado a duelo a las mujeres con las que has tenido una relación, la mitad de nuestras relaciones estarían muertas o desfiguradas... o lo estaría yo. Solo un hombre puede comportarse de una manera tan estúpida.

Ignazio la sigue mirando con los ojos como platos.

—Pero... ¿qué dices?

—Digo que a lo mejor tú no te acuerdas de cuántas mujeres has tenido, pero yo sí. Al menos, de las que he tenido noticia. He tenido que aprender a sonreír, a encogerme de hombros, como si fuese normal que mi marido tuviese una relación tras otra. Docenas de relaciones. ¿Y sabes una cosa? —Levanta la mirada. Ahora los ojos verdes están fríos, casi serenos—. De tanto decir que no me importaba, al final realmente ya me daba lo mismo.

Él se acerca a una mesilla, coge una botella de coñac, se sirve una copa.

—Pero yo siempre he vuelto a tu lado.

—Porque no habrías sabido ir a otro sitio.

—No digas tonterías. Tú siempre has sido mi punto de referencia.

Franca se levanta. Se le acerca.

—¿Te sigues contando esa mentira, Ignazio? Tú sabrás, pero no me la cuentes a mí. Estoy ya demasiado cansada. Cuando nos casamos era una chiquilla ingenua y puede que tú también rebosaras esperanzas... Verás, a veces siento nostalgia de esa chica que estaba convencida de que su única tarea consistía en estar al lado de su marido y en amarlo a pesar de todo. Lo que he luchado y sufrido, para sentirme digna de ti, de tu apellido... de ser una Florio.

La voz está preñada de una dureza que nunca le había oído.

—Franca...

—Nunca me has dicho nada sobre tus negocios, nunca me has contado de qué hablabas con tus amigos políticos, en Roma o en Palermo. Durante largos años, eso me pareció bien y, por otro lado, no sé de ninguna mujer a la que su marido haya involucrado en sus negocios. Era tu esposa y tenía otros deberes sociales; una persona como yo no debía interesarse por esas cosas. Pero ahora... —Vacila. Esas palabras la hacen sufrir, es evidente—. Ahora sé que con Vera compartes esas cosas. No, no lo niegues: sé que ha sido ella quien te ha aconsejado en más de una ocasión. Hasta Vincenzo me lo ha confirmado.

Ignazio traga saliva, no sabe qué decir. ¿Cómo puede explicarle lo que siente, cuando él mismo no puede entenderlo? ¿Cómo puede decirle que la quiere, porque representa la parte más hermosa e importante de su vida, porque juntos han sido los dueños del mundo, pero que al final esa vida se ha arrugado como papel que arde y que se vuelve ceniza? ¿Cómo puede confesarle que, cuando mira hacia atrás, solo ve fiestas desenfrenadas, viajes que en realidad eran huidas, cuerpos femeninos sin identidad, dinero derrochado en busca de un placer tan intenso como volátil? ¿Y cómo revelarle que, si mira hacia delante, solo ve el declive inexorable de la vejez, acompañado de la ruina económica?

No puede. Porque decirle todo eso significaría dar cuerpo y voz a la realidad más dolorosa para ambos: la falta de un heredero de la Casa Florio. Su nombre, el nombre de su tío, un hombre «honrado y valiente», como le había dicho su padre, terminará con él. No habrá nadie a quien darle el anillo que él lleva en el dedo debajo de la alianza. Había confiado en que hubiera al menos un sobrino, pero, tras la muerte de Annina, hacía ya más de un año, Vincenzo se ha vuelto todavía más inquieto y rebelde. No, no hay ni habrá nadie...

Franca nota que Ignazio está frotando el anillo familiar. Conoce ese gesto. Quiere decir turbación, sufrimiento, desasosiego.

—Sé que me culpas —murmura entonces.

—¿De qué? —Ignazio no la mira. Tiene los ojos clavados en la pared de enfrente, más allá de la barrera de la ventana entornada.

—De haberte dado solo un varón. Solamente uno.

Un suspiro, más de irritación que de desconsuelo.

—No te echo la culpa de nada. Tuvimos uno y se lo llevó el Señor. Habrá querido castigarnos por algo.

—Ni siquiera tu madre diría algo así.

El sentimiento de culpa de Ignazio vuelve a oprimirle el pecho. Porque, en efecto, en los momentos más sombríos él sí que ha pensado que el Señor había querido castigarlo. Por toda la serie de locuras y traiciones que había sido su vida. Pero en el fondo, ¿qué importaba ya? Si tuviese un heredero, ¿qué le dejaría? Solo deudas y polvo.

—Yo nunca me he echado atrás, lo sabes... Siempre he estado ahí, he sido una esposa fiel.

Ignazio ya no aguanta más. Tiene que encontrar un desahogo, una manera de liberarse del peso.

—¡Para de una vez! —estalla—. ¡Por qué no hablas de los hombres que te siguen por toda Italia, que están locos por ti, empezando por D'Annunzio y ese marqués que te llena de flores, y terminando por Enrico Caruso, al que fui tan tonto de contratar para el Massimo cuando no lo conocía nadie! Sé que te sigues escribiendo con él después de... ¿Cuántos años? ¿Diez, quince?

Franca agita las manos, molesta.

—Es inútil que me acuses, y lo sabes bien. Todos coquetean conmigo, pero ninguno se ha permitido jamás ir más allá de la palabra. Porque yo nunca les he dado ni el motivo ni la ocasión. Siempre he estado a la altura de tus deseos. Y todo eso, ¿para qué? Siempre ha habido una mujer mejor que yo, más deseable, más atractiva. ¿Lo niegas?

Ignazio la mira en silencio. En su mirada hay rabia y vergüenza.

«Siempre he estado a la altura de tus deseos».

La mujer ideal. Preciosa. Cómoda en todas las situaciones. Desenfadada pero moderada. Elegante como ninguna. De conversación brillante, aguda, inteligente. Apasionada de la música y el arte. Perfecta ama de casa. ¿No había querido él, precisamente, que la tímida chica de diecinueve años se transformase en esa sofisticada y exigente mujer que ahora tenía delante? Había querido una mujer para exhibirla, un trofeo que los otros hombres le envidiaran. Nunca había buscado realmente en ella una compañera de vida.

Había sido tan ciego. Tan inmaduro.

Solo se da cuenta ahora, cuando ha encontrado en otro lugar lo que realmente necesita.

—Yo...

Ella se mira las manos, llora en silencio.

Se pone delante de él.

—¿Qué tiene Vera más que yo? —pregunta al final, con un hilo de voz.

—Franca... —Ignazio le enjuga las lágrimas con el dorso de la mano—. Sois diferentes. Ella es...

—¿Qué más puede darte ella de lo que yo te he dado en todos estos años?

En ese momento, Franca es a la vez juez y jurado y él no puede soportarlo. Se aparta, le da la espalda.

—Ella es todo lo que tú ya no puedes ser —responde. «Entusiasta, pasional, vital»—. Me ha acogido en su vida. En cambio, tú me has apartado de todo. Y te vale cualquier excusa para mantenerte lejos de mí: las veladas en la mesa de juego, los viajes con tus amigas...

Franca empalidece, abre los ojos de par en par.

—¿Tú me reprochas a mí que no haya estado a tu lado?

—En cuanto empezaron los problemas, tú... desapareciste. No has estado ahí. Vera, sí. Y eso ha marcado la diferencia.

—Pero ¡si tú nunca me lo pediste!

—Eres mi esposa. No necesitaba pedírtelo.

Franca se tambalea.

Le ha entregado toda su vida y, sin embargo, eso a él no le ha bastado. Al revés, ahora es como si le estuviese reprochando no haberle dado más. Pero ¿haberle dado qué, cómo? ¿No había sido suficiente ignorar sus continuas traiciones? ¿Afrontar el mundo entero con dignidad tras la muerte de sus hijos? ¿Haber estado siempre a su lado? No, no había sido suficiente. Franca se da ahora cuenta de que Ignazio habría querido que ella se anulase completamente, permaneciendo invisible hasta que él la reclamase, en función de sus apuros, de sus necesidades. Hasta que, cuando conoció a Vera, comprendió que la fuerza del amor no residía en la sumisión, sino en la igualdad, en caminar lado a lado.

Ignazio había crecido por fin. Pero, para hacerlo, la había apartado a ella junto con todo lo que había entre ambos.

«Entonces él también puede amar de verdad», se dice, más sorprendida que amargada. «Y ama a una mujer que no soy yo».

—Comprendo. No hay nada más que añadir. —Endereza los hombros, levanta la cabeza. La dignidad y el orgullo son las únicas cosas que nadie podrá nunca quitarle—. Voy al Grand Hotel. Ahí me podrás encontrar —le dice, incorporándose. Coge el gabán. Él no la detiene. Deja caer los brazos a los lados, la mira, observa ese rostro capaz de ocultar el dolor.

Un dolor aplazado, negado, callado demasiado tiempo. Y que ahora lo devora también a él, lo consume como el ácido.

Seguirán juntos a ojos del mundo, pero llevarán vidas separadas. Compartirán la mesa, pero no la cama. Y ya nunca se echarán atrás.

—Te haré llegar noticias mías —le dice, pero ella ya ha salido de la habitación.

Franca baja las escaleras agarrándose al pasamano, aunque los dedos le tiemblan.

El hielo que tiene en su interior desde hace años —desde la

muerte de sus hijos, aunque quizá desde antes— se transforma de golpe en colada de lava. Nota su insoportable calor, la siente hervir, crecer. Le parece que la está asfixiando. Entonces, mareada, se sienta en un escalón, apoya la frente en el brazo y respira con la boca abierta.

«¿Qué me queda?».

«Igiea y Giulia, por supuesto, pero ¿qué más?».

El pensamiento descarta, se repliega sobre sí mismo. Las lágrimas que poco antes presionaban para salir se han secado.

No hay nada más que añadir. Se levanta, llega a la entrada. Da pasos cortos, ella que siempre ha tenido una zancada ágil y elegante. Fuera del hotel encuentra el coche que Maruzza ha mandado de vuelta. Justo cuando el chófer le ha abierto la portezuela y se dispone a subir, otro automóvil se detiene delante de la entrada.

Se apea una mujer.

El rostro de rasgos delicados está tenso, sobresalen mechas por debajo de un sombrerito color crema. Una pequeña maleta asoma de la capa de paño también crema.

La mujer le paga al conductor, luego se da la vuelta.

Y en ese momento sus miradas se cruzan.

Vera Arrivabene abre mucho los ojos, asombrada. Luego levanta una mano, como si quisiese saludar a Franca. Al fin y al cabo, se conocen desde hace años, han sido buenas amigas. Sería un gesto normal.

Pero es solo un instante.

Cierra la mano, baja el brazo. Se deja mirar, sin vergüenza, sin remordimiento. Tiene un rostro blanco y delicado, de madona, apenas teñido de rubor.

Franca permanece inmóvil. La mira y a la vez la ignora.

Vera le da la espalda, sube las escaleras casi corriendo y entra en el hotel.

Solamente entonces Franca entra en el coche y dice:

—Al Grand Hotel.

Vincenzo Florio está sentado en una silla y mira la calle, la barbilla apoyada en el puño cerrado. Oye un movimiento detrás de él. Se vuelve ligeramente. Una de las dos mujeres con las que ha pasado la noche se está despertando.

Ella lo mira desde debajo de los párpados pesados, se aparta el pelo rojizo de la cara y lo invita a acostarse, dando una palmada en el colchón. La otra, una morena de pecho abundante, ronca levemente, la boca entornada y el pelo enredado en la espalda desnuda. En la habitación, olor a sexo, a sudor y a champán, unido a un aroma de fuertes notas florales.

Él hace un gesto negativo con la cabeza, luego vuelve a mirar la calle.

Llueve en París, sobre los plátanos de los bulevares, sobre los tejados de pizarra. Y llueve desde hace tres días. Ese junio frío y hostil lo ha cansado. Tendría que ir a la Costa Azul. O a Suiza, donde Franca está con las niñas. Ignazio, en cambio, podría estar en Venecia o en Roma con Vera, quién sabe.

Su aliento empaña el cristal. Estira un dedo, dibuja una A. Pero enseguida la borra.

«Annina».

Han pasado tres años de la muerte de su esposa. Tres años en los que no ha hecho más que viajar y pasar de una cama a otra, tratando de desprenderse del malestar que lo oprime y no lo deja respirar.

Tiene una relación con una mujer de origen ruso. A veces cree que se ha encariñado con ella, pero noches como la que acaba de pasar le demuestran lo contrario. En realidad, ya nada ni nadie le importan; para distraerse, incluso ha tratado de implicarse un poco más en los negocios de la familia, pese a que Ignazio nunca lo ha tomado muy en serio.

—Annina formará siempre parte de ti y de tu vida —le dijo Franca pocos días después del funeral. Vincenzo estaba en un banco del parque, inmóvil, con la cabeza entre las manos. Ella se sentó a su lado, sin tocarlo—. Te seguirás preguntando qué habríais hecho juntos, las palabras que te habría dicho, cuándo te habría sonreído. Te imaginarás hablándole, igual que yo me lo imagino... —Hizo una pausa, miró el horizonte, bajó la voz—. Pensarás cómo habría sido tener un hijo, verlo crecer. Una parte de ti seguirá viviendo con ella, en la mente y en el corazón... en un lugar y en un tiempo que no existen. —Solamente entonces le estrechó una mano y él empezó a sollozar—. Pero esa no será tu verdadera vida. La realidad estará aquí, con el vacío, con la ausencia y con las palabras que ya nunca podrás volver a oír. Y, al final, imaginar lo imposible te hará tanto daño que preferirás renunciar. Empezarás a mirar el presente. Y a estar un poco mejor. Sé que te parece absurdo, pero créeme. Nadie puede saberlo mejor que yo... —Le rodeó los hombros con el brazo y lloraron juntos, cada uno su propio dolor.

Vincenzo menea la cabeza. En esos tres años ha pensado muchas veces en las palabras de Franca, esperando que el sufrimiento se atenuase. Y, sin embargo, Annina seguía ahí, a su lado, una presencia constante. A lo mejor —se dijo—, las mujeres ven en la oscuridad del corazón cosas que los hombres no son capaces ni siquiera de intuir. Es su maldición y su salvación.

En ese instante la tiene otra vez delante, vestida con una falda oscura y una blusa de cuello de encaje. Está a punto de ponerse al volante de uno de sus automóviles, pero entonces para y lo mira con reproche, como diciéndole: «¿Por qué estás tan mal?».

—Vincent, *chéri, viens ici...*

La mujer pelirroja lo llama, indiferente a que la otra siga durmiendo. Querría echarlas a las dos, hacerlas desaparecer.

Pero se levanta, se aparta de la ventana, se quita la camisa y se tumba al lado de ella. Se deja tocar. Cierra los ojos, se hunde en su cuerpo casi con violencia. No le interesa saber su nombre, quién es o qué vida tiene fuera de esa habitación: es un cuerpo que le da placer y calor.

Y él se aferra a ese poco de vida que consigue llevarse.

En el vestíbulo del hotel de Champfèr, en Engadina, donde se hospedan los Florio, los Lanza di Trabia y los Whitaker, hay mucha agitación. Rostros tensos, telegramas que pasan de una mano a otra, teléfonos que no paran de sonar, valets que se mueven rápidos como hormigas por todos los salones. Durante casi un mes —desde que un jovencísimo nacionalista serbio mató en Sarajevo al archiduque Francisco Fernando y a su esposa Sofía—, los rumores de una posible declaración de guerra de Austria a Serbia han sido continuos, confusos y contradictorios. Y el ultimátum que el 23 de julio entregó al gobierno serbio el embajador austriaco en Belgrado deja pocas esperanzas para una solución pacífica de la crisis.

Sentada en un sillón, Franca repasa los diarios italianos y alemanes, desconcertada, incapaz de desenmarañar esa alternancia de exaltación bélica y de «intensidad febril que requiere la gravedad de la circunstancia» con que Italia estaría procediendo para mantener la paz, como dice el *Corriere della Sera*.

—Aquí me tienes, Franca. *Désolée d'être en retard.* —Giulia Lanza di Trabia la besa en la mejilla y mira alrededor—. ¿Norina y Delia no están?

—No, pasaron hace unos minutos, con Tina, y dijeron que le habían prometido pasar la tarde con ella. Vendrán a las cinco, para el té. Tienen treinta años, pero de vez en cuando esa mujer trata a sus hijas como si fuesen dos niñas.

—Mejor así —sonríe Giulia, poniéndose los guantes—. ¿Nos vamos?

Saludan con una inclinación de cabeza a Giovanna, que, en compañía de Maruzza, está tomando un poco de sol en la terraza, luego salen por una puerta trasera del hotel.

Giulia respira profundamente el aire cortante.

—¡Qué pena que no estén también Igiea y Giugiù!

—Justo hoy me ha llegado una carta de Zúrich: la gobernanta cuenta que a Igiea el tratamiento de la espalda parece irle bien. En cuanto a Giugiù, es como su padre: dice siempre que la montaña la aburre y se pasa todo el rato correteando por la casa. Pero ¿qué va a hacer mi estrellita? Tiene solo cinco años...

Con paso firme, Giulia entra en el sendero de una arboleda de pinos que se extiende por la ladera de la montaña.

—¿Y tú has sabido algo de Giuseppe?

—No. —La voz de Giulia suena áspera. Su primogénito siempre ha tenido una índole inquieta, rebelde—. Con lo que está pasando, sería prudente que estuviese aquí o en Palermo... o que al menos nos dijese dónde está. —Hace una pausa, aprieta los labios—. Creo que está en Venecia con esa.

—Madda... —Franca mira a un lado y a otro, observa las cumbres puntiagudas contra el cielo. Delante de ellas, entre los árboles, se abre una ruta panorámica. Aminoran el paso, casi se detienen. El aire es puro, huele a campo, está impregnado del aroma del musgo. De vez en cuando, el canto de un pájaro rompe el silencio—. Dos de dos. Las gemelas Papadopoli realmente no saben qué son la fidelidad y el respeto del vínculo matrimonial.

—¡Qué cosas dices! —Giulia hace una mueca. A diferencia de Franca, nunca ha cuidado mucho su aspecto y el tiempo no la ha perdonado. La cara se le ha aguzado, marcada por las arrugas—. ¡Si pienso en cómo lo engatusó! Era un chiquillo cuando se conocieron y ella ya tenía una hija. Giuseppe quiere que me vea con ella... ¡pero es una locura! Está casada y lo ha dejado todo por él. No, me niego a verla: me indigna solamente nombrarla.

Franca le aprieta el brazo.

—Tienes razón. Ya lo creo que la tienes.

—Mi hermano sigue con su hermana Vera, supongo.

El suspiro exasperado de Franca es la respuesta.

Giulia hace una mueca de desprecio.

—Dejar cuatro hijos y un marido para irse con otro hombre, y encima casado... ¡El mundo se está volviendo loco!

Franca se detiene de golpe, mira a Giulia, le aprieta un brazo.

—¿Te acuerdas de lo que me dijiste hace muchos años, en el jardín de invierno de tu casa?

Giulia fija la mirada en un punto lejano y sonríe.

—Estabas tan asustada... Todo y todos te daban miedo, incluida mi madre.

—Pero tú me dijiste que debía coger lo que era mío por derecho, que debía sentirme orgullosa de ser una Florio, de tener este apellido.

—Sí. Y lo has hecho. Siempre, incluso en los momentos más difíciles.

Franca sonríe, triste.

—Aprendí a hacerlo, sí. Me costó mucho, pero, al final, lo conseguí. Ante el mundo, he sido una Florio. Y siempre lo seré. Pero por dentro...

Giulia le coge las manos.

—Por dentro has muerto muchas veces. Por lo que has pasado, por la conducta de Ignazio... Eso también lo sé.

—Sí, pero hay más. Hasta hace dos años, estaba convencida de que conocía a mi marido. Hacía tiempo que había dejado de justificarlo, de aceptar en silencio sus defectos. Pero estaba convencida de que el amor nos seguía uniendo.

Giulia levanta una ceja.

—Sí, todavía lo llamo amor. Seguía habiendo un vínculo entre nosotros. Luego llegó Vera e Ignazio se enamoró de ella. Y yo me quedé realmente sola.

—Querida Franca, tú no estás sola... Me tienes a mí, a Igiea, a Giugiù... —murmura Giulia.

Franca endereza los hombros, mira a lo lejos.

—Sí, gracias al cielo que estáis vosotras. Ahora bien, cuando me miro al espejo, solo me veo a mí misma, como si el mundo no existiese. Veo a una mujer rota que, sin embargo, sigue viviendo. —Respira hondo—. Eso es lo que te quería decir: merced a tus palabras, he aprendido a no depender de nadie, a seguir adelante a pesar de todo.

—¿A no sentir ya nada? —murmura Giulia.

—Tú sabes bien que eso no es posible. ¿Cuántos años han pasado desde la muerte de Blasco?

—Veintiuno —responde Giulia enseguida.

—¿Y ha habido algún día, desde entonces, solo uno, en el que no hayas pensado en él?

Giulia menea la cabeza.

—Nuestros muertos nunca nos dejan. Y su presencia es dolor y a la vez consuelo.

De repente, Giulia rompe a llorar y se agarra la cabeza entre las manos.

—Tú hablas de muertos y yo, yo...

—¿Qué ocurre? —pregunta Franca, de repente preocupada. Nunca ha visto llorar así a su cuñada—. ¿No te encuentras bien?

Sollozando, Giulia sacude la cabeza.

—No, no... No te quería decir nada para que no te preocuparas, pero estoy muy asustada, Franca. Anoche hablé con Pietro. Está en Roma y dice que se están preparando cosas horribles. Según él, los austriacos van a atacar a Serbia y eso hará que entren en guerra Francia, Rusia y quizá también Inglaterra. Estoy asustada, sí, porque tengo hijos varones y solo Dios sabe qué podría ocurrir.

—Pero los periódicos dicen que el gobierno italiano está haciendo de mediador...

—Pietro era muy escéptico —replica Giulia, secándose las lágrimas—. La guerra es inminente y solo *Dios sabe cómo puede acabar*. Y yo no quiero ni imaginarme que mis hijos puedan ir a luchar. Giuseppe tiene veinticinco años, Ignazio tiene veinticuato, y Manfredi, veinte. Son hombres hechos y derechos, son Lanza di Trabia y su puesto está en la primera línea. Es su deber.

Franca no sabe qué decir. La Olivuzza primero y la Villa Igiea después han estado siempre abiertas a todo el mundo. No puede ni recordar cuántos ingleses, franceses, alemanes y rusos ha conocido. Políticos y artistas, banqueros y empresarios, acompañados por sus familias. Han charlado, cenado juntos, bailado hasta el amanecer, jugado a las cartas o al *lawn tennis*, reído de alguna broma o de algún chisme. Se han bañado en el mar o subido al monte Pellegrino, han pasado horas felices en Favignana, han hecho largas excursiones en los yates de Ignazio o en los coches de Vincenzo. Piensa en el káiser, en los soberanos de Inglaterra, en la emperatriz Eugenia...

Y ahora, precisamente ellos están decidiendo arrasar Europa a sangre y fuego.

Los hijos de Giulia son tan jóvenes... Por otro lado, Giovannuzza ya tendría veintiún años y a lo mejor habría tenido que ver marcharse al marido. Ignazino, en cambio, tiene solamente dieciséis, así que es demasiado joven para...

«No, para. Ellos ya no están. Mientras que Giulia».

Pone una mano en el hombro de su cuñada.

—Pietro probablemente exagera: siempre ve las cosas más negras de lo que son. A tus hijos no les va a pasar nada malo.

—Eso espero. —Giulia aspira profundamente para calmarse—. Sí, más vale pensar en el futuro de mis hijas, de Sofia o de Giovanna. Ya tienen dieciocho y diecisiete años.

—O bien en el de ese pícaro de Ignazio —concluye Franca con una sonrisa forzada. No soporta ver sufrir a Giulia así—. Tenemos que mirar hacia delante, a la vida que continúa y no a estas cosas terribles de las que no tenemos certeza.

Sin embargo, cuando regresan al hotel, enseguida se dan cuenta de que la inquietud de antes se ha convertido en miedo. La angustia se ha vuelto física; en el ambiente hay un desagrable olor a tabaco y a sudor. Grupos de personas rodeadas de baúles y maletas asedian a los conserjes: piden la cuenta a gritos, se alteran, imprecan, reclaman atención, tienen estallidos coléricos. En un rincón, una mujer solloza y dos niños, sentados en el suelo, lloran, ignorados por todos.

Durante un instante, Franca vuelve con la mente a la noche en la que murió su hijo.

Después mira a su alrededor, frenética, busca una cara amiga y la encuentra; Maruzza se levanta del sofá donde estaba sentada al lado de Giovanna, que está desgranando un rosario con los ojos cerrados, y se le acerca.

—Austria le ha declarado la guerra a Serbia. Y dicen que pronto más países también entrarán en guerra.

—¿Cómo? ¿Cuándo? ¿E Italia? —Franca y Giulia hablan a la vez, y Maruzza levanta las manos, las detiene—. He telegrafiado a don Ignazio para avisarle —dice dirigiéndose a Franca—. Los Whitaker ya están haciendo las maletas. Todo el mundo está dejando el hotel para regresar a casa.

Giulia se lleva una mano al pecho, como para calmar los latidos.

—Tendré que hablar con mi marido y mis hijos. Sí, tiene usted razón: debemos regresar a Italia. Franca, llevas los documentos que demuestran que eres dama de la corte de la reina Elena, ¿verdad?

Franca asiente, pero está confundida.

—Sí, pero...

—Bueno. Estoy segura de que esos documentos valen como salvoconductos para ti y tu familia —le explica Giulia, pragmática—. Llama a Zúrich y dile a la gobernanta que prepare a las niñas para una partida inmediata.

Franca asiente.

—Lo haré enseguida.

—Y habla con Ignazio —añade Giulia en voz más baja—. Ahora tiene que estar a tu lado. Y más vale que lo comprenda.

—Por supuesto que comprendo el peligro. Sin embargo, es mi deber...

—Pero ¡en Viena hemos sido invitados del emperador! ¿Y tú quieres ir de voluntario contra él?

—Estamos en guerra y cada uno debe cumplir con su papel.

Franca confió durante casi un año en que Italia permaneciese al margen del conflicto. La guerra le fue dando cada vez más miedo, que ocultó largo tiempo en el lado oscuro del alma, como hace con todo lo que no puede aceptar. Pero ya no lo puede rehuir más.

Se levanta, camina por la habitación, le cuesta dominar la tensión. Ha estado poco antes en el Palacio Butera, donde encontró a Giulia afligida porque sus hijos se estaban preparando para irse. Franca adora a esos muchachos: Giuseppe, Ignazio y Manfredi forman parte de su vida, los ha visto crecer y hacerse hombres mientras ella perdía a sus hijos. La sola idea de verlos en uniforme la angustia. No quiere ni imaginarse lo que siente su cuñada. Así que ha tomado una decisión. No se despedirá de ellos, porque así no tendrá que reconocer que todo esto está ocurriendo de verdad. Ya está demasiado harta de defenderse de la vida y del mundo.

Sale de la habitación y se asoma al templete que da al mar, entornando los párpados en la luz. Le parece absurdo hablar de guerra en la calma del jardín de la Villa Igiea, entre las plantas en flor, con el aroma del verano en el aire. Por las veredas que descienden hacia la costa, entre los setos de boj y pitósporo, dos jardineros están trasplantando nuevos esquejes y hablan en voz baja. Solo los lejanos ruidos del puerto parten el rumor del viento entre las palmeras.

Ahora viven en la Villa Igiea, con Giovanna y Maruzza y la gobernanta inglesa de las niñas, miss Daubeny. La Olivuzza resultaba ya demasiado grande, el mantenimiento era muy costoso y su jardín daba mucho que hacer. Era preferible ese apartamento de su hotel, lujoso, en cualquier caso, pero manejable. Por otro lado, ahora la Villa Igiea está casi desierta, ya que los invitados —casi todos italianos— se han ido hace unos días.

Ignazio se le acerca, pero Franca cierra los puños y, sin volverse, pregunta:

—¿Es realmente necesario que te enroles enseguida?

Él vacila, mira hacia la almadraba de la Arenella y la Villa dei Quattro Pizzi, tan querida por su abuelo. El azul profundo aplaca su irritación. Su frente se relaja, pensando en el crucero en el Aegusa. Pero solo es un instante. «Hace una vida de eso», piensa con amargura.

—Sí —responde por fin—. Ahora puedo moverme para conseguir un puesto lejos del frente y adecuado a mis capacidades. Haré lo mismo por Vincenzo, que corre el riesgo de acabar en primera línea, porque es más joven: es un conductor estupendo y un hábil mecánico, y podría ser útil para los transportes en las retaguardias. Está también pensando en asociarse con Vittorio Ducrot para montar una pequeña fábrica de aviones e hidroaviones, y además me ha hablado del proyecto de un autocamión que le valdría al ejército en las zonas más impracticables. En fin, ya sabes cómo es Vincenzo: siempre en movimiento.

Franca menea la cabeza.

—Cometerá alguna imprudencia. Es muy impetuoso.

—¡Que no! —Le acaricia un brazo—. No correremos peligro. Ya verás.

Ella se vuelve para mirar a su marido. Ignazio ha encanecido bastante, y su boca, antes elegante y delgada, está marcada por la amargura.

—¿Crees que acabará pronto? —pregunta, las manos juntas sobre la falda negra.

Ignazio se encoge de hombros.

—No sabría decirlo. Parecía que iba a durar unas semanas y, sin embargo, hace ya un año que se combate. —Baja la voz, roza la manga de encaje blanco de la blusa de Franca—. En cualquier caso, la guerra no hará sino empeorar las cosas.

Su voz denota una resignación que a Franca le cuesta interpretar. Quiere preguntarle por el motivo de ello, pero, cuando se dispone a hacerlo, un ruido la obliga a volverse.

—Perdonen la intromisión. Si hubiese sabido que estaba usted ocupado, señor Florio, habría venido a hablar con usted más tarde.

—Acérquese, señor Linch. Buenos días.

Carlo Augusto Linch camina hacia ellos a pasos largos y suaves. Ignazio sale a su encuentro, lo saluda afectuosamente, mientras que Franca se limita a hacer un gesto con la cabeza. Desconfía de ese argentino, porque además sabe muy poco de él: solo que estudió en Milán y en la facultad de Ingeniería de Zúrich, que dirigió una fábrica en Alemania y que, al principio de la guerra, volvió a Italia. Enseguida se granjeó la confianza de su marido y su cuñado, y los deslumbró con su buen carácter, con su actitud esperanzadora y con su labia. Así, ambos decidieron implicarlo en la administración de sus bienes o, mejor dicho, de lo que quedaba de ellos. Por tanto, desde hace tres meses, esto es, desde febrero de 1915, Linch es el administrador y el representante de los Florio.

Franca se queda aparte, observa a los dos hombres. Oye la frase: «Porque el patrimonio de la Casa Florio está...». Y levanta una ceja. Pero ¿qué patrimonio, si hasta Cartier y Worth —de donde es clienta desde hace más de veinte años— le piden que firme unos documentos para garantizar el pago de las facturas? Por no mentar lo que había ocurrido solo el día anterior: una criada se había despedido porque no había recibido con regularidad el salario. Una auténtica falta de respeto con quien había dado pan y trabajo a media Palermo.

—¿Y usted, señora? ¿Qué va a hacer?

Ella esboza una sonrisa turbada.

—Perdóneme, no los estaba escuchando. ¿De qué estaban hablando?

—No, decía... ¿Qué va a hacer para apoyar a la patria en este momento? ¿Se sumará a las damas de la Cruz Roja?

—Ah... sí, por supuesto. En el hospital, aquí, en Palermo, supongo.

Linch le sonríe, pero luego aparta la mirada, como si esa respuesta no lo convenciese en absoluto.

—Estoy seguro de que sabrá adecuarse a esta difícil situación. Nos esperan tiempos de grandes renuncias —murmura.

Franca entorna los párpados. Detrás de esas palabras capta un reproche por su conducta, por sus gastos y, sobre todo, por el que se ha convertido ya en su único pasatiempo.

Las cartas. Chemin de fer, bacará, póker. Cuando juega, la tristeza se vuelve menos oprimente, los pensamientos son más ligeros, el tiempo vuela. Eso sí, junto con el tiempo vuela también el dinero, porque ella apuesta fuerte. Y tiene más suerte «de la que cabría esperar», como dice siempre su compañera en la mesa de juego, Marie Thérèse Tasca di Cutò, llamada Ama, esposa de Alessandro y cuñada de la pobre Giulia Trigona. «Pero no la suficiente», le gustaría responder a Franca.

—Creo que en la oficina tengo los papeles necesarios —le dice Ignazio a Linch—. Mando que preparen el coche, así vamos juntos.

—No hace falta. También se lo puedo contar todo aquí.

Franca mira a aquel hombre, luego mira a su marido. Antes se habría alejado en silencio, pues esas son cosas de hombres. Pero ahora quiere escuchar, comprender. «Si la amante de mi marido lo sabe todo sobre nuestros asuntos, ¿por qué yo he de quedarme en la inopia?», se dice con irritación. Así, los sigue hacia una salita con sillones de mimbre situada en un rincón de la terraza de la Villa Igiea, le pide a un criado que lleve una jarra de limonada y se sienta con elegancia en un sillón.

Linch la observa de reojo, con un gesto ligeramente interrogante. Franca le dirige una larga mirada de desafío, luego mira a Ignazio, esperando.

Linch está incómodo. Nunca había tenido que hablar de negocios en presencia de una mujer. La mirada de Franca es tan cortante que casi balbucea.

—Pues bien... si me lo permite...

Sin mirar a su esposa, Ignazio se sienta, toma un trago de limonada.

—Por favor. Usted dirá.

Linch abre con cautela la carpeta que ha llevado consigo, la apoya en la mesilla. Toca los papeles —cartas, notas, cuentas—, como para ordenar las ideas, luego coloca las manos en pirámide delante de la cara.

—Como sabe, hace unos días terminé por fin un análisis profundo de su situación financiera. Como le señalaba, tenía la intención de ir a Roma para tratar de formar una alianza que acudiese en ayuda de la Casa Florio. La Banca d'Italia podía ser decisiva para sanear su deuda. Ante todo, el contrato con Lavagetto y Parodi por las almadrabas en las Egades. Ahora es evidente que fue una mala decisión y que todo se ha vuelto infinitamente más complicado. Al principio, sin duda, recibió usted una buena inyección de liquidez, que le permitió sanear algunas cuentas de la Casa Florio, pero la utilidad de las almadrabas ha sido completamente insuficiente para cubrir incluso los intereses. Además, el préstamo que... contrató imprudentemente con la Société Française de Banque et de Dépôts para cubrir otras pérdidas, está resultando muy gravoso.

Ignazio escucha, impasible. Franca trata de seguir esa explicación, pero muchas cosas se le escapan.

—Están, además, los paquetes de acciones que garantizan otros préstamos y que recargan en distinta medida la situación deudora de la Casa. Me propongo solicitar una cesión de los paquetes que continúan en su posesión para obtener liquidez, así como financiaciones por parte de otros organismos bancarios, financiaciones garantizadas por hipotecas sobre sus bienes inmuebles, que se venderían en una fase sucesiva. —Para, suspira—. En síntesis: necesita usted mucho dinero y eso lo obliga a pedir préstamos a los bancos, ofreciéndoles en garantía inmuebles como la Olivuzza, pero también sus casas en el distrito de Castellammare. Bienes que, en el futuro, habrá que vender.

Ignazio tiene un sobresalto.

—¿Nuestra villa y... también la tienda de especias?

—Sí, junto con los otros almacenes y los pisos.

—¿También la casa de la via dei Materassai... la casa de mi padre? —La voz es débil, un hilo que se lleva el runrún del vieno entre los pinos.

—Me temo que sí.

Ignazio se pasa los dedos por el pelo.

—Dios mío... —Se ríe, pero es un sonido roto, sucio—. A decir verdad, hace un montón de tiempo que no voy a la casa... Es más, si es por eso, mi mujer ni siquiera quiere ir a los Quattro Pizzi, que incluso hemos arreglado porque ya me suponía que tendría que dejar la Olivuzza... Pero vender la casa de la via dei Materassai... —Cierra el puño, apoya sobre él la barbilla.

De repente, Franca se siente fuera de lugar. Nunca ha visto la casa del padre de Ignazio y su suegra le ha hablado de ella rara vez. Y no, nunca le ha gustado mucho la Villa dei Quattro Pizzi: no puede decir que sea fea, pero es demasiado pequeña para sus exigencias, y está en un barrio popular como la Arenella. Realmente no sería adecuada para recibir a sus invitados que, para llegar hasta donde se encuentra, tendrían que atravesar calles llenas de carritos y de gente pobre.

Pero que se lo digan así, como un reproche, es una humillación que no se esperaba.

Linch coge una hoja.

—Me temo que no vamos a tener mucho margen de maniobra con la Banca d'Italia. Intenté concertar una cita con Stringher, pero me respondieron que estaba muy ocupado y, sobre todo, que no tenía interés en recibirme.

—Cómo no... —Ignazio se levanta de golpe, tropieza con la mesilla, haciendo que la jarra se tambalee—. Ese hijo de perra quiere hacérmela pagar por lo que pasó en 1909, cuando me retiré del consorcio, eso es lo que pasa. ¡A él nunca le ha interesado nada de la Casa Florio! —Ignazio casi grita—. Siempre ha querido despojarnos de todo, también de nuestra dignidad. —Se aparta unos pasos, masculla un insulto en dialecto, luego se tapa los ojos con la mano—. Tendré que escribirle de todo esto a Vincenzo... Creo que está regresando de París —dice, casi para sí—. Ya no sé qué vida hace... Pasa más tiempo en Francia que en cualquier otro sitio y aquí vuelve solo para organizar la Targa o cualquier otra competición...

—Cálmese, señor. Siéntese —le pide Linch con firmeza—. También de eso tenemos que hablar.

Ignazio vuelve al sillón de mimbre con el semblante de un condenado que va camino del patíbulo. De golpe, a Franca le da lástima. Instintivamente, estira una mano para consolarlo, para que sepa que está a su lado. Pero Ignazio se sienta sin mirarla y ella retira la mano y se la lleva al pecho.

—Hay que limitar toda una serie de actividades y, paralelamente, reducir los gastos —explica Linch, recalcando las palabras, como si estuviese apaciguando a una bestia herida—. Me refiero a las donaciones de beneficencia, por ejemplo... —Y mira a Franca. Un vistazo rápido, casi de refilón—. ... pero también a las compras de ropa y joyas. O bien a derroches como todos esos relojes de bolsillo con su marca que ha regalado a los proveedores... A los gastos superfluos en general, en una palabra. El patrocinio del Teatro Massimo o de la Targa debería reconsiderarse significativamente.

—¿De nuevo con eso? —Ignazio se muerde los nudillos del puño cerrado. Se mece despacio en el sillón—. Suprimir la beneficencia, las ayudas al Massimo... ¡Eso mismo me sugirió el abogado Marchesano, al menos hace siete años! ¿Cómo es que nadie repara en el apellido que tengo? ¡Sería como ponerse a *pregonar* por las calles de Palermo: Ignazio Florio es un fracasado!

—A lo mejor, si esto lo hubiese hecho entonces, ahora se encontraría en una situación menos crítica. Aunque reconozco que la decisión es muy difícil, sin embargo, ahora es más que necesaria si quiere salvarse. —Linch hojea los papeles, pero coge otro, se lo enseña a Ignazio. Es una letra de cambio avalada por la firma temblorosa de Giovanna—. ¿Ve esta? Le he solicitado a la Banca d'Italia un aplazamiento y me lo han concedido únicamente porque está avalado por el patrimonio de su madre.

Por primera vez en su vida, Ignazio Florio se sonroja.

Linch no consigue ocultar la lástima. Las arrugas en las comisuras de los labios parecen ahora más profundas, baja los ojos.

—Serán necesarios muchos sacrificios por parte de todos —murmura. Y mira a Franca, que instintivamente cruza los brazos sobre el pecho—. Sería útil, por ejemplo, ofrecer prendas a los bancos como garantía de las deudas. —Una pausa, larga—. Prendas en joyas.

Ella empalidece. Sacude la cabeza, con violencia.

—No, no puede pedirme eso... —La voz es un chirrido de cristal contra cristal—. Mis joyas no. Hay brillantes en la caja fuerte, él lo sabe —añade, señalando a Ignazio, que, sin embargo, parece ignorarla—. No hace falta... usar las mías.

—Como decía, todos tienen que hacer sacrificios, incluida usted, señora. —Linch no eleva la voz, pero su tono no admite réplicas.

Franca está desconcertada: nadie le ha hablado nunca así, aún menos un extraño.

Ignazio se encoge de hombros. Suspira. Cuando vuelve a hablar, su voz es triste. La de un hombre derrotado.

—Sea. Las casas, las joyas... Total, ¿qué más da? ¡El rey está desnudo! —Se levanta de nuevo, camina lentamente, se detiene al lado de una columna y la acaricia. Por su memoria pasan imágenes que lo hacen sonreír levemente—. Hubo un tiempo en el que habría hecho cualquier cosa por defender lo que era mío. Habría luchado, aceptado mortificaciones y humillaciones. Pero ahora ya no hay nada ni nadie por quien luchar. Soy un árbol sin brotes y, muy pronto, también lo será nuestro país. Esta guerra solo traerá desgracias, mientras dure y cuando acabe. ¿Y por qué, por quién, tendría que reaccionar? —Se vuelve para mirarlos—. Ya no tengo nada de lo que hacía de mí un Florio. —Enumera con los dedos—. Vendí la bodega, la primera empresa de mi abuelo Vincenzo. Traté de construir un astillero, pero se fue al garete, y con él la Navigazione Generale Italiana que mi padre convirtió en algo grande. Dejé que la Fundición Oretea se hundiese. Entregué a los tiburones las almadrabas de las Egades, convencido de que podría recuperarme, pero fue en vano. Cuando pedí ayuda, solo recibí cuerdas para colgarme. ¿Qué me queda? El Banco Florio convertido en una oficina de chupatintas y este hotel que ahora, con la guerra, va a quedarse vacío... Estoy a punto de perderlo todo, también mi casa. Y, con ella, la historia de mi familia. —Mira fijamente a Franca—. ¿Cómo van a importarme tus joyas? Solo nos quedan la dignidad y un poco de orgullo. Procura no perder también eso.

Franca se levanta de golpe, le agarra la muñeca, lo tironea.

—¡No puedes! —Le coge las dos manos—. ¿No piensas en mí y en tus dos hijas?

En ese momento, es precisamente Igiea la que aparece en el umbral de la puerta acristalada. Es una chica de quince años agraciada, con el pelo corto y un rostro delicado parecido al de la madre. Da un paso en la terraza, levanta la mano para protegerse del sol y mira a sus padres. El hecho de que estén discutiendo no es una novedad.

—*Madre,* Maruzza y yo nos preguntábamos si más tarde iremos donde la princesa Ama... ¿Maruzza vendrá con nosotras o se quedará con *granny*? Ya sabes que no se encuentra muy bien.

La mano de Franca, blanca, tensa, suelta la muñeca de Ignazio.

—Más tarde iremos donde los Tasca di Cutò. Sí, es mejor que Maruzza se quede con tu abuela.

Ignazio espera que su hija se aleje, luego se aparta de Franca y se acerca a Linch.

—Haga todo lo necesario para salvar lo que se pueda salvar. —Lo dice en voz baja, tranquila—. Contará con todo lo que precise como garantía para las letras de cambio todavía insolutas.

Linch se levanta. Tiene unos años más que Ignazio y es casi tan alto como él, pero es más delgado.

—Necesito una lista de todos sus gastos, señor Florio. De cada desembolso, de cada compra, de cada cuenta insoluta. Entrégueme las facturas y, a partir de este momento, por favor, no compre nada sin antes consultarme. ¿Puedo contar con que se lo dirá también a su hermano?

Ignazio asiente. Ha comprendido que Linch será implacable, con él y con Vincenzo.

—Lo intentaré. Dentro de pocos días partiré como voluntario, ¿sabe...?

—Un gesto encomiable. Lo mantendré informado y procuraré que la Banca d'Italia y Stringher entren en razón. —Linch carraspea, se acerca a Franca—. Señora... me temo que esto vale también para usted. ¿Me hará la lista diaria de sus gastos?

Franca asiente. Mira el monte Pellegrino, como si lo estuviese contemplando pero, en realidad, la corroe una ira feroz, que se mezcla con la humillación. ¿Sus gastos? Claro. ¿Y los que Ignazio tiene con Vera, en Roma, pues ya vive con ella? Por no mentar que —está casi segura— la decisión de su marido de irse a la guerra tiene que ver, precisamente, con esa mujer que, por lo que ha averiguado, se ha alistado como enfermera voluntaria.

Una vez más ha sido relegada y ahora tiene que soportar el peso de los errores ajenos, así como el de sus propias equivocaciones. «Pero sus joyas, no», se dice. «Nunca las tendrán».

En la habitación hace mucho calor. Por las cortinas de damasco rojo se filtra la luz roja del ocaso que atraviesa una manta de nubes que empañan el horizonte. Sentada en un sillón, Maruzza tiene la cabeza apoyada en la palma de una mano y, con la otra, sujeta las páginas abiertas de *Forse che sì, forse che no*, que Franca dejó en la Villa Igiea años atrás. El vate se lo regaló con una dedicatoria que reza: «A doña Franca Florio, devotísimamente», y ella lo mandó forrar en tafilete con bordes dorados.

«Sí, muchos años atrás, cuando la guerra estaba lejos y nadie sabía qué iba a pasar», piensa Maruzza con un suspiro.

Franca va cada vez menos a Palermo. Cuando no está de viaje, pasa largas temporadas en Roma, habitualmente en el Grand Hotel, con sus hijas y con Ama Tasca di Cutò, que ha dejado a su marido Alessandro y a sus hijos, y se exhibe en público con un joven galán.

En cuanto piensa en eso, la dama de compañía cierra el libro. «Nunca hay que juzgar», reflexiona, «sin embargo, la verdad es que esos Tasca di Cutò son incapaces de contenerse». Y pensar que, en todos esos años viajando por Europa con los Florio, ella sí que había visto de todo... Piensa con nostalgia en las largas estancias en Montecatini, en Suiza o en la Costa Azul, o en los gastos que Franca hacía también por ella.

Ahora eso se había acabado.

Eleva la vista hacia el techo, su rostro expresa una inquietud imposible de ocultar. La guerra se ha colado en la vida de todos como una mancha de humedad que va desconchando lentamente la pintura de la pared, dejándola agrietada. A los hombres se les permite actuar, combatir con la esperanza —¿o es una ilusión?— de poder cambiar las cosas, de poder volver a la normalidad. Las mujeres, en cambio, solo pueden esperar que pase la tempestad y, entretanto, contemplar la devastación, preguntándose si la vida podrá reanudarse, y cuándo podrá hacerlo.

Y a saber cómo será después la vida.

—Maruzza... Maruzza...

La voz proviene del montón de mantas en las que está envuelta Giovanna. Frágil, cansada, pálida, está agarrotada por la artrosis. Descansa en un sillón, donde pasa la mitad del día, la otra mitad está en cama.

—¿Todavía no han venido mis hijos? —pregunta en un susurro preñado de llanto—. ¿Es que no saben que estoy mal?

Maruzza se le acerca, le acaricia el rostro, le enjuga una lágrima.

—Doña Giovanna, están en la guerra, *usted lo sabe...*

—*Sí, ya lo sé... sí, pero yo soy su madre y ahora estoy enferma.* Podrían dejarlos venir dos días... ¿Y Franca? *¿Dónde está Franca?*

—En Roma con sus hijas, Igiea y Giugiù.

—Ah... Roma... *¿Y ella no puede venir?*

Maruzza se inclina y le besa la frente, le habla, trata de tranquilizarla. Nota que la respiración es otra vez jadeante, quizá porque la altera pensar que los hijos se encuentran lejos. Al cabo de tantos años, se siente ella más cerca de esa mujer que de sus parientes. La ha visto envejecer sola, volverse cada vez más frágil, sufrir por la muerte de los nietos, por las dificultades económicas de la Casa Florio, por la pérdida de la dignidad de ese apellido que fue una vez poderoso y respetado.

Vio en su rostro pena y decepción cuando los hijos le pidieron que avalara sus letras de cambio o que vendiese los terrenos de su dote para pagar los intereses de las deudas que no eran capaces de saldar.

Y ahora está sola y enferma. Angina de pecho, dicen los médicos: así han clasificado los dolores que tiene desde los brazos hasta el tórax y que hacen que le cueste incluso respirar. Los sufrimientos y las preocupaciones —pasados, presentes y futuros— habían acabado pasando factura.

Maruzza se mueve por la habitación, llena un vaso de agua y vierte unas gotas de un fármaco que debería calmar los latidos de ese maltrecho corazón. Giovanna bebe, resignada, luego le pide que descorra las cortinas, porque quiere ver el cielo y los últimos rayos del sol. Maruzza obedece. El ocaso es luz de bronce que penetra en la habitación; ilumina los muebles de Ducrot y las fotografías de la cómoda. Encima de ellas, el retrato de su marido Ignazio. Un cuadro nuevo, hecho después del incendio.

En él es en quien Maruzza se fija. «¿Se puede realmente amar toda la vida a un solo hombre?», se pregunta. Pues es evidente que Giovanna ha llevado siempre en su corazón a ese marido al que ella solo conoce por lo que le han contado los otros parientes. Una persona comedida, parca en emociones: sosegada, amable, capaz de grandes gestos de ternura, pero también fría y despiadada. Giovanna parece captar esos pensamientos, porque la llama, le pide con un gesto que se aparte.

—*Déjeme mirarlo* —dice, con la cara más relajada. En esos labios hundidos por los años aparece una leve sonrisa. Entonces Giovanna levanta la mano, señala la cómoda—. *Alcánceme la fotografía de mi hijo Vincenzo.*

Maruzza se dispone a coger la foto del Vincenzo que ella conoce, pero entonces comprende: la mano se detiene en el aire y se desplaza hacia otro marco, que contiene la imagen de un niño de rostro dulce y serio. Se lo tiende y Giovanna la besa, se la pega al corazón.

—*Mi amor* —murmura, y trata de levantarse—. Me decían que era afortunada... A mí, que no me ha quedado nada por qué llorar. —Besa la foto, la acaricia—. *Si él siguiera vivo, a lo mejor esto no hubiese acabado así. ¿Sabe qué me da miedo, Maruzza? Que cuando cierre los ojos mis hijos se maten por el dinero. Ellos no tienen serenidad ni paciencia...* ¿Dónde están, por qué no vienen a mi lado? *Ignazio, Vincenzo... ¿... Dónde estáis?* —llama, y se altera, y trata de levantarse. Maruzza le recoloca las mantas, trata de calmarla.

—Ya se lo he dicho, están en el frente. A lo mejor vuelven a principio de año. Ahora es imposible, doña Giovanna, y, sobre todo, no se ponga nerviosa, así solo se hace daño en el pecho.

—*Encontrarán mis huesos* —dice Giovanna, contrariada, sin dejar de apretar la fotografía—. Mueva el sillón hacia la ventana, que quiero ver la calle —añade en un tono que, por un momento, vuelve a ser enérgico—. *Esto es lo que me queda. Porque ya no tengo nada, ni casa, ni salud. Nada. Solo ojos para ver.*

No sin esfuerzo, Maruzza mueve el sillón, de manera que Giovanna pueda ver la ciudad que empieza a apagarse; dentro de poco, con el toque de queda, perderá todo resto de luz. Envuelta en la oscuridad, Palermo duerme, asustada como una niña que escruta el vacío en la noche y solo ve dolor y angustia. Y entonces se hace un ovillo, y enseguida cae dormida y tiene un misterioso sueño sin sueños.

Maruzza le acaricia los cabellos grises, luego murmura:

—Voy por su cena. He pedido que le preparen un caldo de pollo. Vuelvo enseguida.

La Villa Igiea ha sido parcialmente confiscada para convertirla en un hospital para los oficiales. Sus pasillos los recorren enfermeras y hombres en uniforme o en pijama arrastrando muletas o bastones. Por todos lados se oyen los pasos claudicantes, los golpes rítmicos semejantes a los de un tambor. También el ambiente de la villa es otro: ahí donde antes había un olor mezcla de colonia, puros, flores y polvos de tocador, ahora hay un fuerte olor a enfermedad, junto con el de la comida que se prepara en las cocinas de la semisótano. Han quitado las alfombras rojas de las escaleras, en la sala de juegos hay hileras de camas y el tintineo de las fichas ha sido reemplazado por los lamentos. Incluso las sinuosas molduras de las escaleras están desportilladas y cubiertas de una capa de polvo.

Fuera de las cocinas, Maruzza espera que terminen de preparar la cena. En la pared hay un espejo con un marco pesado y dorado y no puede evitar mirarse. El rostro cansado, las arrugas profundas, los cabellos grises recogidos en un moño despeinado... En la habitación de doña Giovanna, el tiempo parece inmóvil y, sin embargo, ahí están las huellas de su paso. Todas, junto con las angustias por la guerra y por las adversidades económicas de la familia. No, el destino no ha sido clemente con ella.

Levanta la vista hacia el techo.

«Sí, se encuentra muy mal. No puedo esperar más tiempo», se dice. «Tengo que encontrar la manera de que venga, al menos, su hija Giulia, para que esté a su lado. Pero, pobre mujer, ¿cómo puede ella consolar a su madre con dos hijos en primera línea?».

La puerta de las cocinas se abre de repente, saca a Maruzza de esas reflexiones. Coge la bandeja que el cocinero le tiende y se dirige hacia los apartamentos de la familia. En las escaleras, supone que tendrá que obligar a doña Giovanna a comer, como ha hecho casi siempre en las últimas semanas. Entra en la habitación.

—Aquí estoy: como le había prometido, un ligero caldo de pollo —dice, en tono alegre—. Y también hay zumo de naranja. ¿Tomará algo, verdad, doña Giovanna? A mediodía devolvimos los platos intactos...

Giovanna no responde. Las mantas se han caído al suelo, el cuerpo se ha ladeado y ahora está sobre el brazo del sillón. La mano continúa apretando la foto de su hijo. Los labios están torcidos, bajo el peso de una infinita soledad.

Mira a lo lejos, más allá de Palermo, más allá del horizonte. Se ha marchado así, en silencio, sin hijos a su lado. Sola. Y quizá, se dice Maruzza mientras le cierra los ojos con enorme pena, a lo mejor, pese a todo, es la más afortunada de los Florio.

Ha visto salir el sol, pero no verá el ocaso.

555

Los primeros días de ese enero de 1918 tienen el sabor metálico del luto. Franca recorre las habitaciones y los pasillos, los guantes de cabritilla en una mano, la otra posada en el cuello de piel de la capa. Detrás de ella, Maruzza, vestida íntegramente de negro, y una criada arrebujada en un abrigo azul, raído en los codos. Es una de las pocas que queda en la Olivuzza: casi todos los criados han sido despedidos debido a las restricciones que ha impuesto Linch. Las tres mujeres avanzan lentamente, en silencio, dejando huellas de pisadas en el polvo del suelo. A su alrededor, muebles cubiertos con sábanas blancas, alfombras enrolladas, algún objeto —una pluma, un par de gafas— olvidado a saber por quién.

Llegan al salón verde. A Franca siempre le ha gustado esa habitación tranquila, que da al jardín, llena de luz. Sin embargo, ahora está oscura y fría, huele a humedad. Franca abre la puerta acristalada, y una ráfaga de viento mete tierra y las hojas secas que se han amontonado en la contrapuerta. Luego se vuelve y, entre los muebles, ve un telar de bordado cubierto de polvo y telarañas, como hilos que la naturaleza hubiera trenzado por última vez. Es el telar de su suegra Giovanna.

La enterraron en la capilla de la familia pocos días después de Año Nuevo; había que esperar que Vincenzo e Ignazio regresaran del frente y que ella llegase de Roma. Al cabo de muchos años, Giovanna d'Ondes se reunió por fin con su adorado marido y con su hijo Vincenzo.

Y, hoy, Franca ha vuelto a la Olivuzza para celebrar otro tipo de exequias.

Muy pronto la gran casa se pondrá en venta y, para entonces, tendrá que haber sido vaciada de los muebles. Hay que decidir lo que conservan y lo que venden. Eso ha pedido Carlo Linch.

Ignazio y Vincenzo han tenido que regresar al frente, de manera que esa tarea le queda a ella. Algunos muebles irán a la casa de la via Catania, donde Vincenzo se instalará cuando acabe la guerra; otros irán a los almacenes de la Arenella, a la espera de tiempos mejores, o los pondrán en sus apartamentos de la Villa Igiea. Lo demás lo venderán para hacer caja.

A eso ha ido Franca: a elegir con qué quedarse de esa vida de la que la están despojando. Como si no hubiese tenido que renunciar ya a muchas cosas. Como si no le hubiesen quitado todo lo que era realmente importante. Tendrá que despedirse de los muebles franceses, de los candelabros que Giovanna había comprado en París, de los monederos de ébano taraceado, de los Aubusson, de la gran colección de jarrones y mayólicas antiguos, del panel de mármol de Antonello Gagini, en el despacho de Ignazio... Pero también de los cuadros de Antonino Leto, Francesco De Mura, Luca Giordano, Francesco Solimena y Francesco Lojacono. Sí, también del Velázquez. Solo algunos irán a la Villa Igiea. De los demás, en la Olivuzza solo quedarán las huellas en las paredes desnudas.

De vez en cuando, Maruzza se acerca a Franca, señala algo:

—¿Esto?

Franca responde con un gesto. Entonces Maruzza le explica a la criada lo que tiene que escribir en la libreta que la mujer lleva entre las manos.

Franca sale del salón verde, llega a la escalera de mármol rojo, cruza la galería y se queda un momento mirando lo que queda del jardín de invierno: solo plantas secas, troncos desnudos y podredumbre. Baja la mirada y se encamina hacia su habitación. Se detiene un breve instante delante de una vitrina en la que hay unas estatuillas adquiridas a lo largo de los años en Sajonia, Francia y Capodimonte: grupos de niños que juegan solos o con unos cachorros, diferentes en los estilos, idénticos en las sonrisas y en la jocosidad que contiene la blancura de la porcelana.

Recuerdos puros de una época en la que la inocencia parecía un valor.

—Estas —dice, la voz de repente dura—. Ya no quiero verlas.

Abre la puerta de su dormitorio. Lo cierto es que ya casi no hay nada, pero en ese lugar fue feliz, en esa cama nacieron Giovanna, Ignazio, Igiea y Giulia, y a lo mejor los recuerdos siguen ahí, guardados entre los pétalos de rosa del suelo, en la baldosa montada al revés delante de la puerta acristalada, en la manija que cierra mal las contraventanas, en la sonrisa torcida del amorcillo del techo...

«Pero ¿qué recuerdos?», piensa con rabia. Más que de momentos felices, esa habitación ha sido testigo de dolores y celos. Tiene un vacío en el alma que, desde hace tiempo, ya no puede mitigar. «Aquí solo hay cosas, cosas inútiles. Cosas muertas».

Desde la puerta, Maruzza murmura:

—Les diré a las criadas que saquen también parte del mobiliario y que lo manden a Roma.

Franca se vuelve.

—La ropa usada pueden dársela a los pobres o quédarsela ellas... si no se la han quedado ya. —El tono es despectivo—. Total, qué más da. ¿Cree que no lo sé?

Maruzza se limita a asentir, una mueca que le tuerce los labios secos.

—Démonos prisa. Quiero volver con mi familia.

Se asoma a la habitación de Ignazio, señala con un gesto seco solamente un mueble, el refinado portacamisas de caoba, luego cierra la puerta, de nuevo atraviesa el jardín de invierno y entra en el comedor.

—Todo fuera —dice, refiriéndose también a los pavos reales de coral y cobre y al gran salvachispas. Se limita a pasar por delante de las habitaciones de los niños, donde siguen quedando juegos y libros de esas criaturas que ya no están. Hace solamente un gesto, como diciendo: fuera.

Se dirige hacia la parte más antigua de la Olivuzza, ahí donde se declaró el incendio diez años antes, y que después fue rehabilitada. Todavía quedan facturas que pagar por esas obras, y ella no puede dejar de decirse: «Si se hubiese quemado todo, por lo menos me habría ahorrado este tormento».

Avanza unos pasos y, de golpe, se detiene delante de una puerta. La mano agarra el pomo, pero permanece inmóvil unos instantes.

Hasta que, por fin, abre. Entra.

En la penumbra, distingue los sillones y los sofás amontonados contra las paredes, las consolas vacías, sin floreros de cristal, ni fruteros de plata ni relojes de bronce dorado, las alfombras enrolladas, las mesas cubiertas de telas llenas de polvo. Eleva la vista hacia las arañas de Murano, opacas de suciedad, y en las molduras doradas del techo, ve una capa de telarañas.

Pero lo que le arranca un suspiro angustiado es el silencio.

En ese salón, nunca había silencio.

Era el reino de la música, de las risas, de las conversaciones, donde los trajes crujían, las copas tintineaban, los zapatos repiqueteaban.

Era el salón de baile de la Olivuzza.

Franca avanza, se detiene en el centro del salón.

Mira de un lado a otro.

Y de golpe ve figuras huidas de la ley del tiempo. Hombres y mujeres que ya no están y que alguna vez le sonrieron, que bailaron con ella, que la quisieron. Puede escuchar sus voces y es como si la tocaran. Entre ellos también está ella, sombra entre sombras: joven, preciosa, con Ignazio poniéndole una mano en la cadera y riendo y mirándola con deseo. Cerca están Giulia Trigona y Stefanina Pajno, y Maria Concetta y Giulia Lanza di Trabia. Está el aroma de su colonia, la Marescialla. Hay abanicos de raso y nácar, copas de champán, guantes blancos, pulseras de brillantes, carnets de baile forrados de seda y corsés de encaje. Y suenan mazurcas, y polcas, y valses...

Pero no es más que un instante, no es más que el efecto del polvo que ha levantado la criada a su paso cuando ha ido a abrir las contraventanas para que entre un poco de luz y que ahora la está mirando, mientras espera.

Avanza más. Las sombras se descomponen, el polvo se posa.

Franca retrocede y sale del salón sin responder a la mirada interrogante de Maruzza, que permanece inmóvil un momento y enseguida va tras ella.

—Hay que recoger también el servicio de porcelana de Sajonia y la cubertería de plata —dice Franca.

Maruzza asiente, se dirige a la criada.

—Anota. Añado también los objetos de plata del bargueño grande y los de cristal, ¿no, doña Franca?

Pero Franca ya no está escuchando. Está harta de esa lista, harta de luchar contra los recuerdos que cada objeto, hasta el más insignificante, le evoca. La silla en la que se sentó D'Annunzio durante la cena después de la representación de la *Gioconda* en el Teatro Massimo. El piano en el que Puccini ejecutó las primeras notas de *Che gelida manina*, y que durante poco tiempo usaron también sus hijos. La mesa en la que ella e Ignazio dibujaron en grandes hojas los muebles de la Villa Igiea. La cámara fotográfica que Vincenzo le regaló a su hermano mayor y que él usó en el jardín del Hôtel Métropole, antes de que...

Mira los objetos, parecen llamarla, y entonces aprieta el paso, casi corre hacia la puerta de salida, como si la estuviesen persiguiendo. «Los hombres están destinados a ser felices y a no darse cuenta de que lo son. Su maldición es derrochar el tiempo de la alegría sin darse cuenta de que es tan raro como irrepetible. Que la memoria no puede devolverte lo que has experimentado porque, en cambio, te devolverá la medida de lo que has perdido. Porque la memoria no puede devolverte lo que sentiste, pero sí te recordará todo lo que perdiste», reflexiona Franca, mientras las otras dos mujeres siguen hablando de manteles de lino y de tenedores de plata. Las mira, y un dolor infinito la invade. Querría llorar, y gritar: «Vosotras pensáis en las cosas, y yo pienso que pronto estas cosas ya no me pertenecerán, mientras que antes hablaban de mí, de Ignazio, de nuestros hijos, de nuestra familia. El amor ya se ha ido, dejándome solo arrugas de amargura. ¿Sabéis lo que significa ser amada de verdad? ¿Confiar en ser amada? ¿Sentirse infinitamente sola?».

Pero se queda inmóvil, en silencio. Porque, a pesar de todo, sigue siendo doña Franca Florio. Y puede mostrarle al mundo solo una cara, la del orgullo.

Por fin, las tres mujeres suben al automovil para regresar a la Villa Igiea. Franca siente que el corazón se le va aliviando conforme se aleja de esa casa donde, sin embargo, fue feliz. Durante unos días, ella y sus hijas regresarán a Roma. Palermo, con su luz opaca y fría, quedará lejos, y ella podrá dejar de recordar.

Franca aún no sabe que, dentro de pocos años, incluso el recuerdo de esa casa y de ese parque se desvanecerá. Que todo acabará en manos de una empresa inmobiliaria que dividirá el jardín en parcelas, lo tirará casi todo y construirá casas justo ahí donde estaban la pajarera y el templete neoclásico, donde se prolongaban las veredas bordeadas por las rosaledas y las plantas tropicales, donde jugaban sus hijos y Vincenzo corría con su coche.

No oirá el ruido de las sierras que cortan los árboles seculares, ni los hachazos que parten los troncos de las yucas y los dragos. No verá cómo extirpan los setos ni las llamas donde se consumen las trepadoras arrancadas del templete.

Muy poco se salvará de ese jardín exuberante. Dos palmeras, metidas en un pañuelo de tierra, hacia donde dan las ventanas de una clínica. Un parterre, ahí donde se encuentra el salón que daba al jardín. El olivo pegado a la entrada, el que tanto le gustaba al senador Ignazio, está en un aparcamiento, dentro de una tina de cemento.

Alrededor del *villino* diseñado por el arquitecto Basile —donde Vincenzo y Annina se amaron—, resistirá una pequeña zona verde. Alguien incluso intentará incendiar esa especie de casa de hadas para construir ahí otro edificio, otro monstruo de cemento. El destino decidirá de otra manera.

Pero esa es otra historia.

El color del cielo es de un azul deslumbrante en ese febrero de 1918, un regalo inesperado después de días lluviosos. El frente del río Piave queda a pocos kilómetros: estelas de humo trazan columnas y nubes que empañan la mirada y ocultan el horizonte. Los cañones italianos y austriacos callan, señal de que los ejércitos están preparando una ofensiva. Dentro de poco los obuses volverán a tronar y pronto los soldados saldrán de las trincheras para conquistar un puñado de tierra a cambio de docenas, de centenares de muertos. Hay tanto miedo a morir en un asalto con bayoneta que algunos soldados se infectan o mutilan adrede, para no tener que combatir. Eso es lo que le han contado a Ignazio. Y él cree que es cierto.

Al volante de una ambulancia, Ignazio para cerca de un edificio rodeado de tiendas con una cruz roja. Es un caserío convertido en hospital de campaña, con hileras de hombres tumbados en camillas, algunos vendados, otros esperando ser atendidos, otros agonizantes o muertos.

Ignazio avanza con cuidado por un sendero fangoso, salpicado de manchas oscuras que ya ha aprendido a identificar. Le habían dicho que la sangre de la guerra tenía un solo color, pero no era verdad. Es roja oscura cuando brota de una herida. Pero es negra si gotea de los cadáveres.

De las tiendas salen vaharadas de tintura de yodo junto con imprecaciones, gritos, lamentos. Las deja atrás, llega a una carpa que está pegada a los que antes serían establos. Entra. Parece que ahí solo hay mujeres vestidas de blanco, monjas y enfermeras. Al menos, los heridos parecen más tranquilos, pero el horror es instantáneo: todos son mutilados y a algunos las granadas les han arrancado una parte de la cara.

Una mujer se incorpora de la cama sobre la que estaba inclinada, lo ve y levanta la mano en un gesto de saludo. Luego, en cuanto se ha limpiado las manos en el mandil, se acerca.

—No te esperaba tan pronto.

La guerra ha sido cruel también con Vera Arrivabene: si al cansancio y a las ojeras se les puede poner remedio, nada podrá enderezar la espalda encorvada y eliminar las profundas arrugas alrededor de la boca.

Ignazio le roza el dorso de la mano manchada.

—Quería estar seguro de que te vería. Parece que los ataques se están multiplicando.

Vera le acaricia el brazo.

—Claro. Están llegando montones de chiquillos. ¿Cómo estás?

—Estoy.

Le pide con un gesto que lo acompañe fuera. Se sientan en un banco que está junto a un muro derruido e Ignazio enciende un cigarrilo. Las manos le tiemblan un poco.

—Las noticias de Palermo no son buenas. Lo poco que queda de la Casa Florio parece el juguete de una divinidad maligna. Por lo menos, he podido pagar las obras que los Albanese hicieron en la Olivuzza y en la Villa Igiea: un tema que arrastraba desde hace años. Y hemos confirmado a Linch como administrador hasta abril de 1926. Con un sueldo adecuado, por supuesto. —Hace una pausa, mira a Vera, le acaricia una mejilla—. Perdóname. Como siempre, te hablo de mis problemas y ni siquiera te he preguntado cómo estás.

Ella inclina la cabeza.

—Ayer atendí a un pobre hombre que se había quedado sin piernas, un campesino de Frosinone... murió entre mis brazos. Estaba preocupado porque habían movilizado a su hijo, así que ya nadie iba a ocuparse de su tierra, porque la mujer y las hijas no podían ponerse a empujar el arado. Fue tremenda la enorme desesperación con la que se agarró a mí. No pude ni siquiera darle un poco de morfina...

—Lo sé. Los veo. —Ignazio respira hondo—. Lo que está pasando es absurdo. Están llamando a filas a los de la quinta del noventa y nueve, casi unos niños. —Mira un punto lejano—. Estoy preocupado por Manfredi, el hijo de Giulia. Por ahora está en Versalles, como oficial agregado al Comité Interaliado Permanente, pero sé que está deseando volver a combatir. En cuanto al otro hijo, Ignazio...

—¿Habéis sabido algo?

—Hace ya tres meses que desapareció su avión, y primero nos dijeron que estaba en Suiza, y después, que estaba prisionero en Alemania... Tengo un mal presentimiento.

—¿Y tu hermano Vincenzo?

Ignazio aspira una fuerte bocanada de humo.

—No está lejos de aquí, eso creo, al menos. Me ha escrito diciendo que le sigue haciendo cambios a su autocamión, aunque empezó a fabricarse hace dos años. He visto alguno: trepa por pistas tan empinadas que parecen imposibles. ¡Es afortunado! ¡Solo necesita una llave inglesa y unos pernos para olvidarse del resto del mundo!

Vera le coge la cara entre las manos, se la besa.

—¿Soy una persona horrible si te digo que me siento feliz de estar aquí ahora contigo?

—No, eres una persona adorable. —Le aparta de la frente un mechón que se ha salido de la cofia. Aunque esté cansada y exhausta, para él Vera sigue siendo preciosa. Aunque en su mirada haya una desesperación nueva. Aunque ya nunca se le quiten esas arrugas—. Eres una mujer valiente, a la que no le da miedo actuar en este mundo que parece presa de la locura.

Vera lo abraza y se quedan así largo rato, en silencio.

Ignazio, sin embargo, se acuerda entonces de Franca. No ve a sus hijas desde hace meses, aunque le alegra saber que están seguras con ella. En cuanto a Franca, Ignazio comprendió rápido que ella decidió mantenerse muy lejos de esa ola de muerte. Participa, por supuesto, en comités humanitarios y promueve colectas de dinero para los soldados del frente, pero no tiene ni idea de lo que significa trasladar hombres cubiertos de sangre, ver casas y aldeas destruidas, temblar en cada explosión.

Ignazio ha tratado de darle explicaciones en alguna carta, de buscar su comprensión, pero Franca ya es como un piano sin pedal, incapaz de producir sonidos que vibren profundamente. Da la impresión de que ya nada consigue afectarle, que las emociones le resultan confusas, borrosas. La muerte de sus hijos y la pérdida de su casa no son solamente una herida que no se cicatriza: son una llaga sobre la que ella esparce contiuamente sal para convencerse de que su dolor es más intenso que cualquier otro en el mundo. Casi ya no es capaz de prescindir de ese pensamiento.

Los grandes sufrimientos son egoístas, no admiten comparaciones. Solo conocen la destrucción que causan al alma que los acoge.

Y eso es lo que los aleja, de nuevo, aún más.

—¡Florio!

—¡Aquí!

Vincenzo sale de debajo del autocarro que está reparando, se pone de pie y se abre paso a codazos para acercarse al encargado del reparto del correo. Desde que murió su madre recibe poca correspondencia, de modo que cuando ve nada menos que tres sobres para él se sorprende.

Los sopesa, luego busca un sitio tranquilo para leer las cartas, y lo encuentra en un rincón del taller. Una es de su hermano, otra, de una modelo francesa que había conocido en París dos años antes, Lucie Henry. Una historia que empezó por azar, que a lo mejor se estaba convirtiendo en algo serio... «Pero este no es momento de pensar en eso», se dice, apartando el sobre. La tercera es de su hermana Giulia.

Ignazio lo pone al día sobre lo que está haciendo Linch por sus negocios. La fábrica de hidroaviones que Ducrot ha montado en Mondello por fin está rindiendo bien. Vincenzo sonríe, contento de que su idea haya dado buen resultado. Después repasa las líneas en las que Ignazio le explica que han sacado los muebles de la Olivuzza y que en los almacenes de la Arenella están guardados los que él quiera quedarse. Con cierto remordimiento, piensa en lo mucho que le habrá costado a Franca elegir qué conservar y qué vender, cosa que él nunca habría tenido el valor de hacer. Cuando la guerra acabe —porque algún día se tiene que acabar, no hace más que repetirse— se mudará definitivamente a la via Catania. Un edificio nuevo, una historia nueva; sin recuerdos, sin dolor.

Porque a veces el pasado es una maldición, una piedra en el alma que ni con fuerza de voluntad se consigue levantar.

Y está pensando en eso mientras abre la carta de su hermana. La letra de Giulia es pequeña y angulosa, y el papel tiene algunos raros engrosamientos. Empieza a leer, primero distraídamente, luego deprisa, y, por último, lo relee todo, una, dos veces.

Es cierto lo que dicen: un corazón que se rompe no hace ruido.

No importa cuál sea el motivo, un luto, una pérdida, un amor nunca olvidado o correspondido. Los fragmentos están ahí, y hacen daño. Podrán recomponerse con los años, pero las cicatrices volverán a abrirse en cuanto otra cuchilla les haga un tajo.

Y esa cuchilla lleva el nombre de su sobrino Manfredi.

Tras su larga estancia en Francia, había vuelto a Italia, ansioso por luchar. Y había muerto en combate hacía unos días, el 21 de agosto de 1918, con solo veintitrés años. Una esquirla de granada le había entrado en la oreja derecha.

Vincenzo comprende qué son esos engrosamientos.

Lágrimas.

También Giulia, como Ignazio, está viendo morir a sus hijos. Hace veinticinco años, Blasco, ahora Manfredi... De Ignazio no se sabe nada desde hace ocho meses. El único varón que le queda es Giuseppe, él también bajo las armas.

Se apoya en la pared, y tiene que sentarse en el suelo, porque las piernas no lo sujetan; siente que los ojos se le llenan de lágrimas y se los frota para que nadie lo vea llorar. Recuerda a sus sobrinos y el alma se le inunda de imágenes, y de dolor, y de nostalgia, y de pena.

Están juntos, en Favignana, o en el Sultana, o de viaje, o bien corriendo en el velocípedo, en la Olivuzza. Y revive también el instante en que les enseñó la primera motocicleta que le había regalado Ignazio. Sin embargo, mientras que a este lo llamaban tío, a él jamás: había muy poca diferencia de edad entre ellos. Primero fueron compañeros de juegos, después, de correrías.

Tiene el corazón roto. Dos sollozos seguidos lo estremecen. El dolor es un proyectil ardiente y pesado en las entrañas. Ahora también Ignazio y Manfredi han desaparecido. Como Annina, que no tuvo tiempo ni de darle un hijo. Como su madre, él no ha podido despedirse. Como la Olivuzza.

Como todo cuanto era suyo y que él no ha sido capaz de retener.

El final de la guerra no supuso el final del dolor. «A lo mejor es demasiado pronto para estas cosas», piensa Franca, mirando la pila de tarjetas que hay en la mesilla de palo de rosa que está en la entrada del apartamento de la Villa Igiea. Las levanta, las ojea, pero ya sabe que son las tarjetas con las que Palermo está declinando la invitación a la fiesta que ella quería organizar un mes después, a mediados de febrero de 1919. Esperaba renovar los fastos del hotel, pero, de momento, sus esfuerzos parecen baldíos. Demasiados lutos, demasiadas devastaciones: la ciudad necesita silencio y tranquilidad para enjugarse las lágrimas. Y, sin duda, el pasado reciente de la Villa Igiea como hospital militar no le es favorable.

Aparta las tarjetas con un gesto de aburrimiento y se dirige hacia el balcón que da al parque. Arropada en un abrigo azul, Giugiù, que tiene casi diez años, está tratando de convencer a la gobernanta de que la lleve a la orilla del mar, hoy más movido de lo habitual. En cambio, Igiea, que tiene dieciocho años, seguro que está metida en su habitación leyendo, y, muy probablemente, una de esas novelas inglesas que compra a menudo en Roma. Franca hojeó unas páginas de un volumen que encontró en su mesilla de noche: *Fin de viaje*, de Virginia Wolf, pero enseguida lo cerró irritada. Esa historia de parejas que se persiguen para después rechazarse le pareció desagradablemente familiar.

Agradece que sus hijas no hayan sufrido demasiado por la guerra, si bien es cierto que la familia no ha salido indemne de ella. Vincenzo había vuelto a Palermo y, en apariencia, había recuperado su papel de organizador de carreras deportivas y de distintos espectáculos de la ciudad. De vez en cuando, salía de su casa en la via Catania para ir a la Villa Igiea a ver a sus sobrinas, pero, aunque con ellas procuraba estar siempre alegre, era evidente que la guerra le había dejado cicatrices en el alma, que se sumaban a la de la irrestañable aún, muerte de Annina. En cuanto a Ignazio, seguía en Roma con Vera, y estaba cada vez más enfrascado en negocios de los que ella sabía poco o nada, pero que evidentemente no lograban resolver sus problemas económicos. Se vieron cuando él volvió del frente y a Franca casi le costó reconocer a su marido en aquel cincuentón encorvado, con el rostro avejentado y la mirada apagada. Por otro lado, también lo afectó la tragedia de Giulia: tras la muerte de Manfredi, las esperanzas de encontrar con vida a Ignazio, su otro hijo, desaparecieron cuando, al año siguiente de su desaparición, se halló su cadáver... o, mejor dicho, lo que quedaba de él. Desde entonces, igual que su madre, Giulia no se quiso quitar el luto y vivía encerrada en el Palacio Butera, sin ver nunca a nadie, ni siquiera a sus hermanos. Por suerte, su hijo Giuseppe no solamente sobrevivió, sino que además fue nombrado secretario particular del presidente del Consejo, Vittorio Emanuele Orlando, para la Conferencia de paz de París; Giovanna se prometió con Ugo Moncada di Paternò y, sin duda, también Sofia iba a encontrar pronto un marido. Al menos para ellos, la vida seguía...

«Ya, pero desde luego no la vida de antes. ¿Cuál, entonces?», se pregunta ahora Franca.

El mundo que ha surgido de las cenizas de la guerra le es ajeno, casi la rechaza: es un mundo que ha borrado a hombres como el káiser Guillermo II, que ha apagado las luces de toda una época y que ahora va a ciegas en la oscuridad. Y en el que se siente vieja, pese a que solo tiene cuarenta y cinco años.

Se decide a sentarse al escritorio para responder la correspondencia. La Congregación de las Damas del Giardinello le pide su ayuda para unas jóvenes viudas de guerra; Stefanina Pajno la invita a una velada musical; debe escribir una nota de agradecimiento para...

Llaman a la puerta. Es una llamada insistente, inusual.

Una de las criadas del hotel abre la puerta, habla en voz baja con alguien. Luego Franca oye una voz familiar.

—¡Doña Franca! Doña Franca, por favor, necesito hablar con usted...

Con un suspiro, Franca se levanta y va a la otra habitación.

Y se encuentra delante a Diodata, su criada personal de la Olivuzza. Por un momento, la cinta de los recuerdos se desenrolla entre ellas y Franca sonríe. ¿Cuántas veces esa mujer la había ayudado a peinarse? ¿Cuántos vestidos le había preparado? Siempre había sido diligente, discreta... sobre todo, en sus discusiones con Ignazio.

Le sonríe, se le acerca y la hace pasar, mientras le pide a la criada del hotel que las deje solas.

—Te veo bien —le dice luego, a sabiendas de que miente. La

mujer que tiene delante no es más que la sombra de la chica robusta y de mejillas sonrosadas que ha trabajado muchos años para ella. Está flaca, tiene arrugas, y lleva un sombrero deformado y un sobretodo con más de un parche.

—Gracias. A usted, señora, también la veo yo muy bien. —Diodata inclina la cabeza. Está abochornada—. Doña Franca, perdóneme por presentarme así, sin escribirle ni una nota. Sé que esto no se hace... Pero, verá, he sabido que había vuelto usted de Roma y usted es la única persona que conozco que puede ayudarme. —De golpe, los ojos se le humedecen y su rostro parece casi desmoronarse—. ¡Se lo suplico, doña Franca, estoy desesperada! —Se lleva los puños a la frente—. ¿Se acuerda de por qué dejé de trabajar en su casa, verdad? Tanino Russello, el campesino que traía las verduras del campo y que tenía un trozo de tierra por el poblado de San Lorenzo, me pidió que me casara con él. —Se pone roja—. Los dos estábamos solos y pensamos hacer la prueba de vivir juntos. Hijos no llegaron, pero él, si lo recuerda, ya era mayor y cojeaba. Por eso no se fue a la guerra, lo que nos pareció una bendición... Pero hace tres meses volvió a casa con una tos... *Virgen santa, qué tos tenía*... Y a la mañana siguiente tenía una fiebre tan alta que me asusté y llamé al doctor. Pero el doctor no vino enseguida, porque me mandó decir que casos como el de mi marido había un montón en toda Palermo y que la culpa era de esa gripe que se llama española: gente que arde con una fiebre que no baja, con dolores en el cuello y que no puede respirar, y que acaba escupiendo sangre por la boca y que estaba muriendo a montones... y así fue. Después de catorce días de fiebre fortísima, Tanino empezó a toser sangre y a la mañana siguiente ya no estaba. —Levanta la cabeza. Su mirada habla de dolor, de penurias, de desesperación—. Yo también la tuve, la española, después de él, pero el Señor no quiso llevarme a su lado. Aquí sigo, he tenido que vender el pedazo de tierra que él cultivaba y que nos daba de comer, pero ese dinero se me está acabando porque la tierra ya no vale nada, nada... *Estoy sola y desesperada, como me muera, encontrarán solo huesos*. Si alguien no me toma a su servicio... —Le agarra las manos—. Se lo ruego, doña Franca, tómeme usted a su servicio, aunque solo sea durante un tiempo... O a lo mejor alguna de las señoras amigas suyas necesita...

Arrollada por ese río de palabras, instintivamente Franca retrocede un paso.

Esa gripe violenta, muchas veces mortal, no era una novedad: durante la guerra ya se había hablado de ella, pero los periódicos le habían dedicado apenas un suelto para invitar a la prudencia o para indicar que se había procedido a la desinfección de este o de aquel local público. Además, entre sus conocidos nadie había enfermado de esa gripe. Por eso Franca se convenció de que en Palermo no había peligro.

—Pero ¿qué dices, querida Diodata? —exclama entonces—. ¿De verdad que tanta gente se ha contagiado de española también aquí?

Diodata asiente con fuerza.

—Ni se imagina usted cuánta gente ha muerto, doña Franca. Los que vivían lejos de la ciudad, cerca del mar o en el campo, se han salvado, pero la gente pobre... En Castellammare, en la Kalsa, en la Noce, en la Zisa... no hay portal donde no haya habido al menos un enfermo o un muerto. —Se retuerce las manos—. Algunos se han encerrado en casa, otros han lavado la ropa a diario con jabón de azufre... Y ha habido incluso quienes han salido a la calle con un trapo delante de la cara. Pero eso ha valido de poco.

Franca ha enmudecido. El terror a la enfermedad irrumpe con ímpetu, nublándole la vista y haciendo que resurja con toda su crudeza el recuerdo de la muerte de Giovannuzza.

—Mis hijas... —gime, mirando a Diodata con horror e incredulidad.

—Solo la conozco a usted, he servido en su casa veinte años. Se lo ruego, no me deje tirada en la calle. Soy fuerte, sé trabajar. Si pudiese, me iría a América, como han hecho algunos de los que trabajaban en las cocinas... Pero si no tengo dinero ni para comer, ¿cómo me voy a ir...?

Franca casi no la ha escuchado. Ahora solo piensa en una cosa: «¿Y si Diodata también está infectada?».

No puede seguir junto a esa mujer un solo minuto más. Sin decir palabra, va a su habitación, abre un cajón y saca unos billetes. Luego tiene una idea. Para, reflexiona, asiente. Coge papel y pluma, escribe unas líneas. Mete el dinero y la nota en un sobre, luego vuelve rápidamente a la puerta.

—No puedo contratarte, Diodata, de verdad que no puedo. Pero ten esto —le dice, tendiéndole el sobre—. Aquí hay algo de dinero, y también un mensaje para mi cuñado Vincenzo. Dices que te gustaría ir a América, ¿no? Bien, ve a verlo, en la via Roma, y dile que yo te envío. Le pido que trate de encontrarte un pasaje en el próximo buque.

Diodata coge el sobre, asombrada. Luego rompe a llorar.

—¡Oh, doña Franca, gracias! *¡Yo ya sabía que usted es una santa mujer!* —Se le acerca, trata de besarle la mano, pero Franca se aparta.

—Venga, venga, no hace falta que me des las gracias por tan poco —le dice.

Diodata la mira, se seca los ojos, rebosantes de una gratitud que hacen que Franca se sienta aún más incómoda.

—Nunca la olvidaré —murmura—. Siempre rezaré por usted y por sus hijos, tanto por las que están vivas como por los que ahora son ángeles. Siempre fue usted buena conmigo y lo sigue siendo.

Franca agarra el pomo de la puerta.

—Ve rápido a la via Roma —le dice, y casi se parapeta detrás del batiente de la puerta—. Adiós y buena suerte, Diodata.

Cierra la puerta mientras Diodata sigue repitiendo agradecimietos y bendiciones, luego corre al lavabo, busca la pastilla de jabón de azufre. Frenética, se lava las manos y los brazos.

Pero no es solo la fiebre española lo que la asusta, no. Quiere liberarse de la pobreza que ha visto en Diodata, de esa sensación de suciedad, de precariedad, de miseria. Del sentimiento de culpa, de la conciencia de lo que ha significado la decadencia de la Casa Florio. Porque no es solo su vida la que ha cambiado, no. Han cambiado muchas otras, y para mal. Y esa es una responsabilidad con la que ella no es capaz de cargar.

«Roma es preciosa, pero también agotadora. En París, en cambio, parece que estás dentro de un cuadro de Pissarro. Sienta bien al corazón venir aquí de vez en cuando...». El sol de abril roza las ventanas de los edificios de la rue de la Paix, y recuerdos leves como velos bullen ante los ojos de Franca: el viaje de la luna de miel, los paseos por la orilla del Sena con sus amigas, los concursos hípicos en el Grand Palais, las veladas en la Opéra... «Es como si aquí no pudiese pasar nunca nada feo», piensa, y sonríe, escuchando a Igiea y Giugiù, que están discutiendo sobre los sombreros que han visto en el Café de Paris, donde han comido: a Igiea no le gusta nada la nueva moda que ha descartado las flores y solo acepta cintas y plumas. A Giugiù, en cambio, le encanta.

Desde hace ya dos años Franca vive en Roma, en un apartamento del Grand Hotel. Y no solo porque en esa ciudad puede hacer valer su título de dama de la corte, sino porque además resulta más sencillo: menos servidumbre, menos gastos. Sin embargo, las primeras veces que volvió para pasar unos días a la Villa Igiea y se sentó en el templete que da al mar tuvo la sensación de que Palermo la llamaba. La ciudad reclamaba a su reina, con sus fiestas alegres, los aplausos en el teatro, los valses que se bailaban hasta el amanecer, el *gelo di mellone* de su *monsú*. Pero esa voz se fue debilitando hasta apagarse. «A lo mejor Palermo ha comprendido que, cuando la época de la felicidad ha terminado, solo se puede esperar que alguien la recuerde», se dijo.

Lo único a lo que Franca no consigue acostumbrarse, en Roma, es a la omnipresencia de la política, al hecho de que todo lo que ocurre en Italia tenga ahí una repercusión inmediata, concreta. Todo cuanto antes le llegaba filtrado por las crónicas de los periódicos o por algún relato, ahora le parece más próximo y, a menudo, más amenazador. Como aquel horrible atentado en el Teatro Diana de Milán, de hacía unas semanas, en el que habían muerto al menos quince personas, entre ellas, una niña. Al día siguiente, Roma estaba llena de banderas con un lazo negro y toda la ciudad parecía sumida en un pozo de dolor. Por no mentar las huelgas, los continuos enfrentamientos entre socialistas y fascistas... Quién sabe si ese Benito Mussolini, que precisamente unos días antes había ido a ver a Gabriele D'Annunzio a Gardone Riviera, era el hombre apropiado para reinstaurar un poco de orden en Italia...

—¿Me has oído, *Muri*? —Igiea se le ha acercado, le da un leve golpe en la mano—. Mi futura suegra espera que le enseñe el traje de novia cuando esté casi listo. Quiere regalarme unas joyas familiares y quiere estar segura de que son adecuadas.

—Sí, me lo ha sugerido también a mí, como también me ha dicho que habría preferido una casa de modas italiana. —Se encoge de hombros—. Worth es la casa de modas a la que los Florio hemos ido siempre. Es la mejor y para tu boda quiero que tengas lo más exquisito. —Ya se imagina las protestas de Carlo Linch. «¡Doña Franca, me había prometido que limitaría los gastos!». Pero no le importa. Quiere que Igiea tenga la boda que ella no pudo tener.

Giulia abre mucho los ojos claros.

—¿Y yo? —pregunta, sin ocultar un tono de celos infantil.

—Para ti, Giugiù, iremos al boulevard des Capucines, a Liberty. —Se inclina hacia delante, la acaricia.

—Oh, la última vez fui con Maruzza. La echo de menos, ¿sabes?

—Yo también —suspira Franca.

Ha pasado ya un año de la boda de Maruzza con el conde Galanti, el director de la Villa Igiea. Un matrimonio tardío para los dos, una unión que a ella le permite librarse de las calamidades que seguía sufriendo la Casa Florio. Cuando le dio la noticia, Franca se limitó a asentir y a murmurar alguna palabra de comprensión. Sus hijas, en cambio, le dieron un largo abrazo y la felicitaron efusivamente.

«Qué hijas tan maravillosas. Son dos auténticas flores», piensa Franca.

Giugiù tiene solo doce años, pero empieza a crecer. E Igiea, que tiene veintiuno, es una joven de piel muy clara, de rostro delicado y largas manos elegantes. En el anular de la mano izquierda lleva el anillo que el duque Averardo Salviati le ha regalado por su compromiso. Van a casarse dentro de pocos meses, el 28 de octubre de 1921.

Se conocieron en unas vacaciones en Abetone, un lugar lleno de recuerdos para Franca: ahí conoció a Giovanna, e Ignazio pidió su mano.

Afecto y melancolía se mezclan durante un instante. Está encantada de que Igiea haya encontrado un hombre que la quiere y que posee un título tan prestigioso. No habría podido esperar un matrimonio mejor para su hija, porque además las condiciones económicas de los Florio no han mejorado, más bien lo contrario. Pero también espera que esa unión no se parezca a la suya con Ignazio. Que sea serena. Que los dos se amen y respeten. «¿Por qué no iba a ser así?», se dice, casi para tranquilizarse. «No tengo ningún motivo para pensarlo».

Llegan delante del portal de Worth pero, justo cuando se disponen a entrar, un niñito vestido de marinero surge como de la nada y abraza la pierna de Franca.

—*Le carrousel! Je veux monter sur le carrousel!* —lloriquea, meneando los rizos rubios.

La niñera aparece poco después, jadeando, pide toda clase de disculpas y, por fin, se lleva al niño, que ahora llora con desesperación.

Giugiù se echa a reír, pero a Igiea no le ha pasado inadvertida la mirada preñada de tristeza de su madre. Era muy pequeña cuando murieron Giovannuzza y Baby Boy, pero sus imágenes las guarda en su interior. Se le acerca, la abraza.

—Mamá... —susurra.

Franca apenas contiene las lágrimas.

—Siento no haber podido daros una vida plácida. Puede que tampoco haya sido una buena madre.

—No digas eso —replica Igiea—. Tú has estado siempre a nuestro lado. Y papá... ha cometido muchos errores, pero nunca nos ha faltado su afecto —añade, con voz tranquila—. Esa... mujer que está con él nunca podrá ocupar tu lugar. Ahora que tengo a Averardo, comprendo muchas cosas. Por ejemplo, que se puede amar a dos personas a la vez, pero de forma diferente. A lo mejor, papá os necesita a las dos.

—No —refunfuña Franca con rencor, levantando la cabeza. Se abre una grieta, de la que mana un reguero de dolor—. Si lo compartes, el amor entre un hombre y una mujer se hace trizas. Yo me di entera a él, mientras que él... él no sabe qué significa amar. Porque nunca fue realmente capaz de cuidarme. No sabía qué hacer, ni supo comprender que a veces tienes que renunciar a algo tuyo para permitir que el otro sea feliz. Lo seguiré queriendo porque es mi marido y es vuestro padre, pero...

Igiea se endereza, mira a su madre a los ojos, le aprieta la mano.

—Pero estaréis siempre cerca el uno del otro. Y eso es lo único que importa de verdad.

Vincenzo respira profundamente el aire tibio de París. Sonríe, luego observa a la mujer que camina a su lado y le planta un beso en la frente. Ella se ríe; una risa espontánea, argentina. Viva.

Cabellos negros, ojos oscuros, nariz perfecta: un rostro que revela un carácter libre, alegre.

A él le cuesta creer que haya encontrado a una mujer que quiera estar a su lado, a pesar de sus continuos cambios de humor. Lucie Henry entró en su vida por casualidad, pero no es nada casual que siga a su lado. Han sobrevivido a la guerra y ahora viven juntos, entre París y Palermo.

Lucie corresponde a su mirada, se junta más a él.

—¿Crees que a tu cuñada va a gustarle verme? La última vez no me pareció especialmente feliz por mi presencia.

Él se encoge de hombros y gira el bastón de ébano con empuñadura de plata.

—Bah, ese es su problema. Voy ahí para ver a mis sobrinas y tú eres mi *petite amie*. ¿Te parece bien que te llame así?

—He tenido una hija fuera del matrimonio. He conocido a

muchos hombres. Ahora vivo contigo sin ser tu esposa. *En Sicilie* me definirían de otra manera, pero no me importa.

Vincenzo pone su mano sobre la de ella. Se detienen en medio de la calle. Él le acaricia las mejillas y le habla en voz baja.

—¿Te acuerdas? La guerra acababa de empezar, y tú todavía posabas para ese pintor muerto de hambre... La noche en la que nos conocimos yo estaba borracho y tú habías discutido con él.

Ella se ríe.

—¿Cómo voy a olvidarlo? Tú estabas a punto de regresar a Italia, así que empezamos a vernos a escondidas, como dos chiquillos... Y después te presenté a Renée. —Hace una pausa—. Quería que la conocieras para que...

—Tienes una hija maravillosa —la interrumpe. Las imágenes reemplazan a las palabras, el recuerdo se vuelve tierno, dorado como la miel. Renée, con ojos almendrados y vivos como los de Lucie, lo observó atentamente antes de acercársele, luego le preguntó a su madre si era uno de sus amigos.

El repentino bochorno de Lucie se esfumó en cuanto Vincenzo se agachó, le revolvió los rizos a la niña y le dijo: «*Non, ma petite*, yo soy alguien que quiere bien a tu mamá».

Después elevó la mirada y se encontró con los ojos de Lucie.

Lo estaban esperando unos ojos empañados en lágrimas.

La memoria avanza. Ellos dos, de pie, en la habitación de Lucie, delante del balcón cubierto de cortinas blancas. No se tocan, todavía están vestidos. Se miran. Nada más: se hallan en ese momento maravilloso e indefinido en el que se empieza a hacer el amor con la mente antes que con los cuerpos.

Lucie es la única mujer que ha sido capaz de paliar el dolor por Annina.

—Vamos —le dice. Le pasa la mano por el brazo, llega a los dedos, los entrelaza con los de ella.

Encuentran a Franca, Igiea y Giulia en el salón de té del hotel Le Meurice. La luz difusa que proviene de las arañas de cristal se refleja en los revestimientos de madera y en las estanterías, llega a tocar los manteles blancos y se prende en la claridad láctea de la porcelana.

Franca está rígidamente sentada en un sillón; Igiea, a su lado, le está sirviendo té y se está poniendo otra taza a sí misma. Giulia está concentrada en la lectura de una novela.

—Oh, aquí estáis. —Vincenzo se acerca, besa a sus sobrinas, roza la mejilla de su cuñada.

—Perdonadnos por haberos hecho esperar. —Lucie, detrás de él, inclina la cabeza en un saludo informal.

Franca le indica el sillón que tiene delante de ella.

—No hay por qué pedir perdón. Hemos tenido un día muy ocupado. Igiea ha elegido el traje en Worth y después hemos pasado por Cartier... —Hace caso omiso de la ceja enarcada de Vincenzo, se dirige a la camarera que se ha acercado y le pide más *petits fours*.

Lucie carraspea, mira a las chicas y luego a Franca. «Es muy guapa, y tiene una clase innata», piensa. «Pero parece tan indiferente, tan distante...». Tiene las manos juntas sobre las piernas y la espalda recta, y, aunque sonríe mientras habla con Vincenzo de los preparativos de la boda, su mirada es fría. De repente, sin embargo, Lucie intuye que también es observada. Mejor dicho, juzgada. Por esa mujer tan hermosa, claro, pero asimismo por las hijas. Igiea la mira con altivez; Giugiù, entre molesta y perpleja. «¿Me estarán comparando con su madre?», no puede menos que preguntarse.

Vincenzo parece ajeno a ese juego de miradas.

—Tus padres están tirando la casa por la ventana, ¿eh? —le dice a Igiea con cierta ironía.

La bonita boca de Franca muestra una sonrisa satisfecha.

—Por una hija, esto y más. Por otro lado, han de respetarse las convenciones, máxime si las familias involucradas —los Salviati y los Aldobrandini— son unas de las más importantes de Italia.

—Mamá sabe qué es lo que más me conviene —declara Igiea—. La nobleza romana se fija mucho en...

—¿La nobleza romana? —Lucie abre los ojos de par en par—. ¿Estás diciendo que la boda será en Roma?

—Claro. Igiea va a vivir en Roma, o en Migliarino Pisano, donde los Salviati tienen la finca familiar —replica Franca—. Pero también estoy organizando una gran fiesta en la Villa Igiea para los amigos de Palermo que no puedan venir a las recepciones de Roma, para que conozcan al novio.

—¿A «las» recepciones? —pregunta Vincenzo—. ¿No basta con una?

—Después de la ceremonia civil, tendremos la verdadera recepción; después de la ceremonia religiosa, habrá un almuerzo con íntimos, un centenar de personas. Es lo que ha decidido tu hermano y yo me he adaptado a lo que él ha decidido.

—Tío, recuerdas que, como testigo, te tienes que confesar, ¿verdad? —interviene Igiea—. ¿Sabes que mi futura suegra, la duquesa Aldobrandini, es muy religiosa, y que el cardenal Vannutelli, quien va a celebrar la boda, es un íntimo amigo de la familia...?

Vincenzo eleva los ojos al cielo.

—No me confieso desde hace no sé cuántos años. ¡Me temo que mi vida disoluta va a desquiciar a ese pobre cura!

Lucie observa a Igiea. Le parece imposible que esa chica tan joven pueda ser tan respetuosa de las tradiciones y las apariencias. Al final, no consigue contenerse y exclama:

—Pero... ¡estamos en el siglo veinte!

—Si hay algo que nunca pasa de moda es la forma correcta de comportarse —rebate Igiea con delicada mordacidad—. Y ese día el comportamiento de los Florio ha de ser irreprochable. —Le lanza una mirada a su madre y prosigue—: Mi padre sabe perfectamente lo importante que es estar a la altura del apellido. Por eso va a estar con mamá todo el tiempo necesario. —Calla, porque ha llegado la criada con la bandeja de *petits fours*. En el silencio repentino, Franca le dedica una sonrisa orgullosa. Está orgullosa de su hija, de su firmeza. De su manera delicada pero clara de marcar límites.

Vincenzo, en cambio, agacha la cabeza, aprieta la cucharilla y la arrastra por el mantel, de un lado a otro. Ha comprendido lo que le está diciendo su sobrina. Por fin se atreve a mirar a Lucie y ve en sus ojos una profunda tristeza. Sí, ella también ha comprendido: su presencia en la boda no es bienvenida.

—¿No están obligados al secreto...? Los curas, quiero decir —pregunta luego, pero en un tono poco convencido.

Igiea estira una mano hacia los *petits fours*, duda, elige uno.

—No es cuestión de lo que se dice, sino de lo que se decide revelar. Si algo no se ve, sencillamente no existe. —Habla rápido, los labios ligeramente manchados de azúcar. Eleva los ojos y durante un instante se cruza con la mirada de Lucie.

Y en esa mirada hay un juicio sin apelación.

Franca cuelga el teléfono, se levanta del sillón y sonríe con ternura. Maria Arabella, la hija de Igiea y Averardo, nació hace poco más de un mes, el 6 de septiembre de 1922, y tanto la madre como la niña se encuentran perfectamente, quizá también gracias a que viven en el campo, en la hermosa finca de los Salviati. Pero lo que más la ha alegrado es la voz de Igiea: tranquila, segura, serena. La voz de una mujer que ha encontrado su lugar en el mundo y que se siente apreciada y estimada en su nueva familia.

El teléfono suena de nuevo y Giulia corre a responder.

—¿Diga? ¡Oh, tío Vincenzo! Sí, estamos bien... ¿Y vosotros? ¿Cómo está la *tante* Lucie? ¿Y Renée? ¿Has visto a la abuela Costanza? ¡Ah, bien! ¿Qué? Estás organizando una carrera de lanchas entre la Arenella y la Villa Igiea y quieres saber si nosotras...

Franca ha comprendido y enseguida hace un gesto negativo con la cabeza.

—Le preguntaré a mamá, pero no creo que vayamos... Palermo es muy triste en noviembre... Oh, ¿sabes que ayer vimos una película ambientada en Sicilia? Se titula *Il viaggio* y la protagoniza Maria Jacobini, que está preciosa y además...

La sonrisa de Franca desaparece. Y también desaparece la imagen de Palermo que la invitación de Vincenzo ha evocado. Poco importa que también el último tramo de la via Roma ya esté terminado y que haya calles nuevas y grandes tiendas. Eso es para pequeños burgueses, «gentuza» sin estilo. La mayoría de los nobles que dieron brillo a Palermo durante tan largos años no ha conseguido salir de la oscuridad de la guerra ni de las dificultades económicas consecuentes y lleva una vida apartada. O bien se ha mudado, a Toscana o a Roma, como ha hecho ella. Y trata de viajar todo lo que puede: las habitaciones de hotel de París, de los Alpes austriacos o del Trentino son cómodos y elegantes lugares sin alma, sin recuerdos.

Solamente Giulia ha encontrado una manera de continuar aferrada al pasado: Constantino, el rey emérito de Grecia, ha elegido Palermo para su exilio y Giulia pasa los días con él, con la reina Sofía y con su pequeño círculo, que a menudo se reúne en la Villa Igiea.

Un fantasma que ha elegido la compañía de otros fantasmas.

Los ojos de Franca se posan en el cajón del pequeño escritorio que hay pegado a la pared, uno de los muebles de Ducrot que ha podido llevar a Roma: sabe que contiene un fajo de papeles, que Ignazio había dejado ahí unos meses atrás, en su última visita. Por descuido o adrede, eso era una incógnita. Los hojeó y, en esa maraña de números y de fórmulas burocráticas, una cosa le quedó clara: la hipoteca sobre la Olivuzza, contraída con la Société Française de Banque et Dépôts, se había —a saber de qué manera— cancelado, y buena parte del edificio, con una importante parte del parque, se había vendido a Girolamo Settimo Turrisi, príncipe de Fitalia.

Cerró de golpe la carpeta y la guardó enseguida en ese cajón, procurando olvidarla. Pensar en el fin de tu propio mundo era doloroso; tener la prueba concreta era insoportable.

No, al menos durante un tiempo no regresará a Palermo.

Pero tampoco quiere permanecer en Roma. ¿Qué podía ocurrir después de esa gigantesca concentración de fascistas en Nápoles, donde Benito Mussolini dijo «O nos entregan el gobierno o lo tomaremos entrando en Roma», como si la ciudad fuese su presa?

—Eh, Giugiù, ¿qué opinas de hacer un viaje corto? —le dice entonces a Giulia, en cuanto esta termina de hablar por teléfono—. Podemos ir a Stresa. Y después a Viareggio, al Hôtel Select, como siempre. Y podemos pedirle a Dory que nos acompañe.

Giulia lanza un gritito y se pone a bailar, feliz. La nueva amiga americana de su madre —miss Dory Chapman— es una mujer que ha viajado por todo el mundo y que conoce un montón de historias increíbles. Pero, sobre todo, siempre está de buen humor. Giulia se ha dado cuenta además de que, cuando habla con ella, su madre está menos triste de lo habitual.

—Ya verás qué bonito —dice entonces. Luego, dándole un beso en la mejilla, murmura—: Sí, necesitamos un poco de alegría.

Franca ignora por qué Ignazio ha ido al Hôtel Select de Viareggio en esa nublada tarde de noviembre, donde ella está alojada. Ha reparado en que parece cansado y en que solo tiene un par de maletas, como si hubiese salido deprisa. Como siempre, sin embargo, no hace preguntas. En silencio, coge un collar de perlas y un brazalete de su bolsa de seda dorada, se los pone y repone la bolsa en el joyero. Luego se coloca en los hombros la capa de marta cebellina y, simplemente, dice:

—¿Vienes?

—¿Adónde vas?

—Al casino, para apostar solo un poco y para charlar. No es que aquí haya mucho más que hacer.

Él se encoge de hombros.

—¿Te molesta que no te acompañe? Hace frío, está a punto de llover, estoy agotado y me encantaría acostarme.

—Tu habitación está enfrente de la de Giugiù. Ahí está la llave —replica ella con sequedad—. Además, voy con Dory y con el marqués de Clavesana. No estoy sola.

En el pasillo, Ignazio se aleja sin siquiera despedirse.

«Él ha visto más amaneceres que el sol y ahora se ha convertido en un viejo que se queja por dos gotas de lluvia», reflexiona Franca con una sonrisa amarga, mientras baja las escaleras y llega al vestíbulo, donde la espera Dory, que enseguida sale a su encuentro.

—¡Ya estás aquí, querida! —exclama, envolviéndose en la estola de zorro—. ¿Vas bien abrigada? ¡Los sicilianos necesitáis *so much* calor! El marqués de Clavesana nos espera *in the car*. ¿Vamos?

Franca sonríe. Sí, Giugiù tiene razón: esa mujer realmente infunde alegría.

—Claro —replica.

Se oye un trueno, lejano, mientras un conserje del hotel cierra la puerta detrás de ellas.

Es poco más de medianoche. Dos hombres vestidos de negro caminan deprisa por los pasillos de servicio del Hôtel Select. Suben un tramo de escaleras, luego abren sin hacer ruido la puerta de un trastero. Ahí, en medio de las escobas y los cestos de la ropa sucia, encuentran un mandil. Uno de los dos lo coge, lo agita, sonríe.

Un tintineo. Llaves.

Los dos salen del trastero y suben a la planta noble, donde están las habitaciones más lujosas. A la luz de una pequeña lámpara de pared, introducen la llave maestra en la cerradura de la puerta, que se abre sin chirriar.

Están dentro.

La habitación es muy grande y solo la alumbra la luz de las farolas de la calle. Entrevén la cama, con una bata apoyada entre las almohadas, el tocador y una silla sobre la que hay unas enaguas.

Uno de los dos introduce un pañuelo en la cerradura de la puerta. Luego señala el tocador. Ahí delante, encima del taburete, hay un joyero.

El joyero.

Se hacen un gesto, lo colocan sobre la cama, lo fuerzan con una ganzúa.

Ahí está, la bolsa de seda dorada con las joyas de Franca Florio. La abren, revuelven el interior, palpan las bolsitas de terciopelo, las sacan y, antes de abrirlas, se acercan a la ventana. Las perlas y las piedras preciosas arrojan rayos de luz en la oscuridad.

Entonces, uno de ellos vuelve a guardar las bolsitas en la bolsa, mientras que el otro va al otro lado de la habitación y pega el oído a la puerta que hay entre la habitación de Franca y la de la otra mujer, la americana.

Ningún ruido. Pueden continuar.

Colocan el joyero sobre el taburete. Luego abren los armarios, las maletas y las sombrereras, hurgan entre la ropa con violencia. Por último, agarran los tarros de las cremas, los destapan, abren la ventana y los arrojan a los setos; todo el mundo se convencerá de que huyeron por ahí. Saltando al jardín.

Después entran en la habitación de Dory. Ahí el botín es menos suculento: una pluma de oro, una pequeña libreta de apuntes también dorada, un sobre con cincuenta mil liras.

Por fin, cierran la puerta detrás de ellos y, silenciosamente como habían llegado, se marchan.

El comisario Cadolino sujeta la hoja con manos casi temblorosas. Lee en voz alta, perplejo, y también la voz es titubeante.

—Lamento molestarlo de nuevo, señor Florio, pero tiene que venir de Roma el jefe de policía Grazioli y yo he de estar seguro de que la lista está completa. ¿Me permite?

Ignazio, un puño cerrado en los labios, asiente.

—Gracias. Entonces: un collar de ciento ochenta perlas grandes, con broche de brillantes y rubíes; otro de trescientas cincuenta y nueve perlas pequeñas; un collar de platino con perlas grandes en forma de lágrimas y brillantes grandes; un bolsito de oro y platino con monograma en rubíes colgante; un broche de oro con monograma de brillantes y corona real con nudo celeste...

—Mi esposa es dama de la reina Elena y ese es su distintivo.

—Ah, ya, claro... Un reloj bordeado de brillantes y pulsera; una pulsera de reloj de oro de forma cuadrada; cinco anillos grandes con perlas; un anillo con rubíes y brillantes; una cadena larga de brillantes divididos en tres partes...

Franca no escucha. Está con las manos juntas sobre el regazo, la mirada perdida en el vacío. Porque no es solo que ya no tenga sus joyas, su protección contra las fealdades del mundo, sino que además, desde que hace dos días se descubrió el robo, tiene la sensación de estar metida en una cárcel, como si la ladrona fuese ella. Interrogatorios ininterrumpidos. Policías por todas partes. Periodistas esperando fuera del hotel. Una pregunta tras otra, a ella, a Dory, a Ignazio, incluso a Giulia. Manos desconocidas hurgando entre su ropa y en los cajones, esparciendo aquí y allá un polvo para las huellas digitales, registrando e interrogando a criadas y a conserjes. ¿Y para qué? Ni siquiera habían averiguado si el ladrón estaba o no solo, si había entrado por la puerta o por la ventana y por dónde había huido. Sí, en el cristal había una mancha de *cold cream*, pero...

—... una pulsera grande y cadena de platino; una pulsera con dos rubíes y brillantes; una pulsera de platino con cuatro perlas grandes; una pulsera entera de brillantes; una pulsera de platino con turquesas...

«Ya no tengo nada».

—... Una pulsera de brillantes y zafiros; un anillo de platino con tres brillantes; varios broches con rubíes y brillantes; una trenza con brillantes y rubíes...

«Ya no soy nada».

—¿Ha terminado? —pregunta Ignazio. Está cansado, abatido, y no hace nada por ocultarlo.

Cadolino asiente, se despide de Franca con una inclinación de cabeza y sale.

Ignazio se le acerca, le toca levemente el rostro y ella lo mira como si no se hubiese ni percatado de su presencia.

—Ya verás como las encuentran —le dice, tratando de consolarla. En realidad, él también está alterado y confuso. Esas joyas valen una fortuna y pueden suponer una garantía para las deudas que no lo dejan respirar. También lo sabe Linch, que se ha apresurado a llamarlo para conocer «la entidad del daño».

Franca retuerce un pañuelo.

—Eran lo que más quería después de mis hijas... —susurra—. Parece que no soy capaz de retener lo que más me importa, que mi destino es perder de la manera más dolorosa que cabe a las personas y las cosas por las que más apego siento. ¿Qué pecado tengo que expiar? ¿Por qué tengo que ser castigada así?

Ignazio la abraza.

—Venga, querida Franca... Hemos pasado por cosas mucho peores. Recuerda que son joyas perfectamente reconocibles. Los ladrones no pueden pedir que se las desmonten al primer joyero con el que se tropiecen. Además, nadie querrá correr el riesgo de ser acusado de receptación. Por mucho que puedan ganar, el asunto es muy peligroso.

Franca abre los ojos de par en par.

—¿Desmontadas? ¿Hechas pedazos? —balbucea—. ¿Mis collares? ¿Los anillos...? ¿Mis perlas? —Menea la cabeza frenéticamente—. No, no... —repite, y de nada valen las palabras de Ignazio. Franca se pone a temblar, se abraza el tórax, como si tratase de no acabar hecha pedazos—. ¿Tenía que sufrir también esto? —se pregunta. Llora débilmente, el rostro destrozado por un dolor que es la suma de todo el sufrimiento de esos años. Como si en ese robo, además de las joyas, le hubiesen sustraído también lo único que todavía le protegía el alma: el recuerdo de su felicidad.

Sin embargo, al menos esa vez, el destino es generoso con ella. Quien dirige las investigaciones es un hábil subcomisario de Milán, Giovanni Rizzo. Es un hombre tenaz, que conoce bien su oficio. Y reconoce rápidamente a los dos ladrones, el belga Henry Poisson y el exoficial de la aviación alemana Richard Soyter. Siguieron a Franca unos días, observaron sus hábitos y los de su amiga y actuaron en el momento en que estuvieron seguros de que tanto Ignazio como Giulia estaban dormidos.

Rizzo les tendió una trampa en Colonia gracias a la ingenuidad de Marguerite, la novia de Poisson. Entre reconstrucciones improbables y contradictorias, declaraciones efectistas —«¿Para qué quería la señora Florio sus joyas, si ya tiene muchas?»—, que al parecer hizo Poisson cuando fue detenido, maletas confiscadas en la frontera con Italia y enredos judiciales, pasaron cuatro años, esto es, hasta 1926, antes de que los dos ladrones fueran condenados en contumacia por la justicia italiana. Un juicio que entonces ya no interesaba a nadie, ni siquiera a Franca, que, de hecho, no acudió.

A ella le bastó recuperar, en enero de 1923, todas sus joyas. Con una mezcla de estupor y compasión, Giovanni Rizzo la vio abrir las bolsitas una por una, acercar las perlas al rostro, acariciar los diamantes y ponerse los anillos.

—Han vuelto... Están aquí y son mías —murmuró Franca, llorando de felicidad.

Su vida, o al menos una parte de ella, volvió a su sitio.

Aunque han pasado más de diez años desde que Ignazio tuvo que abandonar su despacho de la plaza Marina, para él los crujidos nunca han cesado y las grietas jamás se han arreglado. Al revés. La Olivuzza despedazada, convertida en un nuevo barrio de la ciudad. La Villa Igiea, que ya ha perdido su razón de ser: los salones están desiertos, el casino no da casi ningún rendimiento. La fábrica de cerámicas, prácticamente cedida a Ducrot. La sede del Banco Florio y los inmuebles de la via dei Materassai, vendidos a hombres astutos y de dudosa fama, que se enriquecieron mientras Italia se hundía en la guerra. Hasta *L'Ora* pasó hace tiempo a manos del rico molinero Filippo Pecoraino. Después, en 1926, el régimen mandará cerrar el diario, para reabrirlo al año siguiente con el subtítulo de *Quotidiano fascista del Mediterraneo*.

En esa tempestad infinita, el único baluarte es Carlo Linch. Omnipresente, puntilloso, incansable, sigue con tozuda firmeza pidiendo que se limiten los gastos —«¡Todavía son realmente excesivos!»—, sobre todo los de Franca, y a veces llega incluso a mentar la boda de Igiea, pese a que fue hace cuatro años:

—¡Un auténtico despilfarro! ¡Ropa, joyas, hasta tres recepciones! Ah, si se hubiese evitado malgastar tanto... —exclama exasperado, en los momentos de mayor dificultad. Y, sin embargo, no es un hombre insensible: salvar lo que queda de la Casa Florio es una tarea que Linch cumple con una abnegación digna de mejor causa. Los malignos insinúan que lo hace por su propio interés económico y que ciertas decisiones que ha tomado en esos días podrían haber sido más prudentes. Pero da igual. Todavía tiene una esperanza y, con él, la tiene Ignazio.

Durante un breve tiempo, esa esperanza tuvo tres nombres: Ignazio Florio, Vincenzo Florio y Giovanna Florio.

No fue fácil, pero al final la Banca Commerciale les concedió a los Florio una apertura de crédito para la compra de tres piróscafos ingleses, destinados al comercio de tránsito. Con uno de ellos —el Giovanna Florio—, Ignazio incluso acarició la idea de una ruta entre el Mediterráneo y Baltimore. Pero todas sus aspiraciones tropezaron con la crisis del sector mercantil italiano, desgastado por costes insoportables y por beneficios cada vez más bajos. Al cabo de cuatro años, los tres piróscafos acaban en el desguace del puerto de Palermo, triste emblema de un nuevo sueño hecho humo, hasta que un comandante de Piano di Sorrento, en Nápoles, Achille Lauro, los fleta por una cantidad ridícula de dinero y construye, a partir de ellos, su imperio naval.

Otra llama, otra esperanza: tras meses de discusiones con el Ministerio de la Marina Mercantil, en diciembre de 1925 nace en Roma la Florio-Società Italiana di Navigazione, a la que se adjudican unas líneas del Tirreno. El deseo de no abandonar el mar es de Ignazio, pues él sabe que el nombre de los Florio está unido al mar. Sin embargo, Linch es quien se ocupa del asunto, quien vence la desconfianza del ministerio y quien dirige la operación. Ignazio, en efecto, se ha lanzado a otra de sus empresas: ha ido a las Canarias con la intención de abrir ahí una almadraba para interceptar los bancos de atunes antes de que entren en el Mediterráneo.

«De todas las ideas disparatadas que has tenido, esta es la más disparatada de todas», piensa Franca, frunciendo los labios, mientras lee la carta que le acaba de llegar de su marido. Está en el dormitorio de su casa de Roma, un chalet ubicado en la via Sicilia, elegante en su arquitectura sobria, que recuerda vagamente el de la Villa Igiea, y que está decorado con algunos de los muebles diseñados por Ducrot, pero también con numerosos objetos valiosos de la Olivuzza, como las copas de cristal de Bohemia y la vajilla de Sajonia. Las fiestas con cientos de invitados ya son un recuerdo lejano, pero una cena en la casa de Franca Florio ha de ser siempre una perfecta reunión de la alta sociedad.

La carta de Ignazio da pocos motivos de alegría: los atunes en realidad escasean, pero hay bancos de sardinas que él piensa explotar, siempre que consiga encontrar algo de dinero para las instalaciones y los obreros. En ese momento, están con él Vincenzo y Lucie, que han alquilado un chalet, donde viven sin lujos ni especiales comodidades, igual que los lugareños. Las fotografías que adjunta a la carta son menos sombrías: en una están Ignazio y Vincenzo en una cama, en otra sale Ignazio solo, sentado en un sillón, en otra figura Lucie cocinando. Y otras son escenas de pesca, del interior de la almadraba, de cabañas de pescadores, de una playa al ocaso...

Franca deja a un lado las fotos, resopla con rabia. Nunca, ni una vez, Ignazio le ha pedido que vaya a Canarias, ni para pasar ahí solo unas semanas. A quien le preguntaba por qué no iba, le respondía que esas islas quedaban demasiado lejos y que eran muy primitivas, inapropiadas para Giulia...

—Y además —concluía, sonriendo—, no me imagino organizando una cena en medio de los salvajes.

«Mentiras».

No sale en las fotos, pero Franca está segura de que Vera está ahí con él. Percibe su presencia, la siente aunque no la ve. Ignazio ya puede estar a miles de kilómetros, pero ella ve de todos modos su interior, ve la verdad detrás de sus palabras como nadie más sería capaz de hacerlo. Ha aprendido ese código a su pesar.

—¿Ha llegado una carta de papá? ¿La puedo leer?

Pelo claro y piernas ligeras, Giulia ha entrado en la habitación como una ráfaga de viento primaveral. Ella sonríe y le tiende la hoja. Qué hermosa es su Giulia. Es una espléndida adolescente de dieciséis años. Igiea tiene una belleza clásica y delicada, mientras que Giulia es vital y cautivadora como su padre, al que, además, está muy unida.

La muchacha lee en voz alta y lanza un grito de alegría cuando descubre que su padre piensa regresar pronto a Roma para tratar unos negocios. En ese momento, la criada se asoma a la puerta.

—Está el señor Linch, señora.

Asombrada, Franca se levanta del tocador.

—¿Linch? ¿Por qué...?

Giulia se encoge de hombros.

—A lo mejor nos ha traído unos documentos para que se los entreguemos a papá, dado que está a punto de volver —murmura, y se dispone a seguir a su madre a la salita a la que el mayordomo ha hecho pasar a Linch. Pero Franca la detiene en el umbral. Linch suele ser portador de malas noticias, y no quiere que su hija se inquiete.

—Hija, ve a ver si el cocinero está preparando el *parfait de foie gras* para la cena de esta noche —le dice. Un poco molesta, la chica se aleja hacia la cocina.

Carlo Linch está de pie, no se ha quitado el gabán, y parece tener prisa.

—Buenos días, doña Franca. Perdone que me presente sin avisar, pero necesito hablar con usted.

Ella lo invita a sentarse con un gesto y hace lo propio.

—¿Conmigo? —pregunta—. Por supuesto, usted dirá —añade, en cuanto el mayordomo sale y cierra la puerta.

—Seré breve y... me temo que desagradable —dice Linch, arrugando la frente—. He de recordarle una vez más que sale demasiado y...

—¡Oh, estoy harta de esta cantinela! —lo interrumpe Franca, con evidente irritación. Mira la alfombra que antaño adornaba un salón de la Olivuzza—. Ya hemos recortado todo lo posible e incluso hemos pedido un aplazamiento de pago por las obras que se han hecho en este edificio, a la espera del dinero que debería llegar de las cuotas de participación de la empresa de navegación.

—Pero en esta villa tiene a su servicio a nueve personas y le bastaría con la mitad. Por no mentar sus deudas de juego y los viajes que sigue haciendo. Así pues, en ausencia de su marido, me corresponde a mí pedirle que sea más... moderada.

Las mejillas de Franca se inflaman de indignación.

—¿Cómo se permite? Mi marido nunca me ha dicho lo que tengo que hacer y usted, ahora...

—No he acabado, señora.

Franca se estira los pliegues de la falda, mira a Linch, y espera.

—Invoco su sentido común. Limitar los gastos aquí en Roma ya no es suficiente. Debería volver a vivir en Palermo.

—¿Cómo? —La voz de Franca es un hilo a punto de partirse.

—Vuelva a casa. Ahí podrá ocuparse de lo que todavía posee, ayudar a su familia...

Franca lo mira largamente, en silencio. Luego, de golpe, echa la cabeza hacia atrás y se pone a reír frenéticamente. Ríe sin parar y tan fuerte que se le saltan las lágrimas, y sigue llorando incluso cuando ya ha dejado de reír. Se incorpora de golpe.

—¿A casa? —pregunta. Su voz ahora es sombría, contenida—. Pues dígame usted, señor Linch, usted que lo sabe todo, ¿a qué casa debería regresar? La Olivuzza y su jardín ya no nos pertenecen. Una casa a la que hicimos que entrara el mundo: ¡jefes de Estado, músicos, poetas, actores! ¿O a la Villa Igiea, donde ya soy una invitada? —Hace una pausa, lo mira con la ira que desborda de los ojos verdes—. ¿O es que me está diciendo que la casa a la que debo volver es Palermo? —Traga saliva, lágrimas y amargura. Ningún dique puede contener su rabia: la anida desde hace demasiado tiempo. Es una marejada que arrastra arena y piedras, es una ola de tempestad. Se mueve por la habitación, el borde del traje revoloteando alrededor de los tobillos—. Palermo, que ha recibido pan y trabajo de los Florio durante más de un siglo, que se ha dado aires de gran ciudad europea con ese Teatro Massimo que mi marido financió. Todo el mundo venía a vernos con el sombrero en la mano para pedir una ayuda o una subvención, seguros de que los Florio jamás se negarían a hacer una obra de beneficencia. Era una ciudad que pedía y prometía, pero que nos ha engañado. A Palermo, el agradecimiento le dura tres días, como el siroco. —Para, se pasa una mano por la frente. Un mechón de pelo le cae a la cara—. Y, además, dígame, ¿a la casa de quién debería ir? No hay nadie que me esté esperando. ¿A la de aquellos que se llamaban nuestros amigos, que nos pedían préstamos, que aceptaban nuestros regalos y que ahora miran hacia otro lado cuando se cruzan con nosotros? ¿O a la de los que compraron la Olivuzza por una miseria, después de repartírsela? —Se endereza, cruza los brazos sobre el pecho. Parpadea rápido, la voz se le quiebra—. Usted podrá decirme muchas cosas, señor Linch. Pero llegó a Palermo cuando las hienas ya estaban haciendo trizas lo poco que quedaba de nuestra vida. No lo puede comprender. No sabe qué significa que te pierdan el respeto, porque no ha conocido mi Palermo. La ciudad de los Florio era vital, rica, llena de esperanza. Y ahora ya no existe. No es más que una telaraña de calles desconocidas, a las que dan edificios habitados por fantasmas.

En silencio, Linch introduce una mano en el bolsillo, saca un pañuelo, se lo tiende. Ella lo coge, le da las gracias. En el tejido de batista queda un poco de maquillaje.

—Comprendo —murmura Linch, bajando la cabeza—. ¿Qué le puedo decir? Procure vivir lo mejor posible con lo que le ha quedado. Nunca es muy tarde para ser prudentes.

Esa frase provoca otro sollozo.

—Pero usted también ha de entender que no puedo retirar mi... solicitud —prosigue Linch—. Los negocios no van nada bien. Estoy defendiendo la causa de los nuevos convenios comerciales con el ministro Ciano en persona, pero hay numerosos obstáculos, empezando por el hecho de que su marido de nuevo ha endurecido su actitud con la Banca Commerciale, pese a que esta posee buena parte de las acciones y de los títulos de crédito hacia la Casa Florio. Tendría que ser más complaciente y, en cambio...

—A mí él no me cuenta nada de estos asuntos. Usted lo sabe bien —Franca baja la cabeza, mira la alfombra.

—Me lo imaginaba. —Linch coge el sombrero, juguetea con el ala—. Nuestras esperanzas residen en que su marido se empeñó en que los empresarios respaldaran la lista de Mussolini en las elecciones municipales en Palermo. Entre ellos todavía tiene influencia en capítulo, y, de algún modo, lo atendieron... Ahora nos toca esperar que el gobierno se acuerde de eso y que nos guarde gratitud. —Se inclina levemente—. Le agradezco que me haya escuchado, doña Franca. Si cambia de parecer, ya sabe dónde me puede encontrar.

Franca se queda sola.

De pronto necesita aire fresco y abre la puerta acristalada. Echa hacia atrás la cabeza, aspira con fuerza, mientras el aire le seca las lágrimas. El viento agita la cortina, la levanta y, durante un instante, se sorprende al ver su reflejo en el cristal. Pero esta vez, sin que importen la edad y los sufrimientos, ya no puede seguir viéndose hermosa. Esta vez ve las señales de las ausencias, de los afectos desaparecidos, de todo lo que ha perdido. Están ahí, en sus ojos verdes, que han perdido toda su vivacidad. En las arrugas cada vez más profundas. En los cabellos ya grises.

«Me he convertido en una sombra entre sombras», se dice. «Nada más que en el reflejo sobre un cristal».

En el silencio del estrecho pasillo de la Villa dei Quattro Pizzi, Ignazio camina cabizbajo. Por una ventana abierta entran el leve rumor de las olas y el olor de las algas. Un olor que le recuerda los veranos de su infancia, en Favignana, cuando toda la familia se trasladaba a la mansión que había construido su padre.

Hace poco fue la Navidad de 1928, el Año Nuevo entró de puntillas y sin alegría. Aunque ahora mismo está en Milán, Franca vive en Roma con Giulia: la desalojaron del chalet de la via Sicilia y ahora está instalada en una casa de la via Piemonte.

Ignazio traga saliva. Llega a la puerta de la torre cuadrada, la abre, pero no entra. Se limita a contemplar la luz de enero y el polvo que se agita por encima del suelo de mayólica. Luego observa el golfo que se extiende delante de él. El golfo es una mesa de metal brillante y fría, salpicada de unas cuantas barquitas de pescadores que están volviendo a puerto. Más allá del agua, entreví el jardín de la villa Igiea.

Un pinchazo en el corazón. Otro.

Ya tampoco la villa Igiea le pertenece. Hace unos meses, él y Vincenzo se la traspasaron a una sociedad financiera que ahora, a través de Linch, administra la casi totalidad de lo que tienen: de la Florio-Società Italiana di Navigazione, asfixiada por las deudas, a las almadrabas de Canarias —otro fracaso—, de las participaciones en la empresa de Ducrot a la casa de Vincenzo en la via Catania... e incluso la Villa dei Quattro Pizzi donde él vive ahora. Para quedarse en la Villa Igiea, Ignazio tendría que haber pagado un alquiler; como no se lo podía permitir, el nuevo director lo invitó —amablemente— a irse. Y, después de la amabilidad, le llegó la carta de desalojo.

«No somos nadie mezclados con nada». Y sabe que lo mismo piensa de él la gente, que todo el mundo lo ve así.

Se mira las manos y se pregunta a quién debe echar la culpa de todo eso. Se lo ha preguntado docenas —quizá centenares— de veces: responsabiliza a sus socios —obtusos, incapaces, miopes—, pero después se dice que, en realidad, sus adversarios habían sido los que le habían cortado las alas. Creyó ser la víctima predestinada de la mala suerte, después tuvo que convencerse de que sus ideas eran demasiado audaces, demasiado adelantadas a su tiempo para poder tener éxito.

Hoy, sin embargo, ya no tiene fuerzas para mentirse a sí mismo.

Parpadea para contener las lágrimas y, como en un sueño, ve a su padre observando la matanza en Favignana, hablando con los obreros de la Oretea, calculando la manera de aprovechar mejor las minas de azufre, catando con los ojos cerrados el marsala, observando la entrada del tren en la factoría de Alcamo, discutiendo con Crispi en un hotel de Roma... La mala suerte, la ineptitud de los demás o el hecho de que el mundo no estuviese preparado para sus empresas eran ideas que nunca se le habían pasado siquiera por la cabeza. Él había actuado simplemente por responsabilidad y sentido del deber. Solo había tenido un dios, la Casa Florio, y una sola religión, el trabajo. Como ese abuelo que murió cuando él acababa de nacer y que había perdurado en su memoria por todo lo que su padre le había contado: un hombre sencillo pero implacable, un mercader de especias calabrés que, tras empezar con una pobre *tienda*, se granjeó el respeto de una ciudad entera. Fue él quien quiso construir esa villa en la Arenella, y quien la hizo tan extraordinaria como para suscitar la admiración de reyes y reinas.

Ignazio se pregunta si no habrá sido precisamente la sangre de los Florio la que lo ha traicionado, porque siempre ha vivido convencido de que eso le bastaba para ser bueno en los negocios. Que la pericia y la habilidad empresariales residían ahí, en su sangre, entre los huesos y los músculos. En cambio, había algo más, algo que él no había tenido: ¿el deseo de redención? ¿La voluntad de triunfar? ¿El sentido del deber? ¿La capacidad de interpretar el alma de los hombres, de intuir sus deseos?

No lo sabe. Nunca lo sabrá.

Solo sabe que ya no es momento de contarse mentiras. A los sesenta años es inútil buscar justificaciones, convencerse de que, en la forja del destino, alguien —Dios o alguien en su lugar— le construyó una *armadura* tan pesada que ha terminado por aplastarlo.

La culpa es solamente suya.

—Es cuestión de días —dijo el médico la noche anterior—. Mantengan las ventanas abiertas, pero que esté abrigado y háblenle de cosas bonitas. Concédanle algún antojo.

Ignazio asintió con la cabeza, y lo acompañó a la puerta. Luego rompió a llorar como un niño.

No lloró así ni cuando Giuseppe Lanza di Trabia murió como consecuencia de una fiebre tropical dos años antes, en 1927, dejando a su queridísima hermana y a su cuñado en su misma situación: sin un hijo varón que heredase el apellido. «Esta debe de ser la maldición de los Florio», pensó Ignazio, rozando el anillo familiar.

Y ahora Romualdo. La tuberculosis se lo está llevando. Cuando supo que estaba gravemente enfermo, lo trajo del sanatorio de los Alpes donde estaba pasando sus últimos días, para que pudiese morir en su ciudad. Entonces decidió alojarlo ahí, en la Arenella. Se lo debía.

Entra en la habitación. Romualdo tiene el cutis tenso en los pómulos, está pálido, tiene profundas ojeras.

Ignazio se sienta al lado de su cama, como antaño hiciera el tío que se llamaba como él con su hermano Paolo.

—*¿Cómo estás?*

—*Como una flor* —dice Romualdo, y se ríe. Él siempre se ha reído, y lo hace también ante la muerte—. *Tráete las cartas, anda, para que nos juguemos una partida.*

Ignazio, con el corazón destrozado, hace lo que le ha pedido. Pero Romualdo apenas atiende al juego y no para de hablar. Hasta que, de repente, se lleva las cartas al pecho y mira la pared.

—¿Sabes en quién pienso de vez en cuando?

—¿En quién, *chato*? —Ignazio baraja, prepara la siguiente mano.

—En mi mujer, en Giulia —Suspira—. En que a Paternò lo condenaron a cadena perpetua y en que a mí nunca me pareció suficiente. Pero ya ni siquiera me acuerdo de la cara de ese animal. Giulia, en cambio... *pobre. Ahora que yo también me estoy muriendo, me da lástima.*

—Calla —lo interrumpe Ignazio—. No te estás muriendo —añade, con una ligereza que suena forzada.

Romualdo se vuelve, lo mira y enarca las cejas.

—No *me digas chorradas, Ignazio.*

Ignazio baja los ojos hacia las cartas. Las imágenes se desenfocan.

—Con todas las mujeres que hemos tenido, aquí estamos, solos como dos *pobrecillos.*

—Pero ¿qué dices? Tú tienes a Vera, ¿no?

—Vera ya no quiere verme. Dice que ya no tiene sentido... y yo no sé qué hacer con ella. La extraño.

—¿Y Franca?

Ignazio deja las cartas, esboza una sonrisa amarga.

—*Desde lo del robo* de sus joyas, que puse como garantía de los préstamos del Banco di Sicilia, prácticamente no me habla. Y han pasado dos años... Ya sufrió mucho cuando supo que Boldini había vendido el cuadro a los Rothschild. ¿Y sabes qué me dijo cuando me entregó la bolsa de seda dorada con las joyas?

—¿Qué?

—Me prometiste que me lo darías todo. En cambio, me lo has quitado todo.

La memoria desgrana las imágenes, lentas, dolorosas. Franca envolvió las joyas —de una en una— en un paño de terciopelo, casi como si fuese un sudario, luego las volvió a guardar en la bolsa. Lloraba. Dejó para el final las perlas, se las pasó por entre los dedos, un collar tras otro.

—Me dijeron que las perlas son lágrimas —murmuró entonces ella, apretándolas en el puño. Se las acercó a la cara, para una última caricia, luego las guardó en un estuche y se las entregó.

Esa imagen todavía lo tortura.

—Pobre Franca. *Tenía razón...* —dice rápidamente—. *La he hecho sufrir de verdad.*

Romualdo se encoge de hombros.

—Hemos hecho muchas chorradas, Ignazio. *Esa y otras.* —Le quita las cartas de la mano—. *Pero ya se acabó.*

—¿Y, al final, qué nos queda, *chato?* —pregunta Ignazio, tal vez más a sí mismo que a Romualdo.

—¿Por qué? ¿Es que necesariamente tiene que quedar algo? Hemos vivido bien, Ignazio. No hemos estado quietos, hemos afrontado la vida y la hemos disfrutado sin pensarlo mucho. Llego a la muerte sin arrepentimientos. He sido alcalde de Palermo, he sido rico y poderoso, como tú. Hemos tenido mujeres maravillosas en nuestras camas. *Dinero,* viajes, champán... Hemos poseído la vida, Ignazio. Hemos soñado a lo grande, hemos sido libres y, de todos modos, siempre hemos defendido lo que para nosotros era realmente importante, *chato*. No el dinero, ni el poder, ni tampoco el apellido. La dignidad.

Ignazio recuerda las palabras de Romualdo el día que se ven obligados a dejar también la casa de la via Piemonte. Ha vuelto con su mujer después de ser definitivamente abandonado por Vera, quien sufrió una profunda crisis espiritual en 1930, como consecuencia de la muerte de su hijo Leonardo en unas maniobras aéreas en el Adriático. Ya solo los unía la violencia del castigo divino por lo que habían hecho: la muerte de los hijos de Ignazio, primero, y la de Leonardo, después, era el castigo que se merecían por haber sido infieles. Eso le dijo Vera, e Ignazio no fue capaz de replicarle nada. Se limitó a abrazar a esa mujer que le había brindado tanta serenidad, que siempre había tenido una sonrisa para él y que ahora, entre lágrimas, le imploraba que se redimiera, que se arrepintiese por el daño que les había hecho a su esposa y a su familia. Le dio luego un último beso y se alejó.

Pero esas palabras le penetraron en el alma, enraizaron en ese sentimiento de culpa que había negado durante tanto tiempo. Y lo impulsaron a volver con Franca, a compartir con ella lo poco que ya quedaba.

No se rindió, no enseguida: yendo de una ciudad a otra, intentó de todas las maneras posibles hacer negocios, incluso pequeños, incluso a costa de humillarse. Pero su apellido ya suscitaba compasión, desprecio y, a veces, hasta irrisión. Ignazio Florio había hundido un imperio. Ignazio Florio había sido incapaz de administrar su patrimonio. Ignazio Florio era un inconsciente, un fracasado.

Envidiaba a Vincenzo, porque tenía a su lado a una mujer valiente y pragmática, que lo quería de verdad y que había hecho de todo por salvar algo, empezando por las joyas y los muebles que su hermano le había regalado a lo largo de los años. Se veían rara vez: con Lucie y Renée, Vincenzo viajaba entre Palermo y Francia, entre la via Catania y la casa familiar de ella, en Épernay, en la Champaña. La última vez que lo había visto, Ignazio había tenido la sensación de que los quince años de diferencia que había entre ellos se habían borrado de golpe: tenía delante a un hombre que aparentaba mucho más de sus cincuenta años, cansado y con sobrepeso. En el fondo, se dijo, también su hermano había hecho siempre todo lo que había querido, sin atender a las consecuencias. Y quizá era justo por culpa de sus excesos por lo que no había tenido hijos. A saber si estaba resignado, se preguntó entonces Ignazio. Pero, una vez más, no dijo nada.

Un leve golpe de tos. Detrás de él, el mayordomo y una criada; los dos llevan los abrigos.

—Señor, nos marchamos. Si tiene la bondad de pagarnos la última mensualidad... —dice el hombre.

Se lo pide con amabilidad, pero con firmeza.

—En cuanto a los otros meses, le rogamos que nos dé al menos un adelanto... —añade la criada.

De golpe, siente una enorme antipatía por esos dos. ¿No saben que los huesos ya los han roído otros depredadores?

Introduce las manos en los bolsillos, saca un puñado de billetes. Los últimos.

—Vale. Repártelos tú —le dice al mayordomo, luego les da la espalda y se acerca a Giulia, que, de pie en la puerta de la habitación, ha presenciado la escena.

Le acaricia un brazo, le sonríe.

Ella le corresponde con otra sonrisa, luego se acerca a la cama, sobre la que hay dos maletas pequeñas abiertas.

—¿Necesitas ayuda?

—Papá, ya me lo has preguntado —replica ella, con una chispa de ironía en los ojos—. No has hecho una maleta en tu vida y lo amontonarías todo en desorden. Siéntate, no voy a tardar.

Ignazio suspira y obedece. Con Giulia es con quien tiene más sentimiento de culpa. Hacía dos años había tenido una grave crisis de nervios; por suerte, Igiea y Averardo se la habían llevado a su casa de Migliarino Pisano. Ahí consigueron que se recuperara, que comiera y que durmiera bien.

Hicieron que se sintiera querida.

Entonces él estaba aún con Vera. Y Franca, tras visitar a su hija, se marchó a París, después de perder a saber cuánto dinero en los casinos de la Costa Azul. Ya no podía soportar ningún dolor, sobre todo el de sus hijas, dijo a su regreso, a modo de justificación.

Giulia por fin se recuperó, pero, desde entonces, se volvió más distante, como si el mundo al que pertenecía ya no le interesara.

—Perdona —murmura Ignazio, casi para sí.

Giulia parece no haberlo oído. Sin embargo, poco después, pregunta.

—¿Por qué?

—Por... lo que te estoy obligando a hacer.

—Por suerte, me voy a la casa de Igiea —replica ella apresuradamente, cerrando las maletas. Se pone primero los guantes, luego el gabán con el cuello de piel. Ese invierno romano es especialmente húmedo—. Y, sobre todo, voy a ver a Arabella, Laura, Flavia y Forese. Les encantará estar un poco con la tía.

—Mamá y yo iremos a verte. Os iremos a ver a las dos, a ti y a Igiea, cariño.

Ella asiente. Cierra las maletas y le da un beso en la mejilla.

—Cuida a mamá —le dice, acariciándole el cuello de la chaqueta que ya aparenta todos sus años—. Ella no es fuerte como tú.

«Tú no puedes saber cómo era. Yo la he vuelto débil. Yo la he destrozado», piensa Ignazio.

Tras una última caricia, Giulia se aleja por el pasillo, abre la puerta y sale. Delante del portal, la espera el automóvil de los Salviati. A Ignazio no le queda más que mirar las habitaciones en penumbra, las paredes vacías y los elegantes adornos que van a ser subastados. Un destino semejante al de los muebles que se han quedado en Palermo, embargados por la tesorería municipal debido a una serie de impuestos impagados. No es mucho, en realidad: la mayoría de ellos ya los vendieron en 1921, en una subasta que duró más de un mes.

Pero en su mirada no hay tristeza ni añoranza. Solo hay un destello de dignidad, esa dignidad que su amigo Romualdo defendió hasta el último suspiro y que, para Ignazio, tiene ya el mismo color que la resignación.

Franca está sentada en la cama, las manos cruzadas en el regazo, la mirada clavada en el suelo. Ignazio entra, pero no la mira. Ella también aparenta mucho más de los sesenta y un años que tiene. Ignazio sabe por qué, sabe que no es solo por los vicios y los excesos. Y es precisamente porque lo sabe por lo que, si puede, evita mirar ese rostro tenso, esos ojos apagados, esas manos cubiertas de manchas.

Se acerca al sillón donde está el gabán, lo coge, se lo pone en los hombros. Percibe un eco del perfume de ella, siempre el mismo, desde siempre: la Marescialla.

—¿Nos vamos? —le pregunta.

Franca hace un gesto afirmativo con la cabeza.

Ignazio recoge las dos pequeñas maletas, luego salen de la casa. Lo demás ya está en el Hotel Eliseo, un lugar modesto, pero limpio y tranquilo, por la zona de la puerta Pinciana. Averardo e Igiea les insistieron mucho, pero Franca fue firme: irse a vivir con ellos habría sido un golpe demasiado duro para su dignidad.

En la calle, hay gente que se detiene para saludarlos, mientras que otros miran hacia otro lado. En el barrio, todo el mundo sabe quiénes son. Caminan en silencio, juntos. Con los años, la diferencia entre ellos se ha acentuado. Ella siempre ha sido más alta que él, pero ahora Ignazio parece incluso que se ha achicado, mientras que Franca mantiene su paso elástico y armonioso. Le cuesta esfuerzo, pero no podría hacer otra cosa.

Porque el mundo la está observando y ella es y seguirá siendo doña Franca Florio.

La primavera romana es fría, pero la gente en la sede de la Banca Commerciale no parece notarlo. A lo mejor porque la sala está llena desde primera hora de la mañana, a lo mejor porque la espera ha encendido los ánimos, a lo mejor porque está en la naturaleza de los secretos despedir un calor que quema a quien se acerca más de lo debido.

El catálogo no revela la procedencia de los lotes sacados a subasta, pero las personas que están tomando asiento en la sala no precisan que figure un nombre en el papel. Y es que los broches y los brazaletes de brillantes, los anillos de rubíes, los brazaletes de esmeraldas, los largos collares de perlas solo pueden pertenecer a una persona.

«A ella».

La nobleza romana se había enterado y ha mandado a sus apoderados, con indicaciones precisas. Hay quien guarda el recuerdo de un broche de Cartier —o de Fecarotta o de los hermanos Merli— desde que, durante una cena, un estreno de teatro, un encuentro casual, se lo vieron. La envidia se ha convertido en ansia de posesión. Es como si el esplendor de una joya pudiese conservar un resto del encanto o el atractivo de quien lo llevó y ahora esos hombres quisiesen apoderarse de él para brillar por reflejo.

Los numerosos joyeros presentes, en cambio, parecen más distantes. Se reconocen entre ellos, se saludan con un gesto formal y con miradas casi de desafío. Luego repasan las páginas del catálogo, reflexionan sobre el precio de salida de esta o de aquella pieza y se preguntan cómo desmontar las joyas y usar las piedras en otra montura, más moderna, menos identificable.

Entonces un murmullo recorre la sala. En la puerta ha aparecido Giulia Florio: lleva sombrero con velete y abrigo negro. La hija menor de la casa Florio se detiene, las manos sujetando el mango del bolsito de terciopelo, la mirada altiva observando los rostros de los presentes, de uno en uno, como si quisiese grabarlos en su mente.

«Yo sé quiénes sois», parece decir esa mirada. «Estáis aquí porque jamás os habríais podido permitir lo que mi familia ha poseído. No sois más que cuervos que descarnan huesos. Podéis desmontar las piedras, descomponer los collares de perlas y fundir el metal, pero yo sabré lo que habéis hecho y sabré quién de vosotros lo ha hecho.

»Nunca tendréis la elegancia de mi madre, ni la clase de mi padre, ni la grandeza de mi familia. Nunca.

»Y yo estoy aquí para recordároslo».

Avanza con la cabeza erguida y con paso firme, se sienta. El subastador la ha visto, la ha reconocido: vacila un instante, pero luego empieza a nombrar los lotes. Delante de ella pasan las joyas que han acompañado la vida de su madre. Giulia recuerda la última vez que vio algunas. Como el broche de oro con monograma de brillantes que, hace cinco años, Franca pidió que le devolvieran solo durante unos días, en 1930, para poder llevarlo en la boda de Humberto II con María José de Bélgica. Seguía siendo dama de la corte y se sentía obligada a participar en una ceremonia tan importante con el broche regio. Giulia no se había olvidado de la humillación vivida por su madre cuando el banco le comunicó que no podía confiar a los Florio ese broche ni el collar de perlas porque temía que no lo devolvieran. Acabaron cediendo, pero fueron necesarios muchos ruegos y una serie de garantías de altas instancias.

El subastador describe las joyas, las ofertas se suceden, incesantes. Por los collares de perlas se desencadena un delirio en toda regla. Después de que el collar de trescientas cincuenta y nueve perlas fuese adjudicado por una cifra que probablemente equivalía a la mitad de su valor, después de la audible exclamación de triunfo del joyero que lo había comprado, Giulia estrecha su bolso y abandona la sala con la cabeza erguida.

Nunca le reveló a su madre que había asistido a la venta de sus queridas joyas. Pero su padre antes le había mostrado la carta

595

de la Banca Commerciale comunicando el día y la hora de la subasta y luego la había mirado, en silencio, como diciendo: «Ayúdame». Giulia, entonces, también lo había mirado. Luego había sacudido la cabeza, solo una vez, y se había alejado.

El último capítulo de esa historia tenían que escribirlo juntos y solos, su madre y su padre. Tal y como habían escrito los otros capítulos, así los luminosos como los terribles.

Ella no era más que una testigo del destino de la Casa Florio. Y, como tal, quiso ver la mano que escribía la palabra fin.

Franca está sentada delante del tocador. La pequeña habitación del Hotel Eliseo está sumida en una luz brillante, que habla de vida nueva y de primavera. Le molesta, casi la ofende. Ignazio ha salido a dar un paseo. O, al menos, es lo que ha dicho. En realidad —ella lo sabe perfectamente—, su marido no soporta la idea de tener que hablar de lo que está ocurriendo en ese momento. Solo le ha susurrado:

—Perdóname —en la puerta de la habitación, antes de marcharse.

Cierra los ojos. Hoy es el día.

En su mente resuenan los golpes del martillo que pautan la venta de sus joyas.

La pulsera de zafiros que Ignazio le regaló por el nacimiento de Baby Boy. La de platino, regalo por el nacimiento de Giulia. El broche de brillantes y platino, con forma de orquídea, que recibió con motivo del primer aniversario de boda. Y, además, sus perlas. El collar de cuarenta y cinco perlas grandes. El de ciento ochenta perlas. El de cuatrocientas treinta y cinco perlas pequeñas... Y, sobre todo, el collar de trescientas cincuenta y nueve perlas, el que llevaba cuando Boldini le hizo el retrato...

Ese golpe repercute en los huesos, eco de un dolor que llega al alma.

Esas joyas fueron siempre su escudo. La defendieron, le demostraron al mundo su fuerza, su belleza. ¿Dónde están ahora? ¿Quién va a cuidarlas?

¿Dónde están la elegancia, el estilo, el equilibrio? ¿De verdad tuvo todo eso alguna vez, le pertenecieron realmente? ¿O eran falsas certezas destinadas a desaparecer con los años?

La respuesta la tiene ahí, delante de ella. Está en ese rostro marcado por arrugas amargas, en esos ojos tristes, en ese traje plisado que oculta un cuerpo hinchado. En esa alma que se ha hecho trizas tantas veces que ya no puede rehacerse.

«No tengas miedo de ser lo que eres», le dijo Giulia un día que llovía a mares, hace una vida. Y ella lo intentó de la única manera que le pareció posible. Mediante el amor, en todas sus formas. A Ignazio, a sus hijos, a la familia, a su apellido. Había amado mucho y había sido muy amada, pero, al cabo, fue precisamente el amor lo que le había dejado por dentro un abismo de oscuridad y silencio. «Dicen que el amor es entregarse sin reservas; sin embargo, si se da cuanto se tiene, no queda nada para vivir».

Era lo que le había pasado a ella.

Al principio, el amor a Ignazio está repleto de deseo, de entrega, de confianza. Se dio por entero a él, a lo que había sido y a lo que representaba. Fue arrastrada por la riqueza, por el frenesí de la vida, por el lujo. Con la llegada de los hijos, la dicha fue completa. Durante un tiempo brevísimo e infinitamente lejano, se sintió viva. Hasta los chismes malévolos, las miradas envidiosas, los venenos de toda una ciudad que tanto la habían torturado, ahora le parecían la muestra de esa perfección plena y esplendorosa.

Pero después el círculo se rompió. Empezaron las traiciones, los dolores, los lutos. Creyó que podría defender ese amor si seguía amando a Ignazio a pesar de todo, si seguía siendo quien él deseaba que fuera. Si seguía siendo doña Franca Florio.

Y empezó el ocaso, no solo el de la Casa Florio. El suyo.

Ahora la estrella que había encendido el cielo de Palermo, más luminosa que ninguna, se había apagado, era sombra entre sombras.

También sus joyas, también las que eran muestra de un amor mentiroso, desesperado, equivocado, han desaparecido. La ilusión de haber sido feliz es vapor borrado por el sol, es polvo en esa mañana dorada de primavera.

Ya no tiene nada.

Le queda un leve sentimiento de ternura por Ignazio, fruto de los largos años que han estado juntos. Y le queda el amor por sus hijas, por Igiea y por Giulia. Por ellas alberga la esperanza de que no cometan sus mismos errores. De que se mantengan fieles a sí mismas y de que comprendan que, en una pareja, el amor no sobrevive solamente por el empeño de uno de los dos.

Y de que, sobre todo, aprendan a quererse.

«¿Habría amado menos, si hubiese sabido eso?

»No.

»Habría amado de otra manera».

Observa un punto del espejo —uno de los espejos rescatados del expolio de la Olivuzza—, pero tiene la mirada abstraída, lejana.

Entonces sonríe ligeramente, el rostro se le enternece.

Ahí, delante de ella, hay un niño sentado en una alfombra. Tiene rizos tupidos rubios, mirada de pícaro y se está riendo, mientras tira de la falda blanca de una niña de cutis claro y ojos verdes, que lleva en brazos a una bebé.

Y además, en un rincón, están su madre y su padre, su hermano Franz, su suegra Giovanna. También está Giulia Tasca di Cutò, joven y hermosa como en la época de su amistad.

Vuelve a mirar a los niños. Ellos también la miran, le sonríen.

Giovannuzza. Baby Boy. Giacobina.

—Te estamos esperando, mamá —dice Giovannuzza, sin que sus labios se muevan.

Ella asiente. Sabe que la están esperando. Como también sabe que su amor por ellos ha sido diferente. Con ellos nunca le ha dado miedo ser simplemente Franca. Nunca ha temido ser frágil, mostrar su alma. Y lo comprende solo ahora, cuando todo lo demás se ha perdido.

Entonces, solo por ellos, ahí, ante el espejo, Franca es de nuevo joven y preciosa. Está en su habitación, la del suelo cubierto de pétalos de rosa y los amorcillos en el techo. Los ojos verdes brillan, tiene una sonrisa serena. Lleva un ligero traje blanco y sus perlas.

Y en ese momento, tan perfecto como imposible, es realmente feliz.

Como nunca lo ha sido.

Epílogo

noviembre de 1950

Cu campa si fa vecchiu.

Quien vive envejece.

Proverbio siciliano

Noviembre de 1950 es gélido, lo barre un viento que huele a tierra mojada. Ignazio arrastra los pies por el sendero del cementerio de Santa Maria di Gesù, se tropieza. Igiea, a su lado, tiene que detenerse y sujetarlo varias veces. Detrás de ellos, al otro lado de las verjas, hay gente, mucha gente. Gente que ha ido a dar el último adiós a doña Franca Florio.

—Querida Franca... —murmura él. Franca murió hace pocos días en Migliarino Pisano, en la casa de Igiea, donde a la sazón vivía, a los setenta y seis años. Ignazio se negó a verla. En su mente —cada vez más frágil y nublada—, Franca será siempre la chica con el sombrero de paja y el traje de algodón blanco que conoció en la Villa Giulia.

Ignazio eleva la mirada. La gran capilla de los Florio se recorta delante de él. El portón de hierro forjado y abierto y, justo detrás del león de mármol tallado por Benedetto De Lisi, hay un féretro oscuro, cubierto por una gran corona de flores. Una explosión de vida en medio de esa opacidad.

Igiea lo zarandea ligeramente y él la mira, como si lo sorprendiese verla a su lado. Debajo del velete, el rostro de su hija está exhausto, tiene los ojos rojos de tanto llorar.

—¿Quieres despedirte de ella, papá?

Él hace un gesto negativo con la cabeza, tenso. Igiea suspira, como diciendo: «Me lo esperaba». Se dirige a una joven que está detrás de ella: su hija mayor, Arabella.

—Cuida al abuelo —dice, y le hace sitio, para que pueda cogerlo del brazo. Luego recorre el breve sendero entre las tumbas, sube la pequeña escalinata y llega a la capilla, donde la están esperando su marido, su hermana Giulia y su cuñado, Achille Belloso Afan de Rivera.

Ignazio observa a sus hijas con melancólica distancia. Oh, él sabe que lo consideran poco lúcido, perdido en un pasado más imaginado que real, y que le reprochan que hiciera sufrir a su madre. Y tienen razón.

Son dos mujeres maduras, Igiea y Giulia. Ya tienen su vida, su propia familia, su lugar en el mundo. No pertenecen ya a Sicilia, ya no tienen su apellido. El único que habría podido tenerlo está ahí, en la misma capilla que ahora mismo recibirá a Franca.

Antes se preguntaba a menudo si la muerte le daba miedo. Ahora sabe la respuesta. No, no le da miedo. Ha tenido una vida plena, durante mucho tiempo no tuvo que renunciar a nada. Pero ahora está cansado: cansado de sobrevivir a todas esas personas que quiso, de ser un dique que ataja la marea del destino, mientras que a los demás el destino los arrastra.

Ignazio se dirige hacia la base del terraplén de la capilla, donde está la cripta.

—¿Adónde quieres ir, abuelo? —pregunta Arabella, casi reteniéndolo.

Él se limita a señalar la pequeña verja de hierro negro, abierta para la ocasión.

—Ahí —es cuanto dice.

En la cripta hace aún más frío. Las paredes de toba están agrietadas, cubiertas de una capa de moho, y los candelabros de hierro están torcidos, corroídos por la humedad y los años.

Pero los dos sarcófagos blancos, en el centro de la cripta, parecen inmunes a las injurias del tiempo. El de su padre está cubierto de polvo. Ignazio se acerca, le pasa una mano por encima para limpiarlo. Al hacer eso, sin embargo, el anillo familiar roza la piedra, produciendo un chirrido que le hace apartar la mano de golpe. El otro sarcófago, monumental, es de ese abuelo Vincenzo que él no conoció. Ahí al lado están su madre, Giovanna, su abuela Giulia, pero también el bisabuelo Paolo y el tío Ignazio, que llegaron a Palermo de Bagnara Calabria y que tuvieron la mísera *tienda* por la que empezó todo. Y, con ellos, está la bisabuela Giuseppina, la esposa de Paolo.

Ahí están todos los Florio.

Todos ellos tuvieron un futuro, alguien a quien dejar, más que el dinero, las empresas y las casas, un apellido y una historia. Y, como una calle, piedra a piedra, ese apellido y esa historia habían llegado hasta él.

Ahora ya no queda nadie que custodie su memoria. Esa idea le da un vértigo que no puede soportar y que lo fuerza a cerrar los ojos, como si bastase no ver para no caer en el abismo. Por eso no quiso asistir al entierro de Franca. Porque ahí, en la capilla, al lado de ella, están su hermanito Vincenzo y tres de sus hijos, Giovannuzza, Baby Boy y Giacobina.

El vértigo no lo deja ni después de salir del cementerio y ya está en el Alfa Romeo de Igiea. Palermo se desliza indiferente ante sus ojos. Ignazio tiene un sobresalto solo cuando pasan al lado del Palacio Butera, destrozado por las bombas en 1943. Su hermana Giulia resistió también esa masacre, la muerte de su último hijo varón, Giuseppe, y la de su marido Pietro. Y murió solo hace tres años, en la Nochebuena de 1947.

Ignazio mira el anillo familiar. La ruina de la Casa Florio ya queda lejos. Si piensa en ello, siente un leve pesar, pero no dolor. Incluso depender de sus hijas y de su hermano lo deja indiferente. Ya no le queda ni un céntimo, aunque, al menos formalmente, la Casa Florio nunca ha quebrado. Lo que le desgarra el alma es pensar que con él se pierde... un apellido. Una historia. Su historia, contenida en ese pequeño anillo de oro que los años han afinado.

Igiea para el coche delante de la Villa dei Quattro Pizzi. Ignazio casi no se da cuenta. Tiene los ojos clavados en el vacío, está perdido en sus pensamientos.

—Papá... hemos llegado a la casa del tío Vincenzo —le dice ella—. Subo para saludarlo a él y a la tía Lucie, pero no me quedo a comer. —Igiea rodea el coche, le abre la portezuela.

Ignazio se apea, le señala la playa.

—Espera —murmura—. Llévame a ver el mar. —Le sonríe, es como si pidiera perdón por pedir eso.

Le cuesta caminar, los zapatos se hunden en la arena y en las minúsculas piedras de la orilla. De golpe, Ignazio hace un gesto hacia la torre que hay a su izquierda.

—Sabes, a tu madre no le gustaba esto...

Igiea señala un gran matorral verde que da al mar, a la derecha. Entre el follaje se entrevé un templete.

—Sé que ella prefería la Villa Igiea. Se quedó ahí hasta que se pudo —añade, con tono melancólico.

Ignazio mira el horizonte, las estructuras del astillero. Luego observa el perfil de Palermo.

—*Hija, déjame aquí diez minutos* —dice, señalando una roca plana, a poca distancia de la entrada lateral de la villa.

Igiea está perpleja.

—Hace frío, papá —rebate. Las olas están creciendo, rompen con fuerza y salpican espuma—. ¿No es preferible que pases?

—No, no. Déjame aquí —Le aprieta el brazo—. Ve a saludar a tus tíos.

Igiea asiente, lo mira con una mezcla de dolor y comprensión, y luego se aleja.

Una vez solo, Ignazio observa un rato las olas —indiferentes, rabiosas— que se estrellan contra las rocas.

La Villa dei Quattro Pizzi, construida por su abuelo; la Villa Igiea, una creación suya y de Franca. Entre esos dos edificios está toda su vida y la vida de toda su familia.

Palermo. El mar.

Ellos fueron los amos absolutos de Palermo. Y su padre, hace muchos años, en Favignana, le dijo que ellos tenían el mar en las venas.

El vértigo vuelve. Violento, impetuoso.

«Todo se olvidará», se dice, y ese pensamiento le arranca un sollozo.

Cierra los ojos, los abre.

Y oye que lo llaman.

—¡Don Ignazio! —Un viejo de cabellos desgreñados avanza hacia él. Lleva de la mano a una niña de largas trenzas negras—. *Muy buenas*, don Ignazio. Soy Luciano Gandolfo, ¿se acuerda de mí?

Ignazio lo mira, arruga la frente.

—Usted era uno de los *criados* de la villa, ¿verdad?

—Sí, sí. Ya estaba ahí de *pequeño*, en vida de su difunto padre. Yo tenía quince años cuando él murió. Mi familia y yo siempre hemos servido a los Florio. —El hombre se inclina hacia delante—. He sabido lo de su señora. Era una mujer muy hermosa, *que en paz descanse*. ¿Vive usted ahora aquí, en la casa de don Vincenzo?

Ignazio hace un gesto afirmativo con la cabeza. Huésped de su hermano, él, que tenía casas en todas partes. Que reinaba en la Olivuzza.

Al lado de ellos, la niña se ha puesto a recoger conchas. Se endereza de golpe y observa a Ignazio con mirada intensa, sombría.

—Pero ¿entonces usted es don Ignazio Florio? —pregunta.

Ignazio la mira. Tendrá diez años o poco más. Asiente.

—¡Entonces, es el hermano de don Vincenzo, el de los coches! ¡Mi padre irá a hablar con él cuando nos traigan los motores americanos de las lanchas!

—*Ella es mi nieta, hija de mi hijo Ignazio* —explica el viejo. La agarra de la mano, se la acerca—. *Mi hijo es mecánico.*

Ignazio se incorpora con esfuerzo.

—¿Su hijo...?

El hombre asiente.

—*Le puse el nombre del padre de usted,* porque siempre fue muy generoso con nosotros. *Y también a ella* —añade, señalando a su nieta—. *Ella* se llama Giovanna, como *la madre de usted, que fue una mujer buenísima con todos nosotros, siempre.*

La pequeña esboza una sonrisa; se nota que está orgullosa de que le hayan puesto ese nombre.

—Me lo sé todo sobre usted, don Ignazio. El abuelo nos cuenta muchas cosas a mí y a mis hermanos... pero también los abuelos de mis compañeros de escuela *nos cuentan* las cosas de las almadrabas y de su Casa. —Hace una pausa, mira las conchas que tiene en la palma de la mano, elige una y se la tiende—. Aquí todo el mundo sabe quién es usted.

Ignazio coge la concha.

—¿Lo sabe... todo el mundo? —pregunta luego, con un hilo de voz.

La niña asiente con la cabeza, y el viejo añade:

—*Por supuesto.* Todo el mundo conoce su historia, don Ignazio. La de usted, la de su hermano, la de su familia... Ha habido mucha gente rica e importante en Palermo, pero no como ustedes. *Ustedes son los Florio.*

Con un nudo en la garganta, Ignazio eleva la mirada, la fija en el horizonte. Entre las olas, lejos, hay una pequeña barca con una vela latina blanca. Parece un *schifazzo*, la típica embarcación siciliana.

—Es cierto. —Se vuelve, les sonríe a la niña y al viejo—. Los otros son los otros. Nosotros somos los Florio.

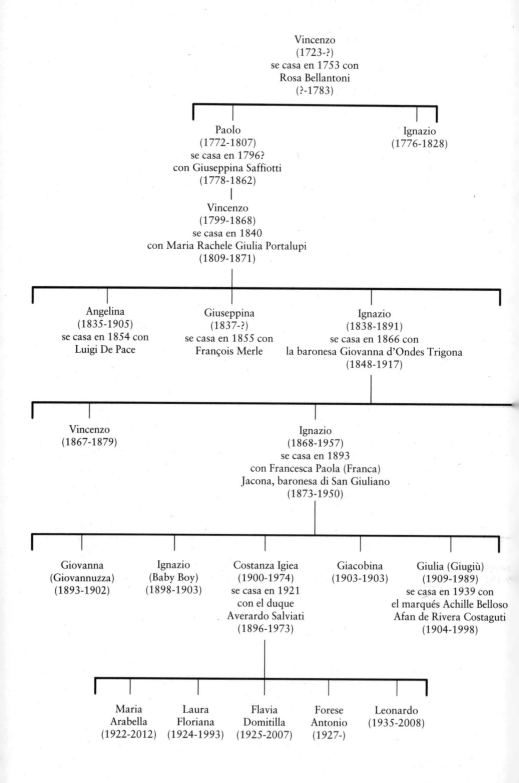

Vincenzo
(1723-?)
se casa en 1753 con
Rosa Bellantoni
(?-1783)

Paolo
(1772-1807)
se casa en 1796?
con Giuseppina Saffiotti
(1778-1862)

Ignazio
(1776-1828)

Vincenzo
(1799-1868)
se casa en 1840
con Maria Rachele Giulia Portalupi
(1809-1871)

Angelina
(1835-1905)
se casa en 1854 con
Luigi De Pace

Giuseppina
(1837-?)
se casa en 1855 con
François Merle

Ignazio
(1838-1891)
se casa en 1866 con
la baronesa Giovanna d'Ondes Trigona
(1848-1917)

Vincenzo
(1867-1879)

Ignazio
(1868-1957)
se casa en 1893
con Francesca Paola (Franca)
Jacona, baronesa di San Giuliano
(1873-1950)

Giovanna
(Giovannuzza)
(1893-1902)

Ignazio
(Baby Boy)
(1898-1903)

Costanza Igiea
(1900-1974)
se casa en 1921
con el duque
Averardo Salviati
(1896-1973)

Giacobina
(1903-1903)

Giulia (Giugiù)
(1909-1989)
se casa en 1939 con
el marqués Achille Belloso
Afan de Rivera Costaguti
(1904-1998)

Maria
Arabella
(1922-2012)

Laura
Floriana
(1924-1993)

Flavia
Domitilla
(1925-2007)

Forese
Antonio
(1927-)

Leonardo
(1935-2008)

ÁRBOL GENEALÓGICO
DE LA FAMILIA FLORIO

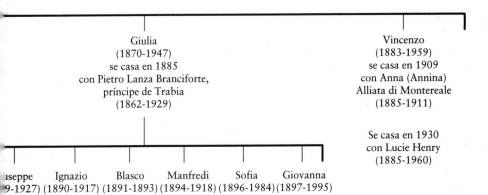

Giulia
(1870-1947)
se casa en 1885
con Pietro Lanza Branciforte,
príncipe de Trabia
(1862-1929)

Vincenzo
(1883-1959)
se casa en 1909
con Anna (Annina)
Alliata di Montereale
(1885-1911)

Se casa en 1930
con Lucie Henry
(1885-1960)

ıseppe   Ignazio   Blasco   Manfredi   Sofia   Giovanna
9-1927) (1890-1917) (1891-1893) (1894-1918) (1896-1984) (1897-1995)

Nota de la autora

El invierno de los leones es una novela. Puede parecer innecesario subrayarlo, pero no lo es, no cuando se habla de una familia como los Florio, que ha marcado de manera tan profunda la historia —de Palermo, de Sicilia y de Italia—, y cuya dramática parábola social y económica de larga duración apasiona a los historiadores, a los que queda la ardua tarea de analizarla en toda su complejidad.

Al igual que *Los leones de Sicilia*, esta novela se basa en hechos documentados, unidos a situaciones y personajes que he imaginado y reelaborado por exigencias narrativas. Exigencias que, sin embargo, me han guiado en la decisión —a menudo no fácil— de destacar algunos elementos de las vicisitudes de los Florio en detrimento de otros. Vale decir que he tenido que elegir. Pero ese es el destino de quien escribe novelas históricas que bordean el presente y es, a la vez, una bendición y una maldición.

Ahora que he llegado al final de mi viaje con los Florio —un viaje que ha durado casi seis años—, me parece obligado mencionar aquí los ensayos que han constituido auténticas brújulas para la redacción de las dos novelas. Ante todo, la monumental obra de Orazio Cancila, *I Florio, storia di una dinastia imprenditoriale*, indispensable para una lectura profunda de los hechos de la familia a lo largo de cuatro generaciones. También, *L'età dei Florio* al cuidado y con contribuciones de Romualdo Giuffrida y Rosario Lentini, así como *I Florio*, de Simone Candela, con abundantes datos y claves de lectura siempre interesantes. Por último, *L'economia dei Florio, una famiglia di imprenditori borghesi dell'800*, que reúne aportaciones de varios autores e incluye el catálogo de la exposición que tuvo lugar en Palermo en 1991, en la Fondazione Culturale Lauro Chiazzese de Sicilcassa, al cuidado de Rosario Lentini, hombre de gran generosidad intelectual e inmensa cultura, que ha escrito mucho sobre los Florio, fundamentalmente acerca de su actividad empresarial y sus vínculos con la cultura y la política italianas.

Sobre temas más específicos, y en esa medida muy reveladores: *Le navi dei Florio*, de Piero Piccione; *Villa Igiea*, al cuidado de Francesco Amendolagine; *Giuseppe Damiani Almeyda. Tre architetture tra cronaca e storia*, de Anna Maria Fundarò; *I Florio e il regno dell'Olivuzza*, de Francesca Mercadante; *La pesca del tonno in Sicilia*, al cuidado de Vincenzo Consolo; *Breve storia della ceramica Florio*, de Augusto Marinelli; *Boldini. Il ritratto di donna Franca Florio*, de Matteo Smolizza; *Gioielli in Italia*, al cuidado de Lia Lenti; *Le toilette della signora del Liberty*, de Ketty Giannilivigni; *Il guardaroba di donna Franca Florio*, al cuidado de Cristina Piacenti Aschengreen; *Regine. Ritratti di nobildonne siciliane (1905-1914)*, al cuidado de Daniele Anselmo y Giovanni Purpura; *La musica nell'età dei Florio*, de Consuelo Giglio y las páginas web targapedia.com (donde, entre otras cosas, pueden encontrarse los números de *Rapiditas*, la «rivista universale di automobilismo» que fue creada por Vincenzo Florio), targaflorio.info y amicidellatargaflorio.com, auténticas minas de información para la historia de la Targa Florio. Pero no puedo olvidar las sugerencias y las ideas que encontré en textos como *La Sicilie illustrée* (fascículos de 1904 a 1911), *Palermo fin de siècle*, de Pietro Nicolosi, y *Sulle orme dei Florio*, de Gaetano Corselli d'Ondes y Paola D'Amore Lo Bue, ni de clásicos como *Princes under the volcano*, de Raleigh Trevelyan, *Estati felici*, de Fulco Santostefano della Cerda, duque de Verdura, o de *I racconti*, de Giuseppe Tomasi di Lampedusa (*Relatos*, tr. de Ricardo Pochtar): gracias a ellos, conseguí profundizar en «un comportamiento en sociedad» ya desaparecido y, sin embargo, sumamente interesante. Asimismo, siempre pude contar con mi asesor histórico y artístico, Francesco Melia, quien me reveló la complejidad y la riqueza de la sociedad palermitana a caballo entre los siglos XIX y XX y quien consultó numerosísimos textos y cotejó documentos, entre ellos, el *Dizionario storico-araldico della Sicilia*, de Vincenzo Palizzolo Gravina; *Vivere e abitare da nobili a Palermo tra Seicento e Ottocento*, al cuidado de Luisa Chifari y Ciro D'Arpa, y *La pittura dell'Ottocento in Sicilia tra committenza, critica d'arte e collezionismo*, al cuidado de Maria Concetta Di Natale.

Otras fuentes valiosas fueron los documentos digitalizados y que pueden consultarse en Internet Archive, así como los archivos online del *Corriere della Sera* y de la *Stampa*. En los archivos de la época de la novela encontré meticulosas crónicas de temas que, de otra manera, habrían caído en el olvido. Guardo gratitud a esos periodistas —muchas veces anónimos— que anotaron con pasión historias, personajes y sucesos, pero también a quienes permiten disponer de sus artículos. Como es obvio, me fueron de enorme ayuda el *Giornale di Sicilia* y *L'Ora*, auténticos protagonistas de la información de aquellos años.

Además de todo ello hay que añadir ensayos, testimonios y artículos sobre la vida política, económica y cultural italiana de 1868 a 1935. Si en la novela hay errores o imprecisiones, su única responsable soy yo y no las personas que me han ayudado en las investigaciones.

De los textos que refieren los hechos «íntimos» de la familia, dos han sido para mí fundamentales. Ante todo, *Franca Florio*, de Anna Pomar, su única auténtica biografía, publicado en 1985 y basado en los testimonios de Giulia Florio, la última hija de Franca e Ignazio. Un libro que reconstruye tanto una época como la historia individual de esa mujer de vida atormentada y de quien hablé largamente con Marco Pomar, el hijo de la autora, también para que me despejara dudas relacionadas con el hecho de que, a veces, los datos contenidos en el texto no coincidían con los que eran fruto de mis investigaciones. Agradezco de todo corazón a Marco la gran solicitud que me demostró, y me siento honrada de haber podido seguir por la senda que trazó su madre.

L'ultima leonessa, que se publicó en 2020, poco antes de la muerte de su autora, Costanza Afan de Rivera, es el otro libro, igualmente único porque recorre la vida de Giulia Florio a través de los recuerdos de su hija. Aún recuerdo con emoción las veces en las que tuve el privilegio de hablar con doña Costanza y la pasión con que evocaba los hechos familiares: a través de ella, no solamente tuve la posibilidad de conocer los aspectos más genuinos de una mujer contradictoria como Franca, sino también de comprender realmente el peso y a la vez el orgullo de un apellido como el de los Florio.

Agradecimientos

En estos seis largos años, desde que pensé en la escena del terremoto del principio de *Los leones de Sicilia* hasta estas palabras de agradecimiento que escribo en la conclusión de *El invierno de los leones,* he aprendido el valor de la disciplina, de la soledad, de la paciencia, de la valentía.

Sí, porque escribir es un acto que nunca es un fin en sí mismo: exige responsabilidad y fortaleza. Nos encontramos solos ante las palabras y nuestras dudas, temiendo no haber dado lo suficiente, con la sensación de tener que luchar cuerpo a cuerpo con una historia que se niega a ser domada y la de tener que elegir qué ramas secas cortar y qué nuevos cimientos construir.

Al final, sin embargo, comprendes que cada novela es un camino lleno de curvas y badenes, y que puedes elegir recorrerla a paso de danza o con un paso inseguro, solo alumbrado por la luz de la intuición. Solamente sabes que delante de ti tienes una historia polar: la historia que quieres contar.

Tratas de hacerlo lo mejor posible, procuras mantener la debida distancia, y dejas que el tiempo ayude a las palabras que atesoras a encontrar su lugar. Y, al final, «le metes la mano en la boca al león», y esa fiera que temías que te mordiera ahora se deja acariciar, dócil.

En efecto.

Contar la historia de los Florio ha sido todo eso y mucho más.

Y no lo habría conseguido si no hubiese tenido a mi lado a personas que me ayudaron con afecto y paciencia. Ante todo, a mi marido y a mis hijos, con cuyo apoyo he contado hasta en los momentos más complicados, y que muchas veces me acompañaron a presentaciones por Italia. No fue fácil: en serio, daros las gracias es poco. Y, con ellos, a mi familia original: ante todo, a mi madre Giovanna y a mis hermanas Vita y Anna, a mis sobrinos, cuñados, tíos y primos (sobre todo, a los Basiricò y los Rosselli). Gozo del privilegio de estar rodeada de gente que me quiere, lo que no es tan habitual. Para mí es una suerte inmensa teneros cerca y disfrutar de vuestro cariño.

Además, los amigos, muchos: Chiara, que está siempre, de una manera u otra; Nadia Terranova, que es un ejemplo y un punto de referencia valioso; Loredana Lipperini, que es mi bruja madrina (y ella sabe bien qué significa eso); Evelina Santangelo, a quien agradezco los consejos. Pero también gracias a Piero Melati, quien siempre me demostró un gran aprecio; a Alessandro D'Avenia, que me escuchó con mucha atención; a Pietrangelo Buttafuoco, un caballero de otros tiempos con un gran corazón, y, por último, al grupo de Villa Diodati Reloaded: Filippo Tapparelli, Eleonora Caruso, Domitilla Pirro, que al menos en un par de ocasiones me animaron y me hicieron reír. Y también: gracias a Felice Cavallaro y a Gaetano Savatteri, dos de las voces más hermosas y auténticas de la cultura isleña e italiana.

Además, gracias a Elena, Gabriella, Antonella, Valeria, Rita, Valentina y a la siempre querida Elisabetta Bricca, mujeres y lectoras extraordinarias de las que soy amiga desde hace una década; a Franco Cascio y a Elvira Terranova, porque existen, y punto; a Alessia Gazzola, a Valentina D'Urbano y a Laura Imai Messina, por las que siento aprecio y enorme gratitud. Vuestras historias son para mí siempre fuente de inspiración.

Y larguísima es la lista de libreros que guardo en el corazón: algunos de ellos no fueron —y no son— solamente «colaboradores», sino auténticos amigos y, como tales, los nombro: Fabrizio, Loredana y Marcella, Teresa, Alessandro e Ina, Ornella, Maria Pia, Bianca, Caterina y Paolo, Manuela, Guido, Sara, Daniela, Giovanni, Maria Carmela y Angelica, Arturo, Nicola, Carlotta y Nicolò, Valentina, Fabio, Cetti y sus hermanas, Barbara y Francesca, Serena, Alberto, Marco y Susan, Stefania y Giuseppe. A todos vosotros y a todos los demás libreros —independientes y no independientes— quiero no solo expresaros mi agradecimiento, sino también haceros una reverencia, pues el vuestro es un trabajo noble y extraordinario; si no fuese profesora, creo que me gustaría ser librera. Si *Los leones de Sicilia* se han convertido en lo que son, os lo debo a vosotros, a la pasión con que lo habéis recomendado a los lectores y a la manera increíble en que lo habéis acompañado por las calles del mundo. Como también he de expresar mi agradecimiento a quien os presentó mi libro, esto es, los agentes de la Prolibro (uno en representación de todos: Toti Di Stefano), capitaneados por el director comercial Emanuele Bertoni. Sois mis héroes.

Gracias a Giuseppe Basiricò, apreciado anticuario y persona de grandísima valía, a quien debo innumerables postales, libros y objetos que guardan relación con la historia de los Florio, y quien me animó y ayudó desde el principio de mis investigaciones; a los hermanos Tortorici, por el aprecio que me mostraron y por permitirme curiosear entre las maravillas expuestas en su galería de arte; a Francesco Sarno, quien puso a mi disposición el catálogo de la subasta de los muebles de la familia Florio, que tuvo lugar en 1921, y que me atendió con enorme diligencia y esmero.

Doy las gracias al profesor Giuseppe Damiani Almeyda, nieto del arquitecto de los Florio, que ha creado un maravilloso archivo online de los diseños de su abuelo y que, en una mañana lluviosa, me recibió en sus aposentos para mostrarme algunos diseños inéditos de la mansión Florio de Favignana. Y también lo felicito por la magnífica labor de conservación y divulgación que lleva a cabo desde hace años por su cuenta. Un agradecimiento especial al profesor Piazza, que me permitió visitar una de las zonas más hermosas y mejor conservadas de la villa de la Olivuzza, hoy cedida al Circolo dell'Unione de Palermo. Gracias a Giuseppe Carli, dueño de la histórica joyería Carli en Lucca y apasionado de los relojes, quien me reveló la existencia de un reloj de bolsillo hecho para los Florio con fines publicitarios a principios del siglo xx. Un lector refinado y hombre de gran cultura, que me impresionó por su generosidad intelectual.

Gracias a quien me acogió (y me aceptó) en estos meses: Enrico del Mercato, Mario di Caro y Sara Scarafia; gracias a Claudio Cerasa y a todos los periodistas con los que estuve y que hablaron conmigo sin prejuicios, sin filtros. Fue muy hermoso trabajar con vosotros. Gracias a los colegas y a la directora del Instituto Paolo Borselino, que me siguen acogiendo con el mismo afecto de siempre.

Gracias a Costanza Afan de Rivera: me habría gustado darle este libro y verle esa media sonrisa con la que manifestaba su curiosidad. Lamento mucho que ya no vaya a leer estas páginas.

Gracias a Sara di Cara, Mara Scanavino y Gloria Danese: tres personas que me guiaron, cada una a su manera, durante estos años. Tengo con ellas una deuda de gratitud que no puede expresarse con palabras.

Gracias a Isabella di Nolfo y Valentina Masilli, a las que ya no les importa que yo tenga siempre la cabeza en otro lado y que saben cómo manejar mi ansiedad.

Un enorme gracias a Silvia Donzelli y Stefania Fietta, mis agentes. Si desde el principio ellas no hubiesen creído en mí, esta historia no habría visto la luz. Gracias por la paciencia y por estar ahí, siempre. Valiosas e impagables.

Gracias a Nord, mi editorial: ante todo, a Stefano Mauri, Cristina Foschini y Marco Tarò, que siempre me han demostrado aprecio y afecto. Gracias por vuestra sensibilidad e inteligencia, por haberme tratado primero como persona y después como autora, por haberme aceptado a pesar de mi evidente locura. Gracias a Viviana Vuscovich, que ha llevado *Los leones de Sicilia* y *El invierno de los leones* por el mundo: nadie más habría podido hacer los milagros que ha hecho ella. Gracias a Giorgia di Tolle, la encarnación de la paciencia, y a Paolo Caruso, que tuvo una idea decisiva. Gracias al marketing, de Elena Pavanetto al «doctor» Giacomo Lanaro, siempre atentos, siempre creativos, siempre amigos. Gracias a Barbara Trianni: además de fantástica responsable de prensa, es una buena amiga —y una buena compañera para ir de compras—, pero sobre todo es una mujer extraordinaria, valiente y decidida. Gracias a Alessandro Magno, que dirige el equipo encargado de los audiolibros y los ebooks: Simona Musmeci, Davide Perra y Désirée Favero. Y a Ninni Bruschetta, «la voz de los leones». Gracias a Elena Carloni y a Ester Borgese, que pescaron erratas y errores, y de nuevo a Simona Musmeci, que unificó el dialecto. Si pudiese, tomaría un dirigible, le ataría una pancarta de agradecimiento y volaría durante horas por encima de la via Gherardini, donde está la editorial. Y no descarto que antes o después lo haga.

Hay además tres personas que estuvieron a mi lado en estos años de investigación y redacción.

Francesca Maccani, que siempre, siempre creyó en esto. Que nunca se echó atrás, que conoció llantos y confesiones, que fue mi auténtico ángel de la guarda. Deseo que obtengas todo lo bueno que tú me diste, y quiero que sepas que fue realmente mucho.

Francesco Melia, cuya cultura histórica y artística es impresionante y que colaboró conmigo con extraordinaria disponibilidad. Una persona de una amabilidad y una paciencia inmensas, un compañero de aventuras que supo mitigar mis inseguridades a veces con solo una frase.

Cristina Prasso. A ella, una de las personas más esquivas del planeta, solo le digo una cosa. Gracias. Porque si tú no hubieses creído en esto en 2018, y no hubieses leído mi novela en una noche, todo esto nunca habría pasado. Gracias por no haberme dejado ni un minuto, ni siquiera en los momentos en los que el cansancio resultaba oprimente y temía no poder plasmar esta historia como sentía que *debía* ser; gracias por haber sido no solamente una editora y por ocuparte de la edición, sino también una amiga y un punto de referencia. Gracias por todo lo que me has enseñado y por lo que me enseñas cada día. Gracias por estar y por ser así.

Gracias a los tres. Y detrás de estas palabras queda mucho sin decir... y así debe quedar.

Gracias a quien lee esta novela y después la aconseja, la regala, la señala en Instagram y en Facebook porque le ha gustado; pero gracias también a quien no le ha gustado y a quien le ha resultado indiferente: leer es siempre, y en cualquier caso, una manera de cuidarse a uno mismo.

Por último: Paolo y Giuseppina, Ignazio, Vincenzo y Giulia, Giovanna e Ignazio, Franca e Ignazziddu y sus hijos. Cada uno de vosotros me ha dado algo. Me ha enseñado algo.

Mi último gracias os lo debo a vosotros.

Índice

«Para viajar lejos no hay mejor nave que un libro».

Emily Dickinson

Gracias por tu lectura de este libro.

En **penguinlibros.club** encontrarás las mejores
recomendaciones de lectura.

Únete a nuestra comunidad y viaja con nosotros.

penguinlibros.club

 penguinlibros